북조선문학연구 2

북조선 문학론

북조선문학연구 2
북조선 문학론

1판 1쇄 인쇄__2011년 11월 10일
1판 1쇄 발행__2011년 11월 20일

엮은이__남 원 진
펴낸이__양 정 섭

펴낸곳 || 도서출판 경진
등 록 || 제2010-000004호
주 소 || 경기도 광명시 소하동 1272번지 우림필유 101-212
블로그 || http://kyungjinmunhwa.tistory.com
이메일 || wekorea@paran.com

공급처 || (주)글로벌콘텐츠출판그룹
대 표 || 홍정표
기 획 || 김미미
마케팅 || 노경민
경영지원 || 최정임
주 소 || 서울특별시 강동구 길동 349-6 정일빌딩 401호
전 화 || 02-488-3280
팩 스 || 02-488-3281
홈페이지 || http://www.gcbook.co.kr

값 33,000원
ISBN 978-89-5996-125-2 (세트)
ISBN 978-89-5996-127-6 94810

※ 이 저서는 2007년 정부(교육인적자원부)의 재원으로 한국학술진흥재단의 지원을 받아 수행된 연구임.
(KRF-2007-A00208)

북조선문학연구 2

북조선 문학론

남원진 엮음

도서출판 경진

책을 내면서

한때 유행처럼 북조선 문학에 대해 열광했던 시절도 있었다. 그러나 이젠 철따라 가끔 언급되는 잊혀진 문학으로 남아 있다. 이것이 작금의 현실이다. 그래서인지 빛바래고 얼룩지고 낡은 흑백사진인 듯, 그런 느낌을 떨칠 수가 없다.

필자는 국내외에 산재한 낡은 자료들을 수집하고 분류하는 한편 그에 합당한 자리를 정하는 것이 난제임을 절감했다. 북조선 문학 연구에서 자료가 희귀하고 자료의 수집이 어렵다는 이유 때문에 많은 추론이 난무하고 무수한 오류가 무한반복되는 사실도 또한 확인했다. 그렇지만 찌든 먼지와 오물을 제거하고 오래된 흑백사진을 복원하여 새로운 의미를 발견하듯, 필자는 연구서와 자료집을 통해서 많은 자료를 정리하는 한편 평가함으로써 북조선 문학 연구에 다소나마 활력을 줄 수 있었으면 한다. 그래서 여러 북조선의 문학 자료를 소개하는 한편 북조선 문학의 새로운 의미를 발견하기 위해서 자료집과 연구서를 간행하게 되었다.

북조선의 문학 전반을 논한 연구서 『이야기의 힘과 근대 미달의 양식』(북조선 문학 연구 1)에서는 다음과 같은 논문들을 실었다. 먼저 「북조선 문학의 연구와 자료의 현황」에서는 북조선 정치적 상황에 대해 점검을 하거나 북조선 작품의 개작 양상을 검토하는 한편 지금까지 제대로 정리되지 않은 조선작가동맹 기관지 『조선문학』, 『청년문학』, 『문학신문』의 자료 현황을 정리했다. 「북조선 문학의 개작과 발견」에서는 '혁명송가'로 높이 평가되는 리찬의 「김일성장군의 노래」를 중심으로 정치적 필요에 따라 개작되거나 발견되는 북조선 문학의 특징을 점검했는데, 이를 통해 남북문학 연구에서 무한반복되는 여러 오류들을 또한 지적했다. 「노동문학과 북조선 문학의 정석」에서는 한번도 총체적으로 연구되지 않은 리북명의 전 시기의 문학을 점검하는 한편 노동문학과 북조선 문학에 나타난 문제성도 함께 언급했다. 「중심과 주변, 사회주의적 민족문학론의 향방」에서는 윤세평의 비평 활동을 중심으로 하여 진보적 민족문학론과 민족적 특성론에 대한 논의를 다루었으며, 이 과정에서 북로당 계열의 문학론의 부침을 점검했다. 「혁명적 대작의 이상과 북조선 문학의 근대적 문법」에서는 혁명적 대작의 모범으로 일컬어지는 '총서 『불멸의 력사』'에 대한 여러 논의를 검토하는 한편 근대문학적 문법으로 '총서 『불멸의 력사』'를 다시 읽어보았다. 마지막으로 「이야기의 힘과 근대 미달의 양식」에서는 김정일 시대의 '붉은기 문학'이나 '선군(혁명)문학' 등의 문학론을 점검하는 한편 '이야기의 힘과 근대 미달의 양식'이라는 틀을 가지고 북조선 문학의 미학적 특성을 연구했다.

그리고 북조선의 문학 전반을 이해하기 위해 반드시 검토해야 할 평문들을 수록한 자료집 『북조선 문학론』(북조선 문학 연구 2)에서는 다음과 같은 글들을 실었다. 먼저 안함광의 「북조선 창작계의 동향」은 한설야·리기영·김사량·리북명·유항림 등의 해방기 작품을 논하고 있는데, 여러 작품에 대한 당대 평가를 확인할 수 있는 중요한 평문이다. 안막의 「민족예술과 민족문학건설의 고상한 수준을 위하여」는 북조선 문학계의 동향과 함께 '응향' 사건과 '고상한 사실주의'에 대한 당대 문학계의 입장을 엿볼 수 있는 글이며, 안함광의 「해방 후 조선문학의 발전과 조선로동당의 향도적 역할」은 조선로동당의 문예정책에 입각하여 해방 후 북조선 문학의 사적 전개 과정을 점검

할 수 있는 글이다. 윤세평의 「노동계급의 형상과 창조적 노동의 힘」은 노동계급의 형상을 중심으로 해방기에서 1950년대까지의 작품 경향을 개괄하고 있으며, 「사회주의적 내용과 민족적 형식」은 1950년대 말에서 1960년대 초반에 활발하게 논의된 '민족적 특성론'에 대한 북조선 문학계의 논의 과정을 검토할 수 있는 글이다. 윤기덕의 「수령 형상 장편소설의 발전」은 1990년대 초반에 이론화된 '수령 형상문학'의 모범으로 일컬어지는 '총서 『불멸의 력사』'를 정리하는 한편 그의 특성에 대해 서술한 글이며, 장형준의 「주체사실주의는 우리 시대의 가장 올바른 창작방법, 최고의 사실주의 창작방법이다」는 1990년대 초반 김정일이 제시한 '주체사실주의'에 대해 해설한 대표적 평문이다. 마지막으로 최길상의 「새 세기와 선군혁명문학」과 방형찬의 「선군혁명문학은 주체사실주의 문학 발전의 높은 단계이다」, 김정웅의 「선군혁명문학의 특성과 그 창작에서 나서는 요구」는 2000년대 초반에 제기된 선군(혁명)문학의 위상과 특성을 검토할 수 있는 중요한 글들이다. 그리고 다음 장에서는 리찬, 리북명, 윤세평 등의 작가나 '총서 『불멸의 력사』', 선군(혁명)문학을 연구할 때 꼭 필요한 참고 자료들을 실었으며, 또한 북조선 문학예술을 다룬 비평 목록을 정리하는 한편 북조선 문학을 이해하기 위해 검토해야 할 몇 가지 사항을 설명한 글을 수록했다.

특히 〈북조선 문학 연구〉(1, 2)에서는 지금까지 한 번도 제대로 정리되지 않은 북조선 시집, 북조선 작품집과 북조선 대표 작가, 북조선 문학예술을 논한 연구서를 정리한 화보를 싣는 한편 북조선 문학예술 비평 목록과 북조선 문학예술 연구 목록을 함께 수록했다.

이런 연구서와 자료집을 준비하는 과정에서, 필자는 많은 북조선의 문학 자료들이 방치되어 있었다는 사실에 새삼 놀랐다. 또한 누구나 한번쯤 북조선 문학을 논의할 수는 있지만 남북 어느 곳에서도 제대로 된 북조선 문학을 연구하기란 쉽지 않다는 사실도 절감했다. 그래서 국내외에 산재된 일부 자료라도 소개하고자 자그마한 자료집과 이에 대해 논한 연구서를 출간하게 되었다.

미숙한 필자를 항상 곁에서 지켜 준 가족과 학문의 길잡이가 되어 주고 많은 민폐를 끼친 여러 선생님께 이 자리를 빌어 감사를 드린다. 또한 어려운 출판 사정에도 흔쾌히 책을 출간해 주신 양정섭 대표님께도 감사의 마음을 전한다.

서울, 그 조그마한 연구실에서

남 원 진

[일러두기]

1. 이 책은 북조선 문학 전반에 대한 시기별 대표적 논의를 선별하는 한편 연구서를 이해하기 위한 중요한 자료들을 수록했다. 특히 북조선 문학계의 중요한 결정서나 처음 언급되는 작품들을 소개하며, 남북에서 반복되는 오류를 수정하는 한편 중요한 자료들을 각주에 실었다.
2. 이 책의 표기는 남한의 현행 한글맞춤법에 의거해서 고치는 것을 원칙으로 하되, 일부 단체명이나 작가명, 작품명 등은 북조선의 표기를 따랐다. 단지 원문의 작가나 작품의 한자의 경우는 일부 남한식 표기로 수정했고, 원문의 한글의 경우는 북조선 표기를 일부 따랐다.

   예 돐 → 돌/원쑤 → 원수/외곡 → 왜곡/쏘련 → 소련/땅크 → 탱크/옳바르다 → 올바르다/北朝鮮藝術總聯盟 → 북조선예술총련맹/조쏘문화협회 → 조쏘문화협회/조선로동당 → 조선로동당/李北鳴 → 이북명/리북명 → 리북명/림화 → 림화.
3. 이 책에서 원문의 한자는 가능한 한 줄이고 해독의 편리를 위하여 필요하다고 판단되는 경우에 병기했으며, 어려운 단어는 주석을 달아 각주 처리했다. 단 '용언'의 경우 활용어미를 사용하지 않고 종결어미로 통일하여 뜻풀이를 달았다.

   예 추찰(推察)할 → 추찰하다/묘준하고 → 묘준하다/두덜거릴 → 두덜거리다.

목 차

책을 내면서 • 4
일러두기 • 8
[화보] 북조선 문학예술 연구 서적 • 665
찾아보기 • 677

제1부 북조선 문학론

북조선 창작계의 동향: 안함광 …… 13
민족예술과 민족문학건설의 고상한 수준을 위하여: 안막 …… 39
해방 후 조선문학의 발전과 조선로동당의 향도적 역할 : 안함광 …… 61
노동계급의 형상과 창조적 노동의 힘: 윤세평 …… 128
사회주의적 내용과 민족적 형식: 윤세평 …… 171
수령 형상 장편소설의 발전: 윤기덕 …… 204
주체사실주의는 우리 시대의 가장 올바른 창작방법, 최고의 사실주의 창작방법이다: 장형준 …… 267
새 세기와 선군혁명문학: 최길상 …… 287
선군혁명문학은 주체사실주의 문학 발전의 높은 단계이다 : 방형찬 …… 295
선군혁명문학의 특성과 그 창작에서 나서는 요구: 김정웅 …… 310

제2부 북조선 문학 자료

김일성 장군의 노래: 리찬 ····· 331
태양의 품에 영생하는 혁명시인:
위대한 수령님과 친애하는 지도자 동지께서
혁명시인 리찬에게 베풀어주신 숭고한 사랑에 대한 이야기 ··· 348
시인 리찬과 그의 창작 ····· 360
새 삶의 탄생과 개화: 리북명 ····· 366
두 청춘기를 살며: 리북명 ····· 372
동해물: 윤절산 ····· 380
천세봉 형에게: 윤세평 ····· 386
윤세평 동지에게 보내는 답장: 천세봉 ····· 392
4·15문학창작단 창립 ····· 398
위인과 총서 ····· 405
위대한 혁명 역사에 대한 불멸의 대화폭:
총서 『불멸의 력사』 항일혁명투쟁시기편(전 15권)에 대하여
[윤기덕] ····· 411
선군혁명문학 영도의 성스러운 자욱을 더듬어: 최길상 ····· 433
기초공사장: 리북명 ····· 445
스물한 발의 '포성':
안변청년발전소 군인건설자의 일기 중에서 [한웅빈] ····· 480

제3부 북조선 문학예술 연구 목록 및 해설

북조선 문학예술 연구 목록 ····· 563
북조선 문학을 이해하기 위한 몇 가지 것들 ····· 633
[화보] 북조선 문학예술 연구 서적 ····· 665

제1부 북조선 문학론

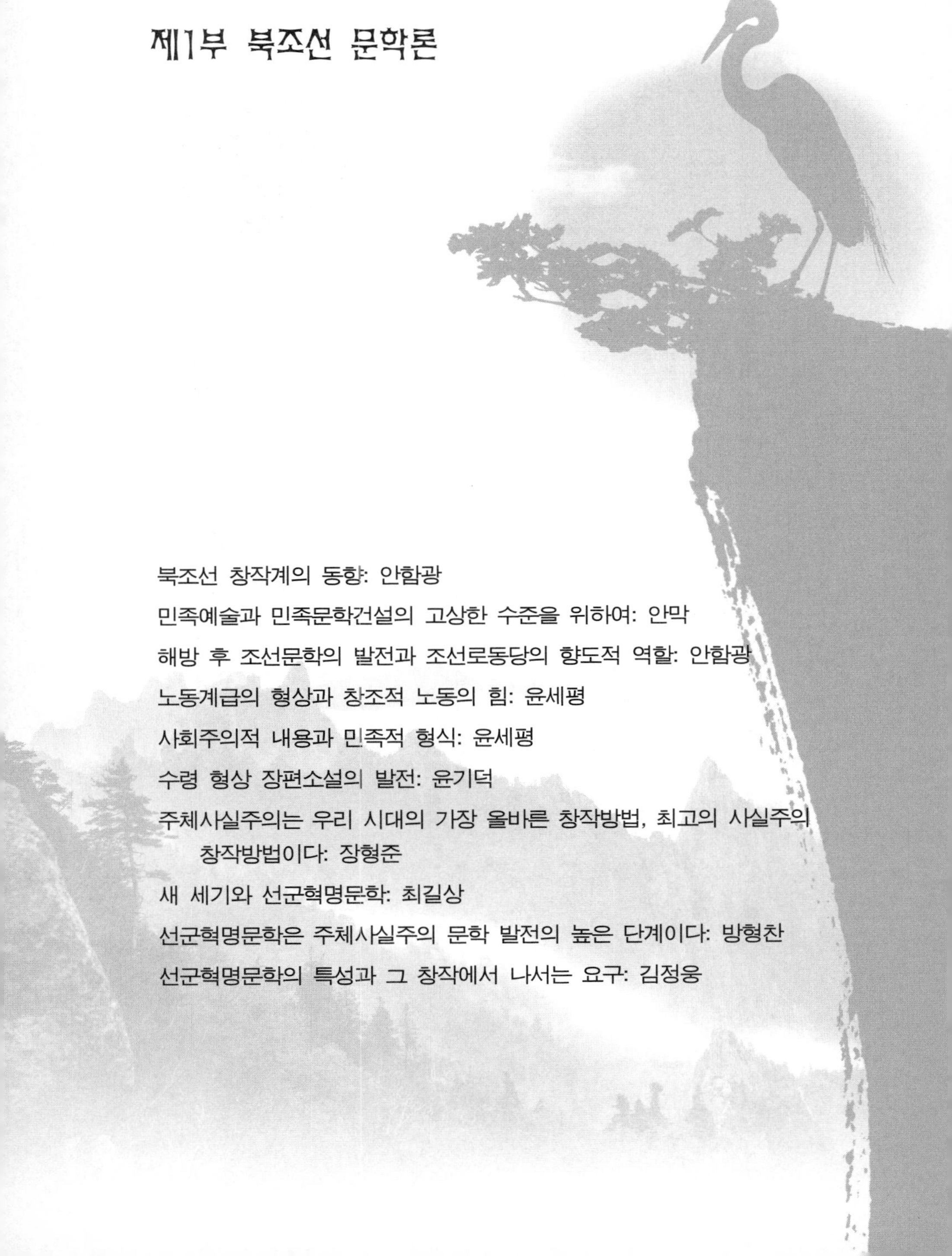

북조선 창작계의 동향: 안함광

민족예술과 민족문학건설의 고상한 수준을 위하여: 안막

해방 후 조선문학의 발전과 조선로동당의 향도적 역할: 안함광

노동계급의 형상과 창조적 노동의 힘: 윤세평

사회주의적 내용과 민족적 형식: 윤세평

수령 형상 장편소설의 발전: 윤기덕

주체사실주의는 우리 시대의 가장 올바른 창작방법, 최고의 사실주의 창작방법이다: 장형준

새 세기와 선군혁명문학: 최길상

선군혁명문학은 주체사실주의 문학 발전의 높은 단계이다: 방형찬

선군혁명문학의 특성과 그 창작에서 나서는 요구: 김정웅

— 12 —

北朝鮮創作界의動向

安含光

이직까지 北朝鮮에서 나타난 作品의 大部分을 읽고 우선 總括的으로 느끼게 된點은 첫재로 八·一五以前에 比하여 文學世界가 領域的으로 擴大되었다는 點이다. 八·一五以前은 주로文學退潮期로부터 좀잡아보자면 自意識의 過剩에서 오는 無秩序와 性格의 破產 心理主義的 內攻世界 그리고 人情世態 市井風俗 等이 文學世界의 領域的 特質이였는데 八·一五以後에 있어서는 그러한 狹隘한 世界를 超脫하여 實로 廣深한 多樣의 世界와 아울러, 解放된 精神의 自由롭고 新鮮함을 유감없이 보여주고있다.

가령 土地改革에서 오는 農民의 希望과 歡喜 붉은軍隊의世界 海外反日鬪士의 血鬪 民主建設의 勞動者의 創造 지난날의 民族的아픔 解放後의民族的기쁨等 이렇게 多彩롭고 廣汎한 世界를 보여주고있으며 또 그것들이 어느것이나 모두 아모拘束도 限制도 없는極히 自由로운 心情우에서 彈奏되어지면서 있는것이다.

이러한것은 같은 朝鮮이면서도 米軍政의 支配下에있는 以南에서는 볼수없는 以北만의 恩惠로운 現狀인것이어서 우리는 以北에서는 藝術人의 幸福과 責任感을 다시한번 体得케되는것이다。

둘재로는 우리의 文學態度가 民主建國이라는 一点에서 完全히 一致되어 있는것이며 그結果로해서 每個의 藝術作品도 例外없이 民主建國에 藝術的으로 이바지하고 있다는 点이다。

다시말하면 民主建國에로의 一點을向해 一元的으로 統一된文學意慾은 마츰내 形象的實踐에 있어서도 燃燒

—『문화전선』 3, 1947. 2.

북조선 창작계의 동향

: 안함광

아직까지 북조선에서 나타난 작품의 대부분을 읽고 우선 총괄적으로 느끼게 된 점은 첫째로 8·15 이전에 비하여 문학세계가 영역적으로 확대되어졌다는 점이다. 8·15 이전을 프로문학 퇴조기로부터 줄잡아 보자면 자의식의 과잉에서 오는 무질서한 성격의 파산 심리주의적 내공세계(內攻世界) 그리고 인정세태 시정풍속(市井風俗) 등이 문학세계의 영역적 특질이었는데 8·15 이후에 있어서는 그러한 협애한 세계를 초탈하여 실로 광심(廣深)한 다양의 세계와 아울러 해방된 정신의 자유롭고 생신함을 유감없이 보여주고 있다.

가령 토지개혁에서 오는 농민의 희망과 환희 붉은 군대의 세계 해외 반일투사의 혈투 민주건설과 노동자의 재생 지난날의 민족적 아픔 해방후의 민족적 기쁨 등 이렇게 다채롭고 광범한 세계를 보여주고 있으며 또 그것들이 어느 것이나 모두 아무 구속도 제한도 없는 극히 자유로운 심정 위에서 탄주(彈奏)되어지면서 있는 것이다.

이런 것은 같은 조선이면서도 미군정의 지배 하에 있는 이남에서는 볼 수 없는 이북만의 은혜로운 현상인 것이어서 우리는 이북에 사는 예술인의 행복과 책임감을 다시 한번 체득케 되는 것이다.

둘째로는 우리의 문학태도가 민주건국이라는 일점에서 완전히 일치되어 있는 것이며 그 결과로 해서 매개의 예술작품도 예외 없이 민주건국에 예술적으로 이바지하고 있다는 점이다.

다시 말하면 민주건국에로의 일점을 향해 일원적으로 통일된 문학의욕은 마침내 형상적 실천에 있어서도 연소(燃燒)의 꽃을 이루어 오늘날 해방문학의 성과는 찬연한 앞길을 웅변적으로 약속하고 있다는 점이다.

문학의욕에 있어서나 그의 형상적 실천에 있어서나 진보적 민주주의의 노선 위에서 일원적으로 통일되어져 있다는 이 말은 그러나 8·15 이후 북조선에 있어서의 문학이 일색화되었다는 것을 의미하지는 않는다.

일원화라는 것과 일색화라는 것과는 전연 의미가 다른 것이기 때문에…….

창작의 실제에서 볼 때 작가의 재질의 정도 체질 개성…… 등의 다양성에 의하여 창작도 각기 상이한 다채성을 갖고 있다는 사실을 부인할 수는 없다.

그러면 이제 개개의 작품에 대해서 구체적인 비평을 시(試)해 나가기로 하자!

이동규 씨의 「복귀」「그의 승리」「머리」

먼저 「복귀」에 대해서. 해방 전의 공장[제사]이 착취와 압박의 마굴이었음에 반하여 8·15 해방 후의 공장은 그 내용과 성격이 민주주의적으로 일신되었다는 것을 여직공 남순의 입을 통하여 말하고 있으며 이러한 혁신에 감동되어 8·15 이전 공장에서 나왔던 봉녀가 다시 여직공으로서 건국사업에 이바지하고자 공장에로 복귀할 결심을 갖게 되는 경로가 그리어져 있다.

이 작품은 구긴 데 없이 행문(行文)이 흘러내려 갔고 전체로 무리 없는 정연미를 갖는다.

그러나 묘사에 대한 각별한 배려 없이 단순한 설화체 문장으로서만 시종(始終)되어진 이 작품은 극히 평면적인 소개에 멎어있고 그런 탓으로 해서 감동을 자극하는 힘이 약하다.

일제 시대의 공장이 착취와 압박의 마굴이어서 대우가 비인도적이었고 위생설비가 원시적이었다는 것은 이미 하나의 보편적인 상식이다. 이 보편화된 상식을 여공의 구체적인 생활을 포착 묘사하여 이것을 소상(塑像)함이 없이는 그것이 기사문 이상의 예술품이 되기는 곤란할 것이다.

요컨대 이 작품은 8·15 이전에는 착취적으로 학대되었다는 사실 그리고 8·15 이후에는 명랑한 민주적 건설에로 매진하면서 있다는 사실을 설화체로 전달되어져 있을 따름으로 착취적으로 학대되는 인간이며 생활이 그리고 건설하면서 있는 인간이며 생활이 그리어져 있지 못하다.

봉년이나 남순은 건설하면서 있는 인간이 아니라 건설되면서 있다는 사실을 전달하고 있음에 불과한 이야기의 매개체로서 취급되어져 있다.

물론 이 작품의 이런 약점은 노동법령의 해설차(解說次)로 잠깐 제사공장에 다니어온 데 불과한 빈약한 경험을 토대로 하고서나마 시급히 작품을 내놓지 않을 수 없었던 객관적 요청에 연유되는 바 많았을 것이라는 것을 추찰(推察)할[1] 수 있으나 좌우간 필자가 이 작가에게 요망하는 것은 단순한 사실의 보도적 경지에서 구체적인 인간이며 구체적인 생활을 창조하는 경지에로 나와주었으면 하는 것이다.

그 다음 씨의 「그의 승리」를 읽어본다.

주인공을 비롯하여 작품상의 인물들이 모두 살아 있지 못하다. 운호

---

1) 추찰하다(推察--): 미루어 생각하여 살피다.

나 희경[2]이가 공산주의자라 하나 그러나 그들의 언행이 공산주의자라는 실감을 주지는 않는다. 그것은 작자가 독자에게 공산주의자라는 실감을 줄 아무런 조건도 이들 인물에게다 부여하고 있지 않기 때문이다.

더욱이 회의자 운호에게 대해서 문철이가 말하는 기독교와 공산주의자와의 관계에 대한 설교식 대화는 그 내용이 학리적(學理的)으로나 정치적으로나 타당치 않다. 말하자면 작자는 스토리를 전개시키기 위하여 인물을 단순히 개념적으로 대립시키고 있다. 그래서 그 인물 정위(定位)[3]가 부정확하며 성격이 추상적이다.

그것은 이 작품의 네거티브[4]적 인물인 운호에 있어도 매한가지다. 학병(學兵)[5]에서 돌아와서 고향이라고 찾아가 본 결과 그 가족들은 이미 토지개혁으로 땅을 내놓고 어디론가 이사해버린 쓸쓸한 광경과 맞서게 된 이 인물은 응당 그로부터 빚어지는 사상적 충동이 있었어야 할 것이고 이러한 쇼크[6]가 회의면 회의를 일단 더 심화했어야 할 것이다. 이러한 과정을 거쳐서만 이 인물은 소생을 해도 소생을 할 수가 있었을 것이다.

작자는 물론 이 인물을 옳은 생각을 가지는 사상의 승리자로 독자에게 인상주려 한다. 그러나 어쩐지 어색하고 부자연하다. 부자연하게 된 원인은 새로운 국면에로의 재생이라는 것을 생활적인 수련을 거치게 하지 않고 단순한 좌익 서적(어떤 좌익 서적인지는 모르나)을 이 인물에게 줌으로서 해결하려 하였기 때문이다. 물론 작자는 주인공을 개수(改修)공사 완성된 보통강으로 이끌고 나가긴 했으나 그러나 이것은 문자 그대로 궁여일책(窮餘一策)[7]에 불과할 뿐으로 완성된 공사 광경을

---

2) 히경(원문) → '희경'의 오식.
3) 정위(定位): 생물체가 몸의 위치나 자세를 능동적으로 정함. 또는 그 위치나 자세.
4) 네가티브(원문) → 네거티브(negative): ① 부정적인, 나쁜. ② 부정적인, 비관적인, 소극적인.
5) 학병(學兵): 학도병(學徒兵). 학생 신분으로 군대에 들어간 병사. 또는 그 군대.
6) 쑈크(원문) → 쇼크(shock): 예상하지 못한 상황이 생겼을 때 갑자기 느끼는 마음의 동요. '충격'으로 순화.
7) 궁여일책(窮餘一策): 궁여지책(窮餘之策). 궁한 나머지 생각다 못하여 짜낸 계책.

보고 서술하는 소감이 이 인물의 기본적 회의를 풀어 주기에는 필연성이 희박한 것이 되어버리고 말았다.

「복귀」나 「그의 승리」에 비하면 씨의 작 「머리」는 보담 귀격[8]이 째인데가 있고 또 단편으로서의 '맛'을 가지게 하는 작품이기도 하다.

그러나 나는 이러한 테마를 택한 의의 그 자체를 높이 평가할 수는 없다.

이 작품은 나약은 하면서도 그러나 양심이란 것을 아주 송두리째 잊어버리지는 않은 소시민 인텔리의 명암이 교착(交錯)하는[9] 정신과 고민의 세계를 그린 작품이다.

그러나 고민하는 주체적 양심은 어찌되었든 간에 실지에 있어서는 그는 호구지책(糊口之策)[10]으로 신문기자 생활을 하며 천황 폐하 예찬의 글도 썼고 이른바 대동아전쟁 승리 기원문도 썼고 한, 말하자면 이미 투항된 존재다. 사상은 이렇게 이미 투항되었는데 그 '머리'에 다만 그렇게스리 과대한 의의를 붙인다는 것은 우습다. 물론 작자는 어떤 것의 심벌[11]로서 이러한 형상을 갖는 것일 것이다. 그러나 그 심벌은 현실적인 적절성을 가지고 있지는 못하다.

8·15 를 맞자 주인공은 "머리 머리 인제는 살았다." 이렇게 감격의 어조로 부르짖고 있으나 감격의 대상이 한낱 '머리'이었다는 것은 오히려 8·15 해방의 성스러운 민족적 감격을 하나의 '위트'[12]에로 돌리고 있는 작자의 불근신(不謹愼)[13]을 본다. 실지의 산 인물이었다고 하면 8·15를 맞자 민족의 거대한 소생에 대해서 먼저 생각했을 것이며 그 다음 순간에는 정신은 팔아먹고 머리털만 남기었던 하잘 것 없는 자신에 대한 뉘우침이 있었을 것이다.

---

8) 귀격(-格): 구격(具格). 격식을 갖춤. 또는 격식에 맞음.
9) 교착하다(交錯--): 이리저리 엇갈려 뒤섞이다.
10) 호구지책(糊口之策): 가난한 살림에서 그저 겨우 먹고살아 가는 방책.
11) 심볼(원문) → 심벌(symbol): 상징(물).
12) 윗트(원문) → 위트(wit): 말이나 글을 즐겁고 재치 있고 능란하게 구사하는 능력.
13) 불근신(不謹愼): 삼가고 조심하지 아니함.

그러나 이 작품이 자기의 머리털에 대해서까지 자유를 잃어버리었던 우리 족속의 고단하고 저주로운 시기 그리고 그 가운데 있어서의 인텔리의 고민의 일단을 표현한 작품으로서 앞에서도 말한 바와 같이 작품 됨됨상으로 「복귀」나 「그의 승리」에 비하여 상위일 것을 잃지는 않을 것이다.

이북명 씨의 「전기는 흐른다」

이 작품은 장진강발전소에서 일하던 동무들이 조선건국에 있어 가장 중요한 것 중의 하나인 이 발전소를 완전 확보하기 위하여 최대의 초인적 정열과 면밀한 계획 밑에 주야분투(晝夜奮鬪)하는 8·15 직후의 생활기록이다.

이들은 긴급회의를 열고 장진강발전소를 확보하기 위하여 각 부문 단당(担當)[14] 책임자의 결정 단당(担當) 공작의 설정 등으로 사업을 착수 실천에 옮긴다.

그러나 전조선적으로 중요한 사명을 가지고 있는 장진강발전소의 확보는 비단 이 발전소 안의 노동자들에 의해서만 획책되어지고 있는 것이 아니라는 것을 형상하기 위하여 작자는 부락민대회를 개최하여 모든 협력의 방책을 세운 '홍영삼'이란 인물의 설정을 안배하고[15] 있다.

이 인물의 설정이야말로 이 작품의 사회적 배경을 보담 확충한 중요한 계기로 되어있는 것이며 또 이 작자의 중견으로서의 관록을 보여주고 있는 부분이라 생각한다.

더욱이 작자는 '동수'라는 인물을 통하여 아무 세속적인 사심이 개재되지 않은 거룩한 희생정신 투철한 책임감…… 이것이 우리 민족의 피[血]며 전통이라는 것을 여실히 말하고 있다.

병와(病臥)[16]의 몸이면서도 그래도 안연(晏然)할[17] 수 없어 발전소

---

14) 단당(担當): たんとう[担当]. 담당(擔當): 어떤 일을 맡음.
15) 안배하다(按排--, 按配--): 알맞게 잘 배치하거나 처리하다.

안으로 병석을 옮겨서까지 협력을 하지 않고는 배기지 못하는 동수의 심정! 이곳에 거룩하고도 굳세인 민족의 정신과 아름다운 민족의 순정이 건국에로의 절절한 염원 위에서 찬연히 빛나고 있는 것이다.

또 이 작품은 전체를 통하여 발전소의 완전 확보를 위한 투철한 정열은 물론 이미 인민의 것이 된 모든 설비며 물질에 대한 미칠 듯한 애정이 넘쳐흐른다.

그러나 이 작품 전체를 통하여 작자는 인물을 다루는 데 성공하지는 못했다.

이 작품은 창호 창화 동수 영삼…… 등 많은 인물이 등장하고 있으나 그 인물들의 성격이 미약하며 인물의 합리적 부조력(浮彫力) 내지 인물들의 연결관계에 있어서의 초점의 역학적 구성이 또한 미약하다.

물론 이 작품은 어떤 인물 창조가 테마가 아니고 장진강발전소를 중심으로 한 건국사업의 진행이 테마이라는 것은 두말할 것이 없으나 그렇다고 해서 인물이 사건을 주재하는 주동성보다는 사건이 인물을 편의적으로 구사하고 있다는 이 작품의 예술적 약점을 변호할 재료일 수는 없는 것이다.

이 작품의 후반이 전반보다 조황(粗荒)된 인상을 주는 비밀은 정히 이 가운데 있는 것이다.

그리고 문장은 박력이 있어 이 작가 특유의 '맛'을 전하기는 하나 좀 더 세련되어질 것이 요망되어진다.

유항림 씨의 「휘날리는 태극기」

8·15 해방의 감격은 우리로 하여금 우리 민족 전체를 영웅화하고 싶은 충격을 갖게 한다. 기실 우리는 8·15 이후의 문학작품에 있어 8·15 이전의 조선민족 전체를 영웅화하고 있는 낭만적 경향을 발견케

16) 병와(病臥): 병으로 자리에 누움.
17) 안연하다(晏然--): 불안해하거나 초조해하지 아니하고 차분하고 침착하다.

된다. 그러나 현실의 본질을 정확히 파악하려면은 주관적 열정[의욕성]과 아울러서 객관적 현실성을 가져야만 한다.

객관적 현실성에 충실하지 못한 곳에 문학적 진실이 살아나지 못할 것은 정한 이치이다.

「휘날리는 태극기」는 8·15 이전의 우리의 시정(市井) 인민을 애써 비현실적으로 영웅화함이 없이 반세기 동안이나 짓밟히고 억눌리어 살던 족속의 가난한 심정은 조국 해방의 소식을 듣고도 왜놈의 서슬에 눌리어 기쁨을 그대로 헤쳐 놀 수 없는 불쌍한 지경이었음을 솔직히 형상함에 의하여 놈들의 억압이 얼마나 지독하였던 것인가를 다시금 회상케 하는 작품이다.

동해안을 남쪽으로 달리는 기차 지붕 위에서 해방을 맞는 조선 인민의 심정이며 연변(沿邊) 풍경이며 패잔병의 모양이며가 무리 없이 아무 과장 없이 이야기되어지고 있는 것이다.

또 해방직후에 있어서까지 지배자적 서슬을 부리며 조선 인민을 위협하던 일본 패잔병이 도중에 급자기[18] 비굴해지고 하잘 것 없이 개차반[19]이 되어버리는 심리전변을 작자는 별반 많은 말을 허비하지 않고 독자에게 극히 자연스럽게 전달하고 있는 것이다.

그러나 이 작품은 대체로 상(想)이 빈약하여 여행 스케치의 범주를 넘어서지는 못했었다는 것을 지적한다. 그리고 이러한 풍경묘사에 자족하고 있는 이 작가에게는 좀더 시대적 의욕성을 가져야 할 것이 요청되어진다.「휘날리는 태극기」아래에서 우리는 인민들의 진로와 유기적으로 연결되어지지 못한 형태에 있어 딱하게스리 약하고 불쌍튼 시정 인민의 심정 그 자체만을 그렇게스리 무거운 비중을 주어가며 객관적으로 묘사한 이 작가는 앞으로는 우리 민족의 적극적인 열정에 대하여 좀더 많은 것을 그리어 나가길 바란다.

---

18) 急作히(원문) → 급자기(急--): 미처 생각할 겨를도 없이 매우 급히.
19) 개차반: 개가 먹는 음식인 똥이라는 뜻으로, 언행이 몹시 더러운 사람을 속되게 이르는 말.

김화청 씨의 「반년」

하나의 표어적인 술어보다는 구체적인 생활을 통한 형상화가 훨씬 강한 실감을 자아내게 한다는 구체적 실례를 씨의 「반년」은 여실히 말하고 있다.

해방되기 전 반 년이라는 시기는 일제의 착취와 탄압이 더욱 강도적(强盜的) 노골성과 단말마적(斷末魔的)[20] 발악을 갖고 연출되어지던 시기이었다는 특성이 이 작품의 충실미를 결과하고 있다.

이 작품은 '금주'의 가정생활을 중심으로 하여 8·15 이전 반개(半個) 년 동안의 조선 인민의 시정 생활이 여실히 묘사되어져 있다.

우리 조선 인민은 비단 경제적 생활에 있어 불리했던 것만이 아니라 더욱이 정치적 생활에 있어서는 벙어리와 장님과 귀머거리를 강요당하고 있었던 것이니 조선 인민에게는 이야기할 권리조차도 없었다는 것을 작자는 다음과 같이 형상한다.

"또 계집애를 낳았네 이번은 아들인가 했더니 아무리 궁한 살림이라두 아들이나 하나 불쑥 나오면 외투를 집어 팔지언정 집에서 술이나 한 병 받을까 했더니…… 딸을 둘 낳고 이번 또 낳았다고 진정인지 농담인지 모르게 웅얼거리는 동료의 말을 받아

'딸이 무난하지 아들은 뭘 하나 공연히 내키지 않는 병정이나 만들려구, 자아 이 사람 술이나 들게' 이러면서 술병을 들었을 제 옆구리에서 셈을 치르던 대모테[21] 안경이 경호의 어깨를 툭 치며 따라 나오라 손길한다."

그 대모테 안경은 두말할 것도 없이 일제 경찰의 '개'이었는데 좌우간 이런 정도의 말을 했다고 해서 이른바 유언비어라는 죄명으로 경호는 1년 징역을 살아야 했고 경호의 아내는 경호의 아내대로 생활난에 쫓기어 쌀되나 사려고 배급받은 비누 두 장을 팔러 시장으로 나갔

---

20) 단말마적(斷末摩的): 숨이 끊어질 때처럼 몹시 고통스러운. 또는 그런 것.
21) 대모테(玳瑁-): 대모갑으로 만든 안경테.

다가 암취인(闇取引)[22]을 했다고 유치장에까지 끌리어 들어가 욕을 당해야 했고 구차한 살림살이에 진종일 무슨 회니 무슨 훈련이니 하는 데만 일일이 쫓아다니다가는 입에 풀칠할 도리가 없는 형편이어서 어느 날 소위 공습대비훈련이란 것에 하루 번졌다고[23] 갖은 모욕을 입에 담은 되알진 호통을 받아야 했고 생활난에 어린아이의 간수 또한 제대로 한달 수가 없어 감기로부터 폐렴이 되어버린 어린 자식을 부둥켜안고 의사의 문전을 이 집 저 집 찾아보았으나 돈 없는 그는 시약의 혜택을 받는 대신에 난생 처음으로 무안한 부끄러움만을 한아름 안고 허둥지둥 집으로 돌아와 그 어린애는 결국 입술을 깨무는 제 어미의 뜨거운 눈물방울 밑에 운명해 버리고 이리해서 금주는

"에이 망할 놈의 세상 차라리 폭탄이 쾅 떨어져서 이 거리를 모조리 부서 버려라 아까 그놈도 저놈도 모두 바서 버려라 내 이 안타까운 가슴을 몽땅 재를 만들어라."

라고 외치게 된다.

이러한 절박한 심정은 기실은 금주 개인에게만 한했던 것이 아니라 조선민족 일반의 울분이었던 것은 두말할 것이 없다.

이 작품은 '개(個)'를 통하여 '전(全)'을 표현하고 있으며 저주롭던 시간의 저주로운 생활의 이 구석 저 구석을 면밀한 수법으로 우수하게 형상화하고 있다.

우리의 문학이 과거의 아픔을 여실히 표현하며 문학적으로 정리하는 재산을 하나둘 가한다고 하는 것은 해방 후의 기쁨을 형상화하는 문화적 사업과 함께 가장 귀중한 공작들 가운데의 하나가 아니어서는 아니 될 것이다.

이런 의미에서 나는 이 작품을 높이 평가하는 바이거니와 이 작자의 묘사력도 결코 범수(凡手)가 아니라는 것을 말하면서 앞으로의 많은 정진을 기대하는 바이다.

---

22) 암취인(闇取引): やみ-とりひき[闇取引]. 암거래. 부정 거래.

23) 번지다: 시간이나 차례 따위를 지나거나 거르다.

그런 것만큼 나는 또한 이 작품의 가장 기본적인 약점에 대하여 이야기하지 않을 수는 없다.

그것은 한말로 말하자면 시대적 의식의 박약이며 현실을 보는 눈[이데-]이 움직이는 현실과 함께 생동하고 있지는 못한다는 점이다.

경호가 감옥살이 한 반 년 그리고 그의 아내 금주가 갖은 현실적 고난을 다 겪은 반 년은 그들 인생에게 있어 가장 귀중한 시기이어서야 할 것이다. 그들에게 있어 가혹한 시련의 시기이었고 그렇기에만 그것은 또한 그들 인생의 자기갱신과 자기장성을 위한 시기이기도 하였어야 할 것이다.

물론 경호는 이전에 있어서는 이렇다할 시대의식이 없는 한 개의 소시민이었고 금주는 또한 금주대로 그러한 소시민의 선량한 아내로서의 가정부인임에 불과하기는 하였다. 그러나 감옥과 또한 현실 장리(場裡)에서 일본 제국주의의 포악과 모순이 가장 구체적으로 표현되어지는 세계의 공기를 호흡하며 갖은 학대와 고난 가운데 살아온 그들은 응당 그러한 생활을 통한 갱신과 장성이 있었어야 할 것이다. 이러한 고난을 겪은 이후에 만나는 그들 인생은 결코 이전의 경호이거나 이전의 금주가 아니라 새로이 장성되어지고 갱신되어졌을 터인 경호와 금주를 독자들은 기대했던 것이다.

그러나 8·15 해방의 덕택으로 반년만에 출옥한 경호와 그를 만나는 금주는 결국 그동안 남편을 그리며 아내를 그리던 부부의 재회 이외에 아무것도 아닌 그러한 가정적 범주 안에다 그 인물들을 결박해 놓았을 뿐으로 하등의 시대적 영역성과 사회적 자각성을 부여하고 있지는 않다는 것은 이 작품의 치명적인 약점이 아닐 수 없다.

이러한 결과를 초치(招致)[24]한 것은 결국 작자의 세계관이 굳건하지 못하며 시대의식이 견고하지 못한 때문이라는 것을 지적하면서 작자의 반성이 있기를 바라는 바이다.

---

24) 초치(招致): 불러서 안으로 들임.

김사량 씨의 「차돌의 기차」와 「호접(胡蝶)」

「차돌의 기차」는 노동법령이 발표되어졌을 무렵 그것을 기념하기 위하여 쓴 단편으로 되어 있는데 처음부터 끝까지 안심하고 읽어나갈 수 있고 자미(滋味)[25]를 부쳐 읽어나갈 수 있는 작품이다. 안심하고 읽어나갈 수 있는 것은 이 작가의 문장력의 소치이고 자미(滋味)롭게 읽어나갈 수 있는 것은 작가의 기지가 군데군데 재치있게 뿌려지고 있기 때문이다.

차돌이와 갑돌이의 성격의 차이가 또렷하며 일기체를 빌어 진전된 이 소설은 노동법령과의 연관이 6월 21일분 일기에서 구체화되고 있어 21일치 일기는 물론 이 작품에 있어 중요하나 그러나 인간성의 발로로서 아름다운 것은 19일치의 일기다.

좌우간 이 작품은 위트와 청신한 센스를 재치있게 구사하고 있어 소설가의 문장으로서의 특색을 보여주는 작품이다. 그러나 이 작품을 이 작가의 본격적 창작으로 취급하기에는 많은 부족점을 가지고 있다.

첫째로 노동법령의 현실적 의의를 전체성적(全体性的)인 각도에서 전형적으로 포촉(捕促)[26]하는 대신에 소년공과의 관계에서만 부분적으로 포촉(捕促)하고 있으며 이리하여 결국은 노동법령과 교섭되어진 하나의 가정미담을 제시한 데 불과하였다.

둘째로는 작가의 에스프리[27]를 감지할 수가 없으며 셋째로는 현실적 감흥의 소재일 터인 노동법령을 보담 많이 소재의 과거성과 관계되어질 터인 일기체의 형식으로 요리하려한 곳에 벌써 감흥의 거리성은 미리부터 약속되어진 그러한 것이 되어버리고 말았다. 작자가 이러한 형식을 취한 거기에는 생각건댄 이 소재에 대해서 작자 자신이 가

---

25) 자미(滋味): 재미.

26) 포촉(捕促): 포착(捕捉).

27) 에스프리(esprit): 정신 또는 기지(機智)라는 뜻으로, 근대적인 새로운 정신 활동을 이르는 말. 특히 문학에서는 자유분방한 정신 작용을 이름.

지는 감흥의 발효와 정리 상태가 그 대상의 세계와 직접적으로 맞닥뜨려볼 정도에로까지는 이르지 못한 채로 집필[창조]하게 되었었다는 사정이 개재되어 있지나 않은가고 추찰(推察)하는 바이다.

씨의 「호접」(희곡)에 대해서 이야기하자면 우선 테마의 일관적인 역선(力線)이 애매하여 집중적인 인상을 장애하고 있다는 점을 지적하지 않을 수는 없다.

차(車)의 아내 임(林)에게 대한 만갑의 발언 내용이 발단이 되어 긴장점에로 이르고 종결에로 단원(團圓)[28]되어지는 중심적 역선이 되어진다는 것인가 하였다. 2막에서 차가 임을 죽인다고 할 때 확실히 긴장점이고 임이 개[간첩]를 죽이고 실신해 돌아오는 3막의 부분이 일대 종결이라고도 할 것이나 그러나 이러한 것이 적어도 의용군(義勇軍)[29]의 전투를 내용으로 하는 이 작품의 중심적 역선일 수는 없는 일이다. 그러한 것은 어디까지나 복선이었어야 할 것인데 중심적 역선이 나타나지 못한 채로 복선만이 클로즈업[30]되었다는 것이 우선 이 작품의 크다란 결점이 아닐 수 없다. 전투가 벌어지고 희생 동지에게 대한 추도가 있고 기타 다채한 장면을 갖고 전개되어지기는 하나 이렇다할 통일적인 인상을 주지 못하는 비밀은 정히 이 가운데 있었던 것이다. 말하자면 이것은 이 작품이 가지는 구성상의 약점이다.

다음으로 부분적인 결점들에 대해서 이야기하자면 첫째로 칠성이와 서분이 그리고 학운이와 하순이 등의 연정관계는 이 작품 주제의 내용적 발전과 별반 유기적 관계를 가짐이 없이 지면만 과대히 허비하고 있다는 점을 지적하며 둘째로 2막에 있어서의 전투의 현실과 낭독은 독자[관중]에게 과거와 현재가 상충된 인상을 주어 감동의 박력을 손상시키고 있다. 셋째로 간첩을 죽이는 임성옥 자신의 동기에는 민족

28) 단원(團圓): 결말이나 끝.
29) 의용군(義勇軍): 국가나 사회의 위급을 구하기 위하여 민간인으로 조직된 군대. 또는 그런 군대의 군인.
30) 크로즈 앞(원문) → 클로즈업(close-up): 어떤 문제가 크게 사회의 관심거리로 나타남. 또는 그런 것.

적 항쟁열이라든가 숭심(崇深)한 조국애보다는 불순한 치정관계에 대한 반발적 요소가 개재되어 있는 것으로서 물론 이러한 생활의 단면도 한 개의 희곡을 구성할 수 있는 소재이기는 하나 그러나 의용군의 초인적 전투와 희생적 조국애를 형상하는 마당이라는 것을 생각한다고 하면 이것은 소재에 대한 적당한 선택과 취급방식이었다고는 할 수 없는 일이다.

더욱이 임성옥이가 실신하여 시를 읊조리고 하는 장면은 햄릿에 있어서의 오필리아에 의한 장면을 연상케 하는 바 있었으나 그러나 이 경우에 있어서는 오히려 진실성을 손상시키고 있다. 넷째로는 포로에게 대한 태도가 아주 관념적이고 비현실적이었다는 점을 지적한다.

이리해서 총괄적으로 이야기하자고 하면 이 작품에 등장되는 인물들은 의용군의 의상만을 입었을 뿐으로 산[生] 의용군이 되지 못했으며 작자의 창작과정과 관련되어지는 이야기를 하자고 하면 많은 자료를 완전히 소화 지배한 경지에서 통일적인 구성을 갖고 있지 못할 뿐만 아니라 너무 이모셔널[31] 한 요소를 과중하게 사용함으로써 관중의 정서에 필요 이상으로 호소하려는 태도가 마침내는 작품 전체의 진실성을 손상시키고 있다는 것을 말하지 않을 수는 없다.

아직까지에 있어서는 이 작가의 수발(秀拔)한[32] 재능이 왕년에 있어서와 같이 고도히 예술화하고 있지 못함을 나는 안타까이 생각하는 사람의 한 사람이다.

한설야 씨의 「모자」「탄갱촌(炭坑村)」

우리 민족을 일본 제국주의의 마수로부터 해방해 주었으며 또 북조선에 진주하여 민주주의적 발전의 제조건을 육성해 주고 있는 민족의

31) 에모-슈날(원문) → 이모셔널(emotional): ① 정서의, 감정의. ② 감정을 자극하는. ③ 감정적인.

32) 수발하다(秀拔--): 뛰어나게 훌륭하다.

은인 붉은 군대를 취급한 소설로서는 내 과문(寡聞)의 탓인지는 모르나 아직까지는 씨의 「모자」 한 편이 있음에 불과하다고 생각한다.

가장 귀중한 면에서 문제를 선택하고 있으며 전체의 행문이 다감한 붉은 군대의 심상에 알맞은 윤택미를 가지고 있을 뿐만 아니라 소설 결부에 있어 붉은 병사가 파쇼[33] 독일 병정한테 무참히도 희생되어버린 자기 가족 특히 어린 아들딸들에 대한 절절한 추모를 조선의 어린 애들에게 대한 애정에다 의탁하여 조선의 어린아이들과 더불어 희롱하며 자기 딸 프로샤에게 주려고 사 가지고 다니던 모자를 조선의 어린아이의 머리에 씌워 가지고 포옹하면서 조소친선(朝蘇親善)의 핏줄이 새삼스러이 따뜻함을 느끼는 장면은 대단히 인상적이고 회화적인 동시에 맑게 개었던 그날의 날세[34]와도 같이 지극히 신선한 감정을 자아내게 한다.

그러나 전체적으로 볼 때 이 작품은 주제의 통일성을 갖고 있지 못하다. 이 작품의 주제가 반(反)파쇼 전쟁에 출전한 사이에 어머니며 아내며 어린아이들을 독일 파쇼 병사의 총칼 앞에 잃어버린 붉은 병사의 심리적 굴곡에 있는 것인지 또는 모자 수여 사건에서 형상된 조소친선이 그 주제였는지 분명치가 않다. 다시 말하면 이 소설은 한 개의 주제를 초점적으로 살리기 위하여 그 초점에로 향하여 발전된 소설이 되지 못하고 저마다의 독자성을 가지는 두 개의 주제가 불통일 상태에서 접합되어져 있는 것임에 불외(不外)하다.[35]

그렇기 때문에 이 소설은 많은 에피소드로서 점철(点綴)되어[36] 있는 것이지마는 그 에피소드는 수필의 한 항목은 될 수 있을지언정 이 소설과 내면적으로 연결되어져 있는 말하자면 반드시 있어서야 할 에피소드는 아닌 경우를 또한 발견케 되는 것이다. 가령 붉은 병사를 승무

---

33) 퐛쇼(원문) → 파쇼(fascio): ① 파시스트당. ② 파시즘적인 운동, 경향, 단체, 지배 체제를 이르는 말.

34) 날세: '날씨'의 방언(평남, 함경).

35) 불외하다(不外--): 어떠한 범위나 한계에서 벗어나지 아니하다.

36) 점철되다(點綴--): 관련이 있는 상황이나 사실 따위가 서로 이어지다.

회장으로 안내한 것 더욱이 그 승무에 대한 소감의 점철 같은 것은 이러한 것의 하나의 예다. 그리고 그 주제가 어디에 있든지 간에 붉은 군대를 취급한 이 소설은 좀더 붉은 군대의 명예를 정당히 평가하는 지점에서 그 심리의 극명한 묘사가 있었어야 할 것이다.

붉은 군대는 군사적으로만이 아니라 또한 사상적으로도 굳게 무장한 군대이라는 점에 붉은 군대로서의 전형이 있는 것이다. 이러한 붉은 군대가 자기네들이 자기네들의 피로서 해방시켜준 조선 땅을 밟았을 때 그들의 최대의 관심은 조선 인민의 생활이었을 것이며 풍속이었을 것이며 또 민주주의적 제과업의 건설보(建設譜)[37]이었을 것이다.

뿐만 아니라 조선에서 맡은 자기 공작을 끝내고서는 비록 자기 처자는 이미 희생되어 없다 할지라도 하루바삐 조국에로 돌아가고 싶었을 것이다. 그러나 처자의 희생에서 받은 침통한 심정이 조국에로의 복무를 최대의 행복으로 삼는 그들을 무한한 애정으로서 기다리고 있을 터인 자기 고향조차를 생각하기를 두려워하고 있다는 것은 단순한 작자의 수법상의 과장이 아닐까?

백 걸음을 양보하여 그러한 심리의 타당성을 인정한다고 하자. 그렇더라도 그것이 문학작품으로 자기를 주장하려면 독자의 공감력을 얻어야 할 것이다. 허나 붉은 군대의 그러한 심리는 작자의 단정일 뿐으로 필연스런 공감력을 자아낼만한 묘사력을 갖고 있지 못하다.

따라서 그가 정상한 인간으로 돌아와서 심히 친절하고 단정한 인간이 되는 장면을 말하는 부분도 또한 필연적인 흐름을 갖고 있지 못한 것이 되었다.

이렇던 인간이 어떻게 되어서 급자기 단정한 인간으로 돌아서는가 하는 데 대해서 작자는 아무런 설득력도 사력(寫力)도 베풀어주지 않고 있다.

그것을 작자는 사람에게는 잊어버리는[망각] 행복이 있는 때문이라

37) 건설보(建設譜): 건설의 도보(圖譜)라는 뜻으로, 건설이 제대로 척척 이루어져 가는 모습을 이르는 말.

고 말한다. 다시 말하면 가족의 상실에서 받은 충격을 차차 잊어버리었기 때문이라는 것이다. 그러나 이것은 작품인물의 심리적 전변을 실현하는 모티프로서 사용되어질 수 있는 성질의 것은 아니다.

왜냐하면 망각이라는 것은 기억상의 문제이고 심리상의 문제는 아니기 때문이다. 어떤 주인공이 한 개의 행동에서 다른 한 개의 행동에로 넘어갈 때 또는 한 개의 심리에서 그와 대립되는 별개의 심리에로 넘어갈 때 거기에는 반드시 그렇게 되지 않을 수 없는 극명한 심리묘사를 외재적 조건과의 연관에서 하지 않아서는 아니될 것이다.

기본적인 심리전환을 '망각'이라는 기억상의 문제로서 해결하고 만사휴의(萬事休矣)[38]라 함은 지극히 이지고잉[39]한 것임에 불외하다. 통분할 처자의 희생에만 집착함으로서 광적인 상태에 있던 심리가 일대 전환을 하여 단정한 세계에로 옮아왔다고 하면 거기에는 응당 아픈 상처를 잊어[망각]버리게 한 사실까지를 포섭하는 별개의 근본적인 문학적 모티프가 있었어야 할 것이다.

그러나 이러한 모티프를 이 작품은 갖고 있지 못하다.

면밀한 모티프의 설정과 심각하고도 면밀한 심리묘사를 필요로 하는 위치에서 주인공을 다루고 있으면서도 그런 것이 수행되어 있지 못한 이 작품은 필연으로 이 주인공에게 문학적 진실을 부여하는 데 성공하지 못했던 것이다.

요컨대 이 작품은 작자의 의도는 좋았음에도 불구하고 그 좋은 의도에 대한 통일적 인상을 독자에게 주는 데에 성공한 작품은 되지 못하고 말았다는 것을 말하지 않을 수는 없다.

씨의 「탄갱촌」은 「모자」와는 전연 그 취의(趣意)[40]를 달리하는 작품이다. 모자에 있어서도 한말로 말하자면 외계의 '질서'에 대하는 잘 조화되어지지 못하는 인간의 심리와 행동이 보담 많은 폭을 갖고 취급

---

38) 만사휴의(萬事休矣): 모든 것이 헛수고로 돌아감을 이르는 말.
39) 이-지 고-잉(원문) → 이지고잉(easygoing): 태평스러운, 안이한, 게으른.
40) 취의(趣意): 취지(趣旨). 어떤 일의 근본이 되는 목적이나 긴요한 뜻.

되어져 있는 것임에 반하여 「탄갱촌」은 어디까지든지 건설 약진되어 지면서 있는 외계 질서에 대한 적극적 태도를 갖고 부절히 성장되어 지면서 있는 하나의 새로운 인간 타입[41]이 그려져 있다.

전자가 '인간'을 다루는데 보담 많이 정서적 이미지의 요소를 주입하고 있는 작품이라고 하면 후자는 철두철미(徹頭徹尾)[42] 대지에 발을 붙인 현실성에서 '인간'의 성장을 취급하고 있다.

사상상으로도 어리고 사회체험도 적은 중학밖엔 마치지 못한 재수가 새로운 8·15 해방 세계를 맞아 탄광기술전문학교를 지원할 때에는 굉장한 교사 말쑥한 제복 기타 등 죄없는 허영심을 환상하고 있었는데 막상 들어와 보니 그러한 외식제도(外飾制度)는 고사하고 학습과 실지작업을 병행하여 입학하는 그 날부터 탄갱에로 들어가야 하는 것이어서 적지 아니 실망한다.

김 선생에게 안내되어 갱내를 직접 견학한 결과로 자기 인생관의 갱생을 의식하면서도 회의가 채 가시지를 않을 뿐만 아니라 적적한 마음이 호수처럼 밀리어들어 "어디라고 꼭 잡아서 말할 수는 없으나 땅 속보다 밝게 살 곳이 응당 있을 성싶고 조반석죽이나마 제집에서 통근할만한 일터가 어디든 있을 성싶었다"라고 푸념한다.

그러나 실지작업에서 여러 가지 어려움을 겪어나가는 가운데 어느덧 여하(如何)한 어려움도 어려움으로 알지 않고 그것을 이기어 나갈 새로운 용기가 생겨났을 뿐만 아니라 그 가운데서 새로운 창조의 쾌감까지를 느끼게 되었고 한걸음 더 나가서 노동과정상에 있어서의 자기의 일거일동이 원수들에게 대한 철퇴(鐵槌)[43]이며 새 조국건설의 동력이라는 것을 인식하는 경지에로까지 발전하여 갱내 암석을 뚫기 위한 자동 송곳을 조종하면서 이것이 곧 원수 왜놈의 심장에다 박아주는 송곳이라는 것을 느끼는 프라이드와 환희를 갖는다.

---

41) 타잎(원문) → 타입(type): 어떤 부류의 형식이나 형태. '모양', '생김새', '유형'으로 순화.
42) 철두철미(徹頭徹尾): 처음부터 끝까지 철저하게.
43) 철퇴(鐵槌): 쇠몽둥이.

이러한 프라이드와 환희는 마침내 민족적 감격에로 고양되어지는 바 있어 조국을 아끼며 민족을 사랑하는 정성이 민족의 영명한 지도자 김일성 장군의 초상화를 보자 일층 아름답게 연소되어졌던 것이니

보시오
놀라시오
자랑하시오
우리들의 전부가 여게 있소
삼천만겨레가…………
오! 우리의 장군!

이렇게 감격의 노래를 읊조린다.

이 작품은 인간의 성장을 단순한 개념으로서가 아니라 실지 노동과정에서 형상하고 있는 한편 재수의 사회적 성분을 또한 그 성장의 요소로서 배합하고 있다는 점에 있어 작자는 그 용의의 주도함을 보여주고 있다. 다시 말하면 재수는 일제 통치 시대에는 업수임과 착취를 당했고 해방 후에는 북조선 토지개혁으로 진실로 산다는 것의 기쁨과 산다는 것의 고마움을 받게 된 순소작농의 아들이었다는 것을 이 작품 전체의 균형에 있어 아무 무리 없이 통일적으로 배정 형상하고 있어 재수의 성장을 자연스럽게 인상줄 뿐만 아니라 이 가운데는 또한 노농제휴(勞農提携)[44]의 정신이 깃들이고 있다는 것을 알 수 있게 된다.

뿐만 아니라 이 작품은 우리가 상식적으로라도 알아야 할 탄광에 대한 여러 가지 지식을 예술적인 설계로서 알려주고 있어 이것은 이 작가가 얼마나 실지 생산장에 대하여 깊은 관심을 가지고 있느냐 하는 것의 반응이려니와 더욱이 재수가 굴속에 있어서만 아니라 굴밖에 있어서도 생활의 진실성을 갖는다는 것 다시 말하면 굴속의 재수와

44) 노농제휴(勞農提携): 사회주의 혁명을 위한 계급 투쟁에서 노동자 계급과 농민 계급이 손을 잡고 함께 싸워 나가는 일.

굴밖의 재수가 완전히 통일된 인생이라는 것을 형상화하기 위하여 담뱃불 죽이는 장면을 창조하고 있다는 것은 얼핏 보면 대수롭지 않은 범상한 사말사(些末事)[45] 같으나 갱도 노동자의 실지생활에 대한 지식이 없고서는 기(期)하기 힘든 묘한 착안이었다고 생각한다.

이러한 여러 가지 장점을 가지는 한편 이 「탄갱촌」은 아무런 지리적 배경을 갖고 있지 않기 때문에 우리는 끝까지 읽으면서도 종내 그것이 어디에 있는 어떠한 탄광인지는 알 수 없는 것이 되어버리고 만다. 둘째로 이 탄광은 경리의 실체가 뚜렷하지 않다. 지금의 갱부들은 일제 시대 모양으로 착취적인 노자관계가 아니라는 것을 작자는 말하고[46] 있기는 하나 탄광경리[47]의 실체에 관한 아무런 형상도 없기 때문에 그것이 현실적 구체성으로서 살아 있지는 못하다. 이 작품은 어떻게 보면 탄광을 노동자가 경영하는 것 같이 말하고 있으나 북조선의 현실은 인민의 정권인 북조선인민위원회가 직접 관리함으로써 생산력을 건국의 방향에로 총집결하고 있는 것이니 이 작품은 이런 것을 구체적으로 제시하여 8·15 이후의 노동자의 위치를 명확히 형상했어야 할 것이다.

셋째로 풍부한 재료가 침착히 정리되어진 작품이기는 하나 그 재료들이 완전히 발효되지 못한 채로 행문되어진 약점에서도 또한 자유로울 수는 없는 작품이라는 것을 지적한다.

이기영 씨의 「개벽」

이 작품은 토지개혁을 테마로 한 작품이다. 토지개혁으로부터 얻어진 농민의 해방과 그 해방의 전취(戰取)[48]에서 오는 생활상의 기쁨과

45) 사말사(些末事): 자질구레하여 중요하지 아니한 일.
46) 말고하(원문) → '말하고'의 오식.
47) 炭鑛 理(원문) → '炭鑛經理'의 오식.
48) 전취(戰取): 싸워서 목적한 바를 얻음.

희망을 원 첨지의 가정을 통하여 형상화하고 있을 뿐만 아니라 농촌의 새싹으로서의 농민위원회의 발전까지도 취급하고 있다.

우선 이 소설은 역사적으로 의의 깊은 토지개혁을 테마로 한 최초의 작품이라는 면에서만 생각한다 할지라도 이 작가가 얼마나 투철한 정치적 관심을 가지고 있는가를 알 수 있게 된다.

뿐만 아니라 전체적으로 작품 구성이 규격이 째였고 그 문장도 원숙된 면목을 보여주고 있다. 그리고 이 작자는 농민의 심리를 잘 알고 있다. 그러기 때문에 토지개혁 이후의 농민을 무조건하고 영웅화하는 통속성을 범하고 있지는 않다. 봉건성과 무지에서 오는 소극성을 잘 포착하여 형상하고 있다. 가령 지주의 반동적 언사에 미혹되어 토지를 도루 찾았다고 좋아서 활개를 치며 덤비다가 세상이 뒤바뀌는 날엔 지주한테 또 경을 칠는지도 모른다는 의구지심(疑懼之心)에서 완전히 자유로울 수는 없어 마침내 이 핑계 저 핑계로 집안 식구들만 내보내고 자기는 토지개혁 경축시위에 참가하지 않는 원 첨지의 형상은 토지개혁 직후의 농민세계에 아직도 봉건적 잔재가 남아 있다는 것의 전형적 표현이다. 그리고 지문에 있어서나 대화에 있어서나 우수한 장면이 많아 가령 원 첨지 가족들이 토지개혁 경축시위 행렬에서 돌아와 감격을 주고받는 가정풍경이라든가 또는 농촌위원회에서 돌아올 아버지를 대접하기 위하여 그의 아들딸들이 장터로 또는 들[野]로 혹은 술[酒]을 혹은 더덕이[49] 나물을 구하러 가는 장면은 실로 아름답기도 하거니와 약여(躍如)하게[50] 그리고 지극히 자연스럽게 형상되어지고 있다.

그러나 이러한 것들은 이 작품이 가지는 기본적 제결점까지를 부인하는 것일 수는 없다.

첫째로 작가가 생활을 통한 산[生] 감정으로서 작품을 창조하지 못하고 한낱 관념적 조작으로서 제작하고 있다는 폐단을 실지 작품 형

---

49) 드덕이(원문) → 더덕: 초롱꽃과의 여러해살이풀.
50) 약여하다(躍如--): 눈앞에 생생하게 나타나다.

상에 있어 들어내이고 있다. 이러한 폐단은 지주 황 주사의 형상에 있어 구체적으로 표현되어지고 있는 것이다.

이 작품에 형상된 지주 황 주사는 토지개혁 경축행렬을 바라보면서 그것을 도깨비의 장난같이 보며 자기 자신에 대해서도 이거 내가 미치지 않았는가 하고 생각한다. 작자는 이에 잇따라서 황 주사가 고기 한 근을 마음대로 사먹지 않으면서 지독스레 치부했다는 사실을 들어

"이것이 정말 도깨비에 홀린 게 아니면 무엇일까"

하고 말하고 있는 것이다.

지주[인물]에 대한 이러한 취급방식 가운데에는 두 가지의 잘못이 있는 것이니 하나는 지주를 리얼하게 그리는 대신에 희화화하고 있다는 점이다. 토지개혁을 당한 지주가 희화의 대상이 되기에는 그들의 분노가 너무나 현실적이며 너무나 구체적이며 그들의 보복심 또한 아주 투철한 바 있다는 것을 알아야 할 것이다.

또 하나는 지주의 치부의 원인을 가장 본질적인 착취관계에서 보지 않고 고기 한 근조차 마음놓고 사다먹지 않은 아주 지독스런 인색에다 한말로 말하자면 근검저축에다 두고있다는 잘못을 범하고 있는 것이다. 이것은 물론 의식적인 소작(所作)이 아니라는 것은 잘 알 수 있는 일이나 그러나 그 결과에서 볼 때 지주[인물]를 단순히 희화적으로 취급하였기 때문으로 해서 그 형상과정에서 예기치 않은 과오를 범했다는 것만은 부인할 길이 없는 것이다.

둘째로 환경의 변화에 따르는 인물의 변화가 없다. 다시 말하면 환경은 실로 눈부신 발전을 하였음에도 불구하고 인물은 고정화되어 있다. 이러한 결점은 원 첨지의 형상에 있어 구체적 표현을 갖는다. 토지개혁 직후의 원 첨지가 지주의 반동적 언사에 미혹되어 반신반의의 소극성을 가진다는 것은 앞에서도 말한 바와 마찬가지로 농민심리 가운데의 봉건적 부면(部面)을 리얼하게 표현한 것으로서 필요한 일이었으며 또한 진실성을 가지는 일이었으나 그러나 토지개혁에 따르는 농촌의 제반환경이 발전하여 원 첨지가 농촌위원회의 위원의 한 사람이

된 그때에까지 원 첨지를 한갓 피동적 인물로서 유머러스하게만 취급하고 있는 것은 옳지 못하다. 물론 넓은 현실에는 이러한 인물이 실재할 수가 있으며 또 실재하는 것이 사실이다. 그러나 리얼리즘의 본도(本道)가 단순한 실재의 반영인 것 이상으로 객관적 현실에 근거하여 사회발전의 역사적 필연성 위에서 인물을 창조해 나가는 데 있는 것임은 두말할 것도 없는 것이니 작자는 응당 환경의 발전과 함께 인물 원 첨지도 발전적으로 창조해 냈어야 할 것이다. 더욱이 원 첨지는 이 작품의 주인공이었기 때문에…….

셋째로 인물 안배의 공식성과 단조성을 지적하지 않을 수는 없다. 이 작품에는 기본적으로 지주와 소작인만이 등장하고 있으나 이러한 방식의 인물 안배는 8·15 이후의 농촌의 현실을 비비드[51]하게 살릴 수는 없었던 것이다.

8·15 이후의 농촌에는 학병으로 잡히어갔던 학생 징용 또는 이른바 보국대(報國隊)[52]로 끌리어 갔던 여러 층의 인물들이 있을 것이니 이러한 인물들이 넓은 외계의 소식을 갖고 토지개혁의 기쁨 가운데 다채하게 참가하는 세계가 필요하였던 것이다.

그러면 상술한 바와 같은 여러 가지 결점은 어디에 연유되는 일일까? 그것은 한말로 말하자면 발전되고 변혁된 8·15 해방 이후의 농촌 및 농민을 봄에 있어서도 작자는 아직도 8·15 이전에 있어서 농촌과 농민을 보던 그때의 눈을 채 향상시키지 못한 때문이라고 생각하는 바이다.

이상 작품들에서 얻은 결론적인 소감을 말하자고 하면 우리는 무엇보다도 먼저 우리의 창작부대가 민주역량 제고에 그리고 민주문화 발양[53]에 커다란 공헌을 기여해 왔었다는 사실을 인정하지 않을 수는

---

51) 비빗드(원문) → 비비드(vivid): ① 생생한. ② 선명한, 강렬한. ③ 활발한.
52) 보국대(報國隊): 일제 강점기에, 우리나라 사람을 강제 노동에 동원하기 위하여 만든 노무대.

없게 된다.

이 점에 있어 우리는 크게 자부하며 앞으로의 비약적 발전을 위하여 가일층 분발 노력하지 않아서는 아니될 것이다. 그러나 한편 우리가 상술한 바에서 발견한 가장 기본적인 약점을 총괄해서 말하자면 어떤 것들이 있을 것인가.

첫째로 새로운 현실과 대담히 맞닥뜨려보려는 앰비셔스[54]한 작가적 태도를 가짐이 없이 개념상의 자기적 소세계에다가 그저 새로운 현실의 몇몇 요소를 접목적으로 가공하는 정도에서 자기 작품의 현대성을 의장(擬裝)하려는[55] 태도이다.

둘째로 새로운 현실과 맞닥뜨려 보기는 하는데 작가 자신의 '눈'이며 수법은 의연 구각(舊殼)[56]을 채 탈피하지 못한 경지 다시 말하면 8·15 해방 이전의 개념이라든가 수법에 대한 투철한 자기반성과 자기비판 없이 새로운 현실을 요리하려는 데로부터 빚어지는 약점을 들지 않을 수 없다.

셋째로 새로운 현실에 취재하면서도 투철한 에스프리가 없이 예하자면 어떤 정책의 해설주의에서 별반 상거(相距)를 갖고 있지 못한 태도이다. 그러나 어떠한 경우에 있어서임을 막론하고 예술은 단순한 해설이 아니라 표현이었던 것이다. '창조'는 '표현'인 곳에서만 자기를 주장케 되는 법이다.

넷째로 신세리티[57]의 희박에 대하여 자기반성을 편달할 필요를 느낀다.

"나는 작품을 대했다고 생각했는데, 어느덧 하나의 인간을 발견한 기쁨을 가졌다"라는 술회는 파스칼의 말이었거니와 독자에게 이러한 희열과 감동을 주기 위하여는 작자는 우선 작중인물에게다 신세리티

---

53) 發場(원문) → '發揚'의 오식.
54) 암비셔스(원문) → 앰비셔스(ambitious): ① 야심 있는. ② 야심적인, 어마어마한.
55) 의장하다(擬裝--): 비슷하게 꾸미다.
56) 구각(舊殼): 낡은 껍질이라는 뜻으로, 시대에 맞지 않는 옛 제도나 관습 따위를 이르는 말.
57) 신쎄리티(원문) → 신세리티(sincerity): 성실, 정직. 표리가 없음.

를 입김 부어줄 줄을 알아야 하며 그러기 위해서는 작가 자신이 또한 풍부한 신세리티의 수련에 혜택되어져야 할 것이다.

다섯째로는 나는 일부 신인 가운데서 세련된 행문과 풍부한 감성을 발견코 우리 문학의 앞날을 위하여 심히 경하(慶賀)롭게 생각하였다는 기쁨을 이 자리에서 나누려하거니와 그와 동시에 이들 일부 신인에게는 시대의식이 지극히 미약하다는 것도 또한 부인할 수 없는 사실이다.

이것은 이들 일부 신인이 경향문학사적으로는 완전히 블랭크[58]이던 프로문학 퇴조 이후의 시기에 문학수업을 시작한 사람들이라는 특성에 의하여 경향문학적 영향보다는 순수예술의 입김을 보담 많이 호흡하면서 자라왔었기 때문인 것이니 이 점에 있어 기성은 기성대로 자기 책임을 느껴야 할 일이어니와 신인은 또한 신인대로 자기 의식세계에 대한 준열한 자기반성과 자기향상을 갖지 않아서는 아니될 것이다.

부기(付記) 이상 작품 외에도 취급하려고 한 작품으로서 남궁만 씨의 「복사꽃 필 때」, 김창만 씨의 「북경의 밤」, 신고송 씨의 「들꽃」, 유항림 씨의 「개」 등이 있었으나 지면관계로 취급하지 못하였다는 것을 말하여 둔다.

1946년 12월 10일

—출전: 『문화전선』 3, 1947. 2.

58) 브랑크(원문) → 블랭크(blank): (글자가 없는) 빈, 녹음되지 않은.

民族藝術과 民族文學建設의 高尙한 水準을 爲하여

安 漢

偉大한 쏘련軍隊의 英雄的犧牲으로말미아마 解放된 北朝鮮에있어서는 民主主義朝鮮自主獨立國家建設을 위한 民主主義的政治 民主主義的經濟 民主主義的文化의 絢爛한 建設을위한 前提條件들이 造成되였다。

北朝鮮人民政權의 樹立과 北朝鮮의 決定的經濟土台와 人民的所有는 모든文化建設事業이 祖國과人民의 福利를爲한 方面으로 나가게하였으며 朝鮮民族史上에 처음으로 全人民大衆이 文明의 惠澤을 享有할수있게 되였을뿐만안이라 勞動者 農民 인테리겐차 全人民大衆이 새로운 朝鮮文化의 創造者로써 나서게되였다。

金日成將軍이 發表하신「二十個政綱」의 基本精神의 具体化로써 北朝鮮人民政權은 北朝鮮에있어서의 民主主義的文化發展을위한 巨大한 國家的對策들을 實施하였다。長期間의 日本帝國主義의 惡毒한 統治의 結果로써 나

―『문화전선』 5, 1947. 8.

민족예술과 민족문학건설의 고상한 수준을 위하여

: 안막

위대한 소련군대의 영웅적 희생으로 말미암아 해방된 북조선에 있어서는 민주주의 조선 자주독립국가 건설을 위한 민주주의적 정치 민주주의적 경제 민주주의적 문화의 현란한 건설을 위한 전제조건들이 조성되었다.

북조선 인민정권의 수립과 북조선의 결정적 경제토대의 인민적 소유는 모든 문화 건설 사업이 조국과 인민의 복리를 위한 방면으로 나가게 하였으며 조선민족사상에 처음으로 전 인민대중이 문명의 혜택을 향유할 수 있게 되었을 뿐만 아니라 노동자 농민 인텔리겐치아[1] 전 인민대중이 새로운 조선문화의 창조자로써 나서게 되었다.

김일성 장군이 발표하신 '20개 정강'[2]의 기본 정신의 구체화로써 북

---

1) 인테리켄차(원문) → 인텔리겐치아(intelligentsia): 지식층.

2) 김일성, 「조선임시정부수립 앞두고 20개조정강발표!」, 『민주조선자주독립의 길』, 북조선로동당중앙본부 선전선동부, 1947, 2~4쪽.
① 조선의 정치 경제 생활에서 과거 일제 통치의 일체 잔재를 철저히 숙청할 것
② 국내에 있는 반동분자와 반민주주의적 분자들과의 무자비한 투쟁을 전개하며 팟쇼 및 반민주주의적 당 단체 개인들의 활동을 절대 금지할 것
③ 전체 인민에게 언론, 출판, 집회 및 신앙의 자유를 보장시킬 것 민주주의적 정당, 노동

조선 인민정권은 북조선에 있어서의 민주주의적 문화 발전을 위한 거대한 국가적 대책들을 실시하였다. 장기간의 일본 제국주의의 악독한 통치의 결과로써 나타난 조선민족의 현저한 문화적 낙후성을 급속히 극복하고 소련을 위시한 외국의 선진적 과학 예술 문학을 적극적으로 섭취하며 조선민족문화유산을 정당히 계승하여 찬란한 민주주의 조선민족문화를 수립하기 위한 국가적 요청은 조선 인텔리겐치아 대열에 거대하고도 고귀한 책임을 부여하였다. 조선 노동자 농민은 민주주의를 위한 실제 투쟁 속에서 조선 인텔리겐치아들과 더불어 튼튼한 동맹을 형성하였고 정치 경제 문화 전 분야에 있어서 전 역량을 조국건설을 위해 바쳐왔다.

조합, 농민조합 및 기타 민주주의적 사회단체의 자유롭게 활동할 조건을 보장할 것

④ 전 조선 인민은 일반적으로 직접 또는 평등적으로 무기명투표에 의한 선거로서 지방의 일체 행정기관인 인민위원회를 결성할 의무와 권리를 가질 것

⑤ 전체 공민들에게 성별 신앙, 및 자산의 다소를 불구하고 정치, 경제, 생활 제조건에서의 동등한 권리를 보장할 것

⑥ 인격, 주택의 신성불가침을 주장하며 공민들의 재산과 개인의 소유물을 법적으로 보장할 것

⑦ 일본 통치시에 사용하며 그의 영향을 가진 일체 법률과 재판기관을 폐지하며 재판기관을 민주주의 원칙에서 건설할 것이며 일반 공민에게 법률상 동등권을 보장할 것

⑧ 인민의 복리를 향상시키기 위하야 공업, 농업, 운수업 및 상업 등을 발전시킬 것

⑨ 대기업소, 운수기관, 은행, 광산 삼림을 국유로 할 것

⑩ 개인의 수공업과 상업의 자유를 허락하며 장려할 것

⑪ 일본인, 일본 국가, 매국노 및 계속적으로 소작을 주는 지주들의 토지를 몰수할 것이며 소작제를 폐지하고 몰수한 일체 토지를 농민들에게 무상으로 분배하야 그들의 소유로 만들 것 관개업에 속한 일체 건물을 무상으로 몰수하야 국가에서 관리할 것

⑫ 생활필수품에 대한 시장가격을 제정하며 투기업자 및 고리대금업자들과 투쟁할 것

⑬ 단일하고도 공정한 조세제를 제정하며 진보적 소득세제를 실시할 것

⑭ 노동자와 사무원에게 8시간 노동제를 실시하며 최저임금을 규정할 것 13세 이하의 소년의 노동을 금지하며 13세로부터 16세까지의 소년들에게 6시간 노동제를 실시할 것

⑮ 노동자와 사무원들의 생명보험을 실시하며 노동자와 기업소의 보호제를 실시할 것

⑯ 전반적 인민의무교육제를 실시하며 광범하게 국가경영인 소, 중, 전문, 대학, 학교를 확장할 것 국가의 민주주의적 제도에 의한 인민교육제도를 개혁할 것

⑰ 민족문화, 과학 및 기술을 전적으로 발전시키며 극장, 도서관, 라디오 방송국 및 영화관의 수효를 확대시킬 것

⑱ 국가기관과 인민경제의 제부문에서 요구되는 인재들을 양성하는 특별학교들을 광범히 설치할 것

⑲ 과학과 예술에 종사하는 인사들의 사업을 장려하며 그들에게 보조를 줄 것

⑳ 국가 병원수를 확대하며 전염병을 근절하며 빈민들을 무료로 치료할 것

(한자 → 한글화, 띄어쓰기-인용자)

조선 근로인민의 역량은 조선 민족문화 건설에 있어서도 막대한 승리를 보장하는 원천이 되었다. 이리하여 북조선의 노동자 농민 인텔리겐치아들의 전인민적 노력과 투쟁은 정치적 경제적 생활 분야에 있어서 뿐만 아니라 문화적 생활 분야에 있어서도 위대한 승리를 가져왔던 것이다.

예술과 문화건설 분야에 있어서 본다면 8·15 이후 북조선 각지에는 예술가 문학가들의 새로운 조선 민족예술과 민족문학을 재건키 위한 노력과 투쟁이 자연생장적 분산적 운동으로써 노도(怒濤)[3]와 같이 일어났던 것이다. 북조선 인민정권이 수립된 후 우리 정권은 예술가 문학가들을 조국과 인민에게 복무하는 영광스러운 길로 인도하였으며 예술과 문학 건설 사업을 개인적 사업으로써가 아니라 민주주의 조국 건설을 위한 거대한 국가적 사업의 일부로써 인정하였고 예술과 문학이 가진 바 위대한 역사적 사명과 역할을 높이 평가하였다. 김일성 장군의 특별하신 고려 밑에서 조국과 인민을 사랑하는 전 북조선 예술가 문학가들은 자기들의 전 예술역량과 전 문학역량을 단일한 예술문학조직에 결집시킴으로써 그 전투력을 더욱 위력있게 하며 우리 조국과 우리 인민과 우리의 위대한 영도자께 보다 충실하려 하였다. 이리하여 1946년 3월 25일 북조선문학예술총동맹[4]은 창립되었던 것이다.

'문예총'에 결집된 예술과 문학의 종사자들은 민주주의 조국건설의 위업의 달성을 위하여 현란한 민주주의 민족예술과 민족문학의 개화를 위하여 헌신적으로 노력하였으며 투쟁하여 왔다. 북조선에 있어서의 예술문학의 발전은 무풍(無風)[5]의 평화로운 온실 속에서 이루어진 것이 아니라 위대한 조국건설을 위한 영예롭고 장엄하며 견결한 투쟁 속에서 이루어진 것이며 국가적 애호 속에서 성장하였으며 성장하고

---

3) 노도(怒濤): 어떤 무리들이 무서운 기세로 달려 나가는 모습을 비유적으로 이르는 말.

4) 북조선문학예술총동맹 → '북조선예술총련맹'의 오류(「북조선 예술 총련맹 규약」, 『문화전선』 1, 1946. 7, 88쪽).

5) 무풍(無風): 다른 곳의 재난이나 번거로움이 미치지 아니하는 평화롭고 안전한 상태를 비유적으로 이르는 말.

있는 것이다.

북조선 예술가 문학가들은 조국과 인민이 자기들에게 부여한 고귀한 과업을 원만히 달성키 위하여 위대한 시대에 부끄럽지 않은 고상한 사상성과 예술성을 가진 예술창조와 문학창조를 가져오기 위하여 자기들의 재능과 역량을 아끼지 않았다. 북조선 인민들은 자기의 예술가 문학가들을 존중하였으며 격려하였다. 인민들은 예술가 문학가들의 매개(每箇)의 성공된 창조물을 자기의 승리로써 인정하였고 기뻐하였다. 불성공한 창조물을 자기의 패배으로써 인정하였고 슬퍼하였다. 이처럼 북조선에 있어서는 예술과 문학 건설 사업은 인민들과의 혈연적 사업으로 되었으며 예술가 문학가들은 자기의 운명을 인민의 운명과 분리시키지 않았다.

이리하여 북조선에 있어서의 민주주의 민족예술과 민족문학 건설 사업은 2년이 채 못되는 짧은 기간에 거대한 승리를 가져왔던 것이다. 물론 우리 예술과 문학은 나어린[6] 예술과 문학이며 아직도 그 잠재력을 전적으로는 발양시키지 못하였지만은 그러나 오늘날 북조선의 예술가 문학가들이 축적해 논 찬란한 성과는 조선 문학과 예술이 머지않은[7] 장래에 세계문화사상에 새로운 광채를 가져올 위대한 예술과 문학으로써 형성될 막대한 가능성을 보여주고 있는 것이다. 이 사실은 반민주주의 반동파들이 여하히 부정하려 하여도 부정할 수 없는 사실이다.

그러나 북조선에 있어서의 민주주의 민족 예술과 문학 건설의 현란한 승리가 있었다 하더라도 이것은 우리들의 첫 승리에 불과한 것이다. 문명하고 부강한 민주주의 조국건설을 위한 위업 인민경제 부흥과 발전계획 실행은 예술문학 건설 사업에 있어서 뿐만 아니라 전 문화건설 사업의 보다 높은 승리와 보다 높은 수준을 요구한다.

오늘날 조선 인민들 앞에 놓여있는 과업은 실로 위대하고도 곤란한

6) 나어리다: (비유적으로) 생겨난 지 오래지 아니하다.

7) 머지않다: 시간적으로 멀지 않다.

과업이다. 이 과업은 조선 인민들이 민주주의적 고상한 사상을 가진 각성있는 조국건설자가 되며 우리 인민정권의 정책을 옳게 이해하며 이 정책의 실현을 위하여 만난을 극복하고 헌신적으로 노력하며 투쟁함으로써만이 달성할 수 있는 것이다. 고상한 사상은 민주주의적 새조선 사회의 발전을 촉진시킬 것이며 그 위력의 원천을 증가시킬 것이다. "인민의 정신적 재산은 물질적 재산보다 귀중한 것이다."(즈다노프) 해방 이후 단기간에 있어서 북조선 인민들의 위대한 승리는 우리 정권이 민주주의적 고상한 사상으로써 인민들에게 높은 자각성과 문명성을 주입하면서 인민 속에서 실시한 광범한 교양 사업과 문화건설 사업의 결과이다.

우리 조선 인민들의 의식에는 위대한 전변(轉變)이 생겼던 것이다. 일본 제국주의의 악독한 식민지적 노예정책의 결과로써 나타난 낡은 사상으로부터 조선 인민들의 의식상의 부단한 정화가 행하여지고 있는 것이다. 그러나 조선 인민들의 의식에 의하여서의 일제적(日帝的) 잔재는 아직도 근절되지는 못하였다. 그럼으로 일본 제국주의적 노예사상의 잔재를 뿌리 채 소탕하여 민주주의적 정신을 조선 인민들에게 부단히 넣어주는 것은 오늘날의 중요한 정치적 과업의 하나로 되는 것이다. 이것은 조선 인민들의 정신적 문화적 우수성의 창조를 의미하여 조선 인민들의 고상한 민족적 품성의 배양을 의미하는 것이다.

우리 조선 인민들 특히 우리 청년들로 하여금 조국과 인민을 진실로 사랑하는 헌신적 애국자가 되게 하며 조국과 인민의 이익을 무엇보다 고상히 여기며 조국과 인민의 복리를 위하여 투쟁하며 민주주의를 위한 투쟁에 있어서 용감한 혁신자가 되며 어떠한 난관이든지 능히 극복할 수 있는 준비성을 가지며 조국의 원수들에게 대하여 무자비한 자가 되며 선진적 우방과 친선할 줄 알며 세계평화와 인류의 행복을 위하여 공헌할 줄 아는 그러한 고상한 민족적 품성을 가진 '새로운 조선 사람'으로 형성하는 데 있어서 예술과 문학은 다른 민주주의적 문화수단들과 더불어 그 역할은 거대하고도 고귀한 것이다.

그럼으로써 스탈린 대원수는 “작가는 인간정신의 기사이다”라 하였으며 김일성 장군은 우리 예술가 문학가들을 격려하는 말씀 가운데 “민족의 보배”라고 이름지었던 것이다. 실로 조선예술과 조선문학은 조선 인민들의 도덕적 정치적 통일성을 촉진시키며 그들을 민주주의 조국건설을 위한 영웅적 노력과 투쟁으로 고무하며 조직하는 강력한 무기인 것이다. 이것은 무엇을 말함이냐. 우리 예술과 문학에게는 국가와 인민의 이익 밖에 다른[8] 이익이 있을 수 없으며 국가와 인민에게 복무하는 거기에 그 고귀한 사명과 빛나는 위력이 있음을 말하는 것이다. 또한 이것은 우리 예술과 문학이 그 고귀한 사명과 빛나는 위력을 원만히 달성키 위하여서는 그것이 고상한 사상적 및 예술적 수준을 확보하여야함을 책임지우는 것이다. 오늘날 조선 인민들의 사상적 문화적 수준은 현저히 장성되었다. 민주주의 조국건설을 위한 투쟁 속에서 영웅적 인민 승리적 인민의 영예를 전취(戰取)하면서 나날이 높은 곳으로 올라가고 있는 조선 인민들은 이미 어떠한 정신적 산물이든지 주는 대로 받아드릴 수 있는 정도까지 성장되었다. 이것은 무엇을 말함이냐. 이것은 우리 예술과 문학이 성장된 조선 인민의 수준까지 올라가 있어야만 함을 말함이다.

그럼에도 불구하고 북조선에 있어서의 민주주의 민족예술과 민족문학 건설에 있어서 우리는 그 찬란한 승리와 아울러 또한 허다한 결점들을 발견하는 것이다. 그럼으로써 우리 예술과 문학 건설 사업에 대한 대담스럽고 원칙적인 비판과 자아비판을 강력히 전개하여 그 우수한 결과를 더욱 공고확대(鞏固擴大)하며 그 결점들을 적절히 극복함으로써만이 조국과 인민에 복무하는 예술과 문학으로써의 고귀한 역할을 원만히 달성시킬 수 있을 것이다.

현재 북조선에서 발표되고 있는 문학작품과 예술작품은 조선 인민의 성장된 사상적 문화적 수준에 비추어 조국과 인민에게 복무하는

---

8) 다루(원문) → 다른.

조선 문학과 예술의 거대한 임무로부터 현저히 낙후되고 있다. 예술가 문학가들의 창작적 일반수준의 저도(低度)[9] 사상적 무장의 부족 예술적 수단의 빈곤 긴장한 창조적 노력의 결핍 등은 고상한 사상성과 예술성을 가진 진실로 인민들이 이해할 수 있으며 인민들이 사랑할 수 있으며 인민들의 심장을 고동시킬 수 있으며 인민들의 생활을 아름답게 하며 인민들의 정신적 문화를 풍부케 하는 그야말로 위대한 시대에 부끄럽지 않은 시, 소설, 희곡, 평론 및 연극, 음악, 무용, 미술, 영화를 원만한 정도로 내놓지 못하게 하였다. 이것은 우리 예술과 문학이 가진 바 고귀한 역할을 원만히 수행 못하고 있음을 말하는 것이다.

우리 예술가 문학가들은 조선민족의 전 생활 분야에 침투하여 조선적 큰 예술적 주제를 찾으며 조선 사람의 노력과 투쟁과 승리와 영예를 고상한 사실주의적 방법으로 그려내는 데 있어서 아직도 원만치 못하다. 우리 예술가 문학가들은 조선예술과 문학사상에 일찍이 볼 수 없었던 무한히 광대한 무한히 풍부한 소재가 놓여 있음에도 불구하고 무엇을 어떻게 그릴 줄 모르며 현실을 올바르게 반영하는데 있어서 충분치 못하며 고리키가 말한 "약속된 미래"를 보여주는 데 있어서 아직도 거리가 멀다. 어떠한 인간의 전형이 오늘날 새로운 조선 예술과 문학이 요구하는 진실한 의미의 고상한 조선 사람의 전형임을 명확히 이해치 못할 뿐 아니라 그러한 고상한 조선 사람의 전형을 형성하는 데 대하여 적절한 주의를 돌리지 않는다.

몇 개의 문학작품 가운데에서 예를 들어보면 토지개혁을 그린 「해방된 토지」라는 희곡에 있어서 작자는 지주의 아들[10]이며 일제 시대의 면장을 하던 자로 하여금 열렬한 애국자의 전형을 만들려 하였고 가장 부지런하고 가장 피땀을 흘리며 토지를 장만한 자로 하여금 지주의 전형으로 만들어 놈으로써 우리 조선문학의 긍정적 전형과 부정적 전형에 대한 부정당한 이해를 폭로하였다. 이 작자는 토지개혁의 의의

9) 저도(低度): 낮은 정도.
10) 이들(원문) → 아들.

를 잘못 이해하였고 그리됨으로써 이 작품은 독자와 관중들을 지주에 대하여 동정하는 방향으로 이끌어나가는 결과를 가져오게 함으로써 우리 문화전선에 명예롭지 못한 기록을 남겨놨던 것이다. 남조선의 인민항쟁을 그린 「불어라 동북풍」이라는 희곡에 있어서는 작자는 남조선 어느 도시에 있어서의 반민주주의 반동파의 거두와 그 아들 삼 형제를 하나는 반동파로 하나는 현실도피자요 하나는 열렬한 애국자로 만들어 이 부자 네 사람을 통한 가정 내의 사상적 갈등 속에서 인민항쟁을 그려보려 하였고 결국에 있어서 이 작품은 남조선의 인민항쟁을 옳게 반영시키지 못하였고 우리 문학이 요구하는 진실한 애국자의 전형을 우리의 현실과 아무런 관련성 없는 허공에다가 만들어 놓음으로써 「해방된 토지」의 작자와 대동소이한 옳지 못한 불합격품을 내놓았던 것이다.

적지 않은 우리의 작가들이 새로운 노동자를 그리는 데 공장에서 광산에서 철도에서 민주주의 조국건설을 위하여 인민경제 발전계획의 예정숫자를 넘쳐 실행하기 위하여 모든 난관을 극복하면서 새로운 창의와 새로운 방법을 탐구하면서 영웅적인 노력과 투쟁을 아끼지 않는 그야말로 위대한 미래를 바라다보고 나날이 높은 곳으로 올라가는 새로운 노동자의 전형을 그릴 줄 모른다. 새로운 농민을 그리는 데 있어서 토지를 얻은 농민이 조국에 대한 애국적 지성으로써 경작면적을 확장하며 농사기술을 향상시키며 국가의 요청에 대답키 위하여 열성적으로 헌신하는 새로운 농민의 전형을 그릴 줄 모른다. 새로운 인텔리겐치아를 그리는 데 있어서 자기의 재능과 지식을 조국과 인민을 위하여 헌신적으로 적용하는 고상한 목표를 향하여 아무런 주저 없이 나아가는 그러한 새로운 인텔리겐치아의 전형을 그리는 대신에 무용의 공론과 회의와 주저 속에서 방황하는 협소한 개인적 유습에서 탈겁(脫劫)되지[11] 못한 낡은 인텔리겐치아를 보여주는 데 불과한 것들이

11) 탈겁하다(脫劫--): 언짢고 우중충한 기운이 없어지다.

많다.

우리 창작가들은 무엇보다도 진정한 의미의 고상한 조선 사람의 전형이란 어떠한 것인가를 명확히 이해하여야 하며 그것을 형성하는데 선구적 역할을 놀아야 한다. 오늘날 새로운 조선문학에 있어 요구되는 새로운 긍정적 전형은 국가와 인민을 진심으로 사랑하는 민주주의 조국건설을 위하여 헌신적으로 투쟁하는 모든 낡은 구습과 침체성에서 벗어난 높은 민족적 자신 민족적 자각을 가진 고상한 목표를 향하여 만난을 극복할 줄 아는 모든 문제를 해결하는 데 있어서 높은 창의와 재능을 발양(發揚)하는[12] 고독치 않고 배타적이 아닌 다른 사람들과 더불어 또 다른 사람을 이끌고 용감하게 나아가는 그야말로 김일성 장군께서 말씀하신 생기 발발한[13] 민족적 품성을 가진 그러한 조선 사람의 형상을 말하는 것이다.[14]

우리 조선문학의 새로운 영웅은 파제예프가 "새로운 역사적인 영웅은 대중의 환영을 받는 영웅이며 그의 살이 곧 대중의 살이 되고 그의 뼈가 곧 대중의 뼈"라고 말할 그러한 조선 사람인 것이다. 이렇게 생각할진댄 오늘날 우리 창작가들의 새로운 조선 사람의 고상한 전형을 창조하는 데 있어서의 성과는 너무나 원만치 못함을 지적하지 않을 수 없다. 아직도 우리 작품 가운데 '무의미한 인간' '허수아비 주인공'들이 무기력하고 수동적이며 연약하고 주저와 연민을 말하는 낡은 사회의 인간들이 너무나 많다는 것이다. 물론 진정한 의미의 고상한 조

---

12) 발양하다(發揚--): 마음, 기운, 재주 따위를 떨쳐 일으키다.

13) 발발하다: 발랄하다./발발하다(勃勃--): 기운이나 기세가 끓어오를 듯이 성하다.

14) "지난날 日本帝國主義가남겨놓고간 一切墮落的 末世紀的 頹廢的遺習과 生活態度를 淸算하고 生氣발발한向上하며 躍進하는 새로운 民族的氣風을 創造하여야할것입니다."(김일성, 「북조선민주선거의총결과 인민위원회의당면과업」, 『민주조선자주독립의 길』, 북조선로동당중앙본부선전선동부, 1947, 94쪽) → 개작 판본: "우리는 지난날 제국주의가 남겨놓고 간 모든 타락적이고 퇴폐적인 유습과 생활 태도를 청산하고 생기 발랄하고 약동하는 새로운 민주 조선의 민족적 기풍을 창조하는 거대한 사상 개조 사업을 수행하여야 하겠습니다."(김일성, 「민주 선거의 총화와 인민 위원회의 당명 과업—북조선 림시 인민 위원회 제3차 확대 위원회에서 한 연설 1946년 11월 25일」, 『김일성선집(1)』, 조선로동당출판사, 1963, 262쪽)(강조-인용자)

선 사람의 전형을 창조한다는 것은 결코 단순하고 안이한 일이 아니며 복잡하고도 지난한 일이다. 그러나 이 임무는 무한히 영예로운 임무이며 오늘날 우리 창작가들이 그것을 위하여 보다 높은 관심과 보다 높은 노력을 축적치 않고서는 우리 조선문학의 고상한 높이는 달성될 수 없을 것이다.

오늘날 우리 예술가 문학가들의 작품 가운데 값높은 작품과 아울러 불합격이 많고 극히 조제품(粗製品)[15]들이 적지 않게 나타나고 있다는 것은 묵과할 수 없는 사실이다. 이것은 우리 조국과 인민에게 커다란 손실을 주는 것이다. 상기한 바와 같이 조선 인민들의 사상적 문화적 수준은 현저히 성장되었고 그들의 예술적 문화적 욕구는 부단히 증대되어 가는 것이다. 우리 조선 인민들은 이미 하룻밤 사이에 만들어 논 것 같은 조제품들에 대하여 만족을 느낄 수 없으며 그러한 조제품들을 예술작품이며 문학작품이라 부름은 허용치 않는다. 우리 출판물 방송 극장 전람회 등에서 하등의 긴장한 창조적 노력을 찾아볼 수 없는 시, 소설, 희곡과 아울러 태본(台本)[16] 연출 연기에 있어서 극히 조잡하고 준비되지 않은 연극 길거리 간판에 불과한 미술 기본연습하나 열심히 하지 않은 음악과 무용 등이 적지 않게 나타나고 있다는 것은 더구나 그것이 우리들의 중요한 문학가 예술가들의 창조물 가운데에서도 발견된다는 사실은 우리 민족예술과 민족문학 건설에 있어서 급속히 극복하여야만 할 중대한 결점들이다.

조국과 인민이 우리 예술가 문학가에게 기대하는 바는 지대한 것이다. 우리 예술가 문학가들의 부여된 임무의 원만한 수행은 그러한 안이한 길 위에서 달성될 수 없으며 그것은 오직 예술가 문학가들의 엄숙하고도 피투성이의 창조적 노력을 통해서만이 달성될 수 있는 것이다. 세계예술문학사상에 남겨 논 찬연한 작품들은 일조일석에 쉽사리 산생된 것이 아니요 예술가 문학가들의 무한한 헌신성과 무한한 진실

15) 조제품(粗製品): 막치. 되는대로 마구 만들어 질이 낮은 물건.
16) 태본(台本): だい-ほん[台本]. 대본(臺本). 각본(脚本).

성을 통해서 산출된 것임을 깊이 인식하여야 한다.

그럼으로 우리 예술가 문학가들을 긴장한 창조적 노력에 궐기시키기 위한 문제는 오늘날 우리 예술과 문학 앞에 놓여 있는 가장 중요한 문제의 하나이다.

그와 동시에 우리는 재삼(再三)[17] 지적된 바와 같이 시집『응향(凝香)』을 비롯하여『예원써클』『문장독본』『관서시인집』또는 극장 방송 등에서 간별[18]적(簡別的)으로 발견할 수 있었던 부패한 무사상성과 정치적 무관심성은 우리 문화전선에 아직도 '예술을 위한 예술' '예술의 순수' '예술의 자유'의 신봉자들이 '조국과 인민에게 배치(背馳)되는 예술' '조선예술문학에 적합지 않은 낡은 예술문학'의 신봉자들이 남아 있었던 것을 말하는 사실이라는 것은 재삼 강조할 필요를 느낀다. 이것은 민주주의적 조선 민족예술과 민족문학과 대립되는 일본 제국주의의 노예사상의 잔재의 산물로써 이러한 조국과 인민에게 해독을 주는 낡은 사상의 신봉자들에게 북조선의 예술문학의 자리와 출판물 극장 방송들을 제공한 것은 우리 북조선 문화전선의 큰 수치이었다는 것이다. 다른 평가(評家)들이 이미 예를 들었지마는 시집『응향』에서 서창훈이란 시인은 1946년 5월 26일 작으로써

고요한 沙漠의 첫새벽
나는 설레는 가슴을 안고
마음은 지향을 얻지못하고

×

너는 光明을 찾아
異國의 길을 떠난다
네가 온밤중 흘린눈물은
얼마나 나를 안타까웁게 하였으리

17) 재삼(再三): 두세 번. 또는 몇 번씩. '거듭', '여러 번'으로 순화.
18) 간별(簡別): 간단하게 구별해 보거나 갈라 봄.

이 시는 무엇을 말하는가. 작년 5월이라면 북조선에 있어서는 찬란한 토지개혁이 3월 5일 실시되어 토지 받은 농민들의 승리의 고성 소리 높이 울리고 수백만 인민들의 5·1절의 장엄한 행진이 바로 끝난 그 때였다. 이러한 때에 조선시인으로써 조국을 사랑할 줄 알며 인민들의 심장의 고동을 들을 줄 아는 시인이라면 "나는 설레는 가슴을 안고 마음은 지향을 얻지 못하고"라는 고독과 애수를 느끼지 않았을 것이요, 북조선의 위대한 민주주의 건설 속에서 광명을 찾지 못하였던가. "너는 광명을 찾아 이국의 길을 떠난다"라는 염세와 도피의 노래를 읊으지 않았으리라. 이는 남조선의 반민주주의 반동파들의 소굴을 '광명의 이국'으로 여기어 찾아가는 토지개혁을 반대한 반동 지주의 낡은 사상의 표현임에 불과한 것이다.

메ㅅ길 도가에서 化粧한 喪거의 哭聲에 흐르고

아 이밤의 祭曲이 흐르고

墓所를 지키는 망부석의
소리처럼 쓰디쓴 孤獨이여
서거픈 幸福이여

이 시는 『응향』에 있어서의 구상이란 시인의 무기력한 우울과 숙명의 노래였다. 같은 시집 속에서 강홍은[19]이란 시인은 "끓는물 한말 드려마시고 세상사 모두 잊어버리고 싶을때" 그는 어떻게 생각했는가 하면 "세상에 몸을 두고 세상밖에 뜻을 두고 하늘에 구름같이 떠나시며 사오리." 이것은 결국 "북조선에 몸을 두고 북조선 밖에 뜻을 두고 민주건설 다 버리고 떠다니며 사오리"라는 그러한 노래로 밖에는 들

19) 강홍은(康鴻恩) → '강홍운(康鴻運)'의 오류인 듯(「「시집」「응향」에 관한 북조선문학예술총동맹 중앙상임위원회의 결정서」, 『문화전선』 3, 1947. 2, 83쪽).

리지 않는다. 이러한 시들은 무엇을 말함이냐. 비탄과 우울과 도피와 절망은 조국건설을 위한 조선 인민들의 영웅적 노력과 투쟁과는 아무런 연관성 없는 다 죽어 가는 낡은 사상의 신봉자들만이 이해할 수 있는 과거의 유물들이다.[20]

『관서시인집』이 해방기념 특집호라는 데 불구하고 민주건설의 우렁찬 행진을 도피하여 홀로 경제리(鏡濟里) 뒷골목 뒷골방 낡은 여인을 찾아가는 「푸른 하늘이」라는 시의 작자 황순원이란 시인은 이 시에서 암흑한 기분과 색정적인 기분을 읊었던 것이며 그러다가 이 시인은 해방된 북조선의 위대한 현실에 대하여 악의와 노골적인 비방으로 밖에 볼 수 없는 광시(狂詩)를 방송을 통하여 발표하였었던 것이다.

비록 내앞에 불의의 총칼이있어

---

20) 「「시집」 「응향」에 관한 북조선문학예술총동맹 중앙상임위원회의 결정서」, 『문화전선』 3, 1947. 2, 83~84쪽.

2, 우리는 우에서 이 작가들의 퇴패적(頹敗的) 경향을 지적하였거니와 이것은 얼른 말하자면 이 복잡하면서 비상한 속도로 건설되어 가는 조선현실에 대한 인식부족에서 오는 것이라 할 것이다. 현실을 좇아오다가 미처 따르지 못하는 낙오자에게는 필연적으로 한탄이 있는 것이며 더 심하게는 그 현실에 대한 질시를 가지게 되는 것이다. 그러므로 거게는 현실과 부다치며 현실과 싸우려는 투쟁정신과 현실을 바른 길로 추진시키려는 건설정신이 없는 것이다.

"응향" 권두의 강홍운 작 "파편집18수"는 모두 현실진행의 본질로부터 멀리 떨어진 포말을 바라보는 한탄애상(恨嘆哀傷), 저회(低廻), 열정(劣情)의 표백인 외에 아무것도 아니다. 그 다음 구상 작 "길" "여명공"은 현실에 대한 그로테스크한 인상에서 오는 허무한 표현의 유희며 또 동인(同人) 작 "밤"에서는 이런 표현자 즉 낙오자로서의 죽어져 가는 애상의 표백밖에 찾아볼 수 없는 것이다. 서창훈 작 "해방의 산상에서"는 무기력한 군중에게 질서 없는 수다한 슬로강을 강요하였고 더욱 동인 작 "늦은봄"은 여러 가지 의미로 반동적인 사상과 감정의 표백이라 아니할 수 없다. 이것을 한탄 열정적인 연애시로 보아도 그렇고 또 자기의 낡은 생활을 의인화한 상징시로 보아도 그렇다. 1946년 5월에 있어서 이 조선에서 고요한 사막을 느낀 작자는 이국에만 광명이 있다고 환상하였고 가슴의 넓은 공간을 사막 같은 조국을 떠나 광명의 이국으로 가는 "애인"의 추억으로 채우려 한 것이다. 이것은 확실히 모든 반동세력과 싸우면서 험로(險路)와 형극(荊棘)을 헤치며 싱싱한 새현실을 꾸미고 있는 조국에 대한 불신과 절망인 동시 우리 대열 가운데 잠입한 한 개 반기가 아니면 안된다. 이종민 작 삼일폭동(三一暴動)은 이 역사적 사실을 민족해방투쟁으로서의 한 전형으로 묘사하지 못하고 송오일절(頌五一節) 역시 이 노동자의 국제적 행사를 우리의 당면한 현실과 결부해서 묘사하지 못했을 뿐 아니라 시로써 예술성 형상성을 가지지 못한 것이다.

(한자 → 한글화, 띄어쓰기-인용자)

내팔다리 자르고
내머리마저 베혀버린대도
내죽지는 않으리라
오히려 내 잘린 팔다리는
어느버레마냥 하나하나 살아나리라
그리고 사오나운 짐승처럼 노하리라
가슴은 불떵이냥 살아있어
바다처럼 노래부르리다
눈은 그냥 별처럼 빛나고
오 떠러저나간 내머리는
하나의 유구히 빛나는 해가되리라
내 살리라
내 이렇게 살리랴

여기에 있어서 이 시인은 북조선에 있어서 민주개혁의 우렁찬 행진을 '불의의 칼'로 상징하였던 것이며 이것은 반민주주의 반동파들이 민주주의 조국건설을 반대하며 민주조선 건설의 근거지 북조선의 민주건설을 노기(怒氣)를 가지고 비방하며 파괴하려는 썩어져 가는 무리의 심정을 이 작품에서 보여주었던 것이다. 이 시를 발표한 후 얼마 되지 않아 이 시인이 북조선을 도피해 간 것도 결코 우연한 일이 아니다.

이러한 일제적(日帝的) 낡은 사상의 잔재물들은 비단 문학작품에 있어서 뿐만 아니라 다른 예술작품에 있어서도 더 한층 극심한 예를 발견할 수 있었던 것이다. 「사랑에 속고 돈에 울고」라는 케케묵은 연극을 비롯하여 아무런 사상성도 없고 예술성도 없는 저열한 세기말적 연극들이 최근까지 상연되어 있었음은 무엇을 말함이냐. 「여자의 마음은 바람과 같이」라는 노래를 위시하여 심지어 추악한 색정적 기분과 퇴폐적 분위기만을 조성하는 '재즈'의 곡들이 최근에 있어서까지 극장과 방송에서 불리어 있었다는 사실은 참으로 기괴한 일이다. 이러한 모든 것들은 우리 조국과 인민에게 하등의 이익을 주지 못하며 북조선의 민주주의 현실성과는 아무런 관련도 없는 조선 인민의 고상한 품성과 도덕과는 아무런 공통성 없는 다만 썩어져 가는 무리들만의 저열한 취미와 풍습을 위해서만 존재하는 유물들이다. 이러한 무사상성과 정치적 무사상성으로써 우리 인민들을 교육한다면 민주주의 조국건설의 위업의 달성은 불가능할 것이다. 결국 이러한 것은 무사상의 가식 밑에서 낡은 사상과 감정을 전파하는 조선 인민들의 고상한 사상적 원동력을 허물어뜨리려는 반동적 기도에 복무하는 것들이다.

진정한 조선 예술과 문학은 정치에 불관(不關)할[21] 수 없고 '예술을 위한 예술' '미를 위한 미'는 될 수 없다. 낡은 사상의 신봉자들은 정치와 이데올로기에 대한 관계에 있어서 중립을 주장하며 이데올로기는 정치와는 관계없이 '독립적'으로 존재하고 있는 것 같이 주장한다. 그들은 예술과 문학의 '순수성'을 예술과 문학의 '자유'를 구가(謳歌)하려 한다. 그러나 이것은 일개(一個)의 허위에 불과하다는 것이다. "이데올로기에 대한 정치적 작용 급(及) 영향에 관한 문제는 무엇보다도 먼저 사상을 유포하며 창작하는 자들 그 자들의 계급적 소속성으로써 즉 그들의 정치적 동감 급(及) 반감 그들의 정치적 견해 신념 사상으로써 결정되는 것이기 때문이다. 부르주아 사회에 있어서의 지배적 문학과 예술은 지배적 계급의 사상의 본질인—철학적 정치적 도덕적 법률적 등등—지배적인 사회적 사상의 형상으로 재용해된다. 문학과 예술은 모든 다른 이데올로기적 형태가 봉사하고 있는 역시 그와 같은 정치적 이상에 봉사하는 것이다"라는 어느 평론가의 말과 같이 위조적(僞造的) 언설에 불과하다는 것이다. 낡은 사상의 신봉자들이 말하는 정치적 법률적 제관념에 있어서의 '자유' '평등' 도덕에 있어서의 '선' '진리' 예술에 있어서의 '순수' '미' 등은 이러한 허위적인 추상의 조력(助力)에 의하여 낡아빠진 자기들의 계급적 정치적 성격을 은폐 및 가장

21) 불관하다(不關--): 관계하지 아니하다.

하지 않을 수 없기 때문에 만들어낸 언설에 불과하다는 것이다. 실로 이러한 언설들은 역사적 발전 인류의 이익에 적대되는 것이다. '예술을 위한 예술'의 이론은 진정한 예술의 본질 자체와 반대되는 것이다. 이러한 것은 인간과 인간을 분열시키는 낡은 사회에 있어서만이 발생될 수 있었으며 보급될 수 있었던 것이며 새로운 민주주의적 조선사회와는 전연 일치될 수 없는 물건이다.

인민정권이 수립되고 결정적 경제토대가 인민적 소유로 되어 있는 북조선에 있어서는 예술과 문학은 우리 정권의 정책으로써 의식적으로 지도되면 될수록 자체의 역할을 보다 더 성공적으로 완수할 수 있을 것이다. 북조선에 있어서의 민주주의적 정치는 진정한 예술과 문학과 과학의 빛나는 발전의 강대한 동인으로 된다. 그럼으로써 우리는 예술과 문학에 남아있는 무사상성 정치적 무사사성 '예술을 위한 예술'의 각양 형태에 대하여 견결(堅決)히 투쟁하여 왔으며 투쟁하고 있는 것이다.

예술가 문학가뿐만 아니라 전(全) 이데올로기 전선의 종사자들은 조선 인민들의 고상한 민주주의 사상을 견고케 하기 위하여 그것을 '백풍불입(百風不入)'의 요새로 만드는 데 있어서 적대적 이데올로기의 모든 유혹과 시도에 대한 부절(不絶)한 투쟁에 있어서 영용(英勇)한 투사가 되어야 한다. 모든 수단을 다하여 조선 인민들의 고상한 사상적 원동력을 강화시키는 것이 사상전선의 모든 종사자 새조선 인텔리겐치아들의 영예로운 임무의 하나인 것이다.

실로 이러한 임무의 달성은 사상전선에 있어서의 중요한 전사들인 우리 예술가 문학가들에 있어서는 고상한 사상성과 고상한 예술성을 가진 우수한 예술작품과 문학작품을 풍부히 창조해 내며 고상한 예술적 문학적 활동을 가져와야만 가능하다는 것이다. 참다운 '인간정신의 기사'로의 자격을 구비하여야 된다는 것은 우리 예술가 문학가 자신이 고상한 사상적 수준과 고상한 예술적 수단을 소유하여야 함을 말하는 것이다.

아직도 우리 예술가 문학가들의 고상한 사상적 무장을 위한 선진적 과학적 이론으로써의 교양 사업이 너무나 약하며 또한 고상한 예술적 수준을 전취(戰取)키 위한 부단한 연구와 연마가 부족하다. 우리 주위에 '예술을 위한 예술'의 잔재물의 각양 형태가 아직도 남아 있고 '예술이전의 예술'이라 부를 수 있는 조제품이 적지 않게 나타나고 있다는 사실은 우리 예술가 문학가들이 이 위대한 시대에 적응한 고상한 사상으로써 원만히 무장되지 못하였고 이 위대한 시대에 적응한 고상한 예술적 수단을 원만히 소유치 못하였음을 말함이다. 그럼으로써 예술가 문학가들에 대한 정치적 사상적 예술적 교양 사업을 강화시키는 문제는 현하(現下)에 있어서 긴급한 문제의 하나이다.

그와 동시에 예술가 문학가들이 사상적 문화적 수준을 높이며 찬란한 민주주의 민족예술과 민족문학의 개화를 위하여서는 조선 민족문학예술 유산을 정당히 계승하며 소련을 위시한 선진적 외국 예술과 문학을 적극적으로 섭취하기 위한 구체적 사업들을 보다 강력히 그리고 광범히 전개할 필요성을 갖게 하는 것이다.

일부 문화 건설자들은 현 단계에 있어서 건설될 새로운 조선문화가 어떠한 문화임을 또한 우리가 말하는 민주주의 민족문화라는 것이 어떠한 문화임을 또한 그것이 어떠한 길을 통해서 수립되어야 함을 구체적으로 이해치 못한다. 반만 년의 우수한 조선 민족문화 유산에 대하여 인식이 부족하며 그것을 정당히 비판 계승 발전시키기 위한 긴장한 노력이 원만치 못하다.

우리 예술작품과 문학작품 가운데 고상한 민족적 특성과 민족적 향기가 원만히 발양된 진실로 우수한 민족적 형식을 통한 작품이 너무나 적다는 것이다. 우리 조선민족이 신라, 고구려, 백제, 고려, 이조 시대를 통해서 축적해온 값높은 문화재에 대한 선진적 과학적 방법에 의한 연구사업이 강력히 전개되어 있지 않다. 우리 민족 고전이 갖는 선과 형과 음과 색 등에 있어서 우리들의 새로운 예술문학 창조에 있어서 피가 되며 살이 될만한 찬란한 것이 풍부히 있음에도 불구하고 우리 예술가 문학가 가운데는 자기들의 고전미술 고전음악 고전무용 고전연극 및 고전문학 등에 대한 높은 관심과 열성있는 연구가 부족하며 그것을 새로이 정당히 계승 발전시키는 사업에 원만한 주의를 돌리지 못하고 있다는 것이다.

'피아노'나 '바이올린'이나 '플루트'는 배우려하나 '가야금'이나 '아쟁'이나 '대금'은 돌보지 않으며 '베토벤'의 명곡은 사랑할 줄 아나 아악의 명곡은 들으려 하지 않는다. '로댕' 조각을 본받으려 하나 '석굴암'의 '보살'은 돌보지 않으며 '세잔'이나 '드가'의 회화는 이해할 줄 알아도 '단원'이나 '안견'의 그림을 아는 이가 적다. 물론 우리는 선진적 외국문화의 경험을 적극적으로 섭취함으로써 새로운 조선 민족문화를 보다 풍부한 것으로 보다 우수한 것으로 건설할 수 있음은 물론이다. 그러나 우리는 또한 우리 민족문화 유산을 정당히 계승 발전시키지 않고서는 이 위업을 원만히 달성할 수 없음을 또한 깊이 인식하여야 한다. 예를 하나든다면 우리는 '바이올린'을 배워야 할 것은 물론이거니와 어찌하여 일부 음악가들은 '아쟁'은 배우려 하지 않는가. '아쟁' 같은 악기는 그것을 선진적 음악경험을 기초로 하여 정당히 발전시킨다면 능히 '바이올린'과 같은 우수한 악기로써 완성시킬 수 있으며 '아쟁'의 연주법을 고상한 수준까지 이끌어 올리고 '아쟁'곡을 새로이 작곡 또는 편곡해 본다면 이 악기는 세계음악사상에 '바이올린'과 같이 독주악기로써도 커다란 위치를 차지할 악기가 될 수 있으리라 확신한다. 뿐만 아니라 만약 우리 음악가들의 피투성이의 노력이 축적된다면 우리가 가진 아악의 각종 악기를 더욱 발전시키고 그것을 선진적 과학적 방법으로써 재편한다면 머지않은 장래에 '심포니 오케스트라'에 그다지 손색이 없는 '민족교향악'을 형성할 수 있을 것이며 그럼으로써 인류의 음악사를 보다 풍부케 하는 빛나는 역할을 다할 수 있을 것이다. 이러한 고귀한 임무는 실로 새로운 조선음악가들의 쌍견(雙肩)22)

22) 쌍견(雙肩): 양쪽 어깨.

에 있는 것이다.

우리의 일부 문화건설자 가운데 자기의 민족문화 유산을 허손[23]이 여기며 그 우수한 것까지 정당히 계승 발전시킬 줄 모르는 옳지 못한 사상은 일본 제국주의가 조선 민족문화 전통의 말살을 위한 노예적 문화정책이 남기고 간 해독이다. 그럼으로 조선 민족문화 유산을 유아독존적(唯我獨尊的) 전통 만능을 신봉하는 반동적인 국수주의적 입장에서가 아니라 고상한 선진적 과학적 입장에 서서 그것에 높은 관심을 가지며 버릴 것은 버리고 고칠 것은 고치고 발전시킬 것은 발전시키며 그것을 우리의 새로운 문화창조에 피가 되며 살이 되게 하는 구체적인 사업들을 강력히 전개하여야 할 것이다.

그와 동시에 아직도 일부 문화건설자들은 조선민족의 현저한 문화적 낙후성을 급속히 극복하고 세계 최고의 수준에까지 우리 민족문화를 끌어올리기 위하여서는 무엇보다도 소련문화를 위시한 선진적 외국문화를 적극적으로 섭취하지 않고서는 불가능함을 명확히 인식치 못한다. 소련문화는 인류문화사에 그 유례를 볼 수 없었던 최고의 위대하고도 풍부한 문화이다. 사회주의 10월 혁명의 승리로부터 조국전쟁을 거쳐 오늘날 평화건설기에 들어선 소련인민들이 그 영용한 노력과 투쟁으로써 건설해 논 예술 문학 과학을 우리 조선 인민들이 보다 많이 섭취할수록 조선 인민은 보다 문명해질 것이요 우리 민족문화는 보다 찬란한 것으로 될 것이다.

그럼에도 불구하고 소련문화를 섭취키 위한 가장 좋은 조건을 구비하고 있는 북조선의 행복스러운 조건을 빠짐없이 사용하는 데 있어서 우리는 아직도 원만치 못하다는 것이다. 이미 북조선에 있어서는 소련의 빛나는 문학자 숄로호프, 파제예프, 지호노프, 시모노프, 와실레프스카야, 레오노프, 예렌부르크, 고르바토프 등의 노작(勞作)을 비롯한 소설, 희곡, 시, 평론뿐만 아니라 러시아 문학전통의 거대한 보고들을

23) 허손(원문) → 허손(虛損): 탐욕이 많아서 기다리지 못하고 공연한 짓을 하여 손해를 봄.

언제든지 연구할 수 있는 최량(最良)의 환경에 놓여 있음에도 불구하고 우리 문학가들은 이러한 소련문학을 섭취키 위한 조직적으로 되는 연구사업을 강력히 전개하고 있지 않으며 많은 소련음악의 성과가 악보 레코드 라디오뿐만 아니라 소련음악가의 재삼의 내방을 통해서 소개되어 있음에도 불구하고 또한 연극분야에 있어서도 영화분야에 있어서나 거기에 대한 높은 관심과 연구가 아직도 원만치 못하다는 것이다. 이것은 무엇을 말함이냐. 이것은 일부 예술가 문학가들이 조선 민족예술과 민족문화 건설을 위한 노력과 투쟁에 있어서 아직도 충실치 못함을 말하는 것이다.

잡지 『별』과 『레닌그라드』에 관한 베·카·페[24] 중앙위원회 결정서 및 즈다노프의 보고는 조선 예술과 문학에 대하여서도 전 사상전선에 대하여서는 값높은 교훈을 주는 막대한 의의를 가졌던 것이다. 그럼에도 불구하고 일부 예술가 문학가들 가운데는 문헌이 발표된 이후에 있어서 거기에 대한 높은 관심이 원만치 못하였다는 것은 이 사실을 넉넉히 말하는 것이다. 그럼으로 오늘날 조선 예술과 문학의 고상한 수준을 위하여 소련 예술과 문학을 적극적으로 섭취키 위한 사업을 보다 광범히 보다 위력있게 전개하는 것은 가장 중요성을 갖는 문제이다. 이 사업을 원만히 수행치 못하고서는 우리 예술가와 문학가들의 고상한 사상적 예술적 수준의 전취(戰取)는 불가능할 것이며 조선 민족예술과 민족문학의[25] 위대한 개화는 있을 수 없는 것이다.

우리 예술가 문학가들이 선진적 외국문화를 부절히 섭취하고 조선 민족문화 유산을 정당히 계승 발전시키어 새로운 민주주의 조선 민족문화로 하여금 선진적 외국문화의 수준을 뒤따르며 그것을 세계 최고의 높이에 끌어올리며 조선문화의 찬란한 열매로 하여금 인류의 행복을 위하여 공헌하는 그러한 영예로운 위업의 달성을 위하여 백년대계를 세우고 준비함이 아직도 원만치 못하다. 많은 우리 예술가 문학가

---

24) 베·카·페(В К П): 전(全) 소련방 공산당(볼셰비키).

25) 民族 學의(원문) → 민족문학의.

들이 아직도 협소한 테두리에서 벗어나지 못하였고 광대한 세계무대에 웅비할 빛나는 날을 바라다보며 용감히 나아가는 높은 목표와 신념과 노력이 너무나 미약하다는 것이다.

실로 일본 제국주의는 조선 민족문화 발전을 야만적인 방법으로 억압하였었고 조선 민족문화와 세계문화와의 교류를 위한 모든 길을 봉쇄하고 있었던 것이다. 그러나 오늘날 부강하고도 문명한 민주주의 조국건설의 승리의 길을 용감히 나아가는 조선 인민들 앞에는 또한 그 예술부대와 문학부대 앞에는 세계에로의 무한히 광대한 길이 열리어 있는 것이다. 우리는 금후에 있어서 조선 민족예술과 민족문학의 우수한 열매들이 세계예술사와 세계문학사에 찬란한 광채를 가져와 인류의 문화재를 보다 풍부케 하며 그리하여 조국의 영광을 전 세계에 높이 떨치리라는 것을 확신한다. 요는 우리 예술가 문학가들이 시야를 세계적 규모에 돌리어 그 고상한 역할의 완수를 위하여 부단히 준비하여야 한다는 것이다. 고상한 목적을 향하고 언제나 준비하는 자만이 승리할 수 있는 것이다.

끝으로 우리 예술가 문학가들이 진실로 조국과 인민에게 복무하는 예술가 문학가로써 자기들의 책무를 원만히 달성키 위하여 자기들의 모든 결점을 아주 짧은 기간에 극복하고 우리의 민주주의 민족예술과 민족예술 건설의 수준을 조국과 인민이 요청하는 그러한 고도에까지 끌어올릴 것을 의심치 않는다. 예술문학 분야의 전 정신적 노력자들이 고상한 사상성과 예술성을 가진 위대한 시대에 적당한 예술과 문학을 가져오기 위하여 장엄한 창조적 노력과 투쟁에 궐기하리라는 것을 의심치 않는다. 우리 민족예술과 민족문학에 영예가 있거라.

부기(附記)—이 논문은 '문예총' 창립 1주년 기념대회에 있어서의 보고와 '문예총' 주최 문예강연회에서의 발표한 강연 원고를 단축한 것이다.

—출전: 『문화전선』 5, 1947. 8.

5

一

위대한 쏘베트 군대에 의한 八·一五 해방은 일본 제국주의 식민지 통치하에 있던 조선은 그 기반으로부터 구원하고 조선 인민의 생활과 장래 운명에 근본적 변화를 가져온 거대한 력사적 전환점으로 되였다。 八·一五 해방후 조선 인민은 조선 로동당과 우리 민족의 경애하는 수령 김 일성 원수의 영명한 지도와 위대한 쏘베트의 원조에 의하여 일본 제국주의적 요소와 봉건적 잔재를 숙청하고 인민 스스로가 주권을 장악한、 로동 계급이 령도하는 인민 민주주의 사회 제도를 수립하였다。

해방후 우리 나라 사회에 조성된 민주 조국 창건은 조선 인민의 생활을 진정한 시로 가득찬 것으로 만들고 있으며 문학 예술이 눈부시게 발전할 수 있는 풍요한 토양을 창조하고 있다。

사람들을 위하여 따라서 예술을 위하여 질곡으로 되는 부르죠아 사회의 생활 제 조건을 특징화하면서 칼 맑스는 일찌기 다음과 같이 썼다。

『어떠한 당도 감히 부정할 수 없는 一九세기에 특징적인 위대한 사실이 존재한다。 한쪽으로는 력사의 어느 한 선행 시대도 생각조차 할 수 없었던 산업 및 과학적 력량이 현실에 나타났다。 또 한쪽으로는 년대기에 기재된 로마 제국의 마지막 시기의 모든 공포들을 훨씬 능가하는

—『해방후 10년간의 조선 문학』, 조선작가동맹출판사, 1955.

해방 후 조선문학의 발전과 조선로동당의 향도적 역할

: 안함광

1

위대한 소비에트 군대에 의한 8·15 해방은 일본 제국주의 식민지 통치 하에 있던 조선을 그 기반으로부터 구원하고 조선 인민의 생활과 장래 운명에 근본적 변화를 가져온 거대한 역사적 전환점으로 되었다. 8·15 해방 후 조선 인민은 조선로동당과 우리 민족의 경애하는 수령 김일성 원수의 영명한 지도와 위대한 소비에트의 원조에 의하여 일본 제국주의적 요소와 봉건적 잔재를 숙청하고 인민 스스로가 주권을 장악한, 노동계급이 영도하는 인민민주주의 사회제도를 수립하였다.

해방 후 우리나라 사회에 조성된 민주 조국 창건은 조선 인민의 생활을 진정한 시로 가득찬 것으로 만들고 있으며 문학예술이 눈부시게 발전할 수 있는 풍요한 토양을 창조하고 있다.

사람들을 위하여 따라서 예술을 위하여 질곡으로 되는 부르주아 사회의 생활 제조건을 특징화하면서 칼 마르크스는 일찍이 다음과 같이 썼다.

“어떠한 당도 감히 부정할 수 없는 19세기에 특징적인 위대한 사실이 존재한다. 한쪽으로는 역사의 어느 한 선행 시대도 생각조차 할 수 없었던 산업 및 과학적 역량이 현실에 나타났다. 또 한쪽으로는 연대기에 기재된 로마제국의 마지막 시기의 모든 공포들을 훨씬 능가하는 몰락의 특징들이 나타났다. 우리 시대에 있어서는 매개 사물이 자기의 모순을 배태하고 있는 듯하다. 인간의 노동을 단축시키고 더욱 성과적인 것으로 만드는 기적적인 힘을 소유하고 있는 기계가 기아와 쇠약을 가져온다는 것을 우리는 알고 있다. 새로 발명된 부의 원천들은 그 어떤 운명적 마력에 의하여 곤궁의 원천들로 변하고 있다. 예술의 승리들은 보건대 도덕적 품질의 상실을 대가로 하여 구매된다. 인류가 자연의 통치자로 되는 것과 정비례하여 인간은 다른 인간에 대한 노예로 되거나 자기 자신의 비속성의 노예로 된다. 보건대 과학의 순결한 광명조차 다만 무지의 배경을 가지지 않고서는 빛날 수 없다. 모든 우리의 발견들과 모든 우리의 진보의 결과란 것은 물질적 역량은 정신생활의 덕택으로 생겨났지만 인간생활은 물질적 역량의 단계로까지 우둔하게 되었다는 것이 분명하다.”(『맑쓰·엥겔스 전집』(노문) 2권, 부록 1의 5~6쪽)

이 명제 가운데는 문학의 성격은 그것의 현실적 기초인 사회제도의 성격에 의하여 규정된다는 교시가 또한 포함되어 있다. 일제 통치 시대의 진보적 작품들이 보여주는 바와 같이 자본주의 사회에서는 물질적 복리의 생산자인 근로자들이 오히려 불행과 기아에 허덕이며 노예로 되며 그들에게서 개성을 빼앗았다면 민주주의 사회에서는 제반 민주개혁의 실시를 통하여 물질문화생활의 향상을 초래하며 인간 개성의 발전을 촉진하며 생활의 참된 의의를 그들에게 돌려줌으로써 예술의 전체 역량이 균형적으로 발전할 수 있는 가능성을 부여한다.

이리하여 8·15 해방은 조국과 인민의 이익을 위하여 복무하는 새로운 문학의 창조적 역량이 자유롭게 그리고 최대한도로 발휘될 수 있는 터전을 닦아 놓았다.

해방 후 조선문학은 조선로동당과 수령의 지도에 의하여 고무되며 새로운 민주주의 사회제도를 토대로 하면서 조선문학사상 일찍이 볼 수 없던 가장 사상적이며 가장 당적이며 가장 혁명적인 사회주의 사실주의 작품들을 다량 창조하였다.

이리하여 8·15 해방 후 조선문학의 본질적인 제반 특질과 그 발전의 합법칙성[1]에 대한 이해는 그 발전에 기여한 조선로동당의 거대한 향도적 역할을 생각함이 없이는 불가능하다.

레닌의 논문 「당 조직과 당 문학」에서 천명된 문학의 당성 원칙은 조선로동당과 김일성 원수에 의하여 지도되는 8·15 해방 후 우리 문학의 지도 원칙이기도 하다.

조선로동당은 문학의 당성 원칙에서 문학의 과업들을 구체적으로 제시 천명하며 작가들의 입장을 규정한다. 해방 후 우리 문학작품들에서의 당성 원칙의 구체적 표현은 조선로동당에 의하여 지도되는 우리 문학의 가장 중요한 사업에 속한다.

조선문학의 역사적 발전 과정은 이미 8·15 이전 문학에 있어서도 문학의 당성의 일반적 개념보다는 훨씬 발전된 개념 내용으로 특질되는 엄격한 당성이 작용하고 있었다는 것을 알리어주고 있는 바 카프의 문학이 바로 그러하다. 이 문학에 있어서의 엄격한 당성은 첨예하게 발전한 계급투쟁의 결과이며 수반물이었는 바 그것은 프롤레타리아트의 혁명적 투쟁이 목적의식적으로 전개되어지며 과학적 사회주의와 노동운동이 굳게 결합된 시대적 조건에서 나타났다. 리기영의 「제지공장촌」 『고향』 한설야의 「과도기」 「씨름」 『황혼』 송영의 「일제 면회를 거절하라」 등은 그러한 것의 구체적 표현이었다.

그러나 8·15 해방 후의 문학에 있어서의 엄격한 당성은 보다 새로운 특질로 강화되고 있다. 이 새로운 특질은 노동계급을 선두로 한 전체 근로인민의 혁명 투쟁이 조선로동당에 의하여 승리적으로 지도되

1) 합법칙성(合法則性): 합법성(合法性). 자연, 역사, 사회 현상이 일정한 법칙에 따라 일어나는 일.

어지고 있는 현실적 조건에서 규정된다.

해방 후 조선문학의 엄격한 당성은 현실발전의 합법칙성에 대한 이해에 기초하여 근로대중의 이익과 행복을 위한 조선로동당의 정책과 굳게 결부되면서 인민의 승리를 위한 공개적 투쟁에 강하게 나설 것을 요구한다.

조선로동당은 문학예술에 관한 일련의 결정들을 비롯한 기타 문건들에서 사회주의 사실주의 문학의 방향과 성격을 규정하였으며 우리나라의 각이한 생활단계들에 적응하여 작가들에게 행동강령을 제시하였다.

조선로동당은 해방 후 민족문학 창건 사업의 현실적 성과를 위하여 1946년 3월 '북조선문학예술총련맹'[2]을 조직하는 사업을 지도 보장하였다. 해방 직후 각 도에는 이미 도 단위로 '예술련맹'이 자연발생적으로 결성되어 있었다. 그러나 그것들은 각 군과의 조직적 연계도 가지고 있지 못하였으며 전국적인 지도적 기관도 갖고 있지 못한 개별적인 분산적 조직들임에 불과하였다. 이러한 자연발생적 상태를 극복하고 그것들을 분산적이 아닌 단일한 조직체계로 정비하는 문제는 중요한 사업의 하나가 아닐 수 없었다. 조선로동당은 1946년 2월 북조선임시인민위원회의 결성에 뒤이어 같은 해 3월에 '북조선예술총련맹'의 결성사업을 지도 보장하였는바 당의 지도 이념은 다음과 같은 '북조선예술련맹'[3]의 강령 가운데 구체적으로 표현되어졌다.[4]

---

2) 북조선 문학 예술 총련맹(원문) → '북조선예술총련맹'의 오류(「북조선 예술 총련맹 규약」, 『문화전선』 1, 1946. 7, 88쪽).

3) 북조선 예술 련맹(원문) → '북조선예술총련맹'의 오류(「북조선 예술 총련맹 규약」, 『문화전선』 1, 1946. 7, 88쪽).

4) 「북조선예술총련맹 강령」, 『문화전선』 1, 1946. 7, 「북조선 예술 총련맹 규약」, 『문화전선』 1, 1946. 7, 88쪽.

북조선예술총련맹 강령
△ 진보적 민주주의에 입각한 민족예술문화의 수립
△ 조선예술운동의 전국적 통일조직의 촉성
△ 일제적 봉건적 민족반역적 팟쇼적 모든 반민주주의적 반동예술의 세력과 그 관념의 소탕

1. 진보적 민주주의에 입각한 민족문학예술의 수립.[5]
2. 조선예술운동의 전국적 통일조직의 촉성.
3. 일제적 봉건적 민족반역적 파쇼적 및 반민주주의적 반동예술의 세력과 그 관념의 소탕.[6]
4. 인민대중의 문학적 창조적 예술적 계발을 위한 계몽운동의 전개.[7]
5. 민족문화유산의 정당한 비판과 계승.
6. 우리의 민족예술문화와 소련 예술문화를 비롯한 국제문화와의 교류.

이와 같이 이 강령의 각 조항들에는 해방 후 민족문학 창건의 기본적 방향과 구체적 사업 내용들이 천명되어 있다.

조선로동당의 지도에 의한 '북조선문학예술총련맹'[8]의 결성을 계기로 하여 조선문학예술의 모든 우수한 역량의 사상적 단결이 진행되었

△ 인민대중의 문화적 창조적 예술적 계발을 위한 광범한 계몽운동의 전개
△ 민족문화유산의 정당한 비판과 계승
△ 우리의 민족예술문화와 소련 예술문화를 비롯한 국제문화의 교류

북조선예술총련맹 규약
총칙
1, 본 련맹은 북조선 예술 총련맹이라 일카름.
2, 본 련맹은 평양시에 둠.
3, 본 련맹은 강령 규약의 실천을 목적으로 함.
가맹단체
4, 본 련맹은 본 련맹의 강령 규약을 승인하는 도 련맹으로서 구성한다.
5, 도 련맹은 중앙의 결의에 복종하고 대회에 대표를 파견하여 소정의 의무금을 납입할 것.
6, 가맹단체는 소정의 수속을 밟은 후 중앙집행위원회의 승인을 받아야 함. (하략)
(한자 → 한글화, 띄어쓰기-인용자)

5) '진보적 민주주의에 입각한 민족예술문화의 수립'의 오류(「북조선예술총련맹 강령」, 『문화전선』 1, 1946. 7).
6) '일제적 봉건적 민족반역적 팟쇼적 모든 반민주주의적 반동예술의 세력과 그 관념의 소탕'의 오류(「북조선예술총련맹 강령」, 『문화전선』 1, 1946. 7).
7) '인민대중의 문학적 창조적 예술적 계발을 위한 광범한 계몽운동의 전개'의 오류(「북조선예술총련맹 강령」, 『문화전선』 1, 1946. 7).
8) 북조선 문학 예술 총련맹(원문) → '북조선예술총련맹'의 오류.

다. 이러한 과정에서 1946년 3월 23일 민주문학의 발전을 위한 전반적 강령적 문건이 주어졌다. 그것은 김일성 원수의 「20개 정강」의 발표이었는 바, 이 가운데는 "민족문화, 과학 및 기술을 전적으로 발전시키며 극장 도서관 라디오 방송국 및 영화관 수효를 확대시킬 것"과 "과학과 예술에 종사하는 인사들의 사업을 장려하며 그들에게 보조를 줄 것"[9] 이 명시되어 있으며 이와 동시에 조선문학의 현실적 기초에 대한 제반 구체적 천명과 조선문학이 나가야 할 민주주의적 방향에 대한 명확한 교시를 주었다. 특히 김일성 원수는 1946년 5월 24일 북조선 각도 인민위원회 정당 사회단체 선전원 문화인 예술인 대회에서 진술한 연설 「문화와 예술은 인민을 위한 것으로 되여야 한다」[10]에서 이 문제를 더욱 구체적으로 교시하시었다.

"당신들은 오늘 낡은 사회를 진보적 사회로 만들며 파시스트의 잔여를 숙청하고 민주주의 사회를 만들기 위하여 싸우는 사람들입니다. 당신들은 전체 조선 인민의 당신들에 대한 기대가 얼마나 크다는 것을 잘 알아야 하며 또한 당신들이 민주주의 건국운동에 있어서 얼마나 중요한 사명을 가지고 있는가 하는 것을 잘 알아야 할 것입니다."(『김 일성 선집』 제1권, 116쪽)

해방 후 국가주권을 자기의 수중에 쟁취한 인민대중은 문학을 민족의 해방과 인민의 이익을 위한 투쟁의 강력한 무기로 되게 하여야 하며 그것은 문학가 예술가들이 자기 앞에 설정하는 역사적 임무와 관계된다.

문학의 계급적 기능을 살리며 문학이 현실적으로 조국과 인민이 요구하는 바에 잘 대답하며 그리하여 문학의 인식론적 실천적 의의를

---

9) ⑰ 민족문화, 과학 및 기술을 전적으로 발전시키며 극장, 도서관, 라디오 방송국 및 영화관의 수효를 확대시킬 것 ⑲ 과학과 예술에 종사하는 인사들의 사업을 장려하며 그들에게 보조를 줄 것(김일성, 「조선임시정부수립 앞두고 20개조정강발표!」, 『민주조선자주독립의 길』, 북조선로동당중앙본부 선전선동부, 1947, 3~4쪽)

10) 「문화와 예술은 인민을 위한 것으로 되여야 한다」→'「북조선 각도인민위원회 정당사회단체 선전원 문화인 예술가 회의에서 진술한 연설」(『조국의 통일독립과 민주화를 위하여(1)』, 국립인민출판사, 1949)'의 개작 판본.

조국의 통일 독립과 민주 발전을 쟁취하기 위한 투쟁 선상에서 잘 발휘하기 위해서는 무엇보다도 먼저 문학가 자신들이 사상적 교양을 강화하는 문제가 필요하였다.

조선로동당은 문학대열의 조직을 지도 발전시킴으로써 작가들의 사상적 단결을 강화하며 작가들을 마르크스·레닌주의 사상으로 교양하며 문학을 적극적 혁명적 역량에로 조직 장성시켜 나갔다. 문학의 조직적 역량을 공고 발전시킴에 있어서 그것의 창조적 기능을 발양시켜 나감에 있어서 조선로동당은 작가들을 프롤레타리아 이데올로기로 교양하는 문제의 필요성을 무엇보다도 중요하게 무엇보다도 선차적으로 제기하였다. 이것은 전 문화 부면에 공통적으로 요구되는 문제이었다.

김일성 원수는 1946년 5월 30일 민주청년동맹 각 도 위원회 위원장 회의에서 진술한 연설「민주주의 조선 건설에 있어서의 청년들의 임무」 가운데서 다음과 같이 말씀하시었다.

“일본 제국주의의 조선에 대한 장기적인 통치와 청년에 대한 노예교육의 결과로서 조선 청년의 머릿속에는 일본 파쇼 사상의 잔재가 존재합니다. 그러므로 조선 청년의 머릿속에 남아 있는 반민주주의 사상 잔재를 숙청하고 민주주의 정신으로 청년을 재교육하는 문제는 민청의 중요한 과업 중의 하나로 되어야 합니다.”(『김 일성 선집』 제1권, 129쪽)

이것은 비단 민청에만 한하는 문제가 아님은 더 말할 것이 없다. 전체 인민대중에게 한결같이 요구되는 문제이었다.

조선로동당 중앙 상무위원회 제14차 회의 결정「사상 의식 개혁을 위한 투쟁 전개에 관하여」(1946년 12월 3일)는 사상전선에서의 가장 긴급한 문제를 천명하였다. 즉 이 결정은 1946년 11월 3일 민주선거 이후 당의 당면한 투쟁임무를 제시하면서 사상의식개변운동을 전개해야 할 것을 호소하였으며 그 기본방향은 일본 제국주의가 그 장구한 통치의 악독한 결과를 우리 민족 가운데 남겨놓고 간 나쁜 관념과 악습을 청산하는 데 두어야 할 것을 규정하였다. ‘북조선문학예술총련맹’[11]에 결속된 진보적 문학 역량을 당의 이 결정을 받들어 사상 의식을 개혁하기 위한 투쟁을 조직적으로 전개함으로써 자기들의 사상적 발전을 촉진하였다.

조선로동당의 지도에 의한 문학대열의 이러한 조직적 사상적 발전은 시종일관 조선로동당에 의하여 제시된 문학노선의 충실한 실천을 보장하였다.

해방 후 조선문학의 총노선—방향과 성격을 밝힌 조선로동당의 정책은 특히 1947년 3월 28일 당 중앙 상무위원회 제29차 회의 결정 「북조선에 있어서의 민주주의 민족 문화 건설에 관하여」에서 전면적으로 명시되었다.

이 결정의 중요한 점들은 무엇보다 과거의 우수한 민족문화유산을 백방으로 계승 발전시키며 그 기초 위에서 선진 소비에트 문학 경험을 널리 섭취하면서 새로이 전변되는 우리나라 현실을 진실하게 또는 그 혁명적 발전 속에서 역사적으로 구체적인 면모에서 반영하도록 사회주의 사실주의[12] 창작방법을 체득하는 길에로 작가를 재교양하며 근로청년들 속에서 장성하는 신진들을 육성 배양하는 문제 등이었다. 그리고 사회주의 사실주의와 적대되는 온갖 조류의 부르주아문학 잔

---

11) 북조선 문학 예술 총련맹(원문) → '북조선문학예술총동맹'의 오류(「제2차북조선예술총련맹 전체대회초록」, 『문화전선』 3, 1947. 2, 91쪽).

결 정 서

북조선예술총연맹 전체대회는 신정세와 문학예술전선의 강화에 관한 안막 동지의 일반정세 보고을 듣고 조직 문제를 다음과 같이 결정한다.

1, 본 대회는 신정세에 호응하여 북조선예술총연맹을 북조선문학예술총동맹으로 재조직할 것을 결정한다.

1, 본 대회는 예총의 재조직에 따라 종래의 문학 연극 미술 음악 영화 무용 사진 등 각부를 모두 동맹 조직으로 개편하고 그 독자적 활동을 보장할 것을 결정한다.

1, 본 대회는 대회의 이름으로써 재조직 위원회를 구성하고 재조직 및 개편에 관한 일체의 사무를 이에 일임할 것을 결정한다.

1, 본 대회는 재조직위원회로 하여금 본 대회 기간 내에 일체 재조직 구조를 발표케 할 것을 결정한다.

1946년 10월 13일
제2차 북조선예술총연맹 전체대회
(한자 → 한글화, 띄어쓰기-인용자)

12) 사회주의 사실주의(원문) → '고상한 사실주의'의 오류(안막, 「민족예술과 민족문학건설의 고상한 수준에 대하여」, 『문화전선』 5, 1947. 8, 6쪽).

재를 퇴치하기 위한 투쟁에 항상 작가들의 관심을 돌리는 문제가 또한 중요한 것으로서 표현되어 있다.

해방 후 민족문화건설 분야에 있어 선차적 문제의 하나는 과거의 문화유산에 대한 민주주의 문화의 관계에 관한 문제이었다.

8·15 해방은 조선 인민들로 하여금 선행한 모든 문화유산의 법적인 상속자로 되게 하였으며 진정한 계승자로 되게 하였다. 이것을 현실적으로 실천하는 문제는 우리 문학의 건설에 있어 가장 중요한 사업의 하나가 되지 않을 수 없다. 우리 문학의 발전은 인류 역사의 장구한 세월에 걸쳐 이룩되어진 문화적 재산들을 비판적으로 섭취 계승하는 기초 위에서만 가능한 것이니 레닌은 일찍이 "인류의 모든 발전에 의하여 창조된 문화의 정확한 지식으로써만이 프롤레타리아 문화를 건설할 수 있다는 명백한 이해가 없이는 즉 우리에게 이러한 이해가 없이는 이 과업을 해결할 수 없다."(『레닌 전집』 31권(노문), 262쪽)고 말하였다.

조선로동당은 이러한 문화건설의 마르크스주의적 원칙을 우리나라 현실에 구체화할 것을 요구하면서 전기한 중앙 상무위원회 제29차 회의 결정서에서 다음과 같이 말하고 있다.

"본 상무위원회는 조선민족문화의 급속한 부흥과 발전은 소련문화를 비롯한 선진적 외국문화를 적극적으로 섭취함으로써만이 가능하다는 것을 강조하며 목적의 달성을 위하여 소련 과학 문학 예술을 열심히 연구하며 조쏘문화협회[13]의 사업에 높은 관심과 강력한 협조를 주라고 강조한다."

이러한 조선로동당의 정책은 우리의 경애하는 수령 김일성 원수의 제반 교시 가운데에 일상적으로 명확하게 표현되어지고 있다. 김일성

13) "11월 12일 오후 2시 평양 시내 백선행 기념관에서 발기 총회를 열고 경과 보고와 취지문 낭독이 있은 후 뒤이어 창립 총회를 열었는 데 강령과 규약을 심의 결정하고 위원선거가 있어 위원 25명 감독 3명 참여 30명이 선임되었는 바 위원장에는 황갑영 씨, 부위원장에는 김봉점 씨를 추대하였다. (……) 동회는 우리 문화 부면으로부터 일본 제국주의 잔재 요소를 깨끗이 숙청하고 진보적 민주주의 문화를 창건하며 조선문화와 전세계 각국 특히 소련문화를 연구하여 상호 교류함을 기한다는 일대 기치를 들고 나와 그 활동이 자못 기대되는 바 있다."(「조쏘문화협회발족」, 『정로』, 1945. 11. 14)

원수는 "작가 예술가들은 세계의 선진문화 특히 위대한 소련을 위시한 인민민주주의 각국 문화를 다량으로 섭취하여야 하겠습니다."고 말씀하시면서 "우리 작가 예술가들은 선진문학을 대할 때 가장 신중하고도 정직한 배우는 사람의 태도를 가져야 하겠습니다. 우리들은 소련의 선진 문화와 예술을 배움으로써만이 찬란한 민족문화를 건설할 수 있다는 것을 명심하여야 하겠습니다."(『김 일성 선집』 제3권, 299~300쪽)라고 교시하시었다.

당과 수령의 이러한 교시와 분리될 수 없는 우리 문학가들의 문화유산 계승을 위한 노력은 장엄한 민주건설 시기에 있어서와 조국해방전쟁 시기에 있어서와 전후 인민경제복구발전 시기에 있어서 조국과 인민 앞에 복무하는 우리 문학의 병기고를 더욱 풍부히 해 주고 있으며 우리 문학의 전투적 역량을 더욱 제고해 주고 있다.

우리 문학의 발전에 있어서 중요한 의의를 가지는 외국 선진문화유산의 계승 발전의 문제는 자국의 문화유산에 대한 올바른 계승 발전을 전제조건으로 하여 그것과 유기적으로 연결되어 있는 경지에서만 진실한 그 힘을 발휘한다.

때문에 전기한 조선로동당 중앙 상무위원회 제29차 상무위원회 결정은 다음과 같이 지적하고 있다.

"본 상무위원회는 찬란한 민주주의 조선민족문화 수립을 위하여 조선민족의 우수한 문화적 전통을 존중하며 그것을 정당히 계승 발전시키며 우리 민족의 고전문학과 고전예술을 비롯한 가치있는 문화유산에 대하여 보다 높은 관심을 가지고 연구하며 고상한 민족적 특성과 민족적 향기가 발향된 새롭고 우수한 민족형식을 창조하라고 주장하며 당의 문화건설자들에게 호소한다."

해방 후 우리 문학의 기본적 내용인 프롤레타리아 국제주의[14] 사상으로 일관된 고상한 애국주의 사상을 유감없이 체현하기 위하여 우리

---

14) 프로레타리아 국제주의(원문) → 프롤레타리아 국제주의(prolétariat 國際主義): 프롤레타리아의 상호 관계를 규정한 마르크스의 사상.

문학 앞에는 조국의 오늘과 더불어 과거 그리고 자기 민족의 문화적 유산들을 혁신적으로 계승 발전시켜야 할 문제가 필수의 과업으로 제기된다.

자민족의 문학예술을 발전시키기 위한 문화유산 계승의 필요성에 관하여 김일성 원수는 다음과 같이 말씀하시었다.

"우리 문화인들 중에는 두 가지 유의 사상들이 있습니다. 하나는 순조선 것만을 요구하며 외국 것은 다 나쁘다고 하는 사상을 가진 민족주의적 경향을 가진 사람들이며 다른 하나는 조선 것은 다 나쁘고 서양 것만 다 좋다는 관념을 가진 사람들입니다. 이 두 가지 사상은 다 옳지 못한 사상입니다. 우리는 문화전선에서 이상 두 가지 그릇된 관념과 사상 투쟁을 전개하여야 하겠습니다. 전자는 낙후성을 그냥 보수하자는 것이요 배타적이며 민족주의적인 것입니다. 후자는 자기 민족 문화의 우수한 점을 부인하는 것이며 덮어놓고 서양화하려는 것입니다. 그러므로 우리 문화인들은 자기의 고유한 문화 중의 우수한 점을 발양하고 약한 점을 극복하며 다른 선진 국가들의 문화 중에서 우수한 것들을 섭취하여 우리의 민족 문화와 예술을 발전시켜야 할 것입니다."(『김 일성 선집』 제1권, 124쪽)

당과 수령의 교시를 받들어 해방 후 문학가들은 문화유산을 비판적으로 섭취하면서 새로운 토대와 새로운 재료에 기초하여 낡고 죽어가는 세계의 기형적 산물들을 보여주며 해방 후 장성한 인민들의 위대성과 아름다움을 확인하는 많은 작품들을 산출하였다.

해방 후 문학에 대한 당의 제반 정책은 각 방면에서 승리하였다.

특히 이러한 승리의 하나는 해방 후 우리 문학 안에 잔존한 부르주아 사상 잔재와의 무자비한 투쟁 속에서 달성되었다. 문학가들은 당의 교시와 호소에 고무되면서 해방 후 미제국주의자와 그들의 주구 이승만 도당에 의하여 통치되고 있는 남반부에 있어서의 코즈모폴리티니즘[15]의 문학사상 및 기타 일체의 부르주아 반동문학의 본질을 폭로하는 일방 북조선의 강력한 새로운 문학의 내부에 침입한 그의 영향들에 대하여 부단한 투쟁을 전개하였다.

더욱이 미제 침략도배들과 그의 주구 이승만 도배들에 의하여 키워지는 남반부 반동문학의 악영향이 어떠한 형태로든 우리 문학의 대열에로 기여들 수 있는 가능성이 존재한 조건에서 이 투쟁은 잠시도 치완될 수가 없었다.

2

조선로동당의 조직자이며 창건자이신 김일성 원수는 이미 8·15 해방 직후 당 앞에 다음과 같은 4대 당면 과업을 제기하였다.

"1. 광대한 민주주의 민족통일전선을 결성하며 애국적이며 민주주의적인 각 당, 각 파와의 통일전선을 전개함으로써 광대한 민주주의적인 역량을 집결하여 우리 민족의 완전 자주독립을 조장하는 민주주의 인민공화국을 건립하기에 노력할 것이다.

2. 민주주의적 건국사업에 가장 큰 장애물인 일본 제국주의 잔재 세력과 국제 파시스트의 주구들을 청산하며 우리 민족의 민주주의적 발전을 순조로이 할 것이다.

3. 통일적인 전 조선 민주주의 임시정부를 수립하기 위하여 우리는 우선 각 지방에 진정한 인민의 정권인 인민위원회를 조직하며 모든 민주주의적 개혁을 실시하여 인민의 생활수준을 향상시키며 일제가 파괴하고 간 모든 공장, 기업소들을 복구하며 철도 운수를 회복하여 민주주의 독립국가 건설의 기본 토대를 닦을 것이다.

4. 이와 같은 임무와 과업을 달성하기 위하여 우리는 자기 당을 더욱 확대 강화하며 당 주위에 광대한 군중들을 단결시키기 위하여 각계각층의 군중을 조직하는 사회단체들의 사업을 강력히 추진시킬 것

15) 코스모뽈리찌즘(원문) → 코즈모폴리터니즘(cosmopolitanism): 세계주의. 개인이 국가와 민족을 초월함으로써 자신을 세계 사회의 일원으로 파악하는 사상 및 양식.

을 주장한다.”(『김 일성 선집』 제1권, 553~554쪽)

이것은 8·15 해방 직후 우리 당의 당면한 정치 노선이었으며 이것은 또한 우리 문학의 방향을 규정하였다. 이와 관련하여 북조선로동당 중앙 상무위원회 제29차 회의 결정서 「북조선에 있어서의 민주주의 민족 문화 건설에 관하여」와 김일성 원수의 문학예술에 관한 일상적인 제반 교시는 해방 후 우리가 수립 발전시켜 나가야 할 민주주의적 민족문학의 총노선—성격과 방향을 문학의 실정에서 보다 구체적으로 규정하여 주었다. 그러나 이 말은 해방 후 우리 문학의 발전에 있어 민족문학에 대한 문학가들의 이해가 아무런 적대적 혹은 착오적인 사상 및 견해들과의 투쟁이 없이 무사태평하게 걸어왔다는 것을 의미하지는 않는다. 이리하여 그러한 제종[16]의 잘못된 견해들과의 강한 투쟁은 이미 이전부터 전개되어 내려왔었다.

우리는 우선 8·15 해방 후의 새로운 민주주의 사회제도를 반대하여 예속적 식민지 사회를 복구하려는 반동적 사상의 표현으로서의 예술지상주의와의 투쟁을 전개하지 않으면 아니되었다. 이들의 문학의 정치와의 분리 문학의 ‘순수성’ ‘절대 자율성’을 내걸면서 토지개혁을 비롯한 제반 민주개혁의 실시를 거쳐 민주주의적으로 전변된 8·15 해방 후의 새로운 사회제도를 반대해 나섰으며 일제 통치 시대에 대한 미련과 객관적 진리를 체현하는 새로운 민주세력에 대한 악의에 찬 비난으로 일관되어 있었다.

북반부의 인민주권과 민주건설을 비방 조소한 원산의 『응향』 함흥의 『문장독본』 신의주의 『예원써클』 등은 그러한 것의 구체적 실례이었다.

조선로동당은 전기 제29차 중앙 상무위원회 결정서 가운데서 다음과 같이 지적하였다.

“…… 시집 『응향』, 『문장독본』, 『예원써클』 등의 출판물 뿐 아니라

16) 제종(諸種): 여러 종류.

극장 방송에서도 부분적으로 볼 수 있는 문예작품 가운데의 부패한 무사상성과 정치적 무관심성은 우리 문학전선에서 아직도 '예술을 위한 예술' '인민과 배치되는 예술' '위대한 민주주의적 현실과 아무런 관련성이 없는 예술'의 신봉자들이 남아 있다는 것을 말함이다. 이것은 조선 문학 및 예술과 대립되는 일본 제국주의 노예사상 잔재의 산물로서 조국과 인민에 유해한 낡은 사상의 신봉자들에게 북조선 문예총의 자리와 출판물을 제공한 것은 우리 북조선 사상전선의 중대한 과오이다."

당은 이렇게 지적하면서 일체의 반인민적 비당적 문학예술에 대한 사상투쟁을 강화할 것을 전체 문학가들에게 호소하였다.

북조선문학예술총동맹 중앙 상무위원회는 당의 결정을 집행하기 위한 대책을 강구하고 1947년 2월에 채택하였던 시집 『응향』에 관한 결정을 더욱 강하게 성과적으로 집행하였다.17) 조선의 문학가들은 우리

---

17) 「「시집」 「응향」에 관한 북조선문학예술총동맹 중앙상임위원회의 결정서」, 『문화전선』 3, 1947. 2, 82~85쪽.

북조선문학예술총동맹 중앙상임위원회는 원산문학동맹편 시집 응향에 대하여 다음과 같이 지적비판한다.

1, 시집 "응향"에 수록된 시중의 태반은 조선현실에 대한 회의적 공상적 퇴퇴(頹退)적 현실도피적 심하게는 절망적인 경향을 가졌음을 지적하면서 이에 대하여 비판을 가한다.

조선은 해방 이래 일제의 조선인민에 대한 노예화 악정에서 벗어나 전 인민이 국가사회의 운영과 문제해결에 참가하는 진보적 민주주의의 방향으로 걸어왔다. 그리하여 정치경제의 방면과 아울러 문학예술이 또한 자기에게 부과된 영역의 과업을 수행하므로써 이 방향으로 걸어왔던 것도 사실이다. 이에서 해방된 조선은 전면적으로 역사적 이 위대한 제과업을 우리의 청사에 기록하였으며 앞으로 더욱 이 사업이 계개(啓開)될 것을 우리는 이론과 실천에서 굳게 기하는 바이다.

그러나 이 민주과업의 위대한 건설은 모든 진실한 건설이 그러함과 같이 파괴없이 이루어질 수 없음을 알아야 할 것이다. 즉 새싹을 방해하는 구래의 잔여세력을 부심없이 건설이란 있을 수 없다는 것이다. 즉 토지개혁은 봉건적 토지소유관계의 근본적인 파기에서 되어진 것이오 노동법령은 노동자의 지배와 착취의 노예화의 노자관계를 철저히 개변하는데서 이루어진 것이오 산업국유화는 일제와 친일파 등의 수중에서 운영되던 산업, 운수, 교통, 은행, 금융기관의 노동자 사무원의 착취지배의 성격을 파기하고 착취와 지배없는 인민정권의 손에서 나라와 인민을 위한 기관에서 이루어진 것이다. 한 알의 보리가 죽는데서 수백의 보리알이 생긴다는 것을 일즉 맑스는 말하였거니와 이것은 신생과 사멸의 교호관계를 여실히 보여 주는 말이다.

그러나 이러한 현실의 진행은 비상히 복잡다기하며 따라서 그 인식이 또한 단순한 즉흥이나 피상적 관찰에서 이루어질 수는 없는 것이다. 그러므로 무엇보다 작가에게는 이 현실을 보는 눈이 필요한 것이다. 그럼에도 불구하고 이것을 스스로 가지지 못한 작가

즉 그 눈을 가지지 못한 채 신흥 조선의 예술면에 총총(怱怱)히 편승한 작가가 적지 않다. 즉 구체적 실증으로 우리는 시집 "응향"의 작가(전부는 아니다)들을 들 수 있다.
2, 우리는 우에서 이 작가들의 퇴패적(頹敗的) 경향을 지적하였거니와 이것은 얼른 말하자면 이 복잡하면서 비상한 속도로 건설되어 가는 조선현실에 대한 인식부족에서 오는 것이라 할 것이다. 현실을 좇아오다가 미처 따르지 못하는 낙오자에게는 필연적으로 한탄이 있는 것이며 더 심하게는 그 현실에 대한 질시를 가지게 되는 것이다. 그러므로 거게는 현실과 부다치며 현실과 싸우려는 투쟁정신과 현실을 바른 길로 추진시키려는 건설정신이 없는 것이다.
"응향" 권두의 강홍운 작 "파편집18수"는 모두 현실진행의 본질로부터 멀리 떨어진 포말을 바라보는 한탄애상(恨嘆哀傷), 저회(低徊), 열정(劣情)의 표백인 외에 아무것도 아니다. 그 다음 구상 작 "길" "여명공"은 현실에 대한 그로테스크한 인상에서 오는 허무한 표현의 유희며 또 동인(同人) 작 "밤"에서는 이런 표현자 즉 낙오자로서의 죽어져 가는 애상의 표백밖에 찾아볼 수 없는 것이다. 서창훈 작 "해방의 산상에서"는 무기력한 군중에게 질서 없는 수다한 슬로강을 강요하였고 더욱 동인 작 "늦은봄"은 여러 가지 의미로 반동적인 사상과 감정의 표백이라 아니할 수 없다. 이것을 한탄 열정적인 연애시로 보아도 그렇고 또 자기의 낡은 생활을 의인화한 상징시로 보아도 그렇다. 1946년 5월에 있어서 이 조선에서 고요한 사막을 느낀 작자는 이국에만 광명이 있다고 환상하였고 가슴의 넓은 공간을 사막 같은 조국을 떠나 광명의 이국으로 가는 "애인"의 추억으로 채우려 한 것이다. 이것은 확실히 모든 반동세력과 싸우면서 험로(險路)와 형극(荊棘)을 헤치며 싱싱한 새현실을 꾸미고 있는 조국에 대한 불신과 절망인 동시 우리 대열 가운데 잠입한 한 개 반기가 아니면 안된다. 이종민 작 삼일폭동(三一暴動)은 이 역사적 사실을 민족해방투쟁으로서의 한 전형으로 묘사하지 못하고 송오일절(頌五一節) 역시 이 노동자의 국제적 행사를 우리의 당면한 현실과 결부해서 묘사하지 못했을 뿐 아니라 시로써 예술성 형상성을 가지지 못한 것이다.
3, 해방 전의 창작인 몇 편의 시를 보아서도 그들의 현실인식의 부정확성 빈곤성 회피성은 해방 이후서부터 비롯한 것이 아니며 그 이전부터인 것을 알 수 있는 동시 역사적 변혁인 해방 후의 현실인식의 사상과 방법이 과거의 그것의 연장임을 알 수 있다. 여기서 이 작가들의 과오와 반동성은 결코 우연적의 것이 아님을 알 수 있으니 그러므로 이것은 금후에도 계속될 수 있는 것이다. (즉 비우연성의 것은 반듯이 반복되는 것이기 때문이다.) 그러므로 건전한 민족예술 문학의 생성발전을 위하여 이것을 철저히 두드려 부시지 않으면 안될 것이다. 즉 우리 인민이 요구하는 민족예술은 이러한 도피적 패배적 투항적인 예술을 극복하므로서만 건설될 것을 잊어서는 안될 것이다.
4, "응향"의 집필자는 거의 모두 원산문학동맹의 중심인물들이다. 더욱 "응향"에 수록된 작품의 하나나 둘이 이상 지적한 바와 같은 경향을 가진 것이 아니고 여러 사람이 거의 동상동몽인 데에 문제의 중요성이 있다. 즉 원산문학동맹이 이러한 이단적인 유파를 조직적으로 형성하면서 있는 것을 추단(推斷)할 수 있는 것이다. 이것은 내(內)로는 북조선예술운동을 좀먹는 것이며 외(外)로는 아직 문화적으로 약체인 인민대중에게 악기류를 유포하는 것이 된다. 이에 관하여 북조선문학예술총동맹 중앙상임위원회는 조선예술운동의 건전한 발전과 또는 예술작품의 제고를 위하여 다음과 같이 결정한다.
1, 북조선문학예술총동맹이 산하 문학예술단체에 운동이론과 문학예술행동에 관한 구체적 지도와 예술영역에서의 반동세력에 대한 검토와 그와의 투쟁정신이 부족하였음을 자기비판하는 동시 북조선문학운동내부에 잔존한 모든 반동적 경향을 청산하고 속히 사상적 통일우에 바른 노선을 세울 것이다.
2, 원산문학동맹이 이상에 지적한 바와 같은 과오를 범한데 대하여 그 직접지도의 책임을 가진 원산예술연맹이 또한 이러한 과오를 가능케 하는 사상적 정치적 예술적 약점을

문학의 계급성 인민성 당성에 관한 김일성 원수의 원칙적인 교시에 입각하여 이러한 예술적 경향은 결국 매국적 민족 부르주아지 반동 지주 등의 이익과 그들의 계급적 정치사상에 복무하고 있는 것이며 조선 인민에게 또다시 예속과 복종의 운명을 지니게 하려는 반동사상의 표현이라는 것을 지적 폭로하면서 그들에게 견결한 타격을 주었다. 그들의 반동적 정치사상적 본질 그것은 두말할 것도 없이 역사적 행정에서 이미 멸망할 수밖에는 딴 길이 없는 계급의 불만을 반영하면서 민주주의 사회제도를 밀어버리고 그들의 계급적 지배를 오히려 대치 확립해 보려는 터무니없는 몽상을 가진다는 거기에 있으며 이리하여 그것은 고상한 애국주의에 대한 의식적 적대로서 특징된다.

문학의 무사상성 정치적 무관심성을 주장하는 일체의 반동문학과의 투쟁을 계속 전개하면서 조선문학가들은 1946년의 전련맹공산당(볼셰비키) 중앙위원회 결정서들 즉 「잡지 『별』과 『레닌그라드』에 관하여」 「극장 레퍼토리와 그의 개선책에 관하여」 「영화 「거대한 생활」에 관하여」 등에서 그리고 1948년의 전련맹공산당(볼셰비키) 중앙위원회 결정서 「웨·무라젤리의 오페라 「위대한 친선」에 관하여」와 기타 일련의 문헌들이 보여준 소비에트 문학의 경험에서 많은 것을 배웠으며 향로적인 고무와 추동을 받았다.

가지고 있음을 지적하는 동시 동연맹은 속히 이 시정을 위한 이론적, 사상적, 조직적 투쟁사업을 전개할 것이다.
3, 북조선문학예술총동맹은 즉시 "응향"의 발매를 금지시킬 것.
4, 북조선문학예술총동맹은 이 문제의 비판과 시정을 위하여 검열원을 파견하는 동시 북조선문학동맹에 다음과 같은 과업을 위임한다.
가, 현지에 검열원을 파견하여 시집 "응향"이 편집발행되기까지의 경위를 상세히 조사할 것.
나, 시집 "응향"의 편집자와 작가들과의 연합회의를 개최하고 작품의 검토 비판과 작가의 자기비판을 가지게 할 것.
다, 원산문학동맹의 사상검토와 비판을 행한 후 책임자 또는 간부의 경질과 그 동맹을 바른 궤도에 세울 적당한 방법을 강구할 것.
라, 이때까지 원산문학동맹에서 발간한 출판물로 북조선문학예술총동맹에 보내지 않은 것을 조사하여 그 내용을 검토할 것.
마, 시집 "응향"의 원고검열전말을 조사할 것.
(한자 → 한글화, 띄어쓰기-인용자)

정치사상적 본질에 있어 『응향』의 그것과 조금도 다를 것이 없는 또 하나의 반동적 경향은 계급과 계급투쟁에 관한 마르크스·레닌적 이론에 대한 적대적 사상으로서 나타났다. 그것은 간첩분자 림화에 의하여 구체적으로 표현된 것이니 그는 남반부의 출판물에서 공공연히 "민족문화는 계급문화이어서는 아니된다"고 말하였으며 그것의 부르주아적 성격을 확증하기 위하여 "우리가 수립해야 할 민족문화는 근대적인 의미에서의 민족문화이어야 한다"고 말하였다. 이렇게 그는 마르크스의 계급투쟁론을 부인하는 입장에서 문학의 계급적 내용과 계급적 성격을 반대해 나섰으며 민족 생활의 발전을 아무런 내부적인 계급적인 모순과 투쟁이 없는 단일한 행정으로 허위적으로 주장함에 의하여 미제국주의의 주구 이승만 도배의 반동적 사상에 복무하였다. 그러면서 그는 자기 이론의 반동성을 하나의 연막으로서 도호하기 위하여 자본주의적 조건 하에서의 민족문학의 낡아빠진 반동적인 측면을 분석하려 하였다. 그것이 "우리가 수립해야 할 민족문화는 근대적인 의미에서의 민족문화이어야 한다"는 명제로서 표현되어졌다.[18)]

레닌과 스탈린은 계급과 계급투쟁에 대한 마르크스·레닌주의적 이론으로부터 출발하면서 민족 식민지 문제의 완전하고도 정연한 이론을 창조해 주었다.

김일성 원수는 북조선로동당 창립대회에서의 보고 가운데서 우리 당의 강령의 정신과 관련하여 "오늘 조선 인민대중 앞에와 조선 민주주의 건설운동 도중에는 새로운 민족의 원수가 존재하며 그들의 앞잡이로서 조선을 또다시 독점자본의 식민지로 팔아먹으려는 매국 역적 민족반역자들의 무리가 엄연히 존재한다는 점을 잊어서는 안될 것입

18) "어떤 사람은 계급문학이어야 한다고 주장한 것도 사실이요 민족적인 문학이어야 한다고 말한 것도 사실이다. 그러나 이만치 중대한 문제는 항상 객관적으로 제기되어야 하는 법이다. (……) 그러면 이러한 장애물을 제거하는 투쟁을 통하여 건설될 문학은 어떠한 문학이냐? 하면 그것은 완전히 근대적인 의미의 민족문학 이외에 있을 수가 없다. 이러한 민족문학이야말로 보다 높은 다른 문학의 생성, 발전의 유일한 기초일 수 있는 것이다."(임화, 「조선민족문학건설의 기본과제에 관한 일반보고」, 『건설기의 조선문학』, 조선문학가동맹 중앙집행위원회서기국, 1946, 41쪽)

니다."(『김 일성 선집』 제1권, 227쪽)라고 말씀하였고 조선로동당 중앙위원회 제5차 전원회의에서는 우리의 조국해방전쟁의 성격을 반제국주의적 민족해방혁명인 동시에 타방으로는 전인민적 민주혁명이라고 명확히 규정하였다. 이 가운데는 건설과 투쟁의 우리의 일체 사업이 가지는 엄연한 계급적 성격에 대한 명확한 제시가 있다.

그럼에도 불구하고 또 어떤 사람은 북반부의 출판물을 통하여 "우리의 민족문학은 민족을 구성하는 모든 계급과 층의 문학의 총칭"이라고 주장하여 나섰다. 이것은 두말할 것도 없이 극악한 '유일조류론'이다. 반동배들도 오늘에 있어 결국 민족을 구성하는 일정한 계급층에 속해 있는 것인 바 그를 반동배들의 인간생활을 긍정적으로 표현한 문학은 민주주의적 민족문학과는 아무런 공통성도 없다.

우리의 민족문학은 결코 민족을 구성하는 여러 계급문학의 혼성체가 아니다. 우리의 민주주의적 민족문학은 무엇보다도 먼저 사상적 통일체이어야 하며 그 통일적인 사상은 프롤레타리아 국제주의로 일관된 고상한 애국주의이다.

과학적 사회주의 창시자들은 국가와 민족으로 대립된 현대 자본주의 사회에서의 계급투쟁에 대한 과학적 분석을 주면서 사람들의 적대적 계급에로의 분열을 사람들의 민족에로의 대립보다도 더욱 심각한 것으로 천명하였다.

계급사회에 있어서 각 계급은 자기가 사회에서 차지한 계급적 지위에 의하여 각기 이데올로기를 달리한다. 이데올로기는 일정한 물질적 조건에 근거하여 계급의 그룹이 이를 형성하며 그것은 계급의 이해의 표현자로서 계급성 당성을 가진다.

따라서 우리의 민족문학도 계급의식의 표현형태임은 두말할 것이 없다. 한데 주지하는 바와 같이 부르주아 계급은 역사적 무대에서 이미 자기의 역할을 수행하고 멸망할 밖엔 별 도리가 없는 반동계급임에 반하여 프롤레타리아 계급은 사회발전의 역사적 필연법칙에 따라서 사회를 발전시키며 인류를 압박과 착취가 없는 행복된 생활로 인도하는 객관적 진리의 계급이다.

우리 조국의 완전 독립과 민주 발전의 기본적인 담보는 노동계급이 영도하는 근로인민의 민주 역량이다. 노동계급이 영도하는 근로인민의 민주 역량이 없이는 우리는 우리 조국을 도저히 바른 길에로 발전시켜 나갈 수 없으며 조국의 자주독립의 민족적 과제를 수행할 수 없다.

때문에 김일성 원수께서 "조선 인민 앞에 제기되는 위대한 민주과업을 완성하기 위해서는 근로대중의 통일적인 힘—강력한 선봉부대가 필요한 것입니다. 이는 곧 로동당입니다."(『김 일성 선집』 제1권 237~238쪽)라고 하신 말씀은 우리 문학의 노선을 밝힘에 있어서도 신중한 의의를 갖는다.

이에 있어 우리의 민족문학은 계급문학이 되어서는 아니 되는 것이 아니라 또는 민족을 구성하는 모든 계급과 층의 문학인 것이 아니라 그와는 반대로 우리의 민족문학은 노동계급이 영도하는 근로인민의 계급의식을 표현하는 문학이 되지 않을 수 없다.

민족 생활의 발전을 단일한 행정으로 보며 민족의 덮어놓고의 통일을 운운하는 것이 얼마나 허위적이며 반동적인 것인가 하는 것을 폭로하기 위하여는 레닌의 다음과 같은 명제 즉 "현대 각 민족에는 두 민족이 있다고 우리는 일반 민족—사회당원들에게 말할 수 있다."(『레닌 전집』 20권(노문), 16쪽)라고 한 말을 상기하는 것만으로서도 족하다.

우리는 민족 내부의 계급적 대립을 허위적으로 부인하는 것이 아니라 냉철히 인증하며 이와 아울러 각이한 민족의 프롤레타리아들의 계급적 이해의 공통성과 국내 및 외국 부르주아지들의 이해에 대한 프롤레타리아의 이해의 적대적 대립성을 강조한다.

이곳에 우리 문학에 있어서의 조국과 인민을 위한 고상한 애국주의가 프롤레타리아 국제주의로 일관되는 소이[19]가 있다.

어떤 시대에 있어서나 반동적 문학가들은 자기들의 사상적 본질을

19) 소이(所以): 까닭.

감추기 위하여 여러 가지 간판을 들고 나오기를 좋아한다. "오늘 우리가 수립해야 할 민족문화는 근대적인 의미에서의 민족문화이어야 한다."는 그들의 주장도 결국은 민족문학은 계급문학이 되어서는 아니 된다는 무장해제론이나 민족문학을 민족을 구성하는 모든 계급과 층의 문학의 총칭으로 보려는 무원칙한 혼성체론이나 그 사상적 본질에 있어 조금도 다른 것이 없다.

조선 민족 생활의 근대적인 발전 과정에 있어서의 '민족문화' 그것은 부르주아지가 헤게모니를 장악한 '민족문화'이며 부르주아지에게 복무하는 '민족문화'이며 한말로 말하자면 부르주아지의 민족문화이다.

레닌은 일찍이 민족문제가 역사적, 시대적 정형에 따라서 좀더 구체적으로는 러시아 사회주의 10월 혁명을 분수령으로 하여 각이하게 제기된다는 점을 천명하였다. 10월 혁명 이전에 있어서는 민족문제가 부르주아 혁명의 일반문제의 일부분으로 제기되었다고 하면 10월 혁명 이후에 있어서는 민족문제가 프롤레타리아 혁명의 일반문제의 일부분으로 제시되어지고 있다는 것을 가르쳐주고 있다.

김일성 원수는 민족문제에 관한 레닌·스탈린의 이론을 조선의 구체적 정형에서 발전시키면서 "우리들의 투쟁은 자본주의 국가의 낡은 국회식 민주주의를 위한 것이 아니라 새로운 조선의 진정한 민주주의를 위한 즉 광범한 인민대중의 민주주의 진보적 민주주의를 위한 투쟁입니다. 근로대중이 요구하고 있는 정치 경제 문화 방면에서 권리를 획득하기 위한 투쟁은 근로대중들의 복잡하고도 곤란한 장기적 투쟁입니다."(『김 일성 선집』 제1권, 237쪽)라고 말씀하셨습니다. 이러한 천명은 우리 문학노선의 해명에 있어서도 심히 교훈적이며 향도적인 실천적 의의를 갖는다.

조선에 있어 이른바 '근대적인 의미에서의 민족문화' 운운의 반동적 사상의 본질은 더 말할 나위 없이 명백하다.

해방 이후 또 어떤 부분에 있어서는 민족문화의 계급성은 인정하면서도 그러나 민족문화의 민족적 형식은 이것을 홀시하려는[20] 사람들도 있었는 바 이것도 물론 잘못이다.

민족에 있어서는 이 민족에는 있고 저 민족에는 없는 각기 특수한 민족성을 가지고 있는 것이며 그것은 민족적 형식 가운데 자연히 표현되지 아니할 수 없는 일이다. 민족적 형식은 민족문화에 있어 하나의 필요불가결의 조건으로 된다.

스탈린은 16차 당 대회에서의 중앙위원회 정치 총결 가운데에서 민주주의 하에서의 민족문화는 자본주의 하에서의 그것과 엄격히 구별된다는 점과 아울러 민족문화의 내용과 형식의 문제에 관하여 다음과 같이 말하였다.

"민족 부르주아지의 지배 하에서의 민족문화란 무엇인가. 민족주의의 독소로써 대중을 중독시키며 부르주아지의 지배를 공고히 하는 것을 자기의 목적으로 하는 자기의 내용에 있어서 부르주아적이며 형식에 있어서 민족적인 문화이다. 프롤레타리아 독재 하에서 민족문화란 무엇인가. 대중을 사회주의와 국제주의 정신으로 교양할 것을 자기의 목적으로 하는 자기의 내용에 있어서 사회주의적이며 형식에 있어서 민족적인 문화이다."(『쓰딸린 전집』 12권, 367쪽)

물론 세계적 규모에서 혁명이 성취되면 내용에서 뿐만이 아니라 형식에 있어서도 사회주의적인 문화가 생겨날 것인바 그것은 공통어의 형성을 전제로 한다. "우리는 한 언어는 패배를 당하고 다른 언어는 투쟁에서 승리자로 나타나는 그러한 두 가지의 언어를 문제삼게 될 것이 아니라 수백의 민족언어를 문제삼게 될 것이다. 그리고 그 가운데서 민족들의 오랜 경제적 정치적 및 문화적 협력의 결과로 처음에는 가장 풍부하게 된 단일한 지대 언어가 하나의 공통한 국제어로 합류할 것이다."

그러나 현재에 있어서는 민족해방의 역사적 과업 수행의 방조[21]를 위하여서나 국제문화의 보물고를 풍부히 다채롭게 하기 위하여서나

20) 홀시하다(忽視--): 얕잡아 보다.
21) 방조(傍助): 곁에서 도와줌.

민족문화의 발전은 백방으로 조장할 필요가 있는 바 이러한 민족문화에 있어 민족적 형식은 앞에서도 말한 바와 같이 하나의 필수의 조건으로 된다.

이와 관련하여 민족문화에 있어 민족적 모멘트는 이것을 무시하려는 견해도 있었다. 계급사회에 있어서의 문학은 언제나 일정한 계급의식의 표현형태이다. 그러나 이 계급의식이란 것은 인민의 민족의식을 반동이라 하여 배척하면서 그것과 투쟁하기를 선언하는 따위의 추상적인 계급의식인 것이 아니라 인민의 민족적 자의식을 자체 가운데 불가분리적으로 포섭하는 생활적이며 구체성을 가진 그러한 것으로 인식하여야만 한다. 왜냐하면 인민의 민족적 자의식을 부인 반대하는 것은 민족적 모멘트를 부인 반대하는 것이 되기 때문이다. 또 그것은 바로 민족문학에 있어서의 계급의식의 문제를 생활에 발을 붙이지 않은 공허한 추상적인 것으로 이해하는 것이 되며 동시에 민족문학으로 하여금 민족적 과제의 수행을 방해하는 길로 인도하는 것이 되기 때문이다. 노동계급의 해방투쟁은 민족적 조건을 고려하지 않는 것이 아니라 반드시 고려하여야만 한다.

오늘에 있어 우리는 계급적 및 민족적 이해를 옹호하여 투쟁하여야만 한다는 김일성 원수의 일상적인 원칙적 호소는 우리 문화의 인민적 노선을 위하여 비상히 심중한 의의를 갖는다.

조선로동당과 김일성 원수의 영도 밑에 우리의 문학은 자기의 민주주의적 노선을 제반 반동적 및 그릇된 견해들과의 원칙적인 투쟁을 통하여 발전시켜 왔으며 앞으로도 발전시켜 나갈 것이다.

이러한 과정에서 우리는 우리 문학의 기본 방향을 민족의 과제 즉 조국의 자주독립과 민주발전을 하루 속히 촉성하는[22] 데에 둔 것이며 우리 문학의 성격은 노동계급이 영도하는 조선 인민생활의 계급적 내용을 민족적 형식으로 표현하는 바로 거기에 두었던 것이다.

22) 촉성하다(促成--): 재촉하여 빨리 이루어지게 하다.

이러한 것에 기초하여 문학의 발전이 진행되었다.

조선로동당과 김일성 원수의 영도에 의하여 해방 후 우리의 문학이 획기적인 발전을 수행함에 따라 민주문학의 대열의 범위는 날로 넓어 갔다. 일제 통치 시대에는 마르크스주의적 문학사상으로 행동하지 못한 사람들 중에서도 성실하고 재능있는 작가들은 민주주의적 발전의 정당성과 그것의 불가제승적 전진에 대한 이해는 더욱더 침투되었으며 그들의 개성을 점차로 새로운 제도 위에서 확립해 나갔으며 자기들의 운명을 인민과 밀접히 연결시키는 길에로 들어섰다.

8·15 해방에 의하여 역사적으로 전변된 전혀 새로운 환경 속에서 출발한 민주주의적 민족문학은 문학대열의 장성만을 가져온 것이 아니라 과거 조선문학의 전체 발전과 그 성과들을 합친 것보다 말할 수 없이 더 풍부하고 거대한 사상적 미학적 성과들을 달성하였다. 해방 후 평화적 민주건설 시기의 조선문학은 그 주제에 있어서 제반 민주개혁의 실천과 새생활의 건설, 새것과 낡은 것과의 투쟁, 조국의 통일을 위하여 미제 및 그의 주구 이승만 도당을 반대하는 투쟁, 조선 인민의 민족 해방 투쟁과 특히 김일성 원수의 항일 빨치산[23] 투쟁, 인민경제복구건설을 위한 투쟁, 그리고 국제 친선 특히 조소친선 등의 다방면에 걸친 자료들을 포괄한다.

이 주제의 다양성은 해방 후 우리나라 북반부에서 건설되는 생활의 다양성, 우리나라에 조성된 새롭고 복잡한 현실적 환경으로부터 제기된 중요한 사변들의 다양성으로서 설명된다.

그러나 이 모든 다양한 테마[24]는 하나의 통일적인 테마 즉 애국주의 사상에 귀착되고 있으며 모든 작가들의 일치한 빠포스[25]는 조국의 평화적 통일 독립의 완수에 돌려지고 있다.

---

23) 빨찌산(원문) → 빨치산(partizan): 적의 배후에서 통신·교통 시설을 파괴하거나 무기나 물자를 탈취하고 인명을 살상하는 비정규군.

24) 쩨마(원문) → 테마(Thema): 창작이나 논의의 중심 과제나 주된 내용. '주제'로 순화.

25) 빠포스(pafos): 이북어. 작품 전반에 일관되어 있는 열정.

시인 조기천은 김일성 원수의 항일무장투쟁의 역사적 주제에 바친 장편서사시 「백두산」을 비롯하여 해방 후 민주건설과정에서 탄생하는 우리 시대의 영웅 새형의 인간 성격을 묘사한 장편서사시 「생의 노래」 조소친선의 애국주의적 주제에 바친 서정서사시 「우리의 길」 남반부 인민들의 영웅적 투쟁을 노래한 서정서사시 「항쟁의 려수」 등 우수한 시편들에서 조선 인민의 열렬한 애국적 형상을 창조하면서 그 일관한 빠포스를 조국의 평화적 통일 독립의 쟁취에로 돌렸다.

시인 한명천은 자기의 장편서사시 「북간도」에서 극작가 박령보는 자기의 희곡 「태양을 기다리는 사람들」에서 각각 김일성 원수의 항일 빨치산 투쟁의 역사적 화폭을 묘사하였다.

작가 리기영은 이 시기에 토지개혁 실시와 함께 전변되는 조선 농촌을 묘사한 장편 『땅』을 발표하였다. 『땅』은 조선 농촌 경리 발전을 가로막은 봉건적 토지 소유관계의 영원한 청산으로 말미암아 조선농촌이 새생활로 전변하는 장엄한 과정을 보여준다.

토지개혁으로 말미암아 조선 농촌이 발전하는 과정은 동시에 새것과 새 인간이 장성하면서 승리하는 과정인 바 『땅』은 이 승리를 어떻게 농민들이 당의 지도 밑에 자신들의 투쟁으로 성취하는가를 한 사람의 보통 농민 곽바위의 형상을 통하여 보여주고 있다.

산업국유화법령을 비롯한 기타 민주개혁의 실시와 그리고 인민경제 계획의 완수 및 초과 완수를 위한 노동계급의 투쟁은 우리 문학에 특별히 새로운 자료들을 풍부하게 제공하였다.

리북명의 「로동일가」 황건의 「탄맥」 박웅걸의 「류산」 등은 인민경제 복구건설에 자기들의 주목을 돌린 작품들이다. 이 작품들에 등장하는 노동자들은 어제까지의 일제의 식민지 착취의 철쇄에 얽매인 임금노예가 아니라 공장 기업소를 자기의 손으로 관리하는 자기 노동의 주인으로서 일하는 새로운 노동자—투사들로 나타난다. 이러한 새로운 노동조건은 노동에 대한 전혀 새로운 태도를 탄생시켰다. 노동자들은 자기 노동을 통하여 조국의 평화적 통일 독립과 부강한 민주발전에 기여한다는 자각적 긍지감으로 자기의 모든 재능과 열의를 사회주의적 생산경쟁에 나타내었다. 작가들은 노동계급 속에서 새로 발생하고 발전하는 이 모든 훌륭한 정신적 특징들을 묘사하는 것을 자기들의 임무로 삼았다.

이 시기에 작가들에 의하여 가장 많이 취급된 주제의 하나는 조소친선의 주제이었다. 시집 『영원한 친선』, 『영광을 쓰딸린에게』, 단편소설집 『위대한 공훈』은 모두 해방과 원조의 은인인 소비에트 군대와 소비에트 인민 그리고 조선 인민의 해방의 구성이신 스탈린 대원수에게 드리는 전인민적 감사와 영원한 친선의 사상으로 침투되었다.

김일성 원수는 1949년 12월 15일 조선로동당 중앙위원회 전원회의에서 진술한 수 개국 공산당 보도국 회의 총결에 관한 보고 「프로레타리아 국제주의 기치에 더욱 충직하자」에서 다음과 같이 말씀하였다.

"노동계급을 선두로 한 근로인민의 국가인 위대한 소련은 세계의 평화와 안전, 민주와 진보, 제 민족의 동등권과 자유와 독립을 위한 초소에 서 있으며 장성되는 국제민주진영의 강력한 힘의 원천으로 되었습니다. 노동계급을 선두로 한 근로인민의 국가인 위대한 소련의 평화애호정책과 제 민족의 동등권과 자유와 독립을 존중히 하는 정책은 전쟁을 발생시키는 불행의 원인으로 되는 착취계급을 박멸한 소비에트 사회주의사회의 본질로부터 출발되었습니다."(『김 일성 선집』 제2권, 242쪽)

조소친선 사상을 떠나서 국제주의 사상을 논할 수는 없으며 국제주의 사상을 떠나서 조국의 통일 독립과 민주 발전에 대하여 이야기할 수는 없다. 때문에 김일성 원수는 같은 보고 중에서 다음과 같이 말씀하였다.

"…… 매개 우리 당원들은 오직 진정한 마르크스·레닌주의에 기초한 프롤레타리아적 국제주의 사상으로 무장된 조건 하에서만 조국과 인민을 위한 백절불굴[26]의 혁명투사로 될 수 있으며 조국과 인민에게

26) 백절불굴(百折不屈): 어떠한 난관에도 결코 굽히지 않음.

충직히 복무할 수 있다는 것을 알아야 하겠습니다."(『김 일성 선집』 제1권, 573쪽)

김일성 원수는 조소친선 사상을 한두 번만 강조한 것이 아니니 1950년 3월 17일 「조쏘 량국간의 경제적 및 문화적 협조에 과한 협정 체결 1주년에 제하여」에서는 다음과 같이 말씀하였다.

"이 협정들에는 위대한 소련이 인민민주주의 제국가들과 체결한 협정들에서와 같이 전 세계의 평화와 안전을 수호하며 약소 민족의 자유와 권리를 존중히 하며 대소 국가들 간의 동등적 입장에 기초한 협조들을 원칙으로 한 스탈린적 대외정책이 명백히 표현되었다. 오늘 조소 양국 간의 관계는 이전 차르[27] 러시아와 조선 간의 낡은 관계에서 설정된 것이 아니라 해방과 원조에서 맺어진 시초부터 근본적으로 다른 새 관계에서 설정되었다."

이리하여 조소친선 사상은 조선작가들에게 있어 가장 친근하고 혁명적인 주제로 되었다.

한설야의 단편 「남매」 조기천의 서정서사시 「우리의 길」 리춘진의 단편 「안나」 등은 이 테마에 바쳐진 성과있는 작품들이다.

이 작품들은 한결같이 조소친선 사상이 온 인민의 가슴에 물결쳐 흐르고 있는 현실을 깊은 감격과 희망으로 노래하였다. 조선 인민들에게 있어 조소친선 사상은 그것이 곧 희망찬 생활의 길잡이였다.

때문에 해방 후 민주문학에 있어 조소친선 사상은 그것 자체를 전면적 테마로 하고 있지 않는 일반적 테마의 경우에 있어서도 그의 내면을 공통적으로 줄기차게 흐르고 있다는 점을 반드시 지적하여야 한다.

---

27) 짜리(원문) → 차르(tsar'): 제정 러시아 때 황제(皇帝)의 칭호.

3

미제국주의자들은 제2차 대전 이후 국제적 공약으로 설정된 세계평화수립의 제 원칙을 하나도 준수 집행하지 않고 추종 국가들을 동원하여 평화의 성세인 소련과 인민민주주의 국가들에 대한 전쟁을 도발하여 세계 제패의 야망을 실현하려 하였다. 조선로동당의 지도 밑에 조국 통일 민주주의 전선에서는 수 차에 걸쳐 조국의 평화적 통일 방책에 대한 제의를 하였음에도 불구하고 미제국주의자들은 세계 제패 계획의 일환으로서 조선에 대한 공개적인 침략 전쟁을 개시하였다. 이승만 역도들은 미제국주의자의 사촉과 가담 밑에 1950년 6월 25일 드디어 삼팔 이북 지역에 대한 침공을 개시하여 내전을 도발하고야 말았다.

조선로동당과 공화국 정부와 민족의 수령 김일성 원수는 이승만 역도들을 구축[28] 소탕할 데 대한 전체 조선 인민의 소망을 반영하면서 우리 인민군대에게 결정적인 반격전을 개시하여 원수들을 섬멸할 것을 명령하였다. 영웅적인 조선인민군대는 명령을 받들어 전광석화[29]와 같이 놈들의 침공을 막았으며 동시에 반공전으로 넘어갔다.

이리하여 조선 인민의 평화적 건설 시기는 중단되고 조국의 자유와 독립을 고수하기 위하여 미제와 그들의 주구 이승만 역도를 반대하는 조선 인민의 위대한 조국해방전쟁은 개시되었다.

이 시기의 조선로동당의 정책은 김일성 원수의 1950년 6월 26일 「전체 조선 인민들에게 호소한 방송 연설」 가운데에 구체적으로 표현되었다. 김일성 원수는 이 역사적인 방송 연설에서 우리 조국이 부득이 전쟁 상태에 들어가지 않을 수 없게 되었음을 선포함과 동시에 남북조선의 전체 인민들은 조국해방전쟁의 승리를 위하여 총궐기할 것을

---

28) 구축(驅逐): 어떤 세력 따위를 몰아서 쫓아냄.

29) 전광석화(電光石火): 번갯불이나 부싯돌의 불이 번쩍거리는 것과 같이 매우 짧은 시간이나 매우 재빠른 움직임 따위를 비유적으로 이르는 말.

호소하였다. 김일성 원수는 이 방송 연설에서 침략전쟁을 도발한 원수들의 목적과 음모를 여지없이 폭로함과 동시에 침략도배들을 반대하는 우리의 조국해방전쟁의 정의성을 천명하였다. 이와 동시에 김일성 원수는 조국에 조성된 엄중한 정세를 지적하면서 전체 인민들에게 모든 사업을 전시체제로 개편하며 인민군대의 모든 수요를 보장하며 후방을 공고히 할 것과 남반부 인민들은 빨치산 투쟁을 광범히 전개하여 놈들의 후방을 교란하며 인민군대의 진공을 적극 지지하여 활동할 것을 호소하였다. 이와 동시에 김일성 원수는 인민군대 장병들과 남녀 빨치산들에게 구체적인 전투과업을 제시하였으며 전체 인민들은 최후의 승리를 위하여 자기들의 전투적 과업에 최대의 애국적 헌신성을 발휘하라고 호소하시었다.

김일성 원수의 이 호소를 받들고 전체 인민들은 평화적 건설투쟁으로부터 즉시 전시체제에로 넘어갔다.

해방 후 5년 간에 걸친 평화적 민주건설 시기에 있어 당과 수령에 의하여 교양받은 우리나라의 문학가들은 조국해방전쟁의 첫날부터 미제 무력침공자들과 그의 주구 이승만 역도들을 격멸하기 위한 이 위대한 전인민적 투쟁 대열에 헌신적으로 참가하였다.

'모든 것을 전쟁 승리를 위하여!'라는 당과 수령의 호소는 우리 문학가들의 창조적 활동을 규정하는 전투적 구호로 되었다. 문학가들은 종군작가[30]로서 전선에 출동하여 공작하였으며 손에 무기를 잡고 싸웠으며 또 이러한 행정에서 일부 작가들은 고귀하게 전사하였다.

우리 문학의 전투적 빠포스는 이 시기에 특히 힘차게 나타났으며 더욱 성숙 발전되었다. 미제 무력침공배들과 그의 주구 이승만 매국역도들을 격멸하는 정의의 싸움에서 보다 큰 위훈에로 전체 인민들을 호소하는 우리 문학가들의 목소리는 전선과 후방에 우렁차게 울리어 나갔으며 싸우는 조선 인민들에게 예리한 사상적 무기를 제공하였다.

30) 종군작가(從軍作家): 전쟁에 참여하여 체험하거나 목격한 전쟁 상황을 작품의 주제로 하여 창작 활동을 하는 작가.

1951년 3월에 조선로동당의 지도에 의하여 조선작가대회가 소집되었다. 이 회의에서 북조선문학예술총동맹은 발전적으로 해소하고 남북문화단체를 통합하여 조선문학예술총동맹을 결성하였다.31)

조국해방전쟁 시기에 조선로동당에 의하여 지도된 조선문학의 총 방향을 작가동맹 위원장 한설야의 보고에서 다음과 같이 말하였다. 이 보고에서 그는 조선의 문학가들은 자기의 예술적 기능과 수단을 다하여 인민들의 전투정신을 고무 앙양시킴으로써 그들을 조국해방전쟁의 승리를 위한 영예로운 싸움에 총궐기시켜야 하며 전쟁의 종국적 승리에 대한 그들의 신심을 더욱 북돋아 주어야 한다고 강조하였다. 또한 조선의 문학가들은 자기들의 전투적인 창조적 활동을 통하여 미제의 강도적 본성을 철저히 폭로 규탄하며 인민들의 불패의 위력에 대한 자기 신념을 확고히 해줄 뿐만이 아니라 조국의 통일 독립과 자유를 위한 조선 인민들의 투쟁이 갖는 바 세계사적 의의를 각성시켜 주면서 전쟁 승리를 위한 우리 당의 거대한 사업을 성과적으로 방조하여

---

31) 「조선문학예술총동맹 및 각동맹 중앙위원」, 『문학예술』 4-1, 1951. 4, 35쪽.
북조선문학예술총동맹과 남조선문화단체총련맹 중앙위원회 련합회의에서 선출한 조선문학예술총동맹 중앙지도기관과 산하 각동맹 열성자 회의에서 선출한 각동맹 중앙지도기관은 다음과 같다.

조선문학예술총동맹
상무위원회
위원장 한설야
부위원장 리태준
부위원장 조기천
서기장 박웅걸
위원 리기영 신고송 림화 김순남 정관철 김조규 박영신 김남천
검사위원
위원장 안 막
위 원 김북원 리원조 안회남 리북명
문학동맹
위원장 리태준
부위원장 박팔양
서기장 김남천
위원 리기영 한설야 림화 최명익 리원조 조기천
김조교 안회남 리용악 안함광 민병균 현덕

(하략)

야 한다는 것을 호소하였다. 동시에 우리의 문학은 조선 인민의 높은 정치 도덕적 통일을 표현하면서 승리의 조직자이며 고무자인 당의 주위에 결속된 인민들의 단결과 마지막 피 한 방울까지 바쳐 싸우는 그들의 슬기로운 모습을 우수하게 예술적으로 형상해야 할 것을 역설하였다.

김일성 원수는 조국해방전쟁 시기에 있어서의 조선로동당의 문예정책의 현실적 성과를 위하여 1951년 6월 30일 전체 작가 예술가들에게 격려의 말씀을 주었다.[32] 이 격려의 말씀은 조선문학발전을 위한 수령의 일상적 배려와 분리해서 생각할 수는 없다.

이 격려의 말씀이 내포하고 있는 기본적인 사상은 해방 후 조선문학의 중심 테마와 관계되는 것이며 앞으로의 비약적 발전을 위한 고귀한 지표로 된다.

조국해방전쟁의 가열한 환경 속에서 작가들의 책임이 더 무거워지는 바로 그러한 시기에 주신 김일성 원수의 이 격려의 말씀은 조국과 인민의 승리를 위한 작가들의 임무수행을 더욱 제고해 나가는 데 있어 귀중한 강령적 지침으로 되었다.

김일성 원수는 우리 인민이 민족의 전 역사를 통하여, 조국해방전쟁을 수행하고 있는 오늘에 있어서처럼 숭고한 애국심을 발휘한 때는 없었다는 사실을 상기시키면서 고상한 애국심을 형상하는 것이 무엇보다도 중요한 일이라고 말씀하였다. 그리고 이 애국심은 결코 추상적인 것이 아니라 조국의 강토와 역사와 문화를 사랑함과 아울러 제반 생활적인 구체적 감정 가운데 살고 있다는 것을 지적하면서 "때문에 우리 작가 예술가들은 조선 인민의 애국심을 표현함에 있어 어떤 추상적인 구호를 나열할 것이 아니라 가장 구체적이며 일상적인 감정 사건 인물 사상을 보여 주어야 하겠습니다."라고 말씀하셨다.

무릇 애국심은 전체의 이익을 위한 투쟁에서 발생하는 것이니 민족

---

32) 김일성, 『김일성장군의 격려의 말씀(전체 작가 예술가들에게)』(『민주조선』, 1951. 7. 2.), 국립출판사, 1951.

의 영예를 고수하기 위한 투쟁이 긴장하면 긴장할수록 이 애국심은 더욱 치열해지고 견고해진다. 조선 인민은 유구한 역사를 통하여 민족 내부의 압박과 착취자를 반대하는 투쟁에서 있어서 조국에 대한 무한한 사랑을 배양하였다. 때문에 조국에 대한 사랑은 일체의 반인민적인 것에 대한 증오와 밀접히 연결된다.

어떠한 시대 어떠한 사회에 있어서나를 막론하고 인민의 민족적 이해관계와 그들의 운명은 이렇게 반인민적인 것과의 투쟁 즉 반동적 사회제도를 반대하여 투쟁하는 진정한 애국자들에게 달려 있으며 그들의 헌신적 투쟁에 달려 있다.

8·15 해방은 우리 공화국 북반부에서 근로하는 인민대중을 위한 진정한 조국을 수립하였다. 근로대중은 처음으로 우리나라의 완전한 주인공으로 새로운 생활의 창건자로 되었다. 스스로가 주권을 틀어쥔 조선 인민의 애국심은 조국의 통일 독립과 민주 발전의 강력한 담보로 된다. 조선 인민들에게 있어 조국은 인민들을 위한 고귀한 투쟁의 대가로 얻어진 새로운 사회제도이다. 지금 조선 인민들은 우리의 조국을 그 어느 때보다도 무한히 사랑하며 그 어느 때보다도 그것을 위하여 무한한 헌신성을 발휘한다.

김일성 원수는 조선로동당 중앙위원회 제5차 전원회의에서의 자기 보고 가운데서 이러한 사태를 지적하여 다음과 같이 말씀하시었다.

"우리 인민들은 가혹한 시련의 엄숙한 시기에 조금도 굴하지 않고 우리 당과 자기 정부의 주위에 일층 더 굳게 뭉치어 조국에 대한 무한한 충성심과 경애심을 표현하였으며 전쟁에서 각종 난관들을 타승함[33]에 있어 무한한 헌신성을 발휘하였습니다."

조선 인민들의 조국에 대한 이러한 관계 가운데에는 자기를 조국의 필요불가결의 일부분으로 인식하는 투철한 자각이 있다. 우리의 조국 그 가운데야말로 자기들이 쌓아올린 모든 고귀한 것이 존재하고 있다

33) 타승하다(打勝--): 이북어. 난관이나 시련 따위를 물리치고 이겨 내다.

는 것에 대한 걷잡을 수 없는 자랑이 있다. 조국에 대한 이러한 사랑과 헌신성은 자연발생적인 것이 아니라 공화국 북반부에 수립한 인민이 주권을 틀어쥔 민주주의 사회제도 그것의 옹호와 발전을 위한 자각적인 사상이다. 때문에 김일성 원수는 조국해방전쟁 시기에 있어 인민들의 애국심이 그 어느 때보다도 치열하다는 사실을 지적하면서 "이 사실은 우리 인민이 그 어느 때보다도 자기의 역사적인 사명과 자기 조국의 운명에 대한 인식이 고도로 앙양되고 있다는 것을 명시하는 것이다."라고 말씀하시었다.

인민의 주권에 대한 신봉과 사랑! 이것은 오늘 조선 인민의 애국심의 구체적 내용이어야만 한다.

따라서 우리 인민의 애국주의는 부르주아지의 이른바 '애국주의'와는 아무런 공통성도 없다. 부르주아지의 이른바 '애국주의'는 야수적 배타주의적 '애국주의'이며 본질에 있어 미제국주의 침략사상의 무기인 코즈모폴리터니즘의 이면적 표현이다. 부르주아지는 코즈모폴리터니즘을 선전하면서 민족과 민족주권과 민족적 독립의 개념은 이미 낡아빠진 과거의 유물이라고 떠들어댄다.

때문에 김일성 원수께서는 격려의 말씀 가운데서 애국심의 형상의 중요성에 대하여 말씀하시면서 코즈모폴리터니즘에 대하여는 그것의 일 파편조차도 용허해서는34) 아니 된다는 것을 강조하시었다.

조선 인민은 그러한 코즈모폴리터니즘을 긍정할 수가 없으며 우리 나라의 운명에 무관심할 수가 없다.

왜냐하면 "조국, 즉 해당한 정치 문화 및 사회적 환경은 프롤레타리아트의 계급적 투쟁에 있어서 가장 강력한 요소인 까닭이다." "프롤레타리아트는 자기의 정치 사회 및 문화적 제 조건에 대하여 무관심하고 냉담하게 관계할 수가 없다. 따라서 그에게는 그의 나라의 운명은 무관심할 수가 없다."(레닌)

34) 용허하다(容許--): 허용하다.

조선 인민은 부르주아지들의 민족반역적 반동행위와는 반대로 민족의 자주권을 위한 진정한 애국심을 사랑하며 프롤레타리아트는 오늘에 있어 우리나라의 진정한 애국역량의 선두에 서 있다.

조선 인민의 이러한 애국주의는 민족적 자신심과 자부심과 분리할 수가 없으며 또 그것은 모든 민족 및 민주 진영 제 국가 간의 호상[35] 친선과 협조 그리고 형제적 사랑과 존경심을 토대로 한다.

때문에 김일성 원수는 "우리 작가 예술가들은 애국심과 아울러 우리 민족에게 대한 자부심을 작품에 표현하여야 하겠습니다."라고 말씀하시었다.

그러면 우리의 문학의 고상한 애국주의 사상의 하나의 특성으로서의 민족적 자부심을 어떠한 것을 본질적 내용으로 하여 표현하여야 할 것인가?

우리는 우리 민족이 억압과 착취의 기막힌 형난의 길을 걸어오는 동안 그러나 잠시도 정체함이 없이 원수를 반대하여 싸워왔다는 사실을 그리고 그러한 특출한 인민과 그러한 특출한 인민의 숭고한 애국 전통을 자랑한다.

우리 민족은 무섭고 어려운 시련의 운명을 수없이 겪었다. 그때마다 그것을 강의한 투쟁으로 극복하면서 압살해 버릴 수 없는 커다란 굳센 힘을 과시하였다.

우리들은 우리 민족의 문화가 전통적으로 우수하며 오늘의 우리 문화는 부르주아지의 문화보다 무한히 고상하다는 것을 자부하며 자랑한다.

우리들은 8·15 해방 후 노동계급의 영도 밑에 조선 인민을 승리에로 인도하였고 민주조국 창건사업의 제 달성을 고수하였으며 미제 무력 침공배를 반대하는 조국해방전쟁의 수행을 승리적으로 능숙하게 지도하고 있으며 그의 찬란한 업적과 불패의 위력으로 하여 스탈린

35) 호상(互相): '상호(相互)'의 이북어.

대원수로부터 세계혁명을 위한 '돌격대'의 영예로운 칭호를 받은 우리의 당과 우리 당의 조직 창건자이며 영도자이며 우리 민족의 수령이신 김일성 원수를 자랑한다.

우리는 8·15 해방 후 공화국 북반부에서 제반 민주개혁의 실시로 일제의 제국주의적 요소와 봉건 잔재를 숙청한 터전 위에 새로이 건립한 명랑하고 행복한 조국의 민주주의 사회제도를 자랑한다.

우리는 우리 공화국이 청소한 창건 역사를 가졌음에도 불구하고 세계의 강국으로 자처하는 미제 무력 침공배를 반대하는 투쟁에서 적에게 수치스러운 패배를 거듭 주면서 승리를 계속 쟁취하고 있는 우리의 영웅적 인민군대와 그리고 조선 인민의 불패성을 자랑한다.

이러한 조선 인민들의 영웅적 투쟁은 조국의 영예를 위하는 사업에서와 세계의 평화를 고수하는 사업에서 막대한 기여를 하고 있으며 그것은 세계 약소 민족의 해방투쟁의 기치로 되고 있으며 모범으로 되고 있다는 사실을 자랑한다.

조선 인민의 민족적 긍지는 인민의 행복을 위하여 일하고 창조하고 투쟁하는 근로인민의 우월성, 강의성, 영웅성을 토대로 한다.

조선 인민의 민족적 자부와 자랑은 제반 민주주의적 건설과 조국의 통일 독립을 위한 투쟁에 적극 참가하는 사람들의 자부이며 자랑이고 또 그것은 모든 활동분야에 있어 항시 조국에 대한 고귀한 충성심과 승리를 위한 꾸준한 투쟁을 요구한다.

조선 인민의 민족적 자부심과 긍지는 진정한 애국심 가운데 있으며 진정한 애국심은 프롤레타리아 국제주의 원칙에 입각한다.

때문에 김일성 원수께서는 다음과 같이 말씀하시었다.

"자기 조국과 인민에 대한 높은 긍지는 썩어빠진 배타주의적인 모든 낡은 잔재와 인습을 숙청하는 데서만이 그 참된 본질을 갖게 되는 것입니다. 때문에 여기에 있어 무근거한 민족주의적 우월감이라든가 타민족에 대한 경멸감을 도저히 용납할 수 없는 것이며 고상한 국제주의적 정신으로 일관되어야 할 것은 두말할 것이 없는 것입니다."

다음으로 김일성 원수는 작가 예술가들이 자기들의 작품에 인민군대의 영웅성과 완강성을 표현 묘사하여야 할 것임을 강조하시면서 "우리 인민군대의 영웅성은 그 어떠한 개개인의 영웅성을 발휘해서가 아니라 문자 그대로 완전히 대중성을 갖고 있음에 그 의의가 더 큰 것입니다."라고 말씀하시었다.

이와 아울러 인민의 불패성에 대하여도 묘사하여야 할 것을 다음과 같이 지적하시었다.

"우리 군대의 영웅성과 아울러 후방에서와 적의 일시적 강점에 들었던 지대에서의 우리의 혁혁한 투쟁과 용감무쌍한 영웅성도 우리 문학예술 작품에 잘 표현되어야 하겠습니다."

조국해방전쟁의 수행 과정에 있어 우리 인민군대와 조선 인민은 영웅적 정신의 기적을 대중적으로 발휘하였으며 그것은 전세계를 감동시켰고 전세계에 또 하나의 시범을 주었는 바 인민들의 이러한 영웅적인 정신은 투쟁의 의의와 목적에 대한 그들의 정당한 인식과 굳게 결부되어 있다.

이에 관하여 우리는 스탈린의 아래와 같은 가르침을 생각할 필요가 있다.

"붉은 군대의 매개 투사는 그가 정의이고 해방전쟁을 하며 자기 조국의 자유와 독립을 위한 전쟁을 한다는 것을 자랑할 수 있다. 붉은 군대에게는 그에게 위훈의 감동을 주는 자기의 고상하고 탁월한 전쟁 목적이 있다. 조국전쟁이 자기 조국의 자유를 위하여 죽을 각오가 있는 수천 명의 남녀 영웅들을 우리나라에서 낳은 것은 특히 이것으로써 설명된다. 붉은 군대의 힘은 여기에 있다."

이러한 관계는 미제 무력 침공배를 반대하여 조국해방전쟁을 수행하고 있는 조선 인민에게도 그대로 해당된다. 아무런 자각된 사상이 없이 부정의에 복무하는 정신이나 행동은 영웅의 고상한 정신과 양립할 수 없다. 참된 영웅 정신은 언제나 인민에 대한 의무와 책임감과 조국에 대한 충실성 한말로 말하면 옳고 바른 것을 위한 고상한 사상과 결부된다.

때문에 김일성 원수께서는 우리 작가 예술가들은 우리 인민과 군대 장병들을 묘사하면서 그들이 갖고 있는 높은 사상적 토대와 국가적 입장과 견해를 보여주어야 한다는 것을 강조하시었다.

이것은 그들의 영웅성을 본질적으로 형상하는 사업을 도와주며 또 인민들에게 승리에 대한 신심을 더욱 확고히 하는 것을 방조한다.

사상적 자각과 결부된 조선 인민과 인민군대의 영웅적 정신은 필연적으로 낙관주의를 내포한다. 조국의 영예를 고수하기 위한 조국해방전쟁은 무수한 어려움과 또 때로는 목숨까지 바치기를 요구하거니와 그러한 최후의 순간에 있어서도 영웅들의 그 죽음은 결코 무의미하거나 비참한 것이 아니라 죽음을 반대하는 생활의 승리를 체현하며 예고한다.

조선 인민의 애국심은 우리 민족의 역사에 있어서 전례가 없는 낙천주의를 내포한 대중의 영웅적 정신으로 표현되어지고 있으며 이것은 승리의 결정적 요소의 하나로 된다. 조선 인민의 애국심은 고상한 목적을 가진 전투에로 대중을 영웅적으로 궐기시켰으며 그들에게 최후 승리에 대한 낙관주의적 신념을 북돋아 주고 있다.

김일성 원수는 이러한 영웅적 인간, 영웅적 정신을 그림에 있어 일부 작가들이 영웅 자체의 생활을 깊이 연구 체득함이 없이 그들의 짧은 약력이나 듣고서 영웅을 묘사하려고 하는 사실을 엄격히 지적하면서 추상적인 개념으로서가 아니라 구체적 현실과 생활적 진실 위에서 출발하여야 할 것을 가르치었다. 이렇게 구체적 현실로부터 출발할 때 우리는 영웅을 가공적으로 우상화하며 또는 신화적인 비범성을 애써 설명하려할 필요는 조금도 없다.

김일성 원수는 이러한 창작태도로서는 영웅을 옳게 묘사할 수 없다는 것을 지적하시면서 다음과 같이 말씀하시었다.

"우리의 영웅들은 어젯날의 노동자 농민 사무원 학생들이며 또는 그들의 자제들입니다. 그들의 풍부한 감정과 인간성, 그들이 갖고 있는 사랑과 신심 그대로를 묘사한다면 오늘날의 우리 공화국의 영웅들이 될 것입니다."

또한 김일성 원수께서는 작가 예술가들은 자기 작품에서 적에 대한 증오심을 옳게 표현해야 한다고 강조하시면서 "미제의 만행을 세계 인민들은 반드시 알아야 할 것이며 인류에 대한 죄악으로, 후손에 대한 치욕으로 천추만대에 걸쳐 끝없는 분노와 저주를 일으켜야 할 것입니다."라고 말씀하시었고 다시 "작가 예술가들은 우리 조선 인민의 원수들의 추악한 면모를 폭로시키면서 강도 미제국주의자들과 또한 그들에게 비하여 야수적 만행으로나 비인간적 폭행으로 못지 않은 이승만 매국역도들도 명확하게 보여 주어야 하겠습니다."라고 지적하시었다.

조선 인민의 애국심은 적에 대한 관계에 있어 철저한 적개심으로 특징된다. 적에 대한 적개심은 그들의 애국적 행동을 더욱 견고한 것으로 하며 더욱 불패의 것으로 한다.

놈들의 만행에 의하여 폐허로 된 도시와 농촌과 제반 민주건설과 그리고 숱한 인민들의 피를 조선 인민은 잠시도 잊을 수가 없다. 우리 조국과 인민에게 갖은 불행과 재난을 갖다 준 영원히 저주할 원수들에게서 오직 무자비한 복수만이 요구된다.

이에 있어 우리는 고리키의 다음과 같은 말을 상기할 필요가 있다.

"인류에 대한 진정한 사랑과 그의 장래에 대한 성공적 투쟁은 엄격한 투쟁의 원칙—'만약 적이 항복하지 않으면 그를 타도한다.'를 적용하게 한다."

원수에 대한 무자비성은 조국 해방을 위한 투쟁에 있어서 인민들에 대한 굳은 친선과 연결된다. 요컨대 동일한 본질의 양면적 표현이다. 무엇을 잘 사랑한다는 것은 무엇을 잘 미워한다는 것과 별개일 수가 없다.

조국과 인민에 대한 뜨거운 사랑을 가졌기에만 원수에 대하여는 무자비한 심판자가 된다. 우리는 여기에서 숄로호프의 다음과 같은 말을 상기한다.

“적에 대하여는 물론 거꾸러진 적에 대하여도 우리의 증오를 식지 않게 하여라. 그리고 십 배의 격노를 가지고 끓게 하고 수백만 명의 피를 빨아 모은 이익으로써 아직 만족치 않고 극악한 미친 생각으로 고상한 인류에게 새로운 전쟁을 준비하는 사람들에 대하여 우리들의 가슴속에 증오심을 끓게 하여라. 그들이 살아 있는 동안 원자탄을 만들고 무서운 전쟁의 준비를 하기 위하여 수십 억 달러를 산포하지[36] 않을 때까지 그들에게 대한 우리의 근절할 수 없는 증오심을 살게 하여라.”

조국의 해방을 위하여 원수와 싸우는 조선 인민에게 있어 원수에 대한 무자비한 증오심은 곧 승리를 위한 마음의 양식으로 된다. 이러한 증오심을 표현하는 데 있어 우리는 그것을 적에 대한 공포심으로부터 출발시켜서는 안된다.

이러한 사리에 관하여 고리키는 다음과 같이 말하였다.

“계급적 증오는 열등형의 인간으로서의 적을 미워하는 데서만이 배양되어야 하는 것이지 혁명 전의 감상적인 ‘아동문학’—조소와 같은 치명적인 무기를 전혀 이용할 수 없었던 문학—이 무의식적으로 한 바와 같이 적의 파렴치하고 잔인한 힘 앞에서 공포를 일으키는 데에서 배양되어서는 안된다. 나는 적이 실제로 열등형의 인간이며 육체적으로 ‘정신적으로’ 타락하고 퇴화한 자라는 것을 두말 없이 확신한다.”(므. 고리키, 『문학론』 2권, 조쏘출판사 판, 377~378쪽)

김일성 원수는 적을 어떻게 그릴 것이냐 하는 문제를 제기하면서 원수들은 “교활할 뿐만이 아니라 가장 포악하며 가장 추악한 야만적인 존재”로 묘사하여야 한다고 가르치고 있다. 그러면서 원수들의 만행에 대한 사진기적 복사가 곧 예술이 되지 않는다는 것을 또 증오심을 효과적으로 고취시키지도 않는다는 사실에 대하여 지적하시었다.

이와 동시에 조소친선, 조중친선을 비롯한 국제 친선사상을 테마로

---

36) 산포하다(散布--): 흩어져 퍼지다. 또는 흩어 퍼뜨리다.

한 작품을 많이 내놓아야 할 것을 강조하시었다.

이러한 테마들의 형상과 관련하여 조국과 인민을 위한 예술창조의 유일한 방법인 사회주의 사실주의에 언급하면서 "어떠한 예술작품에서든지 자연주의적 요소를 숙청함으로써만이 사실주의적인 예술작품을 창작할 수 있다는 것입니다. 유감스럽게도 우리 작가 예술가들의 작품에는 아직도 그러한 자연주의적인 수법이 농후하게 나타나고 있습니다. 이러한 경향과 철저한 투쟁을 전개하지 않고서는 우리의 문학예술이 옳은 방향으로 발전할 수 없는 것입니다."

이렇게 김일성 원수는 '격려의 말씀' 가운데서 우리 문학은 기본 테마가 프롤레타리아 국제주의로 일관한 고상한 애국주의 사상이라는 점과 그것은 다시 인민군대의 영용성, 인민의 불패성, 원수에 대한 적개심, 조소친선, 조중친선을 비롯한 국제 친선사상 등의 분지적 중심테마들을 자기의 특성으로 포함한다는 사실을 강조하였으며 그것의 예술적 성과의 보장을 위하여 일제의 자연주의 및 형식주의의 요소를 청산하고, 사회주의 리얼리즘을 하루바삐 원만한 수준에서 구체화할 것을 호소하시었다.

4

조선로동당과 김일성 원수의 조국해방전쟁 시기에 있어서의 이러한 교시를 받들어 우리의 문학은 새로운 창작상 높이를 향하여 믿음직하게 전진하였다. 조국해방전쟁의 승리를 위한 우리 문학의 전투적 기능을 제고할 데 대한 당과 수령의 고귀한 지도는 우리 문학으로 하여금 날로 새롭고 훌륭한 성과들을 가져오게 하였다.

시 분야에 있어 조기천의 시집 『조선은 싸운다』 민병균의 뽀에마[37]

37) 뽀에마(poema): '서사시'의 이북어.

「어러리 벌」 홍순철의 시집 『영광을 그대들에게』 종합 시집 『쓰딸린의 깃발』 김순석의 시집 『영웅의 땅』 김조규의 시집 『이 사람들 속에서』 등을 비롯하여 조국해방전쟁 시기의 조선 인민들의 애국적 투쟁을 각 방면에 걸쳐 다양한 면모로 노래한 작품들이 많이 나왔다.

조기천의 시집 『조선은 싸운다』의 작품들은 조국해방전쟁의 현실적 특징을 고조된 정열로 반영하면서 강한 전투적 호소성과 경향성을 체현하고 있다.

조국해방전쟁의 정의의 성격과 목적 및 그 의의에 대한 심각한 인식은 조선 인민들로 하여금 놈들의 무력 침공이 제아무리 횡포하다 할지라도 그 모든 것을 넉넉히 이기어 나갈 용감성과 강의성을 소유케 하였다. 실로 조국해방전쟁은 조선 인민을 시련하며 그 역량을 검열하는 위대한 학교로 되었다. 조국을 사랑하는 우리 인민의 심장과 정의를 고수하는 양심의 소리, 원수들에 대한 증오와 분노의 외침을 전하는 이 시집의 목소리는 조국해방전쟁 시기의 그 모든 시련을 넉넉히 이기어 나가도록 싸우는 조선 인민들을 고무해 주었다.

민병균의 뽀에마 「어러리 벌」은 전선의 승리를 위하여 식량 증산투쟁에 궐기한 애국적 여성 농민에 취재하여 주인공 유만옥의 형상을 표현하면서 그의 투쟁을 전쟁 승리를 위한 전인민적 투쟁의 한 연계위에서 포착하였다.

시인은 주인공 유만옥의 영웅적 특징을 해명하면서 인민들은 자기의 본성에 있어서 침략이 아니라 평화적 노동과 제 인민의 친선을 갈망하고 있는 노력자이며 창조자이라는 것을 보여 주었다.

우리나라 문학에 있어 국제주의 사상의 선전은 기본적인 테마의 중요한 자리를 차지한다.

종합 시집 『쓰딸린의 깃발』에는 조소친선을 노래한 조선의 저명한 시인 20여 명의 시 작품들이 수록되어 있는 바, 이 작품들은 침략자들과 전쟁 방화자들에게는 엄중한 경고로 되었으며 평화 애호 인민들에게는 자유와 행복을 위한 친선의 노래로 되었다.

홍순철의 시집 『영광을 그대들에게』는 조중 양국 인민의 혈연적 우의와 오랜 전통을 가진 친선의 감정을 줄기차게 노래하였다.

이 시집은 비단 조중 두 나라의 국토가 서로 인접해 있을 뿐만 아니라 조선 인민과 중국 인민의 슬픔과 기쁨, 지향과 염원, 이해와 운명이 완전히 하나이라는 감정과 사상으로 일관되어 있다.

시인은 이 시집 중 「모택동 주석에게 드리는 노래」에서 항미 원조의 아버지인 모 주석에게 다함없는 감사를 드리며 「굽히지 않는 지팡이」에서 양국 인민의 혁명적 우의와 단결에 대한 역사적 전통을 노래 불렀다. 그리하여 이 시집은 조중 인민의 국제주의적 친선 단결을 더욱 공고화하는 데 크게 기여하였다.

소설 분야에 있어서는 한설야의 『대동강』 「승냥이」 『력사』 황건의 「불타는 섬」 「행복」 박웅걸의 「상급 전화수」 천세봉의 『싸우는 마을 사람들』 변희근의 「첫눈」 기타 많은 작품들이 나왔고 희곡 분야에 있어서는 송영의 「그가 사랑하는 노래」 「강화도」 한봉식의 「탄광 사람들」 윤두헌의 「소대 앞으로」 홍건의 「1,211고지」 기타 등의 많은 작품들이 나왔다.

이 작품들은 적의 일시적 강점 지구에 있어서의 조선 인민들의 불굴의 영웅적 투쟁을 그리었으며 가열한 전쟁의 불길 속에서도 자기 사업의 의의와 정당한 목적에 대한 과학적 인식으로 하여 항시 청춘과 행복을 감각할 줄 아는 조선청년들의 밝고 지혜있는 낙천적 성격에 대하여 이야기하였으며 조국과 인민의 승리를 위한 혈전의 고비마다에서 언제나 승리의 화신이 되는 조선인민군대의 초인적 영웅성에 대하여 이야기하였다. 또한 한설야의 『력사』에 있어서와 같이 우리 민족의 경애하는 수령 김일성 원수의 항일 빨치산 투쟁의 빛나는 화폭을 보여 주며 수령에 대한 조선 인민의 애국적 신봉을 형성하는 작품들도 많이 나왔다.

조국해방전쟁 시기의 이러한 모든 작품에는 미제 침략에 대한 조선 인민의 불타는 증오의 감정과 그로부터 흘러나오는 불굴의 영웅주의가 표현되어지고 있다. 또 거기에는 당과 수령에 대한 무한한 신뢰감과 인민에 대한 충성심 조국을 위한 공훈에서 살려는 전투적 지향이 어떻게 우리 청년들을 죽음과 난관을 극복하면서 승리의 길로 나가게 하는가에 대한 이야기가 그리어지고 있다. 또 거기에는 조국의 통일 독립에 대한 조선 인민의 치열한 염원과 극동 및 세계의 평화에 기여하려는 조선 인민의 국제주의적 감정이 긍지 높은 목소리로 울려지고 있다.

우리나라의 문학가들은 이 시기에 조국해방전쟁의 승리적 완수라는, 제기된 위대한 현실적 과업의 해결에 자기의 예술적 수단을 가지고 적극적으로 헌신하였다. 인민들은 높은 사상성과 높은 예술성을 가진 새로운 문학—인민들의 손아귀에서 날카로운 무기가 될 수 있는 그러한 문학을 요구하였으며, 우리 작가들은 김일성 원수의 '격려의 말씀'에 고무되어 사상적으로나 예술적으로나 일단의 전진을 보여주는 사회주의 사실주의의 빛나는 화폭들을 갖고 인민들의 이러한 요구에 대답하여 나갔다.

그러나 부분적인 문학가들에 있어서는 그들 앞에 제기되고 있는 과업의 높이에 처해 있지 못하다는 것이 판명되었다. 뿐만 아니라 일부 종파분자[38]들의 의식적인 암해 행동이 문학전선을 어지럽히는 경향이 나타나고 있었다. 이것은 묵과할 수 없는 사태이었다. 이와 같은 현상들은 인민들을 해독 사상의 영향 하에 두려고 하였으며 우리 문학의 발전을 해롭히고 있었다.

조선로동당은 언제나 그러하였듯이 우리 문학에서의 이러한 반당적 반인민적 발현들과의 투쟁을 영도하였으며 그것은 조선로동당 제5차 전원회의에서의 김일성 원수의 보고 가운데서 특징적으로 표현되어졌다.

"지금 문예총 내부에 잠재하고 있는 남이니 북이니 또는 나는 무슨 그룹에 속하였던 것이니 하는 협애한 지방주의적 및 종파주의적 잔재사상과의 엄격한 투쟁을 전개하며 문화인들 내에 있는 종파분자들에

38) 종파분자(宗派分子): 개인이나 분파의 이익만을 추구하는 집단이나 분파.

게 타격을 주는 동시에 당과 조국과 인민을 위한 고상한 사상을 가지고 조국의 엄숙한 시기에 모든 힘을 조국해방전쟁 승리를 위하여 집중하도록 하여야 하겠습니다."(「로동당의 조직적 사상적 강화는 우리 승리의 기초」, 『김 일성 선집』 제4권, 403쪽)

문학 대열 내에서의 반종파 투쟁의 호소까지도 포함한 조선로동당 중앙위원회 제5차 전원회의에서의 김일성 원수의 보고는 조국해방전쟁에 궐기한 전체 조선 인민의 앞길을 밝히어 주었으며 조국과 인민의 승리를 위한 전투적 투쟁 과업을 명시해 주었다. 조선로동당의 조직적 사상적 강화는 조국과 인민의 영예를 위한 우리의 투쟁을 빛나는 승리에로 인도하는 강력한 담보이다.

조선문학예술총동맹은 김일성 원수의 보고를 받들어 자기 대열의 통일성과 순결성을 더욱 공고히 하며 더욱 제고해 나가기 위한 치열한 투쟁을 전개하였다. 이 원칙적인 투쟁 과정에서 조선문학예술총동맹에서는 간첩분자 림화를 비롯한 일련의 파괴 종파분자들이 온갖 반당적 반국가적 행동을 감행하고 있었다는 사실을 적발 폭로하였다. 그들의 행동은 그 목적과 그 목적달성을 위한 제반 수단 방법에 있어 철저한 반당적 반국가적 범죄성으로써 특징되며 그것은 음흉한 계획 밑에 오랜 역사적 근원을 갖고 집행되어 왔다.

간첩분자 림화를 비롯한 일련의 종파분자들은 우선 북조선 문예총 사업을 비방 선전하며 그 간부들을 타도 매장할 것을 음모 공론하였으며 북반부의 민주제도와 그것을 토대로 한 민주문학과 현대 조선문학 발전에 있어 진보적 역할을 논 카프 문학의 의의를 반대하기에 온갖 정열을 다 경주하였다. 그들은 공화국 북반부를 민주건설의 기지로 보는 견해에 극력 반대하여 활동하였으며 북반부에서는 아직 정치 노선이 서지 않았다고 떠들어대었다. 또 그들은 조선로동당의 지도 밑에 자라나온 해방 후 북반부의 민주문학을 무시 또는 부인하면서 해방 후의 문학은 볼 것이 없고 일제 통치 하에 있던 해방 전의 문학이 더 우수하다고 선전하였으며 카프 문학을 문학사상(史上)에서 영영 매장해 버리려고 시도하였다. 또 그들은 남북문화단체가 합동하게 된 새로운 조건 밑에서 조선 문예총 내에서 유리한 지위를 차지하게 된 후에 있어서는 문예총의 행정 체계를 '종파 체계'로 대치하려고 하였다. 그래서 조직, 선전, 창작, 출판, 기타 일체의 사업에 걸쳐 모든 것을 종파의 이익에 복종시키려 하였으며 종파들의 지배적 세력을 확장하려 시도하였다.

뿐만 아니라 간첩분자 림화를 비롯한 일련의 종파분자들의 작품은 그 사상적 본질 및 형식적 특질에 있어 철저한 반당적 반국가적 반인민의 문학으로 특징된다. 그들의 문학은 한결 같이 인민들에게 최후 승리에 대한 신심과 용기를 고무할 대신에 오직 '무덤' '죽음' '비겁' '영탄' '절망' '애수' '원한' '패배'의 독소만을 퍼뜨리려 시도하였다. 그들은 현실의 진실을 왜곡하는 자연주의 문학사상으로써 자기들의 문학으로 하여금 민족적 허무주의를 선전하며 조국과 인민의 배반자로서의 기능을 수행케 하려고 하였다.

그러면 간첩분자 림화를 비롯한 이들 종파분자들이 조선문학의 발전과정에 대한 자기들의 반동적 견해를 확립하려고 시도하였으며 해방 후 조선로동당과 수령의 올바른 영도와 세계에서 가장 위대한 선진 소련문화의 섭취 과정에서 장성한 북반부의 민주문화를 오히려 볼 것이 없다고 부인 멸시하면서 부르주아적 반동적 문학관의 각종 사상을 선전하였으며 일방 자연주의, 형식주의, 기타 일체의 부르주아 사상을 전달하는 작품을 창작 호상 추대 선전하면서 인민을 기만하였으며 인민들에게 계급적 민족적 배신의 사상을 주입하려고 시도하였다는 사실은 무엇을 의미하는가.

그것은 우리 민족문학은 계급문학이 되어서는 아니 된다는 그들의 반동적 문학노선이 요구하는 바로 그대로 우리의 문학을 부르주아문학으로 뒤덮음으로써 인민들을 민족적 허무주의와 패배주의의 사상으로 물들게 하며 그러한 지층 위에서 미제가 요구하는 그러한 반동적 사회질서를 구축해 보려고 하였다는 것을 의미한다.

이들 간첩분자를 비롯한 일련의 종파분자들이 공격의 방향과 화살을 원수 미제국주의 도배들을 향하여 설정한 것이 아니라, 그와는 반대로 우리의 당과 인민민주주의 사회제도와 그리고 이 사회제도를 현실적 기초로 하고 있는 우리의 민주 문학을 향하여 묘준하고[39] 있었다는 것은 결코 우연한 일이 아니다.

문예총에 결속된 진보적 문학가들은 이들 간첩 종파분자들의 반동적 문학에 대하여 견결한 비판을 주었으며 그들의 반당적 반국가적 본질을 백일하에 폭로하였다.

종합 평론집 『문학의 지향』은 그러한 투쟁의 일 표현형태이었다.

이 평론집에 실린 논문들은 모두 간첩 종파분자들의 문학의 반동적 본질을 천명 폭로함으로써 인민들에게 끼친 해독적 영향을 제거하는 사업에 바쳐지고 있다.

간첩분자를 비롯한 일련의 종파분자들의 여하한 책동에도 불구하고 우리 문학의 전반적 흐름은 빛나는 장성의 일로에서 정지한 일이 없으며 마르크스·레닌주의적 계급적 당적 입장에서 일보도 물러나선 적이 없다.

조국해방전쟁 시기에 우리의 문학가들은 이러한 반동문학가들의 반당적 반국가적 문학을 날카롭게 공격 비판하는 일방 현실 생활을 주체적으로 체득하면서 생활의 본질에 대한 깊은 지식에 의거하여 미제 침략자 및 그의 주구 이승만 도배 등—일체의 계급적 민족적 원수들과의 기본적 갈등을 형상화하면서 그와 동시에 생활에서의 일체의 낡은 것에 대한 폭로와 비판을 형상하였다. 우리 문학가들은 실지 생활에서 많은 것을 옳게 배움과 동시에 마르크스·레닌주의 사상으로 튼튼히 무장하며 김일성 원수의 제 교시와 당과 정부의 제 시책과 결정을 깊이 연구하는 사업을 진행하였다. 이러한 노력들은 작가 자신의 사상적 무장을 강화하였으며 필연적으로 그들 작품의 애국주의적 사

39) 묘준하다(瞄準--): '조준하다'의 이북어.

상성을 제고하였으며 사회주의 사실주의 문학의 일층의 발전을 보장하였다.

사회주의 사실주의 문학의 발전은 우리 문학의 당성 원칙과 관계된다. 우리 문학의 당성은 역사적 발전의 객관적 법칙에 의거하여 새로운 것과 낡은 것과의 투쟁을 새로운 것의 불가제승적인 승리에서 보여주며 수백만 인민을 생활의 새로운 설계를 위한 의의 있는 투쟁의 길에로 추동하는 사업을 도와준다. 우리 문학은 철두철미 당과 주권의 정책과 굳게 결부되어 있으며 이러한 특성은 우리 문학의 사상적 질을 규정한다.

문학작품에 있어 현실의 반영, 사상의 표현은 일정한 성격 창조를 통하여 수행되어진다.

때문에 사회주의 사실주의 문학의 당성 원칙은 전형성의 문제와 깊은 관련을 갖는다. 소련공산당 제19차 대회에서 말렌코프의 보고에 지적된 바와도 같이 "전형성이란 것은 그 당시 사회·역사적 현상의 본질에 합치되는 것이다. …… 전형적인 것은 사실주의 예술에 있어서 당성이 발현되는 기본 분야이다." 때문에 전형적인 것은 이렇게나 저렇게나 현실 생활의 객관적 합법칙성을 반영하는 것이며 따라서 그것은 사실주의 예술의 힘과 명료한 예술적 형상을 보장한다.

이 시기에 우리나라 문학가들은 전형적 환경에서 전형적 성격을 창조하는 사업에 있어 과거의 어느 때보다도 귀중한 노력들을 경주하였으며 그것은 상응한 성과로써 보답되어졌다.

조국해방전쟁 시기의 우리의 문학은 앞에서 몇 개의 구체적 작품 실정에서 이미 보아 온 바와도 같이 싸우는 조선 인민의 영웅적 특질과 그들의 고상한 도덕적 품성을 긍정적 주인공의 형상을 통하여 새로운 예술적 힘으로써 밝혀주고 있다.

긍정적 주인공의 형상은 우리 사회제도의 우월성과 그것의 발전의 희망과 인민생활이 내포하고 있는 무궁무진한 감격적 역량을 원만하게 보여줄 것을 작가들에게 요구하며 또 그들의 형상을 통하여 조국과 인민의 승리를 위한 투쟁에 있어서 용기와 자신을 가지며 곤란을 두려워하지 않고 어떠한 장애든지 극복해 나갈 결의를 가지도록 전체 인민들을 교양할 과업을 부과한다.

조선로동당과 김일성 원수는 작가들에게 현실적인 투쟁에 적극적으로 참가하여 백절불굴의 전진운동을 계속하는 새 인간들의 높은 정신적 품성과 전형적인 긍정적 특징들을 규정하며 밝혀 줄 것을 요구하였다. 이것은 가식없는 진실한 전형의 요구와 일치한다.[40]

조국해방전쟁 시기의 우리 문학가들이 창조한 우수한 긍정적 주인공들은 작가들이 그들을 생활 속에서 찾아냈다는 점과 넓은 규모에서 생동하는 개성적 특질을 보여주고 있는 것으로써 특징된다. 우리 작가들은 조국해방전쟁 시기의 모범적 인간, 수다한 영웅들을 형상하면서 오늘의 특성들인 동시에 미래의 특성이기도 한 모든 영웅적 도덕적 정신적 특성들을 표현하였으며 우리 시대의 사람들의 미학적 이상을 제시하였다. 우리 작가들은 이러한 긍정적 주인공을 비롯하여 싸우는 조선 인민의 영웅적인 생활이 낳은 그처럼 아름답고 높은 인간들의 도도한 분류를 보여준다.

이러한 인물 형상을 통하여 우리의 문학은 높은 애국주의 사상과 휴머니즘[41]의 빠포스로 그리고 혁명적인 낭만주의의 사상으로 싸우는 인민들의 용기와 자신을 더욱 추동해주었으며 약속되어진 미래에로의 약진을 더욱 고무해 주었다. 뿐만이 아니라 우리의 문학은 생활의 진실을 반영하는 기본적인 그리고 다양한 갈등 관계의 설정, 부정적 인물의 형상을 통하여 일체의 낡아빠진 사멸하여 가는 것 부정적인 해독적인 것들에 대한 강한 비판이 위력을 발휘함으로써 적대적인 것에 대한 인민들의 적개심과 경각심을 제고해 주는 데에 이바지하였다.

조국해방전쟁 시기의 우리의 문학은 새로운 인간들의 영웅적 행동을 그들의 현실적 생활 및 인간에 대한 사랑과 굳게 결부시켜 형상하

40) 일치하다(원문) → 일치한다.
41) 구마니즘(원문) → 휴머니즘(humanism).

고 있는 바 이것은 우리의 문학이 전쟁을 위한 것이 아니라 그와는 반대로 인민의 자유와 세계의 평화를 위하여 놈들의 침략전쟁을 반대하는 사상을 형상하고 있다는 특질과 관계한다.

우리의 문학은 이러한 제반 특질에서 조선 인민들을 고상한 애국주의 사상으로 교양함으로 해서 조국해방전쟁의 승리를 위한 하나의 강력한 담보로서의 공훈을 기여하였는바 이러한 우리 문학의 발전은 그 어느 시기에 있어서도 당과 수령의 일상적인 향도적 영향과 밀접히 결부된다.

또 이 시기에 조선로동당과 김일성 원수는 아동문학을 진흥시켜야 할 과업을 작가들 앞에 제시하였다. 작가들은 당의 호소를 받들어 1953년 7월 상순 아동문학의 개선 진흥을 목적으로 한 회합을 소집하였다.

새조선의 미래의 주인공인 아동을 생기 발발한[42] 기질과 고상한 품성으로 조국과 인민 앞에 충실한 애국적 일꾼으로 교양함에 있어 문학의 역할은 비상히 크다. 때문에 당과 김일성 원수는 청소년 교양 사업에 있어서의 문학의 역할에 항상 특별한 관심과 주목을 돌렸다. 김일성 원수는 이미 항일유격투쟁의 곤란한 시기에 아동혁명단을 조직하고 그 교양 사업에 특별한 힘을 경주하였으며 해방 후에는 새조선의 꽃봉오리며 새조선의 보배인 청소년들을 당과 국가에 충실한 투사로 교양해야 할 과업을 작가들 앞에 한두 번만 제시한 것이 아니다.

그럼에도 불구하고 우리의 문학계에는 아동문학을 경시하는 경향이 있었으며 그 창작의 수준도 원만하지 못하였다.

이러한 정형에 있어 전기 작가들의 회합에서는 종전의 아동문학 홀시의 경향과의 과감한 투쟁을 선언하면서 아동문학이 아동들의 교양 사업에서 차지하는 국가적 의의를 강조 천명하였으며 그것의 진흥을 쟁취하기 위한 구체적 방책들—즉 마르크스·레닌주의 학습과 소련의

---

42) 발발하다: 발랄하다.

선진 아동문학의 경험을 부단히 연구 섭취할 것과 우리나라의 구전문학을 광범히 연구 이용할 것과 아동문학에 대한 지도 이론을 확립해 나갈 것 등을 토의 결정하였다.

또 이 시기에 당과 김일성 원수는 조선 고전문학을 널리 인민들 속에 보급시키며 문학예술의 보다 높은 전진을 위하여 그것의 비판적 연구 섭취를 강화하여야 할 것을 중요한 과업의 하나로 강조하였다. 김일성 원수는 조선로동당 중앙위원회 제5차 전원회의에서의 자기 보고 가운데서 "우리는 자기의 고귀한 과학 문화의 유산을 옳게 섭취하며 그를 발전시키는 기초 위에서만이 타국의 선진 과학 문화들을 급히 또는 옳게 섭취할 수 있다는 것을 반드시 알아야 하겠습니다."라고 말씀하시었는 바 우리 문학가들은 이 교시를 높이 받들어 우리나라의 고전문화를 보급 연구하는 사업에서도 새로운 많은 성과들을 거두기 시작하였다.

이러한 우리 문학에 대한 당과 수령의 일상적인 배려와 지도는 우리 문학으로 하여금 각 장르에 걸친 발전과 사상적 예술적 수준의 제고를 보장케 하였으며 인민들에 대한 애국적 교양의 기능으로써 조국해방전쟁의 승리를 촉진하는 사업에 성과적으로 이바지하게 하였다.

5

영웅적 조선 인민은 조국의 독립과 민주를 위하여 미제 무력 침범자들과 그들의 주구 이승만 매국 역도를 반대하는 조국해방전쟁에서 1953년 7월 위대한 역사적 승리를 쟁취하였다. 미제국주의자들과 이승만 도당에 의하여 강요된 전쟁은 조선 인민에게 헤아릴 수 없는 곤란과 피해를 가져다 주었다. 그러나 어떠한 곤란과 희생도 조선로동당에 의하여 영도되어지는 해방된 인민의 영용한 의지를 꺾지는 못하였다. 조선 인민은 영웅적 불패성으로써 미제국주의 무력침공자들로부터 자기 조국의 자유와 독립을 영예롭게 고수하였다. 그리고 위대한 소련인민이 가져다 준 해방의 선물과 자기의 고귀한 창조적 투쟁의 성과들을 고수하였으며 자기 조국을 평화적으로 통일할 수 있는 새로운 전망을 열어 놓았다. 당과 수령의 영도 밑에 조선 인민은 승리적 정전 이후 민주기지 강화를 위한 전후 인민경제 복구 발전의 길에로 들어섰다.

김일성 원수는 조선로동당 중앙위원회 제6차 전원회의에서의 보고 가운데서 다음과 같이 말씀하시었다.

"우리 당은 전후의 인민경제 복구 발전에 착수하면서 매개 당 및 국가 일꾼들과 매개 경제 일꾼들과 매개 당원들과 매개 인민들에게 우리나라 장래 발전과 인민생활 향상을 위하여 전후 인민경제 복구가 가지는 거대한 의의를 철저히 인식시킴으로써 그들로 하여금 인민경제 복구 사업에 한 사람처럼 궐기할 사상 동원 사업을 보장하여야 하겠습니다."

전후 인민경제 복구건설 투쟁은 조국의 평화적 통일을 쟁취하는 위업과 직접 관련된다.

이러한 전후 인민경제 복구건설을 위하여 조선 인민들 앞에는 사상적 및 의지의 통일과 행동의 통일을 일층 강화하여야 할 거대한 과업이 제기되었다. 이 과업의 성과적 실천을 위하여 인민대중을 애국주의 사상으로 교양하는 사상사업을 강화해야 할 것인바 이러한 사상전선에 있어서 문학은 그 기능과 특성으로 말미암아 하나의 전위부대로 된다.

조선로동당의 지도 밑에 1953년 9월 26~27 양일 간에 걸쳐 전국 작가 예술가 대회가 소집되었다. 전후 인민경제 복구 건설 시기에 있어서의 문학예술에 대한 당의 정책은 이 대회에서 그것의 실천을 위한 작가 예술가들의 구체적 대책 가운데 특징적으로 반영되었다.

이 대회는 '모든 것을 전후 인민경제 복구 발전에 대하여'라는 당과 경애하는 수령 김일성 원수의 호소를 받들어 문학가들이 자기의 임무를 원만히 수행할 데 대한 대책들을 강구하기 위한 역사적 회합이었는 바 이 대회의 보고 가운데에는 다음과 같이 지적되었다.

"전후에 있어서 우리 앞에 제기되는 정치 경제 문화적 과업을 명시한 우리의 경애하는 수령 김일성 원수의 호소는 전체 조선 인민을 새로운 경제건설 투쟁에로 힘차게 고무하고 있습니다. 우리들은 약동하는 영웅적 시대의 줄기찬 맥박을 노래부르며 이 장엄한 현실 속에서 우리 시대의 전형적 인간들을 높은 예술성과 사상성으로 형상화하여야 하겠습니다. 우리 문학예술이 전체 인민들을 전후 인민경제 복구건설에 불러일으키는 추동력으로 되기 위하여서는 우리 작가 예술가들을 총동원하여 질에 있어 더 훌륭하며 양에 있어서 더 많은 작품들을 창작하여야 하겠습니다."

정전 후 우리들 앞에 가장 중요하게 제기된 임무는 공화국 북반부에서 인민민주주의 제도를 더욱 강화하며 애국적 인민의 역량을 더욱 집결하며 민주기지의 온갖 토대를 더욱 튼튼히 하는 그것이며 우리나라의 무궁한 융성 발전과 평화적 통일의 튼튼한 물질적 담보로 되는 전후 인민경제를 복구 발전시켜야 하는 그것이다. 때문에 경애하는 수령 김일성 원수는 전후기에 있어서의 정치·경제적 및 문화적 건설의 웅장한 강령을 제시하시었다.

전기 전국 작가 예술가 대회에서는 이러한 역사적 임무의 승리적 실천을 방조하기 위한 제 방책을 토의하면서 문학의 생활로부터의 낙후, 당성 원칙의 불철저성들을 시급히 퇴치할 것이 특히 강조되었다.

우리의 문학은 위대한 조국해방전쟁을 싸워 이긴 풍부한 경험들과 빛나는 업적을 분석 총화하면서 모든 것을 인민경제 복구건설의 승리적 완수를 위하여 그 발전적 경향을 조장하고 결함들을 시정함으로써 사회주의 사실주의의 제 원칙을 발전시켜야 한다.

이에 있어 전기 작가 예술가 대회에서는 선진 소련 문학예술을 비롯한 세계 진보적 문학예술을 연구 섭취하는 사업을 더욱 강화할 문제와 아울러 작가들이 현실의 거대한 전변 속에 대담하게 들어가 노동계급의 실지 생활을 체득하는 문제가 또한 중요하게 제기되어졌다.

전국 작가 예술가 대회는 창작상의 문제만이 아니라 이와 관련하여 조직상의 문제도 또한 해결하였는바 문학예술의 조직적 및 창조적 역량이 비상히 장성된 조건 아래서 문예총을 발전적으로 해소하고 조선작가동맹을 내올 것을 결정하였다.43)

조선작가동맹에 결속된 전체 문학가들은 우리 조국의 국토 완정44) 통일 독립의 강력한 담보로 되는 전후 인민경제 복구 발전을 위하여 우리나라의 공업화를 위하여 자기의 창조적 재능과 정력을 최대한도로 발휘하는 새로운 길에로 나섰다.

우리의 경애하는 수령 김일성 원수는 정전 후 제기되어진 현실적

---

43) 「전국 작가 예술가 대회 결정서(二)」, 『조선문학』 1, 1953. 10, 142쪽.

본 대회는 문예총 조직 문제에 관한 홍순철 동지의 보고를 청취 토의하고 다음과 같이 지적한다.

해방 후, 오늘에 이르기까지 우리의 민족 문학예술은 조선 로동당과 공화국 정부와 경애하는 수령 김일성 원수의 옳바른 시책과 령도를 받들고 선진 쏘베트 문학예술의 풍부한 경험과 우수한 모범을 섭취함으로써 일찌기 조선 민족 력사에서 찾아볼 수 없는 거대한 발전을 쟁취하였다.

본 대회에서 지적된 모든 사실은 오늘에 있어서는 우리 문학예술의 조직적 및 창조적 력량이 비상히 장성하였음을 실증하여 준다. 이것은 또한 문학동맹, 미술동맹, 음악동맹, 영화동맹, 무용동맹, 사진동맹들이 각기 독자적으로 자기들의 창조 사업을 진행할 수 있는 조직적 및 창조적 력량을 갖추었음을 의미한다.

조선 문학예술 총동맹은 이미 자기의 력사적 사명을 수행하였으며 오늘에 와서는 벌써 조선 문학예술 총동맹의 련합체적인 조직 체계는 산하 각 동맹들의 사업 발전에 적응할 수 없는 낡은 조직 체계가 되였다. 이러한 사정에 비추어 본 대회는 우리 문학예술의 더욱 높은 발전을 도모하기 위하여 새로운 조직적 대책이 필요하다고 인정하고 다음과 같이 결정한다.

조선 문학예술 총동맹을 다음과 같이 조직 개편하였다.

조선 문학 예술 총동맹 산하 동맹 중—조선 문학 동맹은 조선 작가 동맹으로, 조선 미술 동맹은 조선 미술가 동맹으로, 조선 음악 동맹은 조선 작곡가 동맹으로 각기 조직을 발전적으로 개편할 것이다.

기타 산하 동맹 즉 조선 연극 동맹, 조선 음악 동맹 (연주 부분), 조선 무용 동맹, 조선 영화 동맹, 조선 사진 동맹 맹원들을 그가 소속되여 있는 해당 기관 또는 해당 단체에 이관한다.

본 대회는 새로 결성되는 조선 작가 동맹 중앙 위원회 선거를 위한 회의 소집을 한설야 동지에게, 조선 미술가 동맹 중앙 위원회 선거를 위한 회의 소집을 정관철 동지에게, 작곡가 동맹 중앙 위원회 선거를 위한 회의 소집을 리면상 동지에게 각각 위임한다.

一九五三년 九월 二七일

44) 완정(完整): ① 완전히 갖춤. 또는 완전히 갖추어져 있음. ② 나라를 완전히 정리하여 통일함.

과업의 승리적 실천을 호소하시면서 다음과 같이 말씀하시었다.

"조국해방전쟁에서 원수들을 격파한 그 기세를 즉시로 치열한 증산과 복구건설 사업에로 돌리며 한 사람 같이 노력전선에 궐기하여 나서야 하겠습니다. 조국과 인민을 위하여 땀을 흘리는 것은 가장 큰 영예로 자랑으로 신성한 의무로 삼아야 하겠습니다."(「정전 협정 체결에 제하여 전체 조선 인민에게 보내는 방송연설」 중에서)

이에 있어 우리의 문학 앞에는 노동에 대한 새로운 사상을 어느 때보다도 주요한 테마로 내세워야 할 현실적 과업이 제기되어진다. 주지하는 바와 같이 조국해방전쟁 시기에 있어서의 우리의 문학은 주로 인민의 불패성, 인민군대의 영용성, 미제의 만행 폭로, 조소친선, 조중친선을 비롯한 국제주의 사상 등을 주요 테마로 하면서 인민들을 고상한 애국주의 사상으로 교양하는 사업에 이바지하였다. 물론 오늘 우리의 문화에 있어서도 이러한 제반 테마들 및 취재 과정에서의 고귀한 경험들을 계속 일반화할 필요가 있다. 그러나 그와 동시에 오늘의 우리의 문학은 자기의 주요한 작중인물로 하여금 근로를 사랑하는 열렬한 투사 애국적 건설자로 형상하는 작품들을 보다 많이 창작하여야만 한다.

물론 우리의 문학에 있어서도 노동에 대한 새로운 사상의 테마는 전연 새로운 것은 아니다. 그러나 오늘의 우리의 문학은 이 세상에서 가장 귀중하며 가장 아름다우며 가장 가치있는 것을 창조하는 노동의 위대한 의의에 대하여 그 어느 때보다도 더욱 열성적으로 더욱 원만하게 감격과 사랑으로써 노래하여야 하겠다. 우리의 문학은, 전후 복구건설 사업에로의 영웅적 헌신성이야말로 다름 아닌 조국 통일을 위한 애국적 과업이라는 사상을 형상하여야 할 것이며 다른 한편에 있어서는 자본주의 사회에서의 노동의 비극성을 폭로하여야 한다.

8·15 해방 직후 평화적 민주건설에 취재한 작품의 거의 많은 부문은 노동에 대한 새로운 사상의 표현으로써 자기를 특징지으면서 조선문학사상에서 빛나는 성과들을 거두었으나 그러나 농촌 취재에 비하

여 공장 취재는 그 수에 있어서 그리 왕성하지 못하였다.

우리는 우선 이러한 취재의 편파성을 극복하고 공장, 광산, 탄광, 농촌, 기타 복구건설의 모든 방면에 다각적으로 작가적 관심을 경주할 필요가 있다.

8·15 해방 후 평화적 민주건설 시기에 있어서 노동계급의 건설적 투쟁을 취재한 작품들은 주로 중요 산업국유화법령과 노동법령 실시 후의 첫 성과들에 대하여 이야기하였다.

그러나 전후 인민경제 복구건설 시기의 우리 작가들은 우리나라의 장래 공업화의 기초 축성과 관련하여 보다 발전된 단계에서의 노동계급의 새 사람들에 대하여 이야기하여야 한다. 우리나라의 전후 인민경제 복구건설의 웅장한 설계와 그것의 정치적 및 경제적 의의에 입각하여 실천 과정에서 나타나지는 새로운 인간들의 장성 및 제반 특질들을 해명하여야만 한다.

오늘의 우리의 문학은 새로운 조건과 새로운 환경에 적응한 새로운 생산 방식 및 형식들이 어떻게 전개되어지고 있느냐 하는 것에 대하여 이야기하여야 한다. 선진적 생산방법의 도입, 노동력의 절약과 능률의 향상을 위한 작업 행정의 기계화, 전후 복구건설의 수행에 있어 가장 중요한 과제의 하나인 기술문제의 해결 등을 위한 투쟁은 우리 문학에 있어 작중인물의 성격상 특징을 규정하여야만 한다. 내부 자원을 동원하며 그것을 유효 적절하게 합리적으로 이용하기 위한 투쟁이라든가 경제 절약 및 국가물자의 애호를 위한 투쟁들은 우리 문학에 있어 작중인물들의 사상 감정을 이루어야만 한다.

8·15 해방 후 평화적 민주건설 시기에 있어 농촌을 취재한 작품들은 주로 토지개혁의 첫 성과들에 관하여 이야기하였다.

그러나 전후복구건설 시기에 있어서의 우리의 작가들은 새로운 농촌 경리의 가일층의 강화를 묘사하여야만 한다.

오늘의 우리의 문학은 새로운 영농방법들이 다수확 투쟁에 있어 어떻게 적응하고 있으며 국영농장과 협동조합과 생산합작사[45]들의 우월성이 농촌 경리의 역사적 발전에 있어 어떠한 역할을 놀고 있느냐 하는 것에 대하여 이야기하여야 한다. 오늘의 우리의 문학은 선진적 기술로써 전진하는 새로운 농촌의 전망과 특징들을 묘사하여야 하며 공통한 이해로써 결속되어 있는 새로운 인간들의 장성과 생산투쟁 과정에서의 그들의 대중적 영웅주의의 발전에 대하여 적절한 표현을 주어야만 한다. 이와 동시에 전후 복구건설기의 농촌들에서 어떠한 근본적 변화들이 진행되고 있으며 도시와 농촌 간의 연계가 어떻게 강화되고 있느냐 하는 것에 대하여 우리의 작가들은 깊은 통찰력[46]을 갖고 예술적 해명을 주어야만 한다.

뿐만 아니라 토지 개조, 경지면적 확장, 저수지와 관개망의 증설 기타 웅장한 가지가지의 설계들은 우리 문학의 가장 생신한 재료가 되지 않아서는 아니 된다.

오늘의 우리의 문학은 비단 공업 및 농업 부문에 한해서만이 아니라 인민경제의 전 분야에 걸쳐 그것의 현실적 진실과 역사적 전망을 생동적으로 반영하여야만 한다. 그리함으로써 조국의 평화적 통일을 위한 물질적 경제적 토대를 튼튼히 구축하기 위한 투쟁에로 인민들을 한결같이 궐기시키는 사업에 있어서와 복구 건설 사업에 있어서의 온갖 가능성을 현실성으로 전환시키는 사업에 있어서 우리의 문학은 당과 국가에게 값높은[47] 방조를 주어야만 한다.

승리적 정전 이후의 우리나라의 현실의 특질과 당에 의하여 고무된 우리 문학의 과업들은 사회주의적 노동에 대한 테마만을 규정하고 있는 것이 아니라 기타의 테마 즉 조국해방전쟁의 경험을 일반화하는 테마, 미제 및 그의 주구 이승만 역도의 파쇼 정책을 폭로하는 테마, 역사에 관한 테마 등도 또한 규정하고 있는 바 이것들은 모두 오늘의

---

45) 생산합작사(生産合作社): 이북어. 해방 후에 개인 수공업자, 가내 부업자, 자유노동자를 중심으로 이루어진 협동 노동 형태.

46) 동찰력(원문) → 통찰력(洞察力). 사물이나 현상을 통찰하는 능력.

47) 값높다: 값비싸다.

현실적 요구를 생활 속에 실현시키며 인민들의 지향을 표현하는 사업과 완전히 일치한다.

6

당과 수령의 호소를 받들어 우리나라의 문학가들은 자기들의 창작상 기본 방향을 전후 인민경제 복구 발전을 위한 전인민적 투쟁에로 돌렸으며 그 가운데서 제시되어지는 중요한 문제들을 자기 작품들에 반영하였다.

특히 조선로동당 중앙위원회 1954년 3월 전원회의에서의 김일성 원수의 보고 「산업 운수 부분에서의 제 결함들과 그를 시정하기 위한 당 국가 및 경제 기관들과 그 일꾼들의 당면 과업」은 제반 생활적 진실에로 육박하는 우리 문학의 전투적 기치를 더욱 제고케 하였다. 이 회의에서의 김일성 원수의 보고 정신을 받들어 우리 문학가들은 조국의 평화적 통일 독립을 위한 물질적 경제적 토대를 튼튼히 구축하기 위한 투쟁에로 인민을 한결같이 궐기시키는 사업에서와 복구건설 사업에 있어서의 온갖 가능성을 현실성으로 전환시키는 사업에서와 그리고 새것과 낡은 것과의 투쟁의 파악을 통하여 생활의 진실을 천명하는 사업에 있어서 보다 높은 예술적 성과를 쟁취할 것을 자기들의 과제로서 설정하였다. 작가들의 이러한 노력은 그 성과에 있어서 아직 처음 계단을 통과하면서 있을 뿐이다.

그러나 그런 중에서도 변희근의 「빛나는 전망」, 유항림의 「직맹 반장」은 전후 인민경제 복구 발전의 현실적 특질을 반영하는 작품들 중 일정한 자기의 성과를 주장한다.

유항림의 「직맹 반장」은 긍정적 주인공 최영희를 전후 복구건설 시기에 있어서의 조선 인민의 생활 및 이해관계와의 직접적 호상 관계 속에서 구체적으로 그리었다. 작가는 선택되어진 생산 기업소의 낙후한 사태와 착잡한 인간관계 속에서 주인공 최영희가 어떻게 새로운 역량의 부절한[48] 장성을 보장하였으며 당면한 과업의 실천을 쟁취하였느냐? 하는 물음에 대하여 예술적 해답을 주었다.

변희근은 창조적 노동에 헌신하는 사람들의 생활에 취재하여 단편 「빛나는 전망」을 썼다. 오늘날 우리에게 있어서의 개인과 사회 간의 공고한 연계의 장성은 우리 사회제도의 우월성에 기초하며 또 한편에 있어서는 근로자들이 자기의 사적 이해관계를 국가의 이해관계와 의식적으로 연결시키려는 명백한 노력으로써 촉진된다. 「빛나는 전망」의 주인공 혜숙이의 애국주의적 빠포스는 정히 이러한 특질로서 나타나는 것이니 그에게 있어 생활의 행복과 번영이 보장되어지는 사회제도와 당에 대한 헌신성은 온갖 의의 있는 지향과 행동의 원천으로 되어 있다.

이 작품들은 이러한 긍정적 인물의 묘사에서만이 아니라 이러저러한 부정적인 것 또는 부정적 인물의 비판과 폭로에서도 자기 문학의 당성 원칙을 정당히 표현하고 있다. 이 작품들은 3월 전원회의의 기본정신을 받들어 현실의 진실을 반영하는 과정에서 각종 형태의 부정적 현상들과의 강한 투쟁을 또한 묘사하고 있다. 즉 이 작품들은 생활에서의 일체의 결함들과의 투쟁의 정열과 위선적이며 악의적인 인간들에 대한 폭로 또는 일체의 계급적 원수들과의 투쟁을 묘사함에 의하여 자기의 전투적 성격을 제고하고 있다.

홍순철은 뽀에마 「어머니」에서 조국해방전쟁 시기의 조선 인민들의 영웅적 투쟁과 그 승리를 테마로 하여 애국주의 사상을 고취하였다. 전후 인민경제 복구건설 시기에 있어 조선 인민들의 전쟁 경험을 일반화하는 문제는 극히 중요한 교양적 의의를 갖는다. 왜냐하면 당과 수령의 영도 밑에 조국의 자유와 독립을 위하여 미제 침공을 반대한 조국해방전쟁 시기에 있어 조선 인민의 훌륭한 성격의 특징들이 보다

48) 부절하다(不絶--): 끊이지 아니하고 계속되다.

뚜렷이 잘 나타났기 때문이다.

뻬에마 「어머니」는 동일한 테마로 전쟁 시기에 씌어진 작품들보다는 광범한 시대적 특질을 반영하고 있다. 시인은 어머니를 비롯한 제반 새로운 인간들의 형상을 통하여 전쟁 발발 시기로부터 정전 후 평화적 건설의 초기까지의 시대적 배경을 포괄하면서 그것의 현실적 특질을 반영하였다.

이 작품은 미제 무력 침공배를 반대하여 투쟁하는 조선 인민의 영웅적 불패성과 혁명적 낙관주의를 어머니를 비롯한 영수, 철수, 인순, 당 일꾼 기타 등의 형상의 집단들을 개성적으로 표현함에 의하여 수행하였다. 이 작품은 영수, 철수, 인순 기타 긍정적 인물들의 성격 창조를 어머니의 성격을 주축으로 하여 전개하면서 조국의 영예를 고수하기 위한 가열한 전쟁 환경에 있어 고상한 애국주의가 어떻게 하여 그들의 양심과 용기로서 힘차게 발전하였으며 또 그것이 어떻게 하여 그들에게 있어 승리의 확실한 담보자로 되고 있느냐에 대하여 정열적인 노래를 들려주고 있다. 시인은 주인공 어머니의 애국적 형상을 구체적 제반 사업과 사건—투쟁과 노동과 기쁨과 슬픔 가운데서 진실한 생활의 길동무로서 창조함에 의하여 인간의 투지를 제고시키며 그들을 더욱 슬기로운 감정으로 고무하여 주고 있다.

시인은 긍정적 주인공을 비롯한 제반 인물의 호상 관계를 통하여 자기 작품의 사상적 미학적 의의를 밝히면서 조국에 대하여, 인민의 행복에 대하여, 숭고한 전우애에 대하여, 각성된 사람들의 책임성에 대하여, 새로운 인간들의 영웅적 희생정신에 대하여, 한길 한뜻의 높은 이상 밑에 결합된 고귀한 사랑에 대하여, 위대한 모성애에 대하여, 대중의 창조적 노력에 대하여 한결같이 감동적인 표현을 주고 있다.

뿐만 아니라 시인은 주인공을 비롯한 제반 긍정적 인물들을 생활적 지반에 굳게 발을 붙인 성격으로 형상하였으며 그들의 애국적 빠포스와 위훈들과 이상을 조선로동당과 김일성 원수의 향도적 역할 및 영향과 밀접히 결부시킴에 의하여 자기 작품의 인민성 당성을 보다 높은 수준에서 체현시키고 있다.

작가 한설야는 조국해방전쟁의 경험을 일반화하는 테마의 작품으로서 3부작 『대동강』을 이 시기에 완성하였다. 작가는 이 작품에서 조국해방전쟁 시기에 있어 원수들을 반대하여 영웅적으로 투쟁한 후방 인민들의 애국적 투쟁 모습과 불패성을 그리었다.

작가는 이 작품에서 제반 인간 형상을 통하여 전진하는 새로운 것과 멸망하는 낡은 것의 사회적 특질과 호상 관계를 보여주면서 생활의 합법칙성을 반영하였다. 이리하여 작가는 점순이를 비롯한 긍정적 인물들의 개성적 표현 속에 체현된 새로운 것 전진하는 것을 옹호하였으며 생활이 어디로 가느냐 하는 문제에 대답을 주었으며, 인민의 승리를 위한 투쟁의 길을 밝혀주었다.

말하자면 작가는 생활현상의 선택과 평가에 있어 자기의 계급·정치적 당적 입장을 표현하였는 바 이러한 과정에서 이 작품이 체현한바 테마들은 다양하다. 즉 이 작품은 평화에 대한, 노력에 대한, 투쟁에 대한, 계급적 교양에 대한, 인간 장성에 대한, 적의 만행 폭로에 대한 기타 등의 중요한 테마를 포섭한다.

그러나 이런 것들을 포괄하는 가장 중심적인 테마는 조국해방전쟁의 승리를 위하여 원수들을 반대하는 투쟁에서 영웅적으로 헌신하는 조선 인민의 불패성과 그들이 체현하는바 사회주의적 이상의 확인이다.

작가가 주인공 점순이를 비롯한 문일, 동수, 상락, 덕준…… 기타 등 제반 긍정적 인물들의 형상을 통하여 기도하고 있는 길은 원수를 반대하여 목숨을 바쳐 헌신하는 당적 투쟁의 길이었다. 그것은 조국의 통일 독립을 위한 길이며 생활의 진리를 위한 혁명의 길이며 모든 사람들을 행복스런 생활의 주인이 되게 하는 길이며 세계의 안전과 창조적 노동 속에서 인민들의 자유로운 생활을 보장하는 평화의 길이다.

사회주의 사실주의 문학에 있어 부정적인 것의 묘사는 작가가 긍정적인 것과 부정적인 것과의 호상 관계를 정당하게 보여주는 것을 전제로 할 것을 요구한다. 그것은 우리 문학에 있어 부정적인 것의 묘사의 과업은 우리 사회의 긍정적 역량을 더욱 강하게 확증하는 사업과 분리되는 것이 아니기 때문이다. 이러한 사회주의 사실주의 문학의 요구에 조응하여 작자는 스미스, 정만, 기석…… 기타 등의 일련의 부정적 인물을 또한 형상하였다.

미제 침략을 반대하는 조선 인민의 투쟁, 즉 심오한 정치적 내용으로 충만된 첨예한 갈등을 구성의 기초로 하고 있는 이 작품의 슈제트[49]적 특질로 보아 부정적 인물들도 첨예한 불상용[50]적 성격과 행동의 체현자로 나타나고 있다.

작자는 미제 침략도배들에게 이렇게나 저렇게나 복무하는 악질적 인간들이 어떠한 종류의 인간들인가를 진지한 태도로 보여주면서 그 자들의 온갖 중상, 음모, 악덕, 죄악적 행동을 격파할 수 있는 강유력한 인민의 역량을 대치시켰으며 그 자들의 수치스러운 멸망의 운명을 인민의 심판 앞에 확증하였다.

작가는 이 작품에서 기본적으로 평화와 생활에 대한 열망을 노래하였다. 실로 이 작품은 역사는 전쟁 방화자들의 편이 아니라 조선 인민들—점순, 문일, 동수, 상락…… 등 선량한 사람들의 편이라는 것을 보여주면서 평화를 위해 싸우는 사람들의 정복되지 않는 위대한 힘을 표현하였다.

전후기에 있어 우리나라 문학가들은 주로 현대적 테마에 주목과 관심을 돌리고 있다. 그러나 이 말은 우리 작가들이 조선 인민이 걸어온 역사적 생활에 대하여 무관심하다는 것을 말하는 것은 아니다.

작가 리기영은 이 시기에 역사적 현실을 테마로 한 작품 장편 『두만강』을 썼는 바 이 작품은 19세기 말엽으로부터 20세기 초엽에 걸치는 과거 조선사회의 제반 특질을 송월동이라는 한 마을의 생활을 중심으로 하여 표현하였다. 작자는 이 작품에서 자기의 슈제트를 과거 생활

49) 슈제트(syuzhet): 이북어. 얽음새. 문학 작품에서, 등장인물 사이의 관계나 사건 전개 발전의 일정한 체계.

50) 불상용(不相容): 서로 너그럽게 받아들이지 아니함.

에서 선택하고 있으면서도 오늘에 제시되는 과업들에 비추어서 그것을 형상하였다.

작자는 이 작품에서 봉건 통치배와 일본 침략자들의 착취와 압박에 선량한 인민들의 애국적 투쟁을 대치시키었으며 미래를 확신하며 새 시대의 이상을 체현하는 새로운 사회적 계급적 역량을 대치시키었다.

작자는 주인공 곰손이를 비롯한 제반 인민들의 개성적 표현을 통하여 당대 현실의 복잡 다양한 제반 특질과 선량한 인민들의 애국 투쟁에 대한 방대한 서사시적 화폭을 제시해주고 있다. 그리고 우리는 곰손이를 비롯한 긍정적 인물들 가운데서 노동과 생활에 대한 지극한 사랑과 자기 사업에 대한 책임성과 인간관계에 있어서의 계급적 의리심과 조국과 인민을 위한 깊은 애국적 및 휴머니즘적 빠포스 등의 온갖 아름다운 인간적 특질을 발견케 된다. 따라서 우리는 이 작품에서 일제 침략자들과 봉건 지주들에 대한 긍정적 인물들의 깊은 증오를 느끼는 동시에 그들이 나타내인 인민적 의분과 애국적 사상에 또한 깊이 공감된다.

작자는 『두만강』에 있어 결코 역사적 자료들을 객관주의적으로 나열하는 태도를 취하지 않았으며 또는 역사적 현실에 대한 무원칙한 변화와 절찬을 일삼으려 하지도 않았다. 작자는 이 작품에 있어 당대의 반제 반봉건의 애국 투쟁의 담당자로서의 인민들의 생활과 투쟁을 제시하면서 인민들 자신이 바로 역사적 운동의 동력이라는 것을 천명하였다. 그러한 형상과정에서 작자는 역사 발전에 진보적 역할을 논 조선 인민의 특징과 모습을 오늘의 인민들에 대한 정치적 교양과 결부시켜 표현하였다.

이상에서 몇 개의 작품의 실례로서 보아온 바와 같이 전후기의 조선문학은 그 테마의 다양성에도 불구하고 한결같이 조국과 인민의 승리를 위하여 헌신하는 새로운 인간들을 묘사하며 확인하는 방도에 의하여, 또는 인민의 지향과 적대되는 일체의 역량에 대한 비타협적인 폭로의 방도에 의하여 사회주의 사실주의 문학의 전투적 기치를 더욱 높이 제고하고 있다. 즉 전후기의 조선문학은 평화적 민주건설 시기에 있어서와 조국해방전쟁 시기에 있어서 고귀한 업적들을 쌓아올린 풍부한 경험의 토대 위에서 한결같이 조선 인민의 장성된 사상적 도덕적 품성을 규정하는 인민민주주의 사회제도의 생활의 합법칙성을 보다 발전된 계단에서 천명하고 있으며 정전 후 인민의 사회주의적 지향과 실천의 요구에 성과적인 대답을 주고 있다.

7

조선로동당 중앙위원회 11월 전원회의는 오늘 우리나라 북반부 농촌 정책에서 가장 중요한 과업의 하나로 되는 농촌 경리의 보다 높은 발전에 관한 문제를 강조하였다. 이것은 우리나라 북반부에 있어서의 인민경제의 계획적 발전 법칙의 요구일 뿐만 아니라 농민문제[51] 특히 가장 긴급한 영세 농민문제를 종국적으로 해결하며 농촌 경리를 발전시키는 기본 대책으로 된다. 가열한 전쟁의 불길 속에서 이미 싹트기 시작한 우리나라의 농업협동경리는 당의 올바른 시책에 의하여 오늘날 더욱 급속하게 확대 발전하고 있다.

조선로동당 중앙위원회 11월 전원회의 결정은 6차 전원회의, 3월 전원회의 결정 등과 함께 우리나라 북반부의 전후 인민경제 복구 발전에 있어서 우리나라의 장래 공업화의 기초를 축성하며 농촌 경리를 발전시키는 투쟁의 중요한 의의를 표시한다.

전후기에 있어서의 우리 문학 발전의 새로운 전망은 이러한 당의 결정들에 의하여 열려졌다.

작가들은 당의 호소를 받들어 오늘 우리나라 현실 앞에 제기된 방대하고도 복잡한 전투적 과업의 승리적 실천을 방조할 것을 자기들

51) 농민문제(農民問題): 이북어. 노동 계급의 동맹자인 농민에 관한 문제와 서로 다른 농민 계층들에 대한 노동 계급과 당의 태도에 관한 문제.

앞에 중요한 과제로 내세웠다.

오늘의 어렵고도 방대한 경제적 및 정치적 과업 등은 조선 인민들 앞에 우리 사회의 전진운동을 가일층 촉진시키기 위하여 계급적 각성을 제고하며 마르크스·레닌주의 사상으로 무장할 것을 요구하고 있다.

이에 있어 우리의 문학은 조국의 평화적 통일 독립을 위한 전후 인민경제 계획을 성과적으로 달성하고 있는, 오늘 현실의 특질을 반영하면서 동시에 인민들을 계급적으로 교양하는 사업을 그 어느 때보다도 더욱 강화하지 않아서는 아니 된다.

이러한 과업의 현실적 의의는 1955년 4월 1일 조선로동당 중앙위원회 전원회의에서 김일성 원수께서 진술한 보고 「당원들의 계급적 교양 사업을 일층 강화할 데 대하여」에서 구체적으로 천명되었다.

주지하는 바와 같이 4월 전원회의에서는 오늘 우리나라에 조성된 정세로부터 출발하여 조국의 평화적 통일 독립을 위한 우리 당의 기본 임무들과 조국의 평화적 통일 독립을 위한 북반부에서의 민주건설의 가일층의 강화를 보장하기 위하여 당원들 속에서 계급적 교양 사업을 더욱 촉진하여야 할 당적 임무를 제기하였다. 물론 계급적 교양 사업은 8·15 해방 후 공화국 북반부에 있어서 당과 김일성 원수에 의하여 시종일관 향도 집행되어져 왔으며 그것의 성과는 해방 후 제반 승리의 담보로 되었다. 그러나 오늘 우리나라 현실이 처한 제반 실정과 현 단계에 있어 우리 앞에 제기된 임무의 중대성에 비추어 볼 때 당원들 속에서 마르크스·레닌주의 사상의 무장을 더욱 튼튼히 하며 계급적 각성을 더욱 제고하는 문제는 그 어느 때보다도 특히 중요하고 긴절한 임무로 제기되지 않을 수는 없는 일이다.

김일성 원수는 현 계단에 있어서의 우리나라 정세를 명시하시면서 계급적 교양 사업 강화의 필요성을 구체적으로 분석 강조하시었으며 그것의 기본 방향과 대책 및 우리의 기본 임무들을 천명하였다.

김일성 원수의 이 역사적 교시는 우리 문학이 자기의 사상적 기초를 강화하며 인민대중 속에서의 날카로운 무기의 역할을 더욱 제고케 하는 강령적 지침이다.

몰론 해방 후 우리의 문학은 인민을 계급적으로 교양하는 것을 잠시도 잊어 본 일이 없으며 또 그것은 시종일관 이 방면에서 자기의 역할을 놀아왔다. 그러나 미제 침략자들을 반대하여 조국의 완전한 통일 독립을 위한 장기적인 투쟁과 이를 위하여 북반부에서 전후 인민경제 계획을 실행하고 있는 오늘과 같은 환경에 있어 이 계급적 교양 사업을 강화하는 문제는 보다 절실한 보다 심중한 의의를 갖는다.

문학이 계급적 교양자의 역할을 옳게 수행하기 위하여서는 철두철미 당적 입장에 서서, 오늘 우리나라 현실에서 전개되어지고 있는 계급투쟁을 옳게 형상하여야 한다. 우리의 작가들은 오늘 우리나라에 있어 프롤레타리아트의 영도권과 노농동맹[52]이 부절히 확대 강화되고 있으며, 우리의 주권을 침해하려는 반동적 불순분자의 온갖 시도가 매 걸음마다에서 적발 처단되고 있으며 미제 및 그의 주구 이승만 도당을 구축하고 조국의 평화적 통일을 실현하기 위한 투쟁이 승리적으로 진척되고 있는 제반 현실적 특질을 옳게 반영하여야 한다.

우리 작가들은 오늘 우리나라에 있어 사상적 분야에서 전개되어지고 있는 이러저러한 계급투쟁 즉 모든 근로자들을 자각적인 노동 애호의 사상과 민주주의적 규율의 사상으로 교양하며 관료주의, 탐오[53], 낭비 현상들과의 투쟁을 강화하며 인민들을 마르크스주의 사상으로 재교양하는 등의 모든 투쟁을 또한 깊이 연구하여야만 한다.

즉 우리의 작가들은 정치적 경제적 사상적 기타 영역들에서 벌어지고 있는 첨예한 계급투쟁을 깊이 연구 체득하여 장엄한 오늘의 현실적 특질을 생활적 다양성과 심오성에서 우수하게 반영함으로써 현실의 전진을 촉진하는 사업에 이바지하여야만 한다.

우리의 당은 작가들이 인민의 입장에 튼튼히 서며 인민의 이익에

---

52) 로동 동맹(원문) → 노농동맹(勞農同盟): 노농제휴(勞農提携). 사회주의 혁명을 위한 계급 투쟁에서 노동자 계급과 농민 계급이 손을 잡고 함께 싸워 나가는 일.

53) 탐오(貪汚): 욕심이 많고 하는 짓이 더러움.

의해서만 지도될 것을 한두 번만 강조한 것이 아니며 또 우리의 문학이 이러저러한 약점의 극복에 맹렬하며 장점의 옹호에 철저할 것을 한두 번만 강조한 것이 아니다. 오늘 우리 문학가들은 당의 이 호소를 받들어 자기들의 문학작품으로 하여금 현실의 제반 특질을 심각히 반영하며 창조적 노동에 궐기한 인민들의 계급교양을 강화함으로써 현실의 전진운동을 성과적으로 방조하기에 총역량을 경주하고 있다. 이것의 형상적 성과를 높은 정도에서 또 풍부히 쟁취해 나가기 위하여 오늘의 문학가들은 문학가들 자신이 마르크스·레닌주의 사상으로 더욱 튼튼히 무장하는 문제와 아울러 생활에로의 깊은 침투 그리고 해결하여야 할 일련의 미학상의 문제들에 대한 심오한 연구를 더욱 진지하게 계속하고 있다. 말하자면 전형적 성격—긍정적 인물과 부정적 인물의 묘사에 대한 문제, 특히 당적 인간의 형상의 문제, 사회주의 사실주의 방법과 스찔[54]의 다양성의 문제, 슈제트의 구성과 갈등의 문제, 장르의 다양성 및 그 특질들의 올바른 발양의 문제, 내용과 형식의 문제 등을 비롯한 기타 많은 문제들이 형상 사업의 제고를 위하여 더욱 심오하게 천명하여야 할 문제로서 제기 논구되고 있다. 이와 관련하여 생활의 진실을 형상적으로 반영할 대신에 개념적으로 재단하는 도식주의적 경향이라든가 또는 다른 한편에 있어서는 문학의 사상적 기초를 홀시하는 일종의 문학주의적 경향에 대한 비판 사업 등이 전개되기 시작하였으며 그것들은 앞으로 더 심화되어진 논구를 기다리는 문제들이다.

이것들은 모두 문학의 현실적 과업의 보다 원만한 형상적 수행을 보장하기 위한 문제와 관계된다. 문학가들의 이러저러한 제반 노력은 반드시 우리 문학의 보다 높은 성과를 부절히 촉진해 나갈 것이다.

8·15 해방 후 우리의 당은 우리 문학 발전 사업에 대한 일상적인 지도를 불요불굴하게 실현하였으며 그 결과로 우리는 사회주의 사실주

---

54) 스찔(stil'): '문체(文體)'의 이북어.

의 문학의 보다 높은 개화 발전을 쟁취하게 되었으며 우리나라 현실 발전의 매개 역사적 단계의 특질을 우수하게 반영하는 새로운 탁월한 작품들을 창조하여 왔었다. 이와 같은 장성이 우리 문학의 활동무대에로의 젊은 역량들의 광범한 진출과 기성작가들의 일단의 창작상 향상으로써 표현되어졌다는 것은 특징적인다. 이것은 신인 육성에 관한 당과 수령의 일상적인 배려와 굳게 결부되는 것임은 더 말할 것이 없다. 당은 문학예술에 관한 일련의 결정들에서 이 신인 육성의 문제는 가장 중요한 과업의 하나로서 계속적으로 취급하여 왔다. 당의 지도에 의하여 8·15 해방 후 젊은 작가들은 더욱더 확신성을 가지고 문학창조 사업에 들어오고 있으며 기성작가들은 더욱 높은 자기의 예술적 수준을 창작의 매 걸음마다에서 과시한다.

당과 수령의 지도에 의하여 단일한 문화혁명의 역량으로 통일 장성한 우리의 문학은 현실 생활을 더욱더 완전하게 형상적으로 개괄하는 발전의 새로운 단계를 부절히 개척해 왔으며 앞으로도 부절히 개척해 나갈 것이다.

해방 후 우리 문학가들의 자기들의 창조 사업이 당의 사업에 대하여 혈연적 관계를 갖는 필요불가결의 일 구성 부분이라는 것을 최대의 긍지감을 갖고 확인하며 또 그것을 몸소 실천하고 있다.

이러한 과정에서 해방 후 우리 문학은 조선문학사상 일찍이 그 유례를 볼 수 없는 거대한 성과들로써 10년 간의 업적을 장식하게 되거니와 매개 시기에 있어서 또는 매개 장르에 걸쳐서의 이러한 발전과 달성된 획기적 성과들은 예외없이 조선로동당과 김일성 원수의 영명한 지도와 직접적으로 연결된다.

—출전: 안함광(외), 『해방후 10년간의 조선 문학』, 조선작가동맹출판사, 1955.

125

로동 계급의 형상과 창조적 로동의 힘

윤 세 평

력사적인 八·一五 해방은 조선 인민에게 민족 재생의 길을 열어 주었을 뿐만 아니라 조선 인민의 물질적 정신적 생활을 비약적으로 발전시키고 또 풍부화시킨 점에서도 특별한 의의를 가진다。 그것은 이제까지 착취자들에게 말살 당하고 억압되여 있었던 근로자들의 창조적 재능을 자유롭게 발휘할 수 있게 하였으며 인민 자신의 자립적인 력사 창조의 시기를 열어 놓았기 때문이다。

그러기에 해방 후 조선 문학은 바로 수천 수백만 인민들이 자립적으로 력사를 창조하는 시기의 문학이며 그들의 창조적 재능을 자유롭게 꽃피울 수 있는 해방된 인민의 문학이다。

해방 후 조선 문학의 주요한 특징은 우선 나라의 주인으로 된 인민 대중이 직접 문학 작품의 주인공으로 등장하고 그들의 창조적 로동에 의한 인민 민주주의 제도의 창설과 그의 공고 발전의

–『전진하는 조선문학』, 조선작가동맹출판사, 1960.

노동계급의 형상과 창조적 노동의 힘

: 윤세평

역사적인 8·15 해방은 조선 인민에게 민족재생의 길을 열어 주었을 뿐만 아니라 조선 인민의 물질적 정신적 생활을 비약적으로 발전시키고 또 풍부화시킨 점에서도 특별한 의의를 가진다. 그것은 이제까지 착취자들에게 말살당하고 억압되어 있었던 근로자들의 창조적 재능을 자유롭게 발휘할 수 있게 하였으며 인민 자신의 자립적인 역사 창조의 시기를 열어놓았기 때문이다.

그러기에 해방 후 조선문학은 바로 수천 수백만 인민들이 자립적으로 역사를 창조하는 시기의 문학이며 그들의 창조적 재능을 자유롭게 꽃피울 수 있는 해방된 인민의 문학이다.

해방 후 조선문학의 주요한 특징은 우선 나라의 주인으로 된 인민대중이 직접 문학작품의 주인공으로 등장하고 그들의 창조적 노동에 의한 인민민주주의제도[1]의 창설과 그의 공고 발전의 새로운 현실을 반영한데 있다.

---

1) 인민민주주의제도(人民民主主義制度): 이북어. 제국주의의 식민지적·봉건적 사회관계가 청산되고, 진보된 민주주의적 사회관계가 확립되는 사회 제도.

즉 해방 후 조선문학에는 어젯날의 착취당하고 압박받던 근로자들이 당의 영도 하에 어떻게 성과적으로 인민민주주의혁명[2]을 수행하였으며, 위대한 조국해방전쟁 시기에 미제와 이승만 도당의 무력침공으로부터 어떻게 조국과 인민민주주의제도를 수호하였으며, 전후 시기에 조국의 평화적 통일의 담보로 되는 혁명적 민주기지[3] 강화를 위한 북반부에 있어서의 사회주의 건설을 어떻게 승리적으로 수행하고 있는가를 예술적 화폭으로 보여주고 있다.

이처럼 보통 노동자, 농민, 근로 인텔리들이 우리 문학의 긍정적 주인공으로 등장하고 그들의 창조적 노력 투쟁이 작품의 주요한 주제로 된 것은 해방 후 문학의 새로운 특징을 이루고 있다.

실지 해방 후 우리 문학에는 노동계급을 선두로 하는 근로자들이 진정으로 자유로운 사회적 환경 속에서 사회주의-공산주의를 향하여 새로운 생활을 건설하는 창조적 노동의 서사시적 화폭이 그 중심에 놓여 있다.

물질적 부의 창조뿐만 아니라 인간의 정신생활에 결정적 의의를 갖는 창조적 노동은 생활을 개조하고 사람들 자신을 개변시켰다. 그리하여 이 창조적 노동 속에서 개변 성장되는 보람찬 근로자들의 화랑은 해방 후 문학의 새로운 표징[4]으로 되었다.

일반적으로 과거 작품들의 주인공들은 그 사회와 국가, 나아가서는 자연과의 관계에 있어서 대립적인 위치에 있는 개인이었으며 적지 않은 경우에 있어서 그 주제가 생활의 협착한[5] 범위를 벗어나지 못하였다면 해방 후 문학에 있어서는 나라의 주인으로 된 근로자들의 창조적 노동을 통하여 사회적 활동과 개인생활이 유기적으로 결합되고 있

---

2) 인민민주주의혁명(人民民主主義革命): 이북어. 인민민주주의제도를 세우는 혁명. 식민지 또는 반식민지에서 노동계급이 인민정권을 세우며, 제국주의적·봉건적 착취 관계를 청산하고 사회의 식민지 반봉건적 성격을 없애는 것을 그 내용으로 함.

3) 민주기지(民主基地): 이북어. 민주주의 혁명 발전의 근원지.

4) 표징(標徵): 어떤 것과 다른 것을 드러내 보이는 뚜렷한 점.

5) 협착하다(狹窄--): 차지하고 있는 자리가 매우 좁다.

는 것으로 특징적이다.

따라서 해방 후 문학에는 과거의 작가들이 이해하지 못하였으며 또 묘사할 수도 없었던 새로운 생활현실이 다방면적으로 반영되었으며 그 주인공들은 노동 속에서 자기 자신의 가치를 느끼며, 세계를 변혁하고 역사를 창조하는 힘으로 자기 자신을 인식하고 있다.

이 점에 있어서 해방 후 문학은 바로 이러한 긍정적 주인공들의 생활과 그 정신적 미를 천명하는 문학이라고 하여도 과언이 아니다.

역사적인 8·15 해방과 함께 우리나라에 조성된 정세에 비추어 당은 민주주의적 완전 독립국가 건설을 위하여 소련 군대가 지어준 유리한 조건에 의거하면서 북반부를 강력한 혁명적 민주기지로 전변시키기 위한 인민민주주의혁명 과업을 제기하였다.

그리하여 북반부에서는 진정한 인민정권이 수립되고 토지개혁과 산업국유화, 노동법령 등 제반 민주개혁이 승리적으로 실시되었다.

노동법령의 결과는 조선역사에서 처음으로 8시간 노동제와 사회보험제를 실시하고 노동계급에 대한 식민지적 착취제도를 숙청하였으며 노동계급으로 하여금 국가건설의 핵심적 부대로서 자유로운 창조적 활동을 하게 하고 자기의 물질문화 생활을 급격히 향상시키게 하였다.

또한 산업국유화의 결과는 예속과 착취를 발생시키는 독점계급의 경제적 토대를 박탈하고 민족경제의 발전을 위한 전체 자원이 국가의 소유로 됨으로써 인민경제를 계획적으로 발전시킬 수 있는 토대를 닦아 놓았다. 동시에 그것은 민주 조국건설의 주도적 계급인 노동계급의 정치적 열성을 비상히 제고시켰으며 이들 속에서 조국과 인민을 위한 생산경쟁의욕을 고도로 앙양시켰다.

여기에 해방 후 북반부에서 노동계급의 처지와 노동 상태는 해방 전의 그것과 근본적인 차이를 가져왔는 바 이러한 노동계급이 해방 후 문학의 주요대상으로 된 것은 결코 우연하지 않다.

특히 사회주의적 사실주의[6]의 기치를 높이 든 우리 작가들에게 있어서 선도적인 노동계급의 형상은 처음부터 주요한 관심사로 되었으며 그것은 이미 평화적 민주건설 시기에 훌륭한 창조적 결실을 보았다.

주지하는 바와 같이 김일성 동지는 「문화와 예술은 인민을 위한 것으로 되여야 한다」[7]는 유명한 자기의 연설에서 "오직 대중을 위하고 대중의 심리를 잘 알고 대중이 요구하는 글을 쓰고 말을 하며 대중을 가르치며 대중에게서 배우는 사람만이 진정한 문화인이 될 수 있다" 고 말씀하면서 "우리 문화 예술인들이 대중 속에 깊이 침투하여 대중과 혼연일체가 될" 것을 강조하였다.

인민과의 연계의 원칙을 강화할 데 대한 당과 수령의 현명한 교시를 받들고 작가들은 해방 직후부터 공장과 광산 기타 생산 직장을 찾아 근로자들의 생활 속으로 깊이 침투하여 갔다.

그리하여 한설야의 단편 「탄갱촌」, 송영의 희곡 「자매」, 리북명의 「로동일가」 그리고 황건의 「탄맥」, 박웅걸의 「류산」 등 단편들은 모두 노동계급 속에 깊이 침투한 이 작가들의 고귀한 생활 체험의 산물인 동시에 그것은 해방된 조선 노동계급이 평화적 민주건설 시기에 어떻게 투쟁하고 또 장성하였는가를 생동하게 보여주고 있다.

한설야는 직접 사동 탄광을 찾아가서 「탄갱촌」을 썼다. 작품은 신설된 탄광 기술공업학교 학생들이 교육과 생산을 밀접히 결합시키는 새로운 교육체계에 의하여 생산실습을 하는 과정을 통하여 거기에서 단련되는 새 인간의 장성과 더불어 조국건설의 주인으로 된 탄광 노동자들의 투쟁 모습을 훌륭히 반영하고 있다.

주인공 재수는 처음부터 자각된 인물로 등장한 것이 아니다. 그는 해방 전의 간고한 소작살이 하는 가정에서 태어나 부친의 극진한 정성으로 겨우 중학을 마치기는 하였으나 아직도 계급적으로 각성되지

---

6) 사회주의적 사실주의(원문) → '고상한 사실주의'의 오류(안막, 「민족예술과 민족문학건설의 고상한 수준에 대하여」, 『문화전선』 5, 1947. 8, 6쪽).

7) 「문화와 예술은 인민을 위한 것으로 되여야 한다」 → '「북조선 각도인민위원회 정당사회단체 선전원 문화인 예술가 회의에서 진술한 연설」(『조국의 통일독립과 민주화를 위하여(1)』, 국립인민출판사, 1949)'의 개작 판본.

못한 청년이다.

따라서 그가 농촌을 떠나 기술학교를 지망하게 된 것도 새로운 조국건설에 대한 정치적 열정에서가 아니라 어떻게 하여서라도 가난에 쪼들린 가족들의 원한을 풀어 주겠다는 일념에서 말하자면 '출세'를 꿈꾸고 온 것이다.

이러한 평범한 주인공이 해방 후의 새로운 현실 속에서 특히 창조적 노동의 체험을 통하여 어떻게 새로운 인간으로 탄생하며, 민주 조국건설의 자각된 역군으로 장성하는가를 보여준 거기에 이 작품이 가지는 독특한 예술적 특성과 의의가 있다.

단순히 출세를 꿈꾸고 또 기술교육에 대한 낡은 인식을 가진 채로 학교에 들어온 재수 앞에 벌어진 산 현실은 첫날부터 그가 기대하던 것과는 너무도 거리가 멀었다.

우선 학교 교사가 탄광의 한 귀퉁이에 붙어있는 작은 건물일 뿐만 아니라 교장도 탄광 광장이 겸임하고 있었으며 재수와 같은 많은 학생들이 꿈꾸었던 사각모자도 씌워주지 않았다. 그러나 이보다도 한층 재수를 당황하게 한 것은 개학한 다음 날부터 탄광 갱내에 들어가서 생산실습을 하게 된 사실이다.

이 모든 것은 노동에 대한 낡은 관습과 기술교육에 대한 그릇된 인식을 버리지 못한 재수로 하여금 불안과 동요를 일으키게 하였으며 탄광 갱내를 견학하고 나선 그는 조금 더 견디어 보아서 정 무엇하면 집으로 돌아가서 달리 직업을 구해 볼 생각까지 하게 된다.

재수의 머리를 지배하고 있는 것은 출세를 바라는 가족들의 소망을 무슨 방법으로든지 풀어주어야 한다는 생각밖에 없었으며 그러한 재수에게는 지금 거림[8]쟁이가 되어서 석탄을 파고 있노라고 자기 집에다 편지 낼 처지도 못되었다.

그러나 이러한 재수는 땅 속 몇 백 척의 갱내를 드나들면서 노동에

---

8) 거림: 그을음.

대한, 그리고 탄광 노동자들에 대한 인식을 새롭게 하게 되는 바 작가는 이 과정을 가장 생동하게 또 실감있게 보여주고 있다.

즉 갱내에 들어가는 것을 무서워하던 재수가 마침내 무서움을 겪는다는 것이 곧 무서움을 이기는 한 개의 새로운 대담성의 창조를 의미한다는 것을 깨닫게 되며 또한 몇 십 년을 두고 갱내에서 석탄을 파내는 탄부들을 두고 "하많은 직업 중에서 그들은 어찌 하여 이 굴 속을 택하였을까? 그리고 또 이곳을 수이 떠나려 하지 않을까?" 하고 의문을 일으키고 스스로 다음과 같은 해답을 준 것은 매우 인상적이다.

"그것은 모르면 몰라도 이것을 정복하여 제 것으로 만드는 창조의 기쁨이 그들을 붙들고 놓지 않기 때문이리라. 그 노동자들더러 만일 진종일 화려한 살롱[9]에 앉아 있으라고 한다면 필시 이런 학정은 없다고 두덜거릴[10] 것이다. 거기에는 그들의 창조가 있을 수 없기 때문이다. 그래서 그들은 이 굴을 고향으로 하는 것이요, 여기에서 향수를 느끼는 것이다."

이러한 정당한 인식은 곧 재수의 자각 과정이며 동시에 자기 개조 과정이기도 하다. 그는 드디어 손수 착암기[11]를 돌리며 실습생들의 선두에 나서게 된다.

작가는 재수의 얼굴에서 땀이 물같이 흘러내리는 고귀한 노동을 두고 일제 때 재수의 아버지가 비행장을 닦는 '보국대[12]'에 뽑혀 가서 강제 노동을 당하던 정황을 대조시키고 있다. 즉 살인적 노예 노동을 강요당한 재수 아버지는 미쳐 씻을 겨를이 없이 흘러내리는 땀으로 하여 눈병이 나서 폐안[13]이 되다시피 되었던 것이나 지금의 재수는

---

9) 살론(원문) → 살롱(salon): 양장점, 미장원, 양화점 또는 양주 따위를 파는 술집의 옥호(屋號)를 속되게 이르는 말.

10) 두덜거리다: 남이 알아듣기 어려울 정도의 낮은 목소리로 자꾸 불평을 하다.

11) 착암기(鑿巖機): 광산이나 토목 공사에서 바위에 구멍을 뚫는 기계.

12) 보국대(報國隊): 일제 강점기에, 우리나라 사람을 강제 노동에 동원하기 위하여 만든 노무대.

13) 페안(원문) → 폐안(廢眼): 폐목(廢目). 시력이 몹시 나쁜 눈.

창조적 노동의 주인으로서 긍지를 가지고 고귀한 땀을 흘리고 있으며 그가 아무리 일한다 하더라도 그의 눈을 보호할 수 있다는 신념으로 불타고 있다.

작가는 이처럼 노동 속에서 새 인간으로 개변 장성하는 재수의 형상을 통하여 창조적 노동의 힘을 예술적으로 확인하였는 바 그는 노동에 대한 낡은 관념을 버리고 생산과 교육을 결합시킨 새 교육제도에 대한 바른 인식을 갖게 된 재수에 대하여 다음과 같이 쓰고 있다.

"기쁨으로 일하는 것이 가장 자기를 잘 살리는 길인 것을 그는 깨달았던 것이다. 만일 이 속에 제 몸을 출렁 던져 버리지 않는다면 이 굴이 자기의 세계로 될 수 없을 것이다. 그러나 재수는 벌써 어느덧 이 굴속에서 일할 재미를 얻었던 것이다."

노동에 대한 사람의 태도와 노동에서의 인간의 위치—그것은 사람의 정신적 풍모를 가장 직접적으로 규정한다. 재수와 같이 평범한 보통 인간에게 탄부 생활이 조국건설의 기둥으로 된다는 인식을 가지게 하고 영예를 느끼게끔 한 것은 다름 아닌 창조적 노동의 힘이었는 바 그것은 착취와 억압의 노동조건 하에서는 결코 있을 수 없는 일이다. 그러기에 온갖 착취와 억압으로부터 해방된 인민민주주의제도 하에서만이 재수와 같은 새 인간은 탄생할 수 있었다.

작가는 여기에서 패망한 일제의 가혹한 식민지적 착취와 살인적인 노동 강도에 대하여 언급하면서 8·15 해방과 함께 탄광 관리를 위한 노동자들의 적극적 투쟁을 통하여 해방된 노동계급의 위대한 창조력을 보여주었다. 그리하여 해방 1주년을 맞이할 때는 탄광이 말끔히 정리되고 종래의 증동기는 전동기로 바뀌졌으며 선진적인 스타하노프운동[14]까지 전개된다.

이러한 가운데서 재수는 자기가 조국건설에 참가하고 있다는 긍지

14) 스타하노브 운동(원문) → 스타하노프운동(Stakhanov運動): 1935년 우크라이나 지방의 광부 스타하노프(Stakhanov, A. G.)가 새로운 기술로 보통 사람의 14배를 채탄한 것이 계기가 되어 일어난 노동 생산력 증대 운동.

를 더욱 높였으며 경애하는 수령의 초상 앞에서

"보시오
놀라시오
자랑하시오
우리들의 전부가 여기 있소
삼천만 겨레가…
오! 우리의 장군"

하고 조국의 앞날에 대한 승리의 신심을 다진다.

그러나 「탄갱촌」에서 재수의 형상은 새로운 제도 하에서의 새로운 노동관계의 시초를 보여주었을 따름이다. 우리는 현실의 발전과 함께 보다 적극적인 형상을 리북명의 단편 「로동일가」의 주인공 진구의 형상에서 보게 된다.

「로동일가」에는 이 작가의 해방 전 작품들인 「질소비료공장」 기타에서 이미 독자들에게 친숙해진 그 비료 공장이 배경으로 되어 있다. 그러나 이 공장은 벌써 그 전날의 조선 인민의 피눈물을 짜내던 일본 독점재벌의 공장인 것이 아니라 조선 인민의 복리를 위하여 인민경제 발전에 중요한 부문을 담당하는 공장으로 변하였다. 이와 함께 거기에서 일하는 노동자들도 해방 전과 같이 인간도살장에서 노예 노동을 강요당한 노동자가 아니라 조국건설의 보람찬 일터에서 자기의 창조적 재능과 노력을 다 바치는 노동자들이다.

그러기에 「로동일가」는 서두에서부터 노동자들의 휴식 시간에 진행되는 오락회를 통하여 착취의 철쇄[15]로부터 해방된 노동자들의 명랑한 형상을 보여주고 있다.

건국실에서는 선반공[16]들의 노래와 춤, 그리고 명랑한 웃음이 터져

15) 철쇄(鐵鎖): 쇠사슬.
16) 선반공(旋盤工): 선반을 사용하여 일을 하는 노동자.

나온다. 왜정[17] 때에는 1년을 두고도 그처럼 푸지게 웃어보지 못했으며 실지 12시간 이상의 고된 노동과 쥐어짠 듯한 가난 속에서는 웃음 대신 언제나 한숨과 고통에 사로잡혔던 그들이다.

그러므로 명랑한 그들의 웃음 속에는 진정으로 해방된 노동자들의 창조적 노동생활에서만 찾아볼 수 있는 행복감이 깃들어 있는 것이다.

그러나 작가는 이 노동자들이 우리나라에서 처음으로 실시된 인민경제계획 수립과 관련하여 계획 과제를 초과 완수하려는 선진적인 증산경쟁운동을 전개하고 있는 거대한 의의에 주목을 돌리고 이를 예술적으로 천명하는 데 기본 빠포스[18]를 돌렸다.

사회주의적 경쟁운동은 두말할 것도 없이 새로운 우리 제도 하에서의 노동을 특징지으며 그것은 우리들의 인민경제 발전의 주요한 추동력으로 된다. 그러나 사회주의적 경쟁운동이 가지는 의의는 거기에만 그치지 않는다. 이 운동은 무엇보다도 사람들을 집단주의적 정신으로 교양하며 낡은 개인주의적 잔재를 청산하고 사람들의 의식을 개변시킨다.

「로동일가」는 여기에서 주인공 진구의 형상을 통하여 증산경쟁운동이 가지는 거대한 의의와 본질을 예술적 화폭으로 확인하였을 뿐만 아니라 새것과 낡은 것의 대립 투쟁 속에서 새것의 불가극복성과 낡은 것의 개변 과정을 진지하게 추구한 것으로 특징적이다.

김진구와 리달호 간의 개인경쟁—그것은 노동에 대한 태도에서 낡은 것과 새것 간의 투쟁이며 자본주의적 사상 잔재와 사회주의적 의식 간의 투쟁이다.

작가는 진구의 형상에서 개인의 이해관계보다도 국가의 이해관계를 선차적으로 생각하며 증산경쟁운동을 인민경제계획 달성의 주요한 조건으로 인식하고 동지적인 협조 정신을 구현시킴으로써 개인의 이해관계에만 사로잡혀 양에만 치중하는 달호의 낙후한 성격에 날카롭게

---

17) 왜정(倭政): 일본이 침략하여 강점하고 다스리던 정치.
18) 빠포스(pafos): 이북어. 작품 전반에 일관되어 있는 열정.

대립시켰다.

이 작품의 구성상 골간[19]을 이룬 이러한 성격 대립과 충돌은 노동자들의 의식을 사회주의적으로 개조하려는 작가의 목적지향성과 깊이 관련되고 있는 바 진구에게 있어서 노동은 둘도 없이 고귀하고 영예로운 것으로 되었으며 그는 민주 조국건설의 주도적 계급으로서의 높은 긍지와 자각을 가진 노동자이다. 그는 경쟁의 상대방인 달호가 바이트[20]를 분질렀을 때에 서슴없이 자기의 귀중한 바이트를 내주었고 달호와의 경쟁보다도 3개 직장 간에 진행되는 삼각경쟁을 더 중요하게 생각하는 그런 인물이며 자기 가정에서도 아내[21]와 아들 사이에 삼각경쟁을 체결하여 아내를 공장 노동에 진출시키고 아들은 학업에서 우수한 성적을 쟁취하게 추동시켰다.

이 반면에 해방 전까지 개인 선반공장을 경영했던 리달호는 새로운 제도가 옳음을 모르는 바는 아니나 아직도 보다 유리한 생활조건을 찾는 데 마음을 썼고 '햇내기'라도 일만 잘하면 선배를 뛰어넘어 윗자리에 앉을 수 있는 판에 한몫 보겠다는 생각 밑에서 자진하여 진구와 개인경쟁을 걸었고 바이트까지 분질러 가면서 제품의 질은 돌보지 않고 양에만 치중하여 결국 진구를 앞서기는 하였다. 그러나 총화는 그의 병집을 정확히 들추어냈으며 리달호는 그가 개인경쟁의 진의를 왜곡[22]하여 공명심에 사로잡혔던 그릇된 태도를 심각히 뉘우치게 된다.

여기에 「로동일가」는 노동에 대한 낡은 태도와 낡은 사상 잔재가 우리 제도와는 용납될 수 없다는 것을 보여주면서 증산경쟁운동을 통하여 해방된 노동계급의 높은 정치적 열성과 사회주의적 의식의 성장 과정을 예술적으로 확증한 작품으로 특출하다.

송영의 희곡 「자매」는 흥남인민공장 노동자의 생활을 반영한 작품

---

19) 골간(骨幹): 기본적이며 핵심적인 부분.

20) 바이트(bite): 금속을 자르거나 깎을 때 선반 따위의 공작 기계에 붙여 쓰는, 날이 달린 공구.

21) 안해(원문) → 아내: 혼인하여 남자의 짝이 된 여자.

22) 외곡(원문) → 왜곡(歪曲): 사실과 다르게 해석하거나 그릇되게 함.

으로서 해방과 함께 공장으로 진출한 한 여성 노동자가 원수들의 파괴적인 음모와 낡은 사상과의 갈등 속에서 애국적 선진 노동자로 단련되어 가는 과정을 훌륭히 보여주고 있다.

작품은 해방 전해부터 1948년에 이르는 5년 간의 복잡한 생활과정을 포괄하고 있으며 이러한 시대적 특징은 서정옥과 그의 언니 서경옥의 운명을 통하여 생동하게 반영되었다.

가난한 집에 태어난 그들이지만 언니인 경옥은 장사꾼의 후처로 출가하여 여유있는 생활 속에서 흔전만전[23] 지내는 것을 더없는 행복으로 생각하는 인간인 반면에 동생 정옥은 다른 혼처를 다 그만두고 '사람이란 마음이 제일'이라는 생각 밑에 가난한 노동자 남편을 맞이하여 누더기 옷을 걸치고도 그것을 부끄럽게 생각하지 않는다. 그러나 정옥은 결혼을 하고도 남편과 함께 친정에 눌러있어 눈칫밥을 먹고 있는 형편이었다.

이러한 자매의 성격적 갈등은 8·15 해방과 함께 한층 첨예하고 대립되고 충돌된다. 그것은 서정옥이가 그의 남편 김하일을 따라 공장 노동자로 진출하고 서경옥은 그의 남편 임수영이가 모리간상배[24]로 떨어진 데다가 경옥이 자신이 의연히 낡은 생활방식의 연장을 꿈꾸고 있었기 때문이다.

그러나 작가는 이들 자매의 각이한 운명을 직접적으로 추구하는 것이 아니라 패망한 일제의 파괴로부터 공장을 보위하고 복구하는 노동계급의 노력적 위훈[25] 속에서 보여주었다. 즉 정옥은 남편 김하일과 함께 공장을 보위하고 기술과 자재가 부족한 곤란[26]과 애로를 타개하는 데 헌신하는 반면에 경옥의 남편인 임수영은 파괴분자 백대성과 결탁하여 공장의 자재들을 절취하여 사복[27]을 채우는 반국가적 행위

---

23) 흔전만전: 돈이나 물건 따위를 조금도 아끼지 아니하고 함부로 쓰는 듯한 모양.

24) 모리간상배(謀利奸商輩): 공익이나 상도덕 따위는 아랑곳하지 않고 갖은 방법으로 자기의 이익만을 꾀하는 사람. 또는 그런 무리.

25) 위훈(偉勳): 위공(偉功). 훌륭하고 뛰어난 공훈이나 업적.

26) 곤난(원문) → 곤란(困難): 사정이 몹시 딱하고 어려움. 또는 그런 일.

를 감행한다.

여기에 정옥과 경옥 사이에는 한층 심각한 갈등이 조성되고 논쟁이 벌어지는 바 정옥은 남편을 두둔하는[28] 경옥에게 다음과 같이 말하고 있다.

"아내라는 것은 덮어놓고 남편만 따라가는 게 아니라 남편이 그른 길로 가면 바로 이끌어야 하는 게예요. 그저 어린애 모양으로 졸라대서 좋은 옷감이나 사오면 그만—좋아라, 내 남편이 제일이다—하고 또 그러면서도 정당히 할 말도 못하고 마치 계집종 모양으로 고개만 숙이거나 해도 그건 남의 아내가 아니에요. …… 보오, 지금은 모두 우리나라를 완전하게 우리 손으로 독립시켜서 참다운 민주주의 국가를 이룩하는 것이 우리들 모두의 다만 하나의 임무예요."

보는 바와 같이 이렇게 말하는 정옥은 벌써 자각된 노동계급의 딸로 장성하여 조국건설의 무거운 짐을 두 어깨에 쥚어진 투사로 되었다. 그러기에 그는 경옥의 운명을 대하여도 그의 어머니에게 다음과 같은 함축 있는 말을 하고 있다.

"지금 언니는 날이 밝았는 데도 어둔 밤길로 되돌아가려고만 해요. 그러나 모두들 앞으로만 나가는 데 언니인들 언제까지 뒷걸음만 치겠어요."

그러나 정옥이가 영광스러운 최고인민회의[29] 대의원으로 입후보하게 되는 경사의 날에 경옥이가 기쁨을 함께 나누지 못하고 혼자서 떨어져 그 광경을 바라보며 남조선으로 도주한 남편에 대한 미련을 끊고 절연장[30]을 보내는 장면은 가장 감동적이다.

이는 두말할 것도 없이 낡은 것에 대한 새것의 승리이며 새로운 제도의 우월성을 증시하고 있다.

---

27) 사복(私腹): 개인의 사사로운 이익이나 욕심.
28) 두던하는(원문) → 두둔하는. 두둔하다(斗頓--): 편들어 감싸 주거나 역성을 들어주다.
29) 최고인민회의(最高人民會議): 이북어. 북조선의 인민 대표들로 구성된 최고 주권 기관.
30) 절연장(絶緣狀): 인연을 끊는 글이나 편지.

실지 「자매」에서 서정옥과 서경옥의 운명은 그들 자신의 가정적 운명에만 그치지 않고 평화적 민주건설 시기의 첨예한 계급투쟁과 깊이 연결되었다는 데 그 특징이 있는 바 작품은 서정옥을 비롯한 김하일, 서삼룡, 박용진 기타 새로운 제도를 옹호지지하며 민주 조국건설에 발벗고 나선 자각된 노동계급의 대열을 일방으로 하고 낡은 제도에 미련을 가지고 낡은 착취자적 생활방식의 연장을 꾀하는 임수영, 백대성 기타를 타방으로 하여 기본갈등을 이루고 있다.

그리하여 희곡 「자매」는 서정옥 자매의 운명을 통하여 해방 직후의 현실을 폭넓게 반영하고 특히 심각한 계급투쟁 속에서 노동계급의 장성을 보여준데서 그 사상예술적 의의를 과시하고 있다.

이 시기 노동계급의 앙양된 노력투쟁과 함께 그들 속에서 작가들의 풍부한 생활 체험의 축적은 더욱 많은 작품들을 내놓았는 바 그 중에서도 박웅걸의 「류산」과 황건의 「탄맥」은 신인들의 작품으로 일정하게 주목을 끌었다.

박웅걸의 「류산」도 흥남비료공장의 일부인 유산[31] 공장의 복구 건설에 바쳐진 작품이다. 일제가 패망하면서 혹심하게 파괴한 이 현대적 화학공업을 복구한다는 사실 자체가 경험과 기술, 자재가 부족한 조건에서 가장 큰 곤란을 수반하는 투쟁임에 틀림없으나 또한 해방 직후의 혼란의 틈을 노리어 준동한 파괴암해분자들의 준동으로 하여 한층 심각한 곤란에 부닥친 것이 이 공장의 실정이었다.

작가는 이 간고한 투쟁 속에서 주인공 항석을 중심으로 한 노동계급의 집단적 영웅성을 훌륭히 보여주었는 바 그것은 항석과 순옥 기타를 한편으로 하고 파괴분자 갑득이와 번대머리[32]를 다른 한편으로 하는 첨예한 갈등과 긴장된 슈제트[33] 전개로 하여 한층 두드러지고

---

31) 류산(원문) → 유산(硫酸): 황산(黃酸). 무색무취의 끈끈한 불휘발성 액체.

32) 번대머리: 이북어. '대머리'를 낮잡아 이르는 말. 무엇이 꽉 들어차 있어야 할 곳이 비어 있는 상태를 이르는 말.

33) 슈제트(syuzhet): 이북어. 얽음새: 문학 작품에서, 등장인물 사이의 관계나 사건 전개 발전의 일정한 체계.

있다.

불붙는 정열의 소유자인 젊은 주인공 항석은 노동계급의 불굴의 인내성과 완강성을 가지고 중첩하는 곤란 앞에서 물러설 줄을 모르며 원수들의 준동을 무찌르고 전진하는 당적 인간의 형상으로서 특출하다.

이는 해방 후 문학에서 중요하게 제기된 긍정적 주인공의 형상에 새로운 기여로 되었으며 특히 인간들의 관계를 생산 공정으로 가리우지 않고 진지하게 그들의 내면세계를 추구한 것은 이 작품이 성공한 요인으로 된다.

황건의 「탄맥」은 아오지 탄광에서 120미터의 장벽식[34] 채탄법[35]을 해결한 탄광노동자들의 창조적 노력투쟁을 취급한 작품이다.

작품은 해방된 노동자들이 과거 착취사회의 노예적 위치를 벗어나 조국건설의 주인으로 되었으며 따라서 종전에는 발휘될 수 없었던 그들의 무궁무진한 창조적 힘이 우리 제도 하에서 어떻게 활짝 꽃피게 되었는가를 힘있게 보여주고 있다. 또한 주인공 남일의 부친이 일제하의 고되고 안전시설이 없는 탄광 노동에서 희생되고 그의 조부 역시 폐인[36]이 된 일련의 사실들과 대비하여 무엇보다도 인간을 소중히 여기는 우리 제도의 우월성을 예술적으로 확인한 것은 이 작품의 다른 주요한 내용으로 되고 있다.

노동에 대한 새로운 관계와 그 속에서 탄생하는 새 인간은 이 시기의 서정시 분야에도 새로운 흔적을 남기어 창조적 노력에 관한 주제에 바쳐진 작품들이 수없이 나왔다.

즉 안룡만은 시 「축제의 날도 가까와」에서 노동법령의 실시에 의한 새로운 노동생활을 다음과 같은 벅찬 감흥으로 시작하고 있다.

---

34) 장벽식(長壁式): 장벽식 채탄(長壁式採炭). 길이 수십 미터에서 200미터에 이르는 일직선의 막장을 만들어 채탄하는 방법.

35) 채탄법(採炭法): 석탄을 캐내는 방법.

36) 폐인(원문) → 폐인(廢人): 병 따위로 몸을 망친 사람. 쓸모없이 된 사람.

—순아, 오늘부턴 새 생활이
이 공장에도 찾아 왔구나.
초지실 책임인 리 동무가
웃음으로 던지는 말에도
순이 젖가슴은 기쁨에 젖는다

—얘, 영남아, 너두 인제는
어른과 같이 임금을 받고
—얘, 산월인 여섯 시간 일한단다
직장 안 공기도 밝게 비치는데
참으로 오늘부터 우리들의 생활은
로동이 그 대로 즐거움이 되리라.

그리하여 시인은 노동자들을 짓누르던 무거운 쇠사슬이 끊어지고 노력으로 쌓아올릴 건설의 앞날을 휘황하게 그려보며 다함없는 행복을 노래하고 있다.

또한 정문향의 시 「대의원이 나서는 구내」는 노동의 주제에 바쳐진 많은 시 작품들 가운데서도 노동 속에서 탄생한 새 인간의 영예를 노래한 것으로 특출하다.

숫한 눈동자와 입술과 손길들이
하나로 고동하는 정숙을 누르며,
기압을 높이는 어느 보이라의
묵직한 동음이 울려 오는 속에
우리의 립후보는 나섰다

'리 진근'이
누가 웨쳤다

바로 보이라와 함께 살아 온 그 이름을,
허물어진 공장을 추켜 세운 그 이름을,

흘러 내리는 땀을 씻으며
저[37] 높은 철탑, 녹쓸은 철관에 낯을 비비며
그는 이 공장을 추켜 세운
로동당원의 한 사람

보는 바와 같이 여기에는 한 보일러[38]공이 최고인민회의 대의원으로 입후보하게 된 영예를 노래하였는 바 시인은 정당하게도 그의 노동의 영예에 대하여, 그의 조국건설의 주인다운 노동의 태도에 대하여 공감과 찬양의 빠포스[39]로 일관시키고 있다.

그리하여 평화적 민주건설 시기에 있어서 노동계급의 형상과 노동의 주제에 바쳐진 작품들은 대체로 해방 전의 일제 식민지 통치하의 비인간적 노동조건과 비참한 노동자 생활을 해방 후의 새로운 제도하에서의 행복하고 보람찬 생활과 대비하면서 노동자들이 어떻게 민주 조국건설에 헌신적 노력 투쟁을 다하고 있는가를 보여주는 데 주요한 빠포스가 돌려졌다.

따라서 작품에서의 갈등도 희곡 「자매」나 「류산」에서 보여준 것과 같이 패망한 일제가 파괴한 공장을 복구하고 기계를 돌리기 위하여 경험과 기술이 부족하고 자재가 부족한 제반 곤란과 애로를 극복하는 투쟁과 함께 해방 직후의 혼란된 틈을 따서 기어든 파괴분자와 새로운 인민민주주의제도를 반대하며 자본주의적 착취제도를 연장시키려고 획책하는 암해분자[40]들과의 투쟁이 주되는 것으로 되고 있다.

37) 서(원문) → 저.
38) 보이라(원문) → 보일러(boiler): 물을 가열하여 고온, 고압의 증기나 온수를 발생시키는 장치.
39) 빠포스(pafos): 이북어. 작품 전반에 일관되어 있는 열정.
40) 암해분자(暗害分子): 이북어. 국민의 눈을 속여 가며 사회에 해가 되는 행위를 하는 사람.

그러나 이 시기의 작품들에서 특징적으로 말할 수 있는 것은 새로운 제도 하에서 조성된 노동에 대한 새로운 관계가 새 인간을 탄생시키고 있는 사실을 일치하게 예술적으로 확인하고 있는 그 점이다.

즉 「탄갱촌」의 재수는 그 전형적인 실례인 바 「로동일가」의 진구, 「자매」의 정옥, 「류산」의 항석, 「탄맥」의 남일 등의 형상도 결코 예외로 될 수 없다.

이러한 새로운 노동관계에서 탄생한 새 인간들은 조선문학에서 일찍이 가져보지 못한 긍정적 주인공들로서 해방 후 문학의 새로운 특징으로 되며 동시에 그것은 우리 문학의 사회주의적 사실주의 발전에 있어서도 새로운 표징으로 되고 있다.

그리하여 민주 조국건설에 일떠선 노동계급의 형상과 그들의 창조적 노동은 해방 후 문학의 주요한 자리를 차지하게 되었으며 그것은 우리의 사회주의적 사실주의 문학을 꽃피우게 하는 가장 믿음직한 기둥으로 되었다.

그러나 미제와 이승만 역도가 도발한 전쟁으로 말미암아 우리 노동계급의 평화적 건설은 중단되었으며 '모든 것은 전쟁 승리를 위하여!' 라는 당의 부름에 호응하여 그들은 자기의 모든 것을 전쟁 승리에 바쳤다. 전선에서 후방에서 그들의 전투적, 노력적 위훈은 조국과 사회주의 전취물들을 침략자들로부터 수호하는 영예로 빛났다.

그러나 조국해방전쟁 시기 문학은 노동계급의 형상과 그들의 창조적 노동의 형상에 바쳐진 문학이기보다는 직접 군사적 주제와 관련되고 있다. 따라서 한설야의 3부작 『대동강』에서와 같이 원수들의 일시적 강점 하에서 점순을 비롯한 노동 청년들의 영웅적 투쟁의 화폭이 없는 바 아니나 여기에서는 할애하기로 한다.

조선 인민은 전쟁의 온갖 시련을 극복하고 원수들의 침공으로부터 북반부에 창설된 인민민주주의제도와 혁명적 민주기지를 수호하였으며 3년여에 걸친 정의의 조국해방전쟁은 조선 인민의 영광스러운 승리로 종결되었다.

정전협정[41]과 함께 당은 정전을 공고한 평화에로 전환시키며 혁명적 민주기지를 더욱 강화하고 조국의 평화적 통일의 역사적 위업을 달성하기 위하여 전쟁으로 파괴된 인민경제를 급속히 복구 발전시킬 3개년 계획의 과업을 내세웠다.

주지하는 바와 같이 전후 인민경제 복구 발전 3개년 계획은 전쟁으로 인하여 혹심하게 파괴된 인민경제를 단순히 원상대로 복구하는 것이 아니라 그것은 악독한 일제 통치로부터 물려받은 식민지적 편파성을 퇴치하고 나라의 사회주의적 공업화의 기초를 축성하는 데로부터 출발하여 중공업의 우선적 장성을 보장하면서 동시에 인민생활을 안정 향상시키기 위한 경공업과 농업을 급속히 복구 발전시키는 데 있다.

이러한 3개년 계획의 성과적 수행은 당 경제정책의 총노선의 정확성을 다시 한번 확증하였으며 이 기간에 우리의 도시와 농촌의 폐허[42] 위에서 새로운 면모로 일떠서게 되었고 민족경제의 자립적 토대가 기본적으로 구축되었을 뿐만 아니라 사회주의적 생산관계의 확대 강화와 농촌협동화의 결정적 승리로 사회주의적 경제 형태가 지배적 위치를 차지하게 되었다.

전후 인민경제 복구 발전의 이러한 빛나는 성과는 그대로 우리 노동계급의 노력적 위훈을 말하여 주는 바 김일성 동지는 전후 문학예술 앞에 나선 과업을 다음과 같이 제시하였다.

"우리나라 문학 예술인들 앞에는 이 새로운 역사적 계단을 사회주의적 사실주의로 옳게 반영하며 영웅적 우리 인민의 창조적 노력과 투쟁을 옳게 형상화하는 문학예술 작품들을 많이 창작할 과업이 제기되고 있다."(1954년 6월 14일부 『로동신문』)

그리하여 작가들은 당과 수령의 교시에 호응하여 불꽃튀는 복구 건설장과 생산직장에로 달려갔으며 그들은 노동자들과의 생활적 연계를

---

41) 정전협정(停戰協定): 교전 중에 있는 양방이 일시적으로 전투를 중단하기로 합의하여 맺은 협정.

42) 페허(원문) → 폐허(廢墟): 건물이나 성 따위가 파괴되어 황폐하게 된 터.

강화하고 그들 속에서의 생활 체험을 토대로 하여 많은 작품들을 내놓았다.

이 작품들은 무엇보다도 전후 복구 건설에서 제기되고 또 해결해야 할 과제들에 다방면적으로 수응하면서[43] 근로자들의 건설과 생산의 욕을 더욱 왕성하게 하며 온갖 난관과 애로들을 극복하고 불굴의 투쟁에로 고무하는 데 바쳐졌다.

즉 리북명은 노동의 유동성을 방지하며 신입 노동자들을 고착시키는 문제를 취급한 단편 「새날」, 증산경쟁운동에서 오작품 퇴치 문제를 취급한 「제5부리가다」, 그리고 노동자들의 창의고안[44]을 주제로 한 단편 「맹세」를 썼으며, 리갑기는 노동에 대한 낡은 사상 잔재를 퇴치하는 데 바쳐진 단편 「콕쓰」를 내놓았다.

또한 유항림의 단편 「직맹 반장」은 선진 노동자에 의하여 낙후한 생산 직장이 개변되는 과정을 보여주었으며 변희근의 단편 「빛나는 전망」은 노동과 가정의 관계를 새로운 입장에서 보여주었다.

또한 전쟁의 시련 속에서 단련된 노동 청년들의 혁신의 불길에 바쳐진 류기홍의 희곡 「그립던 곳에서」, 그리고 민병균의 시 「동해 시초」, 조벽암의 시 「불ㅅ길」 기타 많은 작품들이 복구 건설에 일떠선 노동자들과 그의 노력 투쟁을 구가하였다.

그리하여 복구 건설의 노동을 구가하는 것—이것은 이 시기 문학의 기본 빠포스로 되었으며 따라서 이 작품들에 일관하고 있는 것은 노동의 고귀한 창조성의 확인이며 창조적 노동이야말로 조국의 평화적 통일의 위업 달성과 사회주의 건설의 물질적 원천으로 된다는 것의 확인이다.

물론 이 시기 부분적 작품들 가운데는 작가 자신의 주관주의와 도식주의 편향으로 하여 예술적으로 성공하지 못한 실례도 없지 않으나

---

43) 수응하다(酬應--): 요구에 응하다.

44) 창의고안(創意考案): 이북어. 기술 개발과 생산 증대를 위하여 새로운 것을 생각해 냄. 또는 그런 생각.

대체로 전쟁 전 시기에 있어서보다도 창조적 노동에 대한 작가들의 인식이 한층 깊어졌으며 보다 선명하게 노동 속에서 형성된 새 인간의 정신적 미를 보여주고 있는 것을 말할 수 있다.

실례로 단편 「빛나는 전망」은 가스탱크[45]의 복구 현장에서 일하는 주인공 혜숙이가 보람찬 노동에 대한 긍지와 기쁨으로 용솟음친 데다가 미구에 제대되어 돌아올 남편 윤호를 맞이하여 노동 속에서 꽃피운 새로운 가정생활을 설계하는 행복한 꿈으로 시작된다.

그러나 제대되어온 남편이 청수 공장 복구에 1년 동안 가서 일하기로 배치를 받고 혜숙을 그리로 데리고 가서 가정생활을 시키려는 데서 혜숙의 꿈은 깨지고 만다.

여기에 작가는 가정 관계와 공장 복구 사업을 두고 딜레마[46]에 빠진 혜숙의 고민을 통하여 새로운 윤리적 측면을 추구하였는 바 혜숙은 고민 속에서도 노동에 대한 긍지를 안고 자기의 정당한 사업에 굳건히 나아간다.

한편 윤호는 그가 일하던 공장이 원수들의 폭격으로 잿더미가 된 현장을 목격하게 되고 다시 그를 복구하기 위하여 궐기한 노동자들의—혜숙이도 포함한—헌신적 노력 투쟁을 보고서 마침내 자기의 주관적인 고집을 버리고 혜숙에게 다시금 행복한 꿈을 안겨주며 혼자서 청수 공장으로 떠난다.

따라서 이 작품은 남편을 전선으로 보낸 혜숙이가 후방 여성으로서 노동에 대한 새로운 관계에 들어섰으며 창조적 노동 속에서 생의 보람을 찾은 선진적 노동자로 장성된 모습을 훌륭히 보여주었을 뿐만 아니라 위대한 복구 건설 투쟁 앞에 사사로운 가정문제를 복종시키는 새로운 윤리적 측면을 보여주고 있다.

그러나 「빛나는 전망」은 혜숙의 그러한 선진적인 입장에다가 3년이

---

45) 가스 땅크(원문) → 가스탱크(gas tank): 대규모로 가스를 담아두는, 둥근 공 모양의 시설.

46) 디렘마(원문) → 딜레마(dilemma): 선택해야 할 길은 두 가지 중 하나로 정해져 있는데, 그 어느 쪽을 선택해도 바람직하지 못한 결과가 나오게 되는 곤란한 상황. '궁지'로 순화.

란 시일을 화선에서 보내고 아내와의 단란한 가정생활을 머리에 그리며 돌아온 윤호의 처지를 대치시킴으로써 주어진 정황과 인물들의 성격 발전 사이에 일정하게 손실을 보고 있다는 점을 지적할 필요가 있다.

단편 「직맹 반장」은 시멘트[47] 공장 내의 낙후한 석회 직장을 추켜세운 노력 혁신자 최영희의 불굴의 투쟁에 바쳐진 작품이다.

작품은 신입 노동자들이 대부분을 차지하고 있는 이 직장 내에 노동규율[48]이 확립되지 못한 데다가 직공장의 관료주의적 사업 작풍과 암해분자인 통계원의 파괴적 행동 등으로 한층 복잡한 정황을 보여주면서 당으로부터 파견된 최영희가 직맹[49] 반장으로서 인내성 있게 이 난관과 시련을 극복해 나가는 과정을 사실적으로 보여주고 있다.

최영희는 신입 노동자들의 거개가 어제까지의 농민이거나 소상인들인 실정에 비추어 인내성 있게 계급교양을 주는 한편 실천에서 솔선 모범을 보여주며, 직공장이 사업에 대한 연구와 계획도 없으며, 하부의 실정에 대한 요해[50]와 면밀한 지도 검열도 없이 내리먹이는[51] 식으로 사업하는 그의 관료주의적 작풍을 군중 앞에서 폭로한다.

그러나 작품은 최영희와의 기본갈등을 이루는 암해분자 통계원의 정체를 적발 폭로하는데서 이 직장을 좀먹고 있던 기본 병집[52]을 들추어낸다.

그리하여 단편 「직맹 반장」은 전후 복구 건설의 노력 투쟁에서 생활의 보람을 느끼고 피로를 모르며 암해분자와 관료주의 등 온갖 낡은 것과의 완강한 투쟁을 전개하는 최영희의 형상을 통하여 당적 인간의 정신적 미를 체현시킨 것으로 특출하다. 다시 말하면 복구 건설

---

47) 세멘트(원문) → 시멘트(cement): 건축이나 토목 재료로 쓰는 접합제.
48) 노동규율(勞動規律): 집단적인 노동 과정 중에서 근로자들이 의무적으로 지켜야 할 질서.
49) 직맹(職盟): 이북어. 직업동맹(職業同盟): 노동 계급의 대중적 정치 조직.
50) 료해(원문) → 요해(了解): 사정이나 형편이 어떠한가를 알아봄.
51) 내려 먹이는(원문) → 내리먹이는. '내리먹다'의 사동사. 내리먹다: 이북어. 일이나 지시 따위가 하급자나 하급 기관에 강요되어 잘 받아들이게 되다.
52) 병집(病-): 깊이 뿌리박힌 잘못이나 결점.

의 노력 투쟁 속에서 우리 노동계급의 정신적 미를 보여준 점에서 「직맹 반장」은 성공한 작품으로 되었다.

또한 류기홍의 희곡 「그립던 곳에서」는 가열한 조국해방전쟁의 화선에서 한층 단련된 노동계급의 적극적인 모습을 보여준 것으로 특징적이다.

즉 희곡 「그립던 곳에서」는 주인공 박갑철과 낡은 기사장 안용심 및 직장장 김순업과의 갈등을 통하여 간고한 전쟁의 시련 속에서 배양된 우리 노동 청년들의 새로운 성격을 부각시켰으며 노동자들의 새 생활에 대한 불굴의 창조적 지향과 고상한 호상 협조와 동지애를 보여주었다.

박갑철은 일찍이 제강소[53]의 완성공[54]으로 전선에서 빛나는 공훈을 세우고 제대되어 다시 그립던 공장으로 돌아온 청년이다. 그는 화선에서 단련된 불굴의 투지로써 공장 복구 건설에 참가하여 우선 전기로의 구조를 개조함으로써 강철의 용해시간을 단축하려는 구상을 내놓았다. 그러나 경험에만 의존하여 기술문제는 기술자만이 해결한다고 고집하는 기사장 안용심과 공명심에 사로잡힌 직장장 김순업은 박갑철의 그러한 혁신적인 구상을 조소하며 공사시간 단축만을 주장하게 된다.

작가는 이러한 갈등을 발전시키면서 박갑철의 성공이 부단한 혁신적 창조적 지향에 의거한 인간만이 누릴 수 있다는 것을 확증하였으며 또한 그의 성공에는 기계공 명숙이와 소련에서 공부하고 돌아온 최 기사를 비롯하여 많은 노동 청년들의 새로운 도덕적 결합이 안받침[55]되어 있다는 것을 보여주었다.

다른 한편으로 작가는 안용심과 그의 아내 혜숙, 그리고 김순업의 형상을 통하여 우리의 전진과 창조를 가로막는 장애물을 신랄하게 폭로

53) 제강소(製鋼所): 강철을 만드는 공장.
54) 완성공(完成工): 작업의 공정에서 제품을 마무리하는 단계의 공정을 맡아 하는 노동자.
55) 안받침: 안에서 지지하고 도와줌.

하고 새로운 현실발전에 암매한[56] 자들의 운명을 여실히 보여주었다.

물론 이 작품에는 지나친 생산공정의 설명과 함께 노력 혁신자로서의 박갑철의 정신적 풍모를 풍부하게 드러내지 못한 약점이 없는 바 아니나 전후의 새 현실에서 중요하게 제기된 문제들을 각이한 인물 성격의 호상 관계를 통하여 다양하게 보여준 점에서 일정한 성과를 거둔 것이 사실이다. 전후 복구 건설의 노력 투쟁 속에서 노동계급의 정신적 미를 보여준 실례는 민병균의 「동해 시초」 가운데 있는 시 「기념비」에서도 찾아 볼 수 있다.

즉 「기념비」에는 가슴으로 적의 화구를 막은 용사의 아내가 두 어린것을 거느리고 남편을 대신하여 건설의 마당에 나선 노동 여성을 다음과 같이 노래하고 있다.

그대는 이렇게 모범 단조공이 되여
억센 새 생활의 주인으로 일어 섰다
녀성은 강철 앞에 약하다는
또 하나 옛말을 쇠마치로 두드려 부시며—

마치 어느 신화 속의 어머니인 양
어깨 우에 두 어린것을 세우고
로동의 마치를 머리 높이 힘차게 추켜 든
그대는 이 나라 새 녀인들의 기념비—

시인은 이와 같은 기념비적인 주인공들로 하여 전후 복구 건설의 우렁찬 새시대가 열려지고 있다는 것을 정열적으로 노래하고 있는 바 이 시기의 노동계급의 노력 투쟁에 바쳐진 일련의 작품들은 그대로 전후 복구 건설의 우렁찬 건설보(建設譜)라고 하여도 과언이 아니다.

---

56) 암매하다(暗昧--, 闇昧--): 어리석어 생각이 어둡다.

그러나 전후 복구 건설 3개년 인민경제 계획을 승리적으로 완수하고 제1차 5개년 계획 수행에 들어서면서 현실의 급속한 전변은 노동계급을 형상화한 작품에 있어서도 새로운 전진을 가져오게 하였다.

주지된 바와 같이 조선로동당 제3차 대회에서는 제1차 5개년 계획의 기본 방향이 제시되었으며 특히 1956년 12월 전원회의는 사회주의 건설의 대고조를 가져온 노력적 앙양의 계기를 지어주었다.

여기에 제3차 당 대회가 문학 앞에 제시한 과업을 받들어 열린 제2차 작가대회의 중심적 과제가 전후의 사회주의 건설의 위대한 현실 생활로부터 흘러나오는 사회주의적 사실주의의 제 과업을 규정하는 데 돌려진 것은 노동계급의 형상에 있어서도 새로운 전진을 가져오게 한 요인으로 되었다.

특히 사회주의적 사실주의의 전진을 방해하는 도식주의적 편향을 극복하고 주제의 다양성과 함께 작가들의 창작적 스찔[57]과 예술적 개성의 독창성이 강조된 것은 거대한 의의를 가진다.

실지 전후의 위대한 현실 생활이 그처럼 풍부하고 다양하며 인간들의 정신 세계가 그처럼 폭넓고 개성적인 데 반하여 우리의 일부 창작들에는 기성의 틀에다 생활을 뜯어 맞추어 현실을 한가지 보랏빛깔과 한가지 목소리로 단순화시키는 그러한 편향이 없지 않았다.

그러나 우리 근로자들의 노력적 앙양에 의한 사회주의 건설의 대고조에 고무되면서 작가들의 장기적인 현지파견에 의한 현실침투와 사회주의적 사실주의에 대한 인식의 심화 등은 노동계급의 형상에 있어서 새로운 전진을 가져왔으며 그 대표적인 실례로 윤세중의 장편소설 『시련 속에서』를 들 수 있다.

윤세중은 이미 반탐오[58] 투쟁을 주제로 한 단편 「상아 물부리」와 같은 성과작을 내놓았으나 오랜 현지생활에서 강철 노동자들의 생활

57) 스찔(stil'): '문체(文體)'의 이북어.

58) 반탐오(反貪汚): 이북어. 국가나 사회의 재산을 남모르게 빼돌려 제것으로 하는 이기주의적 행위를 반대함.

속에서 깊이 침투한 생활적 체험을 토대로 하여 장편소설『시련 속에서』를 내놓았다.

그리하여 이 작품은 전후 인민경제 복구건설 3개년 계획의 수행에 있어서 평로[59]를 복구 건설하는 강철 노동자들의 투쟁을 제재로 한 장편소설로서 서사시적 대형식으로 노동계급의 노력투쟁을 보여준 첫 번째 작품이란 점에서도 특기되어야 한다.

작품은 제철 노동자의 아들인 림태운이가 소련에서 선진적인 야금학[60]을 공부하고 돌아와 대학에서 교편을 잡다가 직접 제철소로 나가서 우리의 믿음직한 노동자들과 더불어 온갖 난관과 시련들을 극복하고 일찍이 없었던 100톤의 평로를 일떠세우고 T번호 특수강을 만들어내는 데 성공한 이야기로 엮어졌다.

전후 복구 건설에서 중공업을 우선적으로 발전시키며 경공업과 농업을 동시에 발전시킬 데 대한 당의 정확한 경제정책을 받들고 이 제철소가 수행하는 평로 복구와 강철 생산의 국가 과제는 그대로 나라의 사회주의 공업화의 중심적인 한 부분을 이루고 있다.

작가는 여기로부터 이 직장의 전체 집단들과 매개 인간들의 성격 및 행동을 100톤의 평로 건설과 특수강 생산의 국가 과제의 수행을 위한 투쟁 속에서, 즉 사회주의 건설의 명확한 노력적 연계 속에서 보여주었는 바 그것은 이 작품의 기본 내용을 이루고 있다.

전후의 사회주의 건설과 우리 노동계급의 노력적 위훈은 서로 떼어서 생각할 수 없는 것이나 노동자들의 사회주의 건설을 위한 자각적이며 의식적인 노력적 연계야말로 이 시기 사회주의 건설의 대고조를 가져오게 한 물질적인 요인으로 되었다. 그들은 오직 사회주의 공업화가 없이는 사회주의 건설이 있을 수 없으며 사회주의 공업화는 그의 심장으로 되는 철의 생산이 없이는 불가능하다는 높은 자각으로 하여

59) 평로(平爐): 노의 바닥에 선철, 산화철, 고철 따위를 넣고 녹여서 탄소, 인, 황 따위의 불순물을 산화시켜 없앰으로써 강철을 만드는 반사로.

60) 야금학(冶金學): 금속 공학의 한 분야.

그처럼 기적적인 노력적 위훈을 세울 수 있었으며 사회주의 건설의 대고조를 가져올 수 있었다.

50톤 평로를 100톤 평로로 개조 확장하며 T번호 특수강을 생산하여 부과된 철 생산 과제를 보장한다는 것은 결코 쉬운 일이 아니다. 이 곤란한 생산 과제를 보장하기 위하여는 무엇보다도 복잡한 기술적 문제가 해결되어야 하며 다른 한편으로 일부 보수주의적 및 이기주의적 경향과 암해분자들의 파괴 행동과의 치열한 투쟁에서 승리하여야 했다.

따라서 주인공 림태운은 이 간고한 투쟁에서 응당한 시련을 겪게 되며 때로는 우울과 고민에 휩싸이기까지 하는 바 이 시련을 뚫고 곤란한 국가계획[61] 과제를 해결하는 데 성공하게 된 것은 다름 아닌 림태운과 그의 노력 집단이 사회주의 건설의 숭고한 사명에 자각되고 창조적 열의를 다 발휘하여 어떠한 곤란과 난관 앞에서도 물러서지 않는 거기에 있다.

림태운이는 그의 설계대로 100톤 노를 세웠으나 예견했던 것보다 용해시간이 지연되고 용착[62]이 무시로 일어나 평로공[63]들이 증산 목표는 커녕 국가지표도 수행하지 못하는 심각한 사태에 직면하게 된다. 직장장을 비롯하여 다수 용해공들은 림태운을 거들떠보지도 않으려 하였다. 작가는 이때의 림태운의 우울한 심정을 다음과 같이 서술하고 있다.

"이대로 당분간 가만 두고 보기만 할까?…… 가만있으면 만사를 편하다. 그들에게 미움을 받고 멸시를 당하고 부대낄 것은 무엇인가? 당분간 가만 두고 보자! 그러나—

……그렇게 되면 생산은 어찌 되나? 무엇 때문에 100톤 노는 만들었는가? 국가에 큰 비용을 부담시키며…… 또 생산을 보장하지 못하는 책임은 당과 국가 앞에서 누가 지나?……"

---

61) 국가계획(國家計劃): 이북어. 사회주의 경제에서, 그 발전 방향과 수준·규모를 제시하여 법적 효력을 가지는 계획.

62) 용착(鎔着): 쇠붙이 따위가 녹아서 붙음.

63) 평로공(平爐工): 평로에서 강철을 만드는 일을 하는 직공.

그러나 작가는 다시 림태운이가 본심에 돌아왔을 때의 결의를 다음과 같이 이야기하고 있다.

"그렇다, 끝까지 해 보자, 누가 진정 조국을 위해 일하는지는 나중에 알아질 것이다. 선진 기술을 도입함이 없이는 초과생산은 있을 수 없다. 선진 기술 도입이 없이는 사회주의적 생산에로의 전변은 있을 수 없으며 우리 경제의 전진도 있을 수 없다. 선진 기술 도입, 이것은 내가 수행해야 할 신성한 임무이다—."

림태운의 이러한 결의에서 작가는 사회주의 건설을 의식하고 나아가는 그의 자각적인 사회주의적 노동을 훌륭히 보여주고 있는 바 이러한 자각적인 태도야말로 전후 사회주의 건설에서 모든 노력적 위훈과 창조적 기적을 낳게 한 영웅주의의 원천으로 된다.

그러나 『시련 속에서』가 성공한 주되는 요인은 이 작품이 다만 평로를 확장 복구하고 특수 강재64)를 생산하는 이야기인 것이 아니라 평로를 복구 건설하는 사람들의 이야기라는 데 있다. 즉 『시련 속에서』는 평로 복구 건설 투쟁을 통하여 림태운을 비롯한 우리 노동계급이 온갖 난관과 시련을 극복하여 나아가는 그 영웅적인 정신적 특질을 다양하게 보여주는 데 성공하였다.

그러므로 이 작품에서 중요하게 나서고 있는 평로의 복구 건설이나 T번호 특수강 생산은 단순한 생산기술적 문제로 국한되어 있지 않고 인간들의 성격 발전 내지 운명과 긴밀히 연결된 정치 도덕적 문제로 되어 있다.

그리하여 『시련 속에서』는 평로 복구 건설에 관한 생산적 자료들이 적지 않게 이야기되고 선진 기술 도입 문제들이 강조되었음에도 불구하고 그 인간들의 장성 과정을 중심적으로 보여주었는 바 그것은 건설과 생산에서 제기되고 해결되는 문제들이 바로 그 사람들의 활동과 그들의 호상 관계에 대한 문제들이며 인간의 운명에 대한 문제로 전

---

64) 강재(鋼材): 공업, 건설 따위의 재료로 쓰기 위하여 압연(壓延) 따위의 방법으로 가공을 한 강철.

면에 나서고 있기 때문이다.

『시련 속에서』의 갈등은 무엇보다도 우리 생활의 합법칙적인 전진운동에서 진실을 체현하고 있는 것으로 특징적인 바 거기에는 림태운을 선두로 하는 우리 시대의 사회주의적 노동집단과 김대준과 같은 일제 잔재의 보유자이며 파괴분자 사이의 적대적인 갈등이 중심에 놓여 있다. 이와 함께 이기주의적 출세욕에 의한 리재호, 박봉서 등과 림태운 간의 갈등, 선진적 기술도입에 대한 태도에 있어서 젊은 세대와 낡은 세대 간의 충돌, 지어 림태운과 윤선주 자신들에게 있어서 감정과 이성 간의 갈등도 엉키어 현실 생활이 그런 것처럼 『시련 속에서』의 갈등은 매우 다양하다.

그러나 이 모든 갈등은 생활의 합법칙적인 전진운동 속에서 투쟁을 통하여 응당한 해결을 보게되는 바 그 계기와 심도에 있어서 각이한 형태를 보여주면서 이 작품의 기본갈등인 김대준과의 갈등 해결에 집중되고 있다.

이러한 『시련 속에서』의 갈등은 우리 현실 생활의 풍부성과 다양성을 보여주면서 인물들의 성격을 그 발전 속에서 생동하게 형상하였는 바 여기에 림태운을 비롯하여 김유상, 유갑석, 원태보와 같은 믿음직한 노동계급의 전형들이 창조되고 장도원, 서만덕과 같은 인물들도 일정하게 생활의 진리를 체현하고 있는 것으로 특징적이다.

즉 새형의 기사이며 투사인 림태운은 사회주의 건설을 위한 창조적 노력을 떠나서는 청춘의 행복과 즐거움도 모르는 그런 인물이며 자기에게 맡겨진 혁명 임무 수행에 끝까지 충직한 고상한 도덕적 품성의 소유자이다.

그러나 림태운의 이러한 매혹적인 성격도 처음부터 아무런 결함도 없는 완성된 인간으로 등장하는 것이 아니다. 그는 사업에서 경험이 어린 탓으로 하여 폭발사고를 냈으며 암해분자 김대준에 대하여도 경각성이 무디어 전투적이 못되는 그런 인물로 등장한다.

그러나 림태운은 평로의 확장 개조와 T번호 특수강 생산을 둘러싼 치열한 계급투쟁을 통하여 더욱 견결한 성격으로 발전하며 당이 맡긴 혁명 임무 수행을 위하여는 어떠한 시련 속에서도 물러설 줄 모르는 불굴의 투지로 육성되고 어떠한 곤란 속에서도 당을 우러러보며 승리의 앞날을 향하여 나아가는 혁명적 낙관주의로 충만되고 있다.

특히 림태운은 노동계급의 한 전사로서 노동계급의 영웅적 위업에 자기의 재능과 노력을 결부시키는 것을 천직으로 알고 있는 만큼 당과 혁명의 이익보다 자기 개인의 이익을 앞세우는 이기주의와 출세주의에 대하여 날카롭게 대립되는 인물이다.

"그런데 그 사람들은 너무나 협소하다. 너무나 눈이 어둡다. 지난날의 쓰라린 고통을 너무나 속히 잊어버리었다. 저주로운 이기욕, 자기 본위, 출세욕, 이런 것은 노동계급 속에서는 진작 없어지고 말았어야 할 게 아닌가?"

이것은 암해분자 김대준과 결탁한 박봉서, 서만덕 등의 정체가 폭로되었을 때의 림태운의 생각이다.

사회주의 노동과는 아무런 인연도 없는 개인 이기주의에 결정적 타격을 준 이 작품은 긍정적 모범으로서 림태운뿐만 아니라 김유상, 유갑석 기타의 불멸의 형상을 창조하였다.

즉 25년 동안 평로와 함께 숨쉬며 살아온 오랜 평로공 김유상의 강직하고 헌신적인 활동은 그대로 조선 노동계급의 훌륭한 정신적 특징들을 체현한 전형이며 또한 어떠한 난관과 두려움도 모르며 없는 데서 새것을 창조해 낼 줄 아는 유갑석과 원태보의 형상은 그대로 우리 시대의 사회주의 노동의 영웅성을 과시하고 있다.

그리하여 장편소설 『시련 속에서』는 우리 시대의 사회주의 노동과 노동계급의 형상에 바쳐진 노작으로서 그가 구현한 선진적 노동계급의 노력적 위훈과 고상한 정신적 미는 이 분야에서의 새로운 개척으로 된다.

제1차 5개년 계획의 수행과 함께 노동계급의 노력적 앙양은 영웅적인 천리마시대를 열어 놓았으며 마침내 5개년 계획을 2년 반에 완수하는 기적을 창조하여 냈다.

더욱이 사회주의 건설의 완성을 촉진하며 공산주의를 지평선에 바라볼 수 있는 사회주의의 높은 봉우리를 점령하기 위한 노력투쟁을 수반된 기술 문화 혁명의 수행은 어느 때보다도 근로자들에 대한 공산주의 교양을 전면에 내세웠다.

이 모든 것은 이 시기 노동계급의 형상에 바쳐진 작품들에 반영되기 시작하였으며 천리마의 기세로 내닫는 영웅적 조선 노동계급의 정신적 특질을 밝히며 그들의 공산주의적 풍모를 보여주는 데 작가들의 주요한 창작적 빠포스가 돌리어졌다.

그리하여 김북향의 소설 「아버지와 아들」을 비롯한 여러 단편들과 리갑기의 단편소설 「건설장의 밤 이야기」, 홍원덕의 단편 「공개 비판서」, 리서향, 리동춘 합작으로 된 희곡 「위대한 힘」, 최영화의 시집 『당의 숨결』 그리고 박팔양, 민병균, 백인준, 전동우, 김철 기타 시인들의 많은 서정시편들이 모두 노동계급의 새로운 모습과 정신 도덕적 특질을 형상화하는 데 바쳐졌다.

황해 제철 노동자들의 영웅적 위훈에 바쳐진 최영화의 시집 『당의 숨결』에는 아홉 편의 단시들이 묶어졌는 바 시인은 시 「사회주의 가수」에서 쇳물을 쏟는 용광로를 두고 다음과 같이 노래하고 있다.

용광로여! 불탄 황해의 기슭에
또다시 조선의 지혜로 솟은 높은 탑이여!
계급의 기상인듯 름름한 그 모습으로
너는 나의 온 넋을 뿌리 채 빼앗누나!
……
쇳물이 쏟아지누나, 물목이 터진듯
태풍 같은 봄바람을 몰고 콸콸 여울쳐
부글부글 끓으며 뻗어 가는 저 불 흐름은
진정 로심에서 내뿜는 행복과 희망의 시!

……

너는 정녕 당의 숨결로 타오른 심장
온 땅 우에 기쁨을 뿌리는 창조의 시인!
너는 정녕 우리의 용해공들과 함께
위대한 혁명을 노래하는 사회주의 가수이여라!

이처럼 시인은 용광로가 내뿜는 쇳물에서 나라의 행복과 희망의 시를 느꼈고 용광로를 혁명과 사회주의 가수로 노래하고 있는 바 이는 조업을 시작한 황해 제철소 노동자들의 세기적 위업에 대한 찬가에만 그치지 않고 그대로 사회주의의 승리에 대한 찬가로 되고 있다.

시인은 다시 시 「용해공의 마음」 기타에서 이러한 세기적 위업을 수행하고 있는 노동자들의 드높은 정신 세계를 격조 높게 노래하였으며 특히 시 「당의 숨결」에서는 정당하게도 그들이 발휘한 모든 창조적 위력의 원천이 바로 위대한 우리 당의 숨결에 있다는 것을 다음과 같이 노래하였다.

구내의 어느 일터 그 어느 구석에서
내 설사 작은 나사못 하나를 죄인다 해도
나는 느낀다—죄이시오, 더 힘껏 죄이시오!
이렇게 어머니처럼 일러 주는 당의 목소리를…

용광로에 단 하나 당이 준 심장으로
함께 불을 지펴 올린 동지들의 숨결에서도,
생각할수록 눈물 글썽해지는 송풍기 소리
부서졌던 해탄로에 다시 서리는 김구름에서도,

아, 높이 뛰누나 당의 위대한 맥박은
평로공의 가슴, 용접봉의 불꽃에서도,

기중기에 앉아 눈웃음치는 처녀에게
경쟁을 다지는 한 총각의 마음에서도…

조국의 오늘과 먼먼 앞날까지를
우리에게 영영 맡겨 준 당이여!
구내의 어느 일터 그 어느 구석에서
내 설사 작은 나사못 하나를 죄인다 해도,

나는 행복하구나, 언제나 나의 심장엔
온 땅 우의 힘—당의 숨결이 고동치기에!
나는 살 수 없구나, 언제 그것 없이는
나의 삶의 영원한 봄—당이 없이는!

이처럼 당의 숨결로 고동치는 서정적 주인공 '나'의 내면세계는 다름 아닌 우리 시대 노동계급의 고상한 정신적 풍모를 일반화한 것이며 사회주의 건설의 선두에 선 노동계급의 위대한 정신 세계의 천명으로 된다.

시인은 정당하게도 제철 노동자들이 떨친 노력적 위훈의 창조적 원천을 당의 전사로 된 그들의 높은 자각성에서 찾았으며 따라서 그들의 심장에 고동치는 당의 숨결을 시인은 뜨거운 입김으로 노래하고 또 확인하고 있는 것이다.

희곡 「위대한 힘」도 황해 제철소 용광로 복구 건설에서 송풍기 복구에 일떠선 노동자 집단의 위훈에 바쳐지고 있는 바 오랜 송풍기 운전공 송근수와 완성공 리해철을 비롯한 노동자들의 노력 투쟁이 오직 당의 적극적인 방조와 배려 밑에서만 빛나는 창조적 결실을 맺을 수 있다는 것을 보여주었다.

따라서 여기에서도 천리마의 기상으로 사회주의 건설을 주름잡는 우리 노동계급의 붉은 심장을 대하게 되며 당적 인간의 전형을 보게 된다.

사회주의 공업화의 심장인 제철 노동을 형상화한 작품 가운데서 단편소설 「아버지와 아들」은 노동계급의 정신적 특질을 새로운 측면에서 보여준 것으로 주목을 끈다.

즉 「아버지와 아들」은 제철소의 복구가 아니라 직접 철의 증산을 위한 노력 투쟁에 바쳐진 작품인 바 거기에는 아버지와 아들 사이의 윤리적 관계가 안받침됨으로 하여 노동계급의 고상한 정치 도덕적 특징을 보다 폭넓게 보여주었다.

용광로 앞에서 20여 년을 늙어온 직공장 종호는 철의 증산 과제를 수행하지 못하고 최 기사의 저압 저층 실험의 성과도 오르지 않아 안달아[65] 하는 판에 공대를 졸업하고 소련에 실습생으로 가있던 아들 주섭이가 자기 직장으로 돌아왔다.

여기에 주섭이가 소련의 선진적 고압 고층 방법을 도입하려는 데서 최 기사와의 대립 충돌이 생기고 다시 파괴분자 송봉진이가 이러한 충돌을 이용하여 암해공작을 함으로써 고압 고층 방법의 도입은 심각한 계급투쟁 속에서 갖은 곤란과 장애를 뚫고 실현되는 바 독자들을 감동시킨 것은 무엇보다도 종호와 주섭 부자 간의 노동에 대한 사회주의적 태도이다.

작가는 결코 새것과 낡은 것과의 대립을 단순한 기술적 생산문제에 귀착시키지 않았으며 종호와 주섭의 노동에 대한 고상한 사회주의적 태도와 부자간의 새로운 윤리 도덕적 연계를 통하여 노동계급 속에서 형성된 공산주의적 새로운 특질을 부각시키는 데 기본 빠포스를 돌렸다.

단편 「아버지와 아들」을 두고 적지 않은 평론들이 구성상 문제를 논의하고 지어 주제의 분열을 말한 사람도 없지 않았으나 구성상 약점을 인정하면서도 이 작품이 성공한 주요한 측면은 바로 철의 증산을 위한 투쟁을 종호와 주섭 부자간의 이러한 정치 도덕적 새로운 특

65) 안달다: 이북어. 뜻대로 되지 않아 몹시 안타깝고 마음이 죄어들다.

질 속에서 보여준 거기에 있다고 할 것이다. 만일 철의 증산을 위한 낡은 것과 새것과의 투쟁이 종호와 주섭 부자간의 새로운 정치 도덕적 특질로써 조명되지 않았다면 이 작품의 가치도 반감되고 말 것이다.

따라서 단편 「아버지와 아들」은 구성상 약점을 가지고 있음에도 불구하고 철을 위한 투쟁과 부자간의 윤리세계를 배합시키는 데 일정한 성공을 가져온 거기에 긍정적 의의를 부여하게 된다.

리갑기의 단편 「건설장의 밤 이야기」는 수력발전 건설공사에서 일하는 한 노동자와 그의 어머니의 형상을 통하여 우리 사회주의 건설자들의 새로운 정신적 풍모를 보여준 것으로 특출하다.

이야기는 수력발전 건설 트러스트66)가 자기 공사를 완필하고67) 또다른 발전소 건설장으로 옮아가게 되는 데서 김준기란 7급공 연공68) 노동자의 늙은 어머니가 지배인을 찾아와서 자기 아들만은 데려가지 말고 남아있게 하여 달라는 것으로 발단이 된다. 늙은이로서는 다리도 부실한데다가 이제 죽을 날도 멀지 않았으나 또 이삿짐을 쌀 것이 아니라 하루라도 더 살던 곳에 뼈를 묻게 하여 달라는 것이다.

그러나 지배인이 그의 사정을 그럴싸하게 생각하여 아들을 남게 하였음에도 불구하고 김준기는 늙은 어머니를 자기 누이 집에 맡기고서 선발대69)로 떠나고 만다.

"……어머니의 주장이나 제기가 아무리 맹목적인 것이라 하더라도 그냥 받아먹고만 있어야 한단 말입니까, 그래서 천리마의 기세로 나아가는 이 시기에 사회주의 건설에서 앞장을 서지 못해도 좋단 말씀입니까? 그건 봉건에 대한 퇴각입니다. 보수주의에 대한 항복입니다. 우리는 이런 패배를 용인할 수는 없습니다. 그리고 오늘 이 천리마의 시대가 아니라 하더라도 우리 어머니나 아버지들이 나이만 먹으면 고이

---

66) 트레스트(원문) → 트러스트(trust): 같은 업종의 기업이 경쟁을 피하고 보다 많은 이익을 얻을 목적으로 자본에 의하여 결합한 독점 형태.

67) 완필하다(完畢--): 완전하게 끝마치다.

68) 연공(鳶工): 높은 곳에 올라가거나 높은 곳에 매달려서 하는 일을 전문으로 하는 기술자.

69) 선발대(先發隊): 먼저 출발하는 부대 또는 무리.

앉아서 죽을 날을 기다리는 나쁜 버릇을 버리고, 죽는 날까지 살 줄 알고 생활하는 그런 새 기풍을 만들어 내야 합니다."

이것은 김준기가 떠나기 전에 지배인 앞에 남긴 말인바 여기에 바로 우리의 천리마기수[70]들인 사회주의 건설자들의 고상한 정신적 특질이 함축되어 있다.

그러나 이 작품이 독자들에게 감명을 주는 다른 하나는 그 완고한 어머니가 다시 새로운 공사장의 아들을 찾아와서 지배인에게 한 다음과 같은 말이다.

"내가 잘못 생각했지요, 늙은 게 그저 젊은 사람들의 말을 들어야지, 트러스트가 떠나고 나니, …… 거리는 어째 저 빈집과 같이 그리도 허전한지, 적적해서 살맛이 있어야지요. 그러니 오늘까지 산 것이 노동판의 흥성거리는 그 맛이든지, 살던 곳이 별게 아니더군요, 그래서 부랴부랴 떠났지요."

"그런데 여기 와보니 기계도 들먹거리고 사람도 벅신벅신하는 게 사람 사는 것 같지 않쇠까. …… 상기 한번 와 못 본 산 설고 물 선 곳인데 마치 제 고향 돌아온 것만 같으니……."

"이젠 좋으나 기쁘나 간에 트러스트 가는 곳이 내 고장이 되나봐요."

그리하여 아들은 콘크리트[71] 직장에서 매일 200프로급의 모범 일꾼으로 일하고 늙은 어머니도 시멘트 종이의 정리 작업을 도와 우리 천리마의 대오에는 한 사람의 낙오자도 없다는 것을 작가는 이야기하고 있다.

여기에 「아버지와 아들」에서 종호와 주섭 부자 간의 형상과 「건설장의 밤 이야기」에서 김준기 모녀 간의 형상은 비록 주어진 정황과 내

---

70) 천리마기수(千里馬騎手): 이북어. 이북의 천리마 운동에 앞장선 사람이나 천리마 작업반 칭호를 받은 단체의 구성원.

71) 콩크리트(원문) → 콘크리트(concrete): 시멘트에 모래와 자갈, 골재 따위를 적당히 섞고 물에 반죽한 혼합물.

용은 다르다고 할지라도 우리 천리마시대의 노동자들의 정치 도덕적 특징을 예술적으로 일반화한 점에서 특기한 작품들이다.

이 밖에도 평산—지하리, 삼등—세포 간의 철도 부설에서 세운 우리 노동계급의 불굴의 노력적 위훈에 바쳐진 박산운의 시집『강철의 길』, 석윤기의 중편소설『청춘의 길』과 단편소설「경쟁」은 우리 천리마기수들의 공산주의적 정신적 특질을 밝히는 데 새로운 기여를 하였다.

시집『강철의 길』에서 그 서시라고 할「삼등—세포, 지하리—평산!」은 산악을 뚫고 장강을 이어 750리 철도를 단 1년 6개월에 완성하려는 공산주의적 발기자들의 드높은 결의와 기세를 다음과 같이 감동적으로 노래하고 있다.

보라, 이 태산과 장강과
층암 절벽들을 향해
단 한 해 여섯 달의 기한을 잡고
힘차게 펄럭이며 나아가는 붉은 깃발들을!
밤 하늘 태우는 우등불 곁에서
눈 내리는 백두산을 이야기하며
자애로운 당의 편지 가슴에 안고
때 가는 줄 모르는 투사들의 모습을!

삼등—세포
　　지하리—평산!
혹한과 절벽과 준령과 싸우며
조국 땅 한복판에 푸른 새 길 열어 가는
건설자 집단들의 슬기로운 모습에
홀동, 수안… 땅 밑의 은금 보화도
소리치며 다투어 햇빛을 반기고
산간 좁은 물 우에 한가히 떠 가던

건설의 실한 대들보와 대들보들
긴 차량 우에서 분주히 노래하고,
머잖아 손을 잡을 동해와 서해도
푸른 물결 출렁이며 노래하고 있거니

그리하여 시인은 청년 사회주의 건설자들의 구슬땀으로 이뤄지는 청춘 궤도에 대하여 당의 충직한 전사이며 위대한 공산주의적 발기자의 이름으로 불멸의 영예를 드리고 있다.

그런데 단편 「경쟁」의 주인공 주호와 영수 등은 바로 이러한 공산주의적 발기자들의 정신적 특질을 체현한 당의 충직한 전사들의 형상이다.

경쟁의 상대방을 남모르게 도와 '12만산'의 폭파를 제때에 보장하였을 뿐만 아니라 상대방의 그릇된 경쟁태도를 시정시켜준 주호의 형상은 사회주의적 노동이 낳은 새로운 인간으로서 평산—지하리 청년 돌격대원들뿐만 아니라 오늘의 대약진을 가져오게 한 천리마기수들의 공산주의적 풍모를 훌륭히 드러내고 있다.

또한 노동계급의 창조적 노동을 주제로 한 작품들 가운데서 최근 시기에 출판된 리상현의 중편소설 『전환』은 이 분야에서 또 하나의 새로운 수확으로 되었다.

『전환』은 표백분 직장에서 염소 가스를 방출시키는 까메르식 표백분 제조방법의 유해성을 퇴치하고 바그만식 표백분 탑을 건설함으로써 무해 직장으로 전환시키는 노력 투쟁을 기본 내용으로 하고 있는 바 이 투쟁의 중심에는 일찍이 염산병의 마개가 빠져 당나귀를 죽이고 생활 밑천을 잃었으며 표백분 공장에 들어온 뒤에는 염산 가스의 유해 직장에서 고된 노동을 하다가 세상을 떠난 최지도의 아들 홍림이가 서 있다.

홍림이는 아버지의 뒤를 이어 이 공장에서 일하다가 전쟁으로 3년여를 화선에서 싸웠으며, 정전과 함께 다시 그립던 노동 직장으로 돌아오자 전선에서 단련된 그 불굴의 투지로써 표백 직장을 무해 직장으로 전환시키기 위하여 적극적인 노력 투쟁을 전개한다.

그러나 홍림의 이러한 투쟁은 결코 평탄할 수 없었다. 그는 아버지의 친구이며 생활의 은인인 직장장의 보수주의를 타파해야 하였으며 전쟁 기간에 자기 아내의 신변에 일어난 뜻하지 않은 재난으로 하여 초치[72]된 불행과 심리적 고통을 겪어야 했으며 나아가서는 자기 아내를 유린하였으며 공장을 파괴하려고 음모하는 암해분자 서창길과의 결정적인 투쟁을 전개하여야 했다.

작가는 이 모든 투쟁과 시련 속에서 홍림이가 어떻게 단련되고 장성하는가를 생동하게 보여주었는 바 홍림의 적극적인 투사적 성격은 우리 노동계급의 혁명적 성격의 일반화로 되고 있다.

『전환』에서 홍림의 성격은 단순한 바그만식 탑의 창안자에 그치지 않는다. 풍부한 창발성—그것은 노동계급의 창조적 노동의 주요한 측면이며 그것은 착취와 억압으로부터 해방된 노동계급의 위대한 창조력을 증시하여 준다. 그러나 홍림의 경우에 있어서 새로운 창안은 그러한 창조력뿐만 아니라 생활을 개조하려는 의식적인 혁명 투쟁이며 따라서 그것은 그 어떤 과학자나 기술자의 단순한 창의고안과도 구별된다. 홍림의 이러한 투사적 성격은 다름 아닌 공산주의자의 정신적 특질과 관련된다.

그리하여 이러한 홍림의 투사적 성격과 거기에 배합된 창조적 정신력의 발현은 선진적 우리 노동자들의 새로운 시대적 표징으로 된다.

홍림은 적극적이며 능동적인 불굴의 투쟁 정신의 소유자일 뿐만 아니라 풍부한 창조적 지혜의 소유자이다.

홍림이가 공장 당 위원장으로부터 당적 고무를 받고 또한 기술 부장으로부터 기술적 방조를 받아가면서 모든 곤란과 애로를 극복해 나가는 것은 사실이나 그러나 그가 중첩하는 곤란과 실패와 시련을 뚫

72) 초치(招致): 불러서 안으로 들임.

고 마침내 당이 요구하는 기술혁명의 과제를 훌륭히 수행한 그것은 무엇보다도 불굴의 투지와 풍부한 창조적 지혜의 소유자이라는 것을 실증하고도 남는다.

또한 기술 부장 채기원의 형상은 당의 정확한 인텔리 정책에 의하여 낡은 인텔리들이 개조되어 당과 혁명에 충직한 새형의 기술자로 발전하고 있다는 것을 보여주었으며 한때 반혁명분자인 서창길과 결탁하였던 김원배의 생동한 형상과 그의 개조 과정도 독자들의 인상을 깊게 하여 주고 있다.

그리하여 보수주의자인 직장장 엄달수와 주동선, 그리고 소시민적인 김원배 등의 개조 과정과 반혁명분자인 서창길의 적발 폭로는 새것의 불가극복성과 낡은 것의 파멸적 운명을 예술적으로 확인하고 있다.

물론 『전환』에도 약점이 없지 않다. 그것은 우선 홍림의 아내인 수복의 형상과 그로 하여 초치된 홍림의 가정 사건이 바그만식 표백분탑 건설을 위한 투쟁과 유일적으로 맞물리지 못하고 따라서 독자들로 하여금 바그만식 탑 건설의 성공 여부보다도 그 가정문제 해결에 더 관심을 돌리게 하는 데서 손실을 보고 있다.

그럼에도 불구하고 『전환』은 전술한 것처럼 주인공 최홍림의 형상을 통하여 노동계급의 새로운 성격을 보여준 점에서 일정하게 성공한 것이 사실이며 또한 아내와의 관계에 있어서 충분히 성공하지는 못하였지만 작가가 새로운 윤리적 측면을 보여주려고 시도한 점을 인정해야 할 것이다.

마감으로 노동계급의 형상과 노동의 주제에 대하여 말하면서 반드시 지적해야 할 것은 근로자들 자신이 직접 창작한 시집 『로동 찬가』와 단편소설집 『청춘의 일터』이다.

우리의 사회주의 건설자들인 노동자들은 다만 물질적 부의 생산에 있어서만 그처럼 노력적 위훈을 떨치고 있는 것이 아니라 정신적 재부의 창조에 있어서도 놀라운 재능을 발휘하였다.

이는 두말할 것도 없이 군중문화를 발양시킬데 대한 조선로동당의 일

관한 문예정책의 결과인바 이 시기에 와서 근로자들의 창작이 왕성하게 된 것은 사회주의 건설의 완성을 촉진하는 과업과 함께 제기된 사회주의-공산주의 문화혁명 과업의 수행과 불가분적으로 연결되고 있다.

근로자 창작집들에는 우리나라의 중요 공장, 기업소[73], 철도, 광산, 수산 기타 각 부문 노동자들의 작품들이 널리 망라되어 마치도 오늘 우리나라에서 충천하는 기세로 약진하는 사회주의 공업화의 전모를 부감하는 그런 느낌을 주고 있다.

이 책자들에서 우리는 동력기지[74]의 공고 발전을 위하여 헌신하는 노동자들의 목소리도, 우리 공업의 왕인 철과 기계 생산을 위하여 투쟁하는 노동자들의 목소리도 듣게 되며, 또한 비단을 짜는 방직공의 절실한 애국적 열의도, 사철 바다를 비우지 않기 위하여 거센 파도와 싸우는 어로 노동자들의 불굴의 투지도 읽게 된다.

노동자들의 작품들은 각이한 자기들의 생활 체험을 다양하고 생동하게 보여준 것으로 특징적인바 또한 그 모두가 한 가지 지향—사회주의적 노동에 대한 찬가로 되고 있다는 데 그 특징이 있다. 즉 그것은 그들이 하나의 공통된 목적—사회주의 건설의 완성을 촉진하며 공산주의를 앞당기기 위하여 노력적 위훈을 떨치고 있는 위대한 현실을 구가하고 찬양하는 빠포스로써 설명된다.

우리는 물론 이 작품들 가운데는 기교의 완성에 대한 요구의 측면에서 볼 때 아직도 부족한 점이 있다는 것을 인정한다. 그러나 우리는 또한 그들의 창작세계를 통하여 기성 전문작가들에게서는 찾아볼 수 없는, 따라서 그들만이 특징적으로 가지고 있는 정신적 특질도 대하게 되는 바 그것은 무엇보다도 노동에 대한 그들의 고상한 공산주의적 태도에서 생동하게 표현되고 있다.

---

73) 기업소(企業所): 이북어. 생산, 교통, 운수, 유통 따위의 경제 분야에서 독립적으로 경영 활동을 진행하는 사업체.

74) 동력기지(動力基地): 이북어. 국민 경제의 모든 부문에 요구되는 동력을 생산·공급하는 물질적·기술적 토대. 또는 그런 동력을 생산하는 곳.

그리하여 『로동 찬가』와 『청춘의 일터』 등의 근로자 작품집은 우리가 수행하고 있는 사회주의 문화혁명의 일단을 확증하는 동시에 우리 시대를 특징지우는 공산주의 문학 건설의 싹으로서 특별한 의의를 갖는다.

이상에서 보아온 바와 같이 해방 후 우리 문학에 반영된 노동계급의 형상과 노동의 주제에 바쳐진 작품들은 한자리에 머물러 있는 것이 아니라 부단한 발전 일로를 걸어왔다.

그것은 개관적 현실의 발전, 특히 우리 노동계급의 급속한 장성 과정을 말하여주는 동시에 이를 예술적으로 반영하는 우리 작가들의 사상미학적 수준의 제고를 증시하고 있다.

노동계급의 형상—그것은 해방 후 조선문학에서 긍정적 주인공의 형상문제 가운데서도 기본 핵을 이루고 있으며 당적 인간의 형상문제와 불가분적으로 깊이 연결되어 있다.

따라서 우리 작가들은 긍정적 주인공의 형상 창조에서 표현된 도식주의와 기록주의의 편향을 반대하면서 노동계급을 선두로 하는 사회주의 건설자—긍정적 주인공을 높은 예술적 수준에서 생동하게 형상하는 문제를 자기 앞에 제기되는 가장 선차적인 미학적 과제로 인식하고 또 수행하고 있다.

이미 위에서 보아온 것처럼 노동계급의 형상 창조에 바쳐진 작품들은 해방 후 문학의 긍정적, 당적 주인공의 창조에서 거둔 중요한 성과로 되며 그것은 이 작품들이 근로자들에 대한 사회주의적 애국주의, 공산주의의 교양자로서 당적 임무를 일정하게 수행하고 있다는 것을 말하여 준다.

또한 최근 시기에 중요하게 논의되는 공산주의적 전형 창조에 있어서도 노동계급의 형상에 바쳐진 작품들은 그 중심을 이루고 있다. 왜냐하면 공산주의자의 전형은 다름 아닌 공산주의 사상으로 무장한 가장 선진적인 노동계급의 투사를 의미하기 때문이다. 따라서 공산주의적 전형 창조에 대한 작가들의 의식적인 노력은 노동계급의 형상 창조에 새로운 전진을 가져왔으며 또 이 작품들은 공산주의적 전형 창조에서 제기되는 적지 않은 문제들을 해결하였다.

그러나 노동계급의 형상과 그들의 창조적 노동의 주제를 취급한 작품들 앞에는 아직도 시급히 해결해야 할 많은 문제들이 남아 있다.

그것은 우선 작가들이 높은 시대적 빠포스로써 우리 시대의 영웅들인 노동계급의 공산주의적 정신적 미를 더욱 풍부하게 더욱 다방면적으로 천명하는 문제이다.

이와 함께 우리 작가들은 영웅적 노동계급의 공산주의적 정신 도덕적 특질을 우리의 민족적 특성 속에서 구현시키는 문제를 선차적으로 해결하여야 한다.

—출전: 김하명(외), 『전진하는 조선문학』(8·15 해방 15주년 기념 평론집), 조선작가동맹출판사, 1960.

사회주의적 내용과 민족적 형식

윤 세 평

(1)

김 일성 동지는 력사적인 조선 로동당 제 4 차 대회에서 한 중앙 위원회 사업 총화 보고에서 다음과 같이 교시하였다.

《문학 예술이 인민의 심장을 울리며 인민에게서 사랑을 받기 위하여서는 그 사회주의적 내용과 슬기롭고 다양한 민족적 형식이 옳게 결합되여야 합니다. 찬란한 우리 민족 예술의 유산을 계승 발전시켜 선조들이 남겨 놓은 아름답고 진보적인 모든 것이 우리 시대에 활짝 꽃피도록 하여야 하겠습니다.》

사회주의적 내용과 민족적 형식의 결합—이는 맑스-레닌주의의 고전적 명제의 하나이며 사회주의 문화 혁명의 가장 큰 전취물의 하나로 되고 있다.

사회주의 혁명의 한 부분으로서 문화 혁명은 사회주의에로 이행하는 과도기에 있어서 필수적이며 일반적인 합법칙성을 띠고 있다.

해방 후 우리 나라에서 문화 혁명은 일본 제국주의의 악독한 식민지 통치의 후과로 인한 문화 기술적 락후성으로 하여 한층 날카롭게 제기되였다.

이러한 형편에서 우리 나라에서는 자립적 민족 경제의 로대를 축성하는 문제와 함께 문화 혁명의 문제가 한층 절박하

—『우리 나라에서의 맑스—레닌주의 문예 리론의 창조적 발전』, 과학원출판사, 1962.

사회주의적 내용과 민족적 형식

: 윤세평

1

김일성 동지는 역사적인 조선로동당 제4차 대회에서 한 중앙위원회 사업 총화 보고에서 다음과 같이 교시하였다.

"문학예술이 인민의 심장을 울리며 인민에게서 사랑을 받기 위하여서는 그 사회주의적 내용과 슬기롭고 다양한 민족적 형식이 옳게 결합되어야 합니다. 찬란한 우리 민족예술의 유산을 계승 발전시켜 선조들이 남겨 놓은 아름답고 진보적인 모든 것이 우리 시대에 활짝 꽃피도록 하여야 하겠습니다."

사회주의적 내용과 민족적 형식의 결합—이는 마르크스·레닌주의의 고전적 명제의 하나이며 사회주의 문화혁명의 가장 큰 전취물의 하나로 되고 있다.

사회주의혁명의 한 부분으로서 문화혁명은 사회주의에로 이행하는 과도기에 있어서 필수적이며 일반적인 합법칙성을 띠고 있다.

해방 후 우리나라에서 문화혁명은 일본 제국주의의 악독한 식민지 통치의 후과[1]로 인한 문화 기술적 낙후성으로 하여 한층 날카롭게 제기되었다.

이러한 형편에서 우리나라에서는 자립적 민족경제의 토대를 축성하는 문제와 함께 문화혁명의 문제가 한층 절박하게 제기되었다.

그러므로 김일성 동지는 해방 직후부터 인민교육[2] 제도와 민족간부 양성, 근로자들에 대한 사상교양과 인민적인 민족문화 건설에 특별한 배려를 돌렸다. 김일성 동지는 김일성종합대학 개교식에서 다음과 같이 말씀하셨다.

"우리 민족을 부흥시키고 우리나라를 민주주의적 독립국가로 만들기 위하여서는 자기의 문화인, 예술인, 과학자, 기술자가 있어야 하겠습니다. 다시 말하면 정치, 경제, 문화 각 분야에서 자기 나라를 능히 건설하며 발전시킬 수 있는 민족간부가 요구됩니다."(『김 일성 선집』 1권, 1954년 판, 266~267쪽)

그리하여 우리나라에서 문화혁명은 당의 정확한 정책과 김일성 동지의 예견성 있는 지도에 의하여 거대한 성과를 올렸다. 특히 전후 시기에 생산관계의 사회주의적 개조를 완성하고 우리 인민경제가 기술적 개건기에 들어서면서 문화혁명은 기술혁명과 함께 더욱 힘차게 추진되었다.

문화예술 분야에서는 이미 해방 직후에 김일성 동지의 역사적인 연설 「문화와 예술은 인민을 위한 것으로 되여야 한다」[3]에서 새로운 문화와 예술을 건설할 데 대한 우리 당의 기본 방침이 천명되었다.

김일성 동지는 이 연설에서 우리가 창건할 새로운 문화와 예술은 인민대중의 이익에 철두철미 복무하여야 한다고 강조하면서 "우리 문

1) 후과(後果): 뒤에 나타나는 좋지 못한 결과.
2) 인민교육(人民敎育): 이북어. 이북에서 실시하는 국민 교육. 후대와 근로자들을 전면적으로 발전된 공산주의자로, 사회주의·공산주의 건설에 기여하는 사람으로 키우는 데 목적을 둔다.
3) 「문화와 예술은 인민을 위한 것으로 되여야 한다」→'「북조선 각도인민위원회 정당사회단체 선전원 문화인 예술가 회의에서 진술한 연설」(『조국의 통일독립과 민주화를 위하여(1)』, 국립인민출판사, 1949)'의 개작 판본.

화, 예술인들이 대중 속에 깊이 침투하여 대중과 혼연일체가 되며 민주 조선 건설을 위한 실제 투쟁에서 사상적으로 자기를 개변하며 인류 사회 발전 법칙에 대한 가장 선진적이며 혁명적 과학인 마르크스·레닌주의를 깊이 연구"할 것을 교시하였으며 "모든 사상 전선과 일체 작품, 과학 및 예술 등 분야에서 일본 제국주의가 남겨 놓은 파시스트의 잔여 사상을 철두철미하게 떼여 내"도록 제시하였다.

문화, 예술인들을 선진적 마르크스·레닌주의 사상으로 무장시키고 진정으로 인민에게 복무하는 문화와 예술을 창조하며 일제 사상 잔재를 청산하라는 교시 정신은 오늘도 거대한 강력한 규범으로 되고 있다.

그리하여 공화국 북반부에서는 근로자들을 낡은 사회의 온갖 정신적 구속과 문화적 낙후성으로부터 해방하고 마르크스·레닌주의 세계관으로 무장시키며 그들의 문화 기술 수준을 사회주의 건설의 요구에 상응하게 급속히 제고하는 문화혁명의 과업이 모든 분야에 걸쳐 성과적으로 추진되었다. 오늘에 있어서 그것은 사회주의 건설의 거대한 강령의 한 부분으로서 더욱 힘있게 수행되고 있다.

사회주의 문화건설은 저절로 이루어지는 자연발생적 과정이 아니라 당의 정확한 노선과 지도에 의해서만 성과적으로 수행될 수 있다. 원래 사회주의 문화혁명은 가장 복잡하고 따라서 장기간에 걸쳐 완강성을 요하는 그러한 분야로 되고 있다. 이에 대하여 일찍이 레닌은 다음과 같이 교시하였다.

"문화 분야에서 제기되는 과업은 정치적 및 군사적 과업들처럼 그렇게 빨리 해결될 수는 없다. …… 위기가 첨예화된 시기에 정치적으로 승리하기 위해서는 몇 주일밖에 안걸린다. 전쟁에서는 몇 달 동안에 승리할 수 있다. 그런데 문화 분야에서 승리하자면 이러한 기간으로써는 불가능하다. 문제의 본질로 보아 여기에서는 보다 더 장기간의 요구된다. 따라서 자기의 사업을 고려하여 최대의 완강성, 강의성 및 조직성을 발휘하면서 이보다 긴 기간에 순응되어야 한다."(『레닌 전집』 33권, 55~56쪽)

바로 해방 후 우리나라에서 새로운 문화건설과 문화혁명의 성과적 수행은 이러한 레닌적 원칙을 견지하고 우리나라 현실에 창조적으로 구현시킨 모범으로 된다.

여기에서 우리 당 문화노선의 정당성과 김일성 동지의 교시의 현명성을 확증하기 위하여서는 해방 후 짧은 기간 내에 우리의 문화와 예술이 오늘과 같은 전면적 개화를 가져왔다는 한 가지 사실을 상기하는 것만으로써 충분하다고 본다.

이러한 새로운 문화의 기본 특징의 하나는 바로 내용에 있어서 사회주의적이며 형식에 있어서 민족적이라는 데 있다.

당은 1947년 3월 「북조선에 있어서의 민주주의 민족 문화 건설에 관하여」라는 당 중앙위원회 제29차 상무위원회 결정서를 비롯한 문학예술에 관한 일련의 결정들에서 작가, 예술가들을 내용에 있어서 사회주의적이며 형식에 있어서 민족적인 문화와 예술의 창조에로 추동하였으며 그를 위하여 사회주의적 사실주의[4] 창작방법을 체득하도록 일상적인 지도와 배려를 돌렸다.

문화와 예술에서 사회주의적 내용이란 바꿔 말하면 사회주의적 이데올로기이다. 그것은 생산수단의 사적 소유에 기초한 부르주아 이데올로기를 내용으로 한 부르주아 문화와는 반대로 생산수단이 사회주의적 소유로 된 그러한 사회에서 노동계급과 인민대중의 사회주의적 이데올로기를 내용으로 하고 있다.

그러므로 문화의 사회주의적 내용은 마르크스·레닌주의 학설에 기초를 둔 사회주의적 이데올로기와 일치하는 것이며 동시에 그것은 공산주의적 당성을 표시하고 있다. 즉 우리가 사회주의적 문화의 내용을 말할 때 거기에는 공산주의적 당성의 원칙이 작용한다는 것을 전제로 한다.

이리하여 사회주의적 문화의 내용은 그것이 전체 인민의 이익을 표

---

4) 사회주의적 사실주의(원문) → '고상한 사실주의'의 오류(안막, 「민족예술과 민족문학건설의 고상한 수준에 대하여」, 『문화전선』 5, 1947. 8, 6쪽).

현하게 된다. 그러므로 사회주의적 문화는 노동계급을 선두로 한 광범한 인민대중 자체에 뿌리를 박고 그 내용에 있어서 그들의 위대한 창조적 노동을 반영하며 그들의 이상과 지향, 그들의 생활상 이해관계를 표현한다.

이는 당성의 원칙과 인민성의 원칙이 사회주의적 문화의 내용에 있어서 하나로 통일되고 있다는 것을 말해 줄 뿐이다.

그리하여 사회주의적 문화는 온갖 착취와 압박의 사상에 대하여 적대적이며 그 내용의 주되는 알맹이는 과학적 공산주의 사상이며 공산주의 사회를 위한 투쟁이다.

일찍이 김일성 동지는 우리의 일부 설계 일꾼들이 건축예술에서 사회주의적 사실주의에 입각하여 설계를 하지 못하고 있는 사실에 대하여 말씀하면서 다음과 같이 교시하였다.

"…… 설계는 반드시 사회주의적 내용을 가져야 합니다. 설계에서 선진적인 건축학이 요구하는 것은 민족적 형식에 사회주의적 내용을 부여하는 것입니다. 건축에서 사회주의적 내용이란 무엇인가? 그것은 한마디로 말한다면 인민들에게 관심을 돌리는 것입니다. 이것은 모든 건축물들이 근로인민의 요구에 적합하여야 한다는 것을 의미하는 것입니다."(『김 일성 선집』 4권, 1960년 판, 365쪽)

보는 바와 같이 김일성 동지는 건축예술에서도 사회주의적 내용과 민족적 형식의 결합을 강조하면서 특히 사회주의적 내용에 대하여 심오한 해명을 주었다.

즉 모든 건축물들이 근로인민의 요구에 적합하여야 한다는 사상은 바로 사회주의적 문화의 내용에 있어서 알맹이로 되는 공산주의 사상의 구체화인 것이며 거기에는 공산주의적 당성과 인민성의 통일을 보여 주고 있다.

원래 당성 원칙을 고수하는 투쟁은 인민대중의 이익을 위한 투쟁인 만큼 인민대중의 이익을 수호하는 것은 당성의 발현과 직접 관련된다.

그러므로 김일성 동지는 건축에서 근로인민의 요구를 충족시키지 못하는 현상과 관련하여 그 원인을 일부 설계 일꾼들이 노동계급의 사상관점[5]에 튼튼히 서지 못하고 낡은 부르주아 사상 잔재에 사로잡혀 노동계급에 대한 비계급적 태도를 범하고 있는 데서 찾았다.

이것은 사회주의적 내용이 무엇보다도 계급성과 당성에 기초하고 있다는 구체적인 교시로 되는 바 노동계급의 사상관점은 다름 아닌 공산주의적 당성을 의미한다.

김일성 동지는 계속하여 건축에서 사회주의적 내용을 부여하는 데 저해를 주고 있는, 쓸모는 하나도 없고 겉치레만 하는 부르주아적 형식주의 경향과 투쟁할 것을 교시하면서 다음과 같이 강조하였다.

"우리는 사회주의적 건설자이지 자본주의적 건설자는 아닙니다. 우리에게는 보기 좋고, 쓸모 있고, 아담하고, 튼튼한 사회주의적 건축물이 요구됩니다. 우리 건설자들은 모두 다 사회주의 사상으로 무장된 사회주의 건설자답게 근로인민들의 요구에 맞도록 건설하여야 합니다. 그렇기 때문에 주택 설계에 있어서는 지금과 같이 조잡하게 하지 말고 반드시 근로인민들의 생활에 편리하게, 조선 사람의 풍속과 감정에 알맞게 하며, 채광도 좋고, 통풍도 잘 되고 난방도 잘 되도록 하여야 할 것입니다."(같은 책, 366쪽)

김일성 동지는 건축과 같은 특수한 분야에 있어서도 이처럼 사회주의적 내용을 구체적으로 분석 해명하여 주었다.

다 아는 바와 같이 건축은 조형예술 가운데서도 특수한 형태이다. 즉 건축은 우선 생활의 제반 요구를 직접적으로 충족시키는 실용적 가치를 추구하는 물질문화의 한 형태이다. 그러나 건축은 사회의 물질적 및 정신적 발전의 수준을 표현하며 사회적 인간들의 이해관계를 표시함으로써 사상 미학적으로 거대한 교양적 기능도 수행한다.

그리하여 건축의 특수성은 바로 그의 예술적 측면과 실용가치의 측면이 결합되고 있다는 데 있는 바 김일성 동지가 건축예술의 사회주

---

5) 사상관점(思想觀點): 이북어. 사물 현상을 분석·평가하여 활동하는 사상적인 기본 출발점. 또는 그런 사상적인 입장.

의적 내용에 대하여 말씀하면서 “근로인민의 생활에 편리하게” 만든 “보기 좋고, 쓸모 있고, 아담하고, 튼튼한 사회주의적 건축물”이라고 하였을 때 그것은 건축의 그러한 특성에 기초하고 있는 가장 명철한 규정으로 된다.

김일성 동지는 이처럼 건축에서 사회주의적 사실주의 원칙의 고수를 강조하고 사회주의적 내용의 계급성, 당성 및 인민성을 구체적으로 밝혔는 바 이는 사회생활과 인간관계를 가장 원만하게 반영하며 묘사된 사건들에 대하여 가장 정확한 사상적 평가를 줄 수 있는 문학에 있어서 사회주의적 내용은 더욱 구체성을 띠고 당성, 인민성을 드러내야 한다는 것을 말해 주고 있다.

그러므로 문학예술에서 사회주의적 내용이 사회주의적 이데올로기와 일치한다고 하여 그것을 순수 이론적이며 추상적인 것으로 보는 견해는 옳지 않다.

그리하여 김일성 동지는 새로운 민족문화 건설에서 사회주의적 내용에 거대한 의의를 부여하면서 무엇보다도 새로운 문화가 근로 인민대중의 이해관계에 복무하여야 하며 인민대중을 사회주의적 애국주의와 프롤레타리아 국제주의 정신으로 교양할 것을 강조하였다.

김일성 동지는 이미 「문화와 예술은 인민을 위한 것으로 되여야 한다」라는 역사적인 연설에서 우리 문화인들 가운데 남아있는 민족 허무주의적, 배타주의적 경향의 두 편향을 엄격히 비판하면서 새로운 문화의 애국주의적이며 국제주의적인 성격을 천명하였다. 즉 사회주의 문화는 철저하게 애국적이며 자기 조국의 민족문화의 발전을 촉진시키는 동시에 전 인류적인 문화를 풍부하게 하는 데 이바지한다.

그리하여 각이한 나라들과 민족들의 사회주의 문화는 공통적인 사상적 내용, 공동의 역사적 사명을 지니고 있으며 사회주의 문화의 국제주의적 성격은 직접 노동계급의 사상인 프롤레타리아 국제주의에 기초하고 있다.

그러나 사회주의 문화는 매개 나라들의 민족문화를 배제하는 것이 아니라 민족문화의 발전을 전제로 한다. 그리하여 마르크스·레닌주의는 여기에서 착취와 억압으로부터 해방되고 사회주의 건설에 들어선 나라들의 민족문화를 "내용에 있어서 사회주의적이며 형식에 있어서 민족적인 문화"로 규정하였는 바 사회주의적 내용과 민족적 형식의 결합이야말로 사회주의 문화 발전의 합법칙적 현상이다.

사회주의가 승리하는 시기에 이르러서는 하나의 지배적인 언어와 문화가 창조되고 따라서 그것이 다른 언어와 문화를 해소시키게 된다고 생각하는 것처럼 어리석은 일은 없다. 도리어 사회주의 건설에 들어선 나라들에서 문화의 사회주의적 내용은 현실적으로 언어를 비롯한 민족적 형식을 더욱 발전 완성시키고 있다.

우리 당은 이미 1947년 당 중앙위원회 제29차 상무위원회 결정에서 다음과 같이 지적하였다.

"찬란한 민주주의 조선 민족문화 수립을 위하여 조선민족의 우수한 문화적 전통을 존중하며 그것을 정당히 계승 발전시키며 '우리 민족의 고전문학과 고전예술을 비롯한 가치 있는 문화유산들에 대하여 보다 높은 관심을 가지고 연구하며 고상한 민족적 특성과 민족적 향기가 발양된 새롭고 우수한 민족형식을 창조'하라고 주장하며 당의 문화 건설자들에게 호소한다."

따라서 해방 후 우리 문학예술은 당의 이러한 민족문화 노선에 입각하여 사회주의적 내용과 민족적 형식을 결합한 기초 위에서 오늘과 같은 찬란한 개화를 가져 왔는 바 김일성 동지는 이 명제의 정확한 관철을 위하여 거듭되는 교시를 주었다.

사회주의 문화의 민족적 형식—그것은 민족적 특성에 대한 마르크스·레닌주의적 이해를 전제로 한다. 다 아는 바와 같이 민족에 대한 고전적 정의에 의하면 "민족이란 언어, 지역, 경제 생활의 공통성의 기초 위에서 그리고 문화의 공통성에 나타나는 심리적 성격의 공통성의 기초 위에서 발생한 역사적으로 형성된 사람들의 공고한 공동체이다."(『쓰딸린 저작집』 2권, 417쪽) 따라서 민족이 존재하는 한 세계의 어느

한 문화도 민족적 형식을 띠지 않고는 존재할 수 없다. 사회주의 문화에 대하여 말한다면 그것은 다음과 같이 정식화할 수 있다.

"내용에 있어서 사회주의적인 프롤레타리아 문화는 사회주의 건설에 인입된 각이한 민족들에게 있어서 언어와 생활 풍습 등등의 상이에 따라 각이한 표현형식 및 표현방법을 가지게 된다는 것도 역시 옳다. 그 내용에 있어서 프롤레타리아적이며 형식에 있어서 민족적인 문화—이러한 것이 사회주의가 지향하는 전 인류적인 문화이다. 프롤레타리아 문화는 민족문화를 폐기하는 것이 아니라 그것에다 내용을 주는 것이다. 그와 반대로 민족문화는 프롤레타리아 문화를 폐기하는 것이 아니라 그것에다 형식을 주는 것이다."(『쓰딸린 저작집』 7권, 182~183쪽)

일찍이 레닌은 매개 민족문화에는 두 가지 문화가 있다고 교시하였는 바 일반적으로 인류 사회의 정신문화(자연과학은 제외)는 계급적 성격을 띠고 있으며 이러저러한 계급들의 지향, 사상 및 투쟁이 그 내용으로 되고 있다.

또한 어느 시대에 있어서나 지배계급의 사상이 지배적 사상으로 되는 만큼 자본주의 사회의 경우에 있어서 지배적인 정신문화는 부르주아 문화이다. 부르주아 문화의 내용은 인민대중과 약소 민족에 대한 억압과 착취 그리고 자본주의적 지배의 공고화를 지향하는 부르주아 이데올로기를 표현하고 있다. 그러나 자본주의 사회에 있어서도 지배적인 부르주아 문화와 더불어 민주주의적 문화, 사회주의 문화의 요소들이 동시에 존재하며 그것은 인민의 이해관계에 복무하고 있다.

이상의 사실들은 문화에 있어서 계급적인 것과 민족적인 것은 내용과 형식의 관계로 통일되어 있다는 것을 실증하여 주는 바 사회주의 문화의 경우에 있어서도 사정은 매일반이다.

즉 사회주의 문화의 내용인 사회주의적 이데올로기도 그 나라의 민족적 형식을 통하여 표현된다.

그러므로 사회주의 나라들에서 민족문화의 개념은 내용과 형식의 통일 즉 사회주의적 내용과 민족적 형식의 결합을 전제로 한다.

여기에서 소위 부르주아 민족주의에 대하여 말한다면 그것은 프롤레타리아 국제주의가 노동계급의 사상인 것과 마찬가지로 그 본질에 있어서 부르주아의 계급적 사상의 표현인 것이다.

이 점에 있어서도 우리는 국제 수정주의자들의 소위 '민족 공산주의'라는 반동적인 구호를 폭로 분쇄하여야 한다.

즉 마르크스·레닌주의의 일반적 원칙으로부터 물러나서 일방적으로 '민족적 특수성'을 제창하며 프롤레타리아 국제주의 원칙을 거부하는 것은 국제 수정주의자들의 공통적인 본질로 되는 바 이 자들은 파렴치하게도 소위 '민족 공산주의'를 떠벌림으로써 제국주의자들에게 아부하고 있다.

그러나 그들의 소위 '민족 공산주의'란 변형된 반동적 부르주아 민족주의에 불과하며 그것은 제 인민간의 친선 관계를 파괴할 뿐만 아니라 자체의 민족적 이익과도 배치되는 부르주아 사상에 기초를 두고 있다.

김일성 동지는 1957년 12월 조선로동당 중앙위원회 확대 전원회의에서 진술한 보고에서 수정주의와 교조주의의 해독성에 대하여 다음과 같이 교시하였다.

"민족적 특수성을 지나치게 내세우고 마르크스·레닌주의의 일반적 원칙으로부터 물러서는 것이나 또한 민족적 특수성을 무시하고 마르크스·레닌주의의 일반적 원리와 다른 나라들의 경험을 기계적으로 적용하는 것은 다 사회주의의 위업에 손실을 가져오게 되는 것입니다."(『김일성 선집』 5권, 1960년 판, 239쪽)

이미 폭로된 바와 같이 최창익, 박창옥 등 반당 반혁명 종파 도당들은 국제 수정주의 이론을 밀수입하고 교조주의의 틀에 사람들의 사고를 얽매여 놓으려고 시도하였다.

우리나라에서 문화와 예술의 사회주의적 내용과 민족적 형식의 결합은 사상사업에서 교조주의와 형식주의를 퇴치하고 주체를 확립할 데 대하여 준 김일성 동지의 교시 정신을 관철하는 투쟁 속에서 더욱 확고한 것으로 생활력을 발양하게 되었다.

위에서도 이미 지적한 것처럼 당과 김일성 동지는 해방 직후부터 우리 민족의 우수한 문화 전통을 계승 발전시키며 고상한 민족적 특성과 민족적 향기가 발양된 새롭고 우수한 민족적 형식을 창조할 데 대하여 거듭 강조하였다.

특히 조국해방전쟁의 간고한 시기에도 김일성 동지는 민족문화 유산들을 옳게 계승 발전시킬 데 대하여 깊은 배려를 돌렸으며 그 후에도 계속 민족적 특성을 홀시하는 민족 허무주의적, 교조주의적 편향들을 극복할 데 대하여 간곡히 교시하였다.

주지하는 바와 같이 1956년 1월 18일 당 중앙위원회 상무위원회 결정에서 우리 당 문예정책을 왜곡 집행하고 특히 우리 민족문화의 전통과 유산들에 대하여 허무주의적으로 대한 박창옥과 그 추종분자들의 반당적 정체가 폭로 비판되었는 바 김일성 동지는 1955년 12월 28일 「사상 사업에서 교조주의와 형식주의를 퇴치하고 주체를 확립할 데 대하여」라는 역사적인 교시에서 다음과 같이 지적하였다.

"이번에 박창옥 등이 범한 과오도 그들이 조선문학 운동의 역사를 부인한 데 있습니다. 그들의 안중에는 '카프' 즉 '조선 프롤레타리아 문학 동맹'에 참가한 우수한 작가들의 투쟁도 없고 박연암, 정다산 기타 우리나라의 선진적 학자, 작가들의 우수한 작품도 없습니다. 우리는 이런 것을 깊이 연구하고 광범히 선전하라고 하였는 데 이들은 그것을 하지 않았습니다."

그리하여 우리 당 문예정책을 왜곡 집행한 박창옥 도당의 죄행을 폭로하고 그 후과를 청산하는 투쟁과 직접적으로는 사상사업에서 주체를 확립하기 위한 투쟁을 안받침[6]으로 하여 민족문화의 전통을 계승하고 민족적 특성을 구현하려는 적극적인 노력이 활기를 띠고 전개되었다.

실로 주체를 확립할 데 대한 김일성 동지의 교시 실천은 우리 당 사

---

6) 안받침: 안에서 지지하고 도와줌.

상 사업에서 획기적인 전진을 가져 왔을 뿐만 아니라 사회주의 건설에서 거대한 고무력으로 되었는 바 특히 사회주의적 내용과 민족적 형식의 결합을 기본 특징으로 하는 문화예술 분야에서는 민족적 특성을 구현시킬 데 대한 새로운 관심을 불러일으키게 하였다.

현대 음악과 유화 등에서도 우리 인민의 정서와 기호에 맞는 민족적 특성을 훌륭히 구현하게 되었다는 사실 자체가 그 구체적 실례의 하나로 된다.

다 아는 바와 같이 사상사업에서 주체의 확립이란 모든 사상 사업을 조선 혁명의 이익에 복종시키는 것을 말하며 마르크스·레닌주의의 일반적 원칙을 우리나라 혁명 수행을 위하여 우리 현실에 창조적으로 적용하는 것을 전제로 한다. 따라서 김일성 동지의 이 교시 실천이야말로 문화와 예술 분야에서 "내용에 있어서 사회주의적이며 형식에 있어서 민족적"이라는 마르크스·레닌주의의 고전적 명제를 우리나라 현실의 구체적 조건에서 정확히 관철시키는 강령적 규범으로 되었다.

그리하여 오늘 우리 문학예술이 근로자들의 공산주의 교양에 복무하면서 그처럼 인민들의 사랑을 받는 문학예술로 꽃피고 있는 것은 무엇보다도 주체를 확립할 데 대한 김일성 동지의 교시 정신에 입각하여 사회주의적 내용과 민족적 형식의 결합을 정확히 실천함으로써 우리의 우수한 민족적 특성을 훌륭히 구현시킨 사실과 떼어서 생각할 수 없다.

김일성 동지는 음악 서사시 「청산리 사람들」을 비롯한 음악, 무용 작품들을 보시고 주체를 확립할 데 대하여 또다시 구체적인 교시를 주었는 바 그것은 주체에 대한 우리 작가, 예술인들의 인식을 더욱 깊게 하였다. 즉 김일성 동지는 우리가 지금 하고 있는 사회주의 건설은 어느 다른 곳에서 하고 있는 것이 아니라 바로 우리 조선에서 하고 있다는 것을 알아야 한다고 말씀하였다. 또한 주체를 세운다는 것은 협애한 민족주의가 아니기 때문에 예술에서 주체라고 해서 현대음악을 반대하는 것이 아니며 현대음악도 조선 사람의 생활감정에 맞게, 우리 인민들의 정서와 기호에 맞게 해야 한다는 것을 교시하였다.

우리 예술은 바로 이러한 교시 정신에 입각하여 무엇보다도 예술에서 주체를 확립하였기 때문에 외국사람들에게서까지 '황금의 예술'로서 높은 평가를 받고 있는 것이다.

2

문학예술에서 민족적 특성은 당성, 계급성, 인민성 등과 함께 마르크스·레닌주의 미학의 주요한 범주의 하나다. 사회주의적 사실주의 작품들은 언제나 철저한 계급성(당성)과 풍부한 인민성의 내용을 가지고 있는 동시에 뚜렷한 민족적 특성을 표현하고 있다.

주지하는 바와 같이 매개 민족에는 역사적으로 형성된 자기의 민족적 특성을 가지고 있으며 그들에게만 있고 다른 민족에게는 없는 그런 특색을 가지고 있는 바 이러한 민족적 특성은 공동적인 세계문화의 보물고에 인입되어 그것을 더욱 풍부하게 하는 데 이바지하게 된다.

그러므로 민족이 존재하고 민족 생활이 있는 한 응당 문학예술 작품은 그러한 민족적 특성을 표현하여야 하며 특히 사회주의적 내용과 민족적 형식의 결합을 기본으로 하는 사회주의적 사실주의 문학예술에서는 사회주의적 내용을 민족 생활의 형식을 통하여 표현하고 민족적 특성을 생동하게 보여주어야 한다.

왜냐하면 문학예술의 어느 분야를 막론하고 사회주의적 내용이 민족 생활의 형식과 결합되지 않고 사회주의적 내용이 민족적 특성과 결합되지 않는다면 그것은 인민들 속에서 생활력을 발양할 수 없기 때문이다.

그런데 여기에서 우리는 사회주의적 내용과 민족적 형식의 호상[7]

7) 호상(互相): '상호(相互)'의 이북어.

관계에 대하여 보다 구체적으로 이해하고 넘어갈 필요가 있다.

위에서도 이미 보아 온 바와 같이 민족이 존재하는 한 세계의 어느 한 문화도 민족적 형식을 띠지 않고는 존재할 수 없다. 상부구조인 문화의 내용은 사회 경제적 구성 및 계급의 지배가 교체됨에 따라 변화하는 데 반하여 민족어와 같은 민족적 형식은 기본적으로는 변화하지 않을 뿐만 아니라 그 자체에 있어서 계급적 성격을 띠지 않는다.

따라서 민족적 형식은 상대적이기는 하지만 여러 시대에 걸쳐서 여러 계급들에 복무하는 견고성을 가지고 있으면서 그 내용의 변화에 따라 다른 역할을 수행한다. 즉 사회주의적 내용의 발생 발전과 함께 민족적 형식은 종전과는 다른 역할을 수행하며 사회주의사회의 새로운 과업과 요구에 복무하게 된다.

김일성 동지는 이에 대하여 다음과 같은 고전적인 교시를 주었다.

"민요, 음악, 무용 등 각 부문에서 우리 민족이 고유하고 있는 우수한 특성을 보전함과 아울러 새로운 생활이 요청하는 새로운 이즘, 새로운 선율, 새로운 율동을 창조하여야 하겠습니다. 우리 인민이 가지고 있는 예술을 비판적으로 발전시킴으로써 비과학적이며 저속한 모든 것을 제거하여 고상한 수준에 올려 세워야 하겠습니다. 이와 함께 우리 작가, 예술인들은 인민이 가지고 있는 허다한 예술형식에 적당한 새로운 내용을 담아 이용할 것도 잊지 말아야 할 것입니다."(『김 일성 선집』 3권, 1953년 판, 297~298쪽)

여기에는 물론 새로운 민족문화건설에서 계승과 혁신에 관한 우리 당의 노선이 명시되어 있는 바 그것은 동시에 사회주의적 내용과 민족적 형식의 호상 관계에 대한 심오한 파악에 기초를 두고 있다.

즉 김일성 동지는 민족적 형식의 견고성을 인정하면서도 그것이 새로운 사회주의적 내용에 적응하도록 저속하고 비과학적인 것을 제거하고 새로운 생활이 요청하는 새로운 이즘, 새로운 선율, 새로운 율동을 창조하라고 교시하였다. 이는 내용과 형식의 유기적 통일과 내용의 우위성을 인정하는 데로부터 새로운 생활 즉 새로운 사회주의적 내용에 민족적 형식이 적응되도록 개조되어야 한다는 것을 말해 주고 있다.

실지 민족적 형식의 견고성은 어디까지나 상대적인 것이며 절대적으로 불변한 것은 아니다. 따라서 민족적 형식이 새로운 사회주의적 내용에 적응하게 개조되지 않고는 사회주의 문화의 발전을 촉진시키는 역할을 수행할 수 없게 된다. 가까운 실례로 문화적으로 낙후했던 나라들이 사회주의의 길에 들어선 경우에 사회주의적 전진을 방해하는 낡은 민족 생활의 유습과 잔재들(주로 형식적 측면들)은 문화의 사회주의적 내용과 모순되며 따라서 그러한 것들은 응당 제거되어야 한다.

그러므로 사회주의적 내용은 민족적 형식을 자기에게 복종시키면서 그를 개조, 완성시키게 된다.

김일성 동지는 이와 관련하여 다른 한편으로 "인민들이 가지고 있는 허다한 예술형식에 적당한 새로운 내용을 담아 이용할 것"을 잊지 말라고 교시하였는 바 이는 내용과 형식의 호상 관계를 기계적으로 파악할 것이 아니라 항상 구체적인 조건에서 파악할 것을 시사하고 있다.

현실적으로 우리는 과거의 가곡에다 새로운 가사를 붙여서 노래 부르고 있으며 창극 형식으로 훌륭히 사회주의적 현실을 반영하고 있다.

이와 같이 김일성 동지는 민족적 형식을 새로운 사회주의적 내용에 적합하게 개조, 완성시키는 동시에 사회주의·공산주의의 승리를 위하여 가능한 모든 형식을 이용하도록 교시하였는 바 해방 후 우리 문학예술이 그처럼 다양하고 풍부하게 발전할 수 있었다는 것은 주요하게 이러한 김일성 동지의 현명한 교시와 관련되고 있다. 이와 함께 우리 문화와 예술은 김일성 동지의 이 교시를 강령적 지침으로 하여 내용과 형식의 호상 관계에 있어서 뿐만 아니라 문화유산의 계승과 혁신 문제에 있어서도 좌우경적 편향들을 제때에 극복할 수 있었다.

즉 일부 문화, 예술인들 가운데는 문화유산을 계승한다고 하여 과거의 형식 그대로를 고집하는 경향 또는 낡은 형식이라고 하여 일률적으로 과거의 형식들을 배격하는 경향도 있었던 것이나 이러한 편향들은 벌써 실천적으로 극복되고 있다.

사회주의적 내용과 민족적 형식, 그것은 내용과 형식의 관계가 그러한 것처럼 항상 유기적으로 통일될 것을 요구하고 있다.

위에서도 지적한 바와 같이 사회주의적 내용은 그 본질에 있어서 노동계급의 사상인 사회주의 이데올로기다. 이러한 계급적 내용이 불충분하게 될 때에는 설혹 민족적 형식이 부여되었다고 할지라도 그것은 사회주의·공산주의 건설을 촉진시킬 사명을 지닌 사회주의 문화의 역할을 충분히 감당할 수 없다.

왜냐하면 노동계급의 사상적 내용이 불충분하다는 것은 곧 이러저러한 부르주아적, 봉건적 이데올로기의 잔재와 요소들이 끼여 있다는 것을 의미하기 때문이다.

그러므로 이미 밝힌 바와 같이 김일성 동지는 건축설계에서 사회주의적 내용이 불충분하게 주어진 것과 관련하여 부르주아 형식주의가 발로되고 있는 사실을 지적하고 이와 투쟁할 것을 교시한 것은 매우 교훈적이다.

이와 함께 사회주의적 내용은 그것이 아무리 충실하다고 할지라도 민족적 형식이 부여되지 않고 민족적 특성과 결합되지 않는다면 인민대중에게 잘 접수되지 않을 것이며 따라서 사회 개조적, 교양적 역할을 수행할 수 없는 것이다.

이것은 인민생활을 반영하는 문학예술 작품에서 계급적 내용이 민족 생활의 형식을 통하지 않고 그대로 표현될 때 그것이 무맥한[8] 것으로 되고 독자들에게 친숙될 수 없다는 것으로써 설명된다.

그러므로 김일성 동지는 문학예술에서 인민들의 생활 감정과 정서, 기호 등에 깊은 관심을 돌릴 것을 강조하면서 항상 민족적 특성과 민족적 형식에 거대한 의의를 부여하였다.

그리하여 이상과 같은 사회주의적 내용과 민족적 형식의 결합과 유기적 통일은 문학예술도 포함한 사회주의 문화의 기본 특징이며 민족

8) 무맥하다(無脈--): ① 힘이 약해서 맥을 못추거나 지탱하지 못하다. ② 이북어. 줏대가 없고 나약하다.

적 특성은 민족 생활의 형식에서 표현된다.

그러나 민족적 특성은 그대로 민족적 형식과 동의어가 아니다. 동시에 사회주의 문화의 한 구성 부분인 문학예술에서도 내용은 사회주의적이며 형식은 민족적이라는 원칙이 규정적 의의를 가지고 있지만 문학작품의 내용은 추상적인 것이 아니기 때문에 민족적 특성과 민족적 색채는 그 형식에만 고유한 것이 아니라 그 내용에서도 표현된다.

그리하여 문학작품에서 민족적 특성 또는 민족적 특색의 표현 분야를 본다면 그것은 첫째로 민족어이며 둘째로 자연과 생활 풍습까지도 포함한 민족 생활의 제재이며 셋째로 공통적인 심리적 성격 즉 '민족성'이며 끝으로 역사적으로 형성된 전통적인 문학형식 등을 들 수 있다.

언어를 형상적 수단으로 하는 문학에서 민족어가 가지는 의의에 대하여 길게 부연할 필요는 없으나 민족어는 그 민족의 특유한 감정과 의사를 전달하는 고유한 방법과 풍격[9]을 가지고 있다. 따라서 민족어는 민족적 특성이 가장 직접적으로 발현되는 분야로 된다.

다음으로 민족 생활의 제재는 지리적, 경제적 생활 조건의 차이에서 역사적으로 형성된 것으로서 민족적 색채를 가장 시각적으로 드러내는 분야이다. 자연, 지리적 환경만 하더라도 그것은 민족적인 고유한 정서를 불러일으킬 뿐만 아니라 우리나라에서 백두산처럼 자기 조국에 대한 표상으로 되어 애국주의 감정을 불러일으키게 되는 경우가 많다.

그러므로 김일성 동지는 주체를 확립할 데 대하여 말씀하면서 우리나라 금수강산의 아름다움과 관련하여 다음과 같이 교시하였다.

"…… 조선 사람들에게는 우리나라의 아름다운 금수강산이 더 마음에 듭니다. 우리나라에는 금강산이나 묘향산과 같은 아름다운 산들이 있으며 맑은 시냇물과 파도치는 푸른 바다가 있으며 오곡이 무르익는 논밭이 있습니다. 우리 인민군대로 하여금 자기의 향토와 조국을 사랑

9) 풍격(風格): 물질적, 정신적 창조물에서 보이는 고상하고 아름다운 면모나 모습.

하게 하려면 이러한 우리나라 풍경의 그림들을 많이 보여주어야 할 것입니다."(『김 일성 선집』 4권, 1960년 판, 330쪽)

자연, 지리적 환경 묘사는 물론 자연 그 자체로서가 아니라 그 속에서 역사적으로 영위되어 온 민족 생활과 긴밀히 연결되고 있으며 그의 연장이란 데서 의의를 가지는 바 생활 풍습 기타 일련의 민족 생활의 묘사는 보다 직접적으로 민족적 색채를 드러낸다.

즉 민족 내의 각 계급들의 경제생활은 동일하지 않으며 그 계급적 처지도 다르다. 그러나 그들은 역사적으로 민족적인 단위에서 공동생활을 영위하여 온 관계로 하여 생활 풍습 기타 등에서는 공통적인 민족 생활의 특색을 드러내고 있다.

이러한 민족 생활의 특성은 다른 민족의 그것과 구별되며 따라서 민족적 특색이 발현되는 분야로 된다.

그러나 문학예술 작품에서 민족적 특성이 발현되는 기본 분야는 문화의 공통성에서 나타나는 사람들의 민족적 심리, 성격 즉 '민족성'이다.

두말할 것도 없이 이러한 민족적인 공통한 심리적 성격은 그 어떤 선천적인 것도 아니며 또 고정불변한 것도 아니다. 그것은 일정한 물질적 생활의 기초 위에서 역사적으로 형성된 하나의 역사적 범주이다. 그러나 이러한 '민족성'은 결코 포착할 수 없는 그런 것은 아니다. 스탈린은 다음과 같이 쓰고 있다.

"물론 심리적 성격 자체나 또는 그것의 별칭인 '민족성' 자체는 관찰하는 사람들에게 어떤 포착할 수 없는 것으로 나타나지만 그러나 그것이 민족에게 공통한 문화의 특성에 표현되느니만큼 그것은 포착할 수 있는 것이며 또 무시할 수 없는 것이다."(『쓰딸린 저작집』 2권, 417쪽)

그리하여 민족의 가장 본질적인 표징은 민족문화의 특징 속에서 표현되는 민족적 심리, 성격의 특색 즉 사람들의 정신적 풍모와 심리적 상태의 특성에 있으며 그것은 민족의 얼굴에다 자기의 인을 찍고 있다.

'민족성' 즉 민족적 심리, 성격은 위에서도 지적한 것처럼 고정불변한 것이 아니며 민족의 역사 발전 행정에서 변화하고 새로운 내용으로 보충되어 간다. 그러나 그렇게 하면서도 민족적 심리, 성격은 한편으로 공고성을 부단히 유지함으로써 장기간에 걸쳐 뚜렷한 미학적 가치를 가지고 있다.

그러므로 김일성 동지는 우리 인민의 민족적 특성을 반영하는 것을 문학예술의 주요한 과업으로 제기하면서 우리 인민의 민족적 특성이 해방 후 새로운 역사적 조건에서 변한 사실에 대하여 거듭 강조하였다.

김일성 동지는 「공산주의 교양에 대하여」란 교시에서 우리 인민의 민족적 특성에 대하여 다음과 같이 말씀하였다.

"조선 사람은 어렵게 살았지만 실상 유식하다는 것을 알아야 합니다. 어째서 유식하다고 말하는가? 조선 사람의 지식은 마치 깨끗한 백지에 써 놓은 글과 같이 분명하며 흐리멍텅하지[10] 않습니다. 그러므로 조선 사람은 한 가지를 알아도 똑똑히 알고 있습니다. 조선 사람은 어렵게 살아왔기 때문에 배우자는 욕망이 또한 남보다 강합니다. 그러므로 우리는 비록 옷은 허술하게 입고 집은 오막살이에서 살아왔지만 우리의 사상은 남만 못지 않게 진보적이며 빨리 나아가겠다는 각오가 남보다 더욱 높으며 낡은 것을 버리고 새것을 취하는 혁명적 기질이 아주 풍부합니다. 우리가 오늘 이와 같이 빨리 나아가는 것이 결코 우연한 일이 아닙니다."(『김 일성 선집』 6권, 1960년 판, 118쪽)

바로 우리 인민의 이러한 민족적 특성은 우리의 고전적 사실주의 문학작품들에 그 정도의 차이는 있지만 일정하게 반영되고 있다. 즉 활빈당의 투쟁을 보여 준 「홍길동전」, 「허생전」을 비롯한 박연암의 일련의 작품들, 정다산의 시가 및 산문작품들, 「토끼전」, 「춘향전」을 비롯한 일련의 민족 고전들에는 우리 인민의 슬기로운 지혜와 혁명적 기질이 일정하게 표현되고 있으며 1930년대 프롤레타리아 문학예술에서는 이러한 민족적 특성이 더욱 풍부하게 구현되었다.

특히 해방 후 우리 문학에서 곽바위, 박곰손, 점순, 금옥, 김유상, 리상

---

10) 흐리멍텅하다: '흐리멍덩하다'의 이북어. ① 정신이 맑지 못하고 흐리다. ② 옳고 그름의 구별이나 하는 일 따위가 아주 흐릿하여 분명하지 아니하다.

범, 김창혁 기타 수많은 주인공들의 형상을 상기하는 것만으로도 우리 인민의 그러한 민족적 특성을 넉넉히 포착할 수 있는 것이다.

마감으로 민족적 특성은 역사적으로 형성된 그 민족에 고유한 문학 형식에서 발현된다.

이상과 같이 민족적 특성이 발현되는 분야는 다양하며 그것은 문학 작품의 형식에서도 내용에서도 표현된다.

그러면 이것은 사회주의적 내용과 민족적 형식에 관한 사회주의 문화의 기본명제와 모순되는가? 아니다. 사회주의 문화의 한 구성 부분인 문학에 있어서도 사회주의적 내용이 민족 생활의 형식을 통하여 표현되기는 매일반이다. 다만 문학작품의 내용은 추상적인 것이 아니므로 상술한 바와 같은 민족적인 제재와 민족적인 심리, 성격 등은 응당 그 내용으로 된다.

그리하여 민족적 특성은 문학예술에서 주요한 미학적 범주로 되는 바 그것은 주요하게 문학예술의 인민성과 관련된다.

그러므로 김일성 동지는 일찍이 작가, 예술인들과의 접견 석상에서 진술한 연설에서 다음과 같이 교시하였다.

"예술은 광범한 인민대중 속에 응당히 자기의 뿌리를 깊이 박아야 하겠습니다. 작곡가, 극작가, 음악가, 무용가 및 연기자들은 반드시 인민생활을 많이 연구하여야 하며 자기들의 창작사업[11]에 있어서 인민들이 창조하고 인민들의 감정과 숙망을 정당하게 반영한 민족 고전과 인민가요[12]들을 널리 이용하여야 하겠습니다. 모든 공연들에 있어서 우선 연기자 자신이 인민의 감정으로 체현되어야 하며 반드시 인민성을 반영하여야 하며 인민적 선율을 선명하게 표현하여야 하겠습니다. 이러한 조건 하에서만 우리의 예술은 우리 인민의 민족적 특성을 반영할 수 있습니다."(『김 일성 선집』 4권, 1954년 판, 36쪽)

---

11) 창작사업(創作事業): 이북어. 예술가들이 예술 작품을 창작하는 일.

12) 인민가요(人民歌謠): 이북어. 인민의 생활과 사상, 감정을 주제로 하여 창작되어 인민들 속에서 널리 불리는 노래.

즉 김일성 동지는 인민생활에 깊이 침투하여 인민들의 생활감정을 체득하는 동시에 인민들 자신이 창조하고 인민의 감정과 지향을 반영한 인민창작[13]과 민족 고전을 널리 이용함으로써 인민성을 풍부하게 반영하게 될 때 우리 인민의 민족적 특성도 원만히 구현된다고 교시하였다.

왜냐하면 진정으로 인민적인 것은 동시에 민족적인 것으로 되며 진정으로 충실한 인민성의 반영은 언제나 민족적 특성을 구현하기 때문이다. 그만큼 문학예술에서 인민성과 민족적 특성은 호상 깊은 연계를 가지고 있다.

그러나 이것은 민족적인 개념과 인민적인 개념을 혼동시하거나 인민성과 민족적 특성을 동일시하여도 좋다는 것을 의미하지는 않는다.

다 아는 바와 같이 문학예술에서 인민성은 문학예술이 인민에게 속하며 인민대중 속에 그의 뿌리를 박아야 한다는 데로부터 출발하여 인민의 생활감정과 그의 요구, 지향 등을 인민들이 이해하기 쉽게 진실하게 반영하는 정도에 따라 규정된다. 따라서 생활의 진실을 반영하는 사실주의 작품들에는 풍부한 인민성이 담겨 있는 바 그러한 인민성의 내용은 언제나 민족 생활의 형식을 통하여, 그리고 민족적 특성과 결부되어 표현된다.

그러므로 문학예술에서 인민성의 규준은 생활의 진실성, 선진적인 사상성, 형식의 소박성과 평이성 이외에 민족적 특성이 주요한 계기로 되고 있다. 만일 인민생활을 반영함에 있어서 민족 생활의 형식을 통하지 않고, 따라서 선명한 민족적 면모로 보여 주지 않는다면 그것은 진정한 사실주의적 작품으로 될 수 없으며 인민성을 원만히 구현한 것으로 될 수 없다.

그렇기 때문에 인민성의 충실한 반영은 동시에 민족적 특성의 반영으로 되며 진정으로 인민적인 것은 언제나 민족적인 것으로 될 수 있

13) 인민창작(人民創作): '구비문학(口碑文學)'의 이북어. 입에서 입으로 전하여 오는 문학.

다는 결론이 나온다.

그러나 계급사회에 있어서 민족적인 모든 것이 인민적인 것으로 되는 것은 아니다. 왜냐하면 계급사회에 있어서 지배적인 문화는 언제나 지배계급의 문화이며 따라서 그 문화의 반동적 측면은 본질에 있어서 반인민적이기 때문이다.

몰론 부르주아 사상가들은 계급적 모순을 엄폐하고 인민대중을 기만하기 위하여 민족과 인민을 동일시하고 마치도 '전민족적'인 것에 대하여 떠벌리고 있다. 그러나 부르주아 민족주의가 부르주아지의 계급적 이데올로기에 불과한 것처럼 그것은 부르주아지의 착취와 지배를 유지하기 위한 기만적인 잠꼬대에 불과하다. 오직 계급적 대립이 청산된 사회주의사회의 조건 하에서만 민족적인 것과 인민적인 것의 일치를 위한 현실적 가능성이 조성될 수 있다.

이와 같이 인민적인 것과 민족적인 것은 동일한 개념이 아니며 문학예술에서 인민성과 민족적 특성의 관계는 위에서 밝힌 것처럼 민족적 특성이 인민성의 주요한 규준[14]의 하나로 되고 있다는 데 있다. 그리하여 계급사회에 있어서도 노동생활 과정에서와 착취자를 반대하는 투쟁 속에서 창조된 인민적 예술에는 선명한 민족적 풍모와 함께 훌륭한 민족적 형식이 주어져 있다.

그러므로 김일성 동지는 우리 문학예술의 민족적 특성을 구현시키는 문제와 관련하여 민족 고전과 인민창작을 널리 이용할 데 대하여 한두 번만 강조한 것이 아니다. 실지 해방 후 우리 문학예술은 인민들이 창조하였으며 또한 인민들의 감정과 지향을 반영하고 있는 민족 고전과 인민창작을 광범히 발굴 이용함으로써 오늘과 같이 민족적 향기가 풍만한 문학예술로 발전할 수 있었다.

---

14) 규준(規準): 실천하는 데 모범이 되는 표준.

3

김일성 동지는 우리 문학예술이 민족적 특성을 구현할 데 대하여 강조하면서 그것이 편협한 민족적 범위에 국한되는 것을 경계하였다.

즉 우리의 예술이 우리 인민의 민족적 특성을 반영하면서 편협한 민족적 범위 내에 국한되지 말 것을 교시하면서 다음과 같이 말씀하였다. "우리의 예술은 인민들의 친선을 노래하며 우리의 인민들 속에서 국제주의 감정을 배양시켜야 하겠습니다."(『김 일성 선집』 4권, 1954년 판, 37쪽)

이것은 내용에 있어서 사회주의적이며 형식에 있어서 민족적인 우리 문학예술의 기본 방향을 또다시 강조한 것으로 되는 바 사회주의적 애국주의와 프롤레타리아 국제주의로 인민들을 교양하는 것, 이는 우리 당 사상 사업의 기본 분야의 하나로 되고 있다.

그러나 이 교시에서 중요하게 제기되고 있는 문제는 민족적 특성과 국제주의 즉 노동계급의 사상과의 결합에 관한 문제다.

이미 앞에서 밝힌 바와 같이 사회주의적 내용과 민족적 형식은 내용과 형식의 유기적 통일을 이루고 있으며 문학예술에서 노동계급의 사상은 민족 생활의 형식을 통하지 않고는 생활력을 가질 수 없다.

동시에 문학작품의 내용이란 결코 추상적인 것이 아니므로 거기에는 민족적인 제재와 민족적 심리, 성격 등 민족적 특성이 문학작품의 내용으로서 담기게 되며 특히 민족적 심리, 성격이 민족적 특성이 발현되는 기본 분야라고 할 때 민족적 특성과 노동계급의 사상과의 결합 문제는 요약하여 민족적 성격과 계급적 성격 간의 호상 관계에 귀착된다.

주지하는 바와 같이 문학작품의 인물 성격에는 현실적 인간이 언제나 사회·역사적 존재인 것처럼 계급적, 시대적 특성들이 표현될 뿐만 아니라 민족적, 개성적 특징들도 표현된다. 즉 계급적, 시대적, 민족적, 개성적 제 특징과 속성들이 하나의 유기적인 통일을 이루어 생동한 비반복적인 성격으로 표현된다.

따라서 성격을 이루는 이러한 표징들은 어느 것도 소홀히 할 수 없는 것이나 거기에는 주도적인 것은 항상 계급적 특징이라는 것을 명확히 인식할 필요가 있다. 왜냐하면 부르주아 사상가들과 수정주의자들은 계급성을 거부할 목적으로 소위 '인간성'을 떠벌리면서 실지에 있어서는 그들의 개인주의적 계급사상을 선전하는 무기로 사용하고 있기 때문이다.

우리는 물론 인간성을 인정한다. 그러나 그것은 추상적인 인간성으로 존재하는 것이 아니라 항상 구체적 인간성으로 존재하며 따라서 계급사회에 있어서는 초계급적 인간성이 아니라 항상 계급적 인간성으로 존재한다.

다 아는 바와 같이 마르크스·레닌주의는 인간의 본질, 따라서 인간의 성격을 '사회적 관계의 총체'로 본다. 즉 인간의 성격은 시대적, 사회적 제 관계를 실증해 주며 이 관계들의 독특한 집약으로 된다. 그리하여 사람들의 성격은 선천적으로 타고나는 것이 아니라 그의 성장과정에서 그가 생활하는 사회적 환경 속에서 확정되는 바 계급사회에 있어서는 무엇보다도 사회의 계급적 구성의 영향을 받게 된다.

여기에 인간 성격에서 계급성은 규정적인 의의를 가지게 되는 바 계급적 특성은 결코 추상적으로가 아니라 구체적으로 표현된다. 즉 사람들의 계급성은 그의 물질적 생활 조건에 의하여 일정한 사회적 생산관계에 처해 있는 위치에 따라 결정되는 공통적인 특성으로 나타난다.

가령 농민들은 오랜 세기에 걸쳐서 전야[15]에서 자기의 간단한 생산도구로 산만하고 독립적이며 자급적인 생산을 하여 오고 또 지주와 관료들로부터 노력의 착취를 강요당하여 온 처지로 하여 그들에게 산만성, 보수성, 소소유자[16]적 사유 관념 그리고 봉건주의에 대한 반항심과 민주주의에 대한 요구 등이 공통적인 계급적 특성으로 되고 있다.

15) 전야(田野): 논밭으로 이루어진 들.

16) 소소유자(小所有者): 작은 규모의 생산 수단을 가진 사람.

이와 반대로 노동계급은 근대적 산업 생산에 집중되어 있는 동시에 생산수단이 없이 자기의 노동력을 팔아서 임금으로 생활함으로써 그들에게는 소소유자적 소유 관념이 없으며 단결성과 조직성, 규율성과 적극성, 그리고 일체 착취자들에 대한 반항심과 전투성, 혁명성 등이 그들의 공통적인 계급적 특성으로 되고 있다.

그런데 이미 위에서 보아온 것처럼 어떠한 노동계급도 역사적으로 형성된 민족 생활의 테두리 밖에 존재하는 것이 아닌 만큼 그들의 계급적 특성은 응당 민족적 색채와 민족적 풍모를 띠게 된다.

이러한 민족적 풍모가 언어와 생활 풍습에서도 나타나지만 주요하게는 그의 민족적 심리, 성격에서 표현된다는 것은 이미 말한 바와 같다.

그리하여 계급적 특성과 민족적 특성은 항상 그의 유기적 통일 속에서 결합되고 있지만 민족적 특성이 다른 민족과 구별되는 특수적인데 반하여 계급적 특성은 다른 민족의 그것과 공통되는 보편성을 띠고 있다.

즉 상이한 여러 민족들을 두고 말할 때 그들은 서로 구별되는 각자의 민족적 특성을 가지고 있으며 특히 그들의 물질적 토대와 역사적 생활 조건에서 형성되고 발전적 특성들을 가지고 있다. 그러나 이를테면 그 민족들이 동일한 성질을 가진 자본주의 사회의 단계에 처해 있다면 상이한 민족 내의 동일한 계급, 즉 이 민족 내의 노동계급과 저 민족 내의 노동계급은 기본적으로 동일한 이해관계와 지향을 가지며 따라서 공통적인 사상과 의식을 가지게 된다.

'만국의 노동자들은 단결하라!'는 구호의 위대한 생활력도 바로 이러한 노동계급의 계급적 특성에 기초하고 있다고 할 것인 바 노동계급의 사상인 국제주의는 그의 계급적 성격의 특성 자체에 기초를 두고 있다.

그러므로 민족적 특성을 이러한 노동계급의 계급적 특성과 유기적 통일과 결합에서 포착하게 될 때 민족적 특성의 반영으로 하여 결코 편협한 민족적 범위 내에 국한되는 편향으로 떨어질 수는 없는 것이다.

물론 민족적 특성은 노동계급 즉 어떤 한 계급에만 국한될 수 없으며 여러 계급들을 포괄하게 되나 기본적으로 인민대중 속에서 가장 선명한 구현을 보게 된다는 것은 이미 말한 바와 같다. 그러나 이 경우에 있어서도 사실주의적 고전 작품들과 인민창작들에서 보는 바와 같이 진정으로 민족적이며 인민성을 가진 것은 많은 경우에 국제성을 가진다는 것을 인정해야 할 것이다. 그리고 그것은 민족공동체 내에 일반적으로 공통적인 색채 즉 민족적 색채와 풍모를 띠게 한다.

즉 같은 민족 내에서 여러 계급들은 상이한 이해관계와 요구를 가지고 있고 따라서 상이한 이데올로기를 가지고 있는 것이 사실이지만 그러한 각이한 이해관계와 각이한 이데올로기를 표현할 때에는 일정하게 공통적인 민족적 색채와 특성을 보유하면서 공통한 민족어를 사용하고 있는 것도 사실이다.

그러나 이것은 민족적 특성이 민족공동체의 전반에 걸치는 특성이라는 것을 말할 뿐이다. 중요한 것은 민족적 심리, 성격의 형성에 있어서 인민대중이 결정적 역할을 논 사실이다.

그런데 첨부되어야 할 것은 민족적 심리, 성격은 견고성을 가지면서도 또한 변한다는 사실인 바 그러한 변화는 민족공동체 내에서 사회경제 생활의 변동, 주요하게는 계급투쟁(민족 해방 투쟁도 포함하여)의 발전과 관련된다.

그리하여 예술창조에서 시대성을 띤 민족적 심리, 성격을 당해 사회의 선진적 계급의 특성과 유기적 통일 속에서 그리고 그의 변화 발전 속에서 정확하게 포착하는 것은 무엇보다도 중요하다.

그러므로 오늘 우리 문학예술에서 무엇보다도 공산주의자의 전형 창조와 관련하여 민족적 특성을 구현시킬 데 대한 창작적 관심이 높아진 것은 응당한 일이다.

김일성 동지는 조선로동당 제4차 대회에서 진술한 중앙위원회 사업 총화 보고에서 공산주의 교양을 위하여 공산주의적 전형을 창조할 데 대하여 다음과 같이 교시하였다.

"도처에서 기적들이 일어나고 모든 사람이 공산주의적 새 인간으로 변하고 있으며 천리마의 대진군이 벌어지고 있는 우리의 현실을 생동하게 묘사하며 시대의 영웅인 천리마기수들의 전형을 창조하는 것이 무엇보다도 중요합니다. …… 또한 조국의 해방과 혁명의 승리를 위하여 장기간의 간고한 투쟁을 전개한 공산주의 투사들을 형상을 통하여 그들의 숭고한 혁명 정신으로 우리 세대의 인민을 교양하는 사업을 더욱 높은 수준에서 계속하여야 할 것입니다."

즉 우리 시대의 공산주의적 전형인 천리마기수들의 형상과 빛나는 혁명 전통으로 오늘의 영광스러운 로동당 시대를 열어 놓은 30년대 항일 빨치산들의 고상한 공산주의적 풍모를 재현하는 것은 현 시기 우리 문학예술 앞에 제기된 가장 긴절한 과업으로 된다.

주지하는 바와 같이 1930년대 항일무장투쟁은 공산주의적 새 인간의 전형을 산생시켰을 뿐만 아니라 그의 빛나는 혁명 전통이 실증하는 것처럼 우리 인민의 민족적 특성(민족적 심리, 성격)을 새로운 특질로 발전 풍부화시킨 점에서도 특징적이다.

실로 김일성 동지를 선두로 한 1930년대 조선 공산주의자들이 조직 전개한 영웅적 항일무장투쟁은 조선 인민의 반일 민족해방운동을 새로운 높은 단계에로 발전시켰으며 우리 인민의 민족적 성격을 새로운 우수한 특질로써 풍부화시키고 공고화시켰다.

1930년대 공산주의자들의 고상한 정신적 특질은 무엇보다도 어떠한 곤란이라도 극복하는 불요불굴의 혁명 정신과 무비의 용감성, 혁명적 낙관주의, 혁명적 동지애, 사회주의적 애국주의와 국제주의 정신 등에서 발현되고 있는 바 이 모든 것은 우리 인민의 광휘로운 혁명 전통으로 계승되어 오늘의 사회주의 건설의 대고조 속에서 더욱 거대한 생활력을 발휘하고 있다.

그리하여 오늘 우리 인민이 용감하고 근면하고 슬기롭고 애국적이고 단결력이 강한 민족적 특성으로써 세계 사람들의 일치한 인정과 찬양을 받게 된 것도 우리의 영광스러운 혁명 전통을 쌓아 올린 항일무장투쟁과 떼어서 생각할 수 없다.

해방 후 우리 인민의 새로운 민족 생활의 역사는 우리 인민의 새로운 민족적 특성과 풍모를 형성시키는 결정적인 역할을 놀았다.

해방 후 우리 인민의 역사는 김일성 동지가 말씀한 바와 같이 “제국주의자들의 무력 침공과 온갖 침략적 책동을 격파하고 조국의 자유와 독립을 지켜낸 영광스러운 투쟁의 역사이며 중첩되는 난관을 뚫고 폐허 위에 인민들이 살기 좋은 훌륭한 새사회를 건설한 위대한 창조의 역사”(「조선 인민의 민족적 명절 8·15 해방 15주년 경축 대회에서 한 김 일성 동지의 보고」, 『근로자』 1960년 8호, 4쪽)이다.

그리하여 우리 인민은 조선로동당의 영도 하에 수천 년을 두고 우리 조상들이 상상조차 할 수 없었던 일을 해 놓았으며 모든 생활에서 근본적인 변혁을 이룩하였다. 실로 나라의 면모는 일신되었으며 조국의 산천도 사람들도 다 몰라보게 달라졌다.

그러므로 김일성 동지는 8·15 해방 10주년 경축대회에서 한 보고에서 우리 인민의 새로운 정신 도덕적 풍모에 대하여 다음과 같이 지적하고 있다.

“정치, 경제, 문화의 모든 분야에서 민주주의적 변혁들이 이루어지고 우리 당이 인민대중 속에서 꾸준히 마르크스·레닌주의 교양 사업을 진행한 결과 우리 인민에게는 선진적 사상 의식과 새로운 도덕적 풍모가 형성되고 발전되게 되었습니다. 전체 인민의 정치적 통일과 단결, 프롤레타리아 국제주의에 입각한 애국주의, 당과 정부에 대한 무한한 충성심과 헌신성, 노동에 대한 영예감—이 모든 것은 과거 10년 동안 우리 인민의 정치적 의식과 도덕적 풍모에서 발생한 변화의 주요한 특징들입니다.”(『김 일성 선집』 4권, 1960년 판, 304쪽)

이는 곧 해방 후 새로운 정치·경제 생활 속에서 형성 발전된 우리 인민의 새로운 민족적 특질과 풍모를 말하여 주는 동시에 그것은 민족적 특성(민족적 심리, 성격)이 사회·역사적 조건과 계급적 제 관계의 변화에 따라 변한다는 것을 웅변으로 실증하여 주고 있다.

실지 우리의 사회주의 건설의 대고조와 천리마운동은 전후 시기 사회주의혁명이 결정적으로 승리하고 도시와 농촌에서 사회주의적 생산관계가 전일적으로 지배하게 된 조건에서 우리 근로자들의 일대 정신적 앙양을 실증하여 주고 있는 바 천리마기수들의 혁명적 기개와 고상한 정신·도덕적 풍모는 우리 시대의 공산주의자의 전형으로 될 뿐만 아니라 우리 인민의 새로운 민족적 특성(민족적 심리, 성격)의 형성 발전에 거대한 영향을 주고 있다.

물론 우리 인민의 민족 해방 투쟁 과정에서 그리고 해방 후 사회주의 건설의 새로운 생활 속에서 형성 발전된 우리 인민의 이러한 새로운 민족적 특성들을 우리의 전통적인 민족적 특성과 무관계한 것이 아니다.

민족적 특성(민족적 심리, 성격)이 고정불변한 것이 아니라는 것은 위에서도 거듭 강조하였거니와 민족적 특성은 사회·역사적 조건과 계급적 제 관계의 변화에 따라 그 중 어떤 특성들은 더욱 공고화되고 또 다른 특성들은 새로이 형성된 특성들과 교체되면서 하나의 총체적인 민족적 특성으로서의 견고성을 유지하게 되는 바 민족적 특성에 있어서도 계승과 혁신의 합법칙성은 작용하고 있는 것이다.

특히 사회주의 하에서는 문화의 사회주의적 내용과 모순되며 그의 발전을 저해하는 온갖 낡은 측면들이 극복 배제되는 반면에 사회주의적 내용의 발전을 촉진시키는 새로운 특질들이 새로이 형성 보충되는 것이 특징적이다.

그리하여 우리 시대의 공산주의자의 전형 창조와 관련하여 민족적 특성을 구현함에 있어서 중요한 것은 이상과 같은 민족적 특성의 역사적인 변화 발전을 정확히 포착하는 데 있다.

김일성 동지는 이러한 민족적 특성의 변화 발전에 대하여 조목을 돌릴 것을 교시하면서 이미 조국해방전쟁 시기 작가, 예술인들과의 접견 석상에서 다음과 같이 강조하였다.

"우리의 인민들은 변하였으며 그들의 처지와 생활 풍습과 문화상 요구도 변하였습니다. 예술은 그가 우리 인민의 현 처지와 영웅적 투쟁을 정확하게 반영하고 그가 인민을 뒤로 돌아가라고 부를 것이 아니라 행복스러운 장래를 향하여 앞으로 나아가라고 부르는 경우에라야만 자기의 과업을 성과 있게 실천할 수 있습니다."(『김 일성 선집』 4권, 1954년 판, 36~37쪽)

그러므로 오늘의 천리마기수의 형상에서 우리 시대의 공산주의적 정신적 특질을 밝히는 동시에 우리 시대의 민족적 특성을 구현시킴으로써만 인민들을 사회주의·공산주의 건설의 위업에로 추동하고 고무하는 공산주의자의 전형을 창조할 수 있다.

그리하여 계급적 특성과 민족적 특성의 결합은 그 어떤 고정화된 기계적인 결합인 것이 아니라 발전하는 사회·역사적 조건과 계급적 제 관계의 변화에 따르는 구체적 정황에서의 유기적인 통일이며 그것은 선진적 계급의 특성과 그의 발전을 촉진하는 긍정적인 민족적 특성과의 유기적 결합으로 될 때에 보다 생활적인 의의를 획득할 수 있다.

따라서 오늘의 천리마기수들의 고상한 공산주의적 정신, 도덕적 풍모를 보여주는 데 있어서 오직 전통적인 민족적 특성(성격)에만 매달려서는 아니 되며 오히려 그러한 전통적인 것들에서 무엇이 극복 배제되고 무엇이 새로 형성 발전하는가를 엄격히 분간하고 주요하게는 우리 시대의 새로운 역사적 조건에서 새로이 형성되고 공고화된 그러한 민족적 특성과의 유기적 통일을 기본으로 해야 할 것이다.

이와 함께 우리가 간과하지 말아야 할 것은 민족적 심리, 성격이 아무리 민족적 특성이 발현되는 기본 분야라고 할지라도 민족적 특성의 전부가 아닌 만큼 민족적 제재로 되는 민족 생활의 풍습을 비롯하여 조국의 자연 묘사 등을 통하여서도 천리마기수들의 민족적 특성과 풍모를 드러내게 해야한다는 그 점이다.

물론 우리의 생활 풍습과 자연의 면모까지도 옛날 그대로가 아니며 그것은 우리 인민의 새생활 창조와 자연개조 투쟁에 의하여 변하였으며 또 변하고 있다.

그러나 전통적인 생활 풍습의 우수한 것들을 보존되고 자연개조로 자연 풍경은 더욱 아름다워지고 있는 바 공산주의자는 이 모든 긍정적인 민족적 생활 풍습들을 존중하며 인민들의 땀이 스며있는 자연을 더욱 아름답게 본다. 따라서 이러한 민족적인 제재는 천리마기수들의 정신·도덕적 풍모를 더욱 부각시킬 뿐만 아니라 우리 인민의 애국심과 민족적 자부심을 북돋는 데로 거대한 역할을 논다.

그리하여 언어, 생활 풍습, 자연 묘사 및 민족적 심리, 성격 기타 민족적 특성이 발현되는 모든 분야에 걸쳐 세심한 주의를 돌려 우리 시대의 공산주의자의 전형을 민족적 구체성으로 보여주는 것은 우리 사회주의적 사실주의 문학예술의 당면한 요구로 된다.

특히 역사적인 우리 당 제4차 대회에서 진술한 중앙위원회 사업 총화 보고에서 "사회주의적 내용과 슬기롭고 다양한 민족적 형식이 옳게 결합되어야 한다."라고 한 김일성 동지의 교시 정신에 비춰볼 때 우리 선조들이 물려준 모든 가치 있는 예술형식들을 더욱 널리 이용하며 새로운 생활이 요청하는 새로운 형식들을 창조하여 사회주의적 내용에 그야말로 슬기롭고 다양한 민족적 형식을 부여하여야 할 것이다.

*

이상과 같이 김일성 동지는 해방 후 우리의 민족문화의 건설에 있어서 '내용에 있어서 사회주의적이며 형식에 있어서 민족적'이라는 마르크스·레닌주의의 고전적 명제를 창조적으로 발전시킨 모범을 보여주었을 뿐만 아니라 우리 문학예술 분야에서 사회주의적 내용과 민족적 형식의 결합을 정확히 관철시킴으로써 해방 후 문학예술이 그처럼 눈부신 개화 발전을 이룩할 수 있게 하였다.

특히 사상 사업에서 교조주의와 형식주의를 반대하고 주체를 확립할 데 대한 김일성 동지의 교시 관철은 우리 문학예술 분야에서 민족적 특성을 구현시키고 민족적 형식을 더욱 풍부화시킨 담보로 되었으며 국제주의 사상을 견지할 데 대한 거듭되는 교시는 민족적 형식 및 민족적 특성과 사회주의적 내용의 유기적 통일과 결합을 보장케 하였다.

문학예술에서 사회주의적 내용과 민족적 형식의 유기적 통일을 위한 김일성 동지의 현명한 지도 하에 해방 후 사회주의적 사실주의 문학예술은 찬란하게 개화 발전하고 있다.

—출전: 과학원 언어문학연구소 문학연구실,
『우리 나라에서의 맑스-레닌주의 문예 리론의 창조적 발전』, 과학원출판사, 1962.

제 3 편 당의 령도밑에 수령형상문학의 찬란한 개화발전

제 1 장 수령형상장편소설의 발전

제 1 절 장편소설 특히 총서형식의 장편소설을 통한 수령형상창조는 수령형상문학발전의 새로운 단계

친애하는 지도자 **김정일**동지의 령도밑에 장편소설 특히 총서형식의 장편소설에서 빛나게 수령형상이 창조되였다.

이것은 수령형상문학발전의 새로운 단계를 특징지어주며 우리나라에서 수령형상문제가 해결을 보게 되였다는것을 립증하는 뚜렷한 징표의 하나로 된다.

1967년 5월 조선로동당 중앙위원회 제4기 15차전원회의에서는 위대한 수령님의 혁명사상에 기초한 당의 통일과 단결을 파괴하려는 반당분자들의 죄행이 폭로비판되였으며 우리 당앞에는 전원회의정신에 기초하여 당사상사업을 근본적으로 바로잡아야 할 전투적과업이 나서게 되였다.

위대한 수령 **김일성**동지께서는 1967년 5월 25일 당사상사업부문 일군들앞에서 당의 유일사상체계를 철저히 세울데 대한 력사적인 연설을 하시였다.

전당적으로 반당분자들의 사상여독을 청산하며 당의 유일사상

284

－『수령형상문학』, 문예출판사, 1991.

수령 형상 장편소설의 발전

: 윤기덕

1. 장편소설 특히 총서 형식의 장편소설을 통한 수령형상창조는 수령형상문학 발전의 새로운 단계

친애하는 지도자 김정일 동지의 영도 밑에 장편소설 특히 총서 형식의 장편소설에서 빛나게 수령 형상이 창조되었다.

이것은 수령형상문학 발전의 새로운 단계를 특징지어주며 우리나라에서 수령 형상 문제가 해결을 보게 되었다는 것을 입증하는 뚜렷한 징표의 하나로 된다.

1967년 5월 조선로동당 중앙위원회 제4기 15차 전원회의에서는 위대한 수령님의 혁명사상에 기초한 당의 통일과 단결을 파괴하려는 반당분자들의 죄행이 폭로 비판되었으며 우리 당 앞에는 전원회의 정신에 기초하여 당 사상 사업을 근본적으로 바로 잡아야 할 전투적 과업이 나서게 되었다.

위대한 수령 김일성 동지께서는 1967년 5월 25일 당 사상사업 부문 일꾼들 앞에서 당의 유일사상체계를 철저히 세울 데 대한 역사적인 연설을 하시었다.

전당적으로 반당분자들의 사상 여독을 청산하며 당의 유일사상체계를 튼튼히 세우기 위한 투쟁이 힘차게 벌어졌다.

당 사상 전선의 일익인 문학예술 분야에서도 당의 유일사상체계 확립에 이바지하는 문학예술 창조 사업이 활발히 진행되었다.

「우리의 태양 김일성원수」를 비롯한 서사시, 장시, 서정시들이 많이 창작되고 희곡 「승리의 기치따라」, 「혁명의 새 아침」, 「위대한 전환」 등이 창작되었으며 소설 분야에서도 많은 것이 창작되었다.

단편소설 「밝은 아침」, 「크나큰 심장」, 「철의 력사」, 「큰 심장」, 「눈석이」, 「나루가에서」, 「사랑의 품」, 「혁명의 후계자」, 「세 아이」, 「사랑의 길」, 「태양을 우러러」, 「성장」, 「크나큰 어머니품」 등이다.

이러한 가요, 서사시, 서정시, 장시, 희곡, 단편소설들은 우리 인민들을 당의 유일사상으로 교양하는 데서 큰 역할을 놀았다.

그러나 인민들을 혁명적 세계관, 혁명적 수령관으로 튼튼히 무장시키며 특히는 온 사회의 주체사상화를 힘있게 밀고 나가기 위한 전당적인 투쟁에 문학이 더 적극적으로 이바지하기 위해서는 이것만으로는 부족하였다.

친애하는 지도자 동지께서는 우리 혁명 발전의 근본 요구와 수령형상문학 발전의 합법칙성[1]을 깊이 헤아려보시고 수령형상창조 사업을 수공업적으로, 자연발생적으로 진행할 것이 아니라 당 정책화하고 당의 영도 밑에 조직적인 사업으로 진행할 데 대한 방침을 내놓으시고 몸소 수령형상창조 사업을 지도하시었다.

친애하는 지도자 동지께서는 1968년 '4·15문학창작단'을 내오시고 장편소설에 수령 형상을 창조하기 위한 사업을 힘있게 벌리시었다.[2]

---

1) 합법칙성(合法則性): 합법성(合法性). 자연, 역사, 사회 현상이 일정한 법칙에 따라 일어나는 일.

2) '4.15문학창작단'의 창립 시기는 '1967년'과 '1968년'으로 혼란스럽다. 김정일이 '1967년'에 창작단을 조직할 것을 지시하고(「4·15문학창작단으로 내올데 대하여」) '1968년'에 창작단이 조직되어 활동한 것으로 파악하는 것이 타당하다(김정일, 「4·15문학창작단을

친애하는 지도자 동지께서는 유능한 작가들로 '4·15문학창작단'을 무어주시었을 뿐 아니라 그 바쁘신 가운데서도 원고를 한 장 한 장 읽어주시며 세심하고 정력적인 지도를 주시었다.

그 결과 위대한 수령님의 유년 시기를 형상한 장편소설『배움의 천리길』,『만경대』,『동트는 압록강』이 창작되었다.

동시에 위대한 수령 김일성 동지의 혁명 활동 역사와 숭고한 풍모를 그린 총서 형식의 장편소설들이 연이어 창작되었다.

장편소설『1932년』,『혁명의 려명』,『고난의 행군』,『백두산기슭』,『두만강지구』,『대지는 푸르다』,『근거지의 봄』,『준엄한 전구』,『은하수』,『닻은 올랐다』,『압록강』,『잊지 못할 겨울』,『봄우뢰』등이 창작되었다.

이 시기 수령 형상이 장편소설 특히는 총서 형식의 장편소설에서 창작되게 된 것은 수령형상문학 발전에서 획기적 의의를 가지는 사변이다.

장편소설에서의 수령형상창조는 영화에서의 수령형상창조와 함께 수령형상문학 발전의 새로운 단계를 특징지어주며 그것은 우리나라에서 수령 형상 발전의 합법칙적 과정으로 된다.

이미 위에서 본 바와 같이 우리나라에서는 가사, 서정시, 희곡, 단편소설들을 통하여 수령형상문학이 힘있게 발전하여 왔다.

모든 현상이 그러하듯 수령형상문학도 더 높은 단계에로 지향하였다.

지금까지 발전하여 온 수령 형상은 여러 문학 형태와 양식을 통하여 더 깊이 있고 진실하게 그리기 위한 방향으로 발전하였다. 동시에 문학 앞에는 수령이 창조한 실지의 역사와 생활에 더 가깝게 형상을 창조하며 수령이 진행한 정치생활뿐 아니라 인간생활도 폭넓고 깊이 있게 형상하며 수령이 투쟁과 생활에서 보여준 사소한 모든 것에 대하여서까지 세세히 그리어 그대로의 모습으로 수령의 혁명 역사와 풍모를 형상할 과업이 제기되었다.

내올데 대하여－조선로동당 중앙위원회 선전선동부 책임일군들과 한 담화 1967년 6월 20일」,『김정일선집(1)』, 조선로동당출판사, 1992).

이 시기 인민들은 수령의 혁명 업적과 풍모에서 더 많은 것을 배울 것을 갈망함과 함께 더 자세하고 더 정확히 배우기를 바랐다. 이것은 수령이 생각하는 대로 생각하고 수령이 실천한 대로 실천하며 모든 것을 수령이 보여준 모범에 따라 생활할 것을 열망하는 우리 인민들의 일차적 요구였던 것이다. 실로 우리 인민들은 수령의 혁명 역사와 풍모가 한없이 소중한 것으로 하여 지나간 역사적 생활도 재생시켜 오늘의 생활처럼 보고 싶고 대대손손 전하면서 배우려고 염원하고 열망하였다.

이 염원과 열망은 이 시기 전인민적인 사상감정이고 시대적인 지향과 정서를 규정하였다.

이러한 시대적인 지향과 정서, 인민적인 사상감정을 실현시켜 줄 수 있는 문학 형태와 양식의 탐구는 시대적인 과제로 나섰다.

친애하는 지도자 김정일 동지께서는 수령형상문학 발전의 이러한 요구를 깊이 헤아리시고 탐구하신데 기초하여 가장 적합한 형식의 하나를 장편소설에서 찾으시었다.

문학은 장편소설에서 인간을 참모습에 가장 가깝게 그릴 수 있으며 그의 위대한 생활에 가장 가깝게 접근할 수 있다.

다 아는 바와 같이 장편소설 양식은 오늘 처음 나타난 것은 아니다.

풍부한 예술적 재능을 소유한 우리 인민은 벌써 봉건 시기에 다른 나라에서는 보기 힘든 장편소설을 발전시켰다.

우리 인민들은 자기의 역사적 수준에서 봉건제도의 정치적, 종교적, 도덕적 부패성과 압박을 당대의 수준에서 반대하고 침략자들의 허망한 침략적 야망을 일정하게 폭로하며 봉건사회의 도처에 존재하는 전횡을 소극적이나마 해부하고 폭로하며 아름다우며 정의로운 것을 지지하고 옹호하는 데서 가장 마땅한 형식을 장편소설이라고 보았던 것이다.

근대 이후에 와서 장편소설은 더욱 투쟁의 무대로 되었다.

이 시기에 와서 인민들은 봉건적 질곡을 폭로 비판하고 착취사회의 반인민적 본질을 까밝히는[3] 무기를 또한 장편소설로 보았다.

실로 낡은 것을 불사르고 자주성을 지켜선 우리 인민들에게 있어서 장편소설은 점차 더 효과적인 투쟁의 수단으로 되었다.

그리하여 장편소설은 현대에 와서 모든 문학 형태와 양식을 '죽이고' 모든 것을 '삼켜버린' 문학예술의 '왕자'처럼 문학의 첫줄에 나서게 되었다. 그로부터 일부 문예 이론가들은 현대를 장편소설의 시기라고까지 말하기에 이르렀다.

이것은 점차 어느 정도라도 생활의 모습에 더 가깝게 문학을 창조하고 생활을 있는 그대로의 화폭으로 보여주며 더 깊고 더 철저히 해부하여 생활의 진실을 밝히려고 하는 현대의 문학 언어가 바로 장편소설로 되기 시작했다는 것을 의미한다.

그것은 장편소설이 문학의 어느 형태와 양식보다 인민대중이 제일 좋아하는 문학 양식으로 되었기 때문이다.

자주의 시대인 우리 시대에 와서 인민들은 한 나라의 범위를 벗어나 세계적 범위에서 자주성을 위하여 투쟁에 일떠섰다. 인민들은 이 마당에서 어떻게 살며 투쟁해야 하는가를 알고 싶어하며 배우고자 한다. 세계를 휩쓸고 있으며 인민들은 격동시키고 있는 사변들로 충만된 현시대에 사는 모든 인민들은 그 사변의 진면모를 더 깊이 있고 실감 있게 알려고 열망한다. 이러한 우리 시대 인민들의 요구를 가장 만족시켜 줄 수 있는 문학 양식이 장편소설이다. 그로부터 인민들은 장편소설을 더 튼튼히 틀어쥐려 한다. 이것은 시대의 주인된 인민들의 응당한 요구이다.

그것은 또한 장편소설 발전의 추이의 필연적 결과이기도 하다.

봉건사회에서 장편소설은 그 기본주인공[4]이 대체로 양반 귀족이며

---

3) 까밝히다: 드러내어 밝히다.

4) 기본주인공(基本主人公): 이북어. 작품에 등장하는 주인공들 가운데 주도적인 위치를 차지하며 작가의 의도를 실현하는 데에 가장 적극적인 역할과 기능을 수행하는 중심적인 주인공.

자본가 사회에서 그 기본주인공은 대부분이 신사 숙녀들이다. 오직 사회주의사회에 와서 기본주인공이 인민대중으로 된다.

그런데 인민대중은 자기의 모습을 작품에서 보면서 자기의 모습대로, 자기의 생활대로 그려질 것을 요구한다. 인민대중의 이러한 요구를 충족시켜 줄 수 있는 문학 형태와 양식은 소설이다. 실로 장편소설은 인민이 역사의 주인으로 등장한 우리 시대에 와서 생활에 더욱 접근하게 된 문학 양식으로 되었다.

온갖 사회적 구속을 반대하는 인민들은 문학예술 분야에서도 까다로운 격식과 규범을 좋아하지 않으며 제한된 장면과 같은 구속을 좋아하지 않는다. 보다 자유로우면서도 예술적 만족을 줄 수 있는 문학 양식을 요구한다. 이러한 요구에 가장 가까운 문학 양식도 장편소설이다.

이렇듯 문학 발전의 추이로 보나 인민들의 요구로 보나 장편소설은 사회주의 시대의 기본 문학 양식이며 자주 시대의 가장 발전된 새로운 문학 언어이다.

이 모든 것을 깊이 통찰하신 친애하는 지도자 동지께서는 장편소설을 자주의 시대, 사회주의 시기의 기본 문학 양식의 하나로 보시었을 뿐 아니라 수령 형상을 창조하는 데서 의거해야 할 가장 중요한 문학 양식으로 보시었다.

친애하는 지도자 동지께서는 장편소설이 다른 문학 형태와 양식보다 수령형상창조에 더욱 적합한 문학 언어의 하나라고 인정하시었다.

장편소설은 수령의 혁명 활동 중에 있는 생활 자료들을 가장 넓고 다양하게 포괄할 수 있는 생활 자료 포섭의 광활성을 가진다.

수령형상창조에서 생활 자료 포섭의 광활성은 수령의 폭넓은 혁명 활동과 숭고한 풍모를 사실적으로 그리기 위한 생활적 담보이다. 수령은 개별적 혁명가와는 달리 혁명 전반을 영도하는 것과 관련하여 그 활동은 전국적 및 국제적 판도에서 진행되고 혁명의 동력과 대상 전반에 관계되는 여러 가지 활동을 벌린다. 또한 사회관계가 매우 복잡하고 극적이면서도 무한히 많은 요소로 광범히 분리된 현대의 생활을 일반화하여 수령 형상에 구현하기 위하여서도 생활 자료의 광활한 포괄이 요구된다.

그러므로 수령 형상의 진실성을 보장하기 위하여서는 수령의 혁명 활동의 이러한 특성에 맞는 포괄적인 생활 자료가 포함되어야 하며 전형적인 생활 자료들에 기초하여 형상이 창조되어야 한다.

그러나 시문학이나 극문학은 이렇게 하는 데서 제한적이다.

감정과 정서로 생활을 일반화하는 시문학은 원칙적으로 생활 자료의 광범한 포괄 문제를 형상 창조의 필수적 요소로 제기하지 않으며 서사시인 경우에도 서정이 기본이기 때문에 생활 자료의 포섭은 매우 제한적이고 조건적이다.

극적 이야기를 통하여 사상을 천명하는 극문학에서 생활 자료는 적지 않게 포섭된다. 그러나 여기에서도 무대적 제한성과 양식의 특성으로 하여 생활 자료 포섭은 많은 것을 요구하지 않으며 선택된 몇 개에 한정된다.

그러나 전개된 이야기와 성격 발전의 역사를 통하여 사상을 천명하는 장편소설에서는 생활 자료 포괄을 생활을 해부하고 일반화하는 데서 의거하는 기본적인 요구의 하나로 삼는다.

장편소설 『1932년』을 보아도 여기에는 위대한 수령 김일성 동지의 혁명 활동 자료, 강반석 어머님, 김철주 동지, 김형권 동지 등 혁명 가정과 관련한 생활 자료, 한흥권, 박흥덕, 전광식, 리혁 등 반일 인민유격대[5] 지휘관들과 관련한 생활 자료, 차기용, 최칠성, 박기남, 리광, 권만성, 송덕형 등 항일유격대원들의 생활 자료, 복실, 곱단, 금옥, 봉애 등 부녀회원들의 생활 자료, 현기택, 박춘경, 리홍광 등 공작원과 지하조직원들의 생활 자료, 상훈, 명기 등 아동 단원들의 생활 자료, 마 영감, 정 노인, 학춘, 김창덕 등 인민들과 관련된 생활 자료, 백광명, 민선생 등 인텔리들과 관련한 생활 자료, 량세봉, 주호림, 황 고문, 최 참

5) 인민유격대(人民遊擊隊): 이북어. 인민의 자녀들로 조직된 유격대.

모 등 독립군 우두머리와 지휘관들의 생활 자료, 엄치환, 피상수, 리동수 등 독립군 병사들의 생활 자료, 안동학, 송필 등 초기 공산주의자들의 생활 자료, 오필수, 오덕권, 오상권, 옥녀 등 항일유격대 유가족[6]과 관련한 생활 자료, 종파와 관련한 생활 자료, 시라가와, 아라끼, 오까모도, 호리모도 등 일본군 우두머리들의 생활 자료, 하야시, 최 경부, 박 순사 등 경찰들과 관련한 생활 자료 등 다양한 인물관계와 관련된 생활 자료와 150여명의 각계각층의 인물들과의 생활 자료, 수십여 권의 사건과 관련된 생활 자료 등 다양하고 매우 폭넓은 생활 자료들이 포섭되고 있다.

이러한 다양하고 폭넓은 생활 자료를 통하여 일본 제국주의와 맞서 혁명을 영도하는 위대한 영도자의 풍격이 응당한 지위와 격에서 형상되게 된다.

또한 폭넓은 생활 자료를 통하여 민족 해방 투쟁을 영도하실 분은 오직 위대한 수령님이시며 경애하는 수령님께서는 피바다를 헤치시고 자신의 슬픔과 피눈물을 삼키시며 오로지 민족의 해방과 자유를 위하여 한 몸 바쳐 나서신 위대한 혁명가, 위대한 인간이시며 민족해방과 계급해방[7]의 구성이시라는 것을 생활 자료를 통하여 똑똑히 형상하고 있다.

시나 극과 같이 조건적으로 수령 형상을 그리는 문학 형태들과는 달리 시간적인 제한성이 없이, 장소적인 제한성이 없이 필요한 모든 생활 자료를 종횡무진으로 포섭하여 그릴 수 있는 장편소설의 특성은 수령 형상을 응당한 위치와 격에서 그릴 수 있고 형상을 보다 진실하게 창조할 수 있게 하는 확고한 담보이다.

바로 여기에 수령 형상을 생활에 더 접근시키는 장편소설의 특성과 우월성이 있으며 장편소설이 수령 형상을 새로운 높이에로 발전시키

6) 유가족(遺家族): 죽은 사람의 남은 가족.
7) 계급해방(階級解放): 이북어. 착취 계급에 의한 계급적 예속과 정치적 지배로부터 피압박, 피착취 계급을 자유롭게 함.

며 사실주의적으로 진실하게 형상하는 데서 가장 적합한 문학 양식의 하나로 되는 근거가 있다.

장편소설은 또한 수령의 혁명 활동 과정에 있은 역사적 사건이나 감동적인 사실이나를 불문하고 그것을 여러 형태들에 존재하는 형상 방식을 종합적으로 구사할 수 있는 종합성을 가진다.

수령 형상을 진실하게 창조하고 수령 형상을 새로운 높이에로 발전시키는 데서 형상 수단의 종합성은 매우 큰 의의를 가진다.

시문학은 수령 형상을 시적으로 창조하고 극문학은 극적으로 창조한다. 물론 이것은 생활에 대한 예술적 인식에서 어느 것이나 다 필요한 형상 방식인 것만은 사실이다.

그러나 장편소설은 수령 형상을 시적으로도 창조하고 극적으로도 창조하며 소설적으로도 창조함으로써 수령 형상을 가장 완전한 방식으로, 가능한 모든 방식으로 창조할 수 있게 한다.

장편소설 『백두산기슭』을 보기로 하자.

백두산의 전설을 듣고 위대한 장군님을 찾아 떠난 이동백은 아마도 장군님께서는 호화로운 의상을 떨치시고 용좌에 앉아 계실 위인일 것이라고 상상하였다.

그러나 농삿집 마당에서 나무를 패는 흔히 보는 마을 청년들과 조금도 다름없고 기운 옷을 입고 구름노전[8]을 깔고 사는 이 고장의 모든 사람들과 조금도 다름없는 그 분이 다름 아닌 전설적인 장군님이심을 알게 되었을 때 리동백은 솟구치는 격정을 숨기지 못한다.

이때만이 아니다. 주봉길의 생일상을 차려주시는 경애하는 장군님의 고매한 덕성을 보았을 때, 마안산의 아동 단원들을 사랑의 한 품에 안아 보살피시며 '민생단' 혐의자들의 운명을 책임지시고 건져주실 때, 사랑하는 혁명 전사 리경준이 조국광복회 결성을 눈앞에 두고 전사하였을 때, 열다섯 명의 전사와 한 자루의 기관총이 혁명 무력의 정

8) 구름노전: 이북어. 귀룽나무, 참나무 껍질 따위를 좁고 길게 잘라서 엮은 깔개.

예부대로 변하고 우리나라의 첫 통일전선체인 조국광복회가 결성되었을 때도 그의 가슴은 격정의 파도로 설레인다.

이 장면들은 다 축적된 감정이 폭발되는 극이며 동시에 심장을 터치는 열정의 시이기도 하다.

그뿐만이 아니라, 돈화 땅에서 백두산 기슭까지 위대한 장군님을 모시고 따라오는 노정에 대한 빠짐없는 기록은 소설 본연의 이야기이다.

이렇게 하여 장편소설 『백두산기슭』에서 수령 형상은 시적으로도 극적으로도 소설적으로도 형상되었으며 따라서 독자들에게는 시적으로도 감흥을 주고 극적으로도 감흥을 주며 소설적으로도 감흥을 준다고 말할 수 있다.

실로 장편소설은 형상 수단의 종합성으로 하여 수천 년 간 인류가 발전시켜온 개별적 문학 형태들에서의 형상 방식을 다시 하나의 형식에서 통일시켜 그 모든 가능성과 우월성을 하나로 집대성하여 새로운 형상 형식으로 되게 하였다고도 볼 수 있다.

장편소설의 종합성, 이것으로 하여 장편소설에서의 수령 형상은 생활에 아주 가깝게 접근시킨 생동한 형상으로 되게 되었으며 자주성을 위하여 싸우는 우리 시대 인민들의 높아진 예술적 수요를 가장 원만히 풀어주는 형상으로 되게 되었다. 실로 장편소설은 그 종합성으로 하여 수령 형상을 새로운 높이에로 끌어올릴 수 있게 한다.

여기에 또한 장편소설이 수령 형상을 새로운 높이에서 창조하는 가장 적합한 문학 양식으로 되는 근거가 있다.

장편소설은 또한 수령의 형상창조에서 작품의 내용을 생활에 최대한으로 접근시키는 요인의 하나인 성격의 발전과정에서 형상을 창조할 수 있게 하는 최대한의 가능성을 주는 문학 양식이다.

사람들은 생활하면서 먹고 입는 것만으로는 만족할 수 없다.

인간은 의식을 가진 사회적 존재로서 때로는 먹지 못해도 사상적으로, 도덕적으로, 감정 정서적으로 만족할 것을 바라는 경우가 적지 않다.

혁명투사들이 사상과 신념을 지켜 한목숨 서슴없이 바친 것도, 젊은 이들이 끼니를 번지면서도 예술을 즐기는 것도 다 이러한 표현이며 인간의 자연스러운 면모이다.

그러므로 인간은 생활에 대한 지적, 사상적 인식과 함께 예술적 인식을 하여 왔으며 예술적 인식의 여러 수단들을 발전시켜왔다. 사람들은 생활을 시적으로도 인식하고 극적으로도 인식하며 소설적으로도 인식하였다. 이 모든 예술적 인식의 수단들의 지향은 궁극적으로는 형상으로 하여금 최대한 생활의 접근하게 하는 것이다.

이러한 인간의 지향과 예술적 인식 발전에서 최대의 성과의 하나는 발전 과정에서 성격을 창조할 수 있다는 것을 파악하고 그 방도와 수단을 발견한 것이다.

발전 과정에서 성격을 창조한다는 것은 문학적 성격을 작가의 강요에 의해서가 아니라 자체의 발전 법칙에 따라서 즉 생활의 논리, 성격의 논리에 맞게 운동 속에서 그린다는 것을 의미한다. 다시 말하여 사물 발전의 일반적 합법칙성에 맞게 낮은 단계로부터 높은 단계에로 발전하는 과정 속에서 성격을 파악하고 형상하며 생활에 존재하는 산 인간의 모습대로 그린다는 것을 의미한다.

이러한 예술적 인식과 형상방법은 아무 때나 이루어지는 것이 아니다.

중세와 근대의 적지 않은 작품들은 작가에 의하여 미리 주어진 성격, 규정성을 가진 성격을 보여주는 경우가 적지 않다. 이러한 성격은 발전 과정으로서의 성격이 아니라 '선언된 성격'이 작품에서 평면적으로 운동할 뿐이다. 이러한 성격을 역사에서는 이성주의 성격이라고 하며 이것은 중세와 근대 문학에서 흔히 볼 수 있는 보편적 현상이다.

형상 창조에서 이성주의를 극복하고 살아 숨쉬며 발전하는 산 인간, 전형적인 인간 성격을 창조할 수 있게 된 것은 세계를 발전 과정으로 인식하는 세계관이 확립되면서부터이다. 이것이 완성의 경지에 오르게 된 것은 자주성이 인간의 생명이라는 인간 본성이 밝혀지고 인간의 모든 투쟁은 자주성을 지키고 찾기 위한 투쟁이라는 사회적 운동의 본질이 밝혀지면서부터이다. 여기에서 현대 장편소설의 발전은 큰 의의를 가진다.

왜냐하면 발전 속에서의 성격 창조가 자주성을 위한 사람들의 운동 속에서 성격을 파악하고 인식하는 조건 하에서만 가능하며 예술적 재현에서의 엄밀한 객관성과 성격 창조에서의 예술적 생리에 기초한 정연한 논리성에 의거할 때만 가능하기 때문이다. 현대 장편소설이 자주시대 인간의 생활을 가장 진실하게 재현할 수 있는 가능성을 주는 까닭이 바로 여기에 있다.

다 아는 바와 같이 발전 과정 속에서 성격을 창조하는 예술적 인식과 형상 방법은 아무 방식에서나 충분히 가능한 것이 아니다.

시는 체험 세계를 터치는[9] 예술적 형상 방식으로서 성격을 발전 속에서 그리는 것을 필요로 하지 않는다.

극은 무대적 제한성으로 하여 성격을 발전 속에서 그릴 수 있는 충분한 가능성을 가지지 못한다.

그러나 인간의 내면생활과 뒤생활[10]을 그리고 생활을 전개하여 화폭으로 묘사하며 이야기를 통하여 말하는 장편소설에서는 사정이 다르다.

발전 과정 속에서 성격을 창조하는 충분한 가능성은 문학으로서는 오직 장편소설 양식에 고유한 특성이다.

이것은 수령 형상을 사실 그대로 창조하며 전형적으로 그릴 수 있는 가장 적합한 문학 양식이 장편소설이라는 것을 의미한다. 다시 말하여 수령형상창조에서 사실주의를 충분하게 구현할 수 있는 문학 양식이 장편소설이다.

실로 현대의 장편소설은 발전 과정 속에서 성격을 창조할 수 있는 최대의 가능성을 줌으로 하여 현실에 대한 예술적 인식에서 인간이 도달한 최대의 성과의 하나로 된다. 성격을 발전 과정 속에서 창조함

---

9) 터치다: '터뜨리다'의 이북어.

10) 뒤생활(-生活): 이북어. ① 공적이거나 공개적인 자리에서가 아니라 사람들의 눈에 잘 띄지 않는 데서 나타나는 생활. ② (문학) 작품의 표면에 그려지지 않는 등장인물들의 생활.

으로 하여 등장인물들의 생활 속에 깊이 파고 들어가게 하며 생활의 비밀, 진리의 비밀을 그 기초로부터 알아낼 수 있게 한다.

작품에서 인물의 성격을 발전 과정 속에서 그림으로 하여 수술칼과 같이 예리하고 무자비하게 낡은 것을 수술하고 드러낼 수 있는 해부와 폭로의 힘을 주며 특히 수령형상창조에서 수령의 혁명 역사와 풍모에 담겨져 있는 모든 진리를 예술적으로 깊이 있게 밝혀 줄 수 있게 한다.

장편소설『백두산기슭』에 나오는 리동백의 형상의 사실주의적 추구와 리동백의 시점에서 그려진 위대한 장군님의 형상이 이를 잘 보여준다.

리동백은 장편소설에서 부분적으로만 등장한다. 그는 민족운동도 초기 공산주의 운동도 다 체험하고 세상풍파를 다 겪은 인물이다.

그는 인민들이 민족의 구성으로 우러르며 전설화하고 있는 장군님이 과연 어떠한 분이신가를 알려고 결심 품고 유격대 지휘관을 따라 나선다.

리동백의 성격은 위대한 수령님의 혁명 활동과 생활 속에 깊이 잠겨 발전 속에서 장군님의 위대성을 하나하나 깨닫게 되며 장군님의 위대성의 근원을 탐색하고 장군님의 참모습을 파악하게 되는 의식층의 각성 과정으로 그려졌다. 그리하여 위대한 장군님에 대한 전설은 장군님의 실제의 위대성에 비하면 너무도 부족하다는 것을 발견하게 되며 그 전설은 비길 데 없는 장군님의 위대성과 인민의 염원이 한곬에서 교차되어 창조된 엄연한 진리라는 것을 심장 깊이 간직한다.

여기에서도 알 수 있는 바와 같이 장편소설은 사회생활을 예술적으로 해부하고 분석하며 종합하고 일반화하는 예술적 무기이며 진리와 아름다움의 진가를 힘있게 노래하는 사실주의적인 현시대의 가장 위력한 문학 언어이다.

장편소설은 발전 과정에서 성격을 창조할 수 있는 가능성을 줌으로써 가장 완전한 예술적 성격을 창조할 수 있게 하고 수령 형상을 새로운 높이에서 창조하고 발전시키는 데 가장 적합한 예술적 양식으로 된다.

이 위대한 진리의 발견, 수령 형상을 새로운 높은 단계에로 발전시킬 수 있는 양식의 탐구는 예술의 영재이시며 충실성의 귀감이신 친애하는 지도자 동지께서 이룩하신 또 하나의 세기적 공적으로 된다.

친애하는 지도자 김정일 동지께서는 장편소설을 수령 형상을 새로운 높이에로 발전시키는 데 가장 적합한 문학 양식으로 보시었을 뿐 아니라 위대한 수령 김일성 동지의 형상 창조에 가장 적합하게 발전시킬 수 있는 장편소설 양식을 발견하시었다.

역사적으로 소설 양식에는 단편소설, 중편소설, 장편소설 등이 있다.

친애하는 지도자 동지께서는 장편소설을 수령형상창조의 가장 적합한 양식으로 인정하시면서도 경애하는 수령 김일성 동지의 위대한 혁명 역사와 숭고한 풍모를 담는 데서는 그것도 부족하다고 보시고 몸소 총서 형식의 장편소설 양식을 탐구하시었다.

총서 형식의 장편소설 양식은 '불멸의 력사'라는 총적[11]인 표제 밑에 작품마다 자기의 제목을 가지고 있는 여러 권의 장편소설들의 큰 묶음 형식이다.

총서 형식의 장편소설 양식은 경애하는 수령 김일성 동지의 영광찬란한[12] 혁명 역사와 불멸의 업적, 숭고한 풍모를 정연한 체계성을 가지고 폭넓고 깊이 있고 생동하게 형상할 수 있게 하는 독창적인 새로운 소설 양식이다. 이 양식은 우리 시대의 가장 위대한 노동계급의 수령이신 경애하는 김일성 동지의 영광찬란한 혁명 역사와 불멸의 업적, 탁월한 영도력과 고매한 풍모를 전면적으로 형상하는 데 가장 적합한 형식이다.

이렇듯 친애하는 지도자 동지의 현명한 영도 밑에 장편소설과 총서 형식 장편소설 양식의 수령 형상이 창조됨으로써 이전 시기와 구별되

---

11) 총적(總的): 이북어. 총체적이며 총괄적인. 또는 그런 것.
12) 영광찬란하다(榮光燦爛--): 이북어. 매우 영광스럽고 찬란하다.

는 고유한 특성을 나타냈으며 수령형상창조의 전반적 개화기를 빛나게 장식하였다.

다 아는 바와 같이 세계적으로 볼 때 수령 형상을 중심에 놓고 쓴 장편소설이 아직 없다.

우리나라는 위대한 수령님의 항일혁명투쟁 시기의 혁명 역사를 형상한 장편소설만도 15권이나 창작하였다.

이것은 반세기에 걸치는 경애하는 수령님의 혁명 역사에서 20년 간의 투쟁의 일부를 그린 데 불과하다. 앞으로 몇 십 권의 장편소설이 창작될 것이다.

이것은 세계 혁명문학 발전 역사, 특히는 수령형상문학 발전 역사에 특기할 사변이며 우리나라로 하여금 수령형상문학을 가장 높이 발전시킨 자랑 높은 조국으로 되게 하였다.

2. 총서 형식의 장편소설 『불멸의 력사』와 수령 형상

총서 『불멸의 력사』 중 장편소설들에서의 수령 형상은 정중하고 진실하며 생동하고 잊혀지지 않는 위대한 혁명가, 위대한 인간의 형상으로 진실하게 창조되고 있다.

이 수령 형상은 친애하는 지도자 동지의 수령형상창조 이론이 장편소설 창작에 구현된 첫 창조물로서 세계 혁명문학 발전에서 매우 큰 의의를 가진다.

수령 형상이 가장 생동하고 진실하게 창조되고 있다는 바로 여기에 이 장편소설들의 생명력이 있으며 우리 인민과 인류를 위한 기념비적 장편소설로서의 가치가 있다.

총서 『불멸의 력사』의 장편소설들은 무엇보다 먼저 수령을 형상한 철학적 깊이가 있는 첫 혁명적 대작 소설들이다.

인류의 문학 역사가 수만 년을 헤아리고 노동계급의 혁명 역사가 백오십여 년이 되지만 그 어느 나라, 그 어느 시기에도 이처럼 철학적 깊이가 있는 수령 형상 장편소설 대작을 내놓지 못하였다.

친애하는 지도자 동지의 영도를 받는 조선의 혁명적 작가들만이, 친애하는 지도자 동지를 모신 우리 인민만이 세계 혁명문학 발전을 위하여, 인류를 위하여 이렇듯 빛나는 공헌을 할 수 있었다.

수령형상작품에 철학적 깊이를 보장하는 것은 인간학으로서의 수령형상문학의 본성과 사명으로부터 흘러나오는 필수적 요구이다.

수령형상작품은 위대한 인간의 위대한 생활을 그려 그것을 통하여 가장 절실하고 의의 있는 인간의 근본 문제를 형상적으로 밝혀냄으로써 인민들에게 수령의 위대성을 심장으로 파악하게 하고 혁명의 진리, 생활의 진리를 깨우쳐 참된 삶의 길로 이끌어주어야 한다. 수령형상문학이 이러한 본성적 요구에 맞게 생활을 보여주려면 복잡하고 다양한 현실 속에서 가장 본질적인 문제를 제기하고 전형적인 생활을 선택하고 그것을 깊이 있게 분석 평가하며 그에 대한 심오한 예술적 일반화를 주어야 한다. 수령형상창조의 이 복잡한 과정은 생활에 대한 깊은 철학적 해명을 특별히 요구한다. 위대한 생활에 대한 깊은 철학적 분석만이 사람을 중심으로 하는 세계에 대한 전면적이고도 심오한 이해를 줄 수 있으며 혁명의 근본 문제, 인간의 근본 문제에 올바른 해답을 줄 수 있다.

수령형상작품에 철학적인 깊이를 보장하는 것은 또한 거대한 역사적 사변들과 혁명적 변혁들로 충만되어 있는 우리 시대와 혁명 발전의 요구이다.

위대한 수령님께서 영도하시는 우리 시대는 일찍이 인류가 체험해 본 적 없는 거창한 혁명적 사변과 역사적 변혁들로 충만된 격동적인 시대, 주체시대[13]이다. 특히 위대한 주체사상이 전면적으로 구현됨으로써 우리나라는 혁명과 건설의 모든 분야에서 끊임없는 혁신이 일어

---

13) 주체시대(主體時代): 이북어. 이북에서, 인민 대중이 처음으로 자신의 운명과 역사를 개척하는 주인으로 등장하였다고 하는 시대를 이르는 말.

나고 온 사회에 충성의 열정과 전투적 기백이 차넘치는 혁명적 앙양의 시기, 민족적 대번영의 시기에 처해 있다. 우리 인민들의 사상 정신적 풍모에서도 근본적인 전환이 일어나고 있으며 오랜 세월 인류가 그처럼 갈망하여온 아름다운 인간과 참된 삶에 대한 이상은 위대한 수령님과 친애하는 지도자 동지의 영도 밑에 빛나게 실현되고 있다. 실로 오늘 우리 시대, 우리의 현실처럼 의의 있고 철학적으로 심오한 인간 문제를 제기한 역사적 시대는 일찍이 없었다.

여기에는 시대와 수령 간의 심오한 철학이 깃들어 있다.

시대의 요구가 있다 하더라도 그를 철학적으로 일반화하여 시대의 요구, 인민의 요구로 이론화하여 내세우는 지도자가 없다면 그것은 참다운 시대의 요구로 될 수 없다. 왜냐하면 인민들의 투쟁 강령으로 일반화되고 구체화되지 못한 시대의 요구는 혁명의 문제로, 인간의 자주성을 해결하는 근본 문제로 되지 못하기 때문이다.

다 아는 바와 같이 마르크스가 노동계급의 역사적 사명을 밝혀주지 않았고 레닌이 제국주의 단계에서 혁명 투쟁 방도를 밝혀주지 않았더라면 아무리 개별적 노동계급이 파업을 하고 노동계급이 무장투쟁을 한다 하더라도 그것은 우연적이고 자연발생적인 것이 불과하였을 것이다.

오직 노동계급의 수령들인 마르크스나 레닌에 의하여 시대의 요구, 계급의 사명이 이론적으로 일반화되고 자주성을 위한 인민의 투쟁이 목적의식성을 가진 투쟁으로 될 수 있었다.

이것은 역사적 사실에 의하여 확증된 엄연한 사실이다.

오늘 우리 시대는 위대한 수령 김일성 동지께서 영생불멸의 주체사상을 창시하시어 우리 시대의 요구를 이론화, 철학화하심으로써 우리 시대, 우리 인민의 요구가 가장 뚜렷하게 밝혀지고 인민들이 뚜렷한 목표와 지향을 가지고 목적의식적으로 자주성을 위한 투쟁을 힘있게 벌려나갈 수 있게 되었다.

그러므로 변혁과 기적으로 충만된 우리 시대를 그의 본질적 특성에 맞게 반영하며 위대한 수령님의 혁명 역사를 깊이 있고 감동적으로 진실하게 그리려면 무엇보다 요구되는 것이 수령 형상을 철학적 깊이가 있게 그리는 것이다.

철학적 깊이가 있게 수령 형상을 창조하지 못한다면 우리 시대의 본질을 정확히 밝힐 수 없고 수령의 혁명 활동을 전면적이고 심오한 전형적인 형상으로 창조할 수 없다.

이렇듯 작품 창작에서 철학적 심오성을 보장하는 것은 위대한 수령님의 형상 창조에 바쳐진 총서 작품들에서 특별히 중요한 문제로 나선다.

물론 지난 시기에도 작품의 철학성이란 개념은 존재해 왔다. 그러나 그것은 어디까지나 문학작품의 사상적 심오성을 일반적으로 말하는 개별적 개념으로 써왔을 뿐이며 작품의 사상성과 예술성을 규정하는 기본 요인으로, 작품의 풍격과 가치를 규정하는 기본 척도로 인식하고 구현하지는 못하였다.

오직 친애하는 지도자 동지에 의하여 밝혀진 문학작품의 철학적 깊이에 관한 이론만이 높은 사상성과 예술성을 확고히 결합할 수 있는 기본고리[14]와 근본 요인을 담보하며 작품의 정치사상적 풍격과 예술적 가치를 규정하는 징표로 밝혀주었다.

실로 친애하는 지도자 동지께서 역사상 처음으로 문학작품의 철학적 깊이에 대한 사상을 창시하심으로써 새시대의 요구와 인민의 지향에 맞는 사상예술성이 높은 문학예술 작품을 창작할 수 있는 뚜렷한 길이 밝혀지게 되었다.

친애하는 지도자 동지께서는 문학작품의 철학적 깊이에 대한 독창적 사상을 창시하시었을 뿐 아니라 그것을 빛나게 구현하도록 수령형상작품을 창작하는 창작가들을 현명하게 영도하시었다.

수령 형상 장편소설의 모범인 총서 작품들이 철학적 깊이를 가진

---

14) 기본고리(基本--): 이북어. 연관이 있는 관계에서 그것이 풀림으로써 다른 것들도 순조롭게 풀려 나갈 수 있는 고리.

훌륭한 명작, 기념비적 대작으로 완성된 것은 전적으로 친애하는 지도자 동지의 정력적인 영도의 빛나는 결실이다.

총서 작품들의 철학적 깊이는 또한 친애하는 지도자 동지의 영도에 충실한 우리 작가들의 충성심의 구현이며 그를 구현한 심오한 창작적 사색의 산물이다.

시대를 놓고, 인민의 운명을 놓고 피타는[15] 탐구와 사색을 하지 않는 작가는 사색의 빈곤, 철학의 빈곤을 가져오며 충성심을 신념화하지 않은 작가는 철학적 깊이가 있는 수령형상작품을 창작할 수 없다.

여기서 작가의 사색이란 추상적이고 공허한 것이 아니다. 다시 말하여 우연적으로 떠오르는 그 어떤 '영감'이 아니라 사실에 기초한 인간들의 운명 문제에 대한 작가의 꾸준하고 인내성 있는 탐구 과정이며 정치적 식견과 창작 기량의 구현 과정이다. 탐구란 인간의 운명을 개척하는 데서 위대한 인간, 위대한 생활의 의의에 대한 탐구이며 사색 또한 그 인간, 그 생활의 참된 의미와 본질을 밝혀내기 위한 사색 과정이다. 인민의 운명과 결부된 시대의 거창한 숨결을 자기의 맥박으로 하는 작가, 수령에 대한 충성심을 삶의 최고 목적으로 삼는 작가만이 철학적 깊이가 있는 수령형상작품을 창작할 수 있다.

창작적 탐구와 사색은 작가에게 저절로 주어지는 것이 아니며 그것은 작가의 정치적 식견과 창작 기량의 반영이다. 사람은 자기가 아는 것만큼 준비된 것만큼 보고 듣고 느끼고 받아들인다. 사람의 인식의 폭과 깊이는 결국 세계관의 높이와 인식능력의 정도에 달려 있다. 아는 것이 많을수록 현실을 더욱 폭넓고 깊이 있게 그 본질에서 파악할 수 있고 반영할 수 있다. 작가의 재능도 결국은 타고난 천성이 아니라 현실 생활에 대한 다방면적이고 심도 있고 폭넓은 체험과 그를 예술적으로 일반화할 수 있는 능력의 끊임없는 축적의 총화이다.

다시 말하여 충성심이 높고 정치적 식견과 예술적 기량이 높은 작

15) 피타다: 이북어. 심정이나 염원이 몹시 절절하여 애타다.

가만이 창작적 탐구가 참신하고 창작적 사색이 깊으며 따라서 철학적 깊이가 있는 수령형상작품을 창작할 수 있다.

그러면 참신하고 진지한 창작적 탐구와 깊이 있는 창작적 사색으로 빛나는 총서 작품들에서 철학적 깊이는 어떻게 보장되었는가.

총서 작품들에서 수령 형상은 무엇보다도 철학적 무게가 있는 종자를 골라잡아 형상 창조의 생리에 맞는 창조의 대를 바로세움으로써 철학적 깊이를 보장하였다.

친애하는 지도자 김정일 동지께서는 다음과 같이 지적하시었다.

"내용을 대작으로 만들기 위하여서는 사람들에게 커다란 혁명적 영향을 줄 수 있는 종자, 철학성을 띈 심오한 사상을 밝혀낼 수 있는 종자를 똑바로 골라잡는 것이 필요하다."(『영화예술론』, 63쪽)

종자에 관한 문제는 소설 문학 창작에서 일반적으로 제기되는 원칙적 문제이면서도 위대한 수령님의 혁명 역사를 체계성 있게 형상화하는 총서 형식의 장편소설 창작에서 더욱 절실하게 나서는 문제이다.

생활의 사상적 알맹이로서의 종자는 총서 작품 창작에서 위대한 혁명 역사에 있었던 역사적 사건과 사실들의 본질과 의의를 예술적으로 깊이 있고 의의 있게 형상해 낼 수 있게 한다.

종자는 총서 작품의 사상성을 담보하는 기본 요인으로 될 뿐 아니라 사상성과 예술성을 결합시키는 바탕으로 그 철학적 깊이와 인간학적 가치를 담보하는 결정적 요인으로 된다.

생활의 본질이 철학적으로 심오히 뿌리박고 있으면서도 생활적으로도 생동하여 깃들어 있는 것으로 하여 종자는 형상 요소들에 대한 생동한 표상을 암시하여 주며 나아가서 사상적 내용을 형상적으로 구현하도록 이끄는 강력한 힘을 가진다.

사람들에게 깊은 사상적 충격과 커다란 예술적 감흥을 안겨주는 철학적 깊이를 가진 총서 작품 창작에서는 무엇보다도 수령의 위대한 역사적 생활에서 사상적 알맹이를 똑바로 골라잡아야 한다.

총서 창작에서는 철학적으로 심오한 총적인 종자, 포괄적인 종자를 먼저 장악함으로써만 매 장편소설들에서의 종자의 특색과 철학성을 담보할 수 있다.

친애하는 지도자 동지께서는 위대한 수령님의 혁명 역사를 전면적으로 형상화하게 되는 장편소설들에 '불멸의 력사'라는 제목을 달아주시었다.

'불멸의 력사', 이것은 수령 형상 장편소설 묶음의 포괄적이며 총괄적인 종자라고 볼 수 있다.

여기에는 우리 인민과 인류의 해방을 위한 투쟁으로서의 위대한 수령님의 혁명 역사의 본질이 심오히 일반화되고 있으며 수령 형상을 창조하는 데서 사상의 진수를 줄 뿐 아니라 형상의 씨앗이 박혀있다. 다시 말하여 여기에는 우리 인민이 운명 개척에서의 근본 문제가 담겨져 있다.

'불멸의 력사', 여기에는 인민의 운명 개척을 위한 투쟁에서 그 누구와도 구별되는 위대한 혁명가, 위대한 인간으로서의 경애하는 수령님의 빛나는 혁명 역사와 숭고한 풍모가 집약되어 있다.

여기에는 또한 경애하는 수령님께서 창조하신 빛나는 혁명 업적과 풍부한 투쟁 경험이 하나의 단어로 함축되어 있으며 현시대 인류가 자주성을 위한 투쟁에서 사상 정신적 원천으로, 본보기로 삼아야 할 불멸의 모범에 대한 빛나는 창조가 주어져 있다.

'불멸의 력사'에는 역사 발전과 혁명 투쟁에서의 수령의 절대적인 위치와 결정적 역할에 대한 심오한 철학적 해명과 주체시대를 이끄시는 인류의 태양으로서의 경애하는 수령님의 위대성이 뚜렷이 밝혀져 있다.

총서 작품의 이 종자야말로 현시대가 제기하는 모든 문제에 대한 사상적 및 예술적 해답을 주는 모든 것을 안고 있는 생활의 사상적 씨앗이며 생활의 바탕이다.

인간의 참된 삶이란 무엇인가, 자주성을 위하여 한생을 보람 있게 산다는 것은 어떻게 사는 것인가, 혁명이란 무엇이며 혁명가란 어떤 사람들인가, 인간의 행복이란 무엇이며 자주적으로 자기의 운명을 개척한다는 것은 어떻게 하는 것인가, 자주성을 지키고 빛내이기 위하여 반제투쟁[16]은 어떻게 하고 계급투쟁은 어떻게 하며 자연과의 투쟁은 어떻게 하여야 하는가, 민주주의혁명[17]은 어떻게 하고 사회주의혁명과 건설은 어떻게 하여야 하는가, 가장 아름다운 삶이란 어떤 삶이며 가장 영웅적인 생활이란 어떤 생활이며 사회주의, 공산주의에로 가는 지름길은 어데 있는가, 주체시대가 내세우고 제기하는 우리 인민과 온 인류의 운명과 관련되는 이 모든 문제들에 깊이 있는 예술적 해답을 줄 수 있는 생활의 사상적 알맹이, 형상의 요소들이 뿌리내릴 수 있는 가장 본질적이고 전형적이며 생활적인 씨앗이 '불멸의 력사'라는 종자에 주어져 있다.

'불멸의 력사'라는 종자는 경애하는 수령님의 위대한 혁명 역사와 숭고한 풍모에 전적으로 맞으며 수령 형상의 내용과 형식, 규모를 규정해주는 생활의 사상적 알맹이이다.

실로 이 종자는 우리 인민과 인류의 운명 문제를 한몸에 지니신 경애하는 수령 김일성 동지의 위대성을 깊이 있게 형상할 수 있는 창작의 내용과 형식을 규정해 주고 그 철학적 해명을 담보하는 예술적인 종자이다.

바로 여기에 총서 장편소설들을 전체적으로 포괄하는 철학적인 종자가 '불멸의 력사'로 되는 근거가 있다.

친애하는 지도자 동지께서는 수령 형상 장편소설의 묶음에 '불멸의 력사'라는 종자, 주체시대 인간 문제의 근본 문제가 담겨져 있고 수령의 위대성을 형상적으로 천명할 수 있는 철학적인 종자를 안겨주심으로써 총서의 장편소설들로 하여금 철학적인 깊이를 가진 참다운 수령 형상 장편소설로 발전할 수 있는 넓은 길을 열어 주시었다.

---

16) 반제투쟁(反帝鬪爭): 제국주의의 침략이나 정책에 반대하는 투쟁.

17) 민주주의혁명(民主主義革命): 이북어. 근로대중의 민주주의적 자유와 권리를 구속하는 낡은 사회관계를 청산하고 사회의 민주주의적 발전의 길을 열어 놓는 혁명.

오늘 총서 작품들이 그처럼 심오한 사상성과 높은 예술성으로 하여 만사람의 심장을 격동시키는 대작으로, 인민들을 경애하는 수령님의 위대성으로 교양하는 혁명의 교과서로 빛을 뿌리는 것은 전적으로 총서의 철학적인 종자가 옳게 탐구되고 주어진데 그 원인이 있다.

총서의 종자는 우리 시대의 근본 문제, 경애하는 수령님의 위대성을 전면적으로, 형상적으로 밝힐 수 있게 하는 종자일 뿐 아니라 또한 총서에 속하는 매 장편소설의 철학적인 종자의 파생을 담보하고 그를 생리적으로 안고 있는 예술적 종자이다.

매 장편소설들은 총서의 이 종자로부터 자기의 고유한 몫을 찾아내며 전체적이고 포괄적인 수령 형상 장편소설의 이 종자에 복종되면서도 독자성을 가진 매 장편소설의 종자를 가질 수 있게 되었다.

친애하는 지도자 동지께서는 총서 전체의 종자를 철학적인 것으로 잡아주시었을 뿐 아니라 총서의 매 작품들이 자기의 고유한 철학적 종자를 가지도록 이끌어주심으로써 총서의 장편소설들로 하여금 수령 형상 장편소설의 본보기가 되도록 하시었다.

친애하는 지도자 동지께서는 장편소설에서의 수령 형상은 하나의 연대기적인 형식으로 형상하지 말 데 대하여, 혁명을 영도하여 오신 중요한 투쟁 단계들을 구획으로 하여 형상할 데 대하여 밝혀주시었으나 매 투쟁 단계를 형상하는 작가들은 초기 종자를 바로잡지 못함으로 하여 경애하는 수령님의 위대성을 진실하게 형상하지 못하였다.

이러한 사실을 헤아려보신 친애하는 지도자 동지께서는 수령 형상 장편소설들을 친히 한 장 한 장 읽으시고 수령 형상 장편소설들에서 종자를 바로잡아야 수령 형상을 진실하게 창작할 수 있다고 하시면서 몸소 개별적 장편소설의 종자들을 바로잡아 주시었다.

총서 장편소설들 가운데서 초고가 제일 먼저 된 것이 『혁명의 려명』과 『1932년』이었다.

친애하는 지도자 김정일 동지께서는 다음과 같이 지적하시었다.

"수령님께서는 주체사상의 출발점에 대하여 설명하시면서 자신께서 성장하시는 과정에 특히 학생 시절에 부닥친 두 가지 문제에 대하여 교시하시었습니다. 그 하나는 조선 민족해방운동을 한다고 하는 공산주의자들과 민족주의자들이 대중을 떠나서 상층부의 몇몇 사람들끼리 모여 앉아 말공부[18]만 하고 실지 혁명운동에 대중을 불러일으키지 않고 있는 것이며 다른 하나는 당시 공산주의 운동 안에 파벌 싸움이 심하게 벌어진 것입니다. 수령님께서는 이 두 가지 현상을 보시고 혁명을 그렇게 하여서는 안되겠다는 자극을 강하게 받으시고 인민대중이 혁명의 주인이며 따라서 인민대중 속에 들어가 인민대중에 의거하여 투쟁하여야 한다는 것과 자기의 문제는 자신이 책임지고 자주적으로 풀어나가야 하며 자기 자신이 투쟁을 더 잘하면 남에게서 승인을 받고 안받는 것이 문제가 아니라는 것을 절실히 느끼게 되었다고 교시하시었습니다. 수령님께서는 이 두 측면이 자신의 혁명 사상 발전에 커다란 충격을 주었다고 하시면서 이것이 바로 주체사상의 출발점이라고 말할 수 있다고 교시하시었습니다. 수령님의 혁명 사상 발전에 커다란 충격을 주었다는 이 두 측면을 소설에서 생활적으로 잘 밝혀야 합니다."

위대한 수령님께서 길림 지구에서 벌리신 초기 혁명 활동을 형상하는 장편소설 창작에서 근본 문제가 무엇인가를 똑똑히 파악하지 못한 작가는 종자를 바로잡을 수 없었으며 따라서 철학적 깊이가 있는 장편소설을 창작할 수 없었다.

친애하는 지도자 동지께서는 위대한 수령님의 혁명 역사에 대한 과학적 분석에 기초하여 수령님께서 길림 지구에서 벌리신 혁명 활동에서 근본 문제가 주체사상의 출발점에 관한 문제라고 밝혀주시었다.

주체사상의 출발점에 관한 문제는 위대한 수령님께서 1920년대 후반기 길림 지구를 중심으로 하여 벌리신 초기 혁명 활동 시기의 투쟁 활동을 본질적으로 특징지어주는 사상적 알맹이이다.

---

18) 말공부(-工夫): 실천은 하지 않고 쓸데없이 헛된 이야기만을 일삼음. 또는 그 말.

경애하는 수령님께서 길림을 중심으로 하여 전개하신 혁명 활동 과정은 주체의 혁명적 세계관을 세우고 독자적으로 혁명의 길을 개척해나가신 과정이었으며 조선 혁명의 장래 발전을 위한 원대한 구상과 과학적인 혁명 이론을 완성해나가신 과정이다. 이 과정을 거쳐 마침내 1930년 6월 역사적인 카륜회의에 이르러 영생불멸의 주체사상의 창시와 주체의 혁명 이론의 탄생이 선포되는 것이다.

주체사상 창시 과정의 중요한 역사적 매듭을 이루고 있는 길림 지구에서의 혁명 활동은 주체사상의 출발점이라는 사상적 알맹이를 가질 때라야 본질적으로 형상화될 수 있고 수령형상창조에서 철학적 깊이를 보장할 수 있다.

그것은 이 종자에 의하여 1920년대 말 조선 혁명 발전의 내용과 본질이 밝혀질 수 있고 위대한 수령님께서 이 시기 벌리신 혁명 활동의 위대성이 깊이 있게 심오한 내용을 가지고 밝혀질 수 있기 때문이다.

무엇보다도 이 종자는 위대한 수령님께서 빛나는 예지로 당시의 민족 해방 투쟁을 과학적으로 분석 총화하신 것을 형상적으로 밝힐 수 있게 한다.

또한 이 종자는 조선 혁명이 어느 길로 나가야 하는가를 발견하신 경애하는 수령님의 빛나는 예지를 형상적으로 밝힐 수 있게 한다.

또한 이 종자는 경애하는 수령님께서 민족 해방 투쟁을 새로운 토대 위에서 근본적으로 새롭게 발전시켜나가신 그 결정적 역할이 형상적으로 천명될 수 있게 하는 예술적 담보를 준다.

다시 말하여 이 종자에는 이 시기 조선 혁명의 근본 문제, 조선 인민의 운명과 관계되는 근본 문제가 체현되어 있다.

따라서 장편소설『혁명의 려명』은 이 종자가 주어짐으로 하여 오늘과 같이 높은 사상예술성을 이룩할 수 있었고 경애하는 수령님의 위대성을 그처럼 감동적으로 형상할 수 있게 되었다.

물론 작품의 철학적 깊이는 철학적인 종자의 파악에 의해서만 보장되는 것이 아니다.

사회적 문제의 예리성, 생활의 새로운 탐구, 깊이 있는 분석적인 세부 묘사와 언어 구사를 통하여서도 이룩된다.

총서의 모든 장편소설들이 다 이러한 요구에 충분한 대답을 주고 있다.

장편소설 『닻은 올랐다』, 『대지는 푸르다』, 『압록강』, 『은하수』에서와 같이 민족주의 운동자들에게는 죽음과 재생의 두 길이 있으며 위대한 수령님의 자주노선을 따르는 길은 재생의 길이며 낡은 이념을 고집하는 것은 타락과 변절, 죽음의 길이라는 심각한 문제성을 제기하고 그것을 인간학적으로 밝히고 있으며 장편소설 『준엄한 전구』, 『백두산기슭』, 『압록강』의 최인관, 리동백, 박인진, 『빛나는 아침』의 안동권 등과 같이 민족적 양심만 살아 있으면 인텔리이건, 낡은 세대의 혁명 운동가이건, 종교인이건 경애하는 수령님의 위대성을 깨달을 수 있으며 위대한 수령님을 따라 혁명의 길에 나서게 된다는 심각한 사회적 문제성이 제기되고 형상적으로 밝혀짐으로 하여, 다시 말하여 여러 계층 인간들의 운명 문제가 심각히 제기되고 형상적으로 밝혀짐으로 하여 총서의 모든 장편소설들은 독자들에게 심각한 충격을 안겨주고 교훈을 찾게 하며 어버이 수령님의 위대성을 더욱 뜨겁게 간직하게 한다.

분석적인 세부 묘사와 언어 구사를 통해서도 총서의 장편소설들은 철학성을 깊이 있게 그릴 수 있게 하고 있다.

장편소설 『1932년』에서 소사하 집에서 경애하는 장군님과 강반석 어머님의 이별의 생활 탐구, 포위에 든 다음 유격대원들이 결사대를 뭇고[19] 있을 때 장군님과 마 영감 사이의 생활 탐구, 장편소설 『근거지의 봄』에서 장군님과 국제당 파견원 류현민 사이의 생활 탐구, 장편소설 『압록강』에서 장군님과 장철구, 김주현 사이의 생활 탐구 등은 다 작품의 철학적 깊이를 보장하는 데서 큰 의의를 가진다. 비록 작은 세부이기는 하지만 여기에서는 혁명과 어머니, 인민의 힘과 혁명, 주

---

19) 뭇다: 여러 사람이 한데 모여서 조직, 짝 따위를 만들다.

체와 혁명, 믿음과 혁명과 같은 심각한 철학성 있는 문제가 제기되고 형상적으로 밝혀지고 있다.

그러면 장편소설 『백두산기슭』에서의 깊이 있는 분석인 세부 묘사를 통하여 작품의 철학성을 보장하는 데서 그것이 어떤 역할을 놀고 있는가를 보기로 하자.

장편소설에서는 어버이 수령님께서 계시는 사령부를 찾아가는 각이한 인간들의 노정이 그려져 있다.

간고하고 시련에 찬 행군의 연속, 얼핏 생각하면 여기에는 굶주림과 추위, 병과 적을 이겨가며 끝없이 행군해 가는 단조로운 생활만이 있을 듯 싶다. 그런데 사령부를 찾아가는 사람들의 이야기가 그처럼 감명 깊게 사람들의 심장을 울려주는 것은 무엇 때문이겠는가. 그것은 바로 이 소설이 사령부를 찾아가는 사람들을 통하여 이 곡절 많은 운명의 주인공들이 겪는 가지가지의 의의 있는 생활들을 세부화하여 진실하게 그렸기 때문이다.

장편소설 『백두산기슭』에는 '민생단'의 혐의를 받고 근거지에서 쫓겨나 오로지 위대한 장군님만을 우러러 그리며 향방도 모르는 사령부를 찾아가고 또 가는 사람들의 눈물겨운 심정을 보여주는 감명 깊은 생활도 있고 고사리 같은 손으로 눈 속에 묻힌 풀뿌리를 캐어먹으면서도 애오라지 어버이 수령님의 품만을 찾아가는 아동 단원들의 기막힌 생활도 펼쳐지고 있으며 그런가 하면 참된 삶을 찾아 옹근 한생 동안 길 아닌 길을 헤매던 리동백의 곡절 많은 운명을 보여주는 기구한 생활도 다양하게 펼쳐지고 있다.

장편소설에서 생활 묘사의 이러한 진실성과 풍부성은 전적으로 깊이 있는 분석적인 세부 묘사에 의해 확고히 담보되고 있다.

작품에서는 생활의 본질과 역사 발전의 합법칙성을 반영하는 가장 전형적인 생활 세부를 골라잡고 그것을 깊이 있게 파고듦으로써 그 밑바닥에 깔려있는 생활의 본질과 의의를 철학적으로 심오하게 그리고 생활적으로 풍부하게 밝혀내고 있다. 이것은 소설의 철학적 깊이를 담보한 중요한 요인으로 되고 있다.

그리고 이 장편소설에서는 소설의 철학적 깊이를 담보하는 생활 세부 묘사에서도 일련의 특징을 가지고 있다.

그것은 우선 소설의 철학적인 종자가 제기하는 형상과제[20]를 해결하기 위한 데로 세부 묘사가 집중되고 있는 것이다.

예하면 이 소설에서 댕기와 군복, 솔방울과 종이꽃다발에 대한 세부가 이것을 잘 보여준다. 이 모든 세부들은 형상의 전 과정에 작용하면서 사건을 전진시키고 극을 조성하며 주인공들의 성격을 뚜렷이 살리며 나아가서는 작품이 제기한 기본 문제를 해명하는 데 없어서는 안될 중요한 형상적 기능을 놀고 있다.

세부의 특징은 또한 그것이 주인공들의 개성을 살리는 데서 비상히 중요한 역할을 놀고 있는 것이다.

장편소설 『백두산기슭』에서는 주인공들의 경력을 장황하게 소개하거나 그들의 초상을 하나하나 묘사하려 하지 않았으며 더구나 그들의 운명에 간섭하거나 그들의 뒤를 따라다니면서 독자들에게 소개 설명하려 하지 않았다. 매 인물들에게 있어서 가장 본질적이며 또 오직 그에게만 고유한 그러한 성격적 특징들을 구체적인 생활 세부를 통하여 형상하였을 뿐이다.

리북철의 '밝은 귀', 리동백의 파이프, 박문필의 안경, 최선금의 바늘, 장기령의 기관총 그리고 윤칠녀의 성긴 머리…….[21] 이것들은 다 그들의 개성적 특성을 수십 배의 묘사로써도 이 하나하나의 세부처럼 그렇게 정확하고 생동하게 형상해 내지는 못할 것이다.

인물들의 개성을 특징짓고 있는 이러한 세부들은 무엇보다도 그들의 주도적인 성격을 뚜렷이 표현하고 있다. 특히 이 세부들은 어버이 수령님과 뗄래야 뗄 수 없는 혈연적인 유대 속에서 군중들과의 관계

---

20) 형상과제(形象課題): 이북어. 문학 작품에서, 인물들이 해결하여야 하는 과제.

21) 김일성이나 리동백, 윤칠녀는 각 판본 『백두산기슭』(1978년 판본, 1989년 판본, 1990년 판본)에 따라 '금성', '권학식', '장철구'로 인명이 다르다.

를 생활적으로 감명 깊게 형상함으로써 그들의 주도적 성격을 개성적으로 더욱 뚜렷이 부각하고 있다.

세부의 특징은 또한 그것이 인간 심리와 인간의 내면세계를 깊이 있게 드러낸다는 데 있다.

위대한 수령님의 내면세계를 깊이 있게 형상함으로써 그 위대한 인간의 숭고한 풍모를 인간학의 높은 경지에서 훌륭히 보여준 것이라든가, 위대한 수령님께 끝없이 충직한 혁명 전사들의 심장 속 깊은 곳에서 불타고 있는 충성의 사상감정과 고결한 정신 세계를 뜻이 깊게 그린 것은 그러한 예로 된다.

자신은 생명의 마지막 시간에 살고 있으면서도 의식이 흐리어지는 그 최후의 순간에조차 위대한 장군님의 군복바지에 난 기운 자리에서 눈을 떼지 못하는 최선금, 자기는 '민생단'의 혐의를 받고 있는 몸이면서도 사령관 동지를 뵙는 그 순간에 자기 자신에 대해서는 모든 것을 다 잊어버리고 사령관 동지의 옷자락에 난 흙탕물자리를 아픈 마음으로 바라보는 윤칠녀, 장렬한 최후를 맞는 순간 사령관 동지를 부르며 간 리경준, 얼마나 깨끗하고 아름다운 내면세계들인가.

인간의 운명이 판가리[22]되는 그런 결정적인 시각, 기나긴 한생보다도 삶의 가치가 결정되는 생의 마지막 순간, 바로 이러한 극적 계기에서 인간의 심장 속에서 일어나고 있는 감정과 정서, 심리 세계를 하나의 세부에 담아 깊이 있게 분석적으로 그림으로써 소설은 참으로 작품 전반의 철학적 깊이를 훌륭히 보장하고 있다.

세부의 특징은 또한 세부 반복의 수법을 많이 이용하고 있는 것이다.

소설에는 수없이 많은 생활 세부들이 묘사되고 있다. 그런데 적지 않은 세부들 예하면 군복, 댕기, 잣, 담배, 꽃다발, 솔방울 등과 같이 작품의 종자를 해명하는 데서 의의를 가지는 중요한 세부들은 거기에 형상을 집중하면서 그를 반복하여 묘사하고 있다.

---

22) 판가리: 이북어. 승패나 생사존망을 결판내는 일.

그 과정에 그러한 인상적인 세부들에 담겨진 의미를 점차 폭넓게 심화시켜 들어가면서 형상 전반을 철학적인 종자의 예술적 천명에로 힘있게 이끌어가고 있다.

세부 반복은 또한 중요한 작중인물들과 몇 개의 중요한 생활 장면에 대한 강한 인상을 독자들에게 안겨주고 있으며 이것은 곧 소설의 형상 전반에 대한 사상정서적 충격과 철학적 여운을 조성하게 하고 있다.

물론 작품의 철학적 깊이는 개성을 가진 작가에 의하여 구현됨으로 철학적인 종자가 파악되고 사회적 문제의 예리성, 분석적인 세부 묘사와 언어 구사를 실현한다 하더라도 그 양상은 각이하다.

생활을 정색해서 깊이 분석해 들어가는 작가도 있고 생활을 낙관적으로 대하면서 가벼운 웃음 속에서 사회적 문제를 예리하게 파는 작가 등 각양각색이다.

또한 작품의 철학적 깊이는 작가에 따라 보다 깊이 있고 분석적인 묘사를 통해 두드러지게 구현되기도 하고 또 다른 경우에는 옹근 한 시대와 역사를 세계적 판도에서 폭넓게 휘둘러보며 현실을 끝까지 파고들어 해부하는 놀라운 일반화 능력에서 나타나기도 한다.

또 어떤 작가는 하나의 작은 생활을 두고도 수십 배의 본질적 의미를 파내고 그것을 강하게 주정화하는 방법으로 형상의 철학성을 이룩하기도 한다. 어떤 작가는 조용하면서도 진지하게 생활을 탐구하고 분석해나가는 방법으로 종자를 실현하여 장편소설 『혁명의 려명』, 『은하수』의 철학적 깊이를 보장하였다. 또 다른 작가는 놀랄만큼 폭넓고 깊이 있는 예술적 일반화와 철학적 주정의 풍우 속에서 소설의 철학적 깊이를 『두만강지구』, 『1932년』, 『봄우뢰』, 『빛나는 아침』에서 실현하였다.

그런가 하면 끊임없이 사색하고 고민하고 탐구하며 전진하는 심오한 성격 형상을 수령 형상과의 관계 속에서 창조하여 소설의 철학적 깊이를 보장하는 작가도 있다.

장편소설 『준엄한 전구』, 『백두산기슭』이 그 예로 된다.

그런가 하면 장편소설 『근거지의 봄』에서 보는 바와 같이 하나의 생활 사실을 깊이 있게 파서 그 의미를 두드러지게 정론적으로 드러내어 철학성을 보장하는 작가도 있다.

그러나 그 어떤 경우를 막론하고 총서 『불멸의 력사』의 장편소설들은 다같이 친애하는 지도자 동지의 영도 밑에 철학적 깊이를 보장함으로써 형상의 사상예술적 풍격을 높이고 인민들을 혁명적 수령관으로 무장시키며 높은 사상예술적 감명을 주는 대작으로 창작될 수 있었다.

총서 『불멸의 력사』의 장편소설들은 또한 수령 형상을 친애하는 지도자 동지께서 밝혀주신 수령 형상 원칙과 요구에 맞게 창조한 첫 소설들이며 그를 가장 훌륭히 구현하여 수령 형상을 빛나게 창조한 본보기 작품들이다.

총서 작품들은 충성심을 다하여 최상의 높이에서 수령 형상을 창조하며 밝고 정중하게 수령 형상을 창조하고 있는 본보기이다.

총서의 어느 장편소설을 보아도 그것은 다 민족적 영웅이시며 인류해방의 구성이신 경애하는 수령님의 위대성에 대한 불멸의 송가로, 수령님을 충성으로 받드는 혁명 전사들과 인민들의 충성의 서사시로 되고 있다.

그 예의 하나를 장편소설 『백두산기슭』 마감 장면에서 볼 수 있다.

작가는 리동백의 시점에서 경애하는 수령님의 위대성을 그려오다가 조국광복회 창립 장면에서 절정을 이루게 하였다.

행군 과정에 리동백의 가슴에 축적되었던 감정은 드디어 폭발되었다.

리동백은 다음과 같이 생각하였다.

'태양에는 두 가지 속성이 있다. 빛과 열이다. 김일성 장군님께서도 두 가지 성품을 지니고 계시니 즉 빛나는 예지와 뜨거운 사랑이다!

그이께서 지니신 빛나는 예지, 그것은 곧 태양의 빛이다.

그이께서 지니신 뜨거운 사랑, 그것은 곧 태양의 볕이다.

그 광휘로운 빛과 따사로운 볕을 한몸에 지니신 그이는 인간 세계의 찬란하고 위대한 태양이시다!'

이것은 리동백의 생각인 동시에 경애하는 수령님의 위대성에 대한 전민족적인 송가이다.

리동백은 계속하여 생각한다.

'장군님께서 계시어 캄캄했던 조선 혁명의 앞길이 저렇게 환희 밝혀졌고 민족 재생과 번영의 광명한 미래가 내다보이게 되었다.

그이의 빛나는 예지에 의하여 어둡던 삼천리강산에 여명이 밝아온다. 그이의 뜨거운 사랑 속에서 사람들은 소생하고 삶의 보람과 투쟁의 행복을 받아 안았다.

장군님께서 계시지 않으셨다면 저 얼굴들이 저렇듯 밝을 수 있으며 저 눈들이 저렇게 반짝일 수 있으랴?

태양의 광휘로운 빛발을 받지 않는다면 뭇 행성들이 그 무슨 빛을 내며 태양의 빛과 볕을 받지 않는다면 만물이 무슨 삶을 영위할 수 있으랴?

우리는 광원이 없이는 빛을 낼 수 없는 별들이다. 태양이 있어야 빛을 내는 행성들이다.

뭇 행성들이 태양의 주위를 돌듯이 우리는 그이의 두리[23]에 뭉치고 그이를 옹위하며 높이 우러러 모셔야 한다!'[24]

---

23) 두리: '둘레'의 이북어.

24) 4·15문학창작단, 『백두산기슭』, 문예출판사, 1978, 452~453쪽.

(태양에는 두가지 속성이 있다. 빛과 열이다. 금성장군님께서도 두가지 성품을 지니고 계시니 즉 빛나는 예지와 뜨거운 사랑이다!

그이께서 지니신 빛나는 예지, 그것은 곧 태양의 빛이다.

그이께서 지니신 뜨거운 사랑, 그것은 곧 태양의 볕이다.

그 광휘로운 빛과 따사로운 볕을 한몸에 지니신 그이는 인간세계의 찬란하고 위대한 태양이시다!)

강령을 그대로 채택할것을 지지결정하는 우렁찬 박수속에서도 권학식은 자기 머리속에 떠오른 그 생각에 더욱더 깊이 잠겨들었다.

(장군님께서 계시여 캄캄했던 조선혁명의 앞길이 저렇게 환히 밝혀졌고 민족재생과 번영의 광명한 미래가 내다보이게 되었다!

그이의 빛나는 예지에 의하여 어둡던 삼천리강산에 려명이 밝아온다.

그이의 뜨거운 사랑속에서 사람들은 소생하고 삶의 보람과 투쟁의 행복을 받아안았다.

이것은 경애하는 장군님의 위대성에 대한 송가인 동시에 또한 그이를 영원히 받들어 모실 우리 인민의 충성의 송가로도 된다.

그리하여 마침내 리동백은 대표들 앞에서 말한다.

"우리 조국과 민족의 운명을 맡으실 분은 우리 모두의 운명을 한몸에 맡아 안으신 장군님밖에 없습니다……."

보는 바와 같이 경애하는 장군님의 형상은 충성심을 다하여 형상되고 있으며 이것은 어느 한 장면에 국한된 것이 아니라 형상 창조의 전반고리에서 다 나타나는 문제이지만 특히 여러 계층의 사람들과의 관계에서 집중적으로 나타난다.

리동백, 최인관, 변태익, 류현민, 박인진, 안동권 등 복잡한 계층과는 어떻게 대하시며 주호림, 오의성, 서 려장[25] 등 반일부대나 독립군 사람들과는 어떻게 대하시는가.

리동백은 위대한 장군님을 보통 유격대원으로 알고 이야기를 하고 난 다음에야 그이가 위대한 장군님이심을 알게 된다.

이때 리동백은 생각하였다.

'그 말이 참말인가! 과연 이 젊으신 분이 세상에 그렇게도 유명하게 소문이 나신 장군님이시란 말인가! 기운 군복 솜바지를 입으시고 마치 고향집 방에 앉아 계시듯 가난하고 허술한 농가의 때묻은 구름노전 위에 앉으신 분, 더없이 인자하신 얼굴에 부드럽고 겸허한 미소를 띠우시고 말없이 앉아 계시는 이 분이 과연 30년대 역사 위에 높이 솟아 오르신 새로운 공산주의 운동의 지도자이시며 항일유격대 사령관이신 김일성 장군님이시란 말인가!'[26)]

장군님께서 계시지 않으셨더면 저 얼굴들이 저렇듯 밝을수 있으며 저 눈들이 저렇듯 반짝일수 있으랴?

태양의 광휘로운 빛발을 받지 않는다면 뭇행성들이 그 무슨 빛을 내며 태양의 빛과 볕을 받지 않는다면 만물이 무슨 삶을 영위할수 있으랴?

우리는 광원이 없이는 빛을 낼수 없는 별들이다. 태양이 있어야 빛을 내는 행성들이다.

뭇행성들이 태양의 주위를 돌듯이 우리는 그이의 두리에 뭉치고 그이를 옹위하며 높이 우러러모셔야 한다!)

(강조-인용자)

25) 려장(旅長): 이북어. 예전에 쓰던 계급(階級)의 하나.

여기에서 볼 수 있는 바와 같이 만들 수도 꾸밀 수도 없는 생활 속에서, 매우 소박하고 평범한 생활 속에서 경애하는 수령님의 위대한 풍모를 격조높이 그리었다.

이것은 리동백과의 관계에서 고유하게 나타나는 성품이신 것이 아니라 원수가 아닌 모든 사람을 대하실 때 한결같이 나타나는 풍모의 특징이시다.

여기에 경애하는 수령님을 정중하게 형상하는 데서 총서 작품들이 이룩하고 있는 귀중한 성과가 있다.

총서 『불멸의 력사』에서 수령 형상은 또한 역사적 사실에 기초하여 수령 형상을 창조하는 데서 훌륭한 모범을 이룩하였다.

총서에서는 무엇보다도 위대한 수령님의 혁명 역사를 일대기식으로가 아니라 혁명 발전의 중요 단계들을 전형화하는 방법으로 역사적 사실을 반영하였다.[27]

장편소설 『닻은 올랐다』는 1925년부터 1926년 10월 17일 '타도제국주의동맹' 결성까지의 위대한 수령님의 혁명 활동을,

장편소설 『혁명의 려명』은 1927년부터 1928년 사이의 길림을 중심으로 한 위대한 수령님의 혁명 활동을,

장편소설 『은하수』는 1929년부터 1930년 6월 30일 카륜회의까지의 위대한 수령님의 혁명 활동을,

장편소설 『대지는 푸르다』는 1930년 파괴된 혁명 조직들을 복구하고 국내와 광범한 농촌 지역을 혁명화하시는 위대한 수령님의 혁명 활동을,

---

26) 4·15문학창작단, 『백두산기슭』, 문예출판사, 1978, 83쪽.

그 말이 참말인가! 과연 이 젊으신분이 세상에 그렇게도 유명하게 소문이 나신 장군님이시란말인가! 기운 군복솜바지를 입으시고 마치 고향집 방에 앉아계시듯 가난하고 허술한 농가의 때묻은 구름노전우에 앉으신분, 더없이 인자하신 얼굴에 부드럽고 겸허한 미소를 띠우시고 말없이 앉아계시는 이분이 과연 30년대 력사우에 높이 솟아오르신 새로운 공산주의운동의 지도자이시며 항일유격대 사령관이신 금성장군님이시란말인가!
(강조-인용자)

27) '총서 『불멸의 력사』'의 혁명 역사의 단계별 형상 내용

장편소설 『봄우뢰』는 1931년 12월 명월구회의로부터 1932년 4월 25일 반일 인민유격대 창건까지의 위대한 수령님의 혁명 활동을,

장편소설 『1932년』은 1932년부터 1933년 1월까지의 반일 인민유격대 창건과 남만원정 과정의 위대한 수령님의 혁명 활동을,

장편소설 『근거지의 봄』은 1933년부터 1934년 사이 두만강 연안 유격근거지 창설과 그 보위를 위한 투쟁과 관련한 위대한 수령님의 혁명 활동을,

장편소설 『혈로』는 1934년부터 1936년 사이에 있은 북만원정과 고난에 찬 위대한 수령님의 혁명 활동을,

총서 『불멸의 력사』 단계별 형상 내용

작품명	작 가	역사적 시기	혁명 역사의 단계별 형상 내용	출 판	재 출 판
닻은 올랐다	4.15문학 창작단 (김 정)	1925~1926	1925년 2월부터 1926년 10월 화성의숙에서 '타도제국주의동맹'을 결성(10월 17일)하기까지의 투쟁 과정	1982. 04. 15.	1986. 12. 09.
혁명의 려명	4.15문학 창작단 (천 세 봉)	1927~1928	1927년부터 1928년 사이의 길림을 중심으로 한 청소년 학생들 속에서의 투쟁(길회선철도부설반대투쟁, 일본상품배척투쟁) 과정	1973. 04. 15.	1987. 11. 20.
은하수	4.15문학 창작단 (천 세 봉)	1929~1930	1929년 가을부터 1930년 6월 카륜회의(6월 30일)에서 주체적인 혁명 노선을 제시할 때까지의 투쟁 과정	1982. 04. 15.	1987. 12. 10.
대지는 푸르다	4.15문학 창작단 (석 윤 기)	1930~1931	1930년부터 1931년 사이 파괴된 조직들을 복구하고 국내와 광범한 농촌지역을 혁명화하던 시기의 투쟁 과정	1981. 11. 20.	1986. 12. 29.
봄우뢰	석 윤 기	1931~1932	1931년 9월 이후 추수투쟁과 12월 명월구회의에서부터 1932년 4월 '조선인민혁명군(반일인민유격대)'를 창건(4월 25일)하기까지의 투쟁 과정	1985. 04. 15.	
1932년	4.15문학 창작단 (권 정 웅)	1932~1933	1932년 4월부터 1933년 1월까지의 '조선인민혁명군' 창건과 제1차 남만원정 시기의 투쟁 과정	1972. 04. 25.	1973. 07. 30. 1989. 09. 09.
근거지의 봄	4.15문학 창작단 (리 종 렬)	1933~1934	1933년부터 1934년 사이 두만강연안 유격근거지 창설과 그 보위를 위한 투쟁 과정	1981. 09. 30.	1989. 11. 10.
혈로	박 유 학	1934~1936	1934년 10월부터 1936년 2월까지의 제1차 북만원정으로부터 남호두회의까지 시기의 투쟁 과정	1988. 04. 15.	

장편소설 『백두산기슭』은 1936년 3월부터 1936년 5월 5일 조국광복회 창립을 선포한 동강회의까지의 백두산 지구에로의 진출 과정에 있은 위대한 수령님의 혁명 활동을,

장편소설 『압록강』은 1936년 8월 무송현성전투로부터 1937년 6월 군민연환대회까지의 위대한 수령님의 혁명 활동을,

장편소설 『위대한 사랑』은 1933년[28] 여름 부모 잃은 고아들을 한

백두산 기슭	4.15문학 창작단 (현승걸, 최학수)	1936	1936년 3월 남호두회의 직후부터 5월 '조국광복회' 창립(5월 5일)을 선포한 동강회의까지의 백두산 지구에로의 진출 과정	1978. 09. 09.	『천리마』, 1978년 11호 ~1980년 2호 1989. 07. 15. 1990. 05. 30. 『통일문학』, 1989년 1호 ~1991년 3호
압록강	4.15문학 창작단 (최 학 수)	1936~1937	1936년 8월 무송현성전투 직후부터 1937년 6월 '군민련환대회'까지의 항일무장투쟁의 일대 전성기의 투쟁 과정	1983. 04. 15.	1992. 09. 30.
위대한 사랑	최 창 학	1937	1937년 7월 중일전쟁 발발(7월 7일) 後 홍두산밀영과 지양개부근의 후방밀영에서 생활하고 있던 100여 명의 소년들을 혁명의 대를 이어나갈 기둥감으로 키운 내용	1987. 04. 15.	1991. 04. 15.
잊지못할 겨울	4.15문학 창작단 (진 재 환)	1937~1938	1937년 7월 중일전쟁 발발 후 급변하는 정세에 대처하여 마당거우밀영에서 '조선인민혁명군' 지휘원 및 병사들의 군정학습을 지도한 내용	1984. 04. 15.	1990. 11. 10. 1991. 08. 25.
고난의 행군	4.15문학 창작단 (석 윤 기)	1938~1939	1938년 11월 남패자회의로부터 1939년 4월 북대정자회의에 이르기까지의 100여 일의 '고난의 행군' 과정	1976. 04. 15.	1991. 07. 10. 『통일문학』, 1992년 1호 ~1995년 1호
두만강 지구	4.15문학 창작단 (석 윤 기)	1939	1939년 여름 '조선인민혁명군'의 국내진공작전 과정의 투쟁 내용	1980. 04. 15.	1993. 06. 15.
준엄한 전구	4.15문학 창작단 (김 병 훈)	1939~1940	1939년 9월부터 1940년 3월까지의 백두산동북부에서의 대부대선회작전 과정	1981. 04. 15.	1990. 07. 25. 1999. 06. 15.
빛나는 아침	권 정 웅	1945~1946	1945년 8월부터 1946년 9월까지의 지식인문제와 김일성종합대학 설립(9월 9일) 과정	1988. 09. 09.	
50년 여름	안 동 춘	1950	1950년 6월에서 7월까지의 '조국해방전쟁' 제1계단작전 과정(서울해방전투, 대전해방전투)	1990. 03. 31.	2001. 02. 15.

28) 1933년 → '1937년'의 오류. 1937년 7월 중일전쟁 발발(7월 7일) 후 홍두산 밀영과 지양

품[29]에 안으시어 소년 중대를 무으시고 그들을 혁명가로 키우시는 위대한 수령님의 혁명 활동을,

장편소설 『잊지 못할 겨울』은 1937년 가을부터 1938년까지의 위대한 수령님의 혁명 활동을,

장편소설 『고난의 행군』은 1938년 남패자회의로부터 1939년 4월 북대정자회의에 이르기까지의 위대한 수령님의 혁명 활동을,

장편소설 『두만강지구』는 1939년 5월부터 이 해 가을 대부대선회작전[30]이 시작되기 전까지의 위대한 수령님의 혁명 활동을,

장편소설 『준엄한 전구』는 1939년 9월부터 1940년 3월 대부대선회작전을 영도하신 위대한 수령님의 혁명 활동을,

장편소설 『빛나는 아침』은 1945년 해방 직후부터 1946년까지 새 조국 건설을 영도하신 위대한 수령님의 혁명 활동을,

장편소설 『50년 여름』은 1950년 여름 조국해방전쟁의 발발로부터 대전해방전투까지를 영도하신 위대한 수령님의 혁명 활동을 사실대로 반영하였다.

혁명 역사 자체가 경애하는 수령님에 의하여 개척되고 승리하여 온 투쟁의 역사임으로 매 발전 단계의 본질을 명확히 밝히는 것은 위대한 수령님의 혁명 역사를 깊이 인식하는 측면에서 뿐 아니라 수령님의 위대한 형상을 창조하는 데서 필수적인 요구로 나선다.

실례로 1927년부터 1928년 사이 길림을 중심으로 하여 위대한 수령님께서 벌리신 혁명 활동을 형상한 장편소설 『혁명의 려명』에서는 화성의숙[31] 시기에 체험하신 수령님의 깊은 사색, 끝없는 탐구의 세계, 청년 학생들을 'ㅌ. ㄷ'[32]의 기치 아래 묶어 세우기 위한 정력적인 활

개 부근의 후방 밀영에서 생활하고 있던 100여 명의 소년들을 혁명의 대를 이어나갈 기둥감으로 키운 내용.

29) 한품: 이북어. 더없이 크고 넓은 품.

30) 대부대선회작전(大部隊旋回作戰): 이북어. 상대편이 예상하지 못한 지역으로 대부대가 이동하면서 불시에 공격하고 철수하는 것을 반복하는 작전.

31) 화성의숙(樺成義塾): 이북어. 일제 강점기에, 중국 지린 성(吉林省)에 있었던 2년제 정치·군사 학교.

동, 민족주의자들과 종파사대주의자들과의 날카로운 사상이론 투쟁, 일제와 반동 군벌들을 반대하는 합법적인 대중투쟁 등의 역사적 사건과 사실들을 진실하게 반영하면서 그를 통하여 이 시기 투쟁의 본질과 의의를 심오히 해명하고 있다.

이 소설에서는 당시의 혁명 투쟁이 위대한 수령님께서 기성의 이론들과 당시까지의 민족 해방 투쟁을 비판적으로 총화하시어 주체 위업의 출발점을 발견하시는 과정이었다는 것을 폭넓은 묘사를 통하여 의미심장하고 감동적으로 형상하였다.

장편소설 『고난의 행군』도 100일 간의 준엄하였던 행군 그 자체의 기계적 복사가 아니다. 소설에서는 이 행군이야말로 혁명 투쟁의 앞길에 가로놓였던 난국을 주동적으로 타개하고 항일무장투쟁을 중심으로 한 전반적 조선 혁명을 새로운 앙양에로 이끌어 올리기 위한 승리의 행군길이었다는 것을 밝히면서 수령의 영도 밑에 자신의 해방과 자주적 권리를 위해 일떠선 인민의 힘은 세상에서 가장 위대하다는 인간 옹호의 사상을 소리 높이 구가하고 있다.

총서의 작품들이 이렇듯 혁명 발전의 매 단계를 형상 범위로 설정하고 그 본질을 심오히 밝히는 것은 경애하는 수령님의 위대한 풍모를 다양한 측면에서 깊이 있게 형상하는 데서 매우 의의가 크며 위대한 수령님의 혁명 역사를 전일적으로 뿐 아니라 매 발전 단계별로 명확히 인식하고 파악하는 데서도 큰 의의를 가진다.

그것은 총서의 매 장편소설들이 자기의 고유한 사상 주제적 과제를 가지고 그것을 독창적으로 해결하고 있는 독자적인 작품이지만 또한 '불멸의 력사'라는 총서의 총체적인 구성 체계의 한 부분을 차지하면서도 서로 유기적으로 연결되어 있다는 사정과 관련된다.

그러므로 차광수, 김혁, 신동호, 채경, 채경주, 백순희, 리철범, 배정식, 리성림, 조진범, 한태혁, 금숙 등 여러 인물들이 한 작품에서 뿐 아

32) ㅌ. ㄷ: 타도제국주의동맹. 김일성이 1926년 10월 17일 만주에서 결성한 것으로 말해지는 독립 운동 조직.

니라 다른 작품에서도 연이어 등장하는 이유가 결코 우연한 일이 아니다.

총서에서는 역사적 사실에 기초하여 수령 형상을 창조하기 위하여 다음으로 작품마다 혁명 발전에서 획기적 의의를 가지는 커다란 사변을 중심에 놓고 그것을 이룩하기까지의 실재한 역사적 사건들을 줄거리로 하고 있는 것이 특징이다.

이야기 줄거리는 보통 하나의 사건이 발생하고 점차 발전하여 새로운 비약을 일으켜 절정에 이르고 해결되는 사건 전개의 일반적 단계를 포괄한다.

그러므로 구성이 째이려면[33] 이야기 줄거리 요소들이 명백하여야 한다.

이렇게 하려면 정연한 논리성을 가진 생활의 내적 연관을 이루는 가장 본질적인 고리들을 찾아내어 튼튼히 맞물리게 하여야 한다.

총서의 장편소설들은 이러한 요구를 훌륭히 구현하여 사건 발전 체계가 당시 혁명 발전의 흐름과 일치하는 본질적 특성을 가지고 있다. 다시 말하여 총서의 매 작품들의 사건조직[34]들을 보면 거의 다 혁명 역사의 실재한 노정에 따르고 있다.

장편소설 『1932년』을 보면 위대한 수령님께서 항일유격대를 조직하신 후 남만원정에 오르신 노정을 따라 사건조직을 하고 있기 때문에 안도현 소사하 집에서의 사건, 통화에서 독립군 부대와의 사업, 류하, 몽강, 량강구, 왕청, 푸르허, 라자구를 거쳐 요영구에로 향한 행군길에서 있은 사건들이 기본 사건 줄거리를 이루고 있다.

장편소설 『백두산기슭』에서는 남호두에서 동강에로의 행군 과정에 있은 미혼진 밀영[35]에서의 사건, 마안산에서의 사건, 남강 부락 전투,

33) 째이다: '짜이다'의 이북어.

34) 사건조직(事件組織): 이북어. 문학 작품에서, 어떤 주의나 사상에 맞게 사건을 설정하고 배열하는 일.

35) 밀영(密營): 밀림이나 산악 지대 등지에서 활동하기 위하여 정규 부대나 유격대 따위가 비밀히 자리 잡는 일. 또는 그런 곳.

동강회의 등이 기본 사건 줄거리로 되고 있다.

이렇듯 총서 작품들은 다 당시에 실재하였던 조선인민혁명군의 투쟁 노정 그대로를 사건 줄거리로 하여 작품을 구성하고 있다.

혁명 역사에서 실재하였던 사실들과 사건들을 기본으로 줄거리를 조직함에 있어서 특징적인 것은 그 사건들이 그저 당시의 노정이 그대로 순차적으로, 평면적으로 나열되는 것이 아니라 종자의 요구와 사상 주제적 과제에 맞게 재창조되고 있는 것이다.

총서의 작품들은 혁명 발전에서 커다란 의의를 가지었던 역사적 회의나 전투, 사변들을 해결점으로 하고 그것을 이룩하기 위한 투쟁 과정의 사건과 사실들을 이야기 줄거리 조직의 요구에 맞게 조직하고 있다.

예를 들어 장편소설 『닻은 올랐다』는 'ㅌ. ㄷ'의 결성을 해결점으로 하였고 장편소설 『혁명의 려명』은 길회선 철도 부설 반대 투쟁과 일본 상품 배척 투쟁을, 장편소설 『은하수』는 카륜회의를, 장편소설 『1932년』은 남만원정의 총화를, 장편소설 『백두산기슭』은 동강회의를, 장편소설 『고난의 행군』은 북대정자회의를, 장편소설 『준엄한 친구』는 홍기하 전투를 해결점으로 하고 있다.

그리하여 모든 장편소설들은 자기의 종자와 주제의 견지에서 조선민족이 자기의 운명을 의탁할 수 있고 모든 인민들은 하나로 단결시킬 수 있으며 조국 해방의 역사적 임무를 수행하실 수 있는 분은 오직 위대한 수령 김일성 동지뿐이시라는 사상을 예술적으로 확인하는 데로 사건들을 지향시키고 발전시키고 있다.

그러면 작품의 줄거리를 혁명 역사에서 있었던 사건과 사실들로 조직할 수 있는 타당성은 무엇인가.

그것은 당시의 역사적 사건과 사실들이 작품의 종자를 꽃피우고 작품의 사상 주제적 과제를 실현할 수 있는 정치적 의의를 띠고 있는 전형적인 생활들이라는 데 있다.

사회주의적 사실주의 문학예술의 중요한 요구의 하나는 전형적인 생활을 반영하는 것이다.

전형적인 생활이란 시대의 본질과 역사 발전의 합법칙성을 체현하고 있는 생활로서 그 기본 흐름은 혁명 투쟁 속에 있다.

왜냐하면 시대의 본질과 역사 발전의 합법칙성을 체현하고 있는 생활이란 다름 아닌 그 시대 인민의 요구와 지향을 반영한 생활인 것만큼 인민의 자주성을 실현하기 위한 혁명 투쟁이야말로 공산주의자들에게 있어서 가장 본질적이고도 기본적인 생활로 되지 않을 수 없는 것이다.

그런데 혁명 투쟁과 역사 발전에서 수령이 차지하는 지위와 역할로부터 출발하여 공산주의자들의 전형적인 생활 중에서도 수령의 생활은 가장 위대하고 최고로 전형화된 생활로 된다.

인민대중의 자주성을 실현하기 위한 창조적 투쟁을 진정한 생활이라고 할 때 그 투쟁을 조직하고 영도하는 수령의 생활이 시대의 본질과 역사 발전의 합법칙성을 최고의 높이에서 체현한 전형적인 생활로 되는 것은 자명한 일이다.

이렇듯 역사적 사건과 사실들이 다 위대한 수령님의 생활과 결부된 것임으로 하여 종자의 요구에 맞게 일정한 사건 발전 체계로 잘 조직하면 위대한 수령님의 형상을 빛나게 창조할 수 있는 사건선[36]을 이루게 되는 것이다.

실재한 역사적 사건과 사실들을 줄거리로 하여 소설의 구성 체계를 세우는 것은 중요한 의의를 가진다.

그것은 당시의 역사적 사실과 사건들이 혁명 투쟁 전반에서 가지는 정치적 의의와 혁명적 본질을 예술적으로 해명함으로써 생활을 전형화하고 위대한 수령님의 형상을 빛나게 창조할 수 있는 결정적 국면을 열어주기 때문이다.

생활을 전형화한다는 것은 생활의 흐름을 따라 우여곡절을 그리면

---

36) 사건선(事件線): 이북어. 문학 작품에서 전개되는 사건의 흐름.

서도 역사 발전의 본질적인 흐름을 놓치지 않는다는 것을 의미한다. 이것은 혁명 발전의 전반적 흐름 속에서 사건의 본질을 옳게 파악하고 의의 있게 해명함으로써만 실현되는 문제이다.

총서는 바로 이러한 요구에 맞게 당시 투쟁 내용 중에서도 가장 본질적이고 의의 있는 사건과 생활만을 추려내어 사상 주제적 요구에 맞게 줄거리 조직을 하고 그 본질을 예술적으로 해명하고 있기 때문에 가장 높은 수준에서 생활의 전형화를 실현하고 있다.

총서에서 생활의 전형화가 높은 수준에서 실현되었다는 것은 결국 위대한 수령님의 형상을 훌륭하게 창조할 수 있는 결정적 국면을 해결하였다는 것을 의미하는 것이다.

위대한 수령님의 생활은 수령님께서 진행하신 혁명 활동의 한 부분이다. 이것은 경애하는 수령님의 혁명 활동 자체가 혁명적 생활로 된다는 것을 의미한다.

창작에서 기본으로 되는 성격의 창조는 형상하려는 인간의 생활을 진실하게 반영하는 것을 통하여 실현된다. 그러므로 생활의 전형화를 높은 수준에서 실현한 총서 작품들에서 위대한 수령님의 형상이 높은 수준에서 창조되었다는 것은 논의할 여지가 없다.

역사적 사실을 줄거리로 한 것은 또한 줄거리의 명백성과 일관성을 보장하는 데서도 큰 의의가 있다. 다시 말하여 혁명 역사의 노정에 기초한 줄거리 조직이기 때문에 그에 따르는 사건선도 명백하게 형상될 수 있었다.

역사적 사실에 기초하여 위대한 수령님의 형상을 창조하기 위하여 총서는 혁명 역사에서 특이한 자리를 차지하는 역사적 사건과 사실들을 경애하는 수령님의 위대성을 잘 부각하기 위한 견지에서 심오히 형상하고 있는 것이 특징이다.

이것은 역사적 사건과 사실들을 다루면서 어디에 형상의 중심을 두는가 하는 문제이다.

총서 작품들은 역사적 사건과 사실들을 줄거리로 하여 작품을 형상함에 있어서 모든 사실들을 다 같은 비중으로 묘사하지 않았다.

창작가들은 경애하는 수령님의 위대한 풍모를 집중적으로 형상할 수 있고 종자의 요구에 맞는 역사적 사실들을 옳게 포착하고 그에 형상의 초점을 집중하였다. 이러한 위치에 놓이는 사건들과 사실들은 위대한 수령님께서 지금까지도 잊지 않으시고 거듭 회상하시는 인상깊은 사실들이며 경애하는 수령님의 위대한 풍모가 집중적으로 체현되어 있는 주옥같이 빛나는 사실들이다.

장편소설 『혁명의 려명』에서 인력거꾼 사건, 장편소설 『1932년』에서 소사하 집 장면, 장편소설 『고난의 행군』에서 소금 사건, 장편소설 『백두산기슭』에서 '민생단' 보따리를 불살라버리는 사건, 장편소설 『준엄한 친구』에서 오중흡 연대장의 최후 등이 그러한 예로 된다.

총서 작품들은 뜻깊은 사연이 깃들어 있는 이러한 사건을 취급하면서 이 사건이 가지는 본질적 의의를 탐구하고 돋구기 위한 데 형상의 초점을 두고 있다.

이렇게 하는 것은 성격 창조를 위하여 생활 묘사를 집중화, 집약화할 데 대한 주체적 문예이론의 요구에 전적으로 부합된다.

다양한 생활의 반영을 통하여 형상의 폭과 깊이를 보장한다는 것은 이러저러한 생활 분야를 많이 포괄하여 보여주라는 요구가 아니다.

그것은 하나의 사건이나 일화라도 다양한 시점에서 분석적으로 깊이 있게 그려내는 집약화, 집중화의 방법으로 형상을 창조한다는 것을 의미한다.

그러므로 경애하는 수령님의 존귀한 형상을 다양한 측면에서 입체적으로 창조한다고 하여 여러 가지 생활을 잡다하게 끌어들여 평면적으로 묘사할 것이 아니라 수령님의 풍모가 집중적으로 체현되어 있는 사실들에 힘을 넣어 분석적으로 그려야 한다. 그래야 진실하고 생동한 형상을 창조할 수 있다.

본질적 의의를 가지는 사건과 사실들에 형상의 초점을 두고 깊이 있게 묘사하는 것은 또한 총서 작품이 가지는 역사 문헌적 의의를 높고 보아도 필수적이다.

총서 작품은 예술작품인 동시에 위대한 수령님의 혁명 역사 학습의 산 교과서이다. 다시 말하여 총서는 예술적 의의와 함께 역사 문헌적 의의를 가진다.

그러므로 경애하는 수령님께서 잊지 못하시는 사연들에 형상의 중심을 두는 것은 인민들이 혁명 역사를 생동하게 인식하고 깊이 있게 학습할 수 있는 좋은 방법으로 된다.

역사적 사실에 기초하여 위대한 수령님의 형상을 창조하기 위하여 총서 작품들은 또한 인간 관계를 실재하였던 인물들을 기본으로 하여 조직하고 있다.

이것은 총서 작품이 다른 예술작품들과 뚜렷이 구별되는 중요한 특징이다.

총서 작품에 등장하는 인물들을 보면 거의 모두가 다 실재하였던 인물들이다.

실재하였던 인물들을 기본으로 인물관계를 구성한 것은 실재한 역사적 사실이 기초하여 경애하는 수령님의 형상을 창조하기 위한 필수적인 요구이다.

혁명 역사는 이미 인민들 속에 널리 알려진 역사적 사실들을 담고 있다. 그러므로 그에 관여했던 인물들까지도 인민들 속에 널리 알려져 있다.

그러므로 실재하였던 인물들을 기본으로 하여야 작품에서 취급되는 역사적 사건의 사실성을 강화할 수 있고 위대한 수령님의 형상을 더욱 진실하게 창조할 수 있다.

실재하였던 인물들을 기본으로 인물 구성을 하는 데서 총서 작품이 가지고 있는 특성은 우선 높은 수준에서 전형화한 것이며 다음은 혁명의 발전과 그들의 혁명적 세계관 발전 과정을 밀착시켜 그림으로써 경애하는 수령님의 위대한 풍모를 더욱 부각시키고 있는 점이다.

인물관계를 꾸밈에 있어서 중요한 것은 작품의 내용에 따라 이러저러한 계급과 계층에 속하는 전형적인 인물들을 골라 그들의 관계를 정치적으로 의의 있게 풀 수 있도록 잘 맺어놓는 것이다. 그래야 그 인물관계가 작품의 주제와 사상을 밝혀내는 생활적 기초로 될 수 있다.

총서 작품들은 이러한 형상 창조의 요구에 맞게 우선 실재한 인물들이라 하더라도 그들을 작품의 종자와 사상 주제적 내용에 맞게 잘 전형화하였다. 그러므로 총서 작품에는 수다한 실재적 인물들이 등장하지만 비슷한 성격이 겹놓이는[37] 경우가 없으며 또 빈 구석도 없다. 모든 인물들은 다 당시의 사회 계급적 관계를 대변하는 계급, 계층, 즉 시대의 대표자들로서 위대한 수령님의 형상을 돋구는 데서 자기의 고유한 몫을 가지고 사상 주제적 과제 해결에 복종되게 조직되어 있다.

이제 총서 작품에서의 실재한 인물들을 보기로 하자.

장편소설 『닻은 올랐다』에서 오동진, 림소영, 최동호 등이 실재한 인물들이며 장편소설 『혁명의 려명』, 『은하수』에서는 차광수, 김혁, 백락진, 권심, 안묵, 최창걸, 현묵관, 고인호, 김찬 등이 실재한 인물들이다.[38]

장편소설 『대지는 푸르다』에서는 차광수, 변태익, 허재률, 최효성, 오석하, 림계산 등이고 장편소설 『근거지의 봄』에서는 리학산, 류현민, 현옥심, 박수호, 오의성, 초 두령, 서 려장, 지청운, 박두칠 등이 실재하였던 인물들이다.[39]

---

37) 겹놓다: 이북어. 겹쳐서 놓다.

38) 『닻은 올랐다』, 『혁명의 려명』, 『은하수』의 중요 등장인물 개작표

	등장 인물		김일성 회고록 『세기와 더불어』	비 고	기 타
	1982년 판본	1986년 판본			
닻은 올랐다 (1982)	김성주	김성주	김일성	'ㅌ · ㄷ' 성원	김성주(본명)
	최인걸	최창걸	최창걸	'ㅌ · ㄷ' 성원	
	림소영	림소영	×	독립군 대원	
	공렬	공영	공영	독립군 대원	공영(실명)
	김시우	김시우	김시우	'정의부' 총관	
	오동진	오동진	오동진	'정의부' 위원장	
	최일심	최동오	최동오	화성의숙 숙장	
	송일복	리제우	리제우	'ㅌ · ㄷ' 성원	
	신병림	계영춘	계영춘	'ㅌ · ㄷ' 성원	

장편소설 『백두산기슭』을 보면 강세호, 차동범, 리동백, 박문필 등이고 장편소설 『고난의 행군』에서는 안충렬, 림정설, 박종학 등이 실재한 인물들이다.[40]

	등장 인물		김일성 회고록 『세기와 더불어』	비 고	기 타
	1973년 판본	1987년 판본			
혁명의 려명 (1973)	금성	김성주	김일성	공산주의자	김성주(본명)
	강창수	차광수	차광수	공산주의자	차응선(본명)
	신동호	신동호/김혁	김혁	공산주의자	김혁(추가)
	권심	권심	×	공산주의자	
	안묵	안창호	안창호	민족주의자	
	김익철	최효열	최효일	공산주의자	최효일(실명)
	백락진	오동진	오동진	'정의부' 거두	
	최활	최활	최활	'임정' 재정부장	
	리광진	김좌진	김좌진	'신민부' 거두	
	심학	심룡준	심룡준	'참의부' 거두	
	최곤	김찬	김찬	공산주의자	

	등장 인물		김일성 회고록 『세기와 더불어』	비 고	기 타
	1982년 판본	1987년 판본			
은하수 (1982)	김성주	김성주	김일성	공산주의자	김성주(본명)
	강창수	차광수	차광수	공산주의자	차응선(본명)
	현욱	김혁	김혁	공산주의자	
	안묵	안창호	안창호	민족주의자	
	김익철	최효열	최효일	공산주의자	최효일(실명)
	백락진	오동진	오동진	'정의부' 거두	
	현종관	현묵관	현묵관	'국민부' 두령	

39) 『대지는 푸르다』, 『근거지의 봄』의 중요 등장인물 개작표

	등장 인물		김일성 회고록 『세기와 더불어』	비 고	기 타
	1981년 판본	1986년 판본			
대지는 푸르다 (1981)	김성주	김성주	김일성	공산주의자	김성주(본명)
	차광수	차광수	차광수	공산주의자	차응선(본명)
	현욱	김혁	김혁	공산주의자	
	최효성	최효열	최효일	공산주의자	최효일(실명)
	기영동	계영춘	계영춘	공산주의자	
	백신한	백신한	백신한	공산주의자	
	최창걸	최창걸	최창걸	공산주의자	
	한영희	한영희	한영애	공산주의자	한영애(실명)
	허재률	허재률	허률	공산주의자	허률(실명)
	강재수	공영	공영	공산주의자	공영(실명)
	오석하	오중화	오중화	공산주의자	
	오석현	오중흡	오중흡	공산주의자	
	최천국	최춘국	최춘국	공산주의자	
	박경학	리경락	리종락	공산주의자	리종락(본명)
	변태익	변태익	×	민족주의자	
	림계산	림계산	×	의사	

장편소설 『준엄한 전구』에서는 오중흡, 리철범, 배정식 등이 사실 인물들이고 장편소설 『압록강』에서는 권영벽, 리제순, 리동학, 김주현, 장철구, 오중흡, 박달, 박인진 등이 그러한 인물들이다.[41]

	등장 인물		김일성 회고록 『세기와 더불어』	비 고	기 타
	1981년 판본	1989년 판본			
근거지의 봄 (1981)	김일성	김일성	김일성	반일인민유격대	김성주(본명)
	류현민	류현민	×	코민테른 파견원	
	리학산	리광	리광(리명춘)	반일인민유격대	리명춘(본명)
	현옥심	박현숙	박현숙	아동단학교 선생	
	오의성	오의성	오의성	구국군 사령	
	초 두령	초 두령	×	구국군 여장	
	서 려장	서 려장	사 려장	구국군 여장	사 려장(실명)
	지청운	지청운	×	밀정	
	박두칠	박두칠	×	훈춘현당 조직책	

40) 『백두산기슭』, 『고난의 행군』의 중요 등장인물 개작표

	등장 인물			김일성 회고록 『세기와 더불어』	비 고	기 타
	1978년 판본	1989년 판본	1990년 판본			
백두산 기슭 (1978)	금성	김일성	김일성	김일성	조선인민혁명군	김성주(본명)
	권학식	권학식	리동백	리동백	조선인민혁명군	
	윤칠녀	장철구	장철구	장철구	조선인민혁명군	

	등장 인물		김일성 회고록 『세기와 더불어』	비 고	기 타
	1976년 판본	1991년 판본			
고난의 행군 (1976)	금성	김일성	김일성	조선인민혁명군	김성주(본명)
	김정순	김정숙	김정숙	조선인민혁명군	
	안충렬	오중흡	오중흡	조선인민혁명군	
	김혁	김혁	김혁	공산주의자	
	백신한	최창걸	백신한/최창걸	공산주의자	
	최성택	최춘국	최춘국	조선인민혁명군	
	배정식	오백룡	오백룡	조선인민혁명군	
	렴정호	엄광호	엄광호	밀영 책임자	
	박종학	리경락	리종락	변절자	리종락(본명)
	리철범	박덕산	박덕산(김일)	조선인민혁명군	박덕산(본명)
	박후남	장철구	장철구	조선인민혁명군	

41) 『준엄한 전구』, 『압록강』의 중요 등장인물 개작표

	등장 인물			김일성 회고록 『세기와 더불어』	비 고	기 타
	1981년 판본	1990년 판본	1999년 판본			
준엄한 전구 (1981)	김일성	김일성	김일성	김일성	조선인민혁명군	김성주(본명)
	김정숙	김정숙	김정숙	김정숙	조선인민혁명군	
	배정식	오백룡	오백룡	오백룡	조선인민혁명군	
	최인관	최인관	최인관	×	영산병원 의원	
	오중훈	오중흡	오중흡	오중흡	조선인민혁명군	
	리철범	김일	박덕산	박덕산(김일)	조선인민혁명군	박덕산(본명)

여기에서 차광수, 김혁 등은 조선 혁명의 여명기에 위대한 수령님을 충성으로 받들고 옹호 보위하였던 청년 공산주의자들의 전형이며 오중흡, 리철범, 배정식, 안충렬, 차동범, 강세호 등은 항일무장투쟁 시기 수령님께 끝없이 충직하였던 항일 혁명투사의 전형이며, 리동백은 어지러운 과거의 모든 투쟁에서 환멸을 느끼고 방황하다가 수령님을 따라나섰던 당시의 양심적인 지식인 기성세대의 대표자이며 오동진, 림소영, 변태익 등은 스러져 가는 민족주의 독립운동을 두고 개탄하고 가슴아파하면서 경애하는 수령님께서 밝히신 새 길을 따라나섰던 선진적인 독립군, 우국지사의 전형들이다.

총서 작품들은 실재한 인물들을 단순히 당시의 역사적 사건의 사실성을 강조하기 위한 하나의 예술적 형상 수단으로서만 설정하고 있는 것이 아니라 철저하게 전형화하여 작품의 사상 주제적 과제를 실현하는 데 적극적으로 복무하는 전형적인 인물로 등장시키고 있다.

실재한 인물들을 기본으로 인물 조직을 하는 데서 총서 작품들이 가지는 특성은 다음으로 혁명 투쟁의 흐름과 인물들의 혁명적 세계관 발전 과정을 밀착시키고 있는 것이다.

친애하는 지도자 동지께서 밝히신 바와 같이 역사적 사건을 기본으로 하는 줄거리는 그 사건에 참가하는 사람들의 운명 발전의 줄거리로 될 때라야 예술적인 의의를 가지게 된다.

총서 작품에서는 이러한 요구를 잘 구현하여 묘사된 역사적 사건과

	등장 인물		김일성 회고록 『세기와 더불어』	비 고	기 타
	1983년 판본	1992년 판본			
압록강 (1983)	김일성	김일성	김일성	조선인민혁명군	김성주(본명)
	권영벽	권영벽	권영벽	조선인민혁명군	김수남(본명)
	리제순	리제순	리제순	조국광복회 회원	
	리동학	리동학	리동학	조선인민혁명군	
	김주현	김주현	김주현	조선인민혁명군	
	장철구	장철구	장철구	사령부 작식대원	
	박달	박달	박달	'갑산공작위원회' 책임자	
	박인진	박인진	박인진	조국광복회 회원	
	김정보	김정보	×	지양개골 세력가	
	김빠이	김빠이	김빠이(리창선)	조선인민혁명군	리창선(본명)

사실들이 등장인물들의 성격 발전의 매 단계를 규정짓는 생활적인 요인과 전제로 복무하고 있는 것을 볼 수 있다.

총서 작품에 반영된 역사적 사건과 사실들이 경애하는 수령님에 의하여 추동되고 발전되는 위대한 생활인만큼 그 계기마다에서 느끼고 받아들이는 인물들의 진지한 체험 세계의 깊은 탐구는 바로 수령님의 위대성에 대한 전면적인 분석으로 된다.

이 뚜렷한 실례를 장편소설 『백두산기슭』에서의 리동백, 장편소설 『준엄한 친구』의 최인관, 장편소설 『근거지의 봄』의 류현민 등의 체험 세계와 성격 발전에서 볼 수 있다. 이들은 위대한 수령님과 함께 생활하는 과정에 체험하는 역사적 사건 속에서 성장 발전하여 혁명적 세계관을 세우는 인물들이며 그 과정에 경애하는 수령님의 위대성을 자신들의 시점과 체험 세계의 분석을 통하여 선명하게 부각하고 있다.

이처럼 실재한 역사적 인물들을 기본으로 인물 조직을 한 것은 경애하는 수령님의 위대한 풍모를 생활적으로 진실하게 형상하는 데서 중요한 의의를 가진다.

역사적 사실에 기초하여 경애하는 수령님의 형상을 창조하는 것은 이렇듯 총서 『불멸의 력사』에 빛나게 구현되어 위대한 생활력을 과시하고 있다.

총서는 역사적 사실에 기초하여 경애하는 수령님의 형상을 창조함으로써 지금까지 논리적으로만 알고 오던 혁명 역사를 생동한 생활로 알게 하였으며 논리적 사유로 수령님의 위대성을 알고 있던 인민들에게 생활의 목격자와 체험자처럼 수령님의 위대성을 심장으로 깊이 체험하고 감득할 수 있게 하여 준다.

이것이야말로 과거로 되어버린 위대한 생활의 생동한 재생이며 조선 인민이 잊을 수 없는 위대한 생활을 화폭으로 고착시킨 역사의 생동한 기념비이다.

총서 『불멸의 력사』가 수령 형상에서 거둔 가장 큰 공적의 하나가 바로 여기에 있다.

총서 『불멸의 력사』는 역사적 사실을 진실하게 전형화하여 그림으로써 경애하는 수령님의 위대한 사상이론가, 군사전략가, 혁명의 영도자로서의 풍모를 잘 형상할 수 있는 넓은 길을 열어주었을 뿐 아니라 위대한 인간으로서의 숭고한 풍모도 감동적으로 그릴 수 있는 전제를 마련하였다.

총서 『불멸의 력사』는 특히 가족 분들과 인민들과 혁명 전사들과의 관계 속에서 수령님의 형상을 진실하게 창조하여 참으로 위대한 인간으로서의 풍모를 생동하고 진실하게 그리고 믿음과 사랑, 사랑과 충성의 감동적인 화폭을 창조하고 있다.

총서 『불멸의 력사』는 인민들 속에 계시는 위대한 수령님을 진실하게 그림으로써 역사의 대상으로밖에 보지 않던 인민대중의 힘을 그 누구보다도 먼저 발견하시고 그들을 역사의 주인으로 내세우시는 수령으로 힘있게 형상하였다.

우선 소박하고 평범하면서도 위대한 힘을 지닌 인민대중의 전형들이 위대한 수령님의 형상과의 관계 속에서 빛나게 창조되고 있다.

여기에서 중요한 것은 위대한 수령님의 육친적 사랑과 보살피심 속에서 성장하고 발전하는 인민의 전형들이다.

장편소설 『고난의 행군』, 『두만강지구』, 『준엄한 전구』의 리성림, 장편소설 『1932년』의 최칠성, 장편소설 『근거지의 봄』의 윤보금, 김창억, 장편소설 『고난의 행군』의 박인섭 등을 들 수 있다.

이들의 공통적인 특징은 다 아직은 혁명적 세계관이 서지 못한 채 혁명에 참가하였다가 위대한 수령님의 육친적인 사랑과 지도 속에서 혁명 투쟁의 준엄한 학교를 거쳐 강철같은 의지를 가진 혁명가로 자라나는 소박하면서도 평범한 인민의 대표자들이라는 데 있다.

서로 다른 생활 경로와 각이한 개성을 가지고 혁명에 대한 인식도 같지 않았던 이들은 평범한 노동자, 농민 출신들이며 거의가 다 유격대에 들어온 이후 위대한 수령님의 손길 밑에서 배우고 눈을 뜬 사람들이었다. 그런데 이들이 한결같이 끌끌하고[42] 정치사상적으로, 군사적으로 단련되고 준비된 혁명가로 성장하는 것이다.

이러한 형상들은 위대한 수령님의 품속에서 성장 발전하여 혁명의 주춧돌이 되는 인민의 전형들이며 소박하고도 평범한 인민대중이 각성하기만 하면 그 어떤 큰일도 능히 해낼 수 있다는 인민대중에 대한 주체의 관점과 신념의 정당성을 힘있게 보여주며 그를 통하여 인민의 수령으로서의 경애하는 수령님의 숭고한 풍모를 감동적으로 보여준다.

여기에서도 특히 혁명가로 성장하는 성격은 아니지만 깨끗하고 진실한 마음을 지닌 소박하고 평범한 인민의 형상들이 위대한 수령님의 형상을 부각하는 데 잘 복무하고 있다.

장편소설 『닻은 올랐다』에서 나라의 독립 투쟁에 남편과 아들을 바친 할머니, 『대지는 푸르다』에서 위험을 무릅쓰고 위대한 수령님의 안전을 지켜드린 교하의 순박한 아낙네, 놈들에게 고문을 당하여 운신하기[43] 어려운 몸이었으나 위대한 수령님의 안녕을 지키기 위하여 수십리 밤길을 달려온 고만녀 아주머니, 『근거지의 봄』의 지유복, 김진세, 마종삼 노인들, 『준엄한 전구』의 아들딸을 다 잃고도 오직 장군님만 믿고 피눈물을 삼키는 칠성이 어머니, 『고난의 행군』에서 소금을 구해온 정귀하, 주종섭 노인들 이들은 다 평범하고 어디서나 만날 수 있는 소박하고 굳센 조선 인민의 전형들이다.

위대한 수령님께서는 이들의 모습에서 혁명의 무궁무진한 힘의 원천을 보시며 혁명을 끝까지 승리에로 이끌어나가야 하겠다는 철석같은 신념을 가지시는 것이다.

장편소설 『준엄한 전구』에서 위대한 수령님께서는 칠성이 어머니를 보시고 다음과 같이 말씀하시었다.

"나는 어머니의 모습에서 우리 조국의 모습을 보는 것 같습니다. 아들, 딸, 며느리를 모두 잃고 가슴속에 피흐르는 상처를 안으신 어머니의 모습이 곧 수난에 찬 우리 조국의 모습이고 그 모진 상처, 그 엄청

42) 끌끌하다: 마음이 맑고 바르고 깨끗하다.

43) 운신하다(運身--): 몸을 움직이다.

난 슬픔과 고통을 가슴깊이 감추시고 한량없는 사랑과 믿음으로 우리들에게 용기와 신념을 안겨주는 그 성스러운 모습이 바로 우리가 구원하려고 싸우는 거룩한 어머니 조국의 모습이 아니고 무엇이겠습니까! 동무들, 이처럼 귀중하고 자랑스러운 어머니를 위하여, 어머니를 모시고 저 두만강을 건너가 3천리강토에 자유 해방의 종소리 떵떵 울릴 그 날을 위하여 한 목숨 서슴없이 바쳐 싸웁시다. 이것이 어머니 조국의 아들딸된 우리의 도리이며 행복입니다!……."

이렇게 인민대중의 형상은 위대한 수령님께서 의지하고 계시는 힘의 원천과 혁명에 대한 추동력을 깊이 있게 해명하는 데 복종되고 있다. 그리하여 이것은 인민대중의 위대성과 함께 인민의 참다운 수령으로서의 위대한 수령님의 풍모를 예술적으로 힘있게 밝혀주는 것이다.

인민의 수령으로서의 경애하는 수령님의 형상을 창조하기 위하여 총서 작품들은 여러 가지 측면에서 수령과 인민의 관계를 그리고 있다.

위에서 언급한 문제들은 수령과 인민의 관계에서, 인민이 측면에서 어떻게 형상되었는가를 고찰한 것이라면 수령의 측면에서도 다양하게 형상되고 있다.

총서 작품에서 위대한 수령님의 모든 사색은 오직 인민을 위한 것이며 언제나 인민의 지향과 요구를 체현하시고 그를 실현하기 위해 한몸 바쳐 투쟁하시는 형상으로 그려져 있다.

총서 작품에서 위대한 수령님의 사상감정 세계를 심오히 묘사한 부분은 예외 없이 새 노선과 새 전략 전술을 세우는 대목이며 그것은 또한 예외 없이 인민대중의 요구와 지향에 대한 사색과 탐구, 체험 세계로 되고 있다.

장편소설 『근거지의 봄』에서 인민대중의 의사와 염원에 전적으로 부합되는 인민혁명정부 노선을 수립하기 위하여 위대한 장군님께서 사색하시고 탐구하시는 과정은 대표적인 예로 된다.

종파사대주의분자들이 인민대중의 요구와 이익에는 관계없이 '소비에트[44]'라는 기성 이론을 억지로 내리먹이려고[45] 광분하는 때에 위대한 수령님께서는 인민의 요구를 먼저 생각하시고 그로부터 출발하신다.

위대한 수령님께서는 인민의 요구가 혁명의 구호로 외쳐지게 해야 한다는 철석같은 신념과 의지로 정권 문제를 풀어 나가시었다. 이것으로 하여 인민의 영도자, 인민의 수령으로서의 위대한 수령님의 풍모가 감동적으로 형상될 수 있었다.

총서 작품에서는 또한 위대한 수령님께서 인민대중과 혼연일체가 되시고 인민대중과 생사고락을 같이 하시는 것도 감동적으로 그리고 있다.

장편소설 『대지는 푸르다』는 고유수와 오가자 농민들 속에 들어가시어 그들을 혁명화하시는 위대한 수령님의 혁명 활동을 그리고 있다.

위대한 수령님께서는 인민들 속에 계시면서 그들이 가장 아파하는 문제를 풀어주시고 그들이 기뻐할 때는 같이 기뻐하기도 하시며 생사고락을 같이하신다.

고유수의 박태갑 노인네 잔치 문제를 손수 풀어주시는 것이라든가, 새초[46]를 솜씨 있게 베시어 우만갑을 놀라게 하시고 도시락을 함께 나누시는 옥시창 마을에서의 일이라든가, 오가자의 농민들과 함께 새끼도 꼬시고 이영[47]도 이으시는 것은 그러한 예로 된다.

총서 『불멸의 력사』에서의 이러한 형상은 인민의 영도자로서의 위대한 수령님의 숭고한 풍모를 생동하게 보여줄 뿐 아니라 위대한 인간으로서의 아름다운 풍모도 진실하게 보여준다.

총서 『불멸의 력사』에서 위대한 인간으로서의 수령님의 형상은 인민들과의 관계에서 뿐 아니라 그이께서 혁명 활동 과정에 맺으시는 폭넓고 다양한 인간 관계 속에서 전면적으로 나타난다.

장편소설 『백두산기슭』에서 위대한 수령님께서 직접, 간접으로 관

44) 쏘베트(원문) → '소비에트(Soviet)'의 이북어.

45) 내려먹이려고(원문) → 내리먹이려고. '내리먹다'의 사동사. 내리먹다: 이북어. 일이나 지시 따위가 하급자나 하급 기관에 강요되어 잘 받아들이게 되다.

46) 새초: '억새'의 이북어.

47) 이영: '이엉'의 이북어.

계하시는 인물이 40여 명이고 장편소설 『준엄한 전구』에서는 70여 명, 장편소설 『1932년』에는 120여 명, 장편소설 『두만강지구』는 100여 명이나 된다.

그러니 얼마나 폭넓고 다양한 인간 관계가 맺어지며 위대한 인간으로서의 풍모는 또 얼마나 다양하게 나타나겠는가.

여기에서는 다만 혁명 전사들과의 관계 속에서 그려진 위대한 인간으로서의 경애하는 수령님의 풍모와 그 특징에 대해서만 보기로 하자.

총서 『불멸의 력사』에는 혁명적 동지애가 특별히 감동 깊게 형상됨으로써 위대한 인간으로서의 수령님의 풍모는 더욱 깊은 감흥을 준다.

친애하는 지도자 동지께서는 위대한 수령님의 혁명 역사는 동지애의 역사라고 지적하시었다.

이 말씀 속에는 심오한 내용이 담겨져 있다.

위대한 수령님께서는 혁명의 길에 나서신 첫날부터 다시 말하여 혁명 투쟁의 시작을 혁명 동지를 얻는 것으로부터 시작하시었다.

처음에는 혁명 동지 한 사람을 그 다음은 두 사람, 세 사람을 이렇게 하여 'ㅌ. ㄷ'를 무으시고 항일무장투쟁 과정에는 그 대오를 수천 수만으로 늘이시었으며 오늘은 그 대오를 다시 수십 수백만으로 늘이시었다.

위대한 수령님께서는 혁명 투쟁을 혁명 동지를 얻는 데로부터 시작하시고 혁명 투쟁을 혁명 동지들 사이의 사랑과 단결에 기초하여 벌리시었다.

위대한 수령님께서는 혁명가들의 여러 인간 관계 가운데서 혁명 동지들 사이의 관계를 인간 관계의 기본으로 보시고 혁명 활동의 전 노정을 혁명적 동지애의 역사로 수놓으시었다.

총서 『불멸의 력사』에서의 인간 관계의 기본은 혁명 동지들 사이의 관계이며 가장 아름다운 사랑은 동지애로 되고 있다.

장편소설 『닻은 올랐다』에서 위대한 수령님과 리무성, 최창걸, 리효, 박두학, 김리갑, 방을룡, 계영춘, 박인석 등과의 관계, 『혁명의 려명』에서 수령님과 채경, 차광수, 김혁, 박광수, 장덕춘, 최인국 등과의 관계, 『은하수』에서 수령님과 차광수, 김혁, 채경, 오순희, 채경주 등과의 관계, 『대지는 푸르다』에서 수령님과 차광수, 김혁, 유선아, 한영희, 기영동, 박경학, 허재률 등과의 관계, 『1932년』에서 수령님과 한흥수, 리철군, 전광식, 박흥덕 등과의 관계, 『근거지의 봄』에서 수령님과 김창억, 최진동, 림성실 등과의 관계, 『백두산기슭』에서 수령님과 강세호, 리북철, 리경준, 최금선, 차동범, 장기령 등과의 관계, 『압록강』에서 수령님과 권영벽, 리제순, 리동학, 김주현, 오중흡, 곽두섭, 박달, 조분옥, 최현 등과의 관계, 『고난의 행군』에서 수령님과 리철범, 안충렬, 배정식, 최성택, 한태혁, 정지성, 홍치도 등과의 관계, 『준엄한 전구』에서 수령님과 오중흡, 리철범, 배정식, 홍치도, 리성림, 『봄우뢰』에서 수령님과 차광수, 허재률, 김혁, 유선아, 한영희, 계영춘, 『잊지 못할 겨울』에서 수령님과 김주현, 김윤화, 마동희, 마국화, 권영벽, 박철산 등의 관계가 그러한 인간 관계들이다.

실로 총서 작품들은 위대한 수령님께서 혁명 전사들에게 베푸시는 뜨거운 사랑과 수령님께 충성다해가는 혁명 전사들의 충성과 혁명적 동지애로 빛나는 사랑이 서사시이다.

장편소설 『준엄한 전구』에서 리성림에게 기울이시는 경애하는 수령님의 뜨거운 사랑과 크나큰 믿음에 대한 눈물겨운 형상, 장편소설 『백두산기슭』에서 리경준, 최선금, 장기령, 윤칠녀들에게 베푸시는 사랑, 장편소설 『압록강』에서 곽두섭, 조분옥에게 베푸시는 사랑 등은 참으로 사람들의 심장을 격동시키는 참다운 사랑의 귀감들이다.

총서의 이러한 형상들은 경애하는 수령님의 위대한 인간애야말로 간고하고도 곡절 많은 조선 혁명을 승리와 영광에로 이끈 결정적 요인이며 힘의 원천이라는 것을 힘있게 증시해[48] 준다.

인간에 대한 사랑은 문학예술이 자기의 역사를 시작하면서부터 취

48) 증시하다(證示--): 증명하여 내보이다.

급하여 왔지만 총서 작품들에서처럼 가장 아름다운 사랑으로는 어느 한때도 취급한 때가 없었다.

인간에 대한 사랑은 본성에 있어서 인간의 존엄과 가치를 존중하고 귀중히 여기며 인간의 자주성을 열렬히 옹호하는 참다운 인간적인 사상감정이다.

인간의 본질적 속성은 자주성이며 따라서 인간의 자주성에 대한 존중과 옹호를 떠나서 인간에 대한 참된 사랑에 대하여 말할 수 없다.

세상에서 사람을 가장 귀중한 존재로, 가장 힘있는 존재로 보는 주체의 철학적 신념에 기초할 때에만 인간의 가치와 존엄을 진정으로 귀중히 여길 수 있으며 따라서 인간을 참답게 사랑할 수 있다.

모든 것을 사람을 중심으로 생각하고 사람을 위하여 복무하게 하는 사람 중심의 세계관이며 인민대중의 자주성을 실현하기 위한 혁명 학설인 주체사상이 창시됨으로써 역사상 처음으로 참다운 인간애의 본성이 밝혀지게 되고 총서 작품에서, 다시 말하여 위대한 수령님의 혁명적 동지애에서 그 최고 정화를 볼 수 있게 되었다.

자주성을 생명으로 하는 사회적 존재로서의 인간의 본성적 특성이 밝혀지지 못한 조건에서는 인간이 인간을 위하고 옹호하는 사상감정으로서의 인간애의 본성이 옳게 밝혀질 수 없으며 따라서 진정한 의미에서의 인간애가 그려질 수 없다.

오직 주체의 세계관만이 인간에 대한 옳은 이해를 주었고 인간생활의 근본 문제와 사랑에 대하여 전면적이고도 완벽한 해답을 줄 수 있었다.

인간의 자주성을 귀중히 여기고 존중하며 그것을 옹호하는 사상감정이 참된 인간애라면 진실로 자주적인 인간, 진정한 혁명가, 주체형의 공산주의 혁명가만이 진정한 인간애를 체현할 수 있다.

인간을 사랑하지 않고서는 인간의 자주성을 옹호하여 투쟁할 수 없으며 인간과 동지에 대한 사랑을 떠나서는 자기 계급과 인민, 자기 조국에 대한 사랑에 대하여 말할 수 없다.

인간이 인간에게 줄 수 있는 모든 사랑 가운데서 가장 숭고하고 귀중한 것은 혁명 동지에 대한 사랑이다.

왜냐하면 인간을 열렬히 사랑하지 않는 사람이 인간의 자주성을 옹호하여 투쟁할 수 없으며 사람을 믿지 못하고 사람을 사랑하지 않는 사람이 사람을 위하여 싸울 수 없기 때문이다.

바로 인간의 자주성을 옹호하기 위한 성스러운 혁명 투쟁에서 생사고락을 같이하기로 맹세 다지고 투쟁의 길에 함께 나선 같은 뜻을 가진 사람이 혁명 동지이다. 그러므로 이들의 사랑이 가장 아름답고 값높은 것이다.

혁명가들 사이의 사랑, 이것은 그 어떤 인정이나 혈육의 정으로도 대신할 수 없는 가장 고결하고 숭고한 사랑이다.

그것은 바로 동지에 대한 사랑 속에 자신보다도 더 귀중한 조직과 집단에 대한 사랑이 있고 조국에 대한 사랑이 있으며 공산주의 미래에 대한 사랑이 있기 때문이다.

혁명하는 사람에게 있어서 이처럼 귀중하고 고결하고 숭고한 혁명적 동지애의 최고 구감[49], 최고의 정수를 이루는 것은 바로 혁명 전사들에게 베푸는 위대한 수령의 사랑이다.

그것은 바로 위대한 수령의 사랑이 사람들에게 진정한 인간적 생명인 정치적 생명을 주고 진정한 인간적 생활인 사회정치생활[50]을 주기 때문이다.

사람이 한평생 부귀영화를 누린다고 하여 행복한 것이 아니며 명이 길다고 하여 영생하는 것이 아니다. 참다운 행복과 영생하는 삶에 대한 사람들의 세기적 이상과 염원은 오직 수령의 사랑 속에 자기 운명을 개척해나가는 보람찬 투쟁 속에서만 실현될 수 있다.

부모가 육체적 생명을 주고 키워준다면 수령은 정치적 생명을 주고 키워주는 고귀한 정치적 생명의 은인이다.

---

49) 구감(龜鑑): 귀감(龜鑑). 거울로 삼아 본받을 만한 모범.

50) 사회정치생활(社會政治生活): 이북어. 정치적 자주성을 실현하기 위한 조직 사상 생활.

육체적 생명이 혈연적 유대에 기초한 개인적 생명이라면 정치적 생명은 사회적 유대에 기초한 집단적 생명이며 또한 육체적 생명이 한 대로 끝나는 유한한 생명이라면 정치적 생명은 영생하는 무한한 생명이다.

사람에게 이처럼 귀중한 사회정치적 생명을 주는 것이 혁명 전사에 대한 위대한 수령의 사랑이며 신임이다.

노동계급의 수령이 혁명 전사들에게 베푸는 어버이 사랑과 신임이 곧 혁명가에게 있어서 사회정치적 생명으로 되는 바로 여기에 수령의 사랑이 혁명적 동지애의 최고 정수로 되는 근거가 있다.

수령의 사랑과 믿음을 떠나서 혁명가의 값높은 삶에 대하여 생각할 수 없으며 수령의 사랑과 신임 속에 한생을 빛내인 삶만이 영생하는 인간의 참된 삶으로 된다.

실로 총서『불멸의 력사』의 모든 장편소설들은 인간에 대한 사랑과 믿음, 혁명적 의리를 한몸에 뜨겁게 체현하고 계시는 경애하는 수령 김일성 동지의 위대한 인간적 풍모를 최상의 높이에서 빛나게 형상함으로써 노동계급의 수령형상창조에서 정치성과 인간성을 옳게 결합시키고 수령 형상을 인간학적으로 창조할 데 대한 주체적 문예사상의 요구를 전례 없이 높은 수준에서 해결하였으며 가장 위대한 혁명가, 노동계급의 수령은 가장 위대한 인간이라는 진리를 예술적으로 힘있게 확증하였다.

총서 작품들에서는 경애하는 수령 김일성 동지의 위대한 사상과 탁월한 영도가 인간에 대한 뜨거운 사랑, 혁명 동지에 대한 열화같은 사랑과 결합됨으로 하여 수령님의 형상은 만사람의 심장을 틀어 잡았고 그 어떤 준엄하고 엄혹한 시련 속에서도 인민대중을 혁명에로 불러일으킬 거대한 힘을 가진 형상으로 창조될 수 있었다.

총서『불멸의 력사』는 이 공산주의적 인간애의 귀감인 혁명적 동지애를 그처럼 높은 사상예술적 경지에서 그림으로 하여 인류 문학예술이 수천 년을 두고 모색하고 이상으로 그려온 가장 아름다운 사랑을 그릴 수 있었으며 가장 아름다운 인간 형상을 창조할 수 있었다.

바로 그것이 위대한 수령님의 혁명 전사들에 대한 사랑이며 그 형상이 수령님의 형상이다.

총서 『불멸의 력사』는 지금까지 그 어떤 형태의 문학에서도 창조할 수 없었던 가장 위대한 혁명가, 가장 위대한 인간의 형상을 창조한 것으로 하여 세계 혁명문학 발전에 거대한 기여를 하였다.

총서 『불멸의 력사』는 인류 문학 역사상 처음으로 인간의 운명을 옹호하고 지키기 위하여 혁명의 닻을 올린 노동계급의 위대한 수령의 형상을 창조하였으며 인민들 한 사람 한 사람을 깨우치고 교양하여 자기 운명의 주인이 되도록 혁명에 불러일으키어 역사의 주인으로 내세워준 위대한 수령의 형상을 창조하였다.

총서 『불멸의 력사』는 인간이 체험할 수 있는 최악의 간난신고와 시련을 헤치며 인민의 운명을 한몸 바쳐 개척한 노동계급의 위대한 수령의 참다운 형상을 창조하였다.

그것으로 하여 총서 『불멸의 력사』는 노동계급의 수령 형상을 가장 높은 수준에서 창조한 혁명문학의 가장 귀중한 재부로 된다.

실로 총서 『불멸의 력사』는 친애하는 지도자 김정일 동지께서 새롭게 개척하신 수령형상창조 이론의 정당성과 위대한 생활력을 과시하는 빛나는 총화이며 수령형상창조 사업에 대한 친애하는 지도자 동지의 영도의 현명성을 확증하는 귀중한 창조물이다.

우리 혁명문학은 총서의 항일혁명투쟁시기편을 창조한 풍부한 경험과 빛나는 성과에 기초하여 해방 후의 방대한 혁명 역사를 반영한 장편소설들에 경애하는 수령님의 위대성을 형상하기 위한 창조 사업에 들어섰다.

위대한 수령님의 혁명 역사와 위대한 풍모를 형상하는 기념비적 대작들인 총서 『불멸의 력사』(해방후편) 장편소설들이 나오기 시작하였다.

장편소설 『빛나는 아침』(권정웅)과 『50년 여름』(안동춘)이 그것이다.

장편소설 『빛나는 아침』은 1945년 해방 직후부터 1946년 가을까지 사이를 시대적 배경으로 하고 있다.

장편소설 『빛나는 아침』은 조국을 해방하시고 개선하신 수령님 앞에는 수백 가지 풀어야 할 문제들이 수없이 나섰고 착잡한 문제들이 얽히고 얽힌 매우 복잡다난한 시기였다.

어중이떠중이들은 저마끔[51] 애국자노라고 나서고 해방을 맞이한 인민들은 어느 길로 나가야할지 몰라 방황하던 때였다.

위대한 수령님께서는 당을 창건하고 인민정권을 세우고 인민 무력을 건설하며 경제를 부흥시키는 천만 가지 사업 가운데서 무슨 문제를 주축으로 틀어쥐고 나갈 것인가를 깊이 연구하신데 기초하시어 이 모든 사업의 밑거름이 되고 바탕이 되고 기초로 되는 근본 문제가 인재 문제라고 보시고 다음과 같이 선언하신다.

"……인재! 인재가 모든 것을 결정합니다. 이미 여러 번 말해왔지만 우리는 이제부터 총포성이 울리지 않는 또 하나의 큰 전역을 치르지 않으면 안됩니다."

이것은 새 조국 건설이라는 거창한 창조 사업에서 근본 문제가 무엇인가를 빛나는 예지로 밝히신 탁월한 전략적 방침의 수립이었다.

이것은 새 조국 건설에서 중심고리를 틀어쥐신 예지이고 먼 앞날까지 환히 내다보신 선견지명이었다.

인재 문제를 풀지 않았더라면 우리는 자립적 민족경제도 건설할 수 없었고 오늘과 같은 번영하는 사회주의 조국도 일떠세우지 못했을 것이며 세계적인 그 어떤 동란에도 눈썹 하나 끄떡하지 않는 주체의 강국을 건설하지 못했을 것이다.

만복의 원천과 기초가 인재 문제를 주체적으로 푼 데 있다.

그런데 이것을 위대한 수령님께서는 벌써 반세기 전에 환히 내다보시고 인재 전략을 세우신 것이다.

인재 문제, 그것은 인텔리 문제였다. 그러면 해방 직후 인텔리 문제

---

51) 저마끔: '저마다'의 이북어.

는 어떻게 되고 있었는가?!

그것은 매우 참혹한 상태였다.

장편소설의 앞머리에는 새 조국 건설에 천금같이 귀중히 쓰일 기술도서들이 엿장사[52], 물감장사의 포장지로, 파지로 팔리고 있었고 기술자들은 자기의 기술을 바칠 데가 없어 집을 떠나 방황하고 있는 사실이 묘사되어 있다.

형상적으로 그려진 이 실태가 바로 해방을 맞이한 우리나라에서 인텔리의 처지였다.

인간으로서 값을 잃고 깃들 곳 없어 방황하는 인텔리, 그런데 이들을 한 품에 안아 품어주고 사랑으로 키워주신 분이 위대한 수령 김일성 동지이시다.

장편소설은 이것을 그이의 고유한 풍모인 믿음과 사랑의 철학으로 뜨거운 인간학으로 풀어놓았다.

실로 장편소설 『빛나는 아침』은 주체 조국의 만년초석을 어떻게 마련해 놓으시었는가를 밝힌 위대한 생활철학으로서 총서 『불멸의 력사』에서 자기의 독특한 자리를 차지하고 조선문학 발전에 이바지한 특유의 몫이 있는 것이다.

장편소설 『50년 여름』은 1950년 5월부터 조국해방전쟁 제1계단까지를 시대적 배경으로 하여 위대한 수령님의 혁명 역사와 위대한 풍모를 형상한 대작이다.

미제는 100년의 침략사를 가지고 있으며 세계 최강을 자랑하는 초대제국주의 국가이다. 그런데 어제까지 일제의 식민지였으며 갓 탄생기에 들어선 청소한[53] 조선이 어떻게 미제를 빈대처럼 눌러놓을 수 있었는가? 이것은 20세기의 기적이며 신화이다.

실례로 믿기 어려운 신비로운 사실들이 전쟁 초기부터 나타났다.

전쟁사는 적의 선제공격을 즉시 좌절시키고 반공격을 들이대려면

---

52) 엿장사: '엿장수'의 이북어.

53) 청소하다(靑少--): 역사가 짧고 경험이 적다.

최소한도 4배 이상의 병력과 화력을 가지고 있어야 한다는 것을 기정 사실화하고 있다.

그런데 당시 우리의 38연선[54]에는 매우 적은 병력이 있었고 군대는 현대전을 한번도 해보지 못한 청소한 무력밖에 없었다. 이러한 인민군대가 어떻게 적의 공격을 좌절시키고 급히 반공격으로 넘어 갈 수 있었는가? …… 이것은 전쟁사에 남긴 수수께끼였다.

적의 수도가 전쟁 3일 만에 해방되었다.

공격을 받은 것이 아니라 불의에 먼저 침략을 한 무력이 자기의 심장부가 틀고 앉은 수도를 3일 만에 내놓지 않을 수 없었던 사실은 또 하나의 현대전의 수수께끼였다.

미제가 난공불락이라고 호언장담하던 대전 방어선을 어떻게 물먹은 담벽처럼 하루아침에 허물어뜨리고 미제의 사단장 이하 수천 명이 몽땅 포로당하지 않으면 안되었는가? 이것은 참으로 놀라운 일이었다.

전쟁은 첫날부터 이렇게 수수께끼를 안고 있었으며 조국해방전쟁 전 과정에 일어난 모든 것이 상식과 어긋나는 것이었다.

장편소설은 이 역사의 수수께끼에 대담하고 시대의 물음에 예술적인 해답을 주고 있다.

그것은 인민의 힘을 믿으시고 그들에 의거하시는 절세의 애국자, 탁월한 군사전략가, 비상한 예지와 무비의 담력을 지니신 강철의 영장 김일성 동지께서 이 전쟁을 영도하였기 때문이라는 것을 예술적으로 훌륭히 밝힌 혁명전쟁[55]의 철학인 것이다.

—출전: 윤기덕, 『수령형상문학』(주체문예리론연구 11), 문예출판사, 1991.

---

54) 연선(沿線): 이북어. 일정한 경계선을 따라 그 옆에 길게 위치하여 있는 곳.

55) 혁명전쟁(革命戰爭): 이북어. 혁명적 인민들이 제국주의자들의 침략에 반대하고 나라의 자주권을 되찾기 위하여 벌이는 무장 투쟁.

론설

주체사실주의는 우리 시대의 가장 옳바른 창작방법, 최고의 사실주의창작방법이다

장 형 준

오늘 창작방법문제는 사회주의, 공산주의 문학예술 건설에서 매우 중요한 문제로 나서고있다.

최근 년간 일부 나라들에서 사회주의가 좌절되고 자본주의가 복귀됨에 따라 사회주의문학예술이 제국주의자들과 수정주의자들의 심한 공격을 받으며 사회주의적사실주의창작방법이 부정당하거나 의문에 붙여지는 가슴아픈 사태가 빚어지고있다.

그러나 우리의 주체문학예술은 위대한 수령 **김일성**동지와 친애하는 지도자 **김정일**동지의 현명한 령도밑에 날로 개화발전하며 사회주의의 한길로 승승장구하고있다.

문학예술의 발전은 창작방법과 밀접히 련관되여있다. 그러므로 우리 문학예술의 위력을 정확히 리해하고 그를 앞으로 더욱 찬란히 개화발전시키기 위하여서는 우리 문학예술이 의거하고있는 창작방법을 똑똑히 알고 그 본질과 우월성을 높이 발양시키는것이 무엇보다도 중요하다. 이것은 우리 문학예술의 발전을 위해서는 물론 세계 사회주의문학예술의 새로운 발전을 위해서도 매우 중대한 문제이다.

현시기 사회주의, 공산주의 문학예술 건설앞에 중요하게 나선 창작방법문제는 우리 당과 우리 인민의 영명한 령도자이시며 사상과 예술의 영재이신 친애하는 지도자 **김정일**동지에 의하여 빛나게 해결되였다.

친애하는 지도자 **김정일**동지께서는 위대한 수령님께서 창시하신 주체문학예술의 발생발전과 사실주의창작방법발전의 합법칙성에 대한 정확한 분석에 기초하시여 불후의 고전적로작 《주체문학론》에서 우리 문학예술의 창작방법을 주체사실주의로 새롭게 정식화하시고 그 본질적특성과 문예사적지위를 과학적으로 밝혀주시였다.

친애하는 지도자 **김정일**동지의 비범한 예지와 정력적인 사상리론활동에 의하여 주체사실주의창작방법의 창시자이신 위대한 수령 **김일성**동지의 문예업적이 빛나게 확증되고 우리 주체문학예술의 위력과 발전로정이 뚜렷이 밝혀졌으며 주체사실주의창작방법이 우리 시대, 주체시대의 가장 옳은 창작방법, 최고단계의 사실주의창작방법이라는것이 과학적으로 해명됨으로써 사회주의, 공산주의 문학예술 창작의 힘있는 사상적 및 방법론적 무기가 확고히 마련되게 되였다.

주체시대의 요구를 전면적으로 구현한 새롭고 위력한 창작방법이 리론적으로 정식화된것은 우리나라와 세계의 혁명적문학예술, 로동계급과 인류의 문예리론 발전에 위대한 기여를 한 거대한 문예사적사변으로 된다. 바로 여기에 주체사실주의 리론을 창시하신 친애하는 지도자 **김정일**동지의 불멸의 공적이 있다.

친애하는 지도자 **김정일**동지께서는 다음과 같이 지적하시였다.

《우리 문학예술이 의거하고있는 우리 식의 사회주의적사실주의창작방법은 그 형성의 사회력사적 경위에 있어서나 철학적기초와 미학적원칙에 있어서 선행한 사회주의적사실주의와 구별되는 새로운 창작방법이다. 우리 문학예술이 의거하고있는 우리 식의 사회주의적사실주의창작방법은 주체사실주의, 주체사실주의창작방법이다.》

주체사실주의창작방법은 그 형성의 사회력사적 경위와 철학적기초, 미학적원칙에 있어서 우리 시대의 가장 옳은 창작방법이며 최고의 사실주의창작방법이다.

친애하는 지도자 **김정일**동지께서는 먼저 시대와 창작방법의 호상관계에 대한 정확한 통찰에 기초하시여 주체사실주의의 특성과 우월성을 과학적으로 분석하여주시였다.

친애하는 지도자동지께서 밝혀주신바와 같이 주체사실주의는 선행한 시대와 구별되는 새로운 력사적시대, 억압받고 착취받던 인민대중이 력사의 주인으로 등장하여 자기 운명을 자주적으로, 창조적으로 개척해나가는 자주시대의 요구를 반영하여 나온 창작방법이다.

창작방법은 시대의 산물인것만큼 시대의 요구를 떠나서 창작방법문제를 고찰할수 없다. 새로운 시대는 언제나 문학예술앞에 새로운 력사적과업을 제기하고 이 과업을 해결할수 있는 새로운 창작방법을 요구한다. 그러므로 창작방법의 성격과 생활력은 무엇보다도 그것이 어떤 시대적요구를 반영하여 나오고 어떤 력사적과제를 해결하는가에 따라 규정된다.

창작방법의 력사를 돌이켜볼 때 선행한 창작방법가운데서 가장 선진적인 창작방법은 사회주의적사실주의창작방법이다.

친애하는 지도자 **김정일**동지께서 밝혀주신바와 같이 사회주의적사실주의는 자본주의가 제국주의단계에 들어서고 사회주의혁명이 일정에 오른 력사적시기에 자본주의제도를 때려부시고 착취와 압박이 없는 새 사회를 건설하려는 로동계급의 요구

—『조선문학』 547, 1993. 5.

[논설]

주체사실주의는 우리 시대의 가장 올바른 창작방법, 최고의 사실주의 창작방법이다

: 장형준

오늘 창작방법 문제는 사회주의, 공산주의 문학예술 건설에서 매우 중요한 문제로 나서고 있다.

최근 연간 일부 나라들에서 사회주의가 좌절되고 자본주의가 복귀됨에 따라 사회주의 문학예술이 제국주의자들과 수정주의자들의 심한 공격을 받으며 사회주의적 사실주의 창작방법이 부정당하거나 의문에 붙여지는 가슴아픈 사태가 빚어지고 있다.

그러나 우리의 주체문학예술은 위대한 수령 김일성 동지와 친애하는 지도자 김정일 동지의 현명한 영도 밑에 날로 개화 발전하며 사회주의의 한길로 승승장구하고 있다.

문학예술의 발전은 창작방법과 밀접히 관련되어 있다. 그러므로 우리 문학예술의 위력을 정확히 이해하고 그를 앞으로 더욱 찬란히 개화 발전시키기 위하여서는 우리 문학예술이 의거하고 있는 창작방법을 똑똑히 알고 그 본질과 우월성을 높이 발양시키는 것이 무엇보다도 중요하다. 이것은 우리 문학예술의 발전을 위해서는 물론 세계 사회주의 문학예술의 새로운 발전을 위해서도 매우 중대한 문제이다.

현 시기 사회주의, 공산주의 문학예술 건설 앞에 중요하게 나선 창작방법 문제는 우리 당과 우리 인민의 영명한 영도자이시며 사상과 예술의 영재이신 친애하는 지도자 김정일 동지에 의하여 빛나게 해결되었다.

친애하는 지도자 김정일 동지께서는 위대한 수령님께서 창시하신 주체문학예술의 발생 발전과 사실주의 창작방법 발전의 합법칙성[1]에 대한 정확한 분석에 기초하시어 불후의 고전적 노작[2] 『주체문학론』에서 우리 문학예술의 창작방법을 주체사실주의로 새롭게 정식화하시고 그 본질적 특성과 문예사적 지위를 과학적으로 밝혀주시었다.

친애하는 지도자 김정일 동지의 비범한 예지와 정력적인 사상이론 활동에 의하여 주체사실주의 창작방법의 창시자이신 위대한 수령 김일성 동지의 문예 업적이 빛나게 확증되고 우리 주체문학예술의 위력과 발전 노정이 뚜렷이 밝혀졌으며 주체사실주의 창작방법이 우리 시대, 주체시대의 가장 옳은 창작방법, 최고 단계의 사실주의 창작방법이라는 것이 과학적으로 해명됨으로써 사회주의, 공산주의 문학예술 창작의 힘있는 사상적 및 방법론적 무기가 확고히 마련되게 되었다.

주체시대의 요구를 전면적으로 구현한 새롭고 위력한[3] 창작방법이 이론적으로 정식화된 것은 우리나라와 세계의 혁명적 문학예술, 노동계급과 인류의 문예이론 발전에 위대한 기여를 한 거대한 문예사적 사변으로 된다. 바로 여기에 주체사실주의 이론을 창시하신 친애하는 지도자 김정일 동지의 불멸의 공적이 있다.

친애하는 지도자 김정일 동지께서는 다음과 같이 지적하시었다.

"우리 문학예술이 의거하고 있는 우리 식의 사회주의적 사실주의 창작방법은 그 형성의 사회 역사적 경위에 있어서나 철학적 기초와

---

1) 합법칙성(合法則性): 합법성(合法性). 자연, 역사, 사회 현상이 일정한 법칙에 따라 일어나는 일.

2) 로작(원문) → 노작(勞作): 애쓰고 노력해서 이룸. 또는 그런 작품.

3) 위력하다(爲力--): 힘을 다하다.

미학적 원칙에 있어서 선행한 사회주의적 사실주의와 구별되는 새로운 창작방법이다. 우리 문학예술이 의거하고 있는 우리 식의 사회주의적 사실주의 창작방법은 주체사실주의, 주체사실주의 창작방법이다."

주체사실주의 창작방법은 그 형성의 사회 역사적 경위와 철학적 기초, 미학적 원칙에 있어서 우리 시대의 가장 옳은 창작방법이며 최고의 사실주의 창작방법이다.

친애하는 지도자 김정일 동지께서는 먼저 시대와 창작방법의 호상[4] 관계에 대한 정확한 통찰에 기초하시어 주체사실주의의 특성과 우월성을 과학적으로 분석하여 주시었다.

친애하는 지도자 동지께서 밝혀주신 바와 같이 주체사실주의는 선행한 시대와 구별되는 새로운 역사적 시대, 억압받고 착취받던 인민대중이 역사의 주인으로 등장하여 자기 운명을 자주적으로, 창조적으로 개척해 나가는 자주 시대의 요구를 반영하여 나온 창작방법이다.

창작방법은 시대의 산물인 것만큼 시대의 요구를 떠나서 창작방법 문제를 고찰할 수 없다. 새로운 시대는 언제나 문학예술 앞에 새로운 역사적 과업을 제기하고 이 과업을 해결할 수 있는 새로운 창작방법을 요구한다. 그러므로 창작방법의 성격과 생활력은 무엇보다도 그것이 어떤 시대적 요구를 반영하여 나오고 어떤 역사적 과제를 해결하는가에 따라 규정된다.

창작방법의 역사를 돌이켜볼 때 선행한 창작방법 가운데서 가장 선진적인 창작방법은 사회주의적 사실주의 창작방법이다.

친애하는 지도자 김정일 동지께서 밝혀주신 바와 같이 사회주의적 사실주의는 자본주의가 제국주의 단계에 들어서고 사회주의혁명이 일정에 오른 역사적 시기에 자본주의 제도를 때려부시고 착취와 압박이 없는 새사회를 건설하려는 노동계급의 요구를 반영하여 나왔으며 그가 제기한 역사적 과제는 자본의 철쇄[5]와 제국주의 예속에서 근로 인

4) 호상(互相): '상호(相互)'의 이북어. 상대가 되는 이쪽과 저쪽 모두.
5) 철쇄(鐵鎖): 쇠사슬. 쇠로 만든 고리를 여러 개 죽 이어서 만든 줄.

민대중을 해방하는 데 복무하는 것이다. 20세기 초에 나온 사회주의적 사실주의는 마르크스·레닌주의 세계관에 기초하여 노동계급의 혁명투쟁과 인민대중의 생활을 혁명적 발전과 역사적 구체성 속에서 진실하게 그려낸 수많은 혁명적 작품들을 창작함으로써 사람들을 계급의식, 혁명의식으로 무장시키고 그들을 무산계급을 해방하기 위한 노동계급의 혁명 위업 수행에 불러일으키는 데 힘있게 이바지하였다. 이것은 사회주의적 사실주의 창작방법의 혁명성과 전투성을 뚜렷이 보여주는 것이다.

그러나 시대는 변하였으며 따라서 선행 시기에 나온 사회주의적 사실주의 창작방법을 가지고서는 인민대중이 역사의 주인으로 등장하여 자기 운명을 자주적으로 창조적으로 개척해 나가는 역사의 새시대인 우리 시대, 자주 시대의 요구를 원만히 해결할 수 없다. 그것은 계급혁명, 계급해방의 위업에 복무하는 사상적, 방법론적 무기로써는 계급해방과 함께 민족해방, 인간해방의 위업이 전면적으로 실현되는 새로운 역사적 시대의 문학예술을 원만히 창작할 수 없기 때문이다.

우리 시대, 주체시대는 인민대중의 자주적이며 창조적인 투쟁과 생활을 사람의 자주적 본성에 맞게 더욱 원만히 그려낼 수 있는 보다 위력한 창작방법을 요구하였다.

위대한 수령 김일성 동지께서는 혁명의 길에 나서신 첫 시기에 벌써 자주 시대의 요구를 명철하게 통찰하시어 영생불멸의 주체사상을 창시하시고 그에 기초하여 선행한 사회주의적 사실주의 창작방법을 우리 식으로 새롭게 발전시켜 주체사실주의 창작방법을 창시하시었다.

위대한 수령님께서 친히 창작하신 불후의 고전적 명작들을 핵으로 하는 항일혁명문학예술과 당의 영도 밑에 그 빛나는 혁명 전통을 이어받아 찬란히 개화 발전하고 있는 우리 주체문학예술의 빛나는 화원은 선행한 사회주의적 사실주의 창작방법과 질적으로 다른 새로운 창작방법, 주체사실주의 창작방법에 의하여 이룩한 고귀한 열매이다.

자주 시대의 요구를 반영하여 나온 주체사실주의 창작방법은 그가 출현한 첫 시기부터 오늘에 이르기까지 인민대중의 자주성을 완전히 실현하는 데 복무하는 자기의 역사적 과제를 훌륭히 수행하여 왔다. 이러한 사실은 주체사실주의가 그 형성의 사회 역사적 계기와 그가 수행하는 역사적 과업으로 보아 선행한 사회주의적 사실주의와 본질적으로 구별되는 새로운 높은 단계의 사실주의 창작방법이라는 것을 웅변적으로 확증하여 준다.

우리 시대, 자주 시대의 요구는 오직 주체사실주의 창작방법에 의해서만 원만히 해결될 수 있다.

주체사실주의는 노동계급과 인민들의 투쟁과 생활을 진실하게 형상하여 그들을 혁명과 건설에로 힘있게 고무 추동한다는 점에서는 선행한 사회주의적 사실주의와 같은 계열에 속하는 창작방법이라고 볼 수 있으나 그 형성의 사회 역사적 계기와 역사적 과제 해결에서는 서로 엄연히 구별되는 새로운 창작방법이다.

선행한 사회주의 사실주의 창작방법과 같이 자본의 철쇄와 제국주의 예속에서 근로 인민대중을 해방하는 계급해방의 위업에 복무하는 문학예술을 창작할 뿐 아니라 자주 시대의 요구를 구현하여 민족해방, 계급해방, 인간해방의 위업, 다시 말하여 인민대중의 자주위업의 완전한 실현에 복무하는 주체문학예술을 빛나게 창작하는 바로 여기에 주체사실주의의 위력과 그 숭고한 역사적 사명이 있으며 그것이 우리 시대의 가장 올바른 창작방법, 인류의 문학예술 역사에서 최고의 사실주의 창작방법으로 되는 중요한 근거의 하나가 있다.

친애하는 지도자 김정일 동지께서는 주체사실주의가 그 형성의 사회 역사적 경위에 있어서 뿐 아니라 철학적 기초에 있어서 선행한 사회주의 사실주의와 구별되는 우리 시대의 가장 선진적인 창작방법이라는 것을 심오하게 해명하여 주시었다.

창작방법은 철학적 세계관과 밀접히 연관되어 있다. 작가가 현실 생활을 예술적으로 반영하는 데서 의거하는 미학적 원칙으로서의 창작방법은 언제나 세계관에 기초한다. 그것은 인간과 생활을 인식하고 평가하며 예술적으로 재구성하고 묘사함에 있어서 가장 중요한 작용을 노는 것은 작가의 사회정치적 견해와 미학적 이상, 생활에 대한 입장과 태도, 한마디로 말하여 세계관이기 때문이다.

인류 문학예술 역사를 돌이켜볼 때 세계관은 언제나 창작방법의 기초로 되었고 그것들을 규정하였다. 그리하여 진보적인 세계관을 가진 작가는 진보적인 창작방법에, 반동적인 세계관을 가진 작가는 반동적인 창작방법에 의거하게 되었다.

세계관이 창작방법의 철학적 기초로 되는 것만큼 창작방법의 본질적 특징과 문학예술 발전에서 차지하는 그의 위치와 역할은 전적으로 그것이 어떤 철학적 세계관에 기초하고 있는가 하는 데 따라 규정된다.

친애하는 지도자 김정일 동지께서는 창작방법 규정에서 세계관이 노는 결정적 역할에 대한 정확한 통찰에 기초하여 주체사실주의 창작방법의 근본 특징과 우월성, 그 역사적 지위와 역할을 밝혀주시었다.

친애하는 지도자 김정일 동지께서는 다음과 같이 지적하시었다.

"주체사실주의가 세계관 발전의 가장 높은 단계를 이룬 사람 중심의 철학적 세계관에 기초하고 있다는 여기에 선행한 사회주의적 사실주의와 질적으로 다른 근본 특징이 있다."

주체사실주의와 선행한 사회주의적 사실주의의 근본적인 차이는 그것들이 기초하고 있는 철학적 세계관에 의하여 규정된다.

선행한 사회주의적 사실주의 창작방법은 유물변증법적 세계관에 기초하고 있다. 유물변증법적 세계관은 세계에 대한 인식에서 관념론적이며 형이상학적인 견해와 관점을 타파하고 세계가 물질로 통일되어 있으며 그것이 그 자체의 법칙에 따라 부단히 변화 발전한다는 것을 밝힘으로써 생활을 역사적 구체성과 혁명적 발전 속에서 진실하게 파악하고 묘사하는 사회주의적 사실주의 창작방법의 철학적 기초로 되었다. 사회주의적 사실주의 창작방법은 유물변증법적 철학을 자기의 세계관적 기초로 한 것으로 하여 생활의 본질과 그 발전의 합법칙성을 진실하게 반영하는 진보적인 창작방법으로 된 동시에 그것은 유물변증법적 철학에 기초한 것으로 하여 일정한 제한성도 가지게 되었다. 유물변증법[6]은 세계를 변화 발전하는 물질적 존재로 과학적으로 인식하게 함에도 불구하고 사회적 존재로서의 사람의 본성과 세계에서 차지하는 그의 지위와 역할을 완벽하게 밝히지 못하였다. 바로 이 때문에 유물변증법적 철학에 기초한 사회주의적 사실주의 창작방법은 자주적이며 창조적이며 의식적인 사회적 존재로서의 사람의 본질과 사람에 의하여 지배되고 개조되는 세계의 면모를 완벽하게 그리지 못하는 제한성을 면하지 못하였다.

선행한 사회주의적 사실주의의 제한성은 주체의 철학적 세계관에 기초한 주체사실주의에 의하여 철저히 극복되게 되었다.

주체철학은 유물변증법적 철학의 존재와 의식 간의 문제를 철학의 근본 문제로 설정하고 세계의 시원 문제를 유물론적으로 밝힌 조건에서 세계에서 차지하는 사람의 지위와 역할 문제를 철학의 근본 문제로 새롭게 제기하고 사람이 모든 것의 주인이며 모든 것을 결정한다는 철학적 원리를 밝힘으로써 세계관 발전에서 가장 높은 단계에 오른 사람 중심의 세계관이다.

주체사실주의는 사람 중심의 철학적 세계관에 기초함으로써 사람을 세계의 지배자, 개조자로 내세우고 세계의 모든 변화 발전 과정을 사람의 활동을 기본으로 하여 가장 진실하게 그리며 사람의 존엄과 가치를 최상의 경지에서 빛나게 형상할 수 있게 되었다. 세계관 발전에서 가장 높은 단계를 이룬 주체의 세계관에 기초한 바로 여기에 주체사실주의의 근본 특징, 그의 본질적 우월성과 혁신성이 있으며 여기에 또한 우리 시대, 자주 시대의 가장 옳은 창작방법, 가장 높은 단계의 사실주의 창작방법으로 되는 중요한 근거가 있다.

창작방법은 작가가 생활을 인식하고 평가하며 예술로, 반영하는 데서 의거하는 미학적 원칙인 것만큼 창작방법의 본질과 역할은 그의

---

6) 유물변증법(唯物辨證法): 자연과 사회의 전체를 물질적 존재의 변증법적 발전으로 설명한 이론.

미학적 원칙에 의하여 규정된다.

주체사실주의는 현실에 대한 인식과 예술적 재현에서 가장 우월한 미학적 원칙을 가지고 있는 우리 시대의 가장 선진적인 창작방법이다.

문학과 예술은 현실을 반영하고 생활을 묘사하는 데 현실세계의 주인은 사람이며 생활은 사람의 운동이고 그의 존재방식이다. 현실을 묘사하며 생활을 그린다는 것은 바로 그 주인인 사람을 형상한다는 것을 의미한다. 문학예술이 현실 생활을 그리는 데서 가장 중요한 것은 사람을 형상하는 것이다.

그러므로 사람과 생활을 어떻게 보고 그리는가 하는 것은 창작방법을 규정하는 기본 요인으로 된다.

친애하는 지도자 김정일 동지께서는 창작방법을 규정하는 기본 요인에 대한 심오한 통찰에 기초하여 주체사실주의 창작방법이 견지하고 있는 미학적 원칙을 사람에 대한 주체적인 견해와 관점에 기초하여 과학적으로 밝혀주시었다.

친애하는 지도자 김정일 동지께서는 다음과 같이 지적하시었다.

"주체사실주의와 선행한 사회주의적 사실주의의 근본적인 차이는 사람을 어떤 견지에서 보고 그리는가 하는 데 있다. 선행한 사회주의적 사실주의에서는 주로 인간을 사회적 관계의 총체로 보고 그리었다면 주체사실주의에서는 인간을 자주성, 창조성, 의식성을 가진 사회적 존재로 보고 그린다."

주체사실주의는 사람을 자주성, 창조성, 의식성을 가진 사회적 존재로 보고 그리는 창작방법이다.

주체사실주의는 이러한 미학적 원칙은 사람에 대한 주체적인 견해에 기초하고 있다. 주체사상은 두 측면에서 사람에 대한 가장 완벽한 철학적 해명을 준다. 그것은 사람을 그 본질적 속성의 견지에서와 세계와의 관계의 견지에서 해명한 것이다.

사람이 자주성, 창조성, 의식성을 가진 사회적 존재라는 것은 본질적 속성의 견지에서 밝힌 사람에 대한 주체적 해명이고 사람이 모든 것의 주인이며 모든 것을 결정한다는 것은 세계와의 관계의 견지에서 밝힌 사람에 대한 주체적 해명이다.

주체사실주의는 사람의 본질적 속성을 밝혀주는 철학적 해명에 기초함으로써 사람을 자주성, 창조성, 의식성을 가진 사회적 존재로 보고 그리는 미학적 원칙을 자기의 중요한 원칙으로 하게 되었다.

이 점에서도 역시 주체사실주의 창작방법은 사람을 사회적 관계의 총체로 보고 그리는 선행한 사회주의적 사실주의 창작방법과 본질적으로 구별된다.

선행한 사회주의적 사실주의 창작방법이 사람을 사회적 관계의 총체로 보고 그린다는 것은 사람을 사회적 관계에 의하여 제약되는 사회적 존재로 보고 그린다는 것을 의미한다. 선행한 사회주의적 사실주의는 사람에 대한 유물변증법적 이해에 기초하여 사람을 사회적 관계의 총체로 보고 그림으로써 종교철학이나 관념론에 기초하여 인간을 신이나 '절대이념[7]'에 의하여 운명지어진 숙명적인 존재로 보고 그리거나 형이상학적 유물론에 기초하여 사람을 본능에 의하여 지배되는 생물학적 존재로 보고 그리는 온갖 반사실주의적 창작방법에 결정적인 타격을 주고 인간 형상과 그 전형화[8]에서 이전의 그 어떤 문학예술도 도달할 수 없었던 높은 경지에 올랐다. 이것은 사회주의적 사실주의 창작방법이 사람을 사회적 관계의 총체로 보고 그리면서 계급성을 기본 척도로 하여 전형화한 것과 많이 관련된다.

그럼에도 불구하고 사회주의적 사실주의 창작방법은 인간 형상과 그 전형화에서 일정한 제한성을 가지고 있다. 그것은 사회주의적 사실주의 창작방법이 유물변증법적 철학에 기초하여 사람이 사회적 관계에 의하여 제약된다는 것을 일면적으로 강조하고 자주성, 창조성, 의

---

7) 절대이념(絶對理念): 헤겔 철학에서, 변증법적 자기 발전에 의하여 절대정신으로 높여 가는 독립적인 관념적 존재.

8) 전형화(典型化): 생활 속에서 일반적이고 본질적이며 필연적인 것을 찾아내어 구체화하고 개성화하여 구현함으로써 성격과 환경을 창조하는 일.

식성을 가진 사회적 존재로서의 사람의 본성을 바탕으로 하여 그들을 전형화하지 못하기 때문이다.

계급사회에서 사는 사람치고 계급성을 가지지 않는 사람은 없는 것만큼 계급성을 전형화의 척도로 하는 것은 물론 정당하다. 그러나 계급성이 전형화의 기본 척도로 될 수는 없다. 그것은 계급성이 사람의 사회적 성격을 규정하는 데서 매우 중요하기는 하지만 그것이 사회적 존재로서의 사람의 본성으로는 되지 않기 때문이다. 사람은 계급사회 이전에도 살았고 앞으로 무계급사회에 가서도 살 것이다. 그러므로 계급성이 사람의 본질적 속성으로 될 수 없다는 것은 길게 설명할 필요가 없다.

주체사실주의는 선행한 사회주의적 사실주의와는 달리 인간의 본성을 기본 척도로 하여 사람을 전형화한다. 사람의 본성은 역사상 처음으로 위대한 주체사상에 의하여 과학적으로 밝혀졌다. 그것은 바로 자주성, 창조성, 의식성이다.

사람의 계급성도 인간의 자주적 본성의 발현이외의 다른 것이 아니다. 사람의 계급적 성격은 어디까지나 자주성을 실현하기 위한 투쟁과정에 맺어지는 사회적 관계의 반영인 것이다. 사람은 계급적 성격과 함께 민족적, 역사적, 개성적 특성 등도 가지고 있다. 이 모든 특징들은 다 자주적이며 창조적이며 의식적인 인간의 본성에 의하여 규정되고 구현된다.

그러므로 사람을 옳게 전형화하자면 인간의 본성인 자주성, 창조성, 의식성을 그 기본 척도로 하여야 한다. 그래야 사람의 계급적, 민족적, 역사적, 개성적 특징도 정확히 그려낼 수 있다.

계급성을 전형화의 기본 척도로 하는 창작방법으로써는 유산계급 출신의 애국자, 혁명가의 전형을 창조해내기 어렵다. 왜냐하면 이러한 인물들의 애국적이며 혁명적인 활동과 정신 세계는 그들의 가정 출신이나 계급적 성분과 모순되거나 배리되기[9] 때문이다.

주체사실주의는 계급성을 전형화의 기본 척도로 하는 창작방법과 달리 인간의 본성인 자주성, 창조성, 의식성을 전형화의 기본 척도로 하여 사람을 전형화하기 때문에 노동자, 농민을 비롯한 기본계급[10] 출신의 근로자들은 물론 부유한 가정 출신의 사람도 나라와 민족을 위하여, 사회적 진보와 인민의 행복을 위하여 몸바쳐 싸우는 사람이라면 그의 계급 출신이나 성분이 어떻든 능히 애국자, 혁명가로 전형화할 수 있다. 우리 문학예술에 형상된 오랜 인텔리들이나 부유한 가정 출신의 애국자, 혁명가의 형상은 다 인간의 본성을 전형화의 기본 척도로 하는 원칙에서 창조된 인물들이다.

최근 세계적인 걸작으로 창작되고 있는 다부작[11] 예술영화「민족과 운명」의 주인공들도 주체사실주의 창작방법에 의해서 창조된 인물 형상들이다. 이 형상들은 사람의 본성을 기본 척도로 하여 전형화하는 원칙의 거대한 생활력을 더욱 뚜렷이 보여주고 있다.

사람의 본성을 기본 척도로 하여 인간을 그리는 주체사실주의는 사람의 사회 계급적 성격뿐 아니라 그들의 정신 도덕적 풍모를 가장 원만히 형상하게 하는 위력한 창작방법이다. 사람을 형상하는 데서 중요한 것은 그의 정신 도덕적 풍모를 그리는 것이다.

사회적 존재로서의 사람의 정신 도덕적 풍모는 인간의 본성에 기초하고 있으며 그에 의하여 규정되고 제약된다.

친애하는 지도자 김정일 동지께서는 긍정인물이나 부정인물의 성격을 그리는 데서 그의 계급적 처지와 요구를 밝혀내기만 하면 일반화가 다 되는 것처럼 생각하는 것은 하나의 편향이라고 지적하시었다. 이러한 편향도 기존 창작방법에서 벗어나지 못한데서 초래되는 폐단[12]이다. 물론 계급적 처지와 요구를 밝혀내는 것은 인물 형상에서 기본 요구의 하나로 된다. 그러나 인물을 순전히 계급적 이해관계의

9) 배리되다(背理--): 사리에 어긋나게 되다.
10) 기본계급(基本階級): 이북어. 혁명을 주도적으로 수행하는 계급.
11) 다부작(多部作): 둘 또는 그 이상의 여러 부로 이루어진, 구성상 규모가 큰 문예 작품.
12) 페단(원문) → 폐단(弊端): 어떤 일이나 행동에서 나타나는 옳지 못한 경향이나 해로운 현상.

견지에서만 그리면 사회적 존재로서의 사람의 모습을 원만히 보여줄 수 없다. 그것은 사람이 정신 도덕적 풍모를 온전히 갖추지 못한 기형적인 존재로 형상되기 때문이다.

사회적 존재로서의 인간의 모습을 원만히 보여주기 위하여서는 그의 계급적 처지와 함께 정신 도덕적 풍모를 깊이 있게 그려야 한다. 사람의 정신 도덕적 풍모는 자주적인 사상 의식에 의하여 규정되며 사람의 정신 도덕적 풍모에서 중요한 측면을 이루는 계급성이나 민족성도 그의 자주적인 사상 의식의 발현이므로 인물들의 자주적인 사상 의식을 깊이 있게 그려야 인간의 자주적 본성과 그에 기초하여 그들의 계급적 성격과 민족적 특질도 올바로[13] 밝혀낼 수 있다.

주체사실주의는 사람을 자주성, 창조성, 의식성을 가진 사회적 존재로 그리며 사람의 본성을 기본 척도로 하여 인간을 전형화하는 것으로 하여 인간 형상과 그 전형화에서 가장 높은 단계에 오른 우리 시대의 가장 올바른 사실주의적 창작방법으로 되게 되었다.

친애하는 지도자 김정일 동지께서는 주체사실주의는 사람을 주체적 관점과 입장에서 그리는 창작방법인 동시에 현실을 사람을 중심으로 하여 그리는 창작방법이라는 데 대하여 가르쳐주시었다.

현실을 보고 평가하는 데서 사람을 중심에 놓는가, 물질을 중심에 놓는가 하는 문제는 근본적으로 상반되는 관점과 입장에 대한 문제이다.

사람을 중심으로 하여 현실을 보고 그리는 주체사실주의의 미학적 원칙은 세계에서 차지하는 사람의 지위와 역할에 관한 주체의 철학적 원리를 구현하고 있는 미학적 원리, 다시 말하여 세계와의 관계의 측면에서 본 인간에 대한 주체적 해명, 사람 중심의 철학적 세계관에 기초한 미학적 원칙이다.

친애하는 지도자 김정일 동지께서 밝혀주신 바와 같이 사람을 중심으로 하여 현실을 보고 그린다는 것은 현실을 사람의 이익을 기준으

13) 옳바로(원문) → 올바로: 곧고 바르게.

로 하여 보고 그린다는 것이며 현실의 변화 발전 과정을 사람의 활동을 기본으로 하여 보고 그린다는 것을 말한다.

현실에 대한 사람 중심의 관점과 입장은 사람과의 관계에서 새롭게 밝힌 세계에 대한 주체적 견해에 기초하고 있는 주체사실주의 창작방법의 근본원칙이다.

그러므로 이 원칙 역시 주체사실주의에 고유한 독창적인 현실묘사 원칙이다.

물론 선행한 사회주의적 사실주의 창작방법에서도 사람을 사회적 관계의 총체로 보고 형상의 중심에 내세워야 한다고 하였다. 그러나 사람을 형상의 중심에 내세워야 한다고 하는 경우에도 세계에서 차지하는 사람의 지위와 역할에 기초하여 현실을 보고 그릴 데 대한 요구를 전면에 제기하지 못하였다. 사람을 중심으로 하여 현실을 보고 그릴 데 대한 요구는 주체사실주의 창작방법이 역사상 처음으로 제기하는 새로운 요구이다.

세계는 사람과 그를 둘러싸고 있는 환경으로 이루어져 있는 것만큼 사람과 세계, 사람과 환경의 관계 문제는 언제나 중요한 미학적 문제로 되어 왔다.

여기에서 사실주의가 세부의 진실성 외에 전형적 환경에서의 전형적 성격 창조의 진실성에 있다는 엥겔스의 명제가 특히 유명하다. 성격과 환경은 뗄 수 없는 연관 관계에 있으며 전형적 성격의 창조가 전형적 환경의 묘사를 전제로 하는 것만큼 전형적 성격과 전형적 환경의 통일에 대하여 말한 것은 물론 정당하다. 그러나 이 명제가 성격과 환경의 관계 문제를 완전무결하게 밝혔다고는 볼 수 없다.

문제는 성격과 환경의 관계에서 어느 것에 선차적 의의를 부여하여야 하는가 하는 것이 명백히 밝혀져 있지 않은 데 있다. 이 명제는 물질의 1차성과 의식의 2차성에 관한 유물론적 원리에 기초하고 있는 것만큼 성격과 환경의 관계에서 환경을 중시하고 성격을 환경에 맞게 창조하는 데서 진실성의 담보를 보는 부족점이 있다.

사실 이 명제에 대한 이해와 창작 실천에서는 성격에 대한 환경과 규정적이며 결정적인 작용과 역할을 지나치게 강조하고 환경에 대한 성격의 능동적인 반작용과 주동적인 역할을 소홀히 하는 편향이 나타났다.

한때 문학예술 창작에서는 사람은 환경의 지배를 받으며 성격과 행동에 의하여 제약되고 좌우된다는 '환경지배설'의 영향을 받아 환경에 성격을 파묻어 버리는 경향이 있었는데 이것도 성격과 환경의 관계에서 환경을 중시한데서 오는 편향이었다.

사람이 세계 속에서 살며 활동하기 때문에 자연적 환경이나 사회적 조건이 사람의 생활과 활동에 일정한 영향을 미치는 것은 부정할 수 없는 사실이다.

그런데 사람은 자연적 환경이나 사회적 조건에 그저 순응하는 것이 아니라 자주적이며 창조적이며 의식적인 활동을 통하여 자기의 요구에 맞게 그것을 개조하고 변혁해나가는 세계의 유일한 지배자, 개조자이다. 그러므로 문학예술 창작에서는 어디까지나 사람 중심의 견지에서 현실세계를 그려야 하며 성격과 환경의 관계도 환경을 위주로 하여 성격을 그릴 것이 아니라 성격을 위주로 하여 환경을 그려야 한다. 그렇다고 하여 이것은 사람의 능동적인 역할만 강조하고 객관적인 물질적 조건이나 주위환경을 무시해도 일없다는 것은 아니다. 사람을 중심으로 하여 현실을 그리면서도 물질적 조건의 역할에 응당한 의의를 부여하고 환경을 진실하게 보여주는 데도 마땅히 깊은 관심을 돌려야 한다.

주체사실주의는 사람, 근로 인민대중을 중심으로 하여 현실을 그리며 성격을 위주로 하여 환경을 그림으로써 세계의 지배자, 개조자로서의 사람의 지위와 역할을 최상의 경지에서 보여주고 주체시대의 특징과 흐름에 맞게 인민대중을 역사의 자주적인 주체로, 자기 운명의 주인으로 빛나게 형상한다.

사람에 대한 주체적인 견해에 기초하여 사람을 그리고 인간의 본성을 기본 척도로 하여 전형화하며 세계에 대한 주체적인 견해에 기초하여 사람, 인민대중을 중심으로 하여 세계와 현실, 사회와 역사를 보고 그리는 바로 여기에 주체사실주의 창작방법의 중요한 미학적 원칙과 그 본질적 특성이 있다.

주체사실주의의 미학적 원칙에서 중요한 것은 사람과 생활에 대한 주체적인 관점, 현실에 대한 사람 중심의 관점에서 묘사하는 원칙과 함께 사회주의적 내용을 민족적 형식에 담는 원칙이다.

위대한 수령 김일성 동지께서는 일찍이 조국해방전쟁 시기에 우리나라에서 사회주의적 사실주의라고 하면 민족적인 형식에 사회주의적인 내용을 담는 것을 말한다는 정의를 주시었다.[14)]

친애하는 지도자 김정일 동지께서는 이 정의는 주체사상에 기초하여 사회주의적 사실주의를 새롭게 정식화한 것으로서 그때까지 작가나 문예 이론가들이 알고있던 종래의 명제와 전혀 다른 것이었다고 하시면서 민족적인 형식에 사회주의적 내용을 담는 것이 사회주의적 사실주의라는 이 정식화는 사실에 있어서 오늘 우리가 말하는 주체사실주의에 대한 정식화이라고 지적하시었다.

친애하는 지도자 동지의 가르치심에는 위대한 수령님의 명제가 주체사실주의에 대한 명제로 된다는 것이 명확히 밝혀져 있다.

위대한 수령님의 명제가 주체사실주의에 대한 정식화로 되는 것은 바로 주체사상에 기초하여 사회주의적 사실주의가 새롭게 정식화되고 있는 데 있다. 민족적인 형식에 사회주의적인 내용을 담는 것이 사회주의적 사실주의라는 명제는 사회주의적 사실주의에 관한 기성 이론이나 명제에는 전혀 없는 새롭고 독창적인 것이다. 주체사상에 기초하

---

14) 김일성 저작에서 '민족적 형식에 사회주의적 내용'이란 표현은 1956년 1월 30일 전국 건축가 및 건설자 회의에서 한 연설「건설 사업에서의 혁신을 위하여」에서 처음 등장한다. "다음으로 설계는 반드시 사회주의적 내용을 가져야 합니다. 설계에서 선진적인 건축학이 요구하는 것은 민족적 형식에 사회주의적 내용을 부여하는 것입니다."(김일성, 「건설 사업에서의 혁신을 위하여－전국 건축가 및 건설자 회의에서 한 연설 1956년 1월 30일」, 『김일성선집(4)』, 조선로동당출판사, 1963, 365쪽)

여 사회주의적 사실주의가 새롭게 정식화된 여기에 그것이 선행한 사회주의적 사실주의에 대한 명제가 아니라 우리 식의 새로운 사회주의적 사실주의, 주체사실주의에 대한 명제로 되는 이유가 있다.

친애하는 지도자 동지께서는 가르치신 바와 같이 이 명제에서 사회주의적인 내용이란 주체사상을 구현한 혁명적 내용을 염두에 둔 것이다.

위대한 주체사상을 구현하는 창작방법은 유물변증법의 원리를 구현하는 선행한 사회주의적 사실주의 창작방법과 질적으로 다른 우리 식의 사회주의적 사실주의, 주체사실주의 창작방법이다.

지난날 우리 작가, 예술인들과 문예 이론가들은 위대한 수령님의 명제의 본질을 똑똑히 이해하지 못하였기 때문에 그 명제의 독창성에 대하여 강조하면서도 그것이 선행한 사회주의적 사실주의에 대한 새로운 명제인 줄로만 생각하고 우리 식의 사회주의적 사실주의를 정식화한 명제인 줄은 전혀 알지 못하였다.

위대한 수령님의 명제에 대한 친애하는 지도자 김정일 동지의 명철한 분석에 의하여 민족적인 형식에 사회주의적인 내용을 담는 것이 선행한 사회주의적 사실주의 창작방법과 다른 우리 식의 새로운 사회주의적 사실주의 창작방법, 주체사실주의 창작방법의 중요한 미학적 원칙으로 된다는 것이 비로소 명확히 밝혀졌다.

사회주의적 내용을 민족적 형식에 담는 것은 문학예술 작품을 이루는 2대 범주인 내용과 형식의 견지에서 주어진 정당한 미학적 원칙이다. 그것은 문학예술 작품이 다른 사물 현상과 마찬가지로 내용과 형식의 통일로 이루어지며 작품을 어떤 원칙에서 어떻게 창작하는가 하는 문제가 어떤 내용을 어떤 형식에 담는가 하는 문제에 귀착되기 때문이다.

주체사실주의는 사회주의적 내용을 민족적 형식에 담는 가장 혁명적이며 위력한 창작방법이다. 주체사실주의의 혁명성과 위력은 무엇보다도 작품에 주체사상을 구현한 혁명적 내용, 사회주의적 내용을 담는 데 있다.

친애하는 지도자 동지께서는 주체사상을 구현한 혁명적 내용이 어떤 내용인가 하는 것을 명철하게 밝혀주시었다.

주체사상을 구현한 혁명적 내용에는 인민대중의 자주성을 옹호하고 모든 문제를 주인다운 입장에서 창조적으로 풀어나가는 내용, 인간의 제일생명은 정치적 생명이며 사람의 사상이 모든 것을 결정한다는 내용, 주체의 혁명관과 인생관, 집단주의적 생명관을 세워나가는 내용, 사회적 존재로서의 인간의 본성을 발양시키고 인간의 지위와 역할을 높이는 데서 나서는 내용, 새것과 낡은 것의 투쟁 내용 등이 포함된다.

친애하는 지도자 동지께서 가르치신 바와 같이 문학예술 작품에 담아야 할 사회주의적 내용에서 가장 중요한 것은 자주성에 관한 문제이다. 자주성은 사회적 인간의 생명이며 인간을 다른 생명물질과 구별되게 하는 근본 속성이다. 자주성은 사람의 생명인 동시에 나라와 민족의 생명이다. 그러므로 작가, 예술인들은 사람의 자주성, 나라와 민족의 자주성에 관한 문제를 제기하고 해명하는 견지에서 모든 인간 문제를 다루어야 하는 것이다.

문학예술 작품이 담아야 할 자주성에 대한 문제는 자주적 인간, 자주성을 지향하는 인간의 전형을 통하여 실현된다. 자주적 인간의 가장 숭고한 전형은 주체형의 공산주의자이다. 그것은 위대한 주체사상으로 튼튼히 무장하고 당과 수령에 대한 충실성을 제일생명으로 여기는 주체형의 공산주의자야말로 자주적 인간의 사상 의식과 정신 도덕적 풍모를 가장 원만히 체현하고 있는 참다운 인간, 견결한[15] 혁명가이기 때문이다.

주체사실주의는 자주적 인간, 주체형의 공산주의자의 전형 창조를 통하여 자주성에 대한 문제에 심오한 예술적 해답을 줌으로써 작품의 내용으로 하여금 주체사상이 구현된 사회주의적 내용으로 되게 한다.

사회주의적 내용을 민족적 형식에 담는 주체사실주의 창작방법은

15) 견결하다(堅決--): 의지나 태도가 굳세다.

민족적 형식을 사회주의적 내용에 맞게 끊임없이 발전시킬 것을 요구한다. 여기에 또한 주체사실주의 창작방법의 위력과 혁명성이 있다. 문학예술의 민족적 형식은 자기 민족의 미감과 요구에 맞고 자기 민족이 좋아하는 형상 수단과 수법, 형상기교를 말한다.

문학예술은 나라와 민족을 단위로 하여 창조되고 향유되는 것만큼 그 형식이 민족적 형식을 띠게 되는 것은 자연스러운 일이다. 그러나 우리나라와 같이 식민지 예속 하에 있었거나 반식민지적 상태에 놓여 있던 나라들에서는 민족문학예술 건설 문제와 아울러 민족적 형식을 발전시키는 문제가 특별히 중요한 문제로 나서게 되었다. 그런데 이 역사적 과업은 문학예술분야에 남아있는 사대주의, 교조주의[16] 때문에 순조롭게 수행될 수 없었다. 우리 당은 문학예술 분야에서 사대주의와 교조주의를 철저히 없애고 민족적 형식을 오늘의 우리 인민대중의 자주적인 요구와 현대적 미감에 맞게 창조적으로 계승 발전시키도록 하였다.

당의 현명한 영도 밑에 우리 문학예술은 민족적 형식을 현대적 미감에 맞게 발전시키고 새로운 예술적 형식을 창조하는 데서 커다란 성과를 이룩하였다. 이것은 우리나라에서 인류 문예사상 처음으로 「피바다」식 가극 형식과 「성황당」식 연극 형식이 개척되고 음악, 미술, 무용, 교예[17] 등이 민족적 바탕 위에서 우리 식으로 새롭게 발전하며 문학과 영화예술이 우리 인민의 민족적 감정과 현대적 미감에 맞게 빛나게 창조되고 있는 데서 볼 수 있다.

실천은 민족적 형식 가운데서 낡고 진부한 것을 버리고 진보적이며 인민적인 것을 현대적 미감에 맞게 끊임없이 발전시키면서 새시대, 새생활이 요구하는 새로운 형식을 창조해나갈 데 대한 우리 당의 원칙

---

16) 교조주의(教條主義): 특정한 교의나 사상을 절대적인 것으로 받아들여 현실을 무시하고 이를 기계적으로 적용하려는 태도.

17) 교예(巧藝): '곡예'의 이북어. 줄타기, 곡마, 요술, 재주넘기, 공 타기 따위의 연예를 통틀어 이르는 말.

이 정당하고 위력하다는 것을 뚜렷이 확증하여 주고 있다. 주체사실주의는 우리 당의 이 원칙을 철저히 구현하는 가장 힘있고 혁명적인 창작방법이다.

이와 같이 주체사실주의는 주체사상에 기초한 사람 중심, 인민대중 중심의 새롭고 위력한 미학적 원칙들에 의거하고 있는 것으로 하여 인민대중의 자주 위업 수행에 가장 훌륭히 이바지하는 우리 시대의 가장 올바른 창작방법, 역사의 새시대인 자주 시대의 요구를 가장 원만히 해결할 수 있는 가장 높은 단계의 사실주의 창작방법으로 된다.

가장 혁명적이며 가장 선진적인 창작방법의 출현과 그에 대한 이론적 정식화는 인류 문학예술 발전의 새로운 역사적 기원을 열어놓은 사회주의, 공산주의 문학예술의 창작방법을 새롭게 확립한 역사적 사변으로서 우리 작가, 예술인들과 세계 진보적 작가, 예술인들의 공동의 기쁨, 공동의 경사로 된다.

우리 작가, 예술인들과 세계의 진보적 작가, 예술인들은 위대한 수령님께서 창시하시고 친애하는 지도자 동지께서 이론적으로 정식화하신 주체사실주의 창작방법, 이 위력한 사상적 및 방법론적 무기를 가지고 사회주의 문학예술에 대한 제국주의자들과 반동들의 온갖 공격과 비난을 철저히 물리치고 사회주의, 공산주의 문학예술을 승리적으로 창작해 나갈 수 있게 되었다.

오늘 우리 작가, 예술인들은 주체사실주의 문학예술의 조국에서 살며 활동하는 크나큰 자랑과 민족적 긍지를 안고 주체사실주의 창작방법을 철저히 구현하여 사회주의 문학예술 창작에서 새로운 앙양을 일으킴으로써 그 새롭고 위력한 창작방법의 정당성과 생활력을 온 세상에 더욱 힘있게 과시할 결의에 충만되어 있다.

주체사실주의 기치를 높이 추켜들고 전진하는 우리 작가, 예술인들의 앞길에는 찬란한 성과와 영광만이 약속되어 있다.

—출전: 『조선문학』 547, 1993. 5.

론설

새 세기와 선군혁명문학

최 길 상

1

문학은 시대정신의 반영이다.

인류문학사는 력사발전의 중요한 시기마다 해당 시대정신을 반영한 문학이 나왔다는것을 보여 주고 있다.

오늘 우리 시대는 **위대한** 선군정치시대이다.

선군정치는 **위대한 령도자 김정일**동지에 의하여 인류사상 처음으로 인간의 자주적운명개척의 전략적대강으로 새롭게 정립된 정치철학이다. 그것은 인간해방, 인간존엄의 불멸의 혁명철학인 주체사상의 탄생만큼 거대한 의의를 가지는 20세기의 **위대한** 철학이다.

시대정신의 반영으로서의 우리 문학이 선군정치시대를 형상하는것은 문학발전의 합법칙적요구이다.

가장 위대한 선군정치시대를 반영한 우리 문학은 선군혁명문학이다. 우리가 말하는 선군혁명문학은 주체사실주의문학의 새로운 발전이다. 인류문학사는 선행시대의 낡은 문학과 새 시대의 진보적문학이 교체되는 력사적인 전환기마다에서 새로운 사조를 반영한 문학운동이 일어 났다는것을 보여 주고 있다.

그러나 우리가 말하는 선군혁명문학은 새로운 사조의 반영이 아니다. 그것은 철두철미 항일혁명투쟁시기에 창시되고 반세기가 넘는 오랜 기간 자랑찬 로정을 걸어 온 주체사실주의가 낳은 새형의 문학이다.

선군혁명문학은 **위대한** 장군님의 사상과 리념, 령도업적에 의하여 그 특징과 성격이 규정 지어지고 명명되는 독창적인 새로운 문학이다.

력사적으로 볼 때 로동계급의 문학은 **수령**의 사상과 리념, 정치철학을 반영하여 나왔다. 지구상에서 첫 사회주의국가의 출현과 함께 나온 사회주의사실주의문학은 해당시기 **수령**들의 사상과 리념을 담고 나왔다.

우리 문학은 인류사상 처음으로 자주적인간운명의 앞길을 밝혀 주신 **위대한 수령**님의 주체사상을 사상리론적 및 방법론적기초로 하여 새롭게 발전하였다.

오늘 우리 문학은 주체사상에 선군정치를 더하여 주체혁명의 새로운 한 시대를 펼치고 인류앞에 자주적운명개척의 새로운 전략을 마련하신 **위대한 김정일**동지의 선군혁명사상과 리념을 반영하여 20세기 새형의 문학으로 뚜렷이 부각되였다.

위대한 장군님께서는 군대를 혁명의 기둥으로 튼튼히 세우고 군대를 앞 세워 혁명과 건설의 모든 문제를 풀어 나가는 독특한 정치방식으로 군사는 물론 나라의 정치, 경제, 문화의 모든 부문에서 근본적인 변혁을 이룩하시였다. 하여 《고난의 행군》이라는 한 시대, 한 력사를 승리에로 이끌어 오시였다.

우리의 선군혁명문학은 **위대한** 장군님의 불멸의 선군령도업적을 반영한것으로 하여 령도자의 문학으로서의 본색을 더욱 짙게 하였다.

여기에 선군혁명문학의 근본 징표와 성격이 있으며 우리 문학이 선군혁명문학으로 되는 중요한 근거가 있다.

2

새형의 문학은 새로운 형상으로 담보된다.

선군혁명문학이 새형의 문학으로 태동하여 형상을 펼친것은 20세기 마지막년대의 6년이다.

수천년 흘러 온 인류문학사는 물론 오랜 민족문학사를 놓고 볼 때 너무나 짧은 력사적순간이다. 반세기가 넘는 주체문학사에서도 매우 짧은 시기이다. 선군혁명문학은 세기적위업을 이룩한 **위대한** 선군령도사와 정비례하여 짧은 력사적순간에 새형의 모습을 확연히 드러냈다.

문학의 발전면모는 문학운동에 의하여 특징 지어 진다.

류례없이 격동적인 선군정치시대와 함께 우리 문학운동은 격랑을 일으키며 세차게 굽이치였다.

수령형상문학이 주류를 이루고 줄기차게 격류하였고 네번째로 진행되는 큰 형식의 작품 100편창작전투가 승리적으로 결속되였으며 조선로동당창건 55돐기념 전국문학축전이 성대히 진행되였다. 주체문학운동의 거세찬 전진속에서 시대의 명작들이 전례없이 많이 나왔다. 서사시 《영원한 우리 **수령 김일성**동지》와 《조국이여 청년들을 자랑하라》를 비롯한 서사시들이 명작으로 창작되였고 총서 《불멸의 력사》와 《불멸의 향도》중 장편소설들인 《영생》, 《붉은 산줄기》, 《력사의 대하》, 《평양의 봉화》 등과 장편소설 《백금산》, 《열망》, 혁명연극 《소원》, 《어머님의 당부》를 비롯한 수많은 큰 형식의 작품들이 시대의 명작으로 되였다. 명시, 명가사들이 수많이 창작되여 가는 길 험난해도 웃으며 가는 우리 인민들에게 신심과 락관, 환희와 랑만의 정서를 배가해 주었다. 하여 우리 문학이 선군시대의 기치로 힘 있게 퍼덕이며 휘날리였다. 우리의 선군혁명문학은 문학의 모든 형태가 전면적으

—『조선문학』 639, 2001. 1.

[논설]

새 세기와 선군혁명문학

: 최길상

1

문학은 시대정신의 반영이다.

인류 문학사는 역사 발전의 중요한 시기마다 해당 시대정신을 반영한 문학이 나왔다는 것을 보여주고 있다.

오늘 우리 시대는 위대한 선군정치 시대이다.

선군정치는 위대한 영도자 김정일 동지에 의하여 인류사상 처음으로 인간의 자주적 운명 개척의 전략적 대강으로 새롭게 정립된 정치철학이다. 그것은 인간해방, 인간존엄의 불멸의 혁명철학인 주체사상의 탄생만큼 거대한 의의를 가지는 20세기의 위대한 철학이다.

시대정신의 반영으로서의 우리 문학이 선군정치 시대를 형상하는 것은 문학발전의 합법칙적[1] 요구이다.

가장 위대한 선군정치 시대를 반영한 우리 문학은 선군혁명문학이

1) 합법칙적(合法則的): 자연, 역사, 사회 현상이 일정한 법칙에 따라 일어나는. 또는 그런 것.

다. 우리가 말하는 선군혁명문학은 주체사실주의 문학의 새로운 발전이다. 인류 문학사는 선행 시대의 낡은 문학과 새시대의 진보적 문학이 교체되는 역사적인 전환기마다에서 새로운 사조를 반영한 문학 운동이 일어났다는 것을 보여주고 있다.

그러나 우리가 말하는 선군혁명문학은 새로운 사조의 반영이 아니다. 그것은 철두철미 항일혁명투쟁 시기에 창시되고 반세기가 넘는 오랜 기간 자랑찬[2] 노정을 걸어 온 주체사실주의가 낳은 새형의 문학이다.

선군혁명문학은 위대한 장군님의 사상과 이념, 영도 업적에 의하여 그 특징과 성격이 규정지어지고 명명되는 독창적인 새로운 문학이다.

역사적으로 볼 때 노동계급의 문학은 수령의 사상과 이념, 정치철학을 반영하여 나왔다. 지구상에서 첫 사회주의 국가의 출현과 함께 나온 사회주의 사실주의 문학은 해당 시기 수령들의 사상과 이념을 담고 나왔다.

우리 문학은 인류사상 처음으로 자주적 인간 운명의 앞길을 밝혀주신 위대한 수령님의 주체사상을 사상이론적 및 방법론적 기초로 하여 새롭게 발전하였다.

오늘 우리 문학은 주체사상에 선군정치를 더하여 주체혁명의 새로운 한 시대를 펼치고 인류 앞에 자주적 운명 개척의 새로운 전략을 마련하신 위대한 김정일 동지의 선군혁명사상과 이념을 반영하여 20세기 새형의 문학으로 뚜렷이 부각되었다.

위대한 장군님께서는 군대를 혁명의 기둥으로 튼튼히 세우고 군대를 앞세워 혁명과 건설의 모든 문제를 풀어 나가는 독특한 정치 방식으로 군사는 물론 나라의 정치, 경제, 문화의 모든 부문에서 근본적인 변혁을 이룩하시었다. 하여 '고난의 행군'이라는 한 시대, 한 역사를 승리에로 이끌어오시었다.

우리의 선군혁명문학은 위대한 장군님의 불멸의 선군 영도 업적을

---

2) 자랑차다: 남에게 드러내어 뽐시 뽐낼 만한 데가 있다.

반영한 것으로 하여 영도자의 문학으로서의 본색을 더욱 짙게 하였다.

여기에 선군혁명문학의 근본 징표와 성격이 있으며 우리 문학이 선군혁명문학으로 되는 중요한 근거가 있다.

2

새형의 문학은 새로운 형상으로 담보된다.

선군혁명문학이 새형의 문학으로 태동하여 형상을 펼친 것은 20세기 마지막 연대의 6년이다.

수천 년 흘러온 인류 문학사는 물론 오랜 민족문학사를 놓고 볼 때 너무나 짧은 역사적 순간이다. 반세기가 넘는 주체문학사에서도 매우 짧은 시기이다. 선군혁명문학은 세기적 위업을 이룩한 위대한 선군 영도사와 정비례하여 짧은 역사적 순간에 새형의 모습을 확연히 드러냈다.

문학의 발전 면모는 문학 운동에 의하여 특징지어진다.

유례 없이 격동적인 선군정치 시대와 함께 우리 문학 운동은 격랑을 일으키며 세차게 굽이치었다.

수령형상문학이 주류를 이루고 줄기차게 격류하였고 네 번째로 진행되는 큰 형식의 작품 100편 창작전투가 승리적으로 결속되었으며[3] 조선로동당 창건 55돌 기념 전국문학축전이 성대히 진행되었다. 주체문학 운동의 거세찬[4] 전진 속에서 시대의 명작들이 전례 없이 많이 나왔다. 서사시 「영원한 우리 수령 김일성동지」와 「조국이여 청년들을 자랑하라」를 비롯한 서사시들이 명작으로 창작되었고 총서 『불멸의 력사』와 『불멸의 향도』 중 장편소설들인 『영생』, 『붉은 산줄기』, 『력사의 대하』, 『평양의 봉화』 등과 장편소설 『백금산』, 『열망』, 혁명연극 「소원」, 「어머님의 당부」를 비롯한 수많은 큰 형식의 작품들이 시대의

---

3) 결속되다(結束--): 하던 일이나 말이 수습되고 정리되어 끝맺게 되다.
4) 거세차다: 몹시 세차다.

명작으로 되었다. 명시, 명가사들이 수많이 창작되어 가는 길 험난해도 웃으며 가는 우리 인민들에게 신심과 낙관, 환희와 낭만의 정서를 배가해 주었다. 하여 우리 문학이 선군시대의 기치로 힘있게 펴덕이며 휘날리었다. 우리의 선군혁명문학은 문학의 모든 형태가 전면적으로 발전하고 형식과 양상이 새롭게 탐구 개척되어 다양하고 다채롭게 면모를 갖추었다.

문학의 대표적인 형태인 소설 부문에서 혁명전설, 실화소설, 운문소설, 환상소설, 추리소설, 풍자소설 등이, 시문학에서 송년시, 추대시, 추모시, 연시, 연시초 등이, 아동문학에서 유년기문학, 지능동화, 속담동화, 우화소설 등이…… 참으로 어느 부문, 어느 형태에서나 이채로운 형식과 양상의 작품들이 새롭게 발전하였다.

선군혁명문학의 선도자로서의 우리 식 평론이 새로운 필법[5]과 문체를 가지고 다양하게 탐색 개척되고 우리 당의 20세기 문학 영도 업적을 전면적으로 종합 체계화한 방대한 『주체문학전서』가 나오게 되었다. 우리 민족의 풍부한 민족문화 유산이 발굴되어 윤색 번역 사업이 활발히 벌어졌고 번역문학이 활발히 진행되어 세계적 판도에서 문학을 굽어보며 주체적인 민족문학을 가일층 발전시켜 나갈 수 있게 시야를 넓혀 주었다.

가장 어려운 '고난의 행군' 시기에 전례 없이 문학 운동이 벅차고 기운차게 벌어져 문학사에 비약적인 창작적 앙양이 일어나 20세기 주체문학의 봉우리를 높이 쌓은 것, 이것이 선군혁명문학의 6년사가 기록한 우리 문학의 참면모이다.

이 놀라운 세기적 기적은 위대한 영도자 김정일 동지께서 선군 영도로 창조하신 불멸의 업적이다.

위대한 장군님께서는 선군 영도로 달리는 야전차 안에서, 최전방 초소의 작전대 위에서, 강계와 대홍단, 토지 정리의 전투장에서 우리 문

---

5) 필법(筆法): 글씨나 문장을 쓰는 법.

학 운동을 이끄시었으며 문학작품을 하나하나 지도하여 주시었다.

참으로 우리의 선군혁명문학은 위대한 선군 혁명 영도의 빛나는 산아[6]이다.

3

21세기가 시작되었다. 이 세기는 주체사상과 함께 선군정치의 승리의 세기로 더욱 빛날 것이다.

새 세기의 우리 문학은 선군혁명문학으로 그 위력을 과시하여야 하며 자주적인 인류 문학을 선도하여야 한다. 우리 문학이 세기적인 사명을 수행하자면 문학의 모든 부문에서 일대 혁신과 혁명적 전환을 일으켜야 한다.

위대한 영도자 김정일 동지께서는 다음과 같이 지적하시었다.

“오랜 세월에 걸쳐 물려 온 온갖 낡고 진부한 문학의 잔재를 청산해 버리고 하루 빨리 주체적인 혁명문학을 건설하기 위하여서는 문학 운동의 불길을 세차게 지펴 올려야 한다.”

우리가 21세기를 선군혁명문학으로 빛내이려면 문학작품 창작에서 온갖 낡고 진부한 것들을 깡그리 털어 버리고 새 세기의 맛이 나게 형상을 창조하여야 한다.

우리의 선군혁명문학은 ‘고난의 행군’을 통하여 인류역사 위에 새로운 한 시대를 창조해 놓으신 걸출한 위인, 위대한 장군님의 거룩한 형상을 창조하는 데로 모든 역량을 집중하여야 한다. 하여 21세기의 태양을 안아 올린 김정일 강성대국의 위력을 세기의 창공 높이 받들어 빛내야 한다.

우리는 위대한 선군 영도를 받들고 총대로 혁명의 수뇌부를 결사 옹

---

6) 산아(産兒): 이북어. 시련이나 투쟁을 통하여 세상에 태어난 존재를 비유적으로 이르는 말.

위하며 강성대국의 진로를 열어나가는 인민군 군인들의 총폭탄 정신을 더욱 박력 있고 기세차게[7] 형상하여야 하며 혁명적 군인 정신을 따라 배워 강성대국 건설의 장엄한 전투장마다에서 위훈[8]을 떨치고 있는 우리 인민의 영웅적인 투쟁을 폭넓고 감동 깊이 재현하여야 한다.

문학의 모든 부문에서 선군 혁명 영도의 견지에서 생활과 인간을 미학적으로 분석 평가하며 선군시대의 위대한 정신이 뜨겁게 고동치도록 문제성을 강화하고 형상을 이끌어나가야 한다.

우리 문학은 온갖 낡은 것에 도전하는 새형의 선군혁명문학으로 되어야 한다.

우리의 소설은 모든 낡은 요소와 도식적인 틀을 마스고[9] 새로운 세기에 맞게 형상 수법과 형태를 다양하게 개척하여야 하며 우리의 시문학은 사람들의 사고방식과 사상감정이 하루가 새롭게 발전하고 풍부해 지는 21세기의 미학 정서적 요구에 맞게 자기의 모양을 새롭고 참신하게 채색하여야 하며 시대를 선도하는 투쟁의 기치로서 더욱 세차게 나붓겨야[10] 한다. 우리의 아동문학은 21세기의 태양을 우러르며 김정일 세기를 빛내어갈 후비대[11]로 굳세게 자라나는 우리 새세대들의 심장의 박동과 목소리가 생기발랄한 약동으로, 석쉼하고[12] 걸걸한 어른의 성대로가 아니라 챙챙[13]하고 또랑또랑한 울림으로 흘러나오게 하여야 하며 극문학, 평론, 고전문학, 외국문학 등에서 전면적인 혁신을 일으켜야 한다.

선군혁명문학 운동은 작가들의 창작 활동을 조직화하고 집단주의를

7) 기세차다(氣勢--): '기세등등하다(氣勢騰騰--)'의 이북어. 기세가 매우 높고 힘차다.
8) 위훈(偉勳): 위공(偉功). 훌륭하고 뛰어난 공훈이나 업적.
9) 마스다: 이북어. 일정한 대상을 부수거나 깨뜨리다.
10) 나붓기다: 나부끼다. 천, 종이, 머리카락 따위의 가벼운 물체가 바람을 받아서 가볍게 흔들리다. 또는 그렇게 하다.
11) 후비대(後備隊): 앞으로 일정한 조직의 대열을 보충하거나 사업을 계승하고 활동하게 될 대오. 또는 그에 속한 사람.
12) 석쉼하다: 이북어. 목소리가 조금 웅숭깊고 쉰 듯하다.
13) 챙챙: 이북어. 목소리가 야무지고 맑은 모양.

높여 발양시켜 문학 창작에서 전례 없는 혁신이 일어나게 하는 혁명적인 사업이다.

우리의 목표는 명백하다.

우리는 모든 창작 역량을 21세기 선군혁명문학 건설이라는 뚜렷한 방향과 목표에로 지향시키고 궐기시키며 모든 문제를 작가들의 집체적인 노력으로 풀어나가기 위한 공동 작전과 공동 행동을 구체적이고도 치밀하게 짜고 들어야 한다.

우리의 선군혁명문학 운동은 위대한 선군정치의 기치 밑에 21세기의 지향과 요구를 가장 완벽하게 체현한 문학 건설을 목표로 한 것으로 하여 문학 운동사에서 높은 단계를 이룬다.

새 세기의 우리 주체문학은 선군혁명문학으로 대전성기를 마련할 것이며 세기를 진감할[14] 것이다.

—출전: 『조선문학』 639, 2001. 1.

14) 진감하다(震撼--): 울리어 흔들리다. 또는 울리어 흔들다.

○론 설○

선군혁명문학은 주체사실주의문학발전의 높은 단계이다

방 형 찬

선군시대는 위대한 사상과 탁월한 령도에 의하여 펼쳐진 혁명의 새 시대이다.

위대한 령도자 **김정일**동지께서는 주체의 선군사상을 밝혀 주시고 선군령도로 혁명의 새 시대, 선군시대를 펼쳐 놓으시였다. 우리는 오늘 혁명은 총대에 의하여 개척되고 전진하며 완성된다는 총대철학이 구현된 선군정치의 진리성과 독창성, 거대한 생활력이 발휘되고 있는 선군시대에 살며 투쟁하고 있다.

위대한 령도자 **김정일**동지께서는 다음과 같이 지적하시였다.

《우리 문학예술은 격동하는 시대의 력사적흐름을 힘 있게 선도함으로써 혁명앞에 지닌 자기의 사명을 다하여야 한다.》

그 어떤 문학도 자기 시대를 뛰여 넘을수는 없다. 력사발전의 매 시대는 문학예술앞에 그에 맞는 요구를 제기한다. 문학예술은 마땅히 시대와 함께 전진하여야 하며 자주성을 위한 인민대중의 투쟁을 선도하여야 한다. 시대의 전진에 앞장 서나가며 자주적으로 살려는 인민대중의 투쟁을 선도하는 문학예술이라야 생활의 참된 교과서로, 인민대중을 혁명과 건설에로 힘 있게 불러 일으키는 사상적무기로서의 역할을 원만히 수행할수 있다.

19세기 빠리콤뮨문학은 로동계급의 계급적해방을 선도하는것으로써 해당 시대를 노래했고 20세기 초 로씨야의 10월혁명문학은 사회주의혁명을 선도하면서 사회주의적사실주의의 출현과 전파에 크게 이바지하였다.

시대는 끊임없이 전진하며 그에 따라 문학에 대한 시대적요구가 부단히 변화되는것은 누구도 막을수 없는 대세의 흐름이다.

항일혁명문학을 시원으로 하고 있는 우리 주체문학은 선군시대를 맞이하여 주체사실주의문학의 새로운 단계에 올라 선 새형의 문학, 선군혁명문학으로 발전하였다. 선군혁명문학은 위대한 장군님의 선군정치의 산물이며 선군정치의 무기이다.

지금까지의 문학사에서 선군혁명문학처럼 자기의 사명에 대한 투철한 자각, 혁명의 수령에 대한 끝 없는 충실성, 조국과 민족에 대한 한 없는 사랑, 인민에 대한 헌신적복무정신으로 충만된 문학은 찾아 볼수 없다.

우리 민족사상 처음으로 되는 가장 비통한 대국상으로 하여 하늘도 땅도 산천초목도 비분에 떨고 오열로 몸부림치던 주체83(1994)년 7월!

위대한 장군님께서는 어버이수령님의 심장은 비록 고동을 멈추었으나 오늘도 우리 인민들과 함께 계신다는 가슴 뜨거운 말씀을 하시였다.

인민들은 피눈물을 삼키며 위대한 수령님을 영원한 수령으로 높이 받들어 모시고 어버이수령님의 유훈관철에로 분연히 일떠섰으며 백두산장군께서 높이 추켜 드신 선군혁명의 기치 따라 력사의 새 시대를 향하여 힘찬 진군을 개시하였다.

문학예술의 영재이신 위대한 령도자 **김정일**동지께서는 천리혜안의 예지로 우리 혁명의 어제와 오늘 그리고 래일을 헤아리시며 선군혁명문학이 어버이수령님의 영생을 무궁토록 칭송하는 수령영생문학으로 첫 걸음을 떼도록 이끌어 주시였다.

우리 작가들은 서사시 《영원한 우리 수령 **김일성**동지》를 창작하여 피눈물속에 옹근 한해를 보낸 우리 군대와 인민에게 수령영생문학의 참모습을 보여 주었다.

가사 《수령님은 영원히 우리와 함께 계시네》 그리고 《높이 들자 붉은기》를 비롯한 수령영생시가들과 추모실화집 《하늘도 울고 땅도 운다》, 추모시집에 이어 총서 《불멸의 력사》중 장편소설 《영생》이 창작발표되여 수령영생문학의 새 장을 펼치였다.

수령영생문학의 출현은 주체사실주의문학발전에서 특출한 지위를 차지하는 가장 귀중한 문학적성과이다. 그것은 수령영생문학이 주체문학건설의 기본의 기본으로 되는 수령형상창조의 가장 높은 경지에 올라 선 문학이며 주체사실주의의 높은 단계로 되는 선군혁명문학의 사상미학적기초를 밝혀 주는 문학이기때문이다.

수령영생문학의 본질적특징은 주체문학건설의 기본요구를 최상의 높이에서 훌륭히 구현하였다는데 있다. 수령영생문학은 보다 단수가 높고 철학성이 있으며 폭 넓은 구성과 주체적대가 확고히 선 문학이며 어버이수령님의 위대성을 수령형상창조의 고유한 생리에 맞게 최상의 경지에서 훌륭히 구현한 문학이다.

위대한 장군님께서는 서사시 《영원한 우리 수령 **김일성**동지》를 아주 잘 썼다고, 시인이 담이 크고 사상이 결백하며 정서가 풍부하다고 하시면서 수령영생문학의 본보기작품으로 내세워 주시였다.

수령영생문학은 선군혁명문학의 시원으로, 원줄

15

—『조선문학』 665, 2003. 3.

[논설]

선군혁명문학은 주체사실주의 문학 발전의 높은 단계이다

: 방형찬

선군시대는 위대한 사상과 탁월한 영도에 의하여 펼쳐진 혁명의 새 시대이다.

위대한 영도자 김정일 동지께서는 주체의 선군사상을 밝혀주시고 선군 영도로 혁명의 새시대, 선군시대를 펼쳐 놓으시었다. 우리는 오늘 혁명은 총대에 의하여 개척되고 전진하며 완성된다는 총대철학이 구현된 선군정치의 진리성과 독창성, 거대한 생활력이 발휘되고 있는 선군시대에 살며 투쟁하고 있다.

위대한 영도자 김정일 동지께서는 다음과 같이 지적하시었다.

"우리 문학예술은 격동하는 시대의 역사적 흐름을 힘있게 선도함으로써 혁명 앞에 지닌 자기의 사명을 다하여야 한다."

그 어떤 문학도 자기 시대를 뛰어넘을 수는 없다. 역사 발전의 매 시대는 문학예술 앞에 그에 맞는 요구를 제기한다. 문학예술은 마땅히 시대와 함께 전진하여야 하며 자주성을 위한 인민대중의 투쟁을 선도하여야 한다. 시대의 전진에 앞장서나가며 자주적으로 살려는 인민대중의 투쟁을 선도하는 문학예술이라야 생활의 참된 교과서로, 인민대중을 혁명과 건설에로 힘있게 불러일으키는 사상적 무기로서의 역할을 원만히 수행할 수 있다.

19세기 파리코뮌[1] 문학은 노동계급의 계급적 해방을 선도하는 것으로써 해당 시대를 노래했고 20세기 초 러시아[2]의 10월 혁명문학은 사회주의혁명을 선도하면서 사회주의적 사실주의의 출현과 전파에 크게 이바지하였다.

시대는 끊임없이 전진하며 그에 따라 문학에 대한 시대적 요구가 부단히 변화되는 것은 누구도 막을 수 없는 대세의 흐름이다.

항일혁명문학을 시원으로 하고 있는 우리 주체문학은 선군시대를 맞이하여 주체사실주의문학의 새로운 단계에 올라선 새형의 문학, 선군혁명문학으로 발전하였다. 선군혁명문학은 위대한 장군님의 선군정치의 산물이며 선군정치의 무기이다.

지금까지의 문학사에서 선군혁명문학처럼 자기의 사명에 대한 투철한 자각, 혁명의 수령에 대한 끝없는 충실성, 조국과 민족에 대한 한없는 사랑, 인민에 대한 헌신적 복무 정신으로 충만된 문학은 찾아 볼 수 없다.

우리 민족사상 처음으로 되는 가장 비통한 대국상으로 하여 하늘도 땅도 산천초목도 비분에 떨고 오열로 몸부림치던 주체83(1994)년 7월!

위대한 장군님께서는 어버이 수령님의 심장은 비록 고동을 멈추었으나 오늘도 우리 인민들과 함께 계신다는 가슴 뜨거운 말씀을 하시었다.

인민들은 피눈물을 삼키며 위대한 수령님을 영원한 수령으로 높이 받들어 모시고 어버이수령님의 유훈[3] 관철에로 분연히 일떠섰으며[4] 백두산 장군께서 높이 추켜드신 선군 혁명의 기치 따라 역사의 새시

---

1) 빠리콤뮨(원문) → 파리코뮌(Paris Commune): 1871년 프로이센·프랑스 전쟁에서 프랑스가 패배하고 나폴레옹 삼세의 제2제정이 몰락하는 과정에서, 파리에서 일어난 민중 봉기.
2) 로씨야(원문) → 러시아(Russia): 유럽 대륙의 동부에서 시베리아에 걸쳐 있는 나라.
3) 유훈(遺訓): 죽은 사람이 남긴 훈계.
4) 일떠서다: 이북어. 앉아 있다가 갑자기 일어서다.

대를 향하여 힘찬 진군을 개시하였다.

문학예술의 영재이신 위대한 영도자 김정일 동지께서는 천리혜안의 예지로 우리 혁명의 어제와 오늘 그리고 내일을 헤아리시며 선군혁명문학이 어버이 수령님의 영생을 무궁토록 칭송하는 수령영생문학으로 첫걸음을 떼도록 이끌어 주시었다.

우리 작가들은 서사시 「영원한 우리 수령 김일성동지」를 창작하여 피눈물 속에 옹근 한해를 보낸 우리 군대와 인민에게 수령영생문학의 참모습을 보여주었다.

가사 「수령님은 영원히 우리와 함께 계시네」 그리고 「높이 들자 붉은기」를 비롯한 수령영생시가들과 추모 설화집 『하늘도 울고 땅도 운다』, 추모 시집에 이어 총서 『불멸의 력사』 중 장편소설 『영생』이 창작 발표되어 수령영생문학의 새장을 펼치었다.

수령영생문학의 출현은 주체사실주의 문학 발전에서 특출한 지위를 차지하는 가장 귀중한 문학적 성과이다. 그것은 수령영생문학이 주체문학 건설의 기본의 기본으로 되는 수령형상창조의 가장 높은 경지에 올라선 문학이며 주체사실주의의 높은 단계로 되는 선군혁명문학의 사상미학적 기초를 밝혀주는 문학이기 때문이다.

수령영생문학의 본질적 특징은 주체문학 건설의 기본 요구를 최상의 높이에서 훌륭히 구현하였다는 데 있다. 수령영생문학은 보다 단수가 높고 철학성이 있으며 폭넓은 구성과 주체적 대가 확고히 선 문학이며 어버이 수령님의 위대성을 수령형상창조의 고유한 생리에 맞게 최상의 경지에서 훌륭히 구현한 문학이다.

위대한 장군님께서는 서사시 「영원한 우리 수령 김일성동지」를 아주 잘 썼다고, 시인이 담이 크고 사상이 결백하며 정서가 풍부하다고 하시면서 수령영생문학의 본보기 작품으로 내세워 주시었다.

수령영생문학은 선군혁명문학의 시원으로, 원줄기로 되며 그 개화발전의 전망을 제시하는 이정표로 된다. 그것은 선군시대가 어버이 수령님께서 개척하신 주체 혁명 위업을 대를 이어 계승 완성해 나가는 것을 지상의 요구로 내세우고 있는 시대이기 때문이다.

수령영생문학을 기본으로 하는 선군혁명문학은 서사시 「평양시간은 영원하리라」와 「불멸하라, 위대한 영생의 노래여」 그리고 추모 작품집 『영원한 태양』, 추모 시집 『수령님은 영원히 우리와 함께』, 아동문학 추모 작품집 『영원히 함께 계셔요』를 비롯한 영생 주제의 작품들과 함께 총서 『불멸의 력사』에 속하는 장편소설들인 『붉은 산줄기』, 『개선』, 『푸른 산악』, 『열병광장』, 『번영의 길』 등 수령형상작품들을 통하여 어버이 수령님을 천세만세 높이 받들어 모시려는 우리 인민의 절절한 염원을 훌륭히 반영하였다.

선군혁명문학이 이룩한 이와 같은 성과는 수령영생문학이 주체사실주의 문학의 어제와 오늘은 물론 내일까지 영원히 대표하는 우리 당의 문학, 태양 민족의 문학이라는 것을 남김없이 확인하고 있다.

선군혁명문학은 선군 혁명 영도로 불멸의 로고를 바쳐 가시는 천출명장 백두산 장군의 숭엄한 영상을 끝없이 흠모하는 전인민적 감정에 대한 진실한 반영을 최상의 과제로 내세우고 있는 문학이다.

그러므로 선군혁명문학은 '고난의 행군'의 나날 「우리 장군님 제일이야」를 비롯한 여러 시가 작품들을 창작하여 주체 혁명 위업을 끝까지 완성하기 위한 선군 혁명을 진두에서 이끌어 나가시는 위대한 장군님에 대한 전인민적 숭배심과 열렬한 흠모의 감정을 진실하게 노래하였다. 이어서 우리 작가들은 위대한 장군님에 대한 열화 같은 흠모의 정을 담아 연시 「전선길에 해가 솟는다」, 송년시 「눈이 내린다」, 「잊을수 없어라 1998년이여」, 서정시 「철령」, 장시 「우리의 령도자」, 시 「10월의 환희」, 가사 「흰 눈 덮인 고향집」, 「2월은 봄입니다」, 「하늘처럼 믿고 삽니다」, 「장군님은 빨찌산의 아들」을 창작하여 세상에 내놓았다.

선군시대의 영웅적 현실은 소설가들의 창작적 사색의 세계에 드세찬[5] 격랑을 불러일으켰다. 소설가들은 창작으로 밤을 지새우고 새날

5) 드세차다: 이북어. 매우 세차다.

을 맞으며 전례 없이 짧은 기간 내에 총서 『불멸의 향도』에 속하는 장편소설들인 『력사의 대하』, 『전환』, 『서해전역』, 『비약의 나래』, 『총검을 들고』, 『강계정신』, 『별의 세계』, 『계승자』 등을 창작 발표하여 선군시대를 이끌어 가시는 경애하는 장군님의 위대한 영상을 서사적 화폭 속에 정중히 모시었다. 선군혁명문학이 백두산 장군의 위대한 형상을 창조하는 사업을 줄기차게 발전시켜 나간 것은 주체문학 건설의 합법칙적[6] 요구에 대한 빛나는 구현이었으며 백두산에서 개척된 주체의 혁명 위업 계승 완성의 합법칙적 과정에 대한 사실주의적 반영의 필연적 귀결이었다.

선군혁명문학은 주체사실주의 문학 발전의 가장 높은 경지에 올라선 문학이다.

그것은 선군혁명문학이 위대한 주체사상을 가장 투철하게 구현하고 있는 문학이기 때문이다.

선군혁명문학은 위대한 주체사상의 직접적이며 집중적인 발현으로 되는 혁명적 군인 정신을 기초로 하고 있는 문학이며 혁명적 군인 정신의 충만된 문학이다.

선군혁명문학은 새시대의 지향과 요구에 맞는 인간 문제를 내세우고 인민대중의 자주적 요구에 맞게 해결함으로써 주체사실주의의 높은 경지를 개척하였다.

주체의 선군사상이 밝혀주고 있는 우리 시대의 사회적 문제, 인간 문제는 지배와 예속을 반대하고 나라와 민족의 자주성을 확고히 견지하기 위한 투쟁 문제이다. 그러므로 선군혁명문학은 인민대중의 자주성을 옹호하기 위한 투쟁 문제, 특히 지배와 예속을 강요하려는 제국주의자들과의 정치 군사적 대결전[7]을 나라와 민족의 자주권을 고수하기 위한 투쟁 문제로 보고 거기에 형상의 초점을 모으고 있다. 나라와 민족의 자주권에 대한 문제는 곧 나라와 민족의 운명 문제이다. 나라

6) 합법칙적(合法則的): 자연, 역사, 사회 현상이 일정한 법칙에 따라 일어나는. 또는 그런 것.
7) 대결전(對決戰): 이북어. 대결하는 싸움.

와 민족의 운명 문제는 선군혁명문학이 제기하고 있는 기본 문제이다. 그리고 이 문제는 제국주의자들의 오만과 전횡이 살판치고[8] 있는 오늘 지구상의 모든 나라와 민족 앞에 나서는 초미의 문제이기도 하다.

위대한 장군님께서는 선군 혁명 영도로 제국주의자들의 반공화국 압살 책동을 짓부시고 나라와 민족의 운명 문제를 빛나게 해결하시는 불멸의 공적을 이룩하시어 온 세상의 경탄을 불러일으키시였다.

선군혁명문학은 준엄한 역사의 대하를 체험하면서 나라와 민족의 운명 문제를 기본 문제로 제기하고 형상을 통하여 위대한 장군님만 계시면 조국도 민족도 있고 우리 식 사회주의는 반드시 승리한다는 사상을 천명하였다. 이것은 주체사실주의 문학의 높은 경지에 올라선 선군혁명문학의 철학적 심오성을 담보하고 있다.

선군혁명문학이 주체사실주의 문학 발전의 가장 높은 단계로 되는 것은 또한 자주적 인간 전형 창조에서 제기되는 주체사실주의의 미학적 요구를 가장 원숙하게 구현하고 있는 것과 관련된다.

해당 역사적 단계에서 어떤 인간을 형상의 중심에 내세우는가 그리고 어떻게 형상하는가 하는 문제는 그 문학의 사상예술적 가치 평가에서 특별히 중요한 의의를 가진다. 그것은 문학이 인간과 그의 생활을 그리는 인간학이기 때문이다.

선군혁명문학은 혁명적 군인 정신을 체현하고 있는 인간을 형상의 중심에 세우고 시대의 전형으로 그리고 있다. 선군시대의 주인공들은 수령결사옹위 정신, 결사관철의 정신, 영웅적 희생정신을 가지고 나라와 민족의 자주성을 수호하기 위한 투쟁에 앞장선 사람들이며 세기를 주름잡는 비약의 폭풍을 일으켜 강성대국을 건설하기 위한 투쟁에서 창조와 혁신을 일으키는 영웅적 인간들이다. 이러한 인간들의 본질적인 특징은 집단주의적 생명관을 신념으로 간직하고 살며 투쟁한다는 데 있다.

---

8) 살판치다: 나쁜 사람들이 제 마음대로 날뛰다. 무시무시하게 날뛰다.

개인의 생명과 사회와 집단의 운명과의 호상[9] 관계 문제를 어떻게 풀어나가는 하는 것은 사회정치생활[10]에서도 초미의 문제일 뿐 아니라 문학의 형상 창조에서는 언제나 초점으로 되는 문제이다.

부르주아문학에서는 개인의 생명을 우위에 놓고 절대화하면서 그에 기초한 자본주의 사회를 합리화한다. 사회주의적 사실주의 문학에서는 개인의 생명을 노동계급의 이익을 위하여 투쟁하는 데 아름다움이 있다고 보고 형상하지만 주체사실주의 문학에서는 사회정치적 생명체에 대한 새로운 해명에 기초하여 개인의 생명보다 집단의 생명이 더 귀중하다는 집단주의적 생명관을 내세운다.

주체사실주의의 높은 단계에 올라선 선군혁명문학은 사회정치적 생명체에 영원히 자기 운명을 맡기고 혁명적 군인 정신으로 살며 싸우는 인간들을 가장 아름답고 숭고한 인간미의 체현자로 형상한다.

총서 『불멸의 향도』 중 장편소설 『총검을 들고』는 혁명적 군인 정신의 창조자들이며 안변청년발전소 건설자들인 인민군 전사들의 형상을 시대의 전형으로 훌륭히 창조하였다.

선군혁명문학은 집단주의적 생명관의 체현자들을 형상의 중심에 세웠을 뿐 아니라 그 형상화 과정에서도 주체사실주의 문학의 요구를 훌륭히 구현하였다.

주체사실주의는 사람을 중심으로 하여 현실을 보고 그리는 창작방법이다. 선군혁명문학은 환경과 성격과의 호상 관계에서 환경을 지배하고 능동적으로 개척해 나가는 인간 성격 창조를 기본으로 하고 있다. 여기서 환경을 지배하고 개척한다는 것은 사람이 세계를 지배하며 자기의 요구와 이해관계에 맞게 새생활을 창조하여 나간다는 의미이다.

선군혁명문학은 사상적으로 위력하고 창조적 능력으로 하여 힘있는 사회적 인간, 시대의 영웅들을 주인공으로 내세우고 생활 창조의 측면에 초점을 집중하여 형상한다.

---

9) 호상(互相): '상호(相互)' 이북어. 상대가 되는 이쪽과 저쪽 모두.

10) 사회정치생활(社會政治生活): 이북어. 정치적 자주성을 실현하기 위한 조직 사상 생활.

종래의 사실주의 문학에서는 환경과 성격의 통일을 중시하면서 많은 경우 환경의 영향을 받고 있는 인간에 대한 객관적 묘사에서 진실성 구현의 방도를 찾았었다. 물론 환경과 성격과의 통일에서 성격의 능동적 작용을 무시하지는 않았지만 환경과 성격의 통일에 대한 객관적인 반영은 언제나 견지해 온 원칙이었다.

그러나 주체사실주의의 높은 단계에 올라선 선군혁명문학은 인간 성격의 자주적 본성과 창조성, 의식성의 위력을 중시하며 자기의 운명 개척에서 주인으로서의 지위와 역할을 진실하게 그리는 데 형상의 초점을 두고 있다. 총서『불멸의 향도』중 장편소설『총검을 들고』는 위대한 장군님의 사상과 담력을 심장으로 받들어나가는 군인들의 형상을 이채롭게 창조하고 있다.

총서『불멸의 향도』중 장편소설『강계정신』,『비약의 나래』그리고 비전향장기수들을 원형으로 하고 있는 장편소설들의 주인공들은 한결같이 정치적 생명의 귀중함을 신념으로 간직하고 수령결사옹위 정신, 결사관철의 정신으로 환경의 지배력 앞에 희생적으로 도전하여 마침내 승리하고 환경의 지배자, 자기 운명 개척의 주인으로 성장하는 인간들이다. 이러한 인간 형상들은 선군혁명문학이 사람의 가치를 평가하는 데서 결정적 요인은 사상 의식이라는 정의를 인물 형상 창조에서 훌륭히 구현하였다는 것을 뚜렷이 보여준다. 이것은 인간 전형 창조에서 이룩한 선군혁명문학의 귀중한 성과이다.

선군혁명문학은 위대한 장군님의 선군정치를 정서적으로 안받침[11]하기 위한 자기의 사명과 임무에 대한 충실성으로 하여 주체사실주의의 높은 단계에 올라설 수 있었다.

선군정치를 정서적으로 안받침하는 데서 혁명적인 시가 문학은 다른 문학 형태들보다 특출한 우월성을 가지고 있다.

일반적으로 시가 문학은 해당 시대의 정서를 민감하게 포착하고 주

11) 안받침: 안에서 지지하고 도와줌.

도적인 것을 서정화하여 시적으로 일반화함으로써 인민대중의 혁명 투쟁을 선도하며 고무 추동한다.

시대의 생활 정서는 시대의 세계관에 기초한다. 시대의 세계관은 시대정신을 규제하며 시대의 지향과 요구에서 집중적으로 표현된다.

선군시대의 정서는 위대한 장군님의 사상과 신념, 담력과 배짱으로 약동하는 백두산의 정서로 상징된다. 백두산의 정서, 그것은 백두대산 줄기를 거느리는 조종의 산 백두산을 우러르며 장구한 세월 귀중히 간직해 온 민족 고유의 숭엄한 정서이며 어버이 수령님께서 조국의 광복과 인민의 행복을 위하여 백두 영봉에서 높이 추켜드신 주체 혁명의 기치, 붉은기[12]의 정서이며 그 어떤 풍랑과 뇌성벽력에도 끄떡하지 않고 천리수해[13] 위에 숭엄하게 솟아 누리를 굽어보는 백두산마냥 긍지와 자부심으로 세계에 빛을 뿌리는 주체 조선의 정서이다. 한마디로 백두산의 정서는 백두산 3대 장군의 사상과 담력, 기상으로 충만된 선군시대의 혁명 정서이다.

시대의 기본정서는 다양하고 풍부한 생활 내용들에 반영되어 있게 되는 데 그것은 생활의 다양성과 풍부성으로 하여 조건지어지는 합법칙적인 현상이다. 그러나 그 모든 다양하고 풍부한 생활 내용들은 하나같이 시대의 지향과 요구에 대한 정서적 안받침이라는 뚜렷한 목적에로 일관되어 있다. 선군시대의 기본정서도 다양한 생활 내용들로 표현되는 데 그 모든 것은 선군정치에 대한 정서적 안받침이라는 뚜렷한 지향에서는 언제나 공통성을 가지고 있다.

가사 「우리 집은 군인가정」, 「우리는 맹세한다」, 「대홍단 삼천리」, 시초 「강원땅의 새 노래」, 서사시 「력사의 숫눈길」, 「조국이여 청년들을 자랑하라」를 비롯한 선군시대의 시가 문학은 군대와 인민들의 주도적 감정을 풍부하고 다양한 생활 내용에 의거하여 개성적으로 노래

---

12) 붉은기(--旗): 이북어. 노동 계급의 혁명 사상을 상징하는 깃발.
13) 천리수해(千里樹海): 천 리나 되는 나무 바다라는 뜻으로, 아주 울창하고 끝없이 펼쳐진 숲을 비유적으로 이르는 말.

함으로써 선군정치를 정서적으로 안받침하는 데 이바지한 쇳소리 나는 명작들인 것이다.

'고난의 행군' 시기 우리 작가들은 경애하는 장군님만 믿고 오늘의 난관을 뚫고 나가면 반드시 승리를 이룩하고 행복한 생활을 창조할 수 있다는 확고한 신념을 선군 혁명의 영웅적 현실을 체험하며 간직하였으며 그 신념을 노래한 가사 「우리는 잊지 않으리」, 「승리의 길」을 기념비적 명작으로 창작하였다. 특히 가사에서 노래한 고난의 천리를 가면 행복의 만리가 온다는 구절은 선군정치가 곧 승리의 길이라는 신념에 대한 시적 표현으로서 시대와 인간, 역사와 미래와의 연관 속에서 모든 사람들의 혁명적 인생관을 새롭게 가다듬게 한다.

위대한 장군님께서는 선군 혁명의 나날 '오늘을 위한 오늘에 살지 말고 내일을 위한 오늘에 살라', '죽음을 각오한 사람을 당할 자 이 세상에 없다'는 시대의 혁명적 인생관을 밝혀주시었으며 강성대국 건설이라는 빛나는 전망을 혁명의 앞길에 펼쳐 놓으시었다.

위대한 영도자 김정일 동지께서 밝혀주신 혁명적 인생관은 전체 군대와 인민의 인생관으로 되었으며 그에 기초한 시대의 정서는 백두산의 정서로 승화되어 거세차게 파도쳐 나갔다.

선군혁명시대의 정서를 담고 있으면서도 전통적인 민족 고유의 형식을 결합시킨 가사 「강성부흥아리랑」의 출현은 '고난의 행군', 강행군을 승리적으로 결속한 우리 인민들을 끝없이 격동시키었다. 「강성부흥아리랑」은 우리 민족의 멋과 시대의 맛을 흥취나게 노래함으로써 선군정치를 정서적으로 안받침하는 데서 특출한 기여를 한 명작이다.

선군혁명시대의 정서 「강성부흥아리랑」의 정서는 위대한 장군님께서 우리 인민의 마음속에 심고 가꾸어 주신 정서이다. 시대가 공감하고 인민이 환호하는 우리의 시가 문학은 선군시대를 선도하며 선군정치를 정서적으로 안받침하는 군가와 같다. 이 땅에서 설음의 아리랑, 눈물의 아리랑은 영원히 막을 내리고 '강성부흥아리랑', '군민아리랑', '통일아리랑'이 개화 만발하는 것은 선군혁명문학 발전의 합법칙적인 과정이다. 그것은 위대한 장군님의 주체의 선군사상에 기초하고 아리랑 민족의 고유한 정서로 충만되어 있는 것이 선군혁명문학의 본성이고 선군정치를 정서적으로 안받침하는 것이 선군혁명문학의 근본 사명과 임무이라는 것을 보여준다. 동시에 그것은 선군혁명문학이 개척한 주체사실주의의 새로운 경지를 확인한다.

선군혁명문학은 선군정치가 구현되고 있는 오늘의 현실을 반영하고 있는 문학만을 의미하지 않는다. 선군혁명문학은 생활 소재와 주제 영역에서 한계가 없으며 선군시대에 창조된 문학 전체를 포괄한다.

선군혁명문학은 오늘뿐 아니라 우리 혁명의 미래까지 대표하는 문학으로서 확고한 지위를 차지하고 있다.

일반적으로 문학의 역사는 시대에 따라서 출현하는 이러저러한 문학사조들의 교체로 이루어진다. 그런데 선군혁명문학은 시대와 함께 출현하고 조락하는[14] 문학사조들과는 구별되는 특출한 지위를 차지하고 있다. 선군혁명문학은 주체 혁명 위업 완성의 전 역사적 과정에서 영원한 생명력을 가지고 있는 문학이다. 그것은 선군혁명문학의 지도사상인 주체의 선군사상의 영원한 생명력과 관련된다. 주체의 선군사상은 눈앞의 자연재해나 적들의 압력과 봉쇄를 극복하기 위한 일시적인 선택이나 임기응변이 아니라 백두산 총대로 조선 혁명의 어제와 오늘 그리고 내일을 관통시켜 주체 혁명 위업의 완성을 기어이 실현함으로써 보다 휘황한 민족의 미래를 앞당겨 오려는 백두산 장군의 위대한 혁명 사상이다. 그러므로 주체의 선군사상은 준엄한 오늘의 현실에서 간고한 사회주의 수호전의 승리를 확고히 담보하는 사상인 동시에 그 최후 승리의 전 역사적 과정에서 유일하게 확고히 견지해야 할 조선 혁명의 지도사상이다.

이것은 선군정치가 오늘의 준엄한 투쟁, 사회주의 수호전의 출발점인 동시에 최후 승리의 이정표라는 것을 밝혀준다.

---

14) 조락하다(凋落--): 차차 쇠하여 보잘것없이 되다.

주체의 선군사상, 선군정치의 위대성과 진리성은 그대로 선군혁명문학의 위대성과 진리성을 확증하는 것으로 된다. 선군혁명문학은 혁명적 군인 정신으로 사회주의 수호전에 떨쳐나선 우리 군대와 인민을 고무하는 오늘의 문학일 뿐 아니라 최후 승리를 위한 앞날에도 영원히 시대를 대표하는 우리 당의 문학, 태양 민족의 문학으로서의 이정표로 된다.

선군혁명문학은 그의 발생, 발전의 역사적 과정의 견지에서 보나 사상미학적 특성의 견지에서 보나 주체사실주의 문학 발전의 가장 높은 단계에 올라선 문학이라는 것이 명백하다.

역사는 위대한 사상이 위대한 시대를 낳았으며 위대한 영도가 위대한 문학을 창조하였다는 것을 보여주고 있다.

위대한 장군님께서는 '고난의 행군'이 한창이던 주체85(1996)년 4월 26일 고전적 노작 「문학예술부문에서 명작을 더 많이 창작하자」를 발표하시고 작가들의 명작 창작 전투를 지도하여 주시었다. 선군혁명문학 영도 실록에서는 경애하는 장군님의 1,000여 편의 작품 지도를 비롯하여 410여 차에 770여 건에 달하는 문학 운동에 대한 영도 사적이 뜻깊게 아로새겨져 있다. (이 놀라운 숫자는 격동의 6년 기간에 한한 것이다.)

위대한 장군님께서는 주체84(1995)년 설날 아침 다박솔 초소를 찾으셨던 때로부터 철령의 험한 산길, 오성산, 대덕산의 험준한 전선길15)을 끝없이 이어가시는 나날에도 명작 창작에 깊은 관심을 돌려주시었다. 위대한 장군님께서는 작가들에게 순결한 양심과 신념을 가지고 창작할 데 대하여 따뜻이 일깨워 주시었으며 그들이 창작한 작품을 친히 보아주시고 제목과 표현에 이르기까지 시대의 기념비적 명작으로서의 손색이 없도록 몸소 다듬어 주시었다. 그리하여 총서 『불멸의 향도』 중 장편소설 『력사의 대하』는 조미 핵 대결전을 깊이 있게 형상한 명작으로 완성될 수 있었으며 가사 「우리 집은 군인가정」, 「내 한생

15) 전선길(戰線-): 이북어. 전선에 나 있는 길.

안겨 사는 품」, 서사시 「불멸하라, 위대한 영생의 노래여」는 쇳소리나는 작품으로 주체의 선군혁명문학의 화원에 뚜렷이 자리잡게 되었다.

위대한 장군님께서는 전선길에서까지 여성 시인들이 창작한 작품을 지도하여 주시는 은정을 베풀어주시었으며 공로 있는 작가들이 허리띠를 졸라매고 창작하는 과정에 건강이 나빠졌다는 보고를 받으시고는 작가들을 아껴야 한다시며 요양 생활까지 조직하여 주시는 은정 깊은 사랑을 아낌없이 돌려주시었다.

선군혁명문학의 역사에는 작가들에 대한 위대한 장군님의 사랑의 이야기가 대를 두고 전해갈 전설로 수없이 기록되어 있다.

위대한 장군님께서는 작가들이 영도자와 함께 '고난의 행군'을 하면서 당과 수령을 보위하고 시대정신을 반영한 쇳소리나는 글을 써내고 있다고 크나큰 믿음을 주시었으며 노동계급 출신의 젊은 시인들이 좋은 글을 많이 쓴 것을 못내 대견하게 여기시며 세계적인 문호, 우리 당의 종군작가라고 높이 평가하여 주시었다.

위대한 장군님의 품속에서 우리 작가들은 백두산 장군의 슬기와 용맹, 담력과 의지, 대스승의 비범한 예지, 숭고한 뜻을 온넋으로, 심장으로 감수하면서 시대의 명작들을 창작하였다. 그리하여 선군혁명문학은 백두산 장군의 철학관, 미학관, 인생관을 투철하게 구현한 문학, 주체사실주의의 가장 높은 단계에 올라선 문학으로 될 수 있었다.

선군혁명문학의 창조 과정은 영도자와 작가의 가장 숭고한 창작 윤리에 의하여서만 시대를 진감시키는 위대한 문학이 창조될 수 있다는 것을 보여준다. 영도자가 작가의 창작 윤리에서 기본으로 되는 것은 창작적 사색은 영도자의 사상과 의도대로, 현실 체험은 영도자의 감정 정서로, 창작 과정은 영도자의 보폭과 숨결에 맞추는 것이다.

선군혁명문학의 창조 과정을 돌이켜보면서 작가들은 명작 창작의 비결에 대하여 "장군님으로부터 철학을 배웠고 역사의 법칙과 사물 현상의 본질을 배웠으며 그것을 그대로 원고지 위에 옮겨 놓았을 뿐"이라고 말하고 있다. 이 말은 선군혁명문학 창조자들이 체험을 통하여 심장깊이 새긴 고귀한 진실에 대한 토로이다.

위대한 장군님의 사상과 의도에서 종자를 찾고 위대한 장군님의 영도 업적을 사상적 내용으로 하며 위대한 장군님의 빛나는 예지에 의하여 사상예술적으로 높은 경지를 개척한 문학, 선군혁명문학은 명실공히 위대한 영도자 김정일 장군님의 문학이다. 위대한 장군님의 존함으로 빛나는 선군혁명문학을 창조하게 된 것은 우리 작가들에게 차례진 최대의 특전, 최대의 행운이다. 그리고 선군혁명문학을 마음껏 향유할 수 있게 된 것은 우리나라와 민족의 영광이고 인류의 행복이다. 그것은 선군혁명문학이 나라와 민족의 자주성을 옹호 고수하기 위한 문학이며 자주화된 새 세계를 대표하는 문학, 21세기 인류 문학이 나아갈 앞길을 밝혀주는 본보기이기 때문이다.

—출전: 『조선문학』 665, 2003. 3.

선군혁명문학의 특성과 그 창작에서 나서는 요구

교수, 박사 김정웅

세기가 교체되는 격동적인 력사적시기에 우리 나라에서는 위대한 령도자 **김정일**동지의 현명한 령도밑에 선군혁명문학이 새롭게 창조되여 사회주의위업, 주체혁명위업수행에 적극 이바지하고있다.

선군혁명문학은 우리 시대의 요구와 인민대중의 지향을 정확히 반영하고있으며 그 사상적내용과 예술적형상에서 일련의 고유한 특성을 가지고있는것으로 하여 인류의 진보적문학, 사회주의문학발전의 새로운 경지를 이루고있다.

총대로 개척되고 총대의 위력으로 전진하는 인민대중의 자주위업, 사회주의위업을 성과적으로 수행하기 위하여서는 혁명적인 문학을 창조하고 발전시켜야 하며 문학의 사명과 역할을 끊임없이 높여나가야 한다.

선군혁명문학은 우리 시대 사회주의문학의 기본을 이루고있으며 선군혁명문학작품을 창작하는것은 우리 시대 작가들의 기본과업으로 되고있다.

선군혁명문학의 특성과 그 창작에서 나서는 미학적요구들을 과학적으로 정확히 해명하는것은 리론실천적으로 매우 중요한 의의를 가진다.

—『총대와 문학』, 사회과학출판사, 2004.

선군혁명문학의 특성과 그 창작에서 나서는 요구

: 김정웅

세기가 교체되는 격동적인 역사적 시기에 우리나라에서는 위대한 영도자 김정일 동지의 현명한 영도 밑에 선군혁명문학이 새롭게 창조되어 사회주의 위업, 주체 혁명 위업 수행에 적극 이바지하고 있다.

선군혁명문학은 우리 시대의 요구와 인민대중의 지향을 정확히 반영하고 있으며 그 사상적 내용과 예술적 형상에서 일련의 고유한 특성을 가지고 있는 것으로 하여 인류의 진보적 문학, 사회주의문학 발전의 새로운 경지를 이루고 있다.

총대로 개척되고 총대의 위력으로 전진하는 인민대중의 자주 위업, 사회주의 위업을 성과적으로 수행하기 위하여서는 혁명적인 문학을 창조하고 발전시켜야 하며 문학의 사명과 역할을 끊임없이 높여나가야 한다.

선군혁명문학은 우리 시대 사회주의문학의 기본을 이루고 있으며 선군혁명문학을 창작하는 것은 우리 시대 작가들의 기본 과업으로 되고 있다.

선군혁명문학의 특성과 그 창작에서 나서는 미학적 요구들을 과학적으로 정확히 해명하는 것은 이론 실천적으로 매우 중요한 의의를 가진다.

1

문학은 시대를 아로새기며 인류가 걸어온 매 역사적 시대는 자기의 고유한 문학을 가지고 있다.

우리 시대는 위대한 선군시대이다. 선군의 기치가 세차게 휘날리며 선군사상, 선군정치가 꽃펴나는 우리 시대는 새로운 문학을 요구한다.

경애하는 장군님의 위대한 향도의 손길 아래 우리 문학은 선군의 길을 걷게 되었으며 선군시대에 맞는 새로운 면모와 특성을 가지게 되었다.

선군시대에 새롭게 출현한 문학, 선군혁명문학의 가장 중요한 특성은 선군정치, 선군 혁명 노선을 전면적으로 구현하고 있는 것이다.

위대한 영도자 김정일 동지께서는 다음과 같이 지적하시었다.

"당의 선군정치, 선군 혁명 노선을 철저히 관철해나가야 합니다. 우리 당의 선군정치는 총대중시, 군사중시사상을 빛나게 구현한 독창적인 사회주의 정치 방식입니다."

우리 시대에 새롭게 창조된 문학, 선군혁명문학은 우리 당의 선군사상, 선군 혁명 노선을 관철하기 위한 투쟁 과정에 창조된 새로운 혁명적 문학이다. 선군사상, 선군정치에 기초하고 있으며 그것을 형상적으로 구현하고 있다는 데 선군혁명문학의 기본 특성이 있다.

해당 시기의 문학의 사회 계급적 성격과 특성은 그 시기의 지도 사상, 지도 이념에 의하여 규정지어지며 인간의 정신적 활동의 산물인 문학에는 사상과 정치가 반영되기 마련이다. 어떤 사상, 어떤 정치가 구현되었는가 하는 것은 문학의 사회 계급적 성격과 특성을 규제하는 기본 요인이다.

주체사상에 기초하고 있는 위대한 선군사상은 우리 혁명의 지도사상이며 우리 시대는 선군사상, 선군정치가 전면적으로 꽃피는 선군시대이다.

선군사상, 선군정치를 구현하는 것은 인간과 그 생활을 진실하게 그릴 데 대한 문학의 본성적인 요구로부터 필수적으로 제기된다. 인간학으로서의 문학이 인간과 그 생활을 진실하게 그리는 데서 무엇보다도 중요한 것은 인간과 그 생활의 본질적 내용을 정확히 반영하는 것이다.

선군사상, 선군 혁명 노선은 우리 시대 사람들에게 있어서 투쟁의 지침으로, 생활의 좌우명으로 되고 있으며 선군사상과 선군 노선을 관철하기 위한 투쟁은 우리 시대 사람들의 생활과 투쟁에서 기본 흐름을 이루고 있다. 그러므로 문학작품이 선군시대 사람들과 그들의 생활, 혁명적 현실을 사실주의적으로 진실하게 그려내기 위하여서는 선군사상, 선군정치를 깊이 있게 구현하여야 한다. 선군사상, 선군 혁명 노선을 형상적으로 깊이 있게 구현함으로써 우리 문학은 인간학의 본성적 요구를 옳게 구현한 우리 시대의 참다운 인간학으로 되게 되었다.

이처럼 선군사상, 선군정치에 기초하고 있으며 그것을 구현하고 있는 것은 선군혁명문학의 본질적 특성으로 된다. 선군혁명문학의 다른 모든 특성들은 이 본질적 특성에 의하여 규제되며 거기로부터 흘러나온다.

선군혁명문학의 중요한 특성은 우선 반제 혁명 사상을 전면적으로 깊이 있게 반영하고 있는 것이다.

반제 혁명 사상을 구현하는 것은 우리 시대의 문학, 사회주의문학 앞에 나서는 중요한 과업이다. 사회주의문학은 제국주의자들을 때려부시고[1] 사회주의 위업을 실현하기 위한 혁명 투쟁 과정에 발생 발전하였으며 이 혁명 투쟁에 복무하는 것을 사명으로, 임무로 하고 있다.

반제 투쟁을 그리며 반제 혁명 사상을 구현하여야 문학이 인민대중

1) 부시다: '부수다'의 이북어.

의 자주위업실천에 이바지하는 역사적 사명을 훌륭히 수행할 수 있다.

사회주의와 자본주의 사이의 대결과 투쟁이 그 어느 때보다도 첨예화되고 있으며 사회주의를 말살하기 위한 제국주의자들의 책동이 극도에 달하고 있는 오늘의 현실은 반제 혁명 사상을 구현한 문학작품을 더 훌륭히 창작해낼 것을 절실히 요구하고 있다. 선군혁명문학은 이러한 시대적 요구에 맞게 반제 혁명 사상을 구현하는 데서 새로운 경지를 개척하였다.

선군혁명문학은 선군사상, 선군 혁명 노선을 구현하는 것으로 하여 반제 혁명 사상을 최상의 경지에서 전면적으로 반영하게 된다. 우리 당의 선군사상은 가장 철저한 반제 혁명 사상이다. 선군사상, 선군 혁명 노선에는 우리 당과 인민의 투철한 반제적 입장, 반제 혁명 정신이 뚜렷이 체현되어 있다. 우리 당과 인민이 총대를 앞세우고 군사선행의 원칙을 확고히 견지하는 것은 미제국주의자들의 침략과 전쟁 책동을 짓부셔버리고 사회주의 위업, 주체 혁명 위업을 완성하는 데 그 목적이 있다. 우리 혁명의 총대는 제국주의자들을 겨누고 있다. 총대를 틀어쥐고 있으며 총대철학을 신념으로, 좌우명으로 삼고 있는 인민군 용사들과 인민들을 형상한 문학작품들에는 미제침략자들에 대한 증오심과 적개심, 적들과는 끝까지 싸워 승리해야 한다는 혁명적 결의와 의지가 맥맥히[2] 흘러넘치고 있다.

이처럼 선군사상, 선군 혁명 노선이 철저한 반제 혁명 사상인 것으로 하여 그것을 구현한 문학작품에는 가장 철저하고 투철한 반제 혁명 사상이 전면적으로 반영되게 된다.

반제 혁명 사상은 선군혁명문학의 기본 지향이고 가장 중요한 사상적 내용이며 이 문학의 사상예술성과 혁명적 역할을 담보하는 중요한 특성이다.

반제 혁명 사상을 구현하는 문제는 지난 시기의 문학에서도 제기되

2) 맥맥히(脈脈-): '맥맥이'의 이북어. 끊임없이 줄기차게.

었으며 반제 혁명 사상을 담은 작품들도 적지 않게 창작되었다. 그런데 지난 시기 사회주의문학에서 반제 혁명 사상을 구현하는 문제는 주로 전쟁 주제의 작품들에 국한되어 제기되고 해결되었다. 이런 데로부터 반제 혁명 사상은 해당 시기의 문학 전반에 관통되어 있는 주제 사상적 내용으로 되지 못하고 특정한 주제 분야에서 제기되는 문제로 간주되었다. 이와는 달리 선군혁명문학에서는 반제 혁명 사상이 모든 주제, 모든 형태의 문학작품들에 구현되어 있으며 문학 전반에 관통되어 있는 사상적 내용으로 되어 있다. 선군혁명문학은 반제투쟁을 직접 그려내는 경우에는 더 말할 것도 없고 사회주의 현실을 묘사하거나 지난날의 역사를 그리는 경우에도 반제적 입장과 관점, 반제 혁명 정신이 이러저러한 형식과 방법으로 구현되게 된다.

총서 『불멸의 향도』 중 장편소설인 『강계정신』과 장편소설 『열망』은 사회주의 건설을 위한 우리 인민의 영웅적 투쟁을 재현하고 있다. 이 작품들에서는 위대한 장군님의 현명한 영도 밑에 '고난의 행군'을 이겨내고 사회주의 강성대국 건설에서 새로운 혁신을 일으키기 위한 장엄한 투쟁을 폭넓게 그려내면서 우리 인민의 가슴마다에 타번지는 미제국주의자들에 대한 증오심과 적개심, 적들의 반공화국 고립 압살 책동을 짓부시고 주체 조선의 존엄과 위용을 떨치려는 혁명적 열의와 의지를 뚜렷이 반영하였다.

보는 바와 같이 선군혁명문학에서 반제 혁명 사상을 구현하는 문제는 특정한 주제의 작품들에서만 제기되는 것이 아니라 모든 주제의 작품들에서 제기되는 문제이며 따라서 반제 혁명 사상은 선군혁명문학 전반에 관통되어 있는 강렬한 사상적 지향으로 되고 있다. 반제 혁명 사상을 전면적으로 깊이 있게 구현한 것은 선군혁명문학이 거둔 가장 중요한 성과이며 이 문학의 혁신적 특성의 하나이다. 이러한 견지에서 볼 때 선군혁명문학은 우리 시대 반제 혁명문학의 참다운 본보기로 된다고 말할 수 있다.

지구 위에 제국주의가 남아 있고 다른 나라에 대한 침략과 전쟁 책동이 전례 없이 악랄하게 감행되고 있는 오늘의 현실은 사람들을 반제 혁명 사상으로 튼튼히 무장시킬 것을 절실히 요구하고 있다. 그럼에도 불구하고 전세계적 범위에서 볼 때 반제 투쟁 정신을 담은 문학작품들이 응당한 수준에서 창작되지 못하고 있다.

적지 않은 나라들에서 한때 사회주의문학 창조를 지향하던 작가들도 반제적 입장을 포기하고 있으며 제국주의자들을 미화분식하고[3] 그들과의 '협력'과 '평화적 공존'을 설교하는 작품들이 창작되어 사람들의 혁명 정신, 계급 정신을 마비시키고 있다.

세계 여러 나라들에서 반제 혁명문학이 빛을 잃고 침체와 쇠퇴의 길을 걷고 있는 때 미제 침략자들과의 첨예한 대결전이 벌어지고 있는 우리나라에서 제국주의자들에게 멸망과 죽음의 공포를 안겨주며 사람들을 반제투쟁에로 불러일으키는 선군혁명문학이 새롭게 창조 발전되고 선군혁명문학의 새시대가 펼쳐진 것은 인민대중의 자주 위업 실현을 위하여, 인류의 진보적 문학의 발전을 위하여 거대한 역사적 의의를 가지는 위대한 사변이라고 말할 수 있다.

선군혁명문학의 중요한 특성은 다음으로 조국애를 가장 숭고한 높이에서 구현하고 있는 것이다.

조국은 모든 사람들에게 있어서 진정한 어머니의 품이며 참된 삶과 행복의 요람이다. 조국을 떠나서 사람들의 참된 삶과 행복이 있을 수 없다. 조국을 어머니의 품과 같이 귀중히 여기며 열렬히 사랑하는 것은 인간의 고상하고 아름다운 풍모이다.

조국에 대한 열렬한 사랑, 조국애를 그린 문학작품들은 사람들의 공감과 찬양을 불러일으킨다.

우리 문학은 조국애를 그리는 데서 오랜 전통을 가지고 있다.

위대한 수령 김일성 동지의 현명한 영도 밑에 항일혁명투쟁 시기에 이룩된 애국의 전통과 정신을 계승하여 광복 후 우리 인민이 발휘한

3) 미화분식하다(美化粉飾--): 낡은 것, 뒤떨어진 것을 그럴듯하게 꾸며 본질을 가리다.

조국애를 그리는 것은 우리 문학의 중요한 형상 과업으로 되어 왔으며 우리 문학은 조국애를 형상하는 데서 풍부한 성과와 경험을 이룩하였다.

조국애를 그리는 문제는 선군혁명문학에서 더욱 높은 수준에서 실현되었다.

선군혁명문학이 조국애를 가장 숭고한 높이에서 구현하게 된 것은 이 문학이 기초하고 있는 선군사상, 선군정치가 조국애를 집중적으로 체현하고 있는 것과 관련된다.

선군사상, 선군정치는 애국 애족의 사상이며 정치이다. 우리 당의 선군사상, 선군정치는 제국주의자들의 침략과 전쟁 책동을 물리치고 우리 조국의 자주권과 존엄을 지켜내며 조국의 부강 발전과 융성 번영을 이룩하는 것을 근본 목적으로, 기본 과업으로 하고 있다. 우리 당과 인민이 총대를 중시하고 총대의 위력으로 제국주의자들과 맞서 싸우는 것은 내 나라, 내 조국을 지켜내며 조국의 존엄과 위용을 떨치기 위해서이다. 선군사상, 선군정치의 밑바탕에는 우리 조국, 우리 인민에 대한 뜨거운 사랑이 놓여 있다. 이와 같이 선군사상, 선군정치가 조국애를 체현하고 있는 애국 애족의 사상이고 정치인 것으로 하여 그것을 구현한 문학작품들에는 조국애가 가장 숭고한 높이에서 반영되게 된다.

선군혁명문학이 조국애를 가장 숭고한 높이에서 구현하는 것은 이 문학이 조국 수호를 위한 결사전이 벌어지고 있는 준엄한 사회 역사적 현실을 그려내고 있는 것과 관련된다.

사람들의 애국심, 조국애는 준엄한 시기에 더욱 높이 발현된다. 조국의 운명이 판가리[4]되는 시기에, 외래 침략자들을 몰아내고 조국을 지켜내기 위한 치열한 투쟁이 벌어지는 시기에 사람들은 자기 조국을 더욱 열렬히 사랑하며 조국을 위하여 자신의 모든 것을 다 바쳐 싸운다.

---

4) 판가리: 이북어. 승패나 생사존망을 결판내는 일.

선군혁명문학은 미제국주의자들과의 대결전이 치열하게 벌어지고 있는 우리나라의 사회 역사적 현실에 기초하여 창조되었다. 우리 공화국에 대한 미제의 고립 압살 책동은 극도에 달하고 있으며 우리는 단독으로 미제와 정면으로 맞서 제국주의 침략 세력의 집중 공세를 맞받아나가지 않으면 안되었다.

우리 인민이 벌리고 있는 미제국주의자들과의 대결은 비록 총포성은 울리지 않지만 사상의 대결, 의지와 신념의 대결로서 첨예성과 심각성을 띠고 있다. 미제와의 이 첨예한 대결전에서 우리 인민의 애국심은 가장 숭고한 높이에서 발현되고 있다. 이러한 사회 역사적 현실과 우리 인민의 투쟁을 형상하는 문학작품에 조국애가 가장 숭고한 높이에서 깊이 있게 반영되는 것은 당연한 일이다.

선군혁명문학에 그려진 조국애는 혁명적 수령관에 기초하고 있고 우리 식 사회주의 제도에 대한 열렬한 긍정과 사랑의 정신으로 일관되어 있는 것으로 하여 그리고 미제국주의자들과의 치열한 대결전에서 발현된 것으로 하여 가장 높은 경지에 이르고 있으며 사람들의 열렬한 공감을 불러일으키고 있다.

선군혁명문학은 조국애를 가장 숭고한 높이에서 전면적으로 구현하고 있는 것으로 하여 우리 시대의 참다운 애국주의 문학이라고 말할 수 있다.

선군혁명문학의 특성은 또한 시대정신을 가장 높은 수준에서 구현하고 있는 것이다.

문학은 시대정신의 정화이다. 문학에 구현된 시대정신에 의하여 그 문학의 사회 계급적 성격과 특성이 규제되며 문학의 사회적 가치와 품위가 담보된다. 시대정신이 훌륭히 구현된 문학작품만이 시대의 참다운 대변자로 될 수 있으며 사람들을 교양 개조하고 새사회 건설에로 불러일으키는 생활의 교과서로, 투쟁의 무기로 될 수 있다.

선군혁명문학이 시대정신을 가장 높은 수준에서 구현하고 있는 것은 혁명적 군인 정신을 뚜렷이 반영하고 있는 것과 관련된다. 우리 당의 선군사상, 선군 혁명 노선은 모든 사람들이 혁명적 군인 정신을 따라 배울 것을 요구한다.

혁명적 군인 정신은 우리 시대, 선군시대의 기본 정신이다. 수령결사옹위 정신, 결사관철의 정신, 영웅적 희생정신을 기본 내용으로 하는 혁명적 군인 정신은 선군시대 사람들이 지녀야 할 고상한 혁명 정신이며 풍모이다. 오늘 우리 인민은 혁명적 군인 정신으로 우리 혁명 앞에 가로놓인 난관과 애로를 뚫고 나가고 있으며 강성대국 건설의 진격로를 개척해 나가고 있다.

혁명적 군인 정신을 구현함으로써 우리 문학은 선군시대 인간들의 숭고한 사상 정신 세계와 풍모를 진실하게 그려내고 있으며 우리 인민의 생활과 투쟁의 본질적 내용과 합법칙적 과정을 예술적으로 깊이 있게 천명하고 있다.

혁명적 군인 정신을 구현함으로써 시대정신을 가장 높은 경지에서 반영하고 있는 것은 선군혁명문학의 중요한 특성으로 된다. 이러한 특성으로 하여 선군혁명문학은 우리 시대의 요구와 인민대중의 지향에 맞는 혁명적이고 인민적인 문학으로 되며 시대를 선도하는 투쟁의 무기로, 생활의 기치로 되고 있다.

선군혁명문학의 특성은 끝으로 비상한 견인력과 감화력을 가지고 있는 것이다.

사람들을 정서적으로 끌어당기고 미적으로 감화시키는 힘은 문학의 고유한 특성이며 기능이다. 견인력과 감화력이 없는 작품은 가치를 가지지 못한다. 선군혁명문학은 그 사상적 내용과 예술적 형상의 특성으로부터 강렬한 견인력과 감화력을 가지고 있다.

선군혁명문학의 강렬한 견인력과 감화력은 우리 시대 사람들의 생활에서 매우 절실하고 의의 있는 사회적 문제들을 예리하게 제기하고 풀어나가는 데서 이루어진다. 이 문학이 전면에 제기하고 있는 총대철학에 관한 문제, 미제국주의자들과의 대결전에서 제기되는 여러 가지 문제들은 그 어느 것이나 할 것 없이 나라와 민족의 운명, 인민대중의 운명과 관련되어 있는 심각하고도 절실한 사회적 문제들이다. 이처럼 심각하고 첨예한 문제들을 제기하고 예술적으로 해명한 문학작품들이 사람들의 흥미를 끌며 심금을 울리는 것은 응당한 일이다.

선군혁명문학에는 또한 총대중시, 군사중시 사상을 신념으로, 신조로 삼고 살며 투쟁하는 사람들의 생활이 첨예한 극적 정황 속에서 그려진다. 이 문학은 사회주의 현실을 그리거나 사람들의 평화로운 생활을 묘사하는 경우에도 총대중시, 군사중시의 관점과 입장에서 예술적 형상이 창조된다.

내 나라, 내 조국의 부강 발전과 우리 인민의 강성대국 건설을 위한 투쟁은 미제와 그 앞잡이들의 횡포한[5] 도전에 부딪치고 있다. 우리 인민은 철천지원수[6] 미제에 대한 적개심과 비타협적인 투쟁 정신으로 가슴 불태우고 있다. 주체의 강성대국을 일떠세우기[7] 위한 근로자들의 투쟁과 생활을 그리는 작품에도 인간과 그 생활이 첨예한 극적 정황 속에서 심각한 계급투쟁 과정으로 형상화되어 있다.

선군혁명문학이 강렬한 견인력과 미학적 감화력을 가지고 있다는 것은 높은 형상성, 예술성을 가지고 있다는 것을 말한다. 이 문학의 높은 사상성은 고상한 예술성과 밀접히 결합되어 있다.

선군혁명문학은 민족적 형식을 적극 살리고 선군시대 사람들의 정서와 미감에 맞는 새로운 형상 수법들을 탐구해냄으로써 예술성을 높이는 데서도 새로운 성과를 이룩하였다.

위대한 선군사상, 선군정치를 구현하고 있고 철저한 반제 혁명 사상과 숭고한 조국애를 전면적으로 깊이 있게 반영하고 있는 것으로 하여 그리고 시대정신이 가장 높은 경지에서 체현되어 있고 강렬한 견인력과 감화력을 가지고 있는 것으로 하여 선군혁명문학은 우리 시대, 선군시대의 요구와 인민대중의 지향에 맞는 가장 선진적이고 혁명적

---

5) 횡포하다(橫暴--): 제멋대로 굴며 몹시 난폭하다.
6) 철천지원쑤(원문) → 철천지원수(徹天之怨讐): 하늘에 사무치도록 한이 맺히게 한 원수.
7) 일떠세우다: 이북어. '일떠서다'의 사동사. 건축물 따위가 건설되어 땅 위에 솟다.

인 문학으로 된다.

선군혁명문학이 새롭게 창조 발전되고 선군혁명문학의 새시대가 펼쳐진 것은 인류 문예사를 빛나게 장식한 역사적 사변이며 인류의 진보적 문학, 사회주의문학 발전의 새시대를 알리는 장엄한 선언이다.

위대한 선군사상, 선군정치가 필승불패이듯이 선군의 기치 밑에 찬란히 꽃피는 선군혁명문학은 제국주의자들과 그 앞잡이들, 이 세상의 모든 악과 불의를 쓸어버리는 장검으로, 사람들을 정의와 진리를 지켜내고 사회주의 위업을 수호하는 성스러운 투쟁에로 불러일으키는 투쟁의 기치로 되고 있다.

2

선군혁명문학은 그 사상적 내용과 예술적 형식의 특성으로부터 창작에서 일련의 고유한 미학적 요구를 내세우고 있다. 창작에서 나서는 이 미학적 요구들을 정확히 인식하고 실현하여야 사상예술적으로 우수한 문학작품을 성과적으로 창작해낼 수 있으며 우리 문학을 선군시대의 요구에 맞게 발전시켜나갈 수 있다.

선군시대의 요구에 맞게 선군혁명문학 작품을 창작하는 데서 중요하게 나서는 미학적 요구는 무엇보다 먼저 선군사상, 선군 혁명 노선을 제시하시고 그 실현을 위한 투쟁을 현명하게 이끄시는 경애하는 김정일 동지의 혁명 활동과 불멸의 혁명 업적을 깊이 있게 그려내는 것이다.

문학작품에 당의 선군사상, 선군정치를 형상적으로 구현하며 그 실현을 위한 인민들의 투쟁을 진실하게 그려내려면 경애하는 장군님의 위인적 풍모와 혁명 위업을 깊이 있게 형상화하여야 한다.

경애하는 장군님은 선군정치를 펼치시고 선군 혁명 노선을 관철하기 위한 투쟁을 진두에서 영도하시는 위대한 선군 영장이시다. 위대한 장군님께서는 역사상 처음으로 선군정치, 선군 혁명 노선을 사회주의 정치의 기본 방식으로 규정하시고 그 실현에서 나서는 여러 가지 원칙적 문제들에 심오한 과학적 해명을 주시었으며 그 실현을 위한 투쟁을 현명하게 조직 영도하고 계신다.

경애하는 장군님의 영도를 떠나서 선군사상, 선군 혁명 노선에 대하여 그리고 그 실현을 위한 인민들의 투쟁에 대하여 생각할 수 없다. 그러므로 문학작품에서 선군사상, 선군정치를 형상적으로 구현하며 선군의 기치 밑에 진행되는 우리 인민의 혁명 투쟁을 진실하게 그려내기 위하여서는 경애하는 장군님의 혁명 활동과 혁명 업적을 깊이 있게 형상화하여야 한다.

선군혁명문학에서는 선군 영장으로서의 경애하는 장군님의 위인적 풍모와 불멸의 혁명 업적을 그려내는 데 선차적인 주의를 돌려야 한다.

총서 『불멸의 향도』 중 장편소설들은 경애하는 장군님의 혁명 활동과 불멸의 혁명 업적, 한없이 숭고한 위인적 풍모를 폭넓은 서사시적 화폭으로 그려냄으로써 수령형상문학의 새 경지를 열어놓았으며 선군혁명문학의 풍격을 과시하였다.

총서 『불멸의 향도』 중 장편소설들인 『력사의 대하』, 『총검을 들고』, 『총대』 등에서는 위대한 선군사상을 제시하시고 그 실현을 위하여 끊임없는 현지 지도의 길을 이어가시는 경애하는 장군님의 정력적인 혁명 활동과 불멸의 혁명 업적, 그이께서 지니신 선군 영장으로서의 특출한 실력과 고매한 풍모를 생활적으로 깊이 있고 감명 깊게 그려내었다. 하기에 이 장편소설들은 사람들에게 위대한 장군님에 대한 열렬한 흠모심을 심어주고 있으며 장군님께서 선군사상, 선군정치를 펼치시는 한 적들의 그 어떤 발악적인 침략 책동도 과감히 짓부셔버리고 조국의 안전과 민족의 자주권을 굳건히 지켜낼 수 있다는 확고한 신념으로 가슴 불태우게 하고 있다.

경애하는 장군님의 혁명 활동과 혁명 업적을 형상적으로 구현하는 문제는 장군님을 형상적 화폭에 직접 모신 작품에서만 제기되는 미학적 요구가 아니다. 위대한 장군님의 혁명 활동과 혁명 업적을 전면에 그려내지 않은 작품들에서도 다양한 형식과 수법으로 장군님의 선군혁명 영도의 현명성과 위대성, 그이께서 펼치시는 선군정치, 선군 혁명 노선의 정당성과 생활력을 형상적으로 깊이 있게 밝혀내는 데 깊은 주의를 돌려야 한다.

위대한 장군님의 형상을 훌륭히 창조하는 것은 선군혁명문학에서 나서는 중요한 과제로 제기되고 있으며 이 과제를 빛나게 실현하는 데 선군혁명문학의 사상예술성과 인식교양적 역할을 강화하기 위한 참다운 길이 있다.

선군시대의 요구에 맞게 선군혁명문학 작품을 창작하는 데서 중요하게 나서는 미학적 요구는 다음으로 인민군대를 기본주인공[8]으로 내세우고 그들의 형상을 훌륭히 창조하는 것이다.

어떤 계급, 계층의 인물들을 기본주인공으로 내세우는가 하는 것은 문학의 사회 계급적 성격과 특징, 작품 창작의 방향과 문학의 사명을 규제하는 중요한 요인이다.

이전 시기 사회주의문학에서는 노동계급이 기본주인공으로 등장하였으며 노동계급의 전형을 창조하는 것이 기본 형상 과업으로 제기되었다. 지난 시기 사회주의문학이 내세운 이러한 창작적 요구는 노동계급을 혁명의 주력군, 영도 계급으로 간주한 선행 이론에 기초한 것이었다. 이전 시기 사회주의문학을 노동계급의 문학, 프롤레타리아문학이라고 부른 것도 노동계급을 기본주인공으로 내세운 것과 관련된다.

우리 당의 선군사상, 선군 혁명 노선은 혁명의 주력군에 관한 문제를 새롭게 해명함으로써 우리 시대 문학이 내세워야 할 기본주인공에 대한 문제를 새롭게 밝혀낼 수 있는 지침을 마련하였다.

위대한 영도자 김정일 동지께서는 다음과 같이 지적하시였다.

---

8) 기본주인공(基本主人公): 이북어. 작품에 등장하는 주인공들 가운데 주도적인 위치를 차지하며 작가의 의도를 실현하는 데에 가장 적극적인 역할과 기능을 수행하는 중심적인 주인공.

“우리 당이 선군정치를 펴면서 노동계급이 아니라 인민군대를 혁명의 주력군으로 내세운 것은 혁명의 주력군 문제, 혁명과 건설에서 혁명 군대의 역할 문제에 대한 새로운 견해, 새로운 관점에서 출발한 것입니다.”

혁명 군대를 혁명의 주력군으로 보는 견해는 선군시대의 요구와 사회 계급 관계를 정확히 반영하고 있는 가장 과학적인 견해이다.

사회의 어느 계급, 계층 또는 어느 사회적 집단이 혁명의 주력군으로 되는가 하는 것은 그가 혁명과 건설에서 차지하는 지위와 역할, 그의 혁명성과 조직성, 전투력에 의하여 규정된다. 혁명의 주력군에 관한 문제는 어느 시대, 어느 사회에서나, 어떤 혁명에서나 고정불변한 것이 아니며 계급 관계에 기초해서만 해결할 문제도 아니다. 따라서 노동계급이 어느 때, 어디에서나 혁명의 주력군으로 된다고 볼 수 없다.

우리 시대에 혁명의 주력군은 노동계급이 아니라 인민군대이다. 우리 시대에 있어서 혁명의 제일 생명선을 지켜선 혁명 대오는 바로 인민군대이다. 인민군대는 사회주의 위업 수행의 주력군이며 전초병[9]이다. 우리 인민군대는 제국주의 강적과 직접 맞서 조국과 인민을 총대로, 목숨으로 수호하고 있다. 인민군대의 총창 위에 평화가 있고 사회주의도 있으며 인민들의 값높고 행복한 생활도 있다. 이것은 노동계급도 다른 어느 사회적 집단도 대신할 수 없는 인민군대의 숭고한 사명이며 가장 무겁고도 영예로운 혁명 임무이다.

인민군대는 우리나라에서 가장 혁명적이고 전투적이며 위력한 혁명 집단이다. 혁명성과 조직성, 전투력에 있어서 인민군대보다 더 강한 사회적 집단은 없다.

우리의 인민군대는 당과 혁명, 조국과 인민에게 끝없이 충실한 사상과 신념의 강군이며 고도로 조직화된 전투 대오이다. 인민군대는 당과 수령을 결사 옹위하고 당의 노선과 정책, 방침을 결사 관철함으로써

---

9) 전초병(前哨兵): 전초의 임무를 맡은 병사.

당의 위업, 사회주의 위업을 힘있게 다그쳐나가고 있다. 인민군대의 영웅적 투쟁과 헌신적인 노력에 의하여 미제국주의자들의 발광적인 전쟁 책동이 짓부셔지고 조국의 안전이 믿음직하게 수호되고 있으며 사회주의 건설의 모든 부문에서 기적과 혁신이 연이어 창조되고 있다.

이와 같이 인민군대가 혁명의 주력군으로 되고 있고 혁명 투쟁과 건설 사업에서 결정적인 역할을 하고 있는 데로부터 그들이 우리 시대 문학, 선군혁명문학이 내세워야 할 기본주인공으로 되어야 한다.

인민군대를 기본주인공으로 내세우고 그들의 형상을 훌륭히 창조해내는 데 선군혁명문학의 특성을 적극 살리며 우리 문학의 혁명적 사명과 역할을 더욱 높이기 위한 믿음직한 담보가 있다.

최근 시기 우리 문학은 인민군대를 주인공으로 내세우고 그들의 성격과 생활을 진실하게 그려내는 데서 귀중한 성과를 이룩하였다. 특히 「비행사 길영조」, 「복무의 길」, 「병사는 모교로 돌아왔다」 등과 같은 영화문학 작품들과 「약속」, 「편지」, 「철령」과 같은 극문학작품들은 선군시대 인민군 장병들의 숭고한 정치사상적 풍모와 아름다운 정신 세계, 영웅적 투쟁을 진실하게 그려냄으로써 사람들을 주체 혁명 위업 수행에로 힘있게 불러일으키고 있다.

문학 창작의 실천적 경험은 인민군대를 주인공으로 내세우고 그들의 성격과 생활을 잘 그리는 것이 우리 문학을 선군시대의 요구에 맞게 창조하고 발전시키며 그 사명과 역할을 더욱 높여나가기 위한 담보로 된다는 것을 보여주고 있다.

작가들은 선군시대 인민군 장병들을 주인공으로 내세우고 그들의 생활과 투쟁, 조국 보위와 강성대국 건설에서 발휘한 영웅적 위훈[10]과 투쟁 정신을 진실하게 그려낸 문학작품 창작에 큰 힘을 넣어야 한다. 이와 함께 지난 조국해방전쟁 시기의 인민군 용사들의 영웅적 투쟁과 위훈을 그려낸 작품 창작에도 깊은 주의를 돌려야 한다.

---

10) 위훈(偉勳): 위공(偉功). 훌륭하고 뛰어난 공훈이나 업적.

선군시대의 요구에 맞게 선군혁명문학 작품을 창작하는 데서 중요하게 나서는 미학적 요구는 또한 혁명적 군인 정신으로 살며 일하는 우리 시대 인간들의 생활과 투쟁을 진실하게 그려내는 것이다.

해당 시기 사람들의 생활과 투쟁을 잘 그리는 것은 인간학으로서의 문학의 본성적 요구이며 이 요구를 훌륭히 실현하는 데 사상예술적으로 우수한 작품을 창작해내기 위한 중요한 방도가 있다.

우리 시대 사람들은 혁명적 군인 정신으로 살며 일하며 투쟁하고 있다. 혁명적 군인 정신은 우리 시대 사람들이 지녀야 할 기본 정신이다. 혁명적 군인 정신은 위대한 선군시대를 상징하고 대표하는 숭고한 혁명 정신이며 혁명과 건설에서 기적을 창조하고 위훈을 떨치게 하는 위력한 사상 정신적 무기로 되고 있다. 우리 인민군 장병들과 인민들이 유례 없이 간고하고 어려운 조건에서도 사회주의 조국을 지키고 사회주의 건설에서 세상 사람들을 경탄시키는 위훈과 기적을 창조해내는 것은 혁명적 군인 정신으로 튼튼히 무장하고 있는 것과 관련된다. 혁명적 군인 정신이 우리 시대 사람들의 기본 정신으로, 기본 지향으로 되고 있는 데로부터 그들의 생활과 투쟁, 사상 정신적 풍모를 진실하게 그려내려면 혁명적 군인 정신을 형상적으로 깊이 있게 구현하여야 한다.

수령결사옹위 정신과 결사관철의 정신, 영웅적 투쟁 정신과 희생정신을 기본 내용으로 하는 혁명적 군인 정신을 깊이 있게 구현하는 것은 우리 시대 인간들의 생활과 투쟁, 사상 정신적 풍모를 진실하게 그려내기 위한 중요한 미학적 방도로 된다.

선군시대의 요구에 맞게 선군혁명작품을 창작하는 데서 중요하게 나서는 미학적 요구는 또한 군민일치의 전통적 미풍을 감명 깊게 그려내는 것이다.

우리 당의 선군사상, 선군 혁명 노선은 군대와 인민이 한마음 한뜻으로 굳게 뭉쳐 사회주의 조국을 수호하고 강성대국 건설을 다그쳐 나갈 것을 요구하고 있다.

군민일치는 우리 사회의 밑뿌리이며 우리나라에서 전면적으로 꽃펴나는 아름답고 숭고한 미풍이다.

사회현실에서 발현되는 아름다운 것, 숭고한 것을 반영하는 것은 인간과 생활을 그리는 문학의 필수적 요구이다. 군민일치의 전통적 미풍은 우리 사회에서 발현되고 있는 가장 아름답고 숭고한 사회적 기풍으로서 사람들의 열렬한 공감과 찬양을 불러일으킨다. 우리 인민군대가 사상과 신념의 강군으로, 무적 필승의 전투 대오로 위용을 떨치는 것은 인민들의 열렬한 사랑과 적극적인 원호를 받고 있는 것과도 중요하게 관련된다. 군민일치의 전통적 미풍을 적극 살려나가며 더욱 높이 발양시키는 데 인민군대를 더욱 강화하고 사회주의 조국의 존엄과 위력을 떨쳐나가기 위한 믿음직한 담보가 있다.

우리 문학에 형상된 군민일치의 전통적 미풍은 그 숭고성과 아름다움으로 하여 사람들의 심금을 강하게 울리고 있으며 당의 선군사상, 선군 혁명 영도를 실현하기 위한 투쟁에로 사람들을 힘있게 불러일으키고 있다. 작가들은 지난 시기 작품 창작에서 거둔 성과와 경험을 적극 살려 군민일치의 전통적 미풍을 특색있게 그려내는 데 깊은 주의를 돌려야 한다.

선군시대의 요구에 맞게 선군혁명문학 작품을 창작하는 데서 중요하게 나서는 미학적 요구는 끝으로 우리 시대 인간들의 지향과 미감에 맞는 예술적 형식들과 양상을 탐구해내며 형상 수단들과 형상 수법들을 특색있게 살려 쓰는 것이다.

새로운 예술적 형식과 양상을 탐구해 내며 형상 수단들과 형상 수법들을 특색있게 살려 쓰는 것은 문학작품 창작의 필수적 요구이며 문학의 찬란한 개화 발전을 담보하는 중요한 요인이다. 시대의 요구와 사람들의 미감에 맞는 예술적 형식들과 양상을 새롭게 탐구해 내고 여러 가지 형상 수단과 형상 수법들을 창조적으로 살려 써야 현실을 여러모로 특색있게 그려낼 수 있으며 선군혁명문학의 화원을 다채롭게 장식할 수 있다.

지난 시기 우리 문학은 이 면에서 일련의 가치있는 성과를 이룩하였다.

극문학 분야에서 선군시대의 격동적인 현실과 혁명적 군인 정신으로 살며 일하는 인간들의 생활과 사상감정을 가볍고도 명랑한 웃음 속에서 반영한 새로운 양상의 경희극[11] 작품들이 창작되었으며 시문학 분야에서도 축하시, 새형의 장시와 같은 새로운 형식과 양상을 가진 작품들이 창작되었다.

문학의 모든 부문에서 이미 거둔 성과와 경험을 적극 살려 선군시대의 요구와 인민대중의 미감에 맞는 새로운 형식과 양상을 가진 작품을 창작해 내기 위한 투쟁을 힘있게 벌려야 한다.

이와 함께 선군시대 사람들의 생활과 사상감정을 진실하게 생동하게, 예술적으로 감명 깊게 그려 보일 수 있도록 여러 가지 형상 수단들과 형상 수법들을 독특하게 활용해 나가야 한다.

선군혁명문학 작품을 창작하는 사업은 우리 시대의 요구와 사회주의사회 발전의 합법칙적 과정에 맞게 사회주의문학을 창조 발전시키며 문학 부문에서 혁명적 원칙, 사회주의 원칙을 고수하기 위한 성스럽고 영예로운 사업이다.

작가들은 선군혁명문학 작품 창작에서 새로운 앙양과 혁신을 일으킴으로써 시대와 역사 앞에 지닌 무거운 사명과 임무를 빛나게 수행해야 할 것이다.

—출전: 사회과학원 주체문학연구소, 『총대와 문학』, 사회과학출판사, 2004.

---

11) 경희극(輕喜劇): 이북어. 극의 한 형태. 풍자극과는 달리, 해학을 기본으로 하여 인물의 부정적인 측면을 가벼운 웃음으로 비판한다.

제2부 북조선 문학 자료

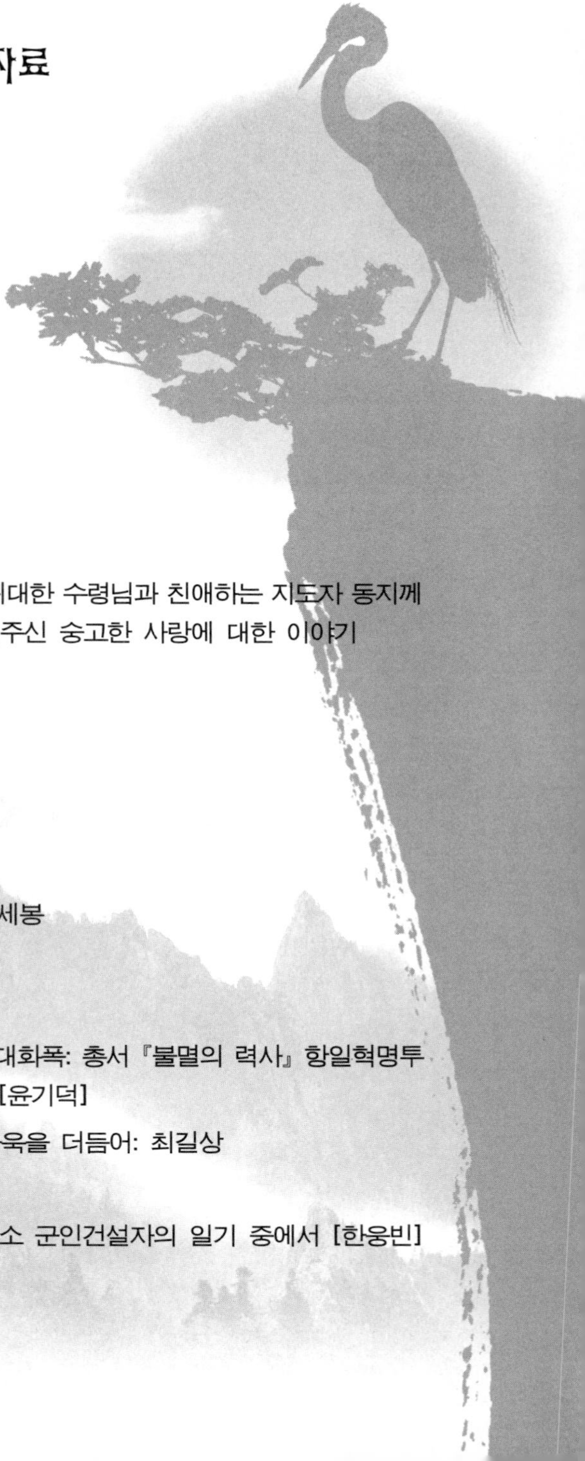

김일성 장군의 노래: 리찬

태양의 품에 영생하는 혁명시인: 위대한 수령님과 친애하는 지도자 동지께서 혁명시인 리찬에게 베풀어주신 숭고한 사랑에 대한 이야기

시인 리찬과 그의 창작

새 삶의 탄생과 개화: 리북명

두 청춘기를 살며: 리북명

동해물: 윤절산

천세봉 형에게: 윤세평

윤세평 동지에게 보내는 답장: 천세봉

4·15문학창작단 창립

위인과 총서

위대한 혁명 역사에 대한 불멸의 대화폭: 총서『불멸의 력사』항일혁명투쟁시기편(전 15권)에 대하여 [윤기덕]

선군혁명문학 영도의 성스러운 자욱을 더듬어: 최길상

기초공사장: 리북명

스물한 발의 '포성': 안변청년발전소 군인건설자의 일기 중에서 [한웅빈]

김일성 장군의 노래

: 리찬

金將軍의 노래

李燦 作詞

平壤音樂同盟 作曲

長白山 줄기줄기 피어린자욱
鴨綠江 구비구비 피어린자욱
오늘도 自由朝鮮 면류파우에
역력히 비쳐드는 뗘어린자욱
아—아— 그일홈도 그리운 우리의將軍
아—아— 그일홈도 빛나는 金日成將軍

滿洲벌 눈바람아 이애기하라
密林의 긴긴밤아 이애기하라
萬古의 빨치산이 누구인가를
絶世의 愛國者가 누구인가를

勤勞者 大衆에게 解放의恩人
民主의 새朝鮮엔 偉大한太陽
二十個 政綱우에 蜂蝶도 붕쳐
北朝鮮 坊々谷々 새봄이온다

—「김장군의 노래」, 『문화전선』, 1946. 7.

─「김일성장군의 노래」, 『우리의 태양』, 북조선예술총련맹, 1946.

–「김일성장군의 노래」, 『조선여성』 1, 1946. 9.

金日成將軍의노래

李燦 詞

一、
장백산 줄기줄기 피어린자욱
압록강 구비구비 피어린자욱
오늘도 자유조선 면류관우에
역역히 비처드는 피어린자욱

후렴
아 그일흠도 그리운 우리의장군
아 그일흠도 빛나는 김일성장군

二、
만주벌 눈바람아 이애기하라
密林의 긴긴밤아 이애기하라
萬古의 빨치산이 누구인가를
絕世의 애국자가 누구인가를

三、
근로자 대중에겐 해방의은인
민주의 새조선엔 위대한태양
二十개 정강우에 蜂蝶도뭉치
조선 방방곡곡 새봄이온다

―「김일성장군의 노래」, 『6월의 헌사』, 북조선문학동맹 함경남도위원회, 1947.

김일성장군의 노래

리 찬 시

一、장백산 줄기줄기 피어린 자욱
압록강 구비구비 피어린 자욱
오늘도 자유조선 꽃다발 위에
력력히 비쳐주는 거룩한 자욱

(후렴) 아—그 이름도 그리운 우리의 장군
아—그 이름도 빛나는 김일성 장군

二、만주벌 눈바람아 이야기 하라
밀림의 긴긴밤아 이야기 하라
만고의 빨찌산이 누구인가를
절세의 애국자가 누구인가를

–「김일성장군의 노래」, 『조쏘가곡 100곡집』, 북조선음악동맹, 1949.

4
김일성장군의노래
리 찬 시
김원균 곡
행진조로
장 백 — 산 줄기줄기 피 어 린 자 욱
압 록 강 구비구비 피 어 린 자 — 욱
오 늘 도 자 유 조 선 꽃 다 발 우 에
력 력 히 비 쳐 주 는

–「김일성장군의 노래」, 『조쏘가곡 100곡집』, 북조선음악동맹, 1949.

–「김일성장군의 노래」, 『조쏘가곡 100곡집』, 북조선음악동맹, 1949.

3
김일성장군의 노래
리 찬 사
김 원 균 곡
장백산 줄기줄기 피어린 자욱
만주벌 눈바람아 이야기하라
압록강 굽이굽이 피어린 자욱
밀림의 긴긴밤아 이야기하라
오늘도 자유조선 꽃다발우에 력력히 비쳐주는 거룩한 자욱 아-
만고의 빨찌산이 누구인가를 절세의 애국자가 누구인가를 아-
mf
아 - 그 이름도 그리운 우리의 장군 아-
아 - 그 이름도 그리운 우리의 장군 아-
아 그 이름도 빛나는 김일성장군.
아 그 이름도 빛나는 김일성장군.

-「김일성장군의 노래」, 『인민가요집』, 조선인민의용군본부 문화선전부, 1950.

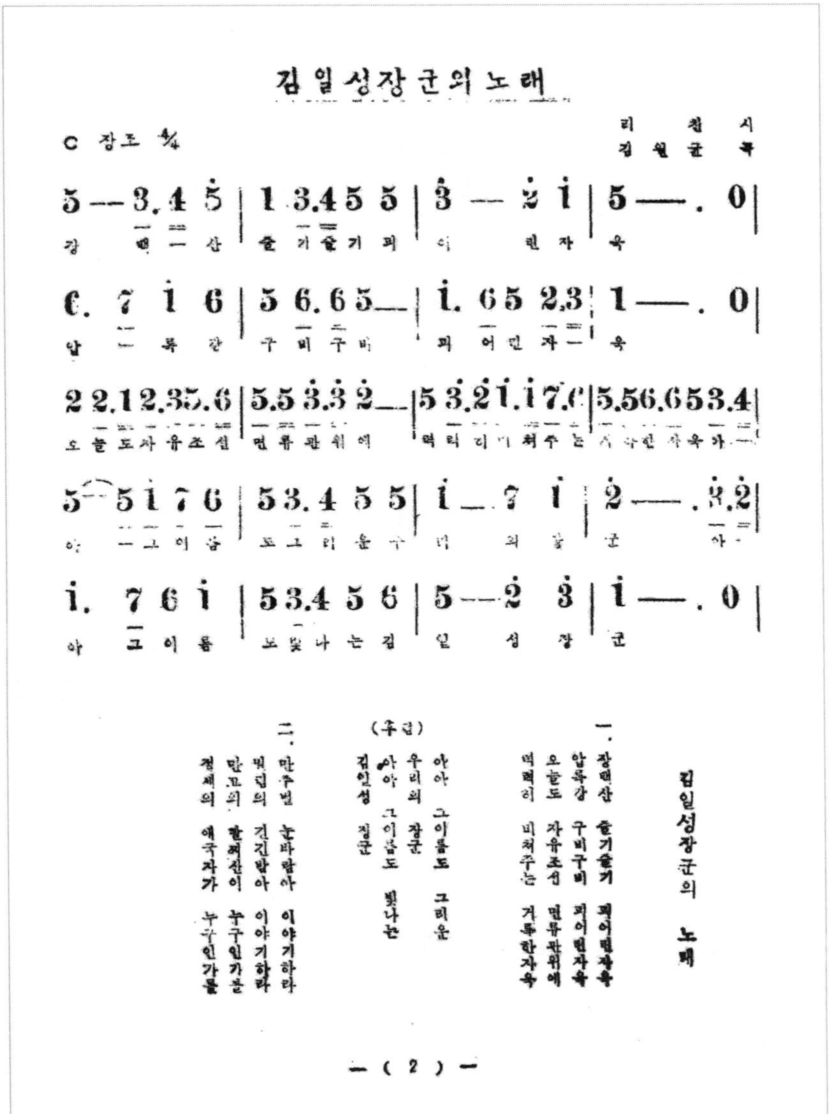

김일성장군의노래
C 장조 4/4
리찬 시
김원균 곡
김일성장군의 노래
一. 장백산 줄기줄기 피어린자욱
압록강 구비구비 피어린자욱
오늘도 자유조선 면류관위에
력력히 비쳐주는 거룩한자욱
(후렴)
아아 그이름도 그리운
우리의 장군
아아 그이름도 빛나는
김일성 장군
二. 만주벌 눈바람아 이야기하라
밀림의 긴긴밤아 이야기하라
만고의 빨찌산이 누구인가를
절세의 애국자가 누구인가를
— (2) —

—「김일성장군의 노래」, 『인민가요』, 국립출판사, 1950.

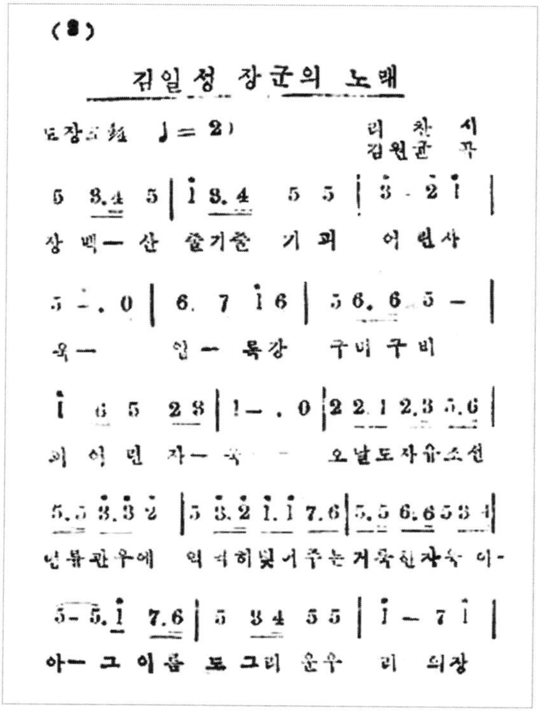

「김일성장군의 노래」, 『전투원들에게 주는 노래집(1)』, 조선인민군 총정치국, 1951.

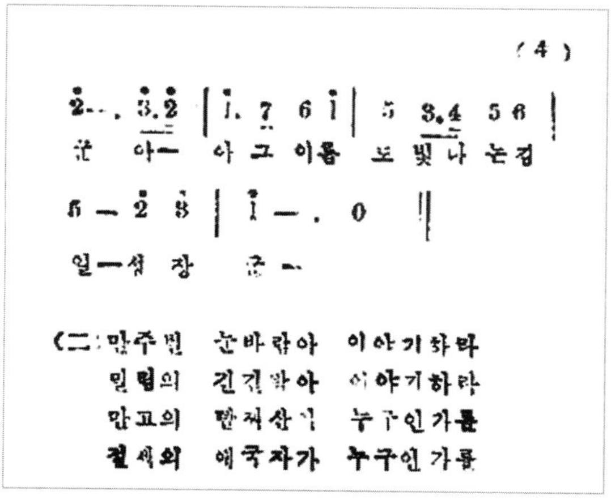

「김일성장군의 노래」, 『전투원들에게 주는 노래집(1)』, 조선인민군 총정치국, 1951.

《김일성장군의 노래》
133
보통속도로
1. 장 백―산 줄기줄기 피 어 린 자 욱
압 ―록 강 굽 이 굽이 피 어 린 자― 욱
오 늘도자 유조선 꽃 다발우 에 력 력히비 치주는 거 룩한 자 욱
(후렴) 아―
아 ―그 이름 도
아―아그이름도 그리운 우 리 의 장 군 아―
아―아 그 이름 도
이름 도
아 그이 름 도 빛나는 김 일 성 장 군

―「김일성장군의 노래」, 『문학예술사전』, 사회과학출판사, 1972.

김일성장군의 노래

보통속도로

리찬 작사, 김원균 작곡

mf
1. 장 백 - 산 줄기줄기 피 어 린 자 욱
압 - 록 강 굽이굽이 피 어린 자 - 욱
mp
오 늘도자유조선 꽃다발우에 f 력 력히비쳐주는 거룩한자욱 아 -
mp (후렴)
그이름 도 그리운 우 리 의 장 군 아 -
f
- 그이름 도 빛나는 김 일 성 장 군

2. 만주벌 눈바람아 이야기하라
밀림의 긴긴밤아 이야기하라
만고의 빨찌산이 누구인가를
절세의 애국자가 누구인가를
(후렴)

3. 로동자대중에겐 해방의 은인
민주의 새 조선엔 위대한 태양
이십개정강우에 모두다 뭉쳐
북조선 방방곡곡 새봄이 온다
(후렴)

—「김일성장군의 노래」, 『조선예술』 261, 1978. 9.

김일성장군의 노래

보통속도로

작사 리찬, 작곡 김원균

1. 장 백 –산 줄 기 줄기 피 어 린 자 욱
압 –록 강 굽 이 굽이 피 어 린 자 – 욱
오 늘 도 자 유 조 선 꽃 다 발 우에 력 력 히 비 쳐 주 는
(후렴)
거 룩 한 자 욱 아 —— 그 이 름 도 그 리 운 우
리 의 장 군 아 —— 그 이 름
도 빛 나 는 김 일 성 장 군

2. 만주벌 눈바람아 이야기하라
밀림의 긴긴 밤아 이야기하라
만고의 빨찌산이 누구인가를
절세의 애국자가 누구인가를
(후렴)

3. 로동자대중에겐 해방의 은인
민주의 새 조선엔 위대한 태양
20개 정강우에 모두다 뭉쳐
북조선 방방곡곡 새봄이 온다
(후렴)

–「김일성장군의 노래」, 『조선예술』 544, 2002. 4.

제 1 과. **김일성**장군의 노래

리 찬 작사
김원균 작곡

보통속도로 (Moderato)

1. 장 백 — 산 줄 기 줄기 피 어 린 자 욱
압 — 록 강 굽 이 굽이 피 어린자 — 욱

2

—「김일성장군의 노래」, 『음악』(고등학교 제1학년용), 교육도서출판사, 2002(2판).

(후렴)
오 늘 도자 유조 선 꽃다발 우에 력 력 히비쳐주는 거룩한자욱 아 —
— (아 —)그이름 도 그리운 우 리 의 장 군 아 —
— 그이 름 도 빛나는 김 일 성 장 군
3

–「김일성장군의 노래」, 『음악』(고등학교 제1학년용), 교육도서출판사, 2002(2판).

2. 만주벌 눈바람아 이야기하라
밀림의 긴긴 밤아 이야기하라
만고의 빨찌산이 누구인가를
절세의 애국자가 누구인가를
(후렴)

3. 로동자대중에겐 해방의 은인
민주의 새 조선엔 위대한 태양
이십개정강우에 모두다 뭉쳐
북조선 방방곡곡 새봄이 온다
(후렴)

가 요

가사와 선률이 하나로 결합된 가장 간결한 성악작품형식을 말한다.

일명 노래라고도 한다.

가요에는 송가, 혁명가요, 행진가요, 서정가요, 당정책해설가요, 민요 등 여러가지가 있다.

송가란 수령과 당, 국가를 높이 찬양한 노래를 말한다.

송가는 선률이 폭이 넓고 웅장하며 장엄한것이 특징이다.

우리의 송가에는 경애하는 수령 **김일성**대원수님과 위대한 령도자 **김정일**원수님의 불멸의 혁명업적과 위대성, 높은 덕성을 노래한 작품들 그리고 조선로동당과 사회주의조국에 대한 높은 긍지와 자부심을 노래한 작품들이 속한다.

영생불멸의 혁명송가 《**김일성**장군의 노래》와 《**김정일**장군의 노래》, 《조선의 별》, 《애국가》, 《로동당은 우리의 향도자》 등을 들수 있다.

혁명가요란 위대한 수령님의 현명한 령도밑에 항일혁명투쟁시기에 창작된 노래를 말한다.

불후의 고전적명작 《반일전가》와 《아동단가》, 《소년애국가》 등을 들수 있다.

행진가요란 씩씩하고 박력 있으며 전진적성격으로 충만된 노래를 말한다.

가요 《승리의 5월》, 《충성의 한길로 가고가리라》, 《자력갱생행진곡》 등을 들수 있다.

서정가요란 아름답고 풍만한 정서, 부드러운 선률과 따뜻하고 다정한 울림을 주는 노래를 말한다. 가요 《세상에 부럼 없어라》, 《내 나라 제일로 좋아》 등을 들수 있다.

민요는 원래 오랜 력사적과정에 근로인민들속에서 창조되고 불리워 온 노래이다.

그러나 작곡가들이 만든 가요들중 오랜 세월이 흐른 뒤에도 인민들속에서 널리 불리우는 노래도 민요로 된다. 《노들강변》, 《그네 뛰는 처녀》 등 많은 노래들이 작곡가가 있지만 민요로 된다.

4

―「김일성장군의 노래」, 『음악』(고등학교 제1학년용), 교육도서출판사, 2002(2판).

태양의 품에 영생하는 혁명시인

—위대한 수령님과 친애하는 지도자동지께서 혁명시인 리찬에게 베풀어주신 숭고한 사랑에 대한 이야기—

간고하고도 영광에 찬 우리 혁명력사의 갈피마다에는 위대한 수령님과 혁명전사사이에 맺어진 숭고한 사랑과 의리에 대한 이야기가 수없이 많다.

위대한 수령 김일성원수님께서 시인 리찬에게 베풀어주신 사랑의 이야기도 그러한 하많은 이야기들중의 하나이다.

위대한 수령님께서 시인에게 베풀어주셨고 친애하는 지도자 김정일동지께서 끝없이 이어가고계시는 숭고한 사랑의 이야기는 주체의 빛발아래 꽃펴난 인간사랑의 또하나의 불멸의 전설로서 우리들의 가슴을 한없이 뜨겁게 하고 있다.

노래를 들으니 조국과 인민 앞에 책임이 무거워집니다

1970년 10월이였다.

력사적인 우리 당 제5차대회를 앞둔 어느날, 경애하는 수령 김일성원수님께서 당창건사적관을 찾으시였다. 그때 사적관의 한 호실에는 해방후 새 조선 건설시기의 여러가지 사적물들이 전시되여있었다. 그 사적물들을 돌아보시던 경애하는 수령님께서는 옆에 있는 일군들에게 해방된 이듬해 봄에 함흥의 민주회관에서 시인 리찬이 시를 지어가지고 읊은 일이 있는데 《그때 자료가 있습니까?》 하고 물으시였다.

일군들이 송구한 마음으로 미처 그 당시의 사적을 발굴하지 못했다고 말씀올리자 경애하는 수령님께서는 《김책동무가 그 시를 좋아했습니다.》라고 하시며 그날의 일을 감회깊이 회고하시는것이였다.

어버이수령님께서 청년시인 리찬을 아시게 된것은 1946년 4월 함흥시 민주회관에서였다.

위대한 수령님께서는 그때 함흥지구를 현지지도하고계시였다.

당시 시인으로 함흥에서 기자활동을 하고있던 리찬은 그 영광의 나날에 매일, 매 시각 뜨거운 감동속에 젖어있었다.

시인은 만민이 그처럼 우러르는 위대한 수령님을 만나뵙고싶은 간절한 생각으로 가슴을 태우고있었다.

그런데 뜻밖에도 그 간절한 소원이 이루어졌다. 그는 도안의 인민들이 경애하는 수령님을 맞이한 크나큰 감격을 안고 정성다해 마련한 연회에 참가하라는 초청장을 받았던것이다.

고동치는 심장의 흥분을 누르며 연회장으로 정한 민주회관으로 달려간 시인은 자기 가슴에 끓고있는 숭고한 감정을 한껏 터뜨리고싶었다.

그래서 시인은 위대한 수령님께서 연회참가자들앞에서 강령적인 연설을 마

9

—『조국』 238, 1983. 10.

태양의 품에 영생하는 혁명시인

: 위대한 수령님과 친애하는 지도자 동지께서 혁명시인 리찬에게 베풀어주신 숭고한 사랑에 대한 이야기

간고하고도 영광에 찬 우리 혁명 역사의 갈피마다에는 위대한 수령님과 혁명 전사 사이에 맺어진 숭고한 사랑과 의리에 대한 이야기가 수없이 많다.

위대한 수령 김일성 원수님께서 시인 리찬에게 베풀어주신 사랑의 이야기도 그러한 하많은 이야기들 중의 하나이다.

위대한 수령님께서 시인에게 베풀어 주셨고 친애하는 지도자 김정일 동지께서 끝없이 이어가고 계시는 숭고한 사랑의 이야기는 주체의 빛발[1]아래 꽃펴난 인간 사랑의 또 하나의 불멸의 전설로서 우리들의 가슴을 한없이 뜨겁게 하고 있다.

---

1) 빛발: 이북어. 사상이나 사랑, 성과 따위가 찬란히 뻗쳐 가는 위력이나 그 영향을 비유적으로 이르는 말.

노래를 들으니 조국과 인민 앞에 책임이 무거워집니다

1970년 10월이었다.

역사적인 우리 당 제5차 대회를 앞둔 어느 날, 경애하는 수령 김일성 원수님께서 당창건사적관을 찾으시었다. 그때 사적관의 한 호실에는 해방 후 새조선 건설 시기의 여러 가지 사적물[2]들이 전시되어 있었다. 그 사적물들을 돌아보시던 경애하는 수령님께서는 옆에 있는 일꾼들에게 해방된 이듬해 봄에 함흥의 민주회관에서 시인 리찬이 시를 지어 가지고 읊은 일이 있는데 "그때 자료가 있습니까?" 하고 물으시었다.

일꾼들이 송구한 마음으로 미처 그 당시의 사적을 발굴하지 못했다고 말씀 올리자 경애하는 수령님께서는 "김책 동무가 그 시를 좋아했습니다."라고 하시며 그날의 일을 감회깊이 회고하시는 것이었다.

어버이 수령님께서 청년 시인 리찬을 아시게 된 것은 1946년 4월 함흥시 민주회관에서였다.

위대한 수령님께서는 그때 함흥 지구를 현지 지도하고 계시었다.

당시 시인으로 함흥에서 기자 활동을 하고 있던 리찬은 그 영광의 나날에 매일, 매시각 뜨거운 감동 속에 젖어 있었다.

시인은 만민이 그처럼 우러르는 위대한 수령님을 만나 뵙고 싶은 간절한 생각으로 가슴을 태우고 있었다.

그런데 뜻밖에도 그 간절한 소원이 이루어졌다. 그는 도 안의 인민들이 경애하는 수령님을 맞이한 크나큰 감격을 안고 정성 다해 마련한 연회에 참가하라는 초청장을 받았던 것이다.

고동치는 심장의 흥분을 누르며 연회장으로 정한 민주회관으로 달려간 시인은 자기 가슴에 끓고있는 숭고한 감정을 한껏 터뜨리고 싶었다.

그래서 시인은 위대한 수령님께서 연회 참가자들 앞에서 강령적인

---

2) 사적물(史跡物): 이북어. ① 사적이 깃든 유물. ② 혁명 활동이나 투쟁 업적과 관련된 물건.

연설을 마치시자 연회 참가자들을 향해 「김일성장군 찬가」[3] 하고 외치며 한 손을 번쩍 쳐들고 헌시를 읊었다.

장군이 오시는것은 아, 아무도 몰랐으나
장군이 오신것은 누구나 알았다.
장군은 가리울수 없는 우리의 빛
장군은 감출수 없는 우리의 태양
……

감격에 젖은 시인의 열기 띤 목소리가 연회장을 울렸다. 우렁찬 박수갈채가 쏟아져 나왔으나 시인은 그것을 의식하지 못했다.

아, 장군의 씩씩한 보무를 따라

---

3) 리찬, 「찬 김일성장군」, 한재덕(외), 『우리의 태양』, 북조선예술총련맹, 1946, 17~18쪽.

장군이 오시는 것은 아 아무도 몰낫으나
장군이 오신 것은 누구나 알엇다
장군은 가릴 수 없는 우리의 빛!
장군은 감출 수 없는 우리의 태양!

우리의 절대한 환영에 장군은 장군이 아니여도 좋고
우리의 무쌍의 광영에 장군은 '위원장'만으로도 족하였으나
장군은 인민을 위한 인민의 한때도 심히 애끼고
장군은 인민 속에 특별한 인민됨을 완강히 거절한다

누구나 장군은 젊다 한다
그렇다 장군은 젊다 (우리의 장군이 늙어서 되랴!)
만고풍상 혈전혈투의 과거가 그렇고 오매불망튼 개선, 조국의 오늘을 더욱
장군은 다사로운 초양(初陽)은 이미 영세한 논밭 우에 드리우고
이제야 중천에 혁혁한 장군의 백광(白光)은 온갖 불순물을 불살느며 불살느며
동식(冬息)의 굴둑마다 칠연(漆煙)을 북돗는다
아 장군의 씩씩한 보무를 따라 바야흐로 무르녹으려는 북조선의 난만한 봄을 보아라!

장군은 바쁘다 바빠야 한다
(긔억하자!) 장군은 우리만의 장군이 아니요
장군은 남조선도 빛일 남조선도 빛어야 할
아아 삼천리 전강토의 위대한 태양!

— 1946. 4. 20. 함흥 —
(한자 → 한글화, 띄어쓰기-인용자)

바야흐로 무르녹으려는 북조선의 란만한 봄을 보아라!

장군은 바쁘다, 바빠야 한다
기억하자, 장군은 우리만의 장군이 아니요
장군은 남조선도 비칠 남조선도 비쳐야 할
아아, 삼천리 전강토의 위대한 태양
장군은 만민의 령장 인류의 태양
동방에서 솟은 태양 온 누리를 비치리

끓어넘치는 감격의 열풍 속에 연회가 끝났을 때였다.

참가자들은 인민의 한결같은 심정을 노래한 시인을 둘러쌌다. 그들은 앞을 다투어 시인을 축하해 주고 그에게 앞으로 위대한 수령님께 드리는 불멸의 혁명송가를 창작해 줄 것을 절절히 부탁하였다.

시인의 가슴은 활화산처럼 타번지기 시작하였다. 그는 그 밤부터 일신의 정력을 모아 불멸의 혁명송가 가사 창작에 전념하였다.

위대한 수령님께서는 그 후 시인 리찬을 처음으로 만나셨던 함흥의 그 밤을 잊지 않으시고 그에게 은정 깊은 사랑을 베풀어주시었다.

1946년 여름 경애하는 수령님께서는 리찬을 평양으로 불러주시고 주체적 문학예술의 발전을 위하여 건국의 그 바쁘신 나날에도 그를 자주 만나주시기까지 하시었다.

그때 리찬의 집은 대동강의 경치 아름다운 선교동 근방에 자리잡고 있었는데 바로 그 집은 공산주의 여성 혁명가 김정숙 동지께서 손수 물색하시고 정해주신 사랑의 집이었다. 집들이를 하던 날 김정숙 동지께서는 시인의 집 살림을 염려하시어 손수 쌀까지 가져다 주시었다.

평양에 올라온 얼마 후 리찬은 김책 동지를 통하여 푸른 뚜껑을 한 혁명가요집을 받아안게 되었다. 그 푸른 뚜껑을 한 혁명가요집은 김정숙 동지께서 수령님을 따라 천만리 피어린 자욱[4)]을 찍어오시며 애용하시던 것이었다.

시인은 뜨거운 마음으로 광복의 포연탄우[5]를 헤쳐온 귀중한 혁명가요집을 붙안고[6] 불멸의 혁명송가 창작에 온 정력을 쏟아 부었다.

그리하여 인민이 그토록 바라마지않은 불멸의 혁명송가의 가사가 시대의 장엄한 메아리로 되어 꽃펴났다.

장백산 줄기줄기 피어린 자욱
압록강 굽이굽이 피어린 자욱
오늘도 자유조선 꽃다발우에
력력히 비쳐주는 거룩한 자욱
아 그 이름도 그리운 우리의 장군
아 그 이름도 빛나는 김일성장군
……

1946년 여름, 드디어 불멸의 혁명송가 「김일성장군의 노래」[7]가 완

---

4) 자욱: '자국'의 이북어.

5) 포연탄우(砲煙彈雨): 총포의 연기와 비 오듯 하는 탄알이라는 뜻으로, 치열한 전투를 이르는 말.

6) 붙안다: 두 팔로 부둥켜 안다.

7) 리찬, 「김장군의 노래」, 『문화전선』 1, 1946. 7.

장백산 줄기줄기 피어린 자욱
압록강 구비구비 피어린 자욱
오늘도 자유조선 면류관 우에
역역히 비쳐드는 피어린 자욱

아— 아— 그 일홈도 그리운 우리의 장군
아— 아— 그 일홈도 빛나는 김일성 장군

만주벌 눈바람아 이얘기하라
밀림의 긴긴밤아 이얘기하라
만고의 빨치산이 누구인가를
절세의 애국자가 누구인가를

노동자 대중에겐 해방의 은인
민주의 새조선엔 위대한 태양
이십개 정강우에 봉접도 뭉쳐
북조선 방방곡곡 새봄이 온다

(한자 → 한글화, 띄어쓰기-인용자)

성되어 뜻깊은 첫 연주회가 진행되었다.

연주회가 끝난 후 온 나라 방방곡곡으로는 불멸의 혁명송가 「김일성장군의 노래」가 하늘땅을 울리며 퍼져갔다.

그 뜻깊은 연주회가 있은 때로부터 여러 날이 지난 어느 날, 집무실에 계시던 위대한 수령님께서는 리찬이 지은 불멸의 혁명송가를 씩씩하게 부르며 창밖으로 지나가는 학생들의 행렬을 보시었다. 한동안 그들을 바라보시던 어버이 수령님께서는 곁에 선 일꾼에게 "기어코 동무들이 노래를 내보냈구만, 그렇게 하지 말라고 하였는 데 왜 그렇게 하였습니까."라고 나무라시었다. 그러시며 다시 학생들의 행렬로 시선을 옮기신 경애하는 수령님께서는 한동안 깊은 생각에 잠기셨다가 일꾼에게 "노래를 들으니 조국과 인민 앞에 책임이 무거워집니다. 인민들의 기대에 보답해야 되겠습니다."라고 정색하셔서 말씀하시었다.

언제나 믿어주시고 내세워주시며

경애하는 수령님을 만나 뵈울 때마다 리찬은 눈물겹도록 깊은 감동을 받아안군 하였다.

리찬은 위대한 수령님께서 베푸시는 크나큰 사랑과 믿음이 힘이 되고 지혜가 되어 불멸의 혁명송가 태양의 노래를 지은 데 뒤이어 「흘러라 보통강, 력사의 한복판을」, 「새소식」, 「달밤」과 같은 수많은 시편들을 창작 발표하여 투쟁의 나팔수로서 인민들을 힘차게 고무하였다.

위대한 수령님께서 아시는 리찬은 건국 열의에 불타는 일꾼이었으며 언제나 진격의 나팔수로서 가슴을 불태우는 재능 있는 시인이었다. 그래서 시인을 더욱 아끼고 사랑하시었다.

1947년 4월 25일, 조선인민혁명군 창건 15돌을 기념하는 뜻깊은 날이었다.

이날 경애하는 수령님께서는 해방 후 우리나라에서 처음으로 되는 수상자들의 명단을 보아주시었다. 명단을 하나하나 훑어보시던 어버이 수령님께서는 한 이름에 색연필로 밑줄을 그으시며 매우 기뻐하시었다. 첫 수상자로 내신[8]된 여섯 명의 사람들 속에서 시인 리찬의 이름을 보신 것이었다.

"리찬 동무는 우리 인민정권이 주는 첫 표창을 받을만합니다. 그 동무는 건국 사업에 자기의 힘과 지혜를 다 바친 진보적인 인텔리이며 인민들의 사랑을 받는 작가입니다."

위대한 수령님과 시인 사이에 맺어지는 사랑과 믿음은 세월이 흐를수록 더욱 뜨겁게 이어지고 있었다.

어느 해인가 중앙의 한 신문에는 리찬의 시를 논하는 논평이 실린 적이 있었다. 논평은 시인이 해방 후 발표한 몇 편의 시 작품들에 있는 단편적인 시구들을 가지고 제나름으로 분석하고 마구 공격을 들이대고 있었다.

이러한 사실을 보고 받으신 경애하는 수령님께서는 일부러 시간을 내시어 논평이 실린 신문을 찾으시었다.

논평대로 한다면 시인을 달리 볼 수 있을 것이었다. 그러나 위대한 수령님께서 믿고 계시는 시인은 절대로 그런 사람이 아니라고 생각하시었다.

논평을 새겨 읽으실수록 분노를 삭이실 수 없으시었다. 어떻게 당의 사랑을 받고 인민의 사랑을 받는 시인을 이렇게도 모해한단[9] 말인가.

위대한 수령님께서는 한동안 깊은 생각에 잠기셨다가 "리찬 동무는 반동 작가가 아닙니다."라고 결연하신[10] 음성으로 말씀하시었다. 그리고 그이께서는 곁에 선 일꾼에게 "그는 우리와 함께 공산주의까지 변함없이 갈 사람입니다."라고 확신에 찬 어조로 말씀하시면서 빨리 이

---

8) 내신(內申): 인사 문제나 사업 내용 따위를 공개하지 아니하고 상급 기관에 보고함. 또는 그 보고.

9) 모해하다(謀害--): 꾀를 써서 남을 해치다.

10) 결연하다(決然--): 마음가짐이나 행동에 있어 태도가 움직일 수 없을 만큼 확고하다.

밤으로 시인을 찾아가 이 사실을 전하라고 이르시였다.

바로 그처럼 시인을 믿고 사랑하신 경애하는 수령님이시기에 일시적 후퇴 시기에 리찬이 단신으로 적후[11] 천 리 길을 헤쳐 최고사령부를 찾아왔다는 보고를 받으시고는 “뭐 리찬이가? … 장합니다! 훌륭합니다!”라고 거듭 기쁨에 넘쳐 말씀하시였다.

위대한 수령님께서 리찬에게 베풀어주신 사랑에는 참으로 끝이 없으시였다.

1961년의 어느 봄날이였다.

경애하는 수령님께서는 이날 조선문학예술총동맹의 집행위원들과 자리를 같이하시고 혁명과 시대 발전의 요구에 맞게 새로 결성된 문예총의 임무를 밝혀주시고 친히 오찬회까지 마련해 주시였다.

이 영광 넘치는 석상에서 위대한 수령님께서는 친히 축배잔을 드시고 시인의 앞으로 다가오시어 리찬의 얼굴을 찬찬히 여겨보시며 남들은 다 건강한데 동무는 왜 이렇게 몸이 축가기만 하는가고 심려어리신 음성으로 물으신 다음 손수 그의 손에 축배잔을 들려주시였다.

시인은 자기에게 베푸시는 경애하는 수령님의 위대한 어버이 사랑에 그만 어깨를 들먹이며 목메어 울었다.

참으로 그것은 수령과 시인의 진실하고 불변하는 사랑과 충성으로 수놓아지고 빛나는 이 땅 위에서만이 펼쳐질 수 있는 가장 아름답고 숭고한 사랑의 화폭이였다.

한 시인을 위하여 베푸실 수 있는 모든 것을 아낌없이 안겨주신 위대한 수령님의 끝없는 사랑과 믿음!

바로 그 사랑 그 믿음이 있기에 시인은 생명의 마지막 순간까지 위대한 수령님의 영원한 전사가 되어 충성의 열정으로 가슴을 불태우며 태양의 노래, 혁명의 노래를 소리 높이 부를 수 있었던 것이다.

---

11) 적후(敵後): 적의 후방.

사랑은 세월을 넘어 천만리에

시인 리찬이 해방의 봄언덕[12]에서 만민이 우러러 부르는 불멸의 혁명송가 「김일성장군의 노래」를 지어 온 세상에 울려 퍼지게 한 역사의 그 날부터 세월은 수십 년의 연륜을 새겨놓았다.

그동안 우리 인민은 「김일성장군의 노래」를 소리 높이 부르며 시련에 찬 혁명의 연대들을 승리자의 발구름으로 넘어왔다.

잊지 못할 해방의 그날로부터 많은 것이 변하고 많은 것이 전진하였다. 새로 자라나는 세대들은 리찬의 시가 문학을 문학사에서만 알게 되었고 세월의 흐름과 더불어 시인에 대한 사람들의 추억은 점차 사라져갔다.

그러나 그 아무리 세월이 흘러도 시인에 대한 위대한 수령님과 친애하는 지도자 동지의 사랑과 은정은 더해만 갔다.

1982년 2월이었다.

친애하는 지도자 김정일 동지께서는 위대한 수령님의 탄생 70돌을 앞두고 해방 전후를 통하여 수령님께 끝없이 충실하였으며 당과 혁명에 공로가 있는 사람들의 사진을 그들이 활동한 시기에 따라 조선혁명박물관의 해당한 관들에 전시하도록 하는 크나큰 은정을 베푸시었다.

전시된 사진들 속에는 시인 리찬도 있었다.

시인이 이미 세상을 떠난 지도 여러 해가 지났고 그의 유가족들도 한가정의 빛 날은 사진첩에서나 이따금 찾아보군 하던 시인의 모습이 어떻게 우리 혁명의 찬란한 연대기들이 수놓아진 조선혁명박물관에서 영생의 모습으로 빛나게 되었는가.

1974년 정월 초, 그때 혁명의 수도 평양에서는 전국 농업 대회가 열리고 있었다.

전국 농업 대회를 지도하고 계시던 위대한 수령님께서는 뜻밖에도

---

12) 봄언덕: 이북어. 미래의 희망차고 약동하는 인류의 이상 사회를 비유적으로 이르는 말.

시인 리찬이 세상을 떠났다는 비보를 받으셨다.

비보를 받으신 경애하는 수령님께서는 “왜 미리 알리지 않았습니까. … 재능있는 작가를 아깝게 잃었습니다.”라고 하시며 애석함을 금치 못해 하시었다.

그리하여 위대한 수령님과 친애하는 지도자 동지의 깊은 관심과 배려 속에 시인 리찬의 장례가 진행되었다.

친애하는 지도자 동지께서는 시인의 부고를 신문에 크게 내어 세상에 알리도록 하시고 그의 장례를 창작 현지인 지방에서 할 것이 아니라 수도 평양에서 하도록 하시었다.

1974년 1월 9일, 수도에서 멀지 않은 주변 도시로부터 평양으로 통하는 큰길로 화환에 둘러싸인 영구차가 서서히 움직이었다.

길 가던 사람들도 위대한 사랑의 그 은정에 머리 숙이고 하늘도 그 은정에 목메는 듯 하염없이 흰 눈발을 날리었다.

시인 리찬은 경애하는 수령님의 사랑 속에 자기의 한생을 가장 행복하게 살아간 사람이었다. 그는 수령님의 보살피심 속에서 자기의 시문학을 아름답게 장식할 수 있었고 자주성을 지향하는 세계 혁명적 인민들의 불멸의 혁명송가를 지을 수 있는 크나큰 행운을 받아안은 시인이었다. 그러한 그가 당의 은혜로운 품속에 죽어서도 그처럼 크나큰 영광을 지닐 줄이야 그 자신인들 어찌 알았으랴!

1981년 11월, 친애하는 지도자 동지께서는 시인 리찬에게 혁명시인이라는 고귀한 칭호를 안겨주시고 국가 공로자들의 분묘[13]가 있는 아늑하고 경치 좋은 곳으로 시인을 이장하고 화강석 비문에 ‘혁명시인’이라고 크게 세길 데 대한 은정 깊은 사랑을 베풀어주시었다.

혁명시인!

우리 혁명의 여명기에 위대한 수령님을 단결의 중심으로 높이 모시고 변치 않는 신념의 글발로 「조선의 별」을 지었던 청년 공산주의자

---

13) 분묘(墳墓): 무덤.

김혁 동지가 받아 안았던 그 고귀한 칭호를 시인 리찬에게 안겨 주시리라고 누가 상상이나 했을 것인가.

우리 시대의 한 평범한 시인을 1980년대의 김혁으로 영생의 언덕에 세워주신 그 위대한 사랑과 은정! 참으로 그것은 그가 누구이든 당과 수령을 위하여, 조국과 인민을 위하여 심장을 바친 전사라면 끝까지 아끼고 보살피며 영원히 사랑의 한품[14]에 안아주시는 친애하는 지도자 동지께서만이 베풀어주실 수 있는 최대의 사랑, 최고의 은정이었다.

실로 시인 리찬은 민족의 태양이시며 전설적 영웅이시며 강철의 영장이신 경애하는 수령님께서 계심으로 하여 생의 순간순간을 수령님의 충직한 전사로 값높이[15] 보람차게 살 수 있었고 세월을 넘어 천만리에 이어지는 친애하는 지도자 동지의 위대한 사랑 속에 죽어서도 영생하는 행복을 누리게 되었다.

—출전: 『조국』 238, 1983. 10.

14) 한품: 이북어. 더없이 크고 넓은 품.
15) 값높다: 값비싸다.

작가와 작품

시인 리찬과 그의 창작

리찬은 현대인류가 자기 력사에서 가장 위대하고 아름다운 노래라고 칭한 영생불멸의 혁명송가 《김일성장군의 노래》를 창작한것으로 하여 조선문단에서 가장 빛나는 자리를 차지하고있는 혁명시인의 한사람이다.

날이 갈수록, 해가 바뀔수록 우리 인민의 마음속깊이에 흠모의 정을 다함없이 쏟아부어주며 영원한 충성의 한길로 떠밀어주는 혁명송가와 함께 시인 리찬은 영생하는 삶을 누리고있다.

친애하는 지도자 **김정일**동지께서는 다음과 같이 지적하시였다.

《작가는 주체혁명위업을 완성하기 위한 멀고도 험난한 혁명의 한길에서 당과 뜻을 같이하고 생사운명을 같이하는 영원한 동행자가 되여야 한다.》

시인 리찬은 1910년 1월 15일 함경남도 북청군 북청읍에서 태여났다.

그는 일찌기 아버지를 여의고 홀어머니의 손에서 자라나 중학교를 졸업하고 일본에 가서 고학을 하다가 학비곤난과 놈들의 방해로 하여 중퇴하였다.

리찬은 1920년대말부터 본격적인 문학창작의 길에 들어섰으며 반일적인 내용을 담은 진보적인 시들을 썼다.

그는 창작초기에 발표한 서정시들인 《아침》, 《기계같은 사나이》, 《그대들을 보내고》 등에서 당대사회의 불합리성을 폭로하고 반일투쟁에 나선 사람들을 찬양하였으며 새날이 오기를 바라는 사상적지향을 표현하였다.

리찬은 《카프》에 망라되여 활동하다가 일제경찰에 체포되여 수년동안 서대문형무소에서 감옥생활을 하였다.

감옥생활은 시인의 창작적세계관발전에서 새로운 전환의 계기로 되였다.

그는 옥중에서 위대한 김일성장군님에 대한 전설같은 이야기를 들으면서 장군님에 대한 깊은 흠모의 마음을 간직하게 되였다.

출옥후에 그는 백두산부근에 가서 항일혁명투쟁의 총소리를 들으며 참된 노래를 지으려는 념원을 안고 혜산, 삼수 등지에서 인쇄업에 종사하며 시창작을 하였다.

이 시기에 창작한 많은 시들가운데서 1937년에 발표한 《국경의 밤》과 1938년에 발표한 《눈내리는 보성의 밤》에는 위대한 수령님께서 령도하시는 항일혁명투쟁에 대한 열렬한 동경과 조국광복에 대한 확신이 암시적으로 노래되여있다.

리찬은 해방전에 시집 《대망》, 《분향》, 《망향》 등을 내놓았다.

위대한 수령님께서 이끄신 항일혁명투쟁에 의해 조국이 해방되자 리찬의 운명과 창작활동에서는 근본적인 변화가 일어났다.

그는 1945년 8월부터 혜산인민위원회 부위원장, 함남일보사 편집국장으로 사업하면서 절세의 애국자이시며 민족의 태양이신 위대한 장군님을 조국땅에 모신 크나큰 영광과 기쁨, 새 조선 건설에 일떠선 우리 인민의 장엄한 투쟁모습을 격조높은 시들에 수많이 담았다.

해방후 누구보다 먼저 위대하신 장군님을 칭송하는 송가들을 창작하기 위해 노력하던 시인은 1946년 4월 함남일대를 현지지도하시는 경애하는 수령님을 만나뵈옵게 되었다.

무변광야 만주벌판을 주름잡으시며 강도 일제침략자들을 쥐락펴락하시던 만고의 명장, 해방된 우리 인민에게 새 생활 창조의 대강을 안겨주시는 절세의 애국자를 한자리에 모시고 환영연회에 참가한 시인의 가슴은 끝없이 끓어번지였다.

리찬은 위대한 수령님앞에서 삼가 축흥시를 올렸다.

장군님이 오시는것은 아 아무도 몰랐으나
장군님이 오시는것은 누구나 알았다
장군님은 가릴수 없는 우리의 빛
장군님은 감출수 없는 우리의 태양
…
아, 장군님의 씩씩한 보무를 따라
바야흐로 무르녹으려는 북조선의
찬란한 봄을 보아라!

135

—『천리마』 425, 1994. 10.

[작가와 작품]

시인 리찬과 그의 창작

리찬은 현대 인류가 자기 역사에서 가장 위대하고 아름다운 노래라고 칭한 영생불멸의 혁명송가 「김일성장군의 노래」[1]를 창작한 것으로 하여 조선문단에서 가장 빛나는 자리를 차지하고 있는 혁명시인의 한 사람이다.

날이 갈수록, 해가 바뀔수록 우리 인민의 마음속 깊이에 흠모의 정을 다함없이 쏟아 부어주며 영원한 충성의 한길로 떠밀어주는 혁명송가와 함께 시인 리찬은 영생하는 삶을 누리고 있다.

친애하는 지도자 김정일 동지께서는 다음과 같이 지적하시었다.

"작가는 주체 혁명 위업을 완성하기 위한 멀고도 험난한 혁명의 한길에서 당과 뜻을 같이하고 생사 운명을 같이하는 영원한 동행자가 되어야 한다."

시인 리찬은 1910년 1월 15일 함경남도 북청군 북청읍에서 태어났다.

그는 일찍이 아버지를 여의고 홀어머니의 손에서 자라나 중학교를

1) 「김일성장군의 노래」→'「김장군의 노래」(『문화전선』 1, 1946. 7)'의 개작 판본.

졸업하고 일본에 가서 고학을 하다가 학비 곤란과 놈들의 박해로 하여 중퇴하였다.

리찬은 1920년대 말부터 본격적인 문학 창작의 길에 들어섰으며 반일적인 내용을 담은 진보적인 시들을 썼다.

그는 창작 초기에 발표한 서정시들인 「아침」, 「기계같은 사나이」, 「그대들을 보내고」 등에서 당대 사회의 불합리성을 폭로하고 반일 투쟁에 나선 사람들을 찬양하였으며 새날이 오기를 바라는 사상적 지향을 표현하였다.

리찬은 '카프'에 망라되어 활동하다가 일제 경찰에 체포되어 수년 동안 서대문 형무소에서 감옥 생활을 하였다.

감옥 생활은 시인의 창작적 세계관 발전에서 새로운 전환의 계기로 되었다.

그는 옥중에서 위대한 김일성 장군님에 대한 전설 같은 이야기를 들으면서 장군님에 대한 깊은 흠모의 마음을 간직하게 되었다.

출옥 후에 그는 백두산 부근에 가서 항일혁명투쟁의 총소리를 들으며 참된 노래를 지으려는 염원을 안고 혜산, 삼수 등지에서 인쇄업에 종사하며 시 창작을 하였다.

이 시기에 창작한 많은 시들 가운데서 1937년[2]에 발표한 「국경의 밤」과 1938년[3]에 발표한 「눈내리는 보성의 밤」에는 위대한 수령님께서 영도하시는 항일혁명투쟁에 대한 열렬한 동경과 조국 광복에 대한 확신이 암시적으로 노래되어 있다.

리찬은 해방 전에 시집 『대망』, 『분향』, 『망향』[4] 등을 내놓았다.

위대한 수령님께서 이끄신 항일혁명투쟁에 의해 조국이 해방되자

---

2) 1937년 → '1936년'의 오류. 「國境의 밤」, 『조광』 2-2, 1936. 2.

3) 1938년 → '1937년'의 오류. 「눈나리는 堡城의 밤」, 『조선문학』 3-1, 1937. 1.

4) 『망향』 → '『망양』'의 오류.
『待望』, 풍림사, 1937(1937. 11. 30. 발행).
『焚香』, 한성도서주식회사, 1938(1938. 7. 20. 발행).
『茫洋』, 박문서관, 1940(1940. 6. 15. 발행).

리찬의 운명과 창작 활동에서는 근본적인 변화가 일어났다.

그는 1945년 8월부터 혜산 인민위원회 부위원장, 함남일보사 편집국장으로 사업하면서 절세의 애국자이시며 민족의 태양이신 위대한 장군님을 조국 땅에 모신 크나큰 영광과 기쁨, 새조선 건설에 일떠선[5] 우리 인민의 장엄한 투쟁 모습을 격조 높은 시들에 수많이 담았다.

해방 후 누구보다 먼저 위대하신 장군님을 칭송하는 송가들을 창작하기 위해 노력하던 시인은 1946년 4월 흥남 일대를 현지 지도하시는 경애하는 수령님을 만나 뵈옵게 되었다.

무변광야[6] 만주 벌판을 주름잡으시며 강도 일제 침략자들을 쥐락펴락하시던 만고의 영장, 해방된 우리 인민에게 새생활 창조의 대강을 안겨주시는 절세의 애국자를 한자리에 모시고 환영 연회에 참가한 시인의 가슴은 끝없이 끓어번지었다.[7]

리찬은 위대한 수령님 앞에서 삼가 즉흥시를 읊었다.

장군님이 오시는것은 아 아무도 몰랐으나
장군님이 오시는것은 누구나 알았다
장군님은 가릴수 없는 우리의 빛
장군님은 감출수 없는 우리의 태양
…
아, 장군님의 씩씩한 보무를 따라
바야흐로 무르녹으려는 북조선의
란만한 봄을 보아라!

장군님은 바쁘다, 바빠야 한다
'기억하자!'장군님은 우리만의

5) 일떠서다: 기운차게 썩 일어서다.
6) 무변광야(無邊曠野): 끝없이 넓은 들판.
7) 끓어번지다: 이북어. 어떤 심리 현상이나 분위기가 걷잡을 수 없이 몹시 설레어 움직이다.

장군님이 아니요
장군님은 남조선도 비칠 남조선도
비쳐야 할
아아 삼천리 전강토의 위대한 태양!

리찬의 즉흥시 「찬 김일성장군」은 환영 연회 참가자들에게 깊은 인상을 안겨주었을 뿐 아니라 당시 신문 『옳다』에 실려 각 계층 인민들 속에서 커다란 반향을 불러일으켰다.[8)]

리찬의 시를 읽은 수많은 사람들은 시인에게 위대하신 김일성 장군님의 불멸의 혁명 업적과 은덕을 천만년 두고두고 노래하고 싶다고 하면서 온 나라 인민들의 간절한 염원이 담긴 불멸의 송가를 창작하여 줄 데 대하여 열렬히 청원하였다.

인민의 간절한 소원을 안고 심장을 불태우던 리찬은 마침내 영생불멸의 혁명송가 「김일성장군의 노래」 가사를 창작하는 역사적인 공적을 이룩하였다.

「김일성장군의 노래」는 조국의 자유와 독립을 위하여 장구한 기간 항일혁명투쟁을 조직 영도하시어 일제를 쳐부시고[9)] 조국 해방을 이룩하시었으며 우리 민족의 역사에서 찬란한 새시대를 열어놓으신 위대한 수령님에 대한 전체 조선 인민의 다함없는 흠모와 존경, 최대의 찬양과 칭송의 마음을 뜨겁게 노래한 혁명송가이다.

이 노래는 위대한 수령님께 충직한 혁명 동지들과 인민의 절절한 소원, 시인의 가슴속에서 스스로 우러나온 충동과 열망에 의하여 창작된 작품이었다.

리찬은 그 이후에도 「삼천만의 화창」, 「더욱 굳게 뭉치리 장군님 두

8) 1970년 10월 어느 날 김일성이 당창건사적관을 돌아보다가 함흥의 연회 석상에서 일을 회고한다. 김일성의 회고로 인해 일꾼들은 리찬의 즉흥시가 수록된 1946년 4월 22일부 『옳다』 신문을 발견한다(「몸소 찾아 주신 시」, 『문학신문』, 2002. 3. 23). 이북에서는 이런 김일성 중심의 역사는 끝없이 발견되고 창조된다.

9) 쳐부시다: '쳐부수다'의 이북어.

리에」, 「우리의 수도를 아름다웁게 하는건」 등 위대한 수령님을 칭송하는 많은 송가들을 창작하였다.

1946년에 그의 시집 『화원』이 출판되었으며 1949년[10]에는 해방 후에 창작한 40여 편의 시 작품을 묶은 시집 『승리의 기록』이 출판되었다.

리찬은 1946년 평양으로 올라온 후 북조선문학예술총동맹 중앙위원회 서기장, 문예총 상임위원, 문학동맹 중앙 상임위원으로 활동하였으며, 1949년부터 문화선전성 군중문화국장으로, 1961년부터는 조선문학예술총동맹 중앙위원회 부위원장으로 사업하였다.

시인은 위대한 수령님을 몸 가까이 모시고 여러 차례 귀중한 교시를 받는 영광을 지니었으며 경애하는 수령님의 강령적인 교시를 지침으로 삼고 우리 문학예술 사업을 발전시키기 위해 헌신적으로 노력하였다.

시인 리찬은 1974년 1월 불치의 병으로 세상을 떠났다.

위대한 수령님께서는 시인의 사망하였다는 보고를 받으시고 리찬 동무는 해방 직후부터 오늘까지 많은 일을 하였다고 높이 평가해 주시었다.

친애하는 지도자 동지께서는 영생불멸의 혁명송가를 창작한 시인 리찬은 주체의 혁명 위업에 크게 공헌하였다고 하시면서 그에게 '혁명시인'이라는 고귀한 칭호를 안겨주시고 그의 시집을 출판하도록 크나큰 은정을 베풀어주시었다.

1982년에 40년 간 그가 창작한 시 작품들 중에서 65편을 묶은 시집 『태양의 노래』가 출판되었다.

—출전: 『천리마』 425, 1994. 10.

---

10) 1949년 → '1947년'의 오류. 『勝利의 記錄』, 문화전선사, 1947(1947. 9. 5. 발행).

작가들의 수기묶음

조국과 문학

새삶의 탄생과 개화

리 북 명

조국해방의 폭풍같은 환호속에서 내가 새로운 생의 고고성을 올린 그날부터 어언 40년의 세월이 흘러갔다.

해방의 은인이신 위대한 김일성장군님의 해발이 자유조선의 창공우에 찬연히 비껴내린 그날, 뜨거운 피가 관자노리에 맥박치던 해방의 감격은 오늘도 나를 휩싸안고 심신을 뒤흔든다.

그때의 환희를 다시금 체감할 때마다 일제의 발굽밑에서 신음하던 처절한 민족수난의 나날들이 자연 련상되군한다.

아직 뼈도 채 굳지 않은 여린 어깨로 생계를 위한 무거운 짐을 끌며 《산업예비군》의 시진한 흐름속에서 표류하던 그 시절, 왜놈의 질소비료공장에서 나의 아름다운 청춘이 죽어가던 그 시절을 어찌 잊을수 있으랴.

식민지노예로동의 피눈물과 상처에 응혈이 진 나는 분연히 항거의·붓을 들었다. 하루 15시간이상의 고역에 시달리고 녹초가 된 몸으로 하숙방의 등잔불밑에서 쓰고 또 써나갔다.

백두산에서 조국광복을 위하여 싸우시는 위대한 김일성장군님의 전설적인 소식에 고무된 우리 로동계급의 계급적의식화과정과 로동운동을 반영하려고 시도한것이 처녀작 《질소비료공장》이였다. 《조선일보》에 이 중편소설(당시는 중편소설이였다.)의 4회분이 실린 이튿날 불의에 달려든 일제경찰놈들에게 체포된 나는 흥남경찰서로 압송되였다. 놈들의 모진 고문도 나의 의기는 꺾지 못하였다. 나는 출옥후에 본 작품의 제목을 《초진》이라고 고쳐서 일본의 좌익문학잡지 《문학평론》에 끝내 발표하였다. 이것을 기화로 하여 나는 또다시 일제경찰의 마수에 걸려 옥중고초를 겪었다.

그후에도 나는 《민보의 생활표》, 《오전 8시》, 《구제작업》, 《어둠속에서 주은 스케취》 등등의 작품들로써 항거문학을 계속하였다.

그러나 일제의 가혹한 박해와 탄압 속에서 나의 가느다란 붓대는 꺾어고말았다. 겹치는 옥중생활과 기아선상에서 허덕여온 나의 젊음은 점점 시들어갔고 나중에는 신병으로 몸져눕게 되여 장진산골에 묻혀버린것이였다. 나의 불우한 인생의 초불은 점점 사위여갔다.

민족수난의 그 세월 나의 운명은 시궁창에 던져진채 속절없이 으츠러져가던 애잔한 들꽃과 다를바가 없었다.

그러나 나의 심장의 박동은 꺼지지 않았으니 그것은 백두산에서 울려오는 희망찬 메아리로부터 받은 충격때문이였다.

민족의 태양 김일성장군님께서 강도 일제를 때려부시며 조국으로 나오신다는 뢰성같은 소식이 나의 가슴에 굳건한 기둥을 세워주었던것이다.

이런 희망과 신념이 있었기에 나는 일제의 탄압에도 굴하지 않을수 있었고 병마와 싸울수 있었다.

1945년 8월 15일!

해방의 날을 맞이하던 감격을 무슨 말로 완전하게 표현할수 있으랴.

나는 다만 한 인간으로서의, 진정한 작가로서의 새 생명이 태여나던 내 심장의 고동소리를 들었던듯싶은 그날의 느낌을 여기에 적을뿐이다.

위대한 수령 김일성동지께서는 1946년 3월에 북조선문학예술총련맹을 무어주시고 전국각지에 흩어져 암중모색하던 작가들을 친히 부르시여 그 산하에 묶어세워주시였으며 나아갈 앞길을 환히 밝혀주시였다.

위대한 수령 김일성동지께서는 다음과 같이 교시하시였다.

《우리의 문화인, 예술인들은 새 민주조선 건설에서 지니고있는 자기의 숭고한 사명을 다하기 위하여 민주주의의 기발밑에 굳게 단결하여 더욱 견결히 투쟁하여야 하겠습니다.》

위대한 수령님께서 우리 작가들에게 보내주신 옥백미가마니를 부여안고 눈물을 흘리던 그날부터 나의 가슴에는 새로운 결의가 차넘쳤다.

나는 붓끝을 고루어쥐고 나의 청춘이 짓밟혔던 고장—그러나 해방후에는 로동계급의 건국의 노래가 울리는 흥남땅으로 달려갔다. 그곳에서 나는 해방의 기쁨속에 로력적혁신을 일으키는 로동계급의 새로운·정신세계를 창조하기 위한 창작전투를

48

—『조선문학』 454, 1985. 8.

[작가들의 수기]

새 삶의 탄생과 개화

: 리북명

조국 해방의 폭풍 같은 환호 속에서 내가 새로운 생의 고고성[1]을 울린 그날부터 어언 40년의 세월이 흘러갔다.

해방의 은인이신 위대한 김일성 장군님의 해발[2]이 자유 조선의 창공 위에 찬연히 비껴 내린 그날, 뜨거운 피가 관자놀이[3]에 맥박치던 해방의 감격은 오늘도 나를 휩싸 안고 심신을 뒤흔든다.

그때의 환희를 다시금 체감할 때마다 일제의 발굽 밑에서 신음하던 처절한 민족 수난의 나날들이 자연 연상되군 한다.

아직 뼈도 채 굳지 않은 예린 어깨로 생계를 위한 무거운 짐을 끌며 '산업예비군[4]'의 시진한[5] 흐름 속에서 표류하던 그 시절, 왜놈의 질소비료공장에서 나의 아름다운 청춘이 죽어가던 그 시절을 어찌 잊을

1) 고고성(高高聲): 이북어. 매우 높고 크게 내는 소리.
2) 해발: '햇발'의 이북어. 사방으로 뻗친 햇살.
3) 관자노리(원문) → 관자놀이(貫子--): 귀와 눈 사이의 맥박이 뛰는 곳.
4) 산업예비군(産業豫備軍): 자본주의적 산업에서 기계의 도입과 생산 기술의 발달로 인하여 직업을 잃거나 구하지 못한 노동자의 무리를 이르는 말.
5) 시진하다(澌盡--): 기운이 빠져 없어지다.

수 있으랴.

식민지 노예 노동의 피눈물과 상처에 응혈이 진 나는 분연히 항거의 붓을 들었다. 하루 15시간 이상의 고역에 시달리고 녹초가 된 몸으로 하숙방의 등잔불 밑에서 쓰고 또 써나갔다.

백두산에서 조국 광복을 위하여 싸우시는 위대한 김일성 장군님의 전설적인 소식에 고무된 우리 노동계급의 계급적 의식화 과정과 노동운동을 반영하려고 시도한 것이 처녀작 「질소비료공장」이었다. 『조선일보』에 이 중편소설(당시는 중편소설[6]이었다.)의 4회[7]분이 실린 이튿날 불의에 달려든 일제 경찰 놈들에게 체포된 나는 홍남 경찰서로 압송되었다. 놈들의 모진 고문도 나의 의기는 꺾지 못하였다. 나는 출옥 후에 본 작품의 제목을 「초진」이라고 고쳐서 일본의 좌익 문학 잡지 『문학평론』에 끝내 발표하였다. 이것을 기화로 하여 나는 또다시 일제 경찰의 마수에 걸려 옥중 고초를 겪었다.

그 후에도 나는 「민보의 생활표」, 「오전 3시」, 「구제작업」, 「어둠속에서 주은 스케취」 등등의 작품들로써 항거 문학을 계속하였다.

그러나 일제의 가혹한 박해와 탄압 속에서 나의 가느다란 붓대는 꺾이고 말았다. 겹치는 옥중 생활과 기아선상에서 허덕여온 나의 젊음은 점점 시들어갔고 나중에는 신병으로 몸져눕게 되어 장진산골에 묻혀버린 것이었다. 나의 불우한 인생의 촛불은 점점 사위어갔다.

민족 수난의 그 세월의 나의 운명은 시궁창에 던져진 채 속절없이 으츠러져[8] 가던 애잔한 들꽃과 다를 바가 없었다.

그러나 나의 심장의 박동은 꺼지지 않았으니 그것은 백두산에서 울려오는 희망찬 메아리로부터 받은 충격 때문이었다.

민족의 태양 김일성 장군께서 강도 일제를 때려부시며 조국으로 나오신다는 뇌성 같은 소식이 나의 가슴에 굳건한 기둥을 세워주었던

---

6) 중편소설(원문) → '단편소설'의 오류.

7) 4회(원문) → '2회'의 오류. 「질소비료공장」(단편소설), 『조선일보』, 1932. 5. 29, 31.

8) 으츠러지다: 연한 것이 다른 것에 부딪히거나 눌려 부스러지다.

것이다.

이런 희망과 신념이 있었기에 나는 일제의 탄압에도 굴하지 않을 수 있었고 병마와 싸울 수 있었다.

1945년 8월 15일!

해방의 날을 맞이하던 감격을 무슨 말로 완전하게 표현할 수 있으랴.

나는 다만 한 인간으로서의, 진정한 작가로서의 새생명이 태어나던 내 심장의 고동소리를 들었던 듯 싶은 그날의 느낌을 여기에 적을 뿐이다.

위대한 수령 김일성 동지께서는 1946년 3월에 북조선문학예술총련맹[9]을 무어주시고 전국 각지에 흩어져 암중모색하던 작가들을 친히 부르시어 그 산하에 묶어 세워주시었으며 나아갈 앞길을 환히 밝혀주시었다.

위대한 수령 김일성 동지께서 다음과 같이 교시하시었다.

"우리의 문화인, 예술인들은 새 민주 조선 건설에서 지니고 있는 자기의 숭고한 사명을 다하기 위하여 민주주의의 깃발 밑에 굳게 단결하여 더욱 견결히 투쟁하여야 하겠습니다."

위대한 수령님께서 우리 작가들에게 보내 주신 옥백미[10] 가마니를 부여안고 눈물을 흘리던 그날부터 나의 가슴에는 새로운 결의가 차넘쳤다.

나는 붓끝을 고루어[11] 쥐고 나의 청춘이 짓밟혔던 고장—그러나 해방 후에는 노동계급의 건국의 노래가 울리는 흥남 땅으로 달려갔다. 그곳에서 나는 해방의 기쁨 속에 노력적 혁신을 일으키는 노동계급의 새로운 정신 세계를 창조하기 위한 창작 전투를 벌려나갔다. 이처럼 나는 당의 작가로서의 첫걸음을 뗐다.

---

9) 북조선문학예술총련맹(원문) → '북조선예술총련맹'의 오류(「북조선 예술 총련맹 규약」, 『문화전선』 1, 1946. 7, 88쪽).

10) 옥백미(玉白米): 품질이 좋은 쌀을 비유적으로 이르는 말.

11) 고루다: '고르다'의 이북어.

실로 위대한 수령님의 햇빛 아래서 나의 진정한 작가적 생명이 태어났고 행복이 시작되었다.

단편소설 「로동일가」도 이 시기에 창작된 작품이다.

나는 이처럼 첫걸음을 내짚었고 조국해방전쟁 시기에는 포화 속을 뚫고 종군의 길을 걸었으며 전후복구건설 시기와 천리마 대고조 시기를 거쳐 오늘에 이르는 전 기간 당의 문필 전사로서의 보람 있는 길을 걸어왔다.

조국 해방 40돌을 맞는 지금 나는 후더운 심정으로 지난 40년 간의 노정을 돌이켜보며 무량한 감개에 잠기군 한다.

당의 작가가 되는 것보다 더 큰 영광과 행복은 없다.

나는 위대한 수령님과 당의 배려로 10여 개 나라를 방문하면서 수많은 외국 작가들과 담화하여 보았지만 우리나라 작가들처럼 당과 국가의 혜택을 받는 작가들은 만나지 못하였다.

나는 지금 팔순을 눈앞에 둔 노년기를 처해 있다. 나이는 속일 수 없는 것이어서 나의 한걸음 한걸음이 젊은 시절만 못한 것을 한두 번만 통감하지 않는다. 나의 핏방물마다에 작가적 열정이 넘치던 그 시절은 이미 지나가 버렸다는 좌절감—이것이 늘그막의 나의 고충이었다.

친애하는 지도자 김정일 동지께서는 지난 3월 7일과 3월 21일 두 차례에 걸쳐 우리 노세대 작가들에게 청춘의 활력을 주시는 크나큰 배려를 돌려주시었다.

위대한 수령님께서 주신 나의 작가적 생명은 친애하는 지도자 동지의 사랑 속에서 재봉춘하였다[12].

혁명 전사는 마땅히 전사의 의리를 다하여야 한다. 받아안은 은정과 배려가 클수록 전사는 충성의 마음으로 그 은덕에 보답할 줄 알아야 한다. 이것이 나의 드팀없는[13] 신념이며 각오이다.

---

12) 재봉춘하다(再逢春--): 불우한 처지에 놓였던 사람이나 쇠하던 일이 봄을 맞은 듯이 회복되다.

13) 드팀없다: 틈이 생기거나 틀리는 일이 없다. 또는 조금도 흔들림이 없다.

친애하는 김정일 동지께서 안겨주신 청춘의 기백과 열정으로 나는 지금 중편소설 창작에 달라붙었다. 한창나이의 그때처럼 나의 펜은 힘있게 달린다.

이름 없는 전사에게 새 삶을 주시고 꽃피워주신 위대한 수령님과 친애하는 지도자 동지의 사랑 속에서 나는 언제나 청춘기에 살 것이다. 종군의 필봉을 들고 불타는 강을 건너던 그때처럼…….

—출전: 『조선문학』 454, 1985. 8.

(수)(기)

두 청춘기를 살며

리 북 명

잊지 못할 1945년, 그해 여름에 맞은 력사적사변이 바로 몇해전의 일처럼 생각되는데 세월은 벌써 륭성번영하는 조국청사에 마흔번째 해돌이를 새기고있다.

8. 15해방을 나는 장진강발전소에서 맞이하였다. 해방의 감격과 기쁨은 한량없이 컸다. 산천초목도 기쁨에 겨워 마냥 설레였다. 이곳 사람들은 그 기쁨, 그 감격을 안고 일제패잔병들과 싸웠다.

당시 극소수의 일제패잔병놈들이 밤을 타서 발전시설을 파괴하려고 준동하였던것이다.

위대한 수령 김일성동지께서 찾아주신 혁명의 전취물을 원쑤의 파괴로부터 지켜내지 못한다면 어떻게 새 나라의 주인된 도리를 다했다고 말할수 있겠는가.

그런데 우리에게는 무장이 없었다. 하긴 발전소의 왜놈들에게서 빼앗은 구식권총이 몇자루 있었으나 총알이 한알도 없는 빛좋은 개살구였다. 놈들이 총알 수십발을 죄다 강물에 던져버렸던것이다. 그러니 우리의 무기란 사무소지붕에 매달린 전기고동과 방망이, 몽둥이와 돌멩이들뿐이였다.

로동자들이 잠복초소에서 적정을 알리면 곧 전기고동을 잦은 간격으로 열번이고 스무번이고 울렸다. 그러면 미리 약속된대로 로동자들과 그 가족들은 물론 산골짜기에서 사는 화전민들까지 방망이와 돌멩이를 가지고 발전소로 뛰여나왔다.

이리하여 해방된 인민들의 하나로 뭉친 힘은 드디여 원쑤의 마지막 한놈까지 없애치웠던것이다.

그 얼마뒤에 발전소사업이 어느정도 자리잡히자 그때까지 눅잦혔던 나의 창작적충동은 못견디게 머리를 쳐들었다.

작가라면 해방된 조국과 인민을 위하여 무엇인가 써야 할것이 아닌가. 그렇다면 무엇을 어떻게 써야 하는가. 나는 자신에게 물었으나 그 대답을 찾지 못했다.

이런 나의 모대김은 쉬이 사라지지 않았다.

그새 단편소설 《전류는 흐른다》를 한편 써서 신문에 발표했으나 나자신은 그 작품에 만족을 느낄수 없었다.

보나마나 일제에게 창작의 붓을 빼앗기고 전국각지에 뿔뿔이 흩어져있는 지난날 작가라는 사람들의 경우도 나와 다름이 없을 것이였다.

작가들의 이러한 동향을 누구보다 속속들이 헤아려보신 위대한 수령 김일성동지께서는 그들이 나아갈 앞길을 등대처럼 환히 밝혀주시였다.

위대한 수령님께서는 해방후 건당, 건국, 건군 사업이 그처럼 바쁘신 가운데서도 1946년 3월하순 온 나라 방방곡곡에 흩어져 암중모색하던 작가와 예술인들을 하나하나 찾아내시여 북조선문학예술총련맹에 친히 묶어세워주시였다.

당시 장진강발전소를 지켜싸우던 나에게도 위대한 수령님의 은정어린 손길이 와닿았다. 이리하여 나는 북조선문예총산하의 어엿한 일원으로 들어서게 되였던것이다.

이때로부터 바로 두달뒤인 5월하순 우리 작가들은 위대한 수령 김일성동지의 로작 《문화인들은 문화전선의 투사로 되여야 한다》를 심장에 받아안게 되였다.

위대한 수령 김일성동지께서는 다음과 같이 교시하시였다.

《대중을 위하여 일하며 대중의 심리를 잘 알고 대중의 말로 말하며 대중이 요구하는 글을 쓰며 대중을 가르칠뿐아니라 대중에게서 배울줄 아는 사람이라야만 진정한 문화인, 대중의 문화인, 민주주의적문화인이라고 할수 있습니다.》

위대한 수령님의 교시는 작가들을 서재에서 벗어나 혁명과 건설로 들끓는 현실속으로 대중속으로 불러일으키는 행동의 지침으로, 생활의 교과서로 되였다.

이때 방송위원회에서 사업하던 나는 가족을 데리고 흥남비료공장 로동계급속으로 들어갔다.

이 공장은 해방전 일제가 나의 청춘을 무참히 짓밟아버린 원한의 공장이였다. 그러나 그것은 지난날의 일이고 해방후 우리 인민의 소유로 된 비료공장에서 나는 로동계급과 함께 일해볼 의욕에 불탔다.

나는 문예총 흥남시위원회 위원장, 흥남로동예술학원 원장사업을 맡아보면서 공장로동자들속에 들어가 그들에게서 배우고 배워주면서 작품을 썼다.

단편소설 《로동일가》는 이런 가운데서 창작된 작품이였다.

흥남에서의 나의 현지파견생활은 계속되였다. 그러던 나는 1948년 3월하순, 영광스럽게도 위대한 수령님을 만나뵈옵게 되였으며 북조선로동당 제2차대회에 참가하여 당중앙위원회 위원으로 선거되는 크나큰 영예를 받아안게 되였다.

감격이면 이런 감격, 은정이면 이런 은정이 또 어디에 있겠는가.

그후 나는 흥남지구에 더욱 깊이 뿌리를 내리고 사업하다가 당중앙의 부름을 받고 평양에 올

—『청년문학』 321, 1985. 8.

[수기]

두 청춘기를 살며

: 리북명

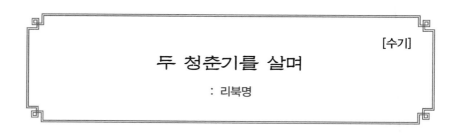

잊지 못할 1945년, 그해 여름에 맞은 역사적 사변이 바로 몇 해 전의 일처럼 생각되는 데 세월은 벌써 융성 번영하는 조국 청사에 마흔 번째 해돌이[1]를 새기고 있다.

8·15 해방을 나는 장진강 발전소에서 맞이하였다. 해방의 감격과 기쁨은 한량없이 컸다. 산천초목도 기쁨에 겨워 마냥 설레었다. 이곳 사람들은 그 기쁨, 그 감격을 안고 일제 패잔병들과 싸웠다.

당시 극소수의 일제 패잔병들이 밤을 타서 발전 시설을 파괴하려고 준동하였던 것이다.

위대한 수령 김일성 동지께서 찾아주신 혁명의 전취물을 원수의 파괴로부터 지켜내지 못한다면 어떻게 새나라의 주인된 도리를 다했다고 말할 수 있겠는가.

그런데 우리에게는 무장이 없었다. 하긴 발전소의 왜놈들에게서 빼앗은 구식 권총이 몇 자루 있었으나 총알이 한 알도 없는 빛 좋은 개

1) 해돌이: '나이테'의 이북어. 나무의 줄기나 가지 따위를 가로로 자른 면에 나타나는 둥근 테.

살구였다. 놈들이 총알 수십 발을 죄다 강물에 던져 버렸던 것이다. 그러니 우리의 무기란 사무소 지붕에 매달린 전기 고동과 방망이, 몽둥이와 돌멩이들뿐이었다.

노동자들이 잠복초소에서 적정을 알리면 곧 전기 고동을 잦은 간격으로 열 번이고 스무 번이고 울렸다. 그러면 미리 약속된 대로 그 가족들은 물론 산골짜기에서 사는 화전민들까지 방망이와 돌멩이를 가지고 발전소로 뛰어나왔다.

이리하여 해방된 인민들의 하나로 뭉친 힘은 드디어 원수의 마지막 한 놈까지 없애치웠던 것이다.

그 얼마 뒤에 발전소 사업이 어느 정도 자리잡히자 그때까지 눅잦혔던[2] 나의 창작적 충동은 못견디게 머리를 쳐들었다.

작가라면 해방된 조국과 인민을 위하여 무엇인가 써야 할 것이 아닌가. 그렇다면 무엇을 어떻게 써야 하는가. 나는 자신에게 물었으나 그 대답을 찾지 못했다.

이런 나의 모대김[3]은 쉬이 사라지지 않았다.

그새 단편소설 「전류는 흐른다」[4]를 한 편 써서 신문에 발표했으나 나 자신은 그 작품에 만족을 느낄 수 없었다.

보나마나 일제에게 창작의 붓을 빼앗기고 전국 각지에 뿔뿔이 흩어져 있는 지난날 작가라는 사람들의 경우도 나와 다름이 없을 것이었다.

작가들의 이러한 동향을 누구보다 속속들이 헤아려보신 위대한 수령 김일성 동지께서는 그들이 나아갈 앞길을 등대처럼 환히 밝혀주시었다.

위대한 수령님께서는 해방 후 건당, 건국, 건군 사업이 그처럼 바쁘

---

2) 눅잦히다: 누그러뜨리다. 딱딱한 성질이나 태도를 부드러워지거나 약해지게 하다.

3) 모대김: 이북어. 몹시 괴로워하거나 안타까워하는 일.

4) 「전류는 흐른다」(원문) → 「전기는 흐른다」(1945년 8월 창작)의 오류(리북명, 「전기는 흐른다」, 『해풍』, 조선작가동맹출판사, 1959, 43쪽).

신 가운데서도 1946년 3월 하순 온 나라 방방곡곡에 흩어져 암중모색하던 작가와 예술인들을 하나하나 찾아내시어 북조선문학예술총련맹[5]에 친히 묶어 세워주시었다.

당시 장진강 발전소를 지켜 싸우던 나에게도 위대한 수령님의 은정어린 손길이 와 닿았다. 이리하여 나는 북조선 문예총 산하의 어엿한 일원으로 들어서게 되었던 것이다.

이때로부터 바로 두 달 뒤인 5월 하순 우리 작가들은 위대한 수령 김일성 동지의 노작 「문화인들은 문화전선의 투사로 되여야 한다」[6]를 심장에 받아 안게 되었다.

위대한 수령 김일성 동지께서는 다음과 같이 교시하시었다.

"대중을 위하여 일하며 대중의 심리를 잘 알고 대중의 말로 말하며 대중이 요구하는 글을 쓰며 대중을 가르칠 뿐 아니라 대중에게서 배울 줄 아는 사람이라야만 진정한 문화인, 대중의 문화인, 민주주의적 문화인이라고 할 수 있습니다."

위대한 수령님의 교시는 작가들을 서재에서 벗어나 혁명과 건설로 들끓는 현실 속으로 대중 속으로 불러일으키는 행동의 지침으로, 생활의 교과서로 되었다.

이때 방송 위원회에서 사업하던 나는 가족을 데리고 흥남비료공장 노동계급 속으로 들어갔다.

이 공장은 해방 전 일제가 나의 청춘을 무참히 짓밟아버린 원한의 공장이었다. 그러나 그것은 지난날의 일이고 해방 후 우리 인민의 소유로 된 비료 공장에서 나는 노동계급과 함께 일해 볼 의욕에 불탔다.

나는 문예총 흥남시위원회 위원장, 흥남로동예술학원 원장 사업을

---

5) 북조선문학예술총련맹(원문) → '북조선예술총련맹'의 오류(「북조선 예술 총련맹 규약」, 『문화전선』 1, 1946. 7, 88쪽).

6) 「문화인들은 문화전선의 투사로 되여야 한다」 → 「문화와 예술은 인민을 위한 것으로 되여야 한다」 → '「북조선 각도인민위원회 정당사회단체 선전원 문화인 예술가 회의에서 진술한 연설」(『조국의 통일독립과 민주화를 위하여(1)』, 국립인민출판사, 1949)'의 개작 판본.

맡아보면서 공장 노동자들 속에 들어가 그들에게서 배우고 배워주면서 작품을 썼다.

단편소설 「로동일가」는 이런 가운데서 창작된 작품이었다.

흥남에서의 나의 현지 파견 생활은 계속되었다. 그러던 나는 1948년 3월 하순, 영광스럽게도 위대한 수령님을 만나 뵈옵게 되었으며 북조선로동당 제2차 대회에 참가하여 당 중앙위원회 위원으로 선거되는 크나큰 영예를 받아 안게 되었다.

감격이면 이런 감격, 은정이면 이런 은정이 또 어디에 있겠는가.

그 후 나는 흥남 지구에 더욱 깊이 뿌리를 내리고 사업하다가 당 중앙의 부름을 받고 평양에 올라왔다.

그때는 조국해방전쟁이 개시되기 몇 달 전이었다.

위대한 수령 김일성 동지의 현명한 영도 밑에 공화국 북반부 인민들은 미제와 이승만 역도의 북침 전쟁 도발 책동을 경각성 있게 지켜보며 혁명과 건설 투쟁에서 세인을 놀래우는 기적을 쌓고 있었다.

많은 작가들이 공장과 농어촌, 건설장과 복구 현장으로 들어갔다. 들끓는 현실 속에서 취재 창작한 작품들은 근로대중의 투쟁 의욕을 고무하였다.

그러던 1950년 6월 25일 이른 새벽, 미제와 이승만 역도는 공화국 북반부에 대한 전면적인 무력 침공을 감행하였다. 이리하여 조국해방전쟁이 개시되었다.

위대한 수령 김일성 동지께서 전체 인민과 인민군 장병들에게 보내는 6월 26일 역사적인 방송 연설을 하시었다.

위대한 수령 김일성 동지의 방송 연설을 심장에 받아 안은 작가들은 그날로 전선 종군을 탄원하였다.

전선으로! 사복을 군복으로 갈아입은 종군작가들은 그날부터 펜대를 총대로 바꾸어 쥐고 용약[7] 전선으로 전선으로 나갔다.

7) 용약(勇躍): 용감하게 뛰어감.

이때 나는 황해남도 해주로 직행하였다.

해주 거리에 들어서자 그때 벌써 웅진 반도와 연안을 해방한 우리의 영용한 인민군 탱크 부대들이 지축을 흔들며 서울을 향하여 달리고 있었다.

'서울을 향하여!' 탱크의 앞머리마다에 나붙은 구호를 바라보면서 시민들과 함께 목청껏 만세를 부르는 나의 가슴속에 승리는 이미 우리의 것이라는 신심이 솟구쳐 올랐다.

개성에 이르렀다.

나는 승리에 대한 신심을 안고 시내 중학생들로 취주악대를 무어 그곳 남대문 다락에 모여놓고 불멸의 혁명송가 「김일성장군의 노래」[8] 부터 익히게 하였다.

학생들은 입술이 부르트는 것도 배고픈 것도 모르고 종일 입에서 악기를 떼지 않았다. 남대문 다락에서 지붕이 떠나갈 듯 쾅쾅 울려 퍼지는 우렁찬 음악 소리는 개성 사람들의 가슴마다에 승리의 신심과 새로운 투지를 안겨 주었다.

서울로! 서울은 우리의 영웅적 인민군대에 의하여 6월 28일 오전에 완전 해방되었다. 서울의 거리거리는 해방의 기쁨으로 마냥 들끓었다. 방송은 불멸의 혁명송가 「김일성장군의 노래」로 거리거리를 들썩하고 골목골목에서는 남녀노소들이 친혈육처럼 인민군대를 둘러싸고 기쁨에 겨워 덩실덩실 춤판을 벌리고 있었다.

서울에 들어간 나는 우선 조직을 찾아가 종군작가들을 유숙시킬 합숙으로 쓸 집 한 채를 해결받았다. 단층 빈 양옥이었는데 방이 대여섯 칸 되었다. 종군작가들은 이 집에 며칠씩 묵으며 전선 정형을 요해하고 전선 동부, 중부, 서부로 떠나갔다. 그리고 전선에서 돌아왔어도 이 합숙에서 피로를 풀면서 집필을 계속 하였다.

우리들은 피로도 침식도 잊다시피 하면서 오로지 조국해방전쟁 승

8) 「김일성장군의 노래」→'「김장군의 노래」(『문화전선』 1, 1946. 7)'의 개작 판본.

리를 위하여 전선과 해방 지역에서 총포탄이 우박치는 속에 군인들과 인민들을 고무하는 글을 썼다.

조국해방전쟁 승리를 위하여 작가들이 조금이라도 보탬을 했다면 그것은 혁명의 위대한 수령님과 우리 당의 현명한 영도를 충성으로 심장으로 받들어 나갔기 때문이다.

생각하면 어느덧 35년이라는 세월이 흘렀다. 그때 조국해방전쟁에 참가했던 작가들은 이미 70~80고개에 들어섰고 우리의 곁을 떠난 동무들도 또한 적지 않다.

그러나 나는 오늘도 청춘의 마음으로 창작 활동을 계속하고 있다.

청춘이란 무엇인가, 청춘이란 나이 젊은 사람들을 두고 하는 말이지만 다른 의미에서는 나이가 많아도 당이 맡겨준 혁명 임무를 충실하게 해내는 그런 사람들을 두고 하는 말이기도 하다.

1985년 3월 7일!

바로 이날 사회보장을 받고 있는 연로한 작가들의 실정을 속속들이 헤아려보신 친애하는 지도자 김정일 동지께서는 우리 작가들에게 다시 크나큰 은정을 베풀어주시었다.

친애하는 지도자 동지께서는 노작가들의 청춘을 다시 찾아주시어 청년들 속에 다시 세워주시었다.

1985년 3월 21일!

이날 친애하는 지도자 동지께서는 또다시 노작가들뿐 아니라 전체 작가들의 먼 앞날까지 내다보시고 그들의 장래 문제까지 하나하나 풀어주시었다.

친애하는 지도자 동지께서는 노작가들의 생활 문제, 건강 문제, 출퇴근 문제 등등에서 사소한 불편이나 애로를 느낄세라 친어버이 심정으로 돌보아주시었다. 은정이 있다면 이보다 더 큰 은정이 어디에 있으며 사랑이 있으면 이보다 더 큰 사랑이 또 어디에 있으랴.

조국 해방 40돌!

이날을 맞이하여 우리 노작가들은 젊은 작가들과 함께 대오를 튼튼히 짜고 창조의 펜을 높이 추켜들고 보무당당히[9] 승리자의 대축전장으로 나가고 있다. 위대한 수령님과 친애하는 지도자 동지를 높이 우러르며 감사의 눈물, 뜨거운 눈물을 흘리며 …….

나는 세상에 대고 소리친다. 우리는 젊어서도 그 품속에 자랐고 늙어서도 그 품속에 자라며 죽어서도 그 품속에 영생할 전사들이며 영원히 청춘기에 살 전사들이라고.

—출전: 『청년문학』 321, 1985. 8.

9) 보무당당히(步武堂堂-): 걸음걸이가 씩씩하고 위엄이 있게.

東海물

尹節山

지내간 크리스마스날밤이엿다。나는 四箇月만에 南行列車에 몸을실고 故鄕을 向하야 달려고잇섯다。定刻 밤열時오分發列車는 子正이 너머서야 겨우 움지기기 始作하엿다。서울驛廣場에서 電車舖道에까지 行列을지어 다섯時間以上을 ●[illegible]면서 改札하기를 기대리든 苦楚든 生覺하니 그래도 車안에 밤을드려노은것만으로 저옥이 安堵되엿다。사람들은 依然히 雜踏을이루어 坐席을 차지한다는것은 可望업섯다。開札口아닌 出入口가 [illegible]잇는지 開札하기도前에 車안은 滿員이되여잇다。坐席을차지한 優先乘客에게 事緣을 무르니「闇」商人과 驛員사이에 더노흔 秘密通路가잇다는것이다。장사치의 손임언는 利[illegible]追求가 希望을 發見하고 新大陸을 發見한것은 世界史的事實이나 그들의 執拗한掘進路에 對하야는 恒常 征服하지안을수업다。如何든 汽車는 開札口를 通하야「홈」에드러온 사람의 切半도 태우지못하고 떠낫다。

어둠을헤치고 달리는汽車 電燈은 써지고 바람막이 窓도업고 汽車실경은 장사치의「야미」보찜에 기우러지고 벤취카ー바는 구드닥는천으로 날러간 汽車 그래도 헐버슨「解放」의汽車는 南쪽을 向하야 하！얀 煙氣를 뿜으며 달리고잇섯다。

八月十五日 歷史的인 解放의날을 마저하야 벌서 해를바꾸려하며 내가 感激의눈물로서 貨車를타고 서울驛에 내리든적도 於焉四朔이 넘엇다。그동안 내가 보고 듯고 또한것을 自省하며 우리앞에 그려진 現實—「朝鮮」의모습을 드려다볼제 헐벗은汽車가 곳「朝鮮」의 이아닌가 錯覺되엿다。

不俱戴天의 倭仇가 너머지고 꿈에도못잇든 三千里疆土가 우리손에 도라온다고 約束될제 그感激과 歡呼—地軸까지도 울리면 萬歲의喊聲은 아즉도 귀에 새롭다。都市에서 [illegible]에서 겨레의 集團과行列은 끈[illegible]사이업시 繼續되고 海內에서 海外에서 解放의先驅者들은 民族의 英雄 指導者로 나타낫다。革命의 거센물결은 大河의 決潰처럼 氾濫하고 昂揚되엿든것이다。

그러나 날이가고 달이 가시여도 解放의길은 아득하고 것잡을수업는 混沌만이 맴을치고잇다。結合과分離 進步와反動 革命과反革命의 이모ー든交錯性이 오히려 革命期特有한 現象을 비저냇엿다고할까。民衆의 尊敬하고 欽仰하면 指導者들은 時間의흐름과께 大衆的인 實驗台우에

—『신문학』 2, 1946. 6.

동해물

: 윤절산

지나간 크리스마스날 밤이었다. 나는 4개월만에 남행 열차에 몸을 싣고[1] 고향을 향하여 달리고 있었다.

정각 밤 10시 5분발 열차는 자정이 넘어서야 겨우 움직이기 시작하였다. 서울역 광장에서 전차 포도(鋪道)에까지 행렬을 지어 5시간 이상을 떨면서 개찰(改札)하기를 기다리던 고초를 생각하니 그래도 차안에 발을[2] 들여놓은 것만으로 적이[3] 안도되었다. 사람들은 의연히 잡답(雜踏)[4]을 이루어 좌석을 차지한다는 것은 가망 없었다. 개찰구(改札口)[5] 아닌 출입구가 또 있는지 개찰하기도 전에 차안은 만원이 되어 있다. 좌석을 차지한 우선 승객에게 사연을 물으니 '암(闇)'상인과 역원 사이에 터놓은 비밀 통로가 있다는 것이다. 장사치의 끊임없는 이윤

1) 실고(원문) → 싣고.

2) 밤을(원문) → 발을.

3) 적윽이(원문) → 적이. 꽤 어지간한 정도로.

4) 잡답(ざっとう[雜踏]): 붐빔. 혼잡(混雜). 여럿이 한데 뒤섞이어 어수선함.

5) 개찰구(開札口)(원문) → 개찰구(改札口): 예전에, '개표구'를 이르던 말. '표 보이는 곳'으로 순화.

추구가 희망을 발견하고 신대륙을 발견한 것은 세계사적 사실이나 그들의 집요한 굴진로(掘進路)에 대하여는 항상 경복(驚服)하지 않을 수 없다. 여하튼 기차는 개찰구를 통하여 '홈'에 들어온 사람의 절반도 태우지 못하고 떠났다.

어둠을 헤치고 달리는 기차 전등은 꺼지고 바람막이 창도 없고 기차 실겅[6]은 장사치의 '야미'[7] 봇짐에 기울어지고 벤치 커버는 구두 닦는 천으로 날려간 기차 그래도 헐벗은 '해방'의 기차는 남쪽을 향하여 하얀 연기를 뿜으며 달리고 있었다.

8월 15일 역사적인 해방의 날을 맞이하여 벌써 해를 바꾸려 하며 내가 감격의 눈물로서 화차(貨車)를 타고 서울역을 내리던 적도 어언 사(四) 삭(朔)이 넘었다. 그동안 내가 보고 듣고 또 한 것을 자성(自省)하며 우리 앞에 그려진 현실□(의)[8] '조선'의 모습을 들여다 볼 제 □(그) 헐벗은 기차가 곧 '조선'의 □□(모습)이 아닌가 착각되었다.

불구대천(不俱戴天)의 왜구(倭仇)가 넘어지고 꿈에도 못잊던 삼천리강토가 우리 손에 돌아온다고 약속될 제 그 감격과 환호—지축(地軸)까지도 울리던 만세의 함성은 아직도 귀에 새롭다.[9] 도시에서 농촌에서 겨레의 집단과 행렬은 끊일 사이 없이 계속되고 해내(海內)[10]에서 해외(海外)에서 해방의 선구자들은 민족의 영웅 지도자로 나타났다. 혁명의 거센 물결은 대하의 결궤(決潰)[11]처럼 범람하고 앙양되었던 것이다.

그러나 날이 가고 달이 가시어도 해방의 길은 아득하고 걷잡을 수 없는 혼돈만이 맴을 치고 있다. 결합과 분리 진보와 반동 혁명과 반혁명의 이 모든 교착성(交錯性)이 오히려 혁명기 특유한 현상을 빚어냈다고 할까. 민중의 존경하고 흠앙(欽仰)하던[12] 지도자들은 시간의 흐름과

---

6) 실겅: '살강'의 방언. 그릇 따위를 얹어 놓기 위하여 부엌의 벽 중턱에 드린 선반.
7) 야미(やみ[闇]): 뒷거래(-去來). 남의 눈을 피하여 뒤에서 하는 정당하지 않은 거래.
8) □: 원문에는 빈 공간으로 남아 있는데, 인쇄 조판의 실수인 듯하다. ( )의 글자는 추정해서 넣은 것이다.
9) 새로웁다(원문) → 새롭다.
10) 해내(海內): 바다로 둘러싸인 육지라는 뜻으로, 나라 안을 이르는 말.
11) 결궤(決潰): 방죽이나 둑 따위가 물에 밀려 터져 무너짐. 또는 그런 것을 무너뜨림.

함께[13] 대중적인 실험대 위에 올라서서는 넘어지고 올라서서는 넘어졌다. 혁명의 발톱은 날카로웠다. 모든 환상적인 인물과 집단은 대중 앞에 여지없이 '베일[14]'을 벗기고 말았다. 남는 것은 혁명의 거센 물결만이 도도할 뿐이다.

어느 선배는 나에게 말하였다. 우리는 기차가 내뿜는 하얀 연기가 아니라 모름지기 기관차가 되어야 한다고. 사실 이제까지의 지도자들은 바람이 불면 언제 어느 곳으로 사라질지도 모르는 연기가 되었으며 대중은 또한 그 연기만을 바라보고서 연기가 사라지면 곧 환멸을 느껴왔다. 그러나 혁명의 주체요 그 전위(前衛)는 어느 때나 기관차이다. 어둠을 헤치고 돌진하는 기관차 그것만이 객차나 배차를 능히 이끌고 갈 수 있는 것이다. 혁명에의 길—그것은 기차선로와도 같이 우리 눈앞에 뚜렷하다. 그러나 신속(迅速)하는 기관차가 내뿜고 간 연막만이 눈에 첩경 띠는 것은 웬일일까.

나는 기차에 몸을 흔들리며 이 같은 엉뚱한 연상에 사로잡혀 시간 가는 줄을 몰랐다. 기차가 어느 역을 지났는지 어둠 속에 담뱃불만 반짝이며 주고받은 잡담 소리도 사라지고 피로에 지친 나그네들은 잠이 들었다. 어느덧 창밖에는 먼동이 터 오고 있었다. 깨어진 유리창으로 숨어드는 새벽바람은 뼛속까지 깎아낸 듯 차가웠다. 창밖으로 어렴풋이 비치는 푸른 하늘 하얀 눈에 덮인 산과 들 그리고 안개에 쌓인 촌락들이 모다[15] 정적을 지키고 차안에 나그네들까지 코골며 조는 데[16] 오직 기관차만은 쉴 사이 없이 새벽길을 달리고 있다.

문득 나의 동료 한 사람이 항상 자기는 새벽길을 떠난 길손이라고 농담 삼아 하던 말이 생각난다. 자기의 선구자적 식견을 일반이 알아주지 못함으로 답답한 끝에 나온 말이겠으나 이같이 온 누리가 고이

---

12) 흠앙하다(欽仰--): 공경하여 우러러 사모하다.

13) 께(원문) → 함께.

14) 벨(원문) → 베일(veil): 비밀스럽게 가려져 있는 상태를 비유적으로 이르는 말. '장막'으로 순화.

15) 모다: '모두'의 옛말.

16) 조으는데(원문) → 조는 데.

잠들고 있을 제 홀로[17] 새벽 기차만이 정적을 깨트리고 달리고 있음을 볼 제 그 정황이 근사하게 실감을 주었다.

이윽고 기차가 나의 고향인 N읍에 다았을 제는 아침해가 반 가웃[18]이나[19] 솟아 있었다. 논에는 박빙(薄氷)[20]이 펴져 있었으나 밭이랑에는 눈은 녹아 없어지고 오히려 보리 싹이 푸른빛을 머금고 있다. 푸른 보리 싹을 보니 나의 머리에는 갑자기 잡다한 상념이 구름 끼듯 떠올랐다. 작년 이맘때[21] '일제'의 단말마적 발악은 증산이니 공출이니 하여 동계 퇴비를 논밭에다 쌓아야 한다고 무고(無辜)한 농민들로 하여금 얼음과 눈 속에서 초목 채취를 강제하고 저수지 제언(堤堰)[22]을 만든다고 섬약(纖弱)한 부녀자로 하여금 얼음덩이 흙과 돌을 파도록 강요하는 대마(大馬)로서도 감당키 어려운 그 고난과 신산(辛酸)을 회상만 하여도 소름이 끼친다. 그네들은 우리 농군을 나태하다고 비난하였으며 그러기에 간난(艱難)[23]을 못 면한다고 질매(叱罵)하였다.[24] 그러나 그들의 감독과 장려 아니 살인적 채찍[25]이 없어도 우리 농군들은 능히 거둬드릴 때 거둬드리고 거름 낼 때 거름 내고 씨뿌릴 때 씨뿌리어 보리 싹은 저와 같이 푸르게 자라고 있지 않는가.

자고로 변학도(卞學道)의 악정(惡政)으로 이름난 나의 고장은 8·15 직전까지 유달리 '일제'에 충성을 다한 성주(城主)로 말미암아 민원(民怨)은 충천하였는데 그들 인민의 손으로 처단하지 못한 것은 고사하고 이(李) 어사식(御史式) 출도(出道)를 못 붙인 것이 더욱 유감이 아닐 수

17) 호올로(원문) → 홀로.
18) 가웃: 수량을 나타내는 표현에 사용된 단위의 절반 정도 분량의 뜻을 더하는 접미사.
19) 발가옷이나(원문) → 반 가웃이나.
20) 박빙(薄氷): 살얼음. 얇게 살짝 언 얼음.
21) 이만때(원문) → 이맘때. 이만큼 된 때.
22) 제언(堤堰): 댐(dam). 발전(發電), 수리(水利) 따위의 목적으로 강이나 바닷물을 막아 두기 위하여 쌓은 둑.
23) 간난(艱難): '가난'의 원말. 살림살이가 넉넉하지 못하여 몸과 마음이 괴로움. 또는 그런 상태.
24) 질매하다(叱罵--): 몹시 꾸짖어 나무라다.
25) 챗죽(원문) → 채찍. 말이나 소 따위를 때려 모는 데에 쓰기 위하여, 가는 나무 막대나 댓가지 끝에 노끈이나 가죽 오리 따위를 달아 만든 물건.

없다. 오히려 듣자하니 8·15 해방 이후 변학도식 전라어사를 맞이하여 인민의 참된 지도자와 아울러 대중까지 무수한 희생자를 내었다고 한다. 물론 혁명기에 부수(附隨)하는 반동과 반혁명의 부분적 현상이라고 하겠으나 통분을 금할 수 없다.

얼마 되지 않아서 나는 N역에 다다랐다. '홈'을 나오니 그래도 거리의 모습이 일변된 감이 있다. 전에 보지 못하던 간판이 눈에 띠며 '포스터'가 붙어 있었다. 인민위원회 사건이래 유능한 지도자를 빼앗기어 운동은 수세(守勢) 상태에 있었으나 남은 동무들의 활동은 불굴집요(不屈執拗)한 바가 있었다. 나는 적이 안도하였다. 더욱이 나의 집 골목에를 들어서니 오육 세 된 천진스런 아해(兒孩)[26]들이 고사리 같은 손을 마주 잡고 "동해물과 백두산이……" 하고 애국가를 부르며 놀고 있다.

나의 입에서는 자기도 모르는 한숨이 길게 나왔다. 무의식한 어린애들의 창가는 나에게 커다란 감명을 주었다. 엊그제까지 우리나라 말[언어]까지 빼앗기어 이국 말로 전쟁 창가를 하던 그 입에서 "동해물과 백두산이……" 하고 우리나라 창가가 나오게 된 것을 생각하니 나의 눈에는 까닭 모를 눈물이 핑 돌았다.

나의 가까운 동료 한 사람이 저 역사적인 제1차 인민 대표자 회의에 출석하여 의견의 대립으로 격론(激論)을 전개하려다가 「애국가」를 합창하고 나니 격앙된 감정이 진정되고 눈물만이 나와서 말문이 닫치더라고 고백한 것을 나는 들었다. 사실 단순한 애국가가 장소와 시간에 따라서 일종의 형언 못할 감명을 주게 되는 것을 부정할 수 없다.

나는 집에 들어가자마자 나의 아들 손목을 이끌며 함께 "동해물과 백두산이……" 하고 힘차게 불러보았다.

1945년 12월 27일

—출전: 『신문학』 2, 1946. 6.

---

26) 아해(兒孩): 아이.

편지 천세봉 형에게

, 보내 주신 편지는 반갑고 [illegible] 받았습니다. 늘 건강이 좋지 못하시다고 했었는데 요즘은 어떠하신지요. 어쨌든 병을 무릅쓰고 그처럼 [illegible]을 계속 써내신 형님 [illegible] 머리가 숙여질 뿐입니다.

《석개울의 새 봄》 2부는 《조선 문학》 지상에 [illegible] 계속 읽고 있습니다만 어떤 [illegible] 보내 주신 《대하는 흐른다》를 깊은 감명 속에 읽었습니다. [illegible] 밤을 새워가며 읽고 모두들 크게 감동을 받았다고 [illegible]하고 있습니다. 하루 [illegible] 바쁘게 지냈습니다.

솔직하게 말씀 드리자면 저는 우리 작가들로부터 동시대인들의 작품에 대하여 더 애정을 가지고 대하여 달라는 목소리를 들을 때마다 자기에게 아직도 그러한 뜨거운 애정이 부족하다는 것을 자인하고 그것을 시정하려고 무척 노력도 해 왔습니다. 그러나 실지 작품에 부닥치고 보면 그렇게 되지 않는 경우가 종종 있습니다.

우리 동시대인들의 작품에 더 뜨거운 애정을 가지고 대해 달라는 말은 어디까지나 정당한 요구이며 작가의 성공을 자기의 성공처럼 기뻐하고 그의 실패를 자기의 실패처럼 아파하는 그런 입장에서만 참다운 평론의 뿌리도 설 수 있을 것입니다. 그런데도 하계 나 자신의 수양이 부족한 탓이겠지만 지내 기대에 어긋나는 작품들을 대할 때는 그런 작품을 읽고 또 평론을 쓰지 않으면 아니되는 자신의 처지를 원망하게 생각하는 경우까지 있습니다.

이러한 나에게 있어서 금번 《대하는 흐른다》는 그야말로 큰 감동과 충격을 안겨 주었으며 역시 우리 동시대인들의 창작 활동 속에서 함께 사색하고 문학을 한다는 것이 얼마나 행복한가를 새삼스레 느끼게 하였습니다.

우선 이 작품에서는 작가의 뜨거운 정열과 압박되던 시대적 화폭이 그대로 독자들의 심장을 울려 줍니다. 나는 형의 금번 작품을 통하여 8. 15 해방의 감격을 새롭게 맛보는 그런 흥분 속에서 원고지를 번져 나갔습니다.

역사적인 8. 15 해방을 맞이한 우리 인민들의 혁명적 앙양과 경애하는 수령께서 펼쳐 주신 [illegible] 노선에 기초하여 토지 개혁의 세기적 위업을 승리적으로 완수하게 된 역사적 화폭을 담은 이 작품은 우리 문단의 또 하나의 수확이 되리라고 생각합니다.

이러한 성과는 무엇보다도 형이 그처럼 우리 농촌 현실에 깊이 침투하여 풍부한 생활 체험을 축적하여 온 직접적인 산물인 동시에 예술적 탐구에 남달리 심혈을 기울이고 있는 형의 꾸준한 노력과 떼어서 생각할 수 없습니다.

확실히 근자에 와서 형의 붓끝은 더욱 날이 서고 더욱 원숙해 가고 있습니다. 이는 형 자신 뿐만 아니라 우리 문단을 위해서도 경하할 일입니다.

장편 소설의 구성에 있어서도 이번 작품은 《석개울의 새 봄》에서 보다도 훨씬 입체성을 드러내고 줄거리 발전의 긴박성이 끝까지 유지되고 있습니다. 더우기 이야기 줄거리가 명확하고 [illegible] 사건이 얽혀져 나가는 데서 입체적 구성미가 잘 드러나고 있는 것은 이번 작품에서 새로운 개척이라고 생각합니다.

며칠 전 《문학 신문》 지상에서도 형이 장편 소설의 구성 문제에 대하여 새로이 깊은 관심을 기울이고 있다는 것을 읽었습니다. 오늘 적지 않은 우리 장편 소설들이 평면하고 잘 짜인 줄거리를 세우는 일을 소홀히 하면서 인물 성격에만 매달리는 경향에 비추어 볼 때 그것은 매우 의의 있는 일이라고 생각합니다.

나는 《조선 문학》 지상에 장편 소설의 구성 문제에 대하여 쓴 일도 있지만 우리 조상들은 장편 소설의 구성에 대하여 훌륭한 전통과 유산을 물려 주었습니다.

물론 향전 소설이 성격 묘사에서는 일정한 제약성을 가지고 있다는 것을 인정합니다. 그런데 현대 작가들은 성격 묘사에 새로운 수련을 쌓는 어간에 우리 고전 소설이 물려 준 우수한 구성적 측면을 망각해 버린 것 같습니다.

확실히 형은 우리 장편 소설이 가지고 있는 약한 고리에 대하여 옳게 착안하였다고 보며 그런 의미에서도 이번 《대하는 흐른다》는 커다란 전진이며 새로운 의의를 갖는다고 봅니다.

그러나 천 세봉 형—

내가 여기서 정작 말하려는 것은 구성 문제가 아닙니다. 나는 금번 형의 작품을 읽고 장편 소설 작가로서의 형이 가지고 있는 개성적 자질을 더 구체적으로 리해할 수 있는 기회를 가졌습니다.

농촌의 다양한 인물 성격들을 생동하게 부각시켜 주는 그 놀라운 필치 뿐만 아니라 독자들을 이끌고 가는 사건의 흥미성에 대하여도 다시금 생각하게 되었습니다. 《석개울의 새 봄》에서 마을 영감과 그의 딸, 그리고 지주 순구와의 관계에서 벌어진 사건이라던가 박 범선, 강 기덕 등을 중심한 사건들에서는 거저 막연히 느꼈던 것이 이번 작품에서는 더욱 확대되어 명확히 볼 수 있는 그 무엇을 느꼈습니다.

즉 독자들이 예상할 수 없는 사건의 거듭과 굴곡으로 줄거리를 전개하여 가는 능난한 수법은 작가의 풍부한 생활 체험 뿐만 아니라 또한 작가의 풍만한 예술적 예상이 [illegible]서만 가능한 것인데 형에게는 바로 그것이 재치 있게 빛나고 있습니다. 독자들 속에서 형의 작품이 인기가 있는 것도 개성화된 인물 성격들의 부각과 더불어 그것이 또 하나의 요인으로 되고 있다고 생각합니다.

그런데 나는 이와 관련시켜 형의 이번 작품에서 받은 인상을 솔직하게 말하지 않을 수 없습니다. 그것은 쉽게 말하여 작가의 사색적 깊이에 관한 문제입니다.

물론 작가의 사색, 나아가서 사상, 미학적 견해는 구체적인 형상 체계에서 저절로 흘러 나오는 인물들의 성격 창조를 떠나서 이야기할 수 없습니다. 그러나 제가 욕심일는지는 몰라도 이번 작품에서 작가의 철학적 사색의 깊이가 더 배합되어 주었으면 하는 생각이 자꾸만 듭니다. 말하자면 《석개울의 새 봄》 1 부에서 창혁이가 산림 보호원과 더불어 달구지 우에 올라 산협길을 갈 때 주고 받는 그런 의미 심장한 대화 같은 것 말입니다.

예개 사람들이 늙거나 젊거나 간에 일정한 자기의 생활 철학을 가지고 있는 것이지만 작가란 누구보다도 가장 선두에 선 시대의 철학을 가져야 하며 그것이 우수한 형상을 통하여 나래칠 때 독자들의 머리 속에 오래 오래 남게 된다고 생각합니다. 또한 독자들이 한 작품을 몇 번이고 곱씹어 읽게 되는 것도 그 때문이라고 봅니다.

그런데 단순한 사건의 굴곡이나 세태 묘사만으로는 독자들을 사색케 하고 몇 번이고 곱씹어 읽게 할 수는 없다고 볼 때 형은 이 측면에 더 유념하시고 더 노력하여 주셨으면 하는 것입니다.

생각컨대 이것을 형이 더 잘 알고 계시리라 믿으면서도 [illegible]이란 옛말과 같이 형의 이번 작품의 성공을 축하하고 고무하는 의미에서 드리는 말에 [illegible] 붙처님 앞에 설법하는 격이 되고 말았습니다. 너그러이 용서하십시오.

부디 몸 조섭을 잘하시어 하루 속히 건강을 회복하시고 구상 중에 있다던 《[illegible]》를 집필해 주시기 바랍니다.

1962. 7. 16.

—평양에서—

윤 세 평

—『문학신문』 467, 1962. 7. 20.

[편지]

천세봉 형에게

: 윤세평

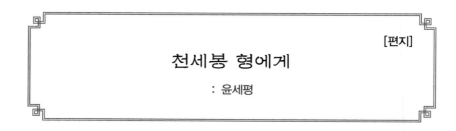

보내 주신 편지는 원고와 함께 잘 받았습니다. 늘 건강이 좋지 못하시다고 들었는데 요즘은 어떠하신지요. 어쨌든 병을 무릅 쓰고 그처럼 대작들을 계속 써내신 데는 저절로[1] 머리가 숙여질 뿐입니다.

『석개울의 새 봄』 3부는 『조선문학』 지상을 통하여 계속 읽고 있습니다만[2] 이번에 보내 주신 원고 『대하는 흐른다』를 깊은 감명 속에 읽었습니다.[3] 벌써 젊은 몇 동무들이 읽고 모두들 크게 감명을 받았다

---

1) 제절로(원문) → 저절로.

2) 천세봉, 『석개울의 새봄』(제1부), 『조선문학』, 1955. 7~9; 『조선문학』 106~108, 1956. 6~8; 『조선문학』 120~122, 1957. 8~10.
천세봉, 『석개울의 새봄』(제2부), 『조선문학』 144~151, 1959. 8~1960. 3; 『조선문학』 155~160, 1960. 7~12.
천세봉, 『석개울의 새봄』(제3부), 『조선문학』 175~190, 1962. 3~1963. 6.

3) 천세봉의 『대하는 흐른다(제1부)』는 1962년 어느 기관지(확인 불가, 『문학신문』 일부 게재(1962. 3. 6))에 연재된 후, 1963년 단행본(「신간안내」(『문학신문』, 1963. 4. 19), 장형준의 비평(『문학신문』, 1963. 6. 21), '작품 합평회'(『문학신문』, 1963. 9. 24) 등으로 추정)으로 출판된 것으로 추정된다. 현재 남한에서 확인 가능한 판본은 1964년 판본 『대하는 흐른다(제1부)』이다. 1964년 판본은 1962년 『문학신문』에 게재된 판본과 비교해 보면 일부 개작된 판본임을 알 수 있다(1962년 『문학신문』 판본: 20장 「송월산의 락조」의 일부, 21장 「비룡강우에 비치는 태양」 일부 → 1964년 단행본 판본: 제20장 「비룡강 우

고 실토하고 있습니다. 아주 감동적인 작품이었습니다.

솔직하게 말씀드리자면 저는 우리 작가들로부터 동시대인들의 작품에 대하여 더 애정을 가지고 대하여 달라는 목소리를 들을 때마다 자기에게 아직도 그러한 뜨거운 애정이 부족하다는 것을 자인하고 그것을 시정하려고 무척 노력도 해 왔습니다. 그러나 실지 작품에 부닥치고 보면 그렇게 되지 않는 경우가 종종 있습니다.

우리 동시대인들의 작품에 더 뜨거운 애정을 가지고 대해 달라는 말을 어디까지나 정당한 요구이며 작가의 성공을 자기의 성공처럼 기뻐하고 그의 실패를 자기의 실패처럼 아파하는 그런 입장에서만 참다운 비평의 윤리도 설 수 있을 것입니다. 그런데도 아직 나 자신의 수양이 부족한 탓이랄까 지내[4] 기대에 어긋나는 작품들을 대할 때는 그런 작품을 읽고 또 평론을 쓰지 않으면 아니 되는 자신의 처지를 민망하게 생각하는 경우조차 있습니다.

이러한 나에게 있어서 금번 『대하는 흐른다』는 그만큼 큰 감흥과 충격을 안겨 주었으며 역시 우리 동시대인들의 창작 활동 속에서 함께 사색하고 문학을 한다는 것이 얼마나 행복한가를 새삼스레 느끼게 하였습니다.

우선 이 작품에서는 작가의 뜨거운 정열로 안받침[5]된 시대적 화폭이 그대로 독자들의 심장을 움켜[6]잡습니다. 나는 형의 금번 작품을 통하여 8·15 해방의 감격을 새롭게 맛보는 그런 흥분 속에서 원고지를 번져 나갔습니다.

역사적인 8·15 해방을 맞이한 우리 인민들의 혁명적 앙양과 경애하는 수령께서 펼쳐주신 정확한 노선에 기초하여 토지개혁의 세기적 위

에 비치는 태양」 중 '2'의 일부와 '5'의 일부).
천세봉, 「『대하는 흐른다』중에서」, 『문학신문』, 1962. 3. 6.
천세봉, 『대하는 흐른다(제1부)』, 조선문학예술총동맹출판사, 1964(1964. 4. 30. 발행).

4) 지내: '너무'의 이북어.
5) 안받침: 안에서 지지하고 도와줌.
6) 웅켜(원문) → 움켜.

업을 승리적으로 완수하게 된 역사적 화폭을 담은 이 작품은 우리 문단의 또 하나의 수확이 되리라고 생각합니다.

이러한 성과는 무엇보다도 형이 그처럼 우리 농촌 현실에 깊이 침투하여 풍부한 생활 체험을 축적하여 온 직접적인 선물인 동시에 예술적 탁마[7]에 남달리 심혈을 기울이고 있는 형의 꾸준한 노력과 떼어서 생각할 수 없습니다.

확실히 근자에 와서 형의 붓끝은 더욱 날이 서고 더욱 원숙해 가고 있습니다. 이는 형 자신뿐만 아니라 우리 문단을 위해서도 경하할 일입니다.

장편소설의 구성에 있어서도 이번 작품은 『석개울의 새 봄』에서 보다도 훨씬 입체성을 드러내고 줄거리 발전의 긴박성이 끝까지 유지되고 있습니다. 더욱이[8] 이야기 줄거리가 명확하고 굵직굵직한 사건이 맞물려 나가는 데서 입체적 구성미가 잘 드러나고 있는 것은 이번 작품에서 새로운 개척이라고 생각합니다.

며칠 전 『문학신문』 지상에서도 형이 장편소설의 구성 문제에 대하여 새로이 깊은 관심을 기울이고 있다는 것을 읽었습니다. 오늘 적지 않은 우리 장편소설들이 튼튼하고 잘 째인[9] 골격을 세우는 일을 소홀히 하면서 인물 성격에만 매달리는 경향에 비춰볼 때 그것은 매우 의의 있는 일이라고 생각합니다.

나는 『조선문학』 지상에 장편소설의 구성 문제에 대하여 쓴 일도 있지만 우리 조상들은 장편소설의 구성에 대하여 훌륭한 전통과 유산을 물려주었습니다.

물론 중세 소설이 성격묘사에서는 일정한 제약성을 가지고 있다는 것을 인정합니다. 그런데 현대 작가들은 성격묘사에 새로운 수련을 쌓는 어간[10]에 우리 고전소설이 물려준 우수한 구성적 측면을 망각해버

7) 탁마(琢磨): 학문이나 덕행 따위를 닦음을 비유적으로 이르는 말.
8) 더우기(원문) → 더욱이.
9) 째이다: '짜이다'의 이북어.

린 것 같습니다.

확실히 형은 우리 장편소설이 가지고 있는 약한 고리에 대하여 옳게 착안하였다고11) 보며 그런 의미에서도 이번『대하는 흐른다』는 커다란 전진이며 새로운 의의를 갖는다고 봅니다.

그러나 천세봉 형—

내가 여기서 정작 말하려는 것은 구성 문제가 아닙니다. 나는 금번 형의 작품을 읽고 장편소설 작가로서의 형만이 가기고 있는 개성적 자질을 더 구체적으로 이해할 수 있는 기회를 가졌습니다.

농촌의 다양한 인물 성격들을 생동하게 부각시켜주는 그 놀라운 필치뿐만 아니라 독자들을 이끌고 가는 사건의 흥미성에 대하여도 다시금 생각하게 되었습니다.『석개울의 새 봄』에서 마인렬 영감과 그의 딸들, 그리고 지주 서순구와의 관계에서 벌어진 사건이라던가 박병천, 강기덕 등을 중심한 사건들에서는 거저 막연히 느꼈던 것이 이번 작품에서는 더욱 확대되어 명확히 붙들 수 있는 그 무엇을 느꼈습니다. 즉 독자들이 예상할 수 없는 사건의 기복과 굴곡으로 줄거리를 전개하여 가는 능란한12) 수법은 작가의 풍부한 생활 체험뿐만 아니라 또한 작가의 풍만한 예술적 환상이 배합됨으로써만 가능한 것인데 형에게는 바로 그것이 재치 있게 빛나고 있습니다. 독자들 속에서 형의 작품이 인기가 있는 것도 개성화된 인물 성격들의 부각과 더불어 그것이 또 하나의 요인으로 되고 있다고 생각합니다.

그런데 나는 이와 관련시켜 형의 이번 작품에서 받은 인상을 솔직하게 말씀드리지 않을 수 없습니다. 그것은 쉽게 말하여 작가의 사색적 깊이에 관한 문제입니다.

물론 작가의 사색, 나아가서 사상, 미학적 이상은 전반적인 형상체

---

10) 어간(於間): 시간이나 공간의 일정한 사이.

11) 착안하다(着眼--): 어떤 일을 주의하여 보다. 또는 어떤 문제를 해결하기 위한 실마리를 잡다.

12) 능란하다(能爛--): 익숙하고 솜씨가 있다.

계에서 저절로 흘러나오며 인물들의 성격 창조를 떠나서 이야기할 수 없습니다. 그러나 저의 욕심일는지는 몰라도 이번 작품에서 작가의 철학적 사색의 깊이가 더 배합되어 주었으면 하는 생각이 자꾸만 듭니다. 말하자면『석개울의 새 봄』1부에서 창혁이가 산림보호원과 더불어 달구지 위에 올라 산협길을 갈 때 주고받는 그런 의미심장한 대화 같은 것 말입니다.

매개 사람들이 높거나 얕거나 간에 일정한 자기의 생활철학을 가지고 있는 것이지만 작가란 누구보다도 가장 선두에 선 시대의 철학을 가져야 하며 그것이 우수한 형상을 통하여 나래칠 때 독자들의 머릿속에 오래오래 남게된다고 생각합니다. 또한 독자들이 한 작품을 몇 번이고 곱씹어 읽게 되는 것도 그 때문이라고 봅니다.

그런데 단순한 사건의 굴곡이나 세태 묘사만으로는 독자들을 사색케 하고 몇 번이고 곱씹어 읽게 할 수는 없다고 할 때 형은 이 측면에 더 유념하시고 더 노력하여 주셨으면 하는 것입니다.

생각건대[13] 이것은 형이 더 잘 알고 계시리라 믿으면서도 준마가편[14]이란 옛말과 같이 형의 이번 작품의 성공을 축하하고 고무하는 의미에서 드리는 말에 불과하나 써놓고 보니 부처님 앞에 설법하는 격이 되고 말았습니다. 너그러이 용서하십시오.

부디 병 조섭[15]을 잘하시어 하루 속히 건강을 회복하시고 구상 중에 있다는「제비」를 집필해 주시기 바랍니다.

1962. 7. 16.

-평양에서-

윤세평

—출전:『문학신문』467, 1962. 7. 20.

13) 생각컨대(원문) → 생각건대.

14) 준마가편(駿馬加鞭): '빠르게 잘 달리는 말(駿馬)'을 '채찍질하여 재촉한다(加鞭)'는 뜻으로, 잘하는 사람을 더욱 장려함을 이르는 말.

15) 조섭(調攝): 조리(調理). 건강이 회복되도록 몸을 보살피고 병을 다스림.

작가들의 편지

윤 세평 동지에게 보내는 답장

천 세 봉

존경하는 윤 세평 동지!

동지께서 《문학 신문》을 통하여 부치신 편지를 저는 늦게야 받아 읽었습니다.

그러지 않아도 원고를 편집부에 제출해 놓고 궁금히 기다리던 차입니다. 글 쓰는 사람이면 흔히 체험해 보는 것처럼 저는 자기가 창작한 작품을 꼭 자기의 육신을 바쳐 키운 자식처럼 여깁니다.

그러기 때문에 원고를 편집부에 보내 놓고도 불안과 초조감에 싸여 지내는데 이건 나뿐이 아니고 우리의 동지들이 모두 그러리라고 생각합니다.

더구나 이번 《대하는 흐른다》는 작업 기간도 짧았고 건강이 좋지 못해서 초고의 대부분까지도 다른 사람의 손을 빌어 필사케 하면서 집필해 갔습니다. 그러니 이처럼 서두른 창작에 대하여 안심을 못하리라는건 뻔한 일입니다.

그런데 나는 오늘 동지의 따뜻한 편지를 읽고 몸둘 바를 모르겠습니다. 확실히 그건 과찬입니다. 물론 이 작품에도 저 자신의 긍지를 가지고 자랑을 느낄 만한 점은 있습니다. 그러나 더 많이는 나의 마음을 무겁게 사로잡는 불만이 있습니다.

우선 동지께서 말씀한 철학적인 심도 문제입니다. 이 문제도 물론 긍정이 됩니다. 저 자신은 그래도 작품의 매개 장 절들에서 시대에 대한 깊은 생각을 가지고 매개 인간들의 운명과 그들의 생활에 대하여 철학적인 깊이를 부여하려고 노력했습니다. 시대적인 것, 인간적인 것, 참된 것, 리상적인 것, 선과 악에 대하여, 사람들이 어떻게 살아야 한다는 좀 더 깊은 측면에 대하여 생각은 많이 했고 또 그렇게 쓰노라 했습니다.

그러나 그런 것의 심도가 평론가인 동지에게 약하게 느껴졌을 때에야 그 측면에서도 제가 노력을 덜 기울인 것만은 사실입니다.

저는 동지의 편지를 읽으면서 이 작품 전체에 대하여 불연히 무거워지는 생각을 금할 수가 없습니다.

작품의 군데군데에 책장을 도로 넘기고 다시 돌아 읽어 보고 싶은 대목이 많도록 철학적인 사색의 깊이를 좀 더 배합해 주었으면 좋겠다는 론조로 말씀하셨지만 저는 그것보다도 이 작품을 다 읽고 나서 독자들의 가슴에 남아질 것이 무엇이겠는가 하는 우려를 가지게 됩니다. 다시 말하면 담겨진 전체 형상이…즉 이 작품에 바쳐진 나의 사색, 나의 흥분, 나의 열정, 나의 사상이 독자들의 심장에 무엇을 남겨 주겠는가!

독자들은 이 책의 마지막 장을 읽고 나서 무엇인가 공명하고 못 잊어 하며 단 한순간이라도 명상에 잠기는 독자가 과연 한 사람이라도 있겠는가? 그저 그런 소설이야! 하는 정도의 대접을 받고 이어 독자들은 《대하는 흐른다》를 읽었는지 《소하는 흐른다》를 읽었는지 모르게 되지 않을가…부쩍 이런 생각이 마음을 짓눌러 옵니다.

사실 제가 이 작품에서 어느 정도의 자족을 느낀다고 말할 것도 이 작품이 8.15 해방 직후의 벅찬 시대적인 화폭을 담았다는 생각에서 일지도 모릅니다.

8.15 해방 직후에 수상 동지께서 제시하신 정치 로선이 태양의 빛발처럼 비쳐 내리고 그 빛발 속에서 위대한 새 역사의 대하가 흐르기 시작했습니다.

그렇습니다. 그것은 새 역사의 대하입니다. 이 도도한 흐름은 거침 없이 오늘에로 흘러 왔으며 미래에로 흘러 가고 있습니다. 그러니 저는 이 거창한 흐름의 시작을 장편에 담았다고 할 것입니다. 그러나 그렇게 의의 있고 좋은 주제를 취급했다는 것이 문제이겠습니까? 문제는 작품에 담겨진 내용이 어떤가에 있을 게 아닙니까.

존경하는 동지!

동지께서 격찬해 주신 편지에서 제가 도리어 마음이 무거워진다고 한다면 작품이란 이렇거나 저렇거나 건드리기만 하면 작가 자신에겐 충격이 크다는 걸 아실 것입니다. 저의 경우엔 어쩔 수 없이 그렇게 큰 충격을 받습니다. 바로 그렇기 때문에 따뜻한 비평의 원리가 서야 한다는 그런 요구가 제기되지 않는가 싶습니다.

사실 지금 우리 문단엔 그전처럼 곤봉식 비평이 성행을 하거나 그러는건 아닙니다. 저는 동지께서 그 문제에 대해서 말씀을 하셨으니 소설가의 입장에서 몇 마디 쓰겠습니다.

우리 문단에 곤봉식 비평은 없어졌으나 그러나 아직도 어느 한 작품이 잘못 되었다는 평가가 있게 되면 말이 없다가도 집중되어 때리는 경향이 있습니다. 이것은 따뜻한 비평으로서 작가를 어떻게 돕는 심정으로는 볼 수 없습니다.

사실 작가가 수삼 년의 심혈을 기울여 쓰고 다듬고 한 작품을 엄격한 심판관의 입장에서 원격에 떼어 내리거나 심심파적으로 이야기만 나면 건드리는 따위의 비평 아닌 비평이야 작가의 가슴만 쑤실 것 같이 서럽게 만들었지 그 무슨 도움이 되겠습니까? 사실 실실 와작으로 건드린다는 말이 났으니 말이지 솔'밭 같이 작은 곳에서 질투 심리와 애증이 없이 하나의 장편 소설을 단마디로 규정 짓거나 건드리고 때리는 것 같은 일은 삼가야 할 일이 아니겠습니까! 물론 작품이 얼마 잘못된 작품으로 이야기가 되었다 할지라도 작가를 위해서 따뜻한 애정으로 진지하고 성실한 입장에서 이야기가 되어야 할 것이 아닙니까!

이것은 우리 문학 부문의 전진을 위해서도 필요하며 동 시대인들의 작품을 뜨거운 애정으로 대해 주는 태도라고 생각됩니다.

평론이란 역시 그 한 평론가의 창작이 아니겠습니까? 그러니 평론을 쓰는 사람도 모든 창작하는 사람들과 함께 현실을 연구하고 시대를 깊이 사색하며 나아가야 할 것입니다. 그래서 자기 호흡이 담긴 뜨거운 말로 문학을 선도해 주어야 할 것이라고 생각됩니다.

죄송합니다. 동지께서 더욱 잘 아시는 문제를 정말 동지께서 말씀한 대로 부처님 앞에서 설법하는 격으로 지루하게 지껄이었습니다. 용서해 주십시오.

윤 세평 동지!

동지께선 편지에서 저를 장편 소설 작가로 추켜 올리고 말씀을 하시지만 저는 아직 한 사람의 문학 청년이며 문학도 입니다.

《대하는 흐른다》를 쓰기까지 하고 나니 인제 겨우 장편을 어떻게 써야 하겠다는 것을 알만하게 되었습니다. 참으로 문학이란 나아갈수록 힘이 부치고 어려워집니다. 머리만 높이 나르고 붓이 달리지 못하는 순간이 있는가 하면 붓이 달리자고 해도 머리가 물처럼 굳어지는 순간이 있습니다. 그래서 어떻게 흥분해지는 것인지도 모르겠습니다. 그저 마음은 늘 불안스럽고 초조합니다. 그러니 앉으나 누우나 창작에 대한 생각 뿐이 없습니다. 요새도 노상 그렇습니다. 지금 저의 머리 속에선 수십 명의 인간 군상들이 활동합니다. 대화를 하고 행동을 하고 사건이 벌어 나고…이걸 긴장과 흥분으로 조직해 나갑니다. 방금 동지의 글월을 읽기 전엔 이런걸 생각했습니다. 열네 살 먹은 어린 주인공이 천류계로 팔려간 자기의 속모 혼단이를 생각하면서 거리로 걸어 가다가 매월관이란 료정 앞에서 속모의 애절한 노래'가락 소리를 듣고 걸음을 멈춥니다.

소년의 가슴에선 눈물이 아니라 피가 흐릅니다. 무서운 사회악이 빚어 낸 숙모의 운명에 대해서 소년은 몸부림치게 됩니다. 그러고는 주먹을 쥐어 봅니다. 인제 소년은 어떻게 행동할지 모릅니다. 오직 작자 자신인 제가 흥분할 수 있는 환상의 청부지가 펼쳐져 있을 뿐입니다.

어쨌든 나는 오늘의 이 통쾌하고 찬란한 현실 속에서 우리의 쓰라린 과거에 대해서도 마음껏 이야길 하고 현재의 기쁨에 대해서도 마음껏 이야길 하려고 합니다. 이게 얼마나 행복한 일입니까! 저는 참으로 행복합니다. 정열이 불타는 대로 힘껏, 마음껏 쓰겠습니다. 그러노라면 저의 문학적인 수련도 한 걸음 한 걸음 높아지리라고 생각됩니다.

존경하는 동지!

무더운 여름입니다. 요새 일기는 사뭇 남방적인 정서를 자아 내기도 합니다. 하루 꼭 한번씩은 요란하게 소낙비가 두두리니까요. 방금도 폭우가 퍼붓고 지나 갔습니다. 창 밖에 드리운 록음의 가지들이 싱그러워지고 땅에선 후끈후끈 열'기가 솟아 오릅니다.

아마 이런날 동지께선 그 통그란 얼굴에 땀을 흘리시며 집무를 하리라고 여겨집니다. 부디 몸 조심하십시오. 그리고 아무쪼록 평론에서 편집 사업에서 큰 성과가 있으시기를 축원합니다.

1962. 7. 27

—『문학신문』 477, 1962. 8. 24.

[작가들의 편지]

윤세평 동지에게 보내는 답장

: 천세봉

존경하는 윤세평 동지!

동지에게서 『문학신문』을 통하여 부치신 편지를 저는 늦게야 받아 읽었습니다.

그러지 않아도 원고를 편집부에 제출해 놓고 궁금히 기다리던 차입니다. 글 쓰는 사람이면 흔히 체험해 보는 것처럼 저는 자기가 창작한 작품을 꼭 자기의 육신을 바쳐 키운 자식처럼 여깁니다.

그러기 때문에 원고를 편집부에 보내놓고도 불안과 초조감에 쌓여 지내는 데 이건 나뿐이 아니고 우리의 동지들이 모두 그러리라고 생각합니다.

더구나 이번 『대하는 흐른다』는 작업 기간도 짧았고 건강이 좋지 못해서 초고의 대부분까지도 다른 사람의 손을 빌어 필사케 하면서 채찍질해 갔습니다. 그러니 이처럼 서투른 작품에 대하여 안심을 못하리라는 건 뻔한 일입니다.

그런데 나는 오늘 동지의 과찬한 편지를 읽고 몸둘 바를 모르겠습니다. 확실히 그건 과찬입니다. 물론 이 작품에도 저 자신이 긍지를 가지고 자족을 느낄 만한 점은 있습니다. 그러나 더 많이는 나의 마음을 무겁게 사로잡는 불만이 있습니다.

우선 동지에게서 말씀한 철학적인 심도 문제입니다. 이 문제도 일면 긍정이 됩니다. 저 자신은 그래도 작품의 매개 장 절들에서 시대에 대한 깊은 생각을 가지고 매개 인간들의 운명과 그들의 생활에 대하여 철학적인 깊이를 부여하려고 노력했습니다. 시대적인 것, 인간적인 것, 참된 것, 이상적인 것, 선과 악에 대하여, 사람들이 어떻게 살아야 한다는 좀 더 깊은 측면에 대하여 생각은 많이 했고 또 그렇게 쓰노라고 했습니다.

그러나 그런 것의 심도가 평론가의 동지에게 약하게 느껴졌을 때에야 그 측면에서도 제가 노력을 덜 기울인 것만은 사실입니다.

저는 동지의 편지를 읽으면서 이 작품 전체에 대하여 돌연히 무거워지는 생각을 금할 수가 없습니다.

작품의 군데군데에 책장을 도로 넘기고 다시 씹어 읽어보고 싶은 대목이 많도록 철학적인 사색의 깊이를 좀 더 배합해 주었으면 좋겠다는 논조로 말씀하셨지만 저는 그것보다도 이 작품을 다 읽고 나서 독자들의 가슴에 남아질 것이 무엇이겠는가 하는 우려를 가지게 됩니다. 다시 말하면 담겨진 전체 형상이 …… 즉 이 작품에 바쳐진 나의 사색, 나의 흥분, 나의 열정, 나의 사상이 독자들의 심장에 무엇을 남겨 주겠는가?

독자들은 이 책의 마지막 장을 덮고 나서 무엇인가 공명하고 못잊어 하며 단 한순간이라도 명상에 잠기는 독자가 과연 한 사람이라도 있겠는가? 그저 그런 소설이야! 하는 정도의 대접을 받고 이어 독자들은 『대하는 흐른다』를 읽었는지 『소하는 흐른다』를 읽었는지 모르게 되지 않을까 …… 부쩍 이런 생각이 마음을 짓눌러 옵니다.

사실 제가 이 작품에서 어느 정도의 자족을 느낀다고 말한 것도 이 작품이 8·15 해방 직후의 벅찬 시대적인 화폭을 담았다는 생각에서일지도 모릅니다.

8·15 해방 직후에 수상 동지께서 제시하신 정치 노선이 태양의 빛발[1]처럼 비쳐 내리고 그 빛발 속에서 위대한 새역사의 대하가 흐르기 시작했습니다. 그렇습니다. 그것은 새역사의 대하입니다. 이 도도한 흐름은 거침없이 오늘에로 흘러왔으며 미래에로 흘러가고 있습니다. 그러니 저는 이 거창한 흐름의 시작을 장편에 담았다고 할 것입니다. 그러나 그렇게 의의 있고 큰 주제를 취급했다는 것이 문제이겠습니까? 문제는 작품에 담겨진 내용이 어떤가에 있을 게 아닙니까.

존경하는 동지!

동지에게서 격찬해 주신 편지에서 제가 도리어 마음이 무거워진다고 한다면 작품이란 이렇게나 저렇게나 건드리기만 하면 작가 자신에겐 충격이 크다는 걸 아실 것입니다. 저의 경우엔 어쩔 수 없이 그렇게 큰 충격을 받습니다. 바로 그렇기 때문에 따뜻한 비평의 윤리가 서야 한다는 그런 요구가 제기되지 않는가 싶습니다.

사실 지금 우리 문단엔 그전처럼 곤봉식 비평이 성행을 하거나 그러는 건 아닙니다. 저는 동지에게서 그 문제에 대해서 말씀을 하셨으니 소설가의 답장에서 몇 마디 쓰겠습니다.

우리 문단에 곤봉식 비평은 없어졌으나 그러나 아직도 어느 한 작품이 잘못되었다는 평가가 있게 되면 말이 없다가도 집중되어 때리는 경향이 있습니다. 이것은 따뜻한 비평으로서 작가를 이끌어주는 심정으로는 볼 수 없습니다.

사실 작가가 수삼 편씩 심혈을 기울여 깎고 다듬고 한 작품을 엄혹한[2] 심판관의 입장에서 일격에 깎아내리거나 심심파적[3]으로 이야기만 나면 건드리는 따위의 비평 아닌 비평이야 작가의 가슴만 숯등걸[4] 같이 시꺼멓게 만들었지 그 무슨 도움이 되겠습니까? 사실 심심파적

1) 빛발: 이북어. 사상이나 사랑, 성과 따위가 찬란히 뻗쳐 가는 위력이나 그 영향을 비유적으로 이르는 말.

2) 엄혹하다(嚴酷--): 이북어. 엄중하고 심각하다.

3) 심심파적(--破寂): 심심풀이.

4) 숯등걸: 숯이 타다 남은 굵은 토막.

으로 건드린다는 말이 났으니 말이지 손바닥 같이 작은 글에서 깊은 심려와 애정이 없이 하나의 장편소설을 단마디[5]로 규정짓거나 건드리고 때리는 것 같은 일은 삼가야 할 일이 아니겠습니까? 물론 작품이 일단 잘못된 작품으로 이야기가 되었다 할지라도 작가를 위해서 따뜻한 애정으로 진지하고 성실한 입장에서 이야기가 되어야 할 것이 아닙니까?

이것은 우리 문학 부대의 전진을 위해서도 필요하며 동시대인들의 작품을 뜨거운 애정으로 대해 주는 태도라고 생각됩니다.

평론이란 역시 그 한 평론가의 창작이 아니겠습니까? 그러나 평론을 쓰는 사람도 모든 창작하는 사람들과 함께 현실을 연구하고 시대를 깊이 사색하며 나아가야 할 것입니다. 그래서 자기 호흡이 담긴 뜨거운 말로 문학을 선도해 주어야 할 것이라고 생각됩니다.

죄송합니다. 동지에게서 더욱 잘 아시는 문제를 정말 동지에게서 말씀한 대로 부처님 앞에서 설법하는 격으로 지루하게 지껄이었습니다. 양해해 주십시오.

윤세평 동지!

동지에게선 편지에서 저를 장편소설 작가로 추켜들고 말씀을 하시지만 저는 아직 한 사람의 문학 청년이며 문학도입니다.

『대하는 흐른다』를 쓰기까지 하고 나니 인제 겨우 장편을 어떻게 써야 하겠다는 것을 알만하게 되었습니다. 참으로 문학이란 나아갈수록 힘이 부치고 어려워집니다. 머리만 높이 나르고 붓이 달리지 못하는 순간이 있는가 하면 붓이 달리자고 해도 머리가 돌처럼 굳어지는 순간이 있습니다. 그래서 이렇게 초조해지는 것인지도 모르겠습니다. 그저 마음은 늘 불안스럽고 초조합니다. 그러니 앉으나 누우나 창작에 대한 생각밖엔 없습니다. 요새도 노방[6] 그렇습니다. 지금 저의 머릿속에선 수십 명의 인간 군상들이 활동합니다. 대화를 하고 행동을 하고

5) 단마디(單--): 한두 마디의 짧은 말. 또는 첫마디의 말.

6) 노방: '노상'의 이북어.

사건이 일어나고 …… 이걸 긴장과 흥분으로 조종해 나갑니다. 방금 동지의 글월을 읽기 전엔 이런 걸 생각했습니다. 14살 먹은 어린 주인공이 화류계로 팔려간 자기의 숙모 춘단이를 생각하면서 거리로 걸어가다가 매월관이란 요정 앞에서 숙모의 애절한 노랫가락 소리를 듣고 걸음을 멈춥니다.

소년의 가슴에선 눈물이 아니라 피가 흐릅니다. 무서운 사회악이 빚어낸 숙모의 운명에 대해서 소년은 뼈저리게 웁니다. 그리고는 주먹을 틀어쥡니다. 인제 소년은 어떻게 행동할지 모릅니다. 오직 작자 자신인 제가 조종할 수 있는 상상의 황무지가 펼쳐져 있을 뿐입니다.

어쨌든 나는 오늘의 이 웅장하고 찬란한 현실 속에서 우리의 쓰라린 과거에 대해서도 마음껏 이야길 하고 현재의 기쁨에 대해서도 마음껏 이야길 하려고 합니다. 이게 얼마나 행복한 일입니까! 저는 참으로 행복합니다. 정열이 불타는 대로 힘껏, 마음껏 쓰겠습니다. 그러노라면 저의 문학적인 숙련도 한 걸음 한 걸음 높아지리라고 생각됩니다.

존경하는 동지!

무더운 여름입니다. 요새 열기는 사뭇 남방적인 정서를 자아내기도 합니다. 하루 꼭 한번씩은 유쾌하게 소낙비가 두두리니까요. 방금도 폭우가 퍼붓고 지나갔습니다. 창밖에 드리운 녹음의 가지들이 희누름해지고[7] 땅에선 후끈후끈 열기가 솟아오릅니다.

아마 이런 날 동지에게선 그 둥그런 얼굴에 땀을 철철 흘리시며 집무를 하리라고 여겨집니다. 부디 몸조심하십시오. 그리고 아무쪼록 평론에서 편집 사업에서 큰 성과가 있으시기를 축원합니다.

1962. 7. 27.

—출전: 『문학신문』 477, 1962. 8. 24.

---

7) 희누름하다: 이북어. 맑지 아니한 약간 흰빛을 띠면서 조금 누렇다.

《창작가, 예술인들은 경애하는 수령님의 위대성을 형상하는데서 이미 거둔 성과를 공고히 하면서 반세기가 넘는 수령님의 영광찬란한 혁명력사를 체계적으로, 전면적으로 깊이있게 더 잘 형상하여야 하겠습니다.》

김 정 일

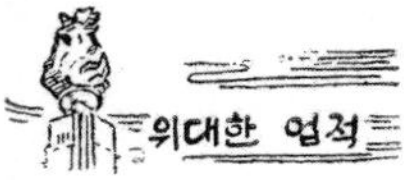

4.15문학창작단 창립

문학은 력사와 시대가 발전함에 따라 새로운 내용과 그에 맞는 새로운 형식을 요구한다.

우리 시대는 인류사상사에서 처음으로 되는 영생불멸의 주체사상을 창시하시고 그것을 빛나게 구현하여 이 땅우에 영광스러운 주체시대를 펼쳐주신 경애하는 수령님의 영광찬란한 혁명력사를 폭넓게 형상할수 있는 새로운 문학작품형식을 요구하였다.

이는 친애하는 지도자동지에 의하여 4. 15문학창작단이 조직되고 총서 《불멸의 력사》의 새로운 형식이 창조됨으로써 빛나게 해결되였다.

친애하는 지도자 김정일동지께서는 1967년 6월 하순에 이르러 원대한 구상과 숭고한 뜻을 지니시고 4. 15문학창작단을 조직할것을 친히 발기하시고 세심히 이끌어주시였다.

이 시기로 말하면 우리 인민의 사회주의건설과 조국통일을 위한 투쟁이 그 어느때보다 힘있게 벌어지던 위대한 혁명적전환의 시기였다.

그러나 당시까지만 해도 작가들은 물론 창작지도일군들도 시대와 혁명이 요구하는 이 절박한 문제, 문학작품창작에서 당의 유일사상체계를 세우는 문제를 옳게 해결하지 못하고있었다.

그러던 1967년 6월 20일이였다.

한 일군은 문예총에서 당의 유일사상체계를 더욱 튼튼히 세우기 위한 회의를 진행한데 대하여 친애하는 지도자동지께 보고드리였다.

그이께서는 앞으로 이런 회의는 혁명적인 작품창조사업과 밀접히 결부하여 진행하도록 하여야 하겠다고 힘있게 강조하시였다.

친애하는 지도자동지의 말씀을 받으며 일군은 사상정신활동으로 사회적부를 창조하는 작가들이 혁명적작품창작과정을 통하여 사상의식을 개변하며 그것이 그들의 문학예술작품창작에서 나타나게 하시려는 그이의 숭고한 뜻을 가슴뜨겁게 새기게 되였다.

친애하는 지도자동지께서는 무엇보다먼저 수령님의 혁명력사와 혁명적가정을 주제로 한 소설창작을 위한 창작조를 따로 내와야 하겠다고 천천히 말씀을 계속하시였다.

확고한 결심과 열정이 어린 친애하는 지도자동지의 말씀을 들으며 일군은 흥분된 심정을 금할수 없었다.

이미 여러차례의 강령적인 말씀들에서 위대한 수령님의 불멸의 형상을 창조하는것을 주체적인 혁명문학건설의 첫째가는 과업으로 제시하신 그이께서 드디여 수령님의 혁명력사와 혁명적가정을 주제로 한 소설창작을 하는 창작집단을 따로 꾸리고 이 사업을 보다 힘있게 밀고나갈 혁명적조치를 취해주시는것이였다.

친애하는 지도자동지께서는 일군의 흥분된 심정을 헤아려보신듯 자애깊은 눈길로 그를 바라보시다가 사색깊은 음성으로 수령님께서는 이미 작년초에 온천에서 작가들과 력사가들에게 해방전에 혁명투쟁을 진행하는 과정에 자신께서 직접 체험한 이야기를 10여일간에 걸쳐 들려주시였는데 그때 수령님께서 왜 작가들에게 그런 교시를 하시였겠는가 하는 그 의도를 똑똑히 알아야 하겠다고 열정적으로 말씀하시였다.

마디마디에 충성의 열정이 넘쳐나는 간곡한 말씀이였다.

일군은 친애하는 지도자동지의 말씀을 새기며 위대한 수령님의 혁명력사와 혁명적가정을 주제로 한 소설창작을 하는 창작집단을 꾸리는것이 당과 혁명발전의 요구로 볼 때 더는 미룰수 없는 절박한 문제라는것을 심장으로 뜨겁게 느끼였다.

위대한 수령님의 영상을 소설문학에 보다 빛나

40

—『조선문학』 532, 1992. 2.

[위대한 업적]

4·15문학창작단 창립

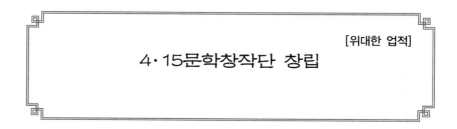

문학은 역사와 시대가 발전함에 따라 새로운 내용과 그에 맞는 새로운 형식을 요구한다.

우리 시대는 인류 사상사에서 처음으로 되는 영생불멸의 주체사상을 창시하시고 그것을 빛나게 구현하여 이 땅 위에 영광스러운 주체시대를 펼쳐주신 경애하는 수령님의 영광찬란한[1] 혁명 역사를 폭넓게 형상할 수 있는 새로운 문학작품 형식을 요구하였다.

이는 친애하는 지도자 동지에 의하여 4·15문학창작단이 조직되고 총서 『불멸의 력사』의 새로운 형식이 창조됨으로써 빛나게 해결되었다.

친애하는 지도자 김정일 동지께서는 1967년 6월 하순에 이르러 원대한 구상과 숭고한 뜻을 지니시고 4·15문학창작단을 조직할 것을 친히 발기하시고 세심히 이끌어 주시었다.[2]

이 시기로 말하면 우리 인민의 사회주의 건설과 조국통일을 위한

---

1) 영광찬란하다(榮光燦爛--): 이북어. 매우 영광스럽고 찬란하다.

2) 김정일, 「4.15문학창작단을 내올데 대하여－조선로동당 중앙위원회 선전선동부 책임일군들과 한 담화 1967년 6월 20일」, 『김정일선집(1)』, 조선로동당출판사, 1992, 241~250쪽.

투쟁이 그 어느 때보다 힘있게 벌어지던 위대한 혁명적 전환의 시기였다.

그러나 당시까지만 해도 작가들은 물론 창작 지도 일꾼도 시대와 혁명이 요구하는 이 절박한 문제, 문학작품 창작에서 당의 유일사상체계를 세우는 문제를 옳게 해결하지 못하고 있었다.

그러던 1967년 6월 20일이었다.

한 일꾼은 문예총에서 당의 유일사상체계를 더욱 튼튼히 세우기 위한 회의를 진행한 데 대하여 친애하는 지도자 동지께 보고 드리었다.

그이께서는 앞으로 이런 회의는 혁명적인 작품 창조 사업과 밀접히 결부하여 진행하도록 하여야 하겠다고 힘있게 강조하시었다.

친애하는 지도자 동지의 말씀을 받으며 일꾼은 사상 정신 활동으로 사회적 부를 창조하는 작가들이 혁명적 작품 창작 과정을 통하여 사상 의식을 개변하며 그것이 그들의 문학예술 작품 창작에서 나타나게 하시려는 그이의 숭고한 뜻을 가슴 뜨겁게 새기게 되었다.

친애하는 지도자 동지께서는 무엇보다 먼저 수령님의 혁명 역사와 혁명적 가정을 주제로 한 소설 창작을 위한 창작조를 따로 내와야 하겠다고 천천히 말씀을 계속하시었다.

확고한 결심과 열정이 어린 친애하는 지도자 동지의 말씀을 들으며 일꾼은 흥분된 심정을 금할 수 없었다.

이미 여러 차례의 강령적인 말씀들에서 위대한 수령님의 불멸의 형상을 창조하는 것을 주체적인 혁명문학 건설의 첫째가는 과업으로 제시하신 그이께서 드디어 수령님의 혁명 역사와 혁명적 가정을 주제로 한 소설 창작을 하는 창작 집단을 따로 꾸리고 이 사업을 보다 힘있게 밀고 나갈 혁명적 조치를 취해주시는 것이었다.

친애하는 지도자 동지께서는 일꾼의 흥분된 심정을 헤아려보신 듯 자애 깊은 눈길로 그를 바라보시다가 사색 깊은 음성으로 수령님께서는 이미 작년 초에 온천에서 작가들과 역사가들에게 해방 전에 혁명투쟁을 진행하는 과정에 자신께서 직접 체험한 이야기를 10여 일간에 걸쳐 들려주시었는데 그때 수령님께서 왜 작가들에게 그런 교시를 하시었겠는가 하는 그 의도를 똑똑히 알아야 하겠다고 열정적으로 말씀하시었다.

마디마디에 충성의 열정이 넘쳐나는 간곡한 말씀이었다.

일꾼은 친애하는 지도자 동지의 말씀을 새기며 위대한 수령님의 혁명 역사와 혁명적 가정을 주제로 한 소설 창작을 하는 창작 집단을 꾸리는 것이 당과 혁명발전의 요구로 볼 때 더는 미룰 수 없는 절박한 문제라는 것을 심장으로 뜨겁게 느끼었다.

위대한 수령님의 영상을 소설문학에 보다 빛나게 모시는 것은 혁명의 영재이시며 전설적 영웅이시며 인류의 태양이신 경애하는 수령님의 영광찬란한 혁명 역사를 생동한 사실로 보고싶어하는 우리 인민과 전 세계 진보적 인민들의 한결같은 숙망[3]으로 보나 사회주의 사실주의 문학의 현 실태와 세계문학의 발전을 위해서도 절실한 문제였다.

지금까지 사회주의 사실주의 문학은 수령 형상 문제를 중요한 문제로 제기하지 않았으며 따라서 이와 관련한 사상과 이론이 제기된 것도 없었다.

노동계급의 수령형상창조 문제는 공산주의 운동이 시작되어 한 세기가 지나고 사회주의 사실주의 문학이 발생하여 오랜 세월이 흐른 오늘날에 이르러서도 의연히 원만한 해명을 볼 수 없었고 더욱이 당의 중요한 정책적 요구로 제기되지 못하였다.

오직 비범한 예지와 탁월한 영도력[4]을 지니신 친애하는 지도자 동지에 의하여 수령형상창조 문제가 이론 실천적으로 완벽한 해명을 보게 된 것이다.

일꾼은 후더워나는 가슴을 안고 친애하는 지도자 동지를 우러러 보았다.

친애하는 지도자 동지께서는 확신에 넘친 어조로 말씀을 계속하시

---

3) 숙망(宿望): 오랫동안 소망을 품어 옴. 또는 그 소망.

4) 영도력(領導力): 앞장서서 이끌고 지도하는 능력.

었다.

우리가 해야 할 일은 명백하다고, 수령님께서 걸어오신 혁명 투쟁의 전 노정[5]을 포괄하는 혁명 소설들을 창작하는 것이라고 가르치시었다. 다시 말하여 수령님께서 만경대 고향집을 떠나신 때로부터 백두산을 넘나드시며 전개한 혁명 활동 전부를 대상으로 하여야 한다고 세세히 가르쳐주시었다.

위대한 수령님의 혁명 역사를 전면적으로 형상하는 혁명 소설을 창작할 데 대한 친애하는 지도자 동지의 가르치심에는 우리의 주체적인 소설문학, 혁명문학의 창작방향이 뚜렷이 제시되어 있었다.

친애하는 지도자 동지께서는 계속하여 위대한 수령님의 혁명 역사를 내용으로 하는 혁명 소설 창작사업[6]은 매우 방대한 사업인 동시에 가장 영예롭고도 책임적인 사업이라고 하시면서 이 사업을 작가들에게 일반적으로 과제를 제시하는 방법으로 하지말고 가장 능력 있고 준비된 작가들로 창작단을 꾸리고 지도를 잘하여야 하겠다고 강조하시었다.

친애하는 지도자 동지께서는 또한 이 사업을 실속 있게 전개해 나가야 하겠다고 하시며 우선 적은 인원을 가지고 시작하여야 한다고 따뜻이 일깨워 주시었다.

그러시면서 중요한 것은 형식이 아니라 사업 내용인 것만큼 먼저 작가들을 잘 선발하여 몇 개의 작품들을 창작해 보며 걸린 문제들을 하나하나 풀어 나가도록 해야 한다고 하시며 지금부터 준비를 잘하였다가 새해에 들어서면서 본격적으로 창작에 착수하는 것이 좋겠다고 세심히 가르치시었다.

작가들은 설레이는[7] 흥분을 안고 수령형상창조의 보람찬 나날을 수놓아 가고 있었다.

---

5) 노정(路程): 거쳐 지나가는 길이나 과정.
6) 창작사업(創作事業): 이북어. 예술가들이 예술 작품을 창작하는 일.
7) 설레이다: '설레다'의 이북어.

어느덧 해가 바뀌었다.

친애하는 지도자 동지께서는 일꾼으로부터 사업 실태를 또다시 요해하시고[8] 너무 조급하게 서두르는 것 같다고 하시면서 우선 올해는 자료 취재 기간으로 설정하고 작가들이 마음놓고 자료 취재와 자료 연구를 실속 있게 할 수 있도록 모든 조건을 풀어주어야 한다고 가르치시었다.

그이께서는 작가들이 앞으로 창작할 소설의 형식과 규모, 역사적 사실과 허구, 작품의 양상에 대하여 논의하고 있다고 하는 데 물론 이것도 필요하겠지만 지금은 당역사연구소의 자료들을 연구하는 것을 비롯하여 항일혁명투쟁 참가자들도 직접 만나보고 혁명 전적지들에 대한 답사도 하면서 창작적 구상을 무르익히도록[9] 하여야 한다고 지적하시었다.

친애하는 지도자 동지께서는 위대한 수령님의 혁명 역사 자료가 방대하기 때문에 지금 창작조에 망라된 작가들에게 개별적으로 일정한 역사적 시기를 분담시켜 작품을 구상하도록 하는 것이 좋겠다고 하시며 친히 시기 구분과 작가별 분담까지 따뜻이 보살펴주시었다.

친애하는 지도자 동지께서는 이날 4·15문학창작단에서 제기되는 자료 취재와 창작 문제, 생활 보장 문제들을 잘 풀어줄 데 대한 은정 넘친 조치까지 취해주시었다.

그러시고는 친히 창작조의 명칭을 '4·15문학창작단'이라고 이름지어 주시었다.

친애하는 지도자 동지의 원대한 구상과 세심한 지도, 은정 넘친 사랑 속에 드디어 4·15문학창작단이 세상에 그 창립을 당당히 선포하게 되었다.

새로 창립한 4·15문학창작단의 사업에 언제나 깊은 관심을 돌리시는 친애하는 지도자 동지께서는 1973년 6월 25일, 4·15문학창작단의

8) 요해하다(了解--): 깨달아 알아내다.
9) 무르익히다: 이북어. '무르익다'의 사동사.

사업에 대하여 명철하게 밝혀주시면서 4·15문학창작단은 위대한 수령님의 혁명 활동과 혁명적 가정을 소설로 형상하고 불후의 고전적 명작들을 소설로 옮기는 영광스러운 사업을 맡아 수행하게 된다고 말씀하시었다.

진정 4·15문학창작단의 창립된 것은 주체적인 혁명문학 건설과 세계 진보적 문학 발전에 하나의 획기적 전환의 계기를 열어놓은 일대 사변으로, 크나큰 경사였다.

—출전: 『조선문학』 532, 1992. 2.

불멸의 업적

위인과 총서

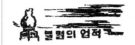

위대한 수령님의 영광찬란한 혁명력사를 생동하게 형상한 총서 《불멸의 력사》는 오늘 우리 근로자들과 청년학생들속에서 널리 애독되면서 그들을 경애하는 **김정일**장군님의 령도따라 위대한 수령님께서 개척하신 주체의 혁명위업을 끝까지 완성해나가도록 힘있게 고무추동하고있다. 이렇듯 고귀한 삶과 투쟁의 교과서가 우리 인민들에게 안겨지게 된데는 경애하는 장군님의 현명한 가르치심이 가슴뜨겁게 깃들어있다.

위대한 령도자 **김정일**동지께서는 다음과 같이 지적하시였다.

《우리 문학예술이 수령님의 사상을 구현하고 수령님께서 개척하시고 빛나는 승리에로 현명하게 이끌어나가시는 혁명위업에 참답게 이바지하자면 반드시 수령형상창조사업을 주선으로 확고히 틀어쥐고나가야 합니다.》

경애하는 **김정일**동지께서 가르치신바와 같이 문학예술이 우리 혁명위업에 참답게 이바지하자면 반드시 수령형상창조사업을 주선으로 확고히 틀어쥐고나가야 한다.

위대한 령도자 **김정일**동지께서는 일찌기 우리 문학예술에서 로동계급의 수령의 형상을 창조하는 문제는 우리 혁명의 필수적요구로서 이미 오래전부터 제기되어왔다고 하시면서 수령형상을 창조하는것은 새로운 혁명문학건설에서 핵으로, 첫째가는 중요한 과업으로 되므로 이 사업을 주선으로 확고히 틀어쥐고나가야 한다고 하시였다.

로동계급의 수령의 형상을 창조하는것은 주체사실주의문학발전의 합법칙적요구이며 이것은 사회주의문학의 운명을 좌우하는 근본문제로 된다.

사회주의적사실주의 문학건설과정을 돌이켜보면 로동계급의 수령을 형상한 작품이 일정하게 나오기는 하였지만 아직까지 수령형상창조사업을 문학의 핵으로, 주선으로 확고히 틀어쥐고나간 나라는 없었다. 수령형상창조사업을 문학의 핵으로, 주선으로 확고히 틀어쥐고나가지 않고서는 사회주의사실주의문학이 시대와 력사 앞에 지닌 자기의 숭고한 사명을 다할수 없다.

경애하는 **김정일**동지께서는 수령의 형상을 창조하는 사업은 결코 쉬운 일이 아니라고 하시면서 이 사업은 당과 혁명 앞에, 시대와 력사 앞에 책임지는 중대하고도 성스러운 사업이며 만대에 길이 빛날 기념비적작품을 창작하는 보람차고 영광스러운 사업이라고 말씀하시였다.

수령형상창조사업은 로동계급의 혁명위업을 완성해나가는 전과정에 걸쳐 중도반단함이 없이 끝까지 해나가야 할 장기적이고 전망적인 사업이다. 그러므로 세대에 세대를 이어가며 경애하는 수령님의 위대성을 형상한 훌륭한 문학예술작품을 창작하여 사람들을 수령님께 끝없이 충직한 혁명전사로 교양하여야 한다.

1970년 12월 6일, 위대한 령도자 **김정일**동지께서는 수령형상소설은 철저히 력사적사실에 기초하여야 한다는 귀중한 가르치심을 주시였다.

경애하는 그이께서는 수령형상소설은 인민소설과는 달리 수령의 혁명력사와 업적을 후손만대에 길이 전하는 력사문헌이기때문에 작가들이 수령님의 혁명력사와 관련된 하나의 력사적사건과 인물을 취급하여도 높은 책임감을 가지고 자료고증사업을 빈틈없이 잘하여야 한다고 하시였다.

경애하는 장군님의 가르치심을 높이 받들고 우리 작가들은 위대한 수령님의 혁명력사에서 중요한 의의를 가지는 투쟁사적을 잘 형상하여 훌륭한 소설을 창작하기 시작하였다.

위대한 령도자 **김정일**동지께서는 1971년 8월 23일 위대한 수령님의 혁명력사를 형상하는 장편소설을 총서형식으로 할데 대한 강령적인 가르치심을 주시였다.

인류력사에 일찍이 있어보지 못한 간고하고도 시련에 찬 위대한 수령님의 혁명력사의 그 방대하

—『조선문학』 584, 1996. 6.

[불멸의 업적]

위인과 총서

위대한 수령님의 영광찬란한[1] 혁명 역사를 생동하게 형상한 총서『불멸의 력사』는 오늘 우리 근로자들과 청년 학생들 속에서 널리 애독되면서 그들을 경애하는 김정일 장군님의 영도따라 위대한 수령님께서 개척하신 주체의 혁명 위업을 끝까지 완성해 나가도록 힘있게 고무추동하고 있다. 이렇듯 고귀한 삶과 투쟁의 교과서가 우리 인민들에게 안겨지게 된 데는 경애하는 장군님의 현명한 가르치심이 가슴 뜨겁게 깃들어 있다.

위대한 영도자 김정일 동지께서는 다음과 같이 지적하시었다.

"우리 문학예술이 수령님의 사상을 구현하고 수령님께서 개척하시고 빛나는 승리에로 현명하게 이끌어나가시는 혁명 위업에 참답게 이바지하자면 반드시 수령형상창조 사업을 주선[2]으로 확고히 틀어쥐고 나가야 합니다."

1) 영광찬란하다(榮光燦爛--): 이북어. 매우 영광스럽고 찬란하다.
2) 주선(主線): 이북어. ① 사업을 조직하고 집행할 때 기본적으로 끌고 나가야 할 주된 측면. ② 문예 작품의 이야기 줄거리 전개에서 주도적 역할을 하는 기본 사건.

경애하는 김정일 동지께서 가르치신 바와 같이 문학예술이 우리 혁명 위업에 참답게 이바지하자면 반드시 수령형상창조 사업을 주선으로 확고히 틀어쥐고 나가야 한다.

위대한 영도자 김정일 동지께서는 일찍이 우리 문학예술에서 노동계급의 수령의 형상을 창조하는 문제는 우리 혁명의 필수적 요구로서 이미 오래 전부터 제기되어 왔다고 하시면서 수령 형상을 창조하는 것은 새로운 혁명문학 건설에서 핵으로, 첫째가는 중요한 과업으로 됨으로 이 사업을 주선으로 확고히 틀어쥐고 나가야 한다고 하시었다.

노동계급의 수령의 형상을 창조하는 것은 주체사실주의 문학발전의 합법칙적 요구이며 이것은 사회주의문학의 운명을 좌우하는 근본 문제로 된다.

사회주의적 사실주의 문학 건설 과정을 돌이켜 보면 노동계급의 수령을 형상한 작품이 일정하게 나오기는 하였지만 아직까지 수령형상창조 사업을 문학의 핵으로, 주선으로 확고히 틀어쥐고 나간 나라는 없었다. 수령형상창조 사업을 문학의 핵으로, 주선으로 확고히 틀어쥐고 나가지 않고서는 사회주의 사실주의 문학이 시대와 역사 앞에 지닌 자기의 숭고한 사명을 다할 수 없다.

경애하는 김정일 동지께서는 수령의 형상을 창조하는 사업은 결코 쉬운 일이 아니라고 하시면서 이 사업은 당과 혁명 앞에, 시대와 역사 앞에 책임지는 중대하고도 성스러운 사업이며 만대에 길이 빛날 기념비적 작품을 창작하는 보람차고 영광스러운 사업이라고 말씀하시었다.

수령형상창조 사업은 노동계급의 혁명 위업을 완성해 나가는 전 과정에 걸쳐 중도반단[3]함이 없이 끝까지 해나가야 할 장기적이고 전망적인 사업이다. 그러므로 세대에 세대를 이어가며 경애하는 수령님의 위대성을 형상한 훌륭한 문학예술 작품을 창작하여 사람들을 수령님께 끝없이 충직한 혁명 전사로 교양하여야 한다.

---

3) 중도반단(中途半斷): 시작한 일을 완전히 끝내지 아니하고 중간에 흐지부지함.

1970년 12월 6일, 위대한 영도자 김정일 동지께서는 수령형상소설은 철저히 역사적 사실에 기초하여야 한다는 귀중한 가르치심을 주시었다. 경애하는 그이께서는 수령형상소설은 일반 소설과는 달리 수령의 혁명 역사와 업적을 후손 만대에 길이 전하는 역사적 문헌이기 때문에 작가들이 수령님의 혁명 역사와 관련된 하나의 역사적 사건과 인물을 취급하여도 높은 책임감을 가지고 자료 고증 사업을 빈틈없이 잘하여야 한다고 하시었다.

경애하는 장군님의 가르치심을 높이 받들고 우리 작가들은 위대한 수령님의 혁명 역사에서 중요한 의의를 가지는 투쟁 사적을 잘 형상하여 훌륭한 소설을 창작하기 시작하였다.

위대한 영도자 김정일 동지께서는 1971년 8월 23일 위대한 수령님의 혁명 역사를 형상하는 장편소설을 총서 형식으로 할 데 대한 강령적인 가르치심을 주시었다.

인류 역사에 일찍이 있어보지 못한 간고하고도 시련에 찬 위대한 수령님의 혁명 역사의 그 방대하고도 풍부한 내용을 어떻게 소설문학에 옮기는가 하는 문제는 결코 간단한 문제가 아니다. 또 수령님의 혁명 역사를 형상한 작품의 제목을 어떻게 달겠는가 하는 것은 실무적인 문제가 아니라 창작방향과 관련되는 심중한 사상미학적 문제이다.

이날 경애하는 김정일 동지께서는 어느 나라에서도 수령의 혁명 역사를 대규모의 문학작품 형식으로 형상한 경험이 없기 때문에 우리는 이 문제를 새롭게 개척하여야 한다고 하시었다.

친애하는 그이께서는 위대한 수령님의 혁명 역사를 몇 권의 장편소설로 형상한다는 것은 도저히 불가능한 일이라고 하시고는 수령님의 혁명 역사의 위대성으로 보나 그 방대한 내용의 폭으로 보나 총서 형식으로 하는 것이 좋을 것 같다고 말씀하시었다. 이어 그이께서는 총서 형식으로 하면 장편소설이 각기 자기의 독자적인 의의를 가지면서도 통일성을 보장할 수 있다는 가르치심을 주시었다.

경애하는 김정일 동지께서는 문학에서 총서라고 할 때 그것은 일정한 하나의 체계에 의하여 쓰여진 소설 묶음을 말하는데 세계 문학사의 견지에서 볼 때 이러한 총서로서는 발자크의 총서 『인간희극』과 에밀 졸라의 총서 『루공-마카르 일가』를 실례로 들 수 있다고 하시면서 그러나 그들은 사회 역사적 및 세계관적 제한성으로 하여 부르주아사회의 부패성을 폭로 비판하는데 그쳤기 때문에 인민대중에게 새 사회 건설을 위한 참다운 길을 밝혀줄 수 없었으며 그들의 이른바 '총서'는 규모가 크기는 하였으나 독자적인 소설 형식으로서의 문예학적 내용을 명확히 가지지 못하였다고 하시었다.

사실 발자크나 에밀 졸라의 '총서'는 당대의 사회생활, 풍속, 세태의 이모저모를 해부한 장편소설들을 일관한 체계성도 갖춤이 없이 묶어 놓았기 때문에 생활 발전의 일관한 흐름을 타지 못하고 전일적인 구성을 갖추지 못하였다. 더구나 그들이 '총서'라고 이름지은 장편소설 묶음은 노동계급의 수령과 같은 위대한 인간 전형과 그의 혁명 활동을 형상화할 수 있는 소설 형식이 아닌 것이다. 그런 것만큼 위대한 수령님의 영광찬란한 혁명 역사를 총서 형식으로 담는 경우에도 창작 실천상 제기되는 일련의 문제들을 우리 식으로 새롭게 풀어나가야 한다.

위대한 수령님의 영광찬란한 혁명 역사는 오직 우리 식의 새로운 총서 형식으로 집대성함으로써만 전면적으로 체계성 있는 그리고 깊이 있게 형상할 수 있으며 총서 체계 안에서 매개 작품들이 소설로서의 자기 특색을 갖추고 문학적인 감화력[4]을 높일 수 있는 것이다.

경애하는 김정일 동지께서는 위대한 수령님의 혁명 역사를 형상한 총서 제목을 『불멸의 력사』로 하는 것이 좋겠다고 하시면서 이렇게 하면 장편소설 『1932년』뿐 아니라 수령님의 혁명 역사를 형상한 다른 모든 장편소설들을 다 총서 『불멸의 력사』의 체계에 포괄시킬 수 있을 것이라고 하시었다.

친애하는 그이께서는 또한 『불멸의 력사』라는 이 제목은 개별적인

4) 감화력(感化力): 좋은 영향을 주어 생각이나 감정이 바람직하게 변화하도록 하는 힘.

하나의 장편소설에만 해당한 제목으로 될 수 없다고 하시면서 『불멸의 력사』, 이것은 위대한 수령님의 혁명 역사 전반을 포괄하는 총괄적인 제목이며 종자라고 볼 수 있다고 말씀하시었다.

총서 『불멸의 력사』 체계에 속하는 위대한 수령님의 혁명 역사를 형상한 장편소설은 철저히 어느 한 역사적 사변을 중심으로 하여 시기별 혹은 단계별로 창작하여야 한다. 다시 말하여 수령님의 혁명 역사와 관련한 중요한 역사적 사변과 사건을 중심에 놓고 작품의 내용을 구성하며 그런 역사적 사변을 기본으로 하여 단계나 시기를 갈라서 창작하여야 한다. 그래야 수령님의 혁명 역사를 정연한 체계 속에서 전면적으로 반영할 수 있고 매 작품의 사상예술성도 보장할 수 있다.

위대한 수령님의 영광찬란한 혁명 역사를 형상한 총서 『불멸의 력사』 중의 장편소설들 치고 경애하는 김정일 동지의 비범한 영도의 손길이 미치지 않은 것이란 없다. 경애하는 그이의 그렇듯 세심한 지도와 자애로운 사랑 속에서 위대한 수령님께 그토록 커다란 기쁨과 만족을 드린 장편소설 『백두산기슭』, 『준엄한 전구』도 총서 작품의 성과작[5]으로 완성될 수 있었고 그 후 총서 『불멸의 력사』에 포함된 항일혁명투쟁시기편 장편소설들이 연이어 완성될 수 있었다. 그리고 장편소설 『빛나는 아침』, 『조선의 봄』, 『50년 여름』, 『조선의 힘』, 『승리』 등 해방후편이 연속 나오게 되었다.

경애하는 김정일 동지의 비범한 예지와 정력적인 지도, 뜨거운 사랑에 의하여 우리나라는 수령형상문학 창작에서 세계가 경탄해 마지않는 경이적인 발전을 이룩하게 되었다.

본사 기자

—출전: 『조선문학』 584, 1996. 6.

---

5) 성과작(成果作): 이북어. 큰 성과를 이룬 작품.

1988년 8월 12일 금요일 문 학 신 문 (2)

위대한 혁명력사에 대한 불멸의 대화폭

—총서《불멸의 력사》항일혁명투쟁시기편(전 15권)에 대하여—

윤 기 덕

—『문학신문』 1197, 1988. 8. 12.

위대한 혁명 역사에 대한 불멸의 대화폭

: 총서 『불멸의 력사』 항일혁명투쟁시기편(전 15권)에 대하여

윤기덕

4·15문학창작단에서는 경애하는 수령 김일성 동지의 영광찬란한[1] 혁명 역사를 예술적으로 재현한 총서 『불멸의 력사』 중에서 항일혁명투쟁시기편에 해당하는 장편소설 15권의 창작을 성과적으로 끝냈다.[2]

경애하는 수령 김일성 동지의 60여 성상[3]에 걸치는 혁명 활동 역사에서 빛나는 자리를 차지하는 항일혁명투쟁 노정을 방대한 규모의 소설 형식에 담은 총서 『불멸의 력사』 항일혁명투쟁시기편의 완성은 주체적인 혁명문학 건설에서 역사적 의의를 가지는 특기할 사변으로 된다.

총서 『불멸의 력사』(항일혁명투쟁시기편) 장편소설의 완성은 오늘 공화국 창건 40돌을 앞두고 혁명과 건설에서 새로운 앙양을 일으키고 있는 우리 당원들과 근로자들의 투쟁을 크게 고무하는 데서 뿐 아니

1) 영광찬란하다(榮光燦爛--): 이북어. 매우 영광스럽고 찬란하다.

2) 현재 '총서 『불멸의 력사』'의 '항일혁명투쟁시기편'은 15권(『닻은 올랐다』(1982), 『혁명의 려명』(1973), 『은하수』(1982), 『대지는 푸르다』(1981), 『봄우뢰』(1985), 『1932년』(1972), 『근거지의 봄』(1981), 『혈로』(1988), 『백두산기슭』(1978), 『압록강』(1983), 『위대한 사랑』(1987), 『잊지못할 겨울』(1984), 『고난의 행군』(1976), 『두만강지구』(1980), 『준엄한 전구』(1981))이 출간된 후 2권(『붉은 산줄기』(2000), 『천지』(2000))이 더 출판되었다.

3) 성상(星霜): (수량을 나타내는 말 뒤에 쓰여) 햇수를 비유적으로 나타내는 단위.

라 우리 당과 인민이 대를 이어 전해가야 할 귀중한 문화적 재보를 마련하였다는 데 거대한 의의가 있다.

총서 『불멸의 력사』의 장편소설들은 일찌이 혁명의 진두에 나서시어 조선 혁명의 밝은 앞길을 개척하시었으며 영웅적인 항일혁명투쟁을 조직 영도하시어 우리 혁명의 억년[4] 드놀지[5] 않을 억센 역사적 뿌리를 마련하신 경애하는 수령 김일성 동지의 위대성을 전면적으로 폭넓고 깊이 있게 형상함으로써 우리 인민들의 가슴마다에 위대한 수령님을 모시고 사는 한없는 민족적 긍지와 자부심을 안겨주고 있다.

우리 민족의 수천 년 역사에서 처음으로 맞이하고 높이 모신 위대한 수령님의 형상을 창조하는 것은 사회주의, 공산주의 문학 건설의 초미의 과제이며 위대한 수령님의 불멸의 혁명 업적과 숭고한 풍모를 후세에 길이 전하려는 것은 우리 당과 인민의 한결같은 숙망이며 그 역사적 위업을 수행하는 것은 우리 작가들에게 있어서 최대의 영광이며 혁명 앞에 지닌 숭고한 임무이다.

친애하는 지도자 김정일 동지께서는 다음과 같이 지적하시었다.

"창작가, 예술인들은 무엇보다도 경애하는 수령님의 위대성을 깊이 있게 형상한 혁명적 문학예술 작품을 더 많이 창작하여야 하겠습니다."

친애하는 지도자 동지께서는 자주 시대, 주체시대의 역사 발전의 특징과 주체적인 혁명문학 건설의 새로운 요구로부터 수령의 위대성을 형상하는 문제가 사회주의, 공산주의 문학 건설의 가장 선차적이며 중심적인 과제로 나선다는 것을 밝히시고 친히 총서 『불멸의 력사』의 창작을 발기하시었으며 창작 전 과정을 정력적으로 지도하시어 항일혁명투쟁시기편에 해당하는 장편소설들을 기념비적 작품으로 완성되도록 하시었다.

---

4) 억년(億年): 1억 년이라는 뜻으로, 매우 오래고 긴 세월을 이르는 말.
5) 드놀다: 들놀다. 들썩거리며 이리저리 흔들리다.

1

총서 『불멸의 력사』 중에서 항일혁명투쟁시기편에 해당하는 장편소설들은 무엇보다도 위대한 사상가, 위대한 정치가, 위대한 전략가로서의 경애하는 수령 김일성 동지의 숭고한 영도 풍모를 감명 깊게 형상함으로써 주체의 혁명문학이 수령형상창조에서 해결하여야 할 본질적 요구를 빛나게 구현하였다.

수령의 위대성은 본질에 있어서 정치적 영도자로서의 위대성이며 그것은 사상, 정치, 영도 예술, 영도 풍모를 통하여 발현된다.

총서 『불멸의 력사』의 장편소설들은 혁명의 지도사상[6]인 영생불멸의 주체사상을 창시하시어 시대의 앞길을 뚜렷이 밝혀주시고 그 기치 밑에 영웅적 항일혁명투쟁을 승리의 한길로 조직 영도하시어 민족 해방, 조국 광복의 역사적 위업을 수행하신 경애하는 수령님의 불멸의 업적을 통하여 위대한 사상가, 위대한 정치가로서의 수령님의 영도 풍모를 예술적으로 확증하고 있다.

혁명의 지도사상은 아무나 창시하는 것이 아니다.

시대를 선도하며 인민대중을 혁명의 승리에로 이끌어나갈 수 있는 노동계급의 혁명사상은 역사 발전의 합법칙성[7]과 시대와 인민의 지향과 요구를 누구보다도 잘 알며 계급적 역량의 호상[8] 관계와 혁명 투쟁이 진행되는 구체적인 환경을 과학적으로 분석하고 혁명수행의 실천적 방도를 명확히 밝힐 수 있을 뿐 아니라 천리 혜안[9]으로 시대의 앞길을 환히 내다볼 수 있는 탁월한 정치적 수령에 의하여 창조된다.

항일혁명투쟁시기편의 장편소설들에서는 일찍이 혁명 투쟁의 길에

---

6) 지도사상(指導思想): 이북어. 모든 활동과 사업에서 지도적 지침이 되는 사상. 주체사상을 달리 이르는 말.

7) 합법칙성(合法則性): 합법성(合法性). 자연, 역사, 사회 현상이 일정한 법칙에 따라 일어나는 일.

8) 호상(互相): '상호(相互)'의 이북어.

9) 혜안(慧眼): 사물을 꿰뚫어 보는 안목과 식견.

나서시어 비범한 예지로 독창적인 혁명 이론을 탐구하시고 중중첩첩한[10] 혁명 투쟁의 피어린 노정에서 전인미답[11]의 길을 개척하시며 풍부한 경험을 쌓으신 위대한 수령님께서 인류 사상사에서 최고봉을 이루는 우리 시대의 유일한 지도사상인 불멸의 주체사상을 창시하시고 그것을 혁명 투쟁의 구체적 현실에 구현하심으로써 역사상 처음으로 주체사상에 의하여 영도하는 혁명의 새시대가 펼쳐지게 되었다는 것이 형상적으로 밝혀지고 있다.

지난 시기 그 어떠한 작품도 이러한 문제를 형상과제[12]로 내세우지 못하였다.

항일혁명투쟁시기를 반영한 총서의 장편소설들에서 처음으로 혁명의 지도사상의 창시와 그 구현 문제가 형상과제로 설정되고 빛나게 해결되었다.

여기에 바로 총서 『불멸의 력사』 항일혁명투쟁시기편이 이룩한 특출한 사상예술적 성과가 있다.

장편소설 『닻은 올랐다』(김정), 『혁명의 려명』(천세봉), 『은하수』(천세봉) 등에서 보는 바와 같이 위대한 수령님께서는 민족주의자들과 종파분자[13]들이 공리공담과 파벌 싸움을 벌리고 있는 것으로 하여 우리 혁명이 심각한 우여곡절을 겪고 있는 와중 속에서도 10대의 젊으신 나이에 벌써 참다운 공산주의적 혁명 조직인 타도제국주의동맹[14]을 결성하시며 길림과 보다 광활한 지역을 무대로 하여 새시대의 청년 공산주의자들을 키우시면서 혁명의 새로운 지도이념을 열정적으로 탐색하시는 출중한 사상이론가로서의 숭고한 풍모가 감명 깊게 형상되

10) 중중첩첩하다(重重疊疊--): 첩첩하다. 여러 겹으로 겹쳐 있다.

11) 전인미답(前人未踏): 이제까지 그 누구도 가 보지 못함.

12) 형상과제(形象課題): 이북어. 문학 작품에서, 인물들이 해결하여야 하는 과제.

13) 종파분자(宗派分子): 개인이나 분파의 이익만을 추구하는 집단이나 분파.

14) 타도제국주의동맹: "혁명의 위대한 수령 김일성동지께서 1926년 가을 일본제국주의를 타도하고 조선에 사회주의, 공산주의 사회를 건설하기 위하여 끝까지 싸울 결의를 다진 선진적인 청년들과 학생들을 망라시켜 결성하신 진정한 맑스-레닌주의적혁명조직."(사회과학원 력사연구소, 『력사사전(2)』, 사회과학출판사, 1971, 832쪽)

고 있다.

위대한 사상가의 안목으로 조성된 혁명 정세를 과학적으로 통찰하시며 때묻은 낡은 세대인 민족주의자들의 그릇된 주장과 종파분자들의 책동을 반대 배격하고 끊임없는 사색과 탐구로 인간의 자주성에 대한 새로운 철리와 혁명의 주인은 인민대중이라는 혁명의 진리를 발견하시는 위대한 수령님의 풍모를 보여주는 생활적 화폭들을 역사적 사실 그대로의 생동한 재현으로서 거대한 감화력을 가지고 있다.

특히 장편소설 『은하수』는 위대한 수령님께서 새롭게 탐구 발견하신 진리에 기초하시어 역사적인 카륜회의[15]에서 조선 혁명의 명백한 지도사상을 밝히시고 우리 혁명의 주체적인 노선을 온 세상에 선포하시는 장엄한 역사적 화폭을 빛나게 펼쳐 보이고 있다.

혁명의 주인은 인민대중이며 인민대중의 무궁무진한 힘에 의거해서만 혁명이 승리할 수 있다는 주장이 바로 혁명의 새로운 원리이고 새세대 청년 공산주의자들의 신념임을 밝히시는 위대한 수령님의 풍모야말로 당대를 진감시키고 수많은 새 전설을 낳게 한 걸출한 사상가의 출현을 보여주는 역사적 화폭의 생동한 재현으로 빛나고 있다.

총서 『불멸의 력사』의 장편소설들은 위대한 정치적 영도자로서의 경애하는 수령님의 걸출한 풍모를 예술적으로 재현한 불멸의 화폭들을 감동 깊게 펼쳐 보이고 있다.

장편소설 『봄우뢰』(석윤기)는 위대한 수령님께서 발톱까지 무장한 일제의 100만 대군을 비정규적인 무력으로 짓부셔버리고 조국 해방의 위업을 실현하실 단호한 결심을 내리시고 한 자루의 총을 위해서 목숨을 바쳐야 하는 가장 어려운 조건에서도 적들의 무장을 탈취하여 자신들을 무장한 선진적인 노동자, 농민, 청년 학생들로 반일 유격대를 무으시는[16] 장엄한 투쟁 노정을 보여주고 있다.

---

15) 카륜회의 → 공청 및 반제청년동맹 지도성원들의 회의: "4천만 조선인민의 경애하는 수령 김일성동지께서 1930년 여름 조선혁명에 관한 주체적인 맑스-레닌주의적혁명로선을 천명하신 회의."(사회과학원 력사연구소, 『력사사전(1)』, 사회과학출판사, 1971, 157쪽)

이것은 식민지 나라 민족해방운동에 대한 기성 이론에 구애되지 않는 위대한 사상가, 정치적 영도자로서의 특출한 풍모를 지니신 경애하는 수령님께서만이 내놓으실 수 있는 전혀 새로운 독창적인 이론이며 그 구현인 것이다.

장편소설 『근거지의 봄』(리종렬)에서는 위대한 수령님께서 조선 혁명의 성격과 임무로부터 출발하시어 역사상 처음으로 노동계급의 새로운 정권 형태인 인민혁명정부건설노선을 독창적으로 밝히시고 그 실현을 위한 투쟁을 승리에로 이끌어 가시는 과정을 생동하게 재현하고 있으며 장편소설 『백두산 기슭』(현승걸, 최학수), 『압록강』(최학수)에서는 주체적인 반일민족통일전선노선을 제시하시고 각계각층의 광범한 반일 역량을 조국광복회[17]에 굳게 묶어 세워 일제를 반대하는 거족적인 투쟁에로 힘있게 이끌어나가시는 위대한 수령님의 세련된 영도 풍모, 영도 예술을 폭넓고 깊이 있게 형상하고 있다.

이렇듯 총서 『불멸의 력사』(항일혁명투쟁시기편)의 장편소설들은 항일혁명투쟁의 장구한 역사적 갈피마다에 불멸의 자욱[18]으로 아로새겨진 위대한 정치가, 정치적 영도자로서의 경애하는 수령님의 거룩한 풍모를 예술적으로 극명하게 밝히고 있을 뿐 아니라 역사가 일찍이 알지 못하는 독창적인 군사전략과 신출귀몰하는 영활한[19] 유격전법으로 정예를 자랑하는 100만의 일제 관동군[20]을 쥐락펴락하신 백전백승의 강철의 영장으로서의 위대한 수령님의 숭고한 형상을 역사적 사실의 생동한 화폭 속에서 보여주고 있다.

총서의 장편소설들은 양적 및 군사기술적으로 우세한 적을 상대로

---

16) 뭇다: 여러 사람이 한데 모여서 조직, 짝 따위를 만들다.

17) 조국광복회: "혁명의 위대한 수령 김일성동지께서 항일무장투쟁시기 위대한 주체사상을 구현하시여 창건령도하신 우리 나라에서의 첫 반일민족통일전선조직."(사회과학원 력사연구소, 『력사사전(2)』, 사회과학출판사, 1971, 299쪽)

18) 자욱: '자국'의 이북어.

19) 영활하다(靈活--): 지략이나 행동이 뛰어나고 재빠르다.

20) 관동군(關東軍): 일제강점기에, 중국을 침략하기 위하여 관둥저우(關東州)에 주둔했던 일본 육군 부대를 통틀어 이르던 말.

하여 정치사상적 우세와 전술적 우세로 능히 타승할 수 있다는 주체적인 군사사상을 독창적으로 천명하시고 그것을 실전에서 빛나게 구현해나가시는 전설적 영웅이시며 백전백승의 군사전략가이신 경애하는 수령님의 위대성을 예술적으로 확증하고 있다.

장편소설 『준엄한 전구』(김병훈)와 『두만강지구』(석윤기) 등은 그 어떤 역경 속에서도 주체적인 군사노선과 탁월한 군사전법을 견지하시고 언제나 대오의 진두에서 서시어 일제 침략자들의 기도를 좌절시키고 심대한 타격을 가하시는 위대한 군사전략가로서의 경애하는 수령님의 영도 풍모를 다면적으로 깊이 있게 형상하고 있다.

장편소설 『준엄한 전구』에서 보는 바와 같이 위대한 수령님께서는 20만의 대병력으로 검질지게 장거리 추격 작전을 벌리는 일제 놈들에게 독창적인 대부대선회작전[21]으로 된벼락[22]을 안김으로써 놈들을 헤어날 수 없는 궁지에 몰아넣는 것이다.

위대한 수령님의 영활무쌍하신 유격전법은 전설적인 일행천리전술[23]로 대낮에 100여 리의 '갑무경비도로'를 보무당당히[24] 통과하시는 역사적 사실의 생동한 재현을 통해서도 감동 깊게 밝혀지고 있다.

총서의 장편소설들은 이처럼 위대한 수령님께서 항일혁명투쟁의 전 과정에서 독창적으로 창조하시고 영활하게 활용하시어 적들을 기절초풍케 하고 혼비백산케 한 군사 전략과 전법들이 과연 어떤 것인가 하는 것을 예술적으로 재현함으로써 독자들로 하여금 탁월한 군사전략가로서의 경애하는 수령님의 위대성을 더 잘 터득할 수 있게 하였다.

15권에 달하는 방대한 규모의 생활 화폭을 통하여 위대한 사상가, 위대한 정치가, 위대한 전략가로서의 경애하는 수령님의 숭고한 풍모

---

21) 대부대선회작전(大部隊旋回作戰): 이북어. 상대편이 예상하지 못한 지역으로 대부대가 이동하면서 불시에 공격하고 철수하는 것을 반복하는 작전.

22) 된벼락: 이북어. 몹시 호되게 뒤집어쓰는 큰 타격을 비유적으로 이르는 말.

23) 일행천리전술(一行千里戰術): 이북어. 한달음에 천 리를 가는 전술이라는 뜻으로, 부대를 신속하게 멀리 이동시켜 적이 공격할 틈을 주지 아니하는 민첩한 전술.

24) 보무당당히(步武堂堂-): 걸음걸이가 씩씩하고 위엄이 있게.

를 역사적 사실 그대로 훌륭하게 재현하여 후세에 길이 전할 수 있게 된 것은 우리 민족의 크나큰 경사이며 이 불멸의 총서가 그야말로 국보적 가치를 가지는 민족의 귀중한 문화적 재보로 된다는 것을 확증하고 있다.

총서 『불멸의 력사』의 장편소설들은 경애하는 수령 김일성 동지께서 지니고 계시는 이 세상 그 무엇에도 비길 수 없는 숭고한 공산주의적 인간성과 고매한 혁명가적 풍모를 완벽한 예술적 형상으로 재현함으로써 인간 중에서도 가장 위대한 인간, 넓은 포용력과 도량으로 온 겨레를 한품[25]에 안으실 참다운 인민의 어버이로서의 위대한 형상을 후세에 길이 전할 수 있게 하였다.

총서의 매 작품들은 인간으로서 지닐 수 있는 숭고하고 아름답고 고결한 모든 것을 최상의 높이에서 체현하고 계시는 경애하는 수령님의 형상을 역사적 사실과 생활의 실재한 예술적 화폭 속에서 보여주는 데 성공하였다.

인간을 가장 귀중히 여기시는 데로부터 인간에 대한 커다란 믿음과 사랑을 안고 혁명을 시작하시었으며 인간을 온갖 착취와 예속에서 해방하고 인간에게 참다운 자주적인 생활을 안겨주는 것을 혁명의 드팀[26] 없는 신념으로 간직하신 위대한 수령님!

하기에 순간의 사색과 한 걸음의 움직임도 오직 인민을 위해 바치시며 일찍이 역사가 알지 못하는 준엄한 난국과 피어린 싸움길을 헤치시는 과정에 인간으로서 겪을 수 있는 온갖 가슴아픈 일들을 속속들이 다 체험하면서도 인민들과 대원들에게는 믿음과 사랑만을 안겨주시는 위대한 사랑의 화신으로서의 경애하는 수령님의 고결한 풍모는 총서의 매 작품마다에서 감동적인 화폭으로 재현되며 빛을 뿌리고 있다.

극단적인 반'민생단' 투쟁의 후과[27]로 억울한 누명을 쓰고있던 수많

---

25) 한품: 이북어. 더없이 크고 넓은 품.
26) 드팀: 틈이 생기어 어긋나는 것.

은 사람들에게 믿음과 사랑으로 재생의 길을 열어주신 하많은 격동적인 이야기들, 넓으신 사랑의 한품에서 애써 키워내신 혁명 전사들의 희생을 두고 그토록 가슴아파하시며 며칠씩 잠 못이루시고 끼니마저 잊으시는 혁명적 동지애의 최고 절정을 펼쳐 보인 수많은 예술적 화폭들, 장편소설 『잊지 못할 겨울』(진재환)에서와 같이 일시적으로 과오를 범했던 혁명 전사들에게도 크나큰 믿음을 주고 혁명적 신념을 키워주시어 재생의 넓은 길을 열어주심으로써 혁명의 꽃으로 계속 피어나게 하신 가슴 뜨거운 이야기들, 장편소설 『위대한 사랑』(최창학)에서 보는 바와 같이 준엄한 싸움길에 100여 명의 아동 단원들을 데리고 다니시며 혁명의 미더운 역군으로 키워내는 이야기 등 총서의 매 작품마다에 담겨진 사랑과 믿음에 대한 수많은 감동적인 이야기들은 경애하는 김일성 동지이시야말로 시대와 역사가 일찌기 알 수 없었던 인간애의 최고의 체현자이시며 혁명적 의리와 동지애의 새로운 윤리를 개척하신 희세의 위인이심을 힘있게 강조하고 있다.

바로 여기에 총서 『불멸의 력사』(항일혁명투쟁시기편)가 이룩한 특출한 사상예술적 성과의 다른 한 측면이 있다.

총서 『불멸의 력사』 항일혁명투쟁시기편에 해당하는 장편소설들은 경애하는 수령 김일성 동지를 단결의 중심으로 하여 우리 혁명의 자주적인 주체가 마련되었으며 그 자주적인 주체가 있음으로 하여 조선혁명의 새로운 앞길이 개척되고 민족해방, 계급해방의 역사적 위업이 성과적으로 수행될 수 있는 믿음직한 역량이 마련되었다는 것을 힘있게 확증하고 있다.

20성상의 항일혁명투쟁은 역사상 처음으로 혁명의 탁월한 수령을 높이 모신 조선의 혁명가들이 혁명적 수령관을 핵으로 하는 주체의 혁명적 세계관으로 튼튼히 무장하고 위대한 수령 김일성 동지의 두리[28]에 일심단결하여 투쟁함으로써 빛나는 승리를 이룩한 위대한 투

27) 후과(後果): 뒤에 나타나는 좋지 못한 결과.
28) 두리: '둘레'의 이북어.

쟁 노정이었다.

총서의 장편소설들은 주체적인 혁명의 길을 처음으로 개척한 탁월한 수령의 손길 아래 참다운 공산주의자들의 대부대가 새롭게 자라나고 수령, 당, 대중이 하나의 통일체를 이루어나가는 혁명의 자주적인 주체가 마련될 때 제아무리 간고한 혁명 투쟁도 반드시 승리할 수 있다는 혁명의 진리를 예술적으로 깊이 있게 확증하고 있다.

총서의 장편소설들은 무엇보다도 위대한 수령님을 충성으로 높이 받들어 모시고 생명의 마지막 순간까지 충성 다한 청년 공산주의자들과 항일 혁명 투사들의 숭고한 정신 세계를 투쟁과 생활의 폭넓은 예술적 일반화를 통하여 생동하게 보여주고 있다.

장편소설 『고난의 행군』을 비롯한 여러 작품들에서는 위대한 수령님에 대한 충실성의 귀감이신 불요불굴[29]의 공산주의 혁명 투사 김정숙 동지의 불멸의 형상이 빛나고 있으며 수령님께 끝없이 충직한 새 세대 공산주의자들의 수많은 전형들이 빛을 뿌리고 있다.

장편소설 『닻은 올랐다』, 『혁명의 려명』, 『은하수』 등에서 보는 바와 같이 김혁, 차광수, 최창걸, 채경을 비롯한 청년 공산주의자들은 자신에게 인간의 존엄과 정치적 생명을 안겨주고 투쟁과 참다운 삶의 길을 밝혀준 혁명의 수령에 대한 충실성을 제일생명으로 간직하고 수령의 위업 수행에 헌신하며 수령을 옹호 보위하는 데서 성새[30]가 되고 방패가 되는 주체형의 새로운 인간 전형들로 형상되고 있다.

장편소설들은 새로운 주체형의 공산주의 혁명 투사들이 어떻게 되어 그렇듯 확고한 혁명적 수령관을 지니게 되었으며 그것을 철석같은 신념으로 간직하고 청춘도 생명도 서슴없이 바쳐 혁명의 수령을 보위하였는가 하는 그 숭고한 정신 세계의 생활적 바탕을 진실하게 그리고 심오하게 파헤치고 있다.

---

29) 불요불굴(不撓不屈): (주로 '불요불굴의' 꼴로 쓰여) 한번 먹은 마음이 흔들리거나 굽힘이 없음.

30) 성새(城塞): 성과 요새를 아울러 이르는 말.

총서의 장편소설들은 우여곡절에 차있던 조선 혁명의 거듭되는 실패를 뼈저리게 체험하면서 혁명의 앞길에 뚜렷한 서광을 비쳐줄 탁월한 수령의 출현을 목마르게 고대하고 갈망하던 새세대의 공산주의자들이 숭고한 공산주의적 인간성과 고매한 혁명가적 풍모를 완벽하게 체현하신 젊으신 수령님을 환희와 격정으로 맞이하고 위대한 사상과 인품에 끌리고 매혹되어 그야말로 티 없이 맑고 깨끗한 마음으로 경애하는 김일성 동지를 조선의 별로, 민족의 태양으로 높이 우러러 받들게 되는 혁명적 수령관의 형성 발전 과정을 참신한 생활 화폭 속에서 펼쳐 보이고 있다.

적탄에 맞아 숨지는 순간에도 위대한 수령님을 더 받들고 혁명하지 못하는 것을 못내 가슴아파하며 자기를 대신하여 장군님을 더 잘 모시고 끝까지 싸워달라는 절절한 부탁을 남기고 떠나간『준엄한 전구』의 7연대장을 비롯한 수많은 혁명 전사들과 형장의 이슬로 사라지게 되는 최후 순간에도 조선 혁명의 승리를 위하여 경애하는 김일성 동지를 철저히 보위해야 한다고 외치며 역사는 다시금 우리에게 그런 영수를 보내 주지 않을 것이라고 애타게 호소하는 견결한 청년 공산주의자들과 항일 혁명 투사들.

총서의 장편소설들이 형상한 주체형의 공산주의 전형들은 한결같이 위대한 김일성 동지를 조선의 운명, 민족의 운명, 조선 혁명의 운명으로 여기고 순간을 살아도 수령님을 위하여 값있게 산 혁명가들의 모범으로 빛나고 있다.

그 어떤 의무감에서가 아니라 참다운 혁명적 의리와 동지애에 기초한 혈연적인 관계로부터 출발하여 위대한 수령님에 대한 절대적이고도 무조건적인 충실성을 발휘한 새로운 인간 전형, 주체형의 인간 성격들을 통하여 경애하는 수령님의 위대성을 확증한 여기에 또한 총서『불멸의 력사』의 장편소설들이 이룩한 사상예술적 성과의 하나가 있다.

총서『불멸의 력사』의 장편소설들은 우여곡절로 가득한 혁명의 노정과 생활 노정을 걸은 사람들과 각이한 신념과 신앙을 가지고 방황하던 각계각층의 인물들이 혁명의 위대한 품에 안겨 자주적인 운명 개척의 길로 들어서게 되는 형상을 통해서도 경애하는 수령님의 위대성을 생동하게 깊이 있게 철학적으로 심오하게 보여주고 있다.

공산주의자라면 애당초 마주서려고도 하지 않던 완고한 민족주의자들과 종교인들, 초기 공산주의운동에 참가하였다가 파벌 싸움에 환멸을 느끼고 새로운 '노선'을 찾아 헤매다가 지쳐서 주저앉은 시대의 풍운아들, 혁명이란 무엇인지도 모르고 차례진 운명에 순종하는데 습관된 무의식군중[31]들, 이 복잡한 각계각층이 위대한 수령님의 혁명사상에 눈을 뜨고 수령님의 탁월한 인품에 이끌리고 인격에 매혹되어 수령님의 사상을 받들고 경애하는 수령님의 품에 안겨 그이께서 가르키시는 길을 따르는 데서만이 민족의 운명을 구원하고 자기 운명을 개척하는 참된 삶의 길이 있다는 것을 심장으로 터득하는 과정을 깊이 있게 보여준 화폭들로 하여 총서의 매 작품들은 깊은 인상과 사라지지 않는 여운을 안겨주고 있다.

장편소설『압록강』의 종교인 박인진과 민족주의자 김정보,『1932년』(권정웅)에 나오는 노동자 차기용과 농민 최칠성 그리고 안동학,『근거지의 봄』의 김창억과 윤보금,『고난의 행군』(석윤기)의 농민 박인섭,『혁명의 려명』의 지식인 권심, 민족주의자인 안창호, 백락진, 리갑무,『준엄한 전구』의 종교인이며 의사인 최인관,『닻은 올랐다』의 최일심,『대지는 푸르다』의 변태익,『백두산기슭』의 초기 공산주의운동자였던 권학식,『은하수』의 장윤삼 등이 그러한 대표적 인물들이다.

총서의 장편소설들은 위대한 수령님과 각이한 계층의 인물들과의 관계를 통하여 서로 다른 운명의 노정을 걸어온 인간들이 어떻게 위대한 수령의 품속에서 혁명의 진리를 자신의 신념으로 받아 안고 자기 운명 개척의 길을 찾게 되는가 하는 생활철학을 밝히고 있을 뿐 아니라 매개 인물들이 새롭게 탄생하는 인간에 대한 송가를 통하여 경

31) 무의식군중(無意識群衆): 이북어. 의식화되지 못한 군중.

애하는 수령님의 위대성을 소리 높이 구가하고 있다.

여기에 또한 총서 『불멸의 력사』(항일무장투쟁시기편)의 사상예술적 특성이 있다.

총서 『불멸의 력사』의 항일무장투쟁시기편은 영광에 찬 20성상의 나날에 있었던 영웅서사시적 혁명 사적들과 격동적인 생활들에 대한 생동한 예술적 재현을 통하여 경애하는 수령 김일성 동지께서 이룩하신 불멸의 혁명 업적과 위대한 사상가, 위대한 정치가, 위대한 전략가로서의 숭고한 풍모를 생활적 진실로써 확증함과 동시에 위대한 수령님께 끝없이 충직한 혁명 전사들의 고결한 혁명 정신과 당대 인민들의 의의 깊은 생활들을 방대한 서사시적 화폭으로 보여주는 빛나는 형상을 창조함으로써 주체문학 건설의 새로운 이정표를 마련하게 되었다.

항일혁명투쟁에 대한 역사적 연대기로 완성된 총서 『불멸의 력사』의 항일혁명투쟁시기편은 일찍이 역사에 그 유례가 없는 수령 형상에 바쳐진 혁명적 대작으로서 우리 민족의 귀중한 재보로 될 뿐 아니라 인류 문예 발전에 불멸의 기여를 하게 될 것이다.

2

총서 『불멸의 력사』는 일찍이 역사가 알지 못하는 위인 중의 위인이시고 영웅 중의 영웅이시며 인간 중에서도 가장 위대한 인간이신 경애하는 수령 김일성 동지의 위대한 풍모를 꾸밈도 보탬도 없이 실재한 사실 그대로를 예술적으로 진실하게 재현하였다는 데 중요한 의의가 있다.[32)]

---

32) 이종석은 김일성이 화성의숙에서 "현대사의 기원으로 삼는 '타도제국주의동맹'을 결성했다고 주장하고 있으나, 여기에 동의하는 연구자는 북한 외에는 거의 없"으며, "만주항일투쟁시절 중요한 지도자의 한 사람이었지만 유일한 지도자도 아니었으며, 비록 조선 해방을 위해 싸우긴 했으나 지휘계통상 중국공산당 휘하에서 싸웠다는 사실도 별 이론

뿐만 아니라 총서 『불멸의 력사』는 그 높은 사상예술적 질에 있어서나 생활 반영의 거대한 규모와 그 형식에 있어서 그 어떤 문학작품과도 대비할 수 없는 새로운 경지를 개척하고 있는 그야말로 우리 식의 혁명 소설이라는 데 거대한 의의가 있다.

인류 문학사의 새로운 장을 열어놓은 이 불멸의 업적은 문학예술의 영재이신 친애하는 지도자 김정일 동지에 의하여 이룩될 수 있었다.

친애하는 지도자 김정일 동지께서는 노동계급의 수령을 형상한 문학작품 창작에서 새로운 경지를 개척하여야 할 제반 원칙과 방도들을 독창적으로 해명해 주시고 그 내용과 형식, 형상 수법에 이르기까지

(異論) 없이 받아들여지고 있"고, 김정숙도 "항일유격대 기간 동안 주로 밥짓고 빨래하는 일과 재봉 등의 일을 하였다"고 지적한다(이종석, 『(새로 쓴) 현대북한의 이해』, 역사비평사, 2000, 398쪽, 396쪽, 478~479쪽).

이런 김일성의 역사에 대한 창조나 신화 만들기는 서재진의 『김일성 항일무장투쟁의 신화화 연구』(통일연구원, 2006, 217쪽)를 참조할 수 있다.

역사적 사건	실제 사실	이북 역사서의 왜곡
만주항일무장투쟁의 주체	중국공산당 동북인민혁명군 / 동북항일연군	김일성 조선인민혁명군
동북항일연군 군장	양정우	김일성
ㅌ·ㄷ 동맹 창설자	이종락, 1929~1930년	김일성, 1926년
명월구회의 소집자, 1931. 12: 항일무장투쟁 결의	동만특위 서기 동장영	김일성
조선혁명군 창설 및 지휘	이종락, 양세봉	김일성
대황외회의 - 민생단문제 토론	동만특위 서기 위증민	김일성
요영구회의 - 북만원정 결정	위증민	김일성
동녕현성 전투 지휘	주보중	김일성
북호두회의 - 통일전선 신방침	공산국제 7차회의 결정사항 위증민	김일성
미혼진 회의 - 동만에서 신방침 결정	위증민	김일성
동강회의 - 2군 3사의 백두산 진출 결정	왕덕태 2군 군장	김일성
2군6사 창설	공산국제 7차회의 결정 미혼진회의	김일성
조국광복회 조직	공산국제 7차회의 결정	김일성
노령회의 / 남패자회의 - 방면군으로 개편	위증민, 양정우	김일성
두도류회의 / 소할바령회의 - 소련 월경	위증민, 양정우	김일성
88여단 여장	주보중	김일성
조선해방전투	소련극동군 25군	김일성 조선인민혁명군

모든 이론 실천적 문제들에 대하여 전면적이고도 완벽한 해답을 주심으로써 우리 식으로 위대한 수령님의 영광찬란한 혁명 역사를 대서사시적인 예술적 화폭으로 재현할 수 있게 하시었다.

친애하는 지도자 동지께서는 위대한 수령님의 영광찬란한 혁명 역사를 몇 편의 다부작[33] 소설이나 독립적인 몇 권의 소설을 가지고는 그 방대하고도 다양한 혁명 사적과 생활을 다 담을 수 없다는 것을 예견하시고 유례 없이 거창한 혁명 역사를 폭넓게 반영할 수 있는 새로운 총서 형식을 탐구해 주시고 그것을 우리 식으로 형상하도록 현명하게 이끌어 주시었다.

우리 식 총서 형식의 탐구, 이것은 위대한 수령님의 혁명 역사를 일대기나 전기 형식으로 구현하지 않고 문학작품으로서의 높은 예술적 품위를 담보할 수 있게 한 독창적인 형상 방도의 개척을 의미하였다.

친애하는 지도자 동지께서는 총서의 미학적 특성을 밝혀주시면서 총서를 구성하는 매 장편소설들에 위대한 수령님의 항일혁명투쟁 노정에서 역사적 의의를 가지는 중요한 사변들과 사건들을 중심으로 한 이야기들을 담으면서 역사적 단계를 단위로 하여 작품을 창작할 데 대해서와 작품들 사이에 튼튼한 내적 연관성과 통일성을 보장하는 동시에 총서로서의 일관성을 보장할 데 대하여 뚜렷이 밝혀주시었다.

총서 『불멸의 력사』는 친애하는 지도자 동지께서 밝혀주신 총서 창작의 독창적인 방침에 따라 매 작품들이 독자성을 가지면서도 내적으로 튼튼한 연관성과 통일성을 가지며 총체적으로 총서로서의 일관성을 가지는 대장편소설군을 형성하게 되었다.

그리하여 장편소설 『닻은 올랐다』, 『혁명의 려명』, 『은하수』 등에서는 위대한 수령님께서 혁명의 길에 나서신 때로부터 주체의 심원한 진리를 탐색하시고 조선 혁명의 주체적인 노선을 온 세상에 선포할 때까지의 초기 혁명 활동 시기를 보여주고 있으며 장편소설 『대지는

33) 다부작(多部作): 둘 또는 그 이상의 여러 부로 이루어진, 구성상 규모가 큰 문예 작품.

푸르다』(석윤기), 『봄우뢰』에서는 반일 인민유격대[34]를 창건하실 때까지의 빛나는 투쟁 노정을 형상하고 있다.

반일 인민유격대의 창건 후부터 역사적 남호두회의[35]가 있을 때까지의 혁명 역사는 장편소설 『1932년』과 『근거지의 봄』, 『혈로』(박유학)에 그리고 그 후의 각이한 혁명 투쟁 단계는 『백두산기슭』, 『압록강』, 『위대한 사랑』, 『잊지 못할 겨울』, 『고난의 행군』, 『두만강지구』, 『준엄한 전구』 등에서 보여주고 있다.

총서의 매개 작품들은 일관성을 가지면서도 상대적으로 완결되어 있다.

그것은 총서를 이루고 있는 15권의 장편소설들이 뚜렷한 종자를 가지고 있을 뿐 아니라 사상 주제적 과제도 명백히 구별되고 있으며 비반복적인 개성들의 창조로 형상적인 특색을 나타내고 있으면서도 매 작품들이 당대의 역사적 사실에 대한 생동한 예술적 재현을 통하여 혁명 투쟁에서 수령이 차지하는 지위와 역할을 밝히고 경애하는 수령님의 위대성을 천명하는 데로 사상적 대를 튼튼히 세우고 모든 형상들을 거기에 복종시키고 있는 데서 찾아볼 수 있다.

그리하여 총서의 장편소설들은 작품마다 가치 있고 뚜렷한 사상 주제적 과제를 내세우고 그에 맞게 인간들의 운명 문제를 대담하게 추구해 들어감으로써 새롭고도 심오한 생활철학을 도출해내고 있으며 혁명의 진리를 커다란 감동 속에 터득할 수 있도록 형상을 풍만하게 꽃피우고 있으며 수령님의 위대성을 밝히는 총체적인 형상과제를 새롭게 탐구된 형식을 통하여 빛나게 해결을 보고 있다.

총서 『불멸의 력사』는 경애하는 수령님의 불멸의 혁명 역사를 후세에 길이 전하여할 역사 문헌적인 사명으로부터 역사적 사건과 사실들

34) 인민유격대(人民遊擊隊): 이북어. 인민의 자녀들로 조직된 유격대.

35) 남호두회의: "혁명의 위대한 수령 김일성동지께서 항일무장투쟁과 그를 중심으로 한 전반적조선혁명의 일대 앙양을 위한 전략적방침을 제시하신 력사적인 군정간부회의."(사회과학원 력사연구소, 『력사사전(1)』, 사회과학출판사, 1971, 422쪽)

에 철저히 입각하여 예술적 진실이 확고하게 담보되고 있다.

그러므로 총서의 매 작품마다에 취급되고 있는 사건과 사실들은 역사 문헌적으로 철저히 고증된 생동한 사실에 기초하고 있기 때문에 그토록 독자들의 심금을 뜨겁게 울려주고 있는 것이다.

역사적 사건과 사실들을 방불하게 재현한 예술적 진실성, 여기에 바로 총서 『불멸의 력사』가 이룩한 빛나는 성과의 하나가 있으며 매 장편소설들은 역사 문헌적인 불멸의 가치를 가지게 되었다.

장편소설들에 취급되고 있는 중요한 회의들과 사변들, 역사적인 사건들과 생활들은 모두 실재한 사실들에 기초하여 예술적으로 재현된 빛나는 화폭으로 전개되고 있기 때문에 매 화폭들이 그처럼 우리들을 감동시키고 깊은 여운을 자아내고 있는 것이다.

『닻은 올랐다』에서 형상되고 있는 타도제국주의동맹의 결성, 『혁명의 려명』에서 보여주고 있는 길회선[36] 철도 부설 반대 투쟁과 일본 상품 배척 운동, 『은하수』에서의 역사적인 카륜회의와 『봄우뢰』에서의 반일 인민유격대 창건, 『근거지의 봄』에서 보여주는 근거지 내에서의 인민 혁명정부 창설과 역사적인 토지개혁의 실시, 『두만강지구』의 무산 지구 전투와 『고난의 행군』에서 재현한 그 준엄한 겨울에 대한 생동한 묘사, 『혈로』에서 묘사된 제1차 북만원정에 대한 격동적인 화폭들, 『백두산기슭』에서 형상된 '대통령감'과 모든 작품들에서 생동한 개성으로 부각된 역사적인 인물 등은 모두가 예술적 진실성으로 하여 우리들의 가슴마다에 지울 수 없는 깊은 인상을 남겨주고 있다.

장편소설 『1932년』에 묘사된 소사하 집 장면의 소박한 예술적 재현은 얼마나 우리들의 가슴을 후덥게 하여주는가.

소설은 이 장면에서 모든 것을 혁명을 위해 바치시는 그 길에서 어머니에 대한 효도를 참답게 빛내시려는 경애하는 수령님의 숭고한 인정세계[37]와 이제 헤어지면 다시는 만날 수 없다는 것을 예감하시면서

---

36) 길회선(吉會線): 함경북도 회령과 중국 동북부의 지린(吉林) 사이를 잇는 철도.
37) 인정세계(人情世界): 이북어. 사람이 본래 가지고 있는 감정이나 심정의 영역.

도 조국 광복의 그 날을 위하여 아드님을 엄하게 타이르시며 혁명의 길에로 등을 떠미시는 위대한 어머님의 후더운 인정세계를 눈물 없이는 볼 수 없는 감동적인 화폭으로 펼쳐 보이고 있다.

혁명을 위한 길에 한 걸음이 새로우시었으나 어머님의 깊으신 병세가 염려되시어 집 둘레를 돌고 또 도시는 장군님과 그 심정을 눈물겨웁게 받아 안으시면서도 눈물 없이 엄하신 표정으로 아드님을 떠나보내시는 어머님의 숭고한 모습.

이것이야말로 혁명의 격류와 인정의 폭포가 하나로 합쳐 소용돌이치며 위대한 인간의 숭고한 정신 세계를 소리 높이 구가하는 역사적 순간의 생동한 재현이 아니겠는가.

이 격동적인 장면의 생동한 예술적 재현은 그 어떤 문학작품에서도 찾아볼 수 없는 위대한 인간생활의 지울 수 없는 불멸의 화폭으로 되고 있다.

총서의 장편소설들은 이렇듯 역사적 사실에 철저히 기초하면서도 그 사실에 대한 단순한 복사가 아니라 실재한 사실들의 풍부한 예술적 구현으로서 역사적 사변과 사건들의 본질과 의의를 형상적으로 강조하고 있다.

총서 『불멸의 력사』는 또한 수령님의 형상을 고정격식[38]화하지 말고 위대한 인간으로서의 고결한 세계를 깊이 있게 파고들어 숭고한 인간애와 인간감정을 생신하게 펼쳐 보일 데 대해서와 언제나 인민들 속에서 살며 투쟁하시는 수령님을 형상할 데 대한 친애하는 지도자 동지의 독창적인 방침을 빛나게 구현함으로써 장편소설의 매 화폭마다에서 언제나 인민들과 함께 계시며 인민들과 생사고락을 같이하시는 참다운 인민의 수령을 형상하는 데로 지향되고 있다.

그리하여 언제나 인민의 이익을 첫자리에 놓고 혁명의 대강을 펼쳐가시며 인민들을 굳게 믿고 인민들에게 철저히 의거하시며 인민을 위

---

38) 고정격식(固定格式): 이북어. 고정되어 조금도 변함이 없는 격식.

하여 자신의 모든 것을 아낌없이 다 바치시는 참다운 인민의 수령으로서의 경애하는 김일성 동지의 숭고한 풍모가 총서의 매 작품, 매 화폭마다에 돋구어질 수 있게 되었다.

총서 『불멸의 력사』의 장편소설들은 또한 경애하는 수령님의 영상을 언제나 밝고도 정중하게 모시도록 이끌어주신 친애하는 지도자 동지의 현명한 영도에 따라 밝고도 정중한 양상으로 일관된 예술적 화폭으로 창조되었다.

총서 『불멸의 력사』의 항일혁명투쟁시기편은 문학예술의 영재이신 친애하는 지도자 김정일 동지께서 제시하신 수령 형상에 관한 독창적인 문예이론을 철저히 구현함으로써 노동계급의 수령을 형상하는 데서 그 유례가 없는 방대한 규모의 대서사시적 화폭의 본보기를 마련할 수 있게 되었다.

지금까지 노동계급의 수령 형상에 바쳐진 적지 않은 문학작품들과 예술작품들이 창조되었지만 총서 『불멸의 력사』처럼 무려 15권에 달하는 방대한 규모의 대장편소설군으로 20성상에 걸친 수령의 장구한 혁명 투쟁 노정을 웅대한 화폭 속에 재현한 실례는 찾아볼 수 없다.

이것은 모든 일을 대담하고 통이 크게 벌려나가시는 친애하는 지도자 김정일 동지의 원대한 구상과 정력적인 지도가 있음으로써만 가능한 일이었다.

총서 『불멸의 력사』(항일혁명투쟁시기편)가 빛나게 완성됨으로써 우리 문학은 수령형상창조에서 앞장서나가는 크나큰 자랑과 영예를 떨치게 되었으며 우리 식의 새로운 총서 형식을 개척한 무한한 긍지와 자부심을 지닐 수 있게 되었다.

참으로 총서 『불멸의 력사』(항일혁명투쟁시기편)의 완성은 친애하는 지도자 동지께서 문학예술분야에서 이룩하신 불멸의 업적들 가운데서 가장 중요한 자리를 차지하는 것으로서 인류 문학의 보물고에 거대한 기여를 한 위대한 공헌으로 된다.

총서 『불멸의 력사』(항일혁명투쟁시기편)의 완성은 또한 위대한 수령은 위대한 혁명 역사를 창조하며 그 위대한 혁명 역사는 수령의 혁명 위업을 빛나게 이어나가시는 영명한 지도자에 의해서만 불멸의 가치를 가지는 예술적 화폭으로 재현하는 위대한 문학을 낳게 된다는 것을 웅변으로 확증하고 있다.

총서『불멸의 력사』가 주체시대의 기념비적 대작으로 창작되어 위대한 문학으로 빛나고 있는 것은 우리 수령님이 위대하고 수령님의 혁명 역사가 위대하기 때문이며 위대한 수령님의 혁명 역사를 우리식의 문학 총서에 예술적으로 재현할 수 있는 독창적인 방도를 현명하게 밝혀준 친애하는 지도자 김정일 동지의 주체적인 문예 사상과 이론, 특히 수령형상창조이론이 전면적으로 체계 정연하게 완성되어 우리 혁명문학의 앞길을 휘황하게 비쳐주고 있기 때문이다.

바로 여기에 우리 인민의 크나큰 긍지가 있고 주체적인 우리 혁명문학의 자랑이 있는 것이다.

주체의 우리 혁명문학은 총서의 항일혁명투쟁시기편을 창조한 풍부한 경험과 빛나는 성과에 기초하여 해방 후의 방대한 혁명 역사를 반영한 장편소설들에 경애하는 수령님의 위대성을 형상하기 위한 창조사업에 들어섰으며 끊임없는 사색과 탐구로 창조적 결실들을 무르익히고[39] 있다.

우리 작가들은 위대한 수령을 모시고 주체문학의 새로운 경지를 개척하고 있다는 크나큰 긍지를 가슴 깊이 간직하고 위대한 수령이 창조한 위대한 역사를 생활의 기록이나 서술로써가 아니라 심장을 틀어잡고 놓지 않는 예술적 형상으로 재현함으로써 희세의 영웅, 인간 중에서도 가장 숭고하고 위대한 인간이신 경애하는 수령님의 위대성에 대한 불멸의 형상을 보다 높은 수준에서 창조하여야 할 것이다.

총서『불멸의 력사』의 항일혁명투쟁시기편은 그 거대한 예술적 감화력으로 하여 우리 당원들과 근로자들로 하여금 경애하는 수령님의

---

39) 무르익히다: 이북어. '무르익다'의 사동사.

위대성을 체득하고 우리 혁명의 역사적 뿌리인 영광스러운 혁명전통으로 무장하는 데서 생활의 참다운 교과서로, 주체사상교양의 힘있는 무기로 될 것이다.

—출전: 『문학신문』 1197, 1988. 8. 12.

선군혁명문학령도의 성스러운 자욱을 더듬어

위대한 령도자 김정일동지께서는 다음과 같이 지적하시였다.

《우리는 20세기를 잘 장식하였습니다. 5,000년 우리 나라 력사에서 처음으로 되는 업적을 이룩하였습니다.》

우리 문학은 주체사실주의문학 발전에서 새로운 경지를 이루는 선군혁명문학의 새 력사를 창조해 나가고 있다.

선군혁명문학은 우리 인민이 력사에 류례 없는 《고난의 행군》, 강행군을 벌리던 가장 어려운 시기에 태여난 새형의 문학이다.

우리 문학은 20세기 마지막년대에 아직 인류문학이 대상해 보지 못한 가장 준엄하고 격동적인 시기를 체험하였다.

우리 인민은 어버이수령님을 잃은 민족의 대국상을 당하여 하늘이 무너지는 슬픔을 이겨 내고 일떠서야 했고 사면팔방으로 덤벼드는 제국주의자들과 반동들의 압살책동과 맞서 싸우며 참기 어려운 경제적난관을 뚫고 사회주의수호전을 벌려야 했다.

자주적인민으로 사느냐 아니면 제국주의노예로 되느냐를 판가리하는 이 결사전에서 우리 인민은 승리하였으며 폭풍 사납고 수난 많은 20세기를 사회주의승리의 세기로 빛나게 장식하였다.

이것은 천출명장으로서의 특출한 천품을 지니신 위대한 령도자 김정일동지의 선군정치가 가져 온 최대의 승리이며 고귀한 전취물이다.

우리 문학은 경애하는 장군님의 선군정치로 하여 군사는 물론 나라의 정치, 경제, 문화의 모든 부문에서 근본적인 변혁이 일어 나고 인간도 사회도 투쟁과 생활도 새롭게 일신한 선군시대라는 완전한 하나의 새 시대를 맞이하는 특전을 누렸다. 하여 선군혁명문학의 새로운 형상세계를 개척하게 되였다.

선군혁명문학은 경애하는 장군님의 선군정치를 정서적으로 안받침하는 문학이며 장군님의 령도에 의하여 개화발전하는 위대한 령도자의 문학이다.

우리 선군혁명문학은 위대한 장군님을 따라 우리 군대와 인민이 사회주의결사수호, 강성대국건설을 소리쳐 부르며 피눈물의 바다, 격전의 사선천리를 영웅적으로 돌파해 온 《고난의 행군》, 강행군의 혁명실록에서 장군이 울린 혁명의 뢰성을 시대정신으로, 장군이 찍어 간 시대의 발자국마다에서 장군이 호흡한 심장의 숨결로 탄생한 주체사실주의문학의 높은 단계이다.

20세기 마지막 6년사에 아로 새겨 진 선군혁명문학령도에는 1,000여편의 작품지도를 비롯하여 410여차에 770여건에 달하는 문학운동에 대한 성스러운 령도의 자욱이 뜻 깊게 깃들어 있다. 이 놀라운 수자는 잊을수 없는 격동의 6년 진기간 우리 문학이 거의 매일이다싶이 위대한 령도의 자애로운 품에 안기는 최상최대의 행운을 지녔다는것을 실증해 준다.

선군혁명문학은 창조와 변혁의 새 세기, 21세기에도 시대를 앞서여 승승장구하고 있다.

선군혁명문학의 시원을 열어 놓으신 주체84(1995)년

위대한 령도자 김정일동지께서는 다음과 같이 지적하시였다.

《피눈물속에 1994년을 보내고 새해를 맞이합니다.

위대한 수령님의 전사, 위대한 수령님의 제자답게 내 나라 내 조국을 더욱 부강하게 하기 위하여 우리모두 한마음한뜻으로 힘차게 일해 나아갑시다.

1995. 1. 1

김 정 일》

피눈물의 해를 보내고 맞는 새해 첫 아침,

위대한 장군님께서는 전체 인민들에게 신년 친필서한을 보내주시고 정각 9시에는 위대한 수령님께서 마지막으로 하신 주체83(1994)년 신년사를 실황록화로 내보내도록 하시여 자애로운 어버이의 모습을 그리워 하는 우리 인민의 소원을

41

—『조선문학』 652, 2002. 2.

선군혁명문학 영도의 성스러운 자욱을 더듬어

: 최길상

위대한 영도자 김정일 동지께서는 다음과 같이 지적하시었다.

"우리는 20세기를 잘 장식하였습니다. 5,000년 우리나라 역사에서 처음으로 되는 업적을 이룩하였습니다."

우리 문학은 주체사실주의 문학 발전에서 새로운 경지를 이루는 선군혁명문학의 새역사를 창조해나가고 있다.

선군혁명문학은 우리 인민이 역사에 유례 없는 '고난의 행군', 강행군을 벌리던 가장 어려운 시기에 태어난 새형의 문학이다.

우리 문학은 20세기 마지막 연대에 아직 인류 문학이 대상해 보지 못한 가장 준엄하고 격동적인 시기를 체험하였다.

우리 인민은 어버이 수령님을 잃은 민족의 대국상을 당하여 하늘이 무너지는 슬픔을 이겨내고 일떠서야[1] 했고 사면팔방[2]으로 덤벼드는 제국주의자들과 반동들의 압살 책동과 맞서 싸우며 참기 어려운 경제적 난관을 뚫고 사회주의 수호전을 벌려야 했다.

---

1) 일떠서다: 이북어. 앉아 있다가 갑자기 일어서다.

2) 사면팔방(四面八方): 사방팔방(四方八方). 여기저기 모든 방향이나 방면.

자주적 인민으로 사느냐 아니면 제국주의 노예로 되느냐를 판가리하는[3] 이 결사전에서 우리 인민은 승리하였으며 폭풍 사납고 수난 많은 20세기를 사회주의 승리의 세기로 빛나게 장식하였다.

이것은 천출 명장으로서의 특출한 천품을 지니신 위대한 영도자 김정일 동지의 선군정치가 가져온 최대의 승리이며 고귀한 전취물이다.

우리 문학은 경애하는 장군님의 선군정치로 하여 군사는 물론 나라의 정치, 경제, 문화의 모든 부문에서 근본적인 변혁이 일어나고 인간도 사회도 투쟁과 생활도 새롭게 일신한 선군시대라는 완전한 하나의 새시대를 맞이하는 특전을 누렸다. 하여 선군혁명문학의 새로운 형상세계를 개척하게 되었다.

선군혁명문학은 경애하는 장군님의 선군정치를 정서적으로 안받침하는 문학이며 장군님의 영도에 의하여 개화 발전하는 위대한 영도자의 문학이다.

우리 선군혁명문학은 위대한 장군님을 따라 우리 군대와 인민이 사회주의 결사 수호, 강성대국 건설을 소리쳐 부르며 피눈물의 바다, 격전의 사선천리를 영웅적으로 돌파해 온 '고난의 행군', 강행군의 혁명실록에서 장군이 울린 혁명의 뇌성을 시대정신으로, 장군이 찍어간 시대의 발자국마다에서 장군이 호흡한 심장의 숨결로 탄생한 주체사실주의 문학의 높은 단계이다.

20세기 마지막 6년사에 아로새겨진 선군혁명문학 영도에는 1,000여 편의 작품 지도를 비롯하여 410여 차에 770여 건에 달하는 문학 운동에 대한 성스러운 영도의 자욱[4]이 뜻깊게 깃들어 있다. 이 놀라운 숫자는 잊을 수 없는 격동의 6년 전 기간 우리 문학이 거의 매일이다시피 위대한 영도의 자애로운 품에 안기는 최상최대의 행운을 지녔다는 것을 실증해 준다.

선군혁명문학은 창조와 변혁의 새 세기, 21세기에도 시대를 향하여

---

3) 판가리하다: '판가름하다'의 이북어. 승패나 생사존망을 결판내다.

4) 자욱: '자국'의 이북어.

승승장구하고 있다.

선군혁명문학의 시원을 열어 놓으신 주체84(1995)년

위대한 영도자 김정일 동지께서는 다음과 같이 지적하시었다.

“피눈물 속에 1994년을 보내고 새해를 맞이합니다.

위대한 수령님의 전사, 위대한 수령님의 제자답게 내 나라 내 조국을 더욱 부강하게 하기 위하여 우리 모두 한마음 한뜻으로 힘차게 일해 나아갑시다.

1995. 1. 1

김정일”

피눈물의 해를 보내고 맞는 새해 첫아침[5],

위대한 장군님께서는 전체 인민들에게 신년 친필 서한을 보내주시고 정각 9시에는 위대한 수령님께서 마지막으로 하신 주체83(1994)년 신년사를 실황 녹화로 내보내도록 하시어 자애로운 어버이의 모습을 그리워하는 우리 인민의 소원을 풀어주시었다. 그리고 『로동신문』, 『조선인민군』, 『로동청년』의 공동사설을 내보내어 어버이 수령님을 변함없이 혁명의 수위[6]에 높이 모시고 새해의 진군길을 다그쳐 나가도록 전체 인민들을 불러일으키시었다.

위대한 장군님께서는 이 아침 어버이 수령님께 영생 축원의 인사를 드리신 그 길로 잊을 수 없는 다박솔 초소를 찾으시었다.

조선이 장차 어느 길로 나가며 어떤 정치를 펼 것인가를 두고 세계가 떠들던 때 우리 장군님께서 찾으신 사연 깊은 다박솔 초소길, 그것은 나에게서 그 어떤 변화를 바라지 말라! 오직 위대한 수령님을 사회

5) 첫아침: 이북어. 설날의 아침.

6) 수위(首位): 첫째가는 자리나 우두머리가 되는 자리.

주의 조선의 시조로 대대손손 높이 모시고 수령님의 업적을 100% 계승하고 100% 고수해 나갈 것이라는 장군님의 드팀없는[7] 정치철학, 정치 신념의 상징이었다.

여기로부터 선군정치의 전면적인 역사가 시작되고 선군혁명문학의 시원[8]이 열리었다.

위대한 장군님께서는 우리 선군혁명문학이 어버이 수령님의 영생을 무궁토록 칭송하는 수령영생문학으로 첫걸음을 떼도록 이끌어 주시었다.

위대한 장군님께서는 이 해에 서사시 「영원한 우리 수령 김일성동지」를 여러 차례 지도해 주시고 우리 시대의 기념비적 명작으로 되도록 하여 주시었으며 가요 「수령님은 영원히 우리와 함께 계시네」, 「높이 들자 붉은기」를 비롯하여 백수십여 편의 작품을 지도하여 주시고 문학사업에 대한 수많은 가르치심과 뜨거운 사랑으로 한 해의 영도의 자욱을 새기시었다.

그처럼 어려운 난국을 이겨내고 끝까지 붉은기[9]를 지켜낸 '고난의 행군'과 함께 이정표를 세운 선군혁명문학은 모진 피눈물의 사선천리를 완강하게 헤쳐나가게 하는 시대의 넋이었다.

명작 창작 강행군에로 불러일으키시어

위대한 영도자 김정일 동지께서는 다음과 같이 지적하시었다.

"우리 당은 조성된 정세와 당 앞에 나선 혁명 임무로부터 문학예술부문에서 그 어느 때보다도 분발하여 우리 인민들을 더욱 힘있게 불러일으키며 그들에게 혁명 승리에 대한 신심과 낙관을 주는 명작을

7) 드팀없다: 틈이 생기거나 틀리는 일이 없다. 또는 조금도 흔들림이 없다.
8) 시원(始原): 사물, 현상 따위가 시작되는 처음.
9) 붉은기(--旗): 이북어. 노동 계급의 혁명 사상을 상징하는 깃발.

더 많이 창작할 것을 요구하고 있습니다."

유례 없이 준엄한 '고난의 행군'과 함께 첫걸음을 뗀 선군혁명문학은 시작에서부터 너무나 가혹한 현실을 체험하게 하였다.

우리의 거리와 마을은 불에 타고 포연에 끄슬지 않았어도 우리의 옷자락은 총탄에 찢기고 피에 젖지 않았어도 우리 인민은 총포성 없는 가렬처절한[10] 전쟁을 치르어야 했다.

원수들은 고립 압살의 포위환[11]을 더욱 옥죄였고 커다란 경제적 난관이 휩쓸었다. 엄혹한 그 세월과 같이 이 땅에 사는 모든 사람들에게 그처럼 속속들이 고난이 미치고 조국의 매 가정들에 그처럼 아픈 상처를 남긴 때는 없었다.

어버이 수령님께서 맡기고 가신 우리 인민들을 어떻게 하면 이 난국을 뚫고 일떠서도록 할 것인가.

천만가지 생각을 다 해보시며 전선길[12]을 가시는 위대한 장군님께서는 병사들이 부르는 노랫소리에 유다른 정회가 안겨옴을 금할 수 없으시었다.

그렇다. 우리 군대와 인민에게 신심과 낭만에 넘치는 명작을 안겨주자, 위대한 수령님의 생전의 뜻이 담겨 있는 붉은기 정신과 내일을 위한 오늘에 살자는 혁명적 인생관이 철저히 구현된 명작은 수백만 톤의 쌀보다도 더 큰 힘으로 인민들을 불러일으킬 것이다.

명작 창작 전투에로.

이 해 위대한 장군님의 선군혁명문학에 대한 영도는 우리 작가들을 명작 창작 전투에로 이끌어주신 숭고한 자욱으로 아로새겨져 있다.

위대한 영도자 김정일 동지께서는 주체85(1996)년 4월 26일 고전적 노작 「문학예술부문에서 명작을 더 많이 창작하자」를 발표하시어 우리 작가들에게 명작 창작의 보검을 안겨주시었으며 작가들 속에서 실

---

10) 가렬처절하다(苛烈悽絶--): 이북어. 싸움이 몹시 세차고 말할 수 없이 처절하다.
11) 포위환(包圍環): 이북어. 둥근 고리 모양의 포위선.
12) 전선길(戰線-): 이북어. 전선으로 가는 길.

력전[13]의 된바람[14]을 일으켜 오늘의 시대가 요구하는 명작을 더 많이 창작하기 위한 조직 정치 사업을 힘있게 벌리도록 온갖 은정 어린 사랑의 조치를 다 취해 주시었다.

위대한 장군님의 은혜로운 사랑과 지도에 의하여 서사시 「평양시간은 영원하리라」가 시대의 명작으로 창작되었으며 총서 『불멸의 력사』 중 장편소설 『영생』을 비롯하여 수많은 작품들이 훌륭히 창작되었다.

위대한 영도의 손길을 따라 명작 창작 전투는 더욱 힘있게 계속되었다.

순결한 양심의 필봉으로 벼려주시어

위대한 영도자 김정일 동지께서는 다음과 같이 지적하시었다.

"작가들은 하루를 살아도 인민군 군인들이 지니고 있는 티 없이 맑고 깨끗한 양심으로 살고 시 한 줄, 소설 한 페이지를 써도 만사람의 양심에 불을 지필 수 있도록 진심이 통하게 써야 합니다. 작가들의 필봉은 말 그대로 순결한 양심의 필봉으로 되어야 합니다."

사느냐 죽느냐 하는 판가리 싸움, '고난의 행군'은 더욱 간고하게 계속되었다. 그렇게도 많이 피눈물을 흘린 일이 없고 그렇게도 많이 굶어보고 얼어본 일이 없는 우리 인민이었다.

너무도 준엄한 현실은 우리 작가들 속에서 일시나마 창작적 부진을 가져오며 사나운 겨울을 피하여 '동면'하려는 현상을 나타냈다.

우리 군대와 인민이 조국이 당하는 고통과 시련이 클수록 비굴하게 사느니 차라리 싸우다 죽는 길을 택하고 원수들에 대한 분노를 설설 끓이며 고난을 맞받아 뚫고 나가는 때에 시대정신과 양심의 대변자로, 투쟁과 위훈의 고무자로 되어야 할 작가들의 창작 태도에서 나타난

---

13) 실력전(實力戰): 이북어. 경기나 경쟁 같은 데서 실력으로 하는 승부나 전투.
14) 된바람: 매섭게 부는 바람.

이 현상은 매우 상서롭지 못한 것이었다.

위대한 장군님께서는 이 사실을 예리하게 통찰하시고 인민군대의 혁명적 예술인들이 혁명의 수뇌부 결사 옹위의 혁명 군가로 만사람의 심장에 투쟁의 불을 달아주듯이 우리 작가들로 하여금 혁명적 군인 정신을 따라 배워 선군혁명문학의 필봉을 억세게 틀어쥐고 나가도록 이끌어주시었다.

감회도 새로운 주체86(1997)년 4월 초, 우리 작가들은 전국 작가 협의회를 가지고 혁명적 군인 정신, 총폭탄 정신이 투철히 반영된 명작들을 창작하여 혁명의 수뇌부를 결사 옹위해 갈 심장의 맹세를 다졌다.

우리 작가들은 신들메[15]를 조이고 배낭을 메고 '고난의 행군'이 진행되는 격동적이고 엄혹한 현실에 들어가 사람들을 투쟁과 위훈에로 부르는 혁명적이고 전투적인 작품을 창작하였다.

'고난의 행군'이 절정에 이른 주체86(1997)년의 선군혁명문학 영도는 우리 작가들을 위대한 장군님에 대한 절대불변의 신념과 순결한 양심으로 창작하도록 이끌어주고 우리의 필봉을 벼려 준 가장 자애롭고 뜨거운 어버이 스승의 숭고한 사랑과 믿음의 정화였다.

최대의 믿음을 주시어

위대한 영도자 김정일 동지께서는 다음과 같이 지적하시었다.

"지식인들은 과학과 기술, 지식으로써 혁명과 건설에 이바지하는 혁명의 중요한 담당자입니다."

선군혁명문학 창조의 전투 대오—우리 작가들은 주체87(1998)년 새해 벽두에 위대한 영도자의 최대의 믿음과 고무를 받는 특전을 누렸다.

위대한 장군님께서는 공화국 창건 50돌이 되는 뜻깊은 이 해에 '최

15) 신들메: '들메끈'의 이북어. 신이 벗어지지 않도록 신을 발에다 동여매는 끈.

후 승리를 위한 강행군 앞으로!'라는 전투적 구호를 제시하시고 새해 첫아침 송년시 「눈이 내린다」를 높이 평가하시었으며 작가들이 영도자와 함께 '고난의 행군'을 하면서 당과 수령을 보위하고 시대정신을 반영한 쇳소리 나는 좋은 글을 쓰고 있다는 최상최대의 믿음을 주시었다.

위대한 장군님께서는 새해 벽두에 시 「어머니」, 서사시 「백두산」, 리수복 영웅의 시가 가지는 비상한 감화력에 대하여 뜨겁게 말씀하시면서 혁명적인 문학작품의 생활력에 대하여 강조하시었다. 돌이켜보면 장군님께서는 서정시 「어머니」에 대해서는 10여 차, 서사시 「백두산」에 대해서는 20여 차, 리수복의 시에 대해서는 8차에 걸쳐 우리 인민의 사상 감정과 시대정신을 잘 반영한 좋은 작품이라고 뜻 깊은 말씀을 주시고 사회적으로 통달하는 분위기를 세우도록 가르쳐 주시었다.

바로 작품에 대한 이러한 사랑과 은정으로 경애하는 장군님께서는 이 해에 오랫동안 묻혀 있었던 한 작가의 유해를 애국열사릉에 안치하도록 해주시고 작가들을 위하여 최대의 대우를 안받침하는 특별 휴양을 조직해 주시는 은정을 베풀어주시었다. 그리고 한 작가의 건강을 염려하시어 나라가 그처럼 어려운 시련을 겪고 있는 때에도 많은 자금을 들여 다른 나라에 가서 치료를 받도록 해주시었다.

위대한 장군님의 숭고한 사랑과 믿음, 기대를 안고 최후 승리를 위한 강행군길에 오른 우리 선군혁명문학은 공화국 창건 50돌 기념 전군문학축전으로 더욱 흥성거렸고 우리 작가 대오는 신념의 강자, 의지의 강자로 굳게 다져졌다.

비가 오나 눈이 오나 변함 없이 영도자를 따르며 선군혁명문학 창조의 길을 탐구 개척해 나가는 우리 작가들의 심장 속에는 위대한 영도자의 믿음이 뜨겁게 고동치며 창작적 사색과 열정을 불태워 주었다.

선군혁명문학의 앙양으로 빛나는 주체88(1999)년

강성대국 건설의 위대한 전환의 해 주체88(1999)년, 이 해에 우리 문학은 만고절세의 위인의 탁월한 영도를 따라 구보로 달리는 격동하는 시대와 숨결을 같이하며 전례 없는 명작 창작으로 선군혁명문학의 위력을 과시하였다.

이 해의 우리 선군혁명문학은 백두산 3대 장군의 위대성을 문학의 모든 형태마다에서 다양한 형상으로 드높이 노래하며 위대한 영도자의 문학으로 더욱 강화되었으며 선군 영도의 거룩한 자욱이 어린 뜻깊은 최전연[16] 초소길과 강성대국 건설의 구보 행군길마다에서 시대의 명작을 탄생시켜 그 화원을 빛나게 장식하였다.

위대한 장군님께서는 주체88(1999)년 1월 2일 송년시 「잊을수 없어라 1998년이여」에 대하여 높이 평가하시면서 나의 의도를 시에 잘 담았다고, 마치 나와 한차를 타고 다닌 사람이 쓴 것 같다고 뜨겁게 말씀하시었다.

우리 작가들은 위대한 영도자의 발자욱을 걸음걸음 따르며 천하 제일 명장의 슬기와 담력, 용맹과 의지, 위인의 비범한 예지, 숭고한 뜻을 온 넋으로 심장으로 감수하며 기름기 어린 창작의 붓을 달렸다.

위대한 장군님께서 철령을 넘으시어 천 리 전선길을 가시면 서정시 「철령」과 시초 「영웅찬가」가, 장군님께서 토지 정리 건설장과 청년 영웅 도로 건설장을 찾으시면 시초 「강원땅의 새 노래」와 기행연시초 「백리청춘로반우에서」가 명작으로 태어났으며 장군님께서 칠보산을 찾으시면 「내 나라의 명산—칠보산」이 우리 식 풍경시의 본보기로 그 모습을 뚜렷이 하였다.

끊임없는 선군 영도로 날과 시간을 쪼개시며 현지지도의 길을 이어가시는 위대한 장군님께서는 이 해에 210여 편의 작품을 지도해 주시

16) 최전연(最前緣): 이북어. 적과 가장 가까운 곳에 위치한 전방의 맨 앞 진지.

고 명작으로 완성시켜 주시었으며 선군혁명문학 발전에 대한 귀중한 가르치심을 거듭 주시었다.

20세기 90년대의 마지막 해의 선군혁명문학 영도는 우리 작가와 문학이 위대한 영도자의 품에 유례 없이 뜨겁게 안긴 사랑과 믿음, 숭고한 의지로 엮어져 있다.

선군혁명문학을 빛나게 장식한 주체89(2000)년

위대한 영도자 김정일 동지께서는 다음과 같이 지적하시었다.

“1901년부터 2000년까지 격동적인 사변들이 많았지만 특히 2000년은 우리 민족사에서 제일 격동적인 사변들이 집대성된 해입니다. 2000년은 우리가 세계에 소문을 낸 해입니다.”

위대한 장군님 따라 ‘고난의 행군’에서 격전의 혈전만리[17]를 불사신처럼 달려 민족사적, 세계사적 승리를 이룩한 우리 군대와 인민들과 함께 선군혁명문학은 20세기 영마루[18]에 긍지높이 올라섰다.

세계 제국주의 열강들과 맞서 조국을 수호한 위대한 기적의 창조자, 인류의 자주와 평화를 지켜 낸 20세기의 유일한 승리자, 유일한 영웅민족으로 위풍당당히 올라선 우리 인민의 투쟁의 기치가 되여 선군혁명문학은 장구한 인류 문학사상 처음으로 사회주의붉은기수호문학으로 그 면모와 위용을 과시하였다.

격동의 20세기 마지막 6년사에 우리 문학은 위대한 영도의 손길 따라 놀라운 혁신을 이룩하였으며 문학의 모든 형태가 전면적으로 개화발전하였다.

주체문학 운동이 힘있게 벌어져 주요 기념일들을 계기로 두 차례의

---

17) 혈전만리(血戰萬里): 이북어. 피 흘리며 싸워 온 머나먼 길을 비유적으로 이르는 말.

18) 령마루(원문) → 영마루(嶺--). 이북어. 하나의 고비가 되는 높은 단계를 비유적으로 이르는 말.

문학 축전이 성대히 진행되었으며 제4차 큰 형식의 작품 100편 창작 전투가 전례 없는 앙양된 분위기 속에서 성과적으로 수행되었다.

선군시대의 요구에 맞게 우리 문학의 모든 분야에서 선군정치를 펴나가시는 천출명장의 위대성이 최상의 경지에서 형상되고 혁명적 군인 정신을 체현한 새로운 성격들이 출현하여 선군혁명문학의 문제성을 더욱 강화하였다.

선군정치의 위력이 최상의 경지에서 발휘된 2000년의 선군혁명문학 영도는 우리 문학이 한 세기를 마감 짓고 형상의 위력을 한껏 떨치게 한 탁월하고 비범한 위대한 스승의 거룩한 영도의 자욱이었다.

선군정치와 선군혁명문학,

우리 문학은 영원히 위대한 영장의 선군정치를 형상으로 힘있게 보좌하며 새 세기의 진군을 다그쳐 나갈 것이다.

최길상

—출전: 『조선문학』 652, 2002. 2.

기초 공사장

역쿠자 감아라
어서어서 감자
이래두 하루에
七십전 안 주네
역쿠자 역쿠자

로동자들이 『우윈치』를 감으면서 기운을 돋구는 소리다。

『어떻게 됐니?』

『우윈치』(사람의 힘으로 감아 올리는 기중기의 일종) 구멍에다 열십자로 찌른 파이프를 연자방아 당나귀처럼 돌리고 있던 춘식이가 아스랗게 쳐다보이는 지붕을 향해 고함을 지른다。

『……』

지붕에서는 대꾸가 없다。 날아 올라 가던 소리가 직장 안에서 울려 나는 찌렁찌렁한 금속성에 홀랑 삼켜져 버린 모양이다。

『이 친구야 어떻게 됐어? 귀가 마을를이 갔나?』

춘식이는 다그쳐 또 한번 소리를 올렵다 지른다。 말을 주고 받는 것이 여간 힘들지 않았다。

『아직 멀었다 멀었어。 어서 감아라 감아。』

그제야 지붕의 친구가 맞받아 소리를 내려 던진다。

『멀었어? 예 종간나거。 이 놈의 일을 짜증이 나서 못 해먹겠다。』

춘식이가 주먹으로 이마의 땀을 닦으면서 두덜거린다。 다른 친구들의 입에서는 통 말이 없다。 혀를 빼여 물고 헐떡거리는 품이 이미 기운이 진한 모양이다。

류산계(硫酸係)의 시운전 날이 다라다박 다가오고 있었다。 그러니만큼 기초 공사를 죄여치느라고 어둠침침한 직장 안은 와글와글 뒤끓고 있다。

철판을 내려 치는 함마 소리가 찌렁찌렁 울린다。 리베트를 두드리는 잦은 단속음이 경기관총의 총성파도 같다。 송풍기가 나태치는 소리、 전기 기중기가 으르렁거리면서 오가는 소리、 밑차

—『현대조선문학선집(12)』, 조선작가동맹출판사, 1961.

기초공사장

: 리북명

역쿠자 감아라
어서어서 감자
이래두 하루에
칠십 전 안 주네
역쿠자 역쿠자

노동자들이 '우원치'를 감으면서 기운을 돋구는 소리다.

"어떻게 됐니?"

'우원치'(사람의 힘으로 감아 올리는 기중기[1]의 일종) 구멍에다 열십자로 찌른 파이프를 연자방아 당나귀처럼 돌리고 있던 춘식이가 아스랗게[2] 쳐다보이는 지붕을 향해 고함을 지른다.

"……."

---

1) 기중기(起重機): 무거운 물건을 들어 올려 아래위나 수평으로 이동시키는 기계. '들 기계', '들 틀'로 순화.

2) 아스랗다: '아스라하다'의 준말. 보기에 아슬아슬할 만큼 높거나 까마득하게 멀다.

지붕에서는 대꾸가 없다. 날아올라가던 소리가 직장 안에서 울려나는 찌렁찌렁한[3] 금속성에 홀랑 삼켜서 버린 모양이다.

"이 친구야 어떻게 됐어? 귀가 마을돌이[4] 갔나?"

춘식이는 다그쳐 또 한번 소리를 올립다 지른다. 말을 주고받는 것이 여간 힘들지 않았다.

"아직 멀었다 멀었어. 어서 감아라 감아."

그제야 지붕의 친구가 맞받아 소리를 내려 던진다.

"멀었어? 옉 종간나거. 이 놈의 일을 짜증이 나서 못 해먹겠다."

춘식이가 주먹으로 이마의 땀을 닦으면서 두덜거린다.[5] 다른 친구들의 입에서는 통 말이 없다. 혀를 빼어 물고 헐떡거리는 꼴이 이미 기운이 진한 모양이다.

유산계(硫酸係)의 시운전 날이 다락다락[6] 다가오고 있었다. 그러니만큼 기초 공사를 죄어치느라고 어둠침침한 직장 안은 와글와글 뒤끓고[7] 있다.

철판을 내려치는 함마[8] 소리가 찌렁찌렁 울린다. 리벳[9]을 두드리는 잦은 단속음[10]이 경기관총[11]의 총성과도 같다. 송풍기가 나래치는 소리, 전기 기중기가 으르렁거리면서 오가는 소리, 밀차[12]가 드나드는 소리 소리에 정신을 차릴 수 없다. 그 뿐인가. 한 달 이상이나 줄곧 장작으로 달구고 있는 배소로[13]에서 발산하는 고열, 유화 철광에서 떠오

---

3) 찌렁찌렁하다: 이북어. 얇은 쇠붙이 따위가 세게 부딪쳐 조금 크게 자꾸 울리는 소리가 나다. 또는 그런 소리를 내다.

4) 마을돌이: 이웃으로 돌면서 노는 일.

5) 두덜거리다: 남이 알아듣기 어려울 정도의 낮은 목소리로 자꾸 불평을 하다.

6) 다락다락: 귀찮거나 두려울 정도로 바득바득 다가오는 모양.

7) 뒤끓다: 많은 사람이나 동물 따위가 한데 섞여서 마구 움직이다.

8) 함마(ハンマー): 해머(hammer). 물건을 두드리기 위한, 쇠로 된 대형 망치. '큰 망치'로 순화.

9) 리베트(원문) → 리벳(rivet): 대가리가 둥글고 두툼한 버섯 모양의 굵은 못.

10) 단속음(斷續音): 끊어졌다 이어졌다 하며 나는 소리.

11) 경기관총(輕機關銃): 한 사람이 들고 다닐 수 있을 정도로 비교적 가벼운 기관총.

12) 밀차(-車): 밀어서 움직이는 작은 짐수레.

르는 노랑 먼지, 산소 땜질하는 소리, 게다가 직공들의 욕지거리까지 뒤섞여서 직장 안은 무서운 수라장[14] 같다. 누구나 눈자위가 핑핑 돌지 않을 수 없는 광경이다. 여기서는 일순도 긴장을 풀어서는 안된다. 항시 위험이 그들을 노리고 있기 때문이다. 이 기초 공사장에서는 거의 날마다 아짜아짜한[15] 장면과 아슬아슬한 순간이 있어 오는 것이다.

공사는 순조롭게만 진행되는 것이 아니었다. 건설기에 흔히 있는 일이지만 직공들은 피땀을 흘려가면서 힘들여 조립한 몇 톤씩 중량이 나가는 기계를 해체하여 다시 맞추는 작업을 종종 거듭하고 있었다. 또한 볼트[16] 너트[17]로 요동이 없이, 거미줄처럼 연결해 놓은 파이프를 하나하나 도로 뜯어서 구부리거나 잘라서 이러저러하게 모양을 달리하여 연결하기도 했다. 굳고 두꺼운 철근 콘크리트[18] 벽을 정으로 뜯어내고 새로 파이프를 통하게 하는 일은 여간 힘들지 않았다.

한번 죽을 고생을 하여 조립한 기계나 파이프를 뜯어 다시 맞추는 일처럼 싫증이 나는 일은 없었다. 흔히 이런 때에는 직공들이 처음 조립 당시보다 의례 '사보'(사보타주[19]-태공)를 하는 것이다.

"최신식 공장을 만들기 때문이야. 시키는 대루 바리바리 일이나 해라."

현장감독은 노상 이런 말을 떠벌리면서 다녔다. 한 직공이 한 개의 기계나 한 개의 파이프를 몇 번씩 뜯어 고쳐 놓았던 것인가! 몇 번 몇 열 번을 손이 갔는지 몰랐다. 사실 지금 춘식이들이 하고 있는 유산[20]

---

13) 배소로(焙燒爐): 제련(製鍊)에 제공되는 여러 가지 광석을 배소하여 산화 광물로 만드는 화로.
14) 수라장(修羅場): 싸움이나 그 밖의 다른 일로 큰 혼란에 빠진 곳. 또는 그런 상태.
15) 아짜아짜하다: 이북어. 순간적으로 매우 위태로워서 마음이 죄어들게 아슬아슬하다.
16) 볼트(bolt): 두 물체를 죄거나 붙이는 데 쓰는, 육각이나 사각의 머리를 가진 나사.
17) 나트(원문) → 너트(nut): 쇠붙이로 만들어 볼트에 끼워서 기계 부품 따위를 고정하는 데에 쓰는 공구(工具). '암나사'로 순화.
18) 콩크리트(원문) → 콘크리트(concrete): 시멘트에 모래와 자갈, 골재 따위를 적당히 섞고 물에 반죽한 혼합물.
19) 사보타쥬(원문) → 사보타주(sabotage): 태업(怠業). 노동 쟁의 행위의 하나. 겉으로는 일을 하지만 의도적으로 일을 게을리함으로써 사용자에게 손해를 주는 방법.

탱크 공사도 뜯어고치기가 이번까지 세 번째다. 첫 번은 설계가 변경되는 바람에 뜯었고 두 번째는 조립이 뒤바뀌어졌던 것이다.

이렇듯 맞추었다 뜯고, 뜯었다 맞추고 하는 동안에 시운전 날이 하루하루 가까워왔다. 이제는 불과 10여 일밖에 남지 않았는데 할 일은 아직 태산같이 밀리어 있었다. H 공장 측은 책임상 하는 수 없이 직공들에게 채찍질을 해가면서라도 기한까지 공사를 완성하지 않으면 안 되었다. 고래 싸움에 새우 등 터지듯 죽어나는 것은 직공들뿐이었다.

공장에서는 몇 푼의 삯돈을 더 준다는 그럴듯한 방법으로 직공들에게 잔업을 강요하였다. 그들은 울면서 겨자 먹기로 잔업을 하지 않을 수 없었다. 반면에 몇 푼의 돈을 더 준다는 바람에 잔업에 붙는 것을 오히려 기뻐하는 치도 없지 않았다. 무서운 생활 때문이었다.

아침 7시 전으로 직장에 들어가면 저녁 6시가 지나서야 나오던 그들이 그 위에 또 2시간 내지 3시간을 더 일하게 된 것이다. 밤마다 그들은 풀자루[21]가 되어 걸을 맥조차 없어서 휘청거리면서 집으로 돌아가는 것이었다. 이렇게 하루에 13시간 내지 14시간을 힘에 겨운 노동을 하고도 그들은 60전이나 과즉[22] 해서 70전밖에 받지 못했다. 그들의 육체가 기계가 아닌 이상 견디어 낼 재간이 없었다. 하지만 이 괴로움을 무릅쓰고 허구한 나날을 새벽 출근이 늦을세라 밥그릇을 옆에 끼고 선하품을 하면서 공장 지하도를 들어가지 않으면 안되는 그들이었다. 하루를 쉬면 온 식구가 그 하루를 굶어야 했기 때문이다.

한참 '우뭔치'를 감고 있던 춘식이의 얼굴에 갑자기 침울한 빛이 떠올랐다. 다그쳐 그는 안볼 것을 보았을 때처럼 머리를 딴 데로 돌리고 말았다. 고된 노동에 지쳐서 볼꼴 없이 된 아버지의 모양을 보았던 것이다.

---

20) 류산(원문) → 유산(りゅう-さん, 硫酸): 황산(黃酸). 무색무취의 끈끈한 불휘발성 액체.

21) 풀자루: '풀주머니'의 이북어. 육체적으로나 정신적으로 녹초가 되어 맥을 추지 못하는 모양 또는 그런 사람을 비유적으로 이르는 말.

22) 과즉(過則): '기껏해야'를 예스럽게 이르는 말.

새벽부터 밤늦게까지 아버지는 화물선이 실어 온 유화 철광을 축항[23]에서 유산 직장으로 밀차로 실어 나르는 일을 하고 있었다. 오십 고개를 넘은 아버지가 없는 힘을 다해서 밀고 온 밀차를 '첸'(장치를 밀차를 지붕 밑까지 끌어올리는 기계장치)에 걸어놓고 그 뒤를 어슬렁어슬렁 따라 올라가면서 괴로워하는 모양을 춘식이는 차마 볼 수 없었다.

"내가 못난 놈이야. 늙은 아버지를 저렇게……."

춘식이는 천근같이 무거운 한숨을 후유 하고 내뿜었다. 안 보겠노라, 안 보겠노라 하면서도 자꾸만 보게 되고, 찾게 되는 아버지였다. 그러면서 그는 오늘까지 이런 한탄을 몇 번이나 되풀이해 왔는지 몰랐다.

열 새끼 낳은 소 멍에 벗을 날이 없다고 춘식이네는 식구가 여덟 반이다. 갓 돌이 지난 것이 하나 있었다. 이 입들을 춘식이 혼자서 벌어 먹인다는 것은 매우 힘든 일이었다. 모르는 사람은 양친을 모시고 주렁주렁 다자식하다[24]고 칭송을 하나 춘식이에게는 그 말이 반갑지 않았다. 그 칭송과 춘식이네 생활 간에는 너무나 먼 거리가 있었던 것이다. 옹색한 생활이 아버지마저 노동판으로 내몰았다. 그는 차츰 허기증이 들어가는 손자손녀들을 보다 못해 머리에 수건을 동이고 품팔이를 나섰던 것이다.

역쿠자 감아라
어서어서 감자

춘식이, 유호, '까불이'들과 그밖에 네댓 동무들이 소리를 맞추어 가면서 열십자 파이프를 밀고 돌아간다. 와이어로프[25] 끝에 매어 달린 8

---

23) 축항(築港): 항구를 구축함. 또는 그 항구.

24) 다자식하다(多子息--): 이북어. 자식이 많다.

25) 외아야로프(원문) → 와이어로프(wire rope): 강삭(鋼索). 여러 가닥의 강철 철사를 합쳐 꼬아 만든 줄.

인치 연관(鉛管)[26]이 움죽거리면서[27] 사뭇 서서히 아스랗게 쳐다보이는 지붕으로 올라간다. 육중한 연관의 중량으로 해서 팽팽하게 켕긴 와이어 줄이 금시 끊어질 것만 같은 감을 준다. 지붕 밑 쇠 도리에 착 붙어 선 문군이는 연관에서 시선을 떼지 않는다. 그의 꽁무니에는 스패너[28]가 두 개 꽂혔고, 불룩한 호주머니 속에는 볼트와 너트가 들어 있었다.

"상금[29] 멀었니?"

이번에는 유호가 올려 받아 소리를 질렀다. 지친 목소리가 분명하다.

"……."

"이 놈아, 입에다 구럭[30]을 씌웠니? 왜 대답이 없어."

'까불이'의 짜르랑거리는[31] 목소리다.

그들 중에서 경솔하게 까부는 편이어서 본명 대신 이렇게 불리우고 있었다.

"거의 된다. 감아라 감아."

"야 이 새끼야. 이젠 팔맥[32]이 빠져 못 감겠다."

"이 놈, 개소리 말아. 여기선 지금 진땀이 솟는다."

"이 사람, 거기가 천당 가는 길이너니, 조심하게."

유호가 고개를 쳐들고 늘어진 소리로 한마디 던지자 '우원치' 옆에서 갑자기 웃음이 터졌다. 무슨 영문인지 모르고 눈만 멀뚱거리면서 내려다보는 문군이의 꼴이 하도 우스워서 가라앉으려던 웃음이 다시 터져 올랐다.

---

26) 연관(鉛管): 납이나 납 합금으로 만든 관.

27) 움죽거리다: 몸의 한 부분이 움츠러들거나 펴지거나 하며 자꾸 움직이다. 또는 몸의 한 부분을 움츠리거나 펴거나 하며 자꾸 움직이다.

28) 스파나(원문) → 스패너(spanner): 볼트, 너트, 나사 따위의 머리를 죄거나 푸는 공구.

29) 상금(尙今): 지금까지. 또는 아직.

30) 구럭: ① 새끼를 드물게 떠서 물건을 담을 수 있도록 만든 그릇. ② '망태기'의 방언(평북).

31) 짜르랑거리다: 얇은 쇠붙이 따위가 서로 가볍게 부딪쳐 울리는 소리가 자꾸 나다. 또는 그런 소리를 자꾸 내다.

32) 팔맥(-脈): 이북어. 팔의 힘.

"왔다. 왔다."

누구의 입에서 이런 다급한 소리가 새어나오자 그들은 뜨끔해서 일제히 웃음을 거두고 '우윈치'를 돌렸다. 그러나 때는 이미 늦었다. 어느새 들어왔는지 텁석부리 감독이 '우윈치' 뒤에 뒷짐을 진 채 배통[33]을 내밀고 서서, 아니꼬운 눈초리로 그들의 모양을 노리고 있었다.

"나쁜 자식들, 왜 아부라만 파는 거야?(건달을 부리느냐) 어째 또 봉원이처럼 될려구 그래? 나쁜 자식들. 제멋에 까불다가 다치거나 죽거나 한즉 기계 탈이니 무슨 탈이니 하구, 공장을 걸구 들지. 그러다가 죽는 건 공장에선 모른다 몰라. 개 같은 자식들……."

텁석부리는 한동안 혼자서 게두덜거리고[34] 있었다. 그러나 직공들은 어디 짖을 대로 짖어 대라는 듯이 눈도 거들떠보지 않았다. 감독은 한참 뻗치고 서서 욕지거리를 하다가 가 버렸다.

"죽는 건 모른다?"

춘식이가 감독의 등을 노리면서 중얼거린다. 아까 그 소리를 들은 순간에 벌써 불쑥 부아가 치밀었으나 감독에게 그 자리에서 덤벼들 용기까지는 미쳐 생기지 않았던 것이다.

"저 놈이 하는 버르장머리가 암만해두 몽둥이맛을 톡톡히 봐야겠다. 두구두구 봐두 그 모양이거든."

느릿느릿하나 묵직한 데가 있는 유호의 말이다.

"정말 귀신이 뭘 먹구 사는지 모르겠다. 제삿집에 가서 못 얻어먹은 놈처럼 밤낮 두덜거린단 말이야. 개뿔두 모르는 주제에 아는 체만 하구. 난 참…… 글쎄 이 파이프두 저 자가 잘못해서 이렇게 몇 번씩 뜯어고치는 게 안야? 그러면서두 이제 어쩌구 어째? 되지 못하게시리 행……."

'까불이'가 무엇을 주워섬기듯 내려 뱉었다. 얇은 입술을 날름거리면서 단숨에 엮어 내리는 바쁜 말솜씨는 유호와 매우 대조적이었다.

---

33) 배통: 배퉁이. '배'를 속되게 이르는 말.

34) 게두덜거리다: 굵고 거친 목소리로 자꾸 불평을 늘어놓다.

텁석부리는 일본에서부터 유산 직장의 오랜 연공(鉛工)이지만 사람이 둔하고 무식해서 여태 설계 도면을 보고 조립 하나 바로 하지 못했다. 이런 위인에게 유산 탱크의 조립을 맡겼으니 일이 잘 되어 나갈 리 없었다.

"이 사람, 그게 모두 최신식 공장을 만들기 위해서 그러는 거야. 모르면 가만있게."

어느 친구가 비꼬아 대는 말이다.

"그 놈의 최신식인지, 개신식인지 하는 바람에 내사 죽는다. 하느님 제발 맙소사."

유호의 말에 또 웃음이 터졌다. 감독이 걸어가는 쪽을 향해 웃어 댄 것이다. 그러자 문뜩 감독이 또 걸음을 멈추고 험상궂은 얼굴을 돌렸다. 웃음이 터진 것과 거의 동시였다.

"본다."

누구의 입에서 이 소리가 새기 바쁘게 직공들은 시치미를 뚝 떼고 '우원치'를 힘껏 돌리는 시늉을 했다. 웃음을 참느라고 입술을 깨문 친구가 있는가 하면 '까불이'처럼 힐끔힐끔 곁눈질로 감독의 동정을 살피는 친구도 있다. 텁석부리는 한동안의 눈총을 쏘고 나서 슬며시 돌아섰다. 그가 네댓 발자국을 떼어놓았을까 말까 했을 때다.

"간다, 간다. 자, 그럼 남은 웃음을 모두 웃어버릴까? 준비, 시—작. 하하하……."

'까불이'가 신바람이 나서 까불어 대는 말이 또 우습기도 해서 그들은 마치 약속이나 한 듯이 일시에 웃음을 터뜨렸다. 그러나 이번에는 감독이 돌아다보지 않았다.

"오라잇!"

이때 문군이가 쇠 도리 위에서 한쪽 손을 번쩍 들면서 소리를 질렀다. 감는 것을 중지하라는 신호였다. 그러자 춘식이가 재빨리 '우원치'의 '기어'35) 짬에다 말장36) 한 개를 가로질렀다.

"단단히 물려라."

'까불이'의 말

"걱정 말아. 너하군 솜씨가 달라."

춘식이가 말장 한 개를 더 꽂고 나서 하는 말.

"아닌게 아니라 봉원이를 보니 이젠 겁이 나네. 놔두 좋니? 정말 든든한가?"

유호가 두 번 거듭 춘식이에게 따지는 말을 듣고서야 그들은 열십자 파이프에서 비로소 손을 떼었다. 그들은 한동안 문군이가 연관과 연관의 '플랜지'[37]를 볼트 너트로 연결하는 모양을 묵묵히 지키고 서 있었다. 동무에게 별고 없기를 비는 마음들이었다. 문군이가 일을 끝내고 스패너를 내려 던지는 것을 보고서야 그들은 쓰러지듯 땅바닥에 주저앉았다.

×

15분 간의 휴식 시간이다. 그들에게 있어서는 온종일을 통해서 가장 즐겁고 자유로운 시간이다. 땅바닥에 앉기가 바쁘게 벌써 그들 속에서는 구수한 담배 연기가 떠올랐다.

"요즘 봉원이 소식을 모르지?"

유호가 담배 한 대를 입에 물고 춘식이를 돌아다본다.

"그저 그 모양이래. 예 한 대 보내라니."

춘식이가 시꺼먼 손을 내밀었다.

"이건 언제 봐두 맨입만 가지구 다녀. 없네."

유호가 춘식이의 손을 톡 치고 돌아앉는다.

"그러지 말라니. 피우다가 떨어졌네."

"홍 언제 담배라구 사 보구서 말인가?"

---

35) 기야(원문) → 기어(gear). 톱니바퀴.

36) 말장(-杖): 말목. 가늘게 다듬어 깎아서 무슨 표가 되도록 박는 나무 말뚝.

37) 후란지(원문) → 플랜지(flange). 관(管)과 관, 관과 다른 기계 부분을 결합할 때 쓰는 부품.

"그래두 회계를 해 보문, 자네가 더 얻어먹었을 거네. 손을 쓰기 전에 순순히 한 대 보내게."

없으면 아쉬운 생각이 갑절 더 나는 것이 담배다. 유호가 곯려 주면 줄수록 춘식이의 목젖이 잦은 방아를 찧는다.

"내 피울 건 있어두 널 줄 건 없어."

유호는 두 번 성냥을 그었으나 두 번 다 춘식이가 어깨 너머로 불어 껐기 때문에 불을 붙일 수 없었다. 그때 문군이가 나타났다.

"예끼 나쁜 사람들. 아부라만 피우구……. 그래 텁석부리가 뭐라던?"

그는 싱글벙글 웃으면서 한몫 들었다.

"자네서껀 모두 수고들 한다구 치하를 하구 갔다네."

유호의 천연스러운 말.

"그건 그렇다 치구. 한 대 보내게."

문군이가 또 손을 내밀었다.

"이건 또 거지 우의 상거지야. 못 주겠다."

"이 사람은 사람이 좋다가두 드문드문 이런다니까."

"글쎄 그 낯짝에 붙은 것두 살이겠지. 염치가 좀 있다가 죽어라."

"뭐? 그래 또 강제집행을 해야 내겠니?"

문군이가 유호의 팔목을 잡자 춘식이의 팔이 또 그의 목을 감았다.

"아야야, 이런 건달 불한당 같은 녀석들이라구. 아니 그래 개뿔두 없는 프롤레타리아가 감히 부르주아 대감께 손을 대?"

"안 들으면 별 수 없지. 단결된 힘으루 밖에는……."

"아야야 주께, 줘. 말세로구나 못 살 때를 만났으니……."

유호는 '단풍' 두 대를 내주고야 마음놓고 성냥을 그었다. 이런 판에는 약의 감초 격으로 의례 끼어듦으로 해서 웃음을 돋구게 하는 '까불이'였으나 그는 기운이 지쳤는지 기름투성이의 캡을 얼굴에 덮고 누워 있었다. 그들은 단 한 밀리[38]라도 담배가 공으로 더 탈까보아 손으로 바람을 막아가면서 사뭇 맛스레[39] 연기를 뱃속까지 들여 삼켰다. 삼킨 것에 비해서 내뿜는 것은 절반도 못되었다. 그들에게는 세 가지 낙이 있었다. 첫째는 30분 간의 점심시간이고 나머지는 오전 오후에 각각 한 번씩 있는 15분 간의 휴식 시간이다. 휴식 시간에 한자리에 모여 앉아 담배를 피우면서 이야기를 주고받는 재미란 그들만이 느낄 수 있는 것이었다. 15분이라면 아주 짧은 시간이지만 그래도 그들은 이 시간을 이용해서 소모된 정력을 다소나마 회복하고 가라앉은 기분을 어느 정도 되살리기도 했다. 때문에 그들은 이 15분을 몇 시간 맞잡이[40]로 연장하기 위해서 1분 1초를 아끼고, 감독의 눈을 속여 작업 시간을 떼어다가 여기에 덧붙이군 하였던 것이다.

"참 봉원이가 어떻다나?"

문군이가 꽁초에다 신문지 조각[41]을 말면서 묻는다. 요즘 며칠은 줄곧 지붕 밑에서만 살다 보니 제때에 소식을 듣지 못하는 그였다.

"아마 성한 몸이 못될 것 같대."

춘식이의 말.

"그런즉 그 친구 일두 탈이 아닌가?"

문군이가 경황없이 말한다. 바로 이때였다.

"이 녀석들, 왜 '산보'를 하는 거야. 바리바리 일이나 해라."

이층에서 무뚝뚝한 소리가 직공들의 덜미를 갈겼다. 누구나 찔끔해서 그쪽을 쳐다보았다. 한쪽 소매가 떨어져나간 거덜난 공장복 윗저고리에다 검정 잠방이만 찬 현구가 연기에 그슬린 거무직직한[42] 얼굴로 깔깔 웃어대고 있었다.

"야 야, 이놈아. 텁석부리의 양자루 들었니? 내려만 오너라, 없다 없어."

토끼잠[43]을 자다가 뛰어 일어난 '까불이'가 주먹을 휘두르면서 냅다

---

38) 미리(원문) → 밀리(milli). 밀리미터(millimeter). 미터법에 의한 길이의 단위.
39) 맛스레: 보기에 맛이 있을 듯하게.
40) 맞잡이: 서로 대등한 정도나 분량.
41) 쪼각(원문) → 조각. 한 물건에서 따로 떼어 내거나 떨어져 나온 작은 부분.
42) 거무직직하다: 이북어. 검고 어둑어둑하다.

쏘는 통에 웃음이 터졌다. 큰소리를 치면서도 겁이 많은 '까불이'였다. 현구가 쇠 사닥다리를 미끄러지듯 내려왔으나 그보다 힘이 약한 '까불이'는 괘씸한 대로 마주 웃을 수밖에 없었다.

"재미있어?"

"깨소금일세."

춘식이의 물음에 현구는 이렇게 대답하고 그들 짬에 끼어들었다.

"그런데 그 동무에 대해서 회사에선 어떡헐 작정인가?"

유호가 누구에게랄 것 없이 중얼거린다.

"봉원이 이야기 같구만. 듣자니 공장두 쫓겨날 모양이라던데……."

"뭐? 누가 그러던가? 누구 일을 하다가 병신이 됐는데 고쳐두 안 주구 쫓아꺼정 낸즉…… 그래 그 사람은 어떻게 돼두 좋다는 거야?"

머리에 회색 무명 수건을 동인 나이 많은 직공이 벌컥 역정을 낸다. 나이가 많다고 해야 40안팎이지만 직공을 바꾸어 채울 때는 선참으로 걸리어 들 수밖에 없는 연령이다. 그러니 만큼 해고에 대한 이야기가 나면 기를 쓰고 반대해 나서는 그였다. 그에게는 언제 어디서 들어도 무서운 것은 해고라는 말이었다. 농촌에서 농업 노동을 하다 못해 반년 전에 공장을 찾아온 그에게는 팔순에 나는 노모를 비롯해서 갓난 것까지 여섯 식솔이 달려 있었다.

한 열흘 전의 일이다. 무게가 한 톤이 넘는 연판을 '우윈치'로 2층에 감아 올리던 작업 중에 사고로 발생한 것이다. 2층에서 누가 내립다 지르는 '오라잇' 소리를 듣고, 한 친구가 말장 한 개를 '우윈치'의 '기어' 짬에 물리었다. 그러자 직공들이 열십자 파이프에서 손을 떼고 물러섰다. 그런데 매사에 주의가 깊고 조심성이 많은 봉원이가 보건대 암만해도 말장 한 개로서는 미심쩍어서 한 개 더 물리려고 '우윈치'로 다가갔다. 바로 그때였다. 먼저 친구가 든든하다고 장담하던 말장이 불시에 튀어나자, 그 바람에 연판이 사정없이 떨어졌다. 그것은 실로

---

43) 토끼잠: 깊이 들지 못하고 자주 깨는 잠.

벼락이 떨어지는 듯 무시무시하고 아슬아슬한 순간이었다. 와이어 줄이 제멋대로 풀리면서 '우원치'의 핸들이 번개처럼 돌아갔다. 봉원이는 미쳐 어쩔 사이도 없이 핸들에 가슴팍을 되게 얻어맞고 그 자리에 쓰러진 채 정신을 잃었던 것이다.

텁석부리는 자기의 책임을 모면하기 위해서 이 사고를 봉원이의 잘못으로 돌리려고 했으나 직공들이 들을 리 없었다. 봉원이는 불행 중 다행으로 목숨만은 간신히 건졌으나 오그라진 가슴이 되게 아프고 결렸다. 꼽새처럼 등을 통 펴지 못할 뿐더러 잦은 기침 때문에 밤을 거의 뜬눈에 새다시피 하고 있었다. 회사 병원에서 주는 약을 쓰고 있으나 아직 아무런 차도가 없었다. 얼마 전에 유산 직장의 동무들이 푼푼이 거둔 돈 20여 원을 갖다 주었으나 여태 남아 있을 리 없었다. 봉원이가 혼자 벌어서 네 식구를 먹여 살리는 형편인데 그 하나밖에 없는 들보가 부러져 내린 것이다. 이런 일은 어느 직장을 막론하고 없는 데가 없었다. 유산 직장만 해도 이미 사고로 인해서 몸을 망친 직공이 셋이 있었다. 그들은 공장에서 아무런 보상도 받지 못하고 쫓겨났던 것이다.

"나두 몰랐는데 공작(工作)의 남선이 하구 전해(電解)의 상구가 이삼일 전에 몸이 약해서 쫓겨났다문서? 이게 모두 남의 일이 아니네. 그러지 않자니……."

춘식이는 잠시 말을 끊고 주위를 휘돌아보고 나서 다시 잇는다.

"억대 같은 친구들이 일터를 구하느라구 밖에서 바퀴떼처럼 헤매는 판이니까."

춘식이는 공장 정문 앞에서 우글거리고 있는 산업예비군[44]을 염두에 두고 말하는 것이었다.

"바퀴란 말이 과연 그래마 싶네. 그러니까 밖의 그것들은 새 바퀴구, 우린 늙은 바퀴란 말이지? 힘든 일이란 일은 도맡아하다가 어디 좀 상한즉 못쓰겠다구? 글쎄 이런 놈의 개판이 또 어디 있는가 말이야. 정

44) 산업예비군(産業豫備軍): 자본주의적 산업에서 기계의 도입과 생산 기술의 발달로 인하여 직업을 잃거나 구하지 못한 노동자의 무리를 이르는 말.

말이지 이젠 재채기를 하기두 겁이 난다니까."

'까불이'가 분주하게 엮어 내려갔으나 이번에는 웃는 사람이 없었다.

"두구 보게 이러다가는 지금 공장에 있는 바퀴들꺼정 밥줄을 잃지 않는가……."

유호의 심히 침울한 목소리다.

"그럴 수밖에 없을 거야. 우리 같이 회사에 오래 있는 직공은 새 바퀴에 비해서 삯돈이 비싸거던. 개뿔두 비싼 건 없지만 그래두 열이면 열 서너너덧은 바꿔 채울 수 있겠거던……."

춘식이의 말이다. 그는 이런 말을 어떤 모임에서 들었던 것이다. 다른 친구들은 말할 기운조차 잃었는지 덤덤히 앉아서 듣고만 있다. 통 경황이 없어 하는 얼굴들이다. 누구나 살아 갈 일에 대해서 근심스러워하는 것이 분명했다.

"어쨌든 그 수단이 아주 묘하단 말이야. 불경기 때문에 일부 직장의 조업을 단축할 때 하구 앞으로는 연신연신[45] 직공을 줄이면서, 뒤로는 살금살금 새 사람을 뽑아 들인단 말이야."

유호의 말은 사실이었다. 그 역시 이런 말을 어떤 모임에서 들었던 것이다. 이미 각 직장에 필요한 기능공을 일본에서 불러온 이상 조선인 직공에게 기대를 걸 것은 없었다. 기능이 없어도 좋았다. 첫째로 사상이 온건하고, 둘째로 소처럼 건장하고, 셋째로 아무 불평 없이 시키는 일이나 굽실굽실 잘하는 그런 사람이 요구되었던 것이다.

"그것두 그거지만 제조가 개시되문 배겨낼 사람이 있을 것 같지 않데. 글쎄 들리는 소린즉 이가 시린 것뿐이라니까."

현구[46]는 땅바닥에 누워 불에 덴 팔목 상처에서 풀린 넝마 붕대를 고쳐 매면서 한마디 던진다. 중국인 축로공[47] 왕주파와 함께 쌓아올린 배소로체의 건초 화입[48]으로부터 오늘까지 40일이나 두고 날마다 찌

---

45) 연신연신: 이북어. '연신'을 강조하여 이르는 말.

46) 형구(원문) → 현구.

47) 축로공(築爐工): 노(爐)를 쌓는 노동자.

는 듯한 노에 붙어 있었다. (왕주파는 축로에 들어서는 우수한 기능공이었다. 그러나 그는 축로를 끝내자 쫓겨났다. 일본 질소비료 주식회사에서는 중국인에 한해서 정식 채용을 승낙하지 않는다는 것이 해고의 이유였다.) 현구는 다정하게 지내던 왕주파를 생각하면서 그새 땀을 몇 동이나 흘렸는지 몰랐다. 이미 이 가마가 먹은 말장과 장작만 해도 산더미 하나는 착실할 것이다. 앞으로 머지않아 이 가마 안에서 나무 대신 유화 철광이 불길을 솟구면서 타번지게 되는 것이다.

"그건 또 무슨 소리야?"

회색무명수건이 눈앞을 희번득거리면서[49] 이맛살을 찌프린다.[50]

"돌(유화 철광)말이야. 그 돌이 타는 냄새가 독하기란 암모니아 같은 건 거기 비하문 사촌의 팔촌두 아니래."

"의심이 병이라구 들리는 소린즉 골치가 아픈 것뿐이군. 옛날에 숯을 씻어 희게 만든 사람은 있었다더구만 내 참, 돌이 불에 탄다는 소린 들을수록 모를 일이야."

회색무명수건에게는 듣는 것 보는 것이 모두 희한하고 무서운 일뿐이었다. 그럴 때마다 그의 마음은 공장과 농촌 어간을 갈팡질팡하는 것이었다.

"그 냄새가 어찌두 독한지 많이 맡으문 미친다네."

"뭐 뭐? 미쳐? 흥 요 모양에다 또 미치기꺼정 했으문 꼴 곱겠다. 아서라 아서."

'까불이'가 눈알을 뒹굴리면서 펄쩍 뛰다시피 한다.

"좋지, 아리랑 노래나 부르구. 공장의 기계는 우리 피로 돌고, 수리조합 봇돌은……."

문군이가 한 목청 뽑고 있을 때, 스패너를 멘 근호와 창렬이가 나타

---

48) 화입(火入): 불을 처음으로 넣음. 또는 불을 지름.
49) 희번득거리다: '희번덕거리다'의 이북어. 눈을 크게 뜨고 흰자위를 자꾸 번득이며 움직이다. 또는 그렇게 되게 하다.
50) 찌프리다: '찌푸리다'의 이북어. 얼굴의 근육이나 눈살 따위를 몹시 찡그리다.

났다.

"15분 간 휴식 시간입니까?"

근호가 가오리처럼 넓적한 얼굴에다 간사스러운 웃음을 띄우고 건네는 말이다.

"예, 15분 간 휴식이요."

춘식이는 특히 '15분 간'이라는 말에다 언짢은 감정을 쏟았다. 근호가 구태여 거들지 않아도 좋을 '15분 간'을 따지는 것 같기도 하고, 또한 코에 거는 듯도 해서, 분김에 불쑥 내던진 반발이었다.

"어서 노래를 부르십시오. 휴식할 때야 노래가 좋습지요."

얼굴의 웃음과는 달리 근호의 깜박거리는 실눈이 열심히 무엇을 찾고 있는 듯 싶었다. 직공들의 동정을 살피는 것이 분명했다.

"다 불렀소다. 그만두겠소다."

문군이가 쓰겁게[51] 말하고 유호의 무릎을 베개삼고 누워버린다. 근호 때문에 휴식장소의 분위기가 갑절 침침해진 것은 사실이다. 한동안 누구의 입에서도 말이 없었다.

류근호는 H 농업학교를 졸업하고 이 공장에 온 지 2년 철이 되는 사람이다. 그는 현재 일개 직공으로 일하고 있으나 유일한 희망인즉 회사 사원(社員)이 되는 것이었다. 사원만 되면 많은 월급에다 상여금까지 붙어서 호화로운 생활을 할 수 있다. 조선 사람은 전부가 시용(試傭)이 아니면, 용원(傭員)[52]이다. 사원이 된다는 것은 하늘에서 별 따기보다 힘든 일이나 근호는 그 영광을 지니기 위해서 있는 열성을 다하고 있었다.

"류 군은 조선인 직공의 모범이야. 운전이 개시되면 부직장(職長) 자리라도 하나 줘야겠어."

언제인가 술좌석에서 텁석부리가 하던 말을 그는 가슴속 깊이 새겨두고 있었다. 사실 일본 사람들은 변호사의 동생인 근호를 충성심이

---

51) 쓰겁다: '쓰다'의 방언(함경). 달갑지 않고 싫거나 괴롭다.

52) 용원(傭員): 품팔이꾼.

대단하고 착실한 사람으로 치부하고 있었다. 조선인 직공들을 통제하며 그들의 사상과 행동을 선도하기 위해서는 이런 사람이 필요했던 것이다.

류근호는 화려한 출세의 꿈을 안고 손끝이 무지러지는[53] 줄 모르고 일에다 열성을 쏟아 부었다. 그러면서 그는 언제나 우월감을 간직하고 있었다. 그것은 조선인 직공들 중 중등학교를 나온 사람이 오직 자기 혼자 뿐이라는 데서 오는 것이었다. 그는 조선인 직공측과 회사측 간에 어떤 사건이나 말썽이 생겼을 때는 의례 자기가 출마해야 해결을 볼 수 있다고 생각했고, 사실 때에 따라서는 또 그렇게 하고 있었다. 그는 일부 조선인 직공들의 신임을 받고 있는 반면에, 계장이나 현장 감독의 좋은 상담역이기도 하였다.

몇 달 전에 직공들이 과중한 노동에 견디다 못해 오전 오후에 각각 30분씩의 휴식 시간을 달라고 요구한 일이 있었다. 그러나 계장과 텁석부리는 이 요구를 들어주자고 하지 않았다. 이 때 근호가 어간에 나서서 각각 15분씩으로 낙착을 지었는데 그것을 여적[54] 자기의 공로로 코에 걸고 있는 것이었다.

"류 상이 나서야 일이 바루 돼. 우리보다 아는 것이 많으니까, 안 될 일두 된단 말이야."

이런 말을 하면서 근호를 따르는 직공이 있는가 하면

"류 선생을 본받아야 오래 공장에 있을 수 있어."

하고 아첨으로 그의 비위를 맞추어 주는 치도 있었다. 말하자면 창렬이가 그런 사람이다. 그는 자원해서 근호의 밑에서 일을 하고 있는데, 코 꿴 송아지처럼 줏대를 잃고 근호가 시키는 대로 기계처럼 움직이고 있었다. 근호는 자기 낯을 내기 좋아하는 사람이지만 약삭빠르다 보니 아무데나 무턱대고 덤비지는 않았다. 그 한 가지 실례로 봉원이의 사건에는 처음부터 시치미를 딱 떼고 오불관언[55]의 태도를 취해

---

53) 무지러지다: 물건의 끝이 몹시 닳거나 잘리어 없어지다.

54) 여적: '여태'의 이북어.

오는 것이다.

“이야기를 하시지요. 이야기가 많을 터인데……. 어서 하십시오.”

근호는 직장에서 경어를 쓴다. 불 난 집처럼 볶아 때리는 공사 현장의 상말에 대해서 이런 경어가 어울릴 리 없으나 그는 즐겨 혼자 쓰고 있었다. 이것이 직공들의 비위에 맞지 않았을 뿐더러, 그들이 근호에게 곁을 안 주게 된 한 가지 원인이기도 하다.

“그런데 듣자니 제조가 시작되문 삯돈을 또 깎는다문서?”

춘식이가 좌중에다 한마디 내던졌다. 근호가 마치 자기 앞이니까 감히 말을 못 낸다는 듯이 여기는 것만 같아서, 너깟 자식이 다 뭐냐 하고 반발적으로 나간 언사다. 사실 이것은 아직 공포는 되지 않았으나 회사에서는 이미 내정하고 있었다.

“흥, 그 세나게 주는 돈에서, 문둥이 무스거(무엇) 자르듯 또 잘라?”

“베루기(벼룩) 등에서 애를 여라문 등 낼 작정인가보지.”

“딴 도리가 있어야지 안되겠어.”

좌중에서는 이런 소리가 연달아 나왔다. 그것은 같은 생활환경에 얽매여 있는 사람들의 공통된 감정이었다. 때문에 한 직공의 발언이 그들 전체의 의사를 대변할 때가 적지 않았던 것이다.

“아니 그렇게 생각해서는 안되겠습지요. 가령…….”

근호가 이제는 자기의 차례라는 듯이 입을 열었다. 그는 잠시 직공들의 얼굴을 훑어보고 나서 계속한다.

“가령 12시간을 노동한 직공에게 대해서 회사에서 80전을 준다고 합시다. 그러면 1시간의 임금이 6전 6리가량 될 것이 아닙니까? 8시간 노동이면 어떻게 됩니까? 6 8은 48에다 또 6 8은 48이니까, 52전 8리 즉 53전의 임금을 지불할 것입니다. 노동시간이 줄면 임금도 따라서 주는 것이야 당연한 일이지요. 그렇지 않습니까?”

근호는 자기의 이론에 대해서 동의를 구하자고 그들의 얼굴을 하나

55) 오불관언(吾不關焉): 나는 그 일에 상관하지 아니함.

하나 살펴보았으나, 동의를 표시하는 친구는 하나도 없었다. 오직 창렬이 하나가 고개를 약간 끄떡했을 뿐이다.

"그건 잘 모르구 하는 소리 같소."

춘식이가 무뚝뚝한 소리로 한 개 박아주고 말을 잇는다.

"시간 단축이 결코 노력 단축을 의미하는 것이 아니오. 14시간에 하던 일을 8시간으루 몰아칠 수도 있구, 또……."

춘식이는 아니꼬운 생각 같아서는 회사가 직공들에게 응당 주어야 할 임금을 덜 주고 있다는 말을 하자다가 도리어 화가 될까 해서 입을 다물었다.

"제조가 개시되면야 더하구 말구. 닫는 말에 채찍질하는 격으루……."

"그야 뻔한 일이지. 6 8에 48은 우리하구는 상관이 없어. 그건 학교에서나 배울 게지."

직공들은 차츰 흥분해 갔다. 벌써 근호 같은 것은 안중에 없었다.

"하여튼 회사에서 하는 대로 하면 되겠지요. 실례했습니다."

재미없는 분위기를 눈치 차린 근호는 창렬이의 옆구리를 슬쩍 찔러 가지고 이층으로 올라가 버렸다.

"흥, 저기 뉘 집 새끼야. 좀 안다구, 이만저만하게 건방진 게 아니거던……."

춘식이가 끝내 부아통을 터뜨리고 말았다. 한번 잘못 걸리기만 하면 단단히 혼을 내여 주리라고 앙심을 먹었다.

"그렇지만 저 자 앞에선 모두 말을 삼가야 해. 여적 두구 봐두, 우리를 이롭게 할 자가 아니니까 말이야."

유호의 말이다. 이렇듯 같은 유산 직장에서 일하면서도 춘식이, 유호네들과 근호네 사이는 날마다 벌어져가고만 있었다. 바꾸어 말해서 그것은 조선인 직공들이 회사측과 감정이 서로 반대의 길로 멀어져가고 있다는 것이나 다름이 없었다.

×

오후 작업이 시작되어 이미 2시간은 지났을 것이다.

연공부(鉛工部)의 소년공들은 그간 한 번의 휴식도 없이 일에 붙어 있었다. 그들은 유산 탱크에다 연판(鉛板)을 싸고, 이은 짬을 가는 붓끝 같은 산솟불[56]로 땜질하느라고 정신이 없었다. 가스 냄새와 연판이 녹으면서 풍기는 독취가 먼지에 섞여 안개처럼 자욱하다.

유산을 제조하는 직장이니만큼 연관이나 연판이 아니고는 견디어내는 쇠가 없었다. 때문에 기계, 기둥, 탱크 같은 데는 연판을 덧입히지 않으면 안되었다. 이 작업 과정에서 연독이 직공들의 가슴을 파고들었다. 특히 아직 여물지 못한 소년들의 가슴이 더 상하기 쉬웠다. 그러나 회사측에서는 그런 것을 생각하는 것 같지 않았다. 단지 힘든 노동이 아니기 때문에 소년들도 능히 할 수 있다는 한가지 이유로 그들을 쓰고 있었다. 임금은 성인의 반액에 조금 꼬리가 달린 정도였다.

소년공들은 누구누구 할 것 없이 음달에서 자란 풀처럼 얼굴에 핏기가 없고 콜록콜록 잔 기침을 한다. 이미 연독이 가슴을 파고 든 징조였다. 그것이 유해노동인 것을 알면서도 몇 푼의 삯돈을 더 받기 위해서(다른 부문의 소년공에 비해서 말이다.) 그들은 연공부를 희망했던 것이다.

"적은이(동생) 한 대 피세."

만길 영감(춘식이의 아버지)은 젊은 짝패와 함께 축항에서 밀고 온 밀차의 광석을 부리우기가 바쁘게 유산 탱크 옆에 무너지듯 주저앉았다. 현기증이 나서 더는 걸을 수도 아래를 내려다 볼 수도 없었다.

"에구구 허리야."

젊은 짝패가 주먹으로 허리를 두드리면서 엄살을 피운다. 아직 40전의 청년이었다.

"자네 벌써 허리가 아퍼?"

---

56) 산솟불(酸素-): 산소 아세틸렌 불꽃.

"흥, 나이 원수오다."

"예끼 사람두, 조심성 없이. 그런 고리삭은[57] 소릴랑 작작 하래두."

만길 영감과 젊은 짝패는 담배를 사뭇 맛스레 피우면서 소년공들이 땜질하는 모양을 말 없이 바라보고 있었다.

"오이, 요보.[58]"

담배를 피우고 있던 둘은 동시에 소리를 따라 얼굴을 돌렸다. 키다리 일본 사람(직공)이 새끼손가락을 흔들고 있는 것이 보였다. '요보'라는 말에 불쑥 부아가 치밀었으나 젊은 짝패는 굳이 참고 곰방대를 털어 쌈지에 꽂으면서 그리로 갔다. 새끼손가락은 젊은 쪽을 의미하는 것이었다. 임시 고용 인부에게는 고정된 일이 없었다. 이 일, 저 일을 시키는 대로 하게 마련인데 하루에 열 번도 더 일자리를 바꿀 때가 있었다. 둘은 오후 반나절을 연공부에서 일하게 된 것이다.

"아바이! 여기 좀 와 주시오."

도토리처럼 키가 작고, 단단하게 생겨 보이나 역시 얼굴에 핏기가 없는 소년이 소리를 지르고 연해 기침을 터뜨렸다. 만길 영감은 가슴이 무너져 내리면서 현기증이 멎지 않았으나 부르는 데 그대로 앉아 있을 수 없었다. 현기증만 아니라도 벌써 스스로 가서 그들의 일을 도와주었을 만길 영감이다.

"한창 자라는 것들이 학교에두 못 가구. 내남없이 못 살다 보니, 자식들에게 이런 고생을 시키는 거지. 가난이 소 아들이야. 가난한 죄밖에 없어."

만길 영감은 소년공들에게 대해서 아까부터 얼마나 가슴 아파했는지 몰랐다. 그는 둘둘 말아 놓은 연판(두께가 세 밀리가량이고 넓이와 길이는 백로지[59] 규격만 하다.)을 펴서, 유산 탱크에 입히는 일을 도와주고 있었다. 여니쇠들보다 매우 무거운 연판을 다루는 일이 쉬울 리 없으나,

---

57) 고리삭다: 젊은이다운 활발한 기상이 없고 하는 짓이 늙은이 같다.

58) 요보: '여보'의 일본식 발음. 일본인이 조선인을 낮추어서 부르던 말.

59) 백로지(白露紙): '갱지(更紙)'를 속되게 이르는 말.

광석 운반에 비하면 덜 힘든 편이었다. 그런데 만길 영감은 소년들보다도 힘을 쓰지 못했다.

"아바이! 점심을 잡수았소?"

도토리 같은 소년이 이렇게 물었을 때, 만길 영감은,

"음—"

하고 대답인지 신음인지 모를 소리를 내었다. 사실 그에게는 말할 기력조차 없었다. 안개가 낀 듯 뽀얗게 흐린 눈앞에서 유산 직장 전체가 빙글빙글 돌고 있는 것만 같았다.

만길 영감이 무너지듯 쓰러져 정신을 잃은 것은 둘둘만 연판을 세 개째 펴고 있던 때였다. 소년공들이 모여들고, 젊은 짝패가 뛰어와서 번갈아 흔들어 깨웠으나 영감은 까무러친 채 깨어나지 못했다. 도토리 소년은, 노인을 그렇게 만든 것이 자기의 죄라고 생각했음인지 쿨쩍쿨쩍[60] 흐느끼고 있었다. 그때 급보를 받고 춘식이, 유호, 문군이, '까불이'들이 뛰어들었다.

"아버지! 아버지! 정신 채리시오. 아버지!"

춘식이의 목소리를 알아들었던지 그제야 만길 영감이 눈을 가늘게 떴다. 그러자 모여선 사람들 속에서 안도의 숨소리가 새어나왔다.

"아버지! 나를 알겠소? 춘식이오. 아들이오."

춘식이는 왈칵 치솟는 뜨거운 것을 간신히 도로 삼키어버렸다. 아버지는 손을 내밀어 아들의 손을 찾아 잡더니만 다시 스스로 눈을 감아버렸다. 그러자 도토리 소년의 흐느끼는 소리가 갑자기 더 높아졌다. 따라서 다른 소년들 속에서도 쿨쩍거리는[61] 소리가 들렸다.

도토리 소년에게서 이야기를 대충 듣고 난 춘식이는 아버지를 업고 집으로 떠났다. 그 뒤를 유호와 젊은 짝패가 따르고 있었다. 큰길을 걷고 있던 춘식이는 힐끔 시선을 병원 건물에다 던졌다. 그러나 병원은 병원이라도 그것은 아무 사람이나 갈 수 없는 병원이었다. 춘식이의

---

60) 쿨쩍쿨쩍: 이북어. 눈물을 조금씩 흘리며 작은 소리로 잇따라 우는 모양.

61) 쿨쩍거리다: 이북어. 눈물을 조금씩 흘리며 작은 소리로 자꾸 울다.

가슴속에서는 슬픔이 아니라 그와는 반대의 불길이 치솟고 있었다. 모든 것이 원망스럽고 저주롭게만 생각되었다. 몇 해를 두고 눈에 익은 모든 현실이건만 오늘 따라 자기와는 하등의 인연이 없는 생소하고 냉혹한 것으로만 느껴졌다. 누가 나의 아버지를 이렇게 만들었는가? 이런 생각이 머리를 스치자 춘식이는 정녕 가슴이 터져 나가는 듯했다. 이때처럼 그가 이대로는 있을 수 없다고 뼈아프게 느껴 본 적은 일찍이 없었을 것이다. 기진맥진한 아버지의 가쁜 숨결, 뜨거운 체온, 신음소리 등이 춘식이에게 불안스럽지 않은 것이 아니나, 그보다도 그는 아버지로 해서 새로운 결의와 각오를 더 굳게 다질 수 있었던 것이다.

이날 아침에도 춘식이네 조반은 역시 시래기죽이었다. 밥을 내라고 투정을 부리는 아이들을 달래다 못해 한 개씩 갈겨주고 춘식이는 아버지보다 한 발 앞서 집을 나섰다. 철없는 것들의 애처로운 울음소리가 어른들의 가슴을 아프게 했다. 만길 영감은 며느리가 베보자기에 싸 주는 점심밥(조밥에 감자를 섞은 것 두 덩이에 왜무 김치 몇 조각이었다.)을 받아들기는 했으나 정녕 발이 떨어지지 않았다. 손자들의 울음소리가 가슴에 못을 박아주면서 그를 가지 못하게 뒤로 끌어당겼던 것이다.

"아부지, 어서 가서요, 울다가 말지 않으리까."

눈치를 차린 며느리가 재촉했다. 그리고 주먹방망이로 아이들을 을러 보았다. 그래도 울음은 멎지 않았다.

"새악아, 옜다. 이걸 애들께 노놔 줘라. 점심 한 끼니쯤 안 먹어서 못 살겠니. 저녁이나 일찌거니 해 둬라."

만길 영감은 굳이 말리는 며느리의 손에다 점심밥을 도로 주고 빈손으로 집을 나갔다. 설사 가지고 나갔다 하여도 어린것들의 울음소리가 귀에 쟁쟁해서 그 밥이 목구멍으로 넘어 갈 리 없었다. 손은 비었으나 아이들이 울음을 멈추고 보니 얼마나 걸음이 가벼운지 몰랐다. 만길 영감은 짬짬이 길가 빈터에 가꾸어 심은 무밭머리를 지나다가 칼자루만한 무 한 개를 뽑아 주머니에 넣고 걸음을 재우쳤던 것이다. 그는 점심참에 젊은 짝패도 몰래 그것으로 요기를 하였다. 그런데 이 점심은 차라리 먹지말고 굶으니만 같지 못했다. 잔뜩 빈속에다 매운 무를 먹어 놓았으니 가슴이 쓰려 나지 않을 수 없었다. 마구 허비어 내리는 듯 쓰리던 것이 멎자, 이번에는 허기증이 생겼다. 무가 소화를 도와 갑절 시장기를 참지 못하게 했던 것이다. 이러고 보니 본시 영양이 부족한 몸이 노동에 견디어낼 재간이 있을 리 없었다. 만길 영감은 냉수를 마셔 가면서 저녁까지 참아 내려고 이를 악물었으나 끝내 쓰러지고 말았던 것이다.

셋의 등에 번갈아 업히어서 집에 간 만길 영감은 우선 김치물[62]을 조금 마시고 자리에 누웠다.

"새악아, 나는 밥이 싫다. 밥은 이것들을 주구, 나는 죽을 다우."

만길 영감은 손자들의 머리를 번갈아 쓰다듬어 주면서 이렇게 말했다. 그에게는 끌날같은[63] 아들 춘식이와, 손자손녀들이 가장 귀중한 보배였다. 그들을 위해서 한 끼니를 굶거나, 또 밥을 죽으로 바꾸는 것쯤은 조금도 고통스러운 것으로 생각되지 않았다. 만길 영감은 어린것들을 굽어보면서 허기증도 잊은 듯 입가에 미소를 띠우고 있었다.

유호와 젊은 짝패가 돌아 간 후 춘식이는 비로소 아내에게서 아침의 사연을 들었다. 그 사연이 그렇지 않아도 뜨물[64]처럼 흐린 그의 마음을 얼마나 더 괴롭게 해 주었는지 몰랐다. 아버지를 대할 낯이 없었다. 아내와 아이들을 꾸중할 염치도 없었다. 생각할수록 도리어 자신의 무능함이 부끄럽기만 하였던 것이다. 조밥을 한 공기씩이나마 골고루 노나 먹을 형편이 못되는 집안 꼴을 생각하니, 지지리 못난 자기가 얼마나 원망스러운지 몰랐다. 어머니가 보이지 않는 것은 묻지 않아도, 또 제련소 옆에 있는 쓰레기더미로 간 것이 분명했다. 어머니는 거기서 주운 쇳조각을 고물상에 팔아 동전 몇 푼씩을 얻어 생활에 보태고 있었다.

62) 김치물: '김칫국'의 이북어.
63) 끌날같다: 씩씩하고 끌끌하다.
64) 뜨물: 곡식을 씻어 내 부옇게 된 물.

춘식이는 생선이라도 조금 사다가 아버지에게 대접시킬 생각이 간절했으나 단돈 10전이 없었다. 그는 생각다 못해 아내를 마을로 내띄웠다.[65] 아내는 다섯 집을 돌아 겨우 몇 푼씩 꿔 온 돈 15전을 가지고 장거리로 달렸다. 아내의 뒷모양을 바라보면서 춘식이는 방고래[66]가 꺼질듯이 무거운 한숨을 내뿜었다. 하루를 쉴세라 한 달 서른 날을 줄곧 돈벌이를 한다는 집인데, 식구가 입으니 단벌이고 아침을 요기하면, 저녁이 간 데 없었다. 따라서 집안에 기름기가 있을 리 없었다. 귀여운 어린것들이 있으니 말이지, 그것마저 없더라면 종일 가도 통 웃을 일이 있을 것 같지 않았다.

착잡한 감정이 춘식이의 마음을 쥐어뜯고 있었다. 온 식구가 자기 하나를 기둥처럼, 아니 태산같이 믿고 있는데 그것이 너무나 맥을 쓰지 못하는 것으로만 생각되었다. 그러나 춘식이의 이런 생각이, 아까 아버지를 업고 오면서 그가 다진 그 결의나 각오를 약화시킨 것은 아니다. 춘식이는 자기의 심정이나 처지가 결코 한 개인이나 한 가정에 국한된 문제가 아님을 누구보다도 잘 알고 있었다. 또한 이것이 한 개인이나 한 가정의 힘으로 해결될 수 있는 문제가 아닌 것도 모르지 않았다. 이 공장의 전체 노동자들의 생활은 언제나 N 질소비료 주식회사 H 공장의 금고와 직접 연결되어 있었다. 그러니만큼 공장측이 직공들의 생활 형편에 대해서 외면하고 있는 한 그들의 처지는 달라질 수 없었다. 지난 달보다 이 달이나, 지난 해보다 이 해나 하고 직공들은 이미 공장측의 너그러운 '배려'를 바라온 지가 오래다. 그러나 이날, 이때까지 아무런 귀뜸 소식도 없었다. 선심만 바라고 세월 없이 이대로 기다리기에는 발등에 떨어진 불덩어리가 너무나 견디기 어려웠다. 먼 이야기는 그만두고라도 봉원이를 모르는 척 하는 공장측이 발등의 불을 꺼 주리라고는 믿어지지 않았다. 불은 자기 손으로 끄지 않을 수밖에 없었다. 이렇듯 생활이 막다른 골목에 다닫고[67] 보니 어떻

65) 내띄우다: 이북어. 사람이나 통지를 급히 보내다.
66) 방고래(房--): 방의 구들장 밑으로 나 있는, 불길과 연기가 통하여 나가는 길.

게 해서든지 출로를 찾아야만 했다. 그런데 처음에는 그들은 제가끔 그 출로를 찾아내려고 하였다. 그러나 될 리가 없었다. 그 후부터 그들은 가끔 한자리에 모여 앉아서 피차 속을 털어놓고 마음과 뜻을 합쳐 나가게 되었던 것이다.

춘식이는 아버지가 가재미[68] 생선국으로 된 조죽[69] 몇 순갈을 뜨는 것을 보고 적이[70] 안심이 되어 다시 공장으로 나갔다. 밤 작업도 작업이지만 유호와 어데 가기로 약속이 되어 있었다. 모처[71]에서 모임을 가지는 데, 이 모임에는 각 직장에서 둘 내지 셋씩 몰래 참가하기로 되어 있었다. 춘식이와 유호는 한 달에 두 번씩 있어 오는 이 모임에 이미 세 번 참가해서 기운이 솟구치는 좋은 이야기를 들었다. 그런데 그들은 여적 그 모임의 주최자가 누구인지 모르고 있었다. 그들은 구태여 그것을 알려고 하지 않았다. 또한 그들은 이와 같은 내용의 회합이 다른 지구에서도 진행되고 있다는 사실을 모르고 있었던 것이다.

×

시운전 날 아침이다.

무서운 난리판처럼 어지럽고 무질서하던 직장 안팎이 아주 몰라보게 정리되어 안정감을 준다. 며칠 전까지만 해도 각종 철재, 목재, 자갈, 시멘트[72], 공구 등 기초 공사에 쓰던 자재로 해서 발을 옮겨 놓을 수 없었던 직장이다. 직공들은 어젯밤까지 사흘을 계속해서 남은 기자재를 말짝 걷어치우고 나서, 온 직장을 고무 호tm의 물로 목욕을 시켰던 것이다. 밤낮 없이 귀청을 들쑤시던 시끄러운 소음이 멎어버린 직

---

67) 다닫다: '다다르다'의 이북어. 어떤 수준이나 한계에 미치다.
68) 가재미: '가자미'의 이북어.
69) 조죽(-粥): 좁쌀로 쑨 죽.
70) 저으기(원문) → 적이. 꽤 어지간한 정도로.
71) 모처(某處): 어떠한 곳. '아무 곳', '어떤 곳'으로 순화.
72) 세멘트(원문) → 시멘트(cement). 건축이나 토목 재료로 쓰는 접합제.

장 안을 무거운 정적이 저기압처럼 흐르고 있다. 그것이 도리어 직공들에게 일종의 압박감을 주는 것이었다. 또한 태양이 비치지 않는 어둠침침한 직장 안은 매우 음산하기도 하다.

계장과 텁석부리는 아침 일찍부터 긴장되어 현장을 뻔질나게 돌고 있었다. 텁석부리는 실로 오래간만에 면도를 하여 딴사람처럼 젊어 보였다. 직공들은 털이 없어진 그의 본래의 낯짝에서 심술궂은 바탕을 더욱 똑똑히 찾아 볼 수 있었다.

"아까도 말했지만 아무리 최신식 공장이래두 시운전 때는 냄새가 나는 법이야. 그러니까 다소 괴롭더라도 참아야 한다. 알겠어? 마스크 준비는 다 됐지? 마스크만 있으면 돼. 높은 어른들이 오시니까 절대로 자기 부서를 지켜야 해. 함부로 자리를 뜨거나 밖으로 나가는 자는 용서 없어. 단단히 알았지? 엉?"

텁석부리는 이 말을 벌써 몇 번이나 되풀이하였다. 그에게는 오늘이란 날이 또한 자기의 사업을 상전 앞에 검열 받는 기회이기도 했다. 직공들이 근호처럼 자기의 명령대로 잘만 움직여준다면 문제없는 데, 웬일인지 자꾸 미심쩍은 생각이 치밀었던 것이다.

"그 냄새가 이만저만하지 않은가 부다. 저렇게 속이 달아서 두 번 세 번 따지구 드는 걸 보니."

"글쎄 따지지 않아 별지랄을 다 해두, 사람이 살구야 볼 일이지."

직공들끼리 주고받는 말이었다. 텁석부리가 중뿔나게 시부렁거리는 말이 도리어 그들에게 역효과를 주었다. 현장감독의 다짐은 그렇지 않아도 미리부터 은근히 떨고있던 직공들의 가슴에다 공포심을 더 돋구어 주었을 따름이다.

직공들은 정해 준 부서에서 붙었다. 현구는 집채같은 배소로에 붙고 근호는 기계 운전 부문에 있었다. 춘식이와 유호는 수리부에 배치되어 기계를 점검하면서 돌았다. 누구의 얼굴에도 긴장된 빛이 아롱져 있었다. 유산 직장의 대들보라고 말할 수 있는 여러 대의 배소로가 거의 직장의 3분의 1의 면적을 차지하고 모든 것을 위압하는 듯 지붕을 치받고 솟아 있다. 연 40일을 두고 달군 배소로는 불덩이처럼 고열을 내뿜고 있다. 배소로의 꼭대기에 설치된 건조장에서는 분쇄기에서 잘게 깬 유화 철광이 먼지를 날리면서 마르고 있었다. 이것이 배소로 안에 쏟아져 들어가서 짙은 노랑 연기를 뿜으면서 타게 되는 것이다. 이 연기를 연관 속에 잡아 공정을 거쳐 찬물로 냉각하면 액체가 된다. 이것이 곧 유산이다.

이 유산 직장은 텁석부리가 노상 자랑하듯 최신식 공장이다. 이 H 공장의 고급 사원인 구또라는 사람이 새로 설계하여, 1만원의 상금까지 타 먹은 소위 구또식 유산 제조법의 특허권을 독점하고 처음으로 건설한 공장이다. 그러니만큼 이 방면의 기술자들은 물론, 경쟁자인 다른 주식회사에서도 오늘의 시운전에 주목을 돌리고 있었던 것이다.

늦은 아침때나 되어서 고급 사원 구또의 안내로, 일본 본사에서 온 뚱뚱한 중역을 비롯해서 H 공장의 공장장, 각 부장 등 간부들이 유산 직장에 나타났다. 그들은 구또의 설명을 들어가면서 제조 공정을 순차로 돌아보았다. 그들의 맨 뒤를 텁석부리가 따르고 있었는데 그는 엉치[73]가 부러진 듯 줄곧 허리를 펴지 못했다. 그러면서도 직공들에게 눈총질[74]을 하는 것만은 잊지 않았다.

얼마 후 마를 대로 바싹 마른 건조장의 유화 철이 배소로에 투입되었다. 동시에 파이프로 산소를 불어넣었다. 불길이 일기 시작했다. 중역을 비롯해서 간부들이 허리를 굽히고 아궁이로 가마 안을 들여다보고 있었다. 건조장에서 떨어진 광석을 쇠곰배가 돌아가면서 골고루 널어놓아 주는 모양이 보였다. 얼마 후에 광석이 진한 노랑 연기를 내면서 타기 시작했다. 예까지는 운전이 매우 순조로웠다. 때문에 일본 본사에서 온 중역은 사뭇 만족해하는 기색이었다. 현구는 그들이 다른 배소로도 있는데 하필 자기가 일하는 1호에 온 것이 여간 마음에 괴롭지 않았다. 행동을 어떻게 취해야 좋을는지 또한 무엇을 물으면 어떻

73) 엉치: '엉덩이'의 방언(제주, 함경).

74) 눈총질: 이북어. 날카로운 눈으로 쏘아보거나 노려보는 짓.

게 대답할는지 몰라 갑갑한 속박감을 안고 '높은 양반' 뒤에 묵묵히 서 있었다. 그의 눈은 가마에 가 있은 것이 아니라 중역의 목덜미에 툭 삐어져 골진 두툼한 군살덩어리를 사뭇 유심히 내려다보고 있었다. 텁석부리는 만일의 경우를 생각해서인지 직공들 동태를 살피면서 배소로 간을 분주히 싸대치고[75] 있었다.

그런데 이 무렵부터 직공들이 쿡쿡 기침을 하면서 얼굴을 찡그리기 시작했다. 안개 같은 아류산[76] 가스가 직장 안에 펴져 흘렀던 것이다. 배소로 안에서 발생한 노랑 연기가 미쳐 연관에 흡수되지 못하고 밖으로 뿜었기 때문이다. 중역을 비롯한 간부들이 손수건으로 콧구멍을 막고 연기에 쫓겨 멀리 물러섰다. 현구는—현구뿐이 아니지만—속박감에서 벗어난 것은 좋았으나 그 대신 지독한 가스가 눈과 코를 쑤시고, 목구멍을 틀어막아 주어서 견딜 수 없었다. 숨이 칵칵 막히고 진땀이 부쩍부쩍 솟는다. 가스가 가슴을 파고 들면 들수록 기침은 더 잦아진다. 눈앞이 아찔해지면서 통 정신을 차릴 수 없다. 마스크(그들은 그것을 기계를 닦는 넝마로 만들었다.)를 걸었으나 그것은 비 오는 날 꿰진 헌 우산처럼 하등의 도움이 되지 못했다. 아니 도리어 호흡을 더 가쁘게 해 주는 것 같아서 벗어버리는 직공도 있다. 어데선가 비명이 날아온다. 소년공들이다. 이렇듯 직공들은 아류산 가스 속에서 몸부림을 치고 있었다. 구또와 텁석부리가 연송[77] 기침을 하면서 덤벼치고[78] 있다. 그러나 연통과 가마가 뒤바뀐 듯이 연기는 그 모양 그대로 흘러 퍼진다. 직공들은 뿔뿔이 안전지대를 찾느라고 정신이 없어 한다. 그들은 괴로운 생각 같아서는 당장 밖으로 뛰어나가고 싶었으나, 선코[79]를 차는 것이 후에 말썽이 될까 두려워서 서로 눈치만 보면서 문문[80]이

---

75) 싸대치다: 함부로 싸다니며 돌아치다.
76) 아류산(あ-りゅうさん, 亞硫酸): 아황산(亞黃酸). 이산화황을 물에 녹여서 만든 산성 액체.
77) 연송: '연방'의 이북어.
78) 덤벼치다: 이북어. 헤덤비며 돌아치다.
79) 선코(先-): 이북어. 행동의 차례에서 맨 먼저.
80) 문문: 이북어. 냄새나 김 따위가 많이 느리게 피어오르는 모양.

처럼 슬금슬금 뒷걸음질치고 있었다.

“자기 부서로 돌아가라. 썩 돌아가. 조금만 더 참으면 돼. 안 돌아가면 용서 없다.”

텁석부리가 고래고래 악을 쓰나 그 소리는 직공들의 귀에 들어가지 않았다. 텁석부리는 자신이 어느새 출입문가에까지 후퇴했는 데 직공들이 그의 말을 들을 리 있겠는가!

중역과 공장장 그리고 간부들은 직장 밖에 나가 있었다. 구또와 텁석부리는 책임상 직장 밖으로 발을 내밀 수 없었든지 출입 문지방을 밟고 서 있었다. 어느덧 가스는 포화 상태를 이루었다.

“이대루 있으문 우리는 죽는다. 모두 밖으로 나가자.”

어디선가 이런 소리가 날아 퍼졌다. 목소리가 조금 변한 듯 했으나 춘식이가 틀림없었다.

“나가자!”

“나가자!”

아우성 소리와 함께 직공들이 밖을 향해 우르르 쓸어 나갔다. 당황한 텁석부리가 못 나가게 고함을 지르면서 팔을 벌리고 출입문을 막아섰다가 도리어 그 물결에 휩싸여 허양[81] 밀려나가 버렸다. 그 가운데는 일부 일본인 직공도 섞이어 있었다. 직공들은 나가는 바람으로 모래 위에 무너지듯 쓰러지거나 자빠졌다. 가쁜 숨소리와 신음 소리가 떠올랐다. 소년공들과 함께 ‘까불이’와 회색무명수건 그리고 그 밖의 몇몇 친구들의 고통이 더 심한 듯 했다. 그들은 앓음 소리와 헛소리를 쳤다. 가슴을 허비적거리면서 몸부림을 치는 친구도 있었다. 직공들은 바깥 공기—그것도 그다지 맑은 공기가 아니었다.—를 서로 경쟁이나 하듯 게걸스럽게 들이마시고 있었다. 가슴과 배가 마냥 부풀어오르도록 마시고 또 마시나 그래도 부족한 듯 탐욕스럽게 자꾸 마시는 것이었다. 세상에 공기보다 고마운 것이 없는 듯 싶었다. 귀중한 활력소(活

81) 허양: 이북어. 거침없이 그냥.

力素)인 청신한 공기의 맛이 얼마나 싱그러운가를 그들은 오늘에야 그 어느 때보다 절실히 깨달을 수 있었다.

중역과 간부들에게는 이런 광경이 처음이 아닌 듯 싶었다. 그들은 시들한 기색으로 구또에게서 이야기를 들으면서 담소하고 있었다. 그런데 텝석부리만은 심히 초조해하는 기색이다. 아무리 악다구니를 해도 직공들이 죽어라 움직여 주지 않으니 속이 편할 리 없었다. 직장 안에는 얼마 안되는 일본인 직공들과 조선인 직공들만이 남아 있었다. 높은 어른들을 볼 낯이 없게 된 현장감독은 직장 출입문을 분주히 드나들면서 벙어리 냉가슴 앓듯 혼자서 끙끙거리고 있었다.

류근호가 지도하는 부서의 7~8명이(20명 중에서) 직장 안에 남아 있었다.

"우리는 괴로움을 이겨낼 줄 알아야 합니다. 밖으로 나가지 맙시다. 이만한 괴로움을 견디지 못하구서야 어떻게 출세를 바랄 수 있겠습니까. 그렇지 않습니까? 우리 힘으로 할 수 있는 데까지 해 봅시다."

근호는 이런 말로 친구들을 격려했으나 어느새 반수 이상이 밖으로 빠져나갔다. 그는 하는 수 없이 나머지 인원을 쪼개어 가지고 절반을 배소로에 붙인 것이다. 약삭빠른 그는 이 통에 자기를 내세워 보려고 마음먹었다. 좀처럼 얼굴을 볼 수 없는 공장장과 부장들이 나왔고 특히 일본 본사에서 중역까지 내림한[82] 가장 좋은 기회가 아닌가! 이 기회에 류근호라는 이름 석 자를 알려드리는 것이 나의 출세에 얼마나 큰 도움으로 될 것인가! 기회는 지금이다. 이 절호의 찬스[83]를 놓쳐서는 안 된다. 쓰러져도 배소로 앞에 쓰러지자! 류근호는 이렇게 생각했던 것이다.

밖에 나간 직공들은 한 20분 간 쓰러져 있다가 5~6명만 남기고는 모두 툭툭 털고 일어났다. 기침이 멎고 어지간히 정신이 들었다. 그러나 다시 가스 속으로 들어 갈 생각을 하니 불시에 숨결이 가빠나고 기

82) 내림하다(來臨--): 왕림하다. (높이는 뜻으로) 남이 자기 있는 곳으로 찾아오다.
83) 챤스(원문) → 찬스(chance). 기회.

침이 터져 오르는 것만 같았다. 누구나 같은 심정이었다. 바로 그때다.

"사람이 상했소. 빨라 와 주오."

1호 배소로 옆에서 겁에 질린 소리가 연거푸[84] 날아왔다. 창렬이의 목소리였다. 그의 바로 앞에 한 직공이 쓰러져 있었다. 직공들은 피에 젖은 채 바이[85] 정신을 못 차리는 그를 밖으로 들어내어 갔다. 근호였다. 머리와 무릎과 손등이 터져 피가 흐르고 그밖에도 타박상이 심한 듯 했다. 근호는 정 견디기 어려운 고통을 참아가면서 노안의 연소 상태를 들여다 보다가 불시에 내뿜는 가스에 휩싸였다. 순간 숨이 막힌 그는 뒤로 자빠지면서 그만 두 길이나 되는 콘크리트 바닥에 떨어진 것이다. 창렬이도 밖에 나오기가 바쁘게 머리를 모래에 박고 쓰러졌다. 이때 더는 참을 수 없었던지 나머지 직공들이 우르르 쓸어 나왔다. 근호는 식당에서 떼여 내온 칠판에 담겨 병원으로 갔다. 그러나 이때는 벌써 높은 양반들이 본 사무소로 간 뒤였다. 따라서 그들이 류근호라는 성명 석 자를 알 리 없었다.

이튿날도 그 다음 날도 노의 상태는 나아지지 않았다. 사흘째 되던 날에 직공들은 한자리에 모여 앉았다. 구태여 명칭은 붙이지 않았으나 직장 회의였다. 그들은 이 모임에서 장차 어떻게 할 것인가에 대해서 피차 의견을 내놓았다. 직장 형편과 회사의 처사가 갈수록 기대에 어그러지고 보니, 평소에 굿을 보고 떡이나 얻어먹자던 친구들이 태도를 바꾸어 다수의 의견을 따라 나섰다. 또한 근호를 받들던 친구들도 마음을 달리 먹어가고 있었다. 기다려도 기다려도 좋은 수가 생길 꼴이 보이지 않았기 때문이었다. 이 모임에서는 회사가 내정한 임금의 인하를 반대할 것 외에 노동조건의 개선, 소년공에 대한 문제, 유해 직장 수당과 상병(傷病) 수당에 대한 것 등이 토의되었다. 이런 요구 조건에 대해서 반대의 의견은 하나도 없었다. 그리고 이 자리에서 7명의 대표가 선출되었다. 그 가운데 춘식이, 유호, 문군이, 현구가 들어있었다.

---

84) 연거펴(원문) → 연거푸(連--). 잇따라 여러 번 되풀이하여.

85) 바이: 아주 전혀.

회의가 끝난 후 우선 직공들은 텁석부리를 만났다. 30분 노동에 10분 휴식을 요구했던 것이다. 그러나 현장감독은 들어주지 않았다. 직공들도 물러서지 않았다. 텁석부리는 1시간 노동에 10분 휴식을 승낙했다. 그러나 이번에는 직공들이 듣지 않았다. 1시간 이상이나 옥신각신이 계속되었다. 직공들의 요구가 세다 보니 끝내 감독이 휘어들지 않을 수 없었다. 그런데 그들이 직장 회의에서 토의한 문제 가운데서 현장감독으로서 해결할 수 있는 문제는 이 한 가지뿐이었던 것이다.

시운전은 연 닷새를 두고 계속되었다. 그러나 결과는 역시 좋지 못했다. 가스에 대한 인간의 고통은 조금도 덜리지 않았다. 이런 조건 하에서도 유산은 생산되고 있었다. 그것이야말로 인간의 땀과 피와 고통의 산물이 아닐 수 없었다.

구또를 비롯한 기술자들이 그간 침식을 잊고 설계 도면과 현장을 번갈아 이론적으로 구명한 결과 설계에 모순이 있었다는 것이 판명되었다. 이리하여 시운전이 중지된 유산 직장으로 다시 밀차가 연관, 연판, 기계, 목재 등을 실어들이기 시작했다. 개조 공사가 벌어진 것이다.

역쿠자 최신식
역쿠자 공장이
역쿠자 사람을
역쿠자 죽인다

춘식이, 유호, '까불이'들은 다시 '우원치'를 감고, 문군이는 지붕 밑 쇠도리에 붙어 있었다.

기초 공사는 뒷걸음을 쳤으나 직공들의 행동과 의지는 한 덩어리를 이루면서 자라가고 있었다. 춘식이와 유호만이 참가하던 모임에 이제는 현구와 문군이가 더 끼우게 되었다. 물론 다른 직장에서도 동무들이 늘어가고 있었다.

춘식이, 유호는 물론 그 밖의 몇몇 동무들도 각 직장의 동무들과 밀접한 연락을 가지면서 일을 꾸며 나가고 있었다. 그들은 생활을 위해서, 생명을 위해서 투쟁을 준비하고 있었던 것이다.

–1936[86]–

–「기초공사장」, 『신계단』 2, 1932. 11.
–「기초공사」, 『신계단』 3, 1932. 12. 전문 삭제
–「기초 공사장」, 『청년문학』 37, 1959. 5.

—출전: 「기초 공사장」, 『현대조선문학선집(12)』(리북명 편),
조선작가동맹출판사, 1961.

86) 1936(원문) → '1932'의 오류. 「基礎工事場」, 『신계단』 2, 1932. 11.

—안변청년발전소 군인건설자의 일기중에서—

한 웅 빈

1. 군대와 사민은 어떻게 다른가

6월 13일

군대와 사민이 어떻게 다른가. 유치원생에게나 적당할듯 한 이 물음에 대답하는것이 결코 쉽지 않다는것을 나는 오늘 비로소 알게 되였다. 글쎄 신병훈련을 강한 《우》로 마치고 군인선서를 하여 진짜배기군인이 되고 게다가 여기 발전소 100리 물길굴공사장에서 벌써 한주일나마 발파가스와 착암기소리, 뿌연 버럭물에 절어 신대원냄새도 어지간히 빠졌다고 생각하고 있던 오늘에야 말이다.…

《동문 군대요, 사민이요?》

성난 소대장의 물음에 나는 가장 씩씩하게 대답하려고 애 썼다.

《군댑니다!》

군대의 지휘관들이란 대답을 어물어물하면 더욱 성을 내는 공통점을 가지고 있다. 이것은 신병훈련기간에 충분히 체험한바였다.

그러나 소대장의 시꺼먼 눈섭은 나의 가장 씩씩한 대답에도 불구하고 화살처럼 우에로 치달아 올라 갔다. 좀 더 성이 나면 그 눈섭은 이마에서 뛰여 나가 화살처럼 날아 가 버릴것 같았다.

《군대? 군대라면서 그 꼴이요? 그래 동무생각엔 군대가 사민과 다른 점이 무언것 같소?》

《…》

그걸 모를 사람이 어데 있겠는가.

그러나 진작 대답을 할려고 하니 무엇부터 말해야 할지 혼탕이 되여 버려 갈피를 잡을수 없었다. 다른 점이 너무도 많았다. 우선 옷차림에서부터 완전히 다르다. 사민은 옷이고 모자고 신발이고 마음 내키는대로 입고 쓰고 신고 하지만 군대는 오직 군복, 군모, 군화만을 착용할수 있다. 입대하기전에 내가 일하던 작업반만 해도 신발들이 몽땅 제각기여서 얼굴을 쳐다보지 않고도 누가 앞에 서 있는지 알수 있었다. 그러나 군대에서는 어림도 없다. 물론 발이 굉장히 커서 해마다 두번은 사판장을 애 먹인다는 우리 분대장만은 례외이지만…

《한—심하군!》

소대장의 긴 탄식이였다. 그는 분대장에게 턱으로 나를 가리켜 보였다.

《이 동무에게 우리가 처음 왔을 때 이야기를 해주오.》

분대장은 그때 나의 목달개를 달아 주고 있었다. 내가 목달개를 다느라고 군복을 이리 뒤집고 저리 뒤집으며 끙끙대는것을 보고는 《무슨 놈의 목달개 다는 본때가 그래? 한시간이 걸리겠군. 군대는 무슨 일이든 빨랑빨랑 해치울줄 알아야 해. 담배 한대 피우는 사이에 말이야.》 하고 제앞으로 휙 끌어 갔던것이다. 그는 군복을 한번도 뒤집지 않고 목달개를 달아 나가며 지체없이 이야기를 시작했다.

《그—럼 이야기해 볼가? 우리가 여기에 처음 왔을 때 뭐가 있었는지 알아? 동무생각엔 뭐가 있었을것 같아?》

《…》

내가 그것을 어떻게 안단 말인가.

《간단하게! 무슨 서론이 그렇게 기오?》

소대장이 툭 내쏘듯 말하자 분대장은 한숨을 쉬었다.

《그럼 서론은 그만 둡시다. 계발식으로 해볼가 했는데… 에— 우리가 여기 처음 왔을 땐 무엇이 있었는가 하면—》

그는 그 수수께끼로 나를 꽉 골탕 먹이고 싶은듯 말꼬리를 길게 끌었으나 소대장을 흘깃 보고는 스스로 대답했다.

《아무것도 없었어. 물과 돌, 흙, 이게 전부있단 말이야. 비까지 내렸구… 그러니 동문 우리가 천막을 치고 병실부터 전개했을거라고 생각하겠지?》

하고 그는 내가 그렇다고 대답하기라도 한듯 통쾌하게 부정하였다.

《천만에! 그따위는 우리 생각속에 애당초 없었어. 우린 갱굴진을 위한 박토작업부터 시작했단 말이야. 알만 해? 전투부터 시작했다 이거야! 그건

7 3

—『조선문학』 642, 2001. 4.

[연속단편소설]

스물한 발의 '포성'

: 안변청년발전소 군인건설자의 일기 중에서

한웅빈

1. 군대와 사민은 어떻게 다른가

6월 13일

군대와 사민[1]이 어떻게 다른가. 유치원생에게나 적당할 듯한 이 물음에 대답하는 것이 결코 쉽지 않다는 것을 나는 오늘 비로소 알게 되었다. 글쎄 신병 훈련을 강한 '우'로 마치고 군인선서를 하여 진짜배기 군인이 되고 게다가 여기 발전소 100리 물길굴[2] 공사장에서 벌써 한 주일이나 발파가스[3]와 착암기[4] 소리, 뿌연 버럭[5]물에 절어 신대원 냄새도 어지간히 빠졌다고 생각하고 있던 오늘에야 말이다. ……

"동문 군대요, 사민이오?"

1) 사민(私民): 이북어. 일반인을 군무자에 상대하여 이르는 말.
2) 물길굴(--窟): '수로 터널'의 이북어.
3) 발파가스(發破gas): 폭약이 터질 때 생기는 가스.
4) 착암기(鑿巖機): 광산이나 토목 공사에서 바위에 구멍을 뚫는 기계.
5) 버럭: '버력'의 이북어. 광석이나 석탄을 캘 때 나오는, 광물 성분이 섞이지 않은 잡돌.

성난 소대장의 물음에 나는 가장 씩씩하게 대답하려고 애썼다.

"군댑니다!"

군대의 지휘관들이란 대답을 어물어물하면 더욱 성을 내는 공통점을 가지고 있다. 이것은 신병 훈련 기간에 충분히 체험한 바였다.

그러나 소대장의 시꺼먼 눈썹은 나의 가장 씩씩한 대답에도 불구하고 화살처럼 위에로 치달아 올라갔다. 좀더 성이 나면 그 눈썹은 이마에서 튀어나가 화살처럼 날아가 버릴 것 같았다.

"군대? 군대라면서 그 꼴이오? 그래 동무 생각엔 군대가 사민과 다른 점이 무언 것 같소?"

"……."

그걸 모를 사람이 어데 있겠는가.

그러나 진작 대답을 할려고 하니 무엇부터 말해야 할지 혼탕[6]이 되어버려 갈피를 잡을 수 없었다. 다른 점이 너무도 많았다. 우선 옷차림에서부터 완전히 다르다. 사민은 옷이고 모자고 신발이고 마음내키는 대로 입고 쓰고 신고 하지만 군대는 오직 군복, 군모, 군화만을 착용할 수 있다. 입대하기 전에 내가 일하던 작업반만 해도 신발들이 몽땅 제각기어서 얼굴을 쳐다보지 않고도 누가 앞에 서 있는지 알 수 있었다. 그러나 군대에서는 어림도 없다. 물론 발이 굉장히 커서 해마다 두 번은 사관장을 애먹인다는 우리 분대장만은 예외이지만…….

"한—심하군!"

소대장의 긴 탄식이었다. 그는 분대장에게 턱으로 나를 가리켜 보았다.

"이 동무에게 우리가 처음 왔을 때 이야기를 해주오."

분대장은 그때 나의 목달개[7]를 달아주고 있었다. 내가 목달개를 다느라고 군복을 이리 뒤집고 저리 뒤집으며 끙끙대는 것을 보고는 "무슨 놈의 목달개 다는 본때[8]가 그래? 한 시간이 걸리겠군. 군대는 무슨

---

6) 혼탕(混湯): 이북어. 온갖 것이 마구 뒤섞이고 질서가 없는 상태.

7) 목달개: 이북어. 맞섶 양복의 목깃에 대는 좁고 긴 천.

8) 본때: '본새'의 방언(평북). 어떠한 동작이나 버릇의 됨됨이.

일이든 빨랑빨랑 해치울 줄 알아야 해. 담배 한 대 피우는 사이에 말이야." 하고 제 앞으로 훽 끌어갔던 것이다. 그는 군복을 한번도 뒤집지 않고 목달개를 달아나가며 지체 없이 이야기를 시작했다.

"그—럼 이야기해 볼까? 우리가 여기에 처음 왔을 때 뭐가 있었는지 알아? 동무 생각엔 뭐가 있었을 것 같아?"

"……."

내가 그것을 어떻게 안단 말인가.

"간단하게! 무슨 서론이 그렇게 기오?"

소대장이 툭 내쏘듯 말하자 분대장은 한숨을 쉬었다.

"그럼 서론은 그만 둡시다. 계발[9]식으로 해볼까 했는데…… 에—우리가 여기 처음 왔을 땐 무엇이 있었는가 하면—."

그는 그 수수께끼로 나를 꼭 골탕 먹이고 싶은 듯 말꼬리를 길게 끌었으나 소대장을 흘깃 보고는 스스로 대답했다.

"아무것도 없었어. 물과 돌, 흙, 이게 전부였단 말이야. 비까지 내렸구……. 그러니 동문 우리가 천막을 치고 병실[10]부터 전개했을 거라고 생각하겠지?"

하고 그는 내가 그렇다고 대답하기라도 한 듯 통쾌하게 부정하였다.

"천만에! 그따위는 우리 생각 속에 애당초 없었어. 우린 갱 굴진[11]을 위한 박토[12] 작업부터 시작했단 말이야. 알만 해? 전투부터 시작했다 이거야! 그건 왜서인가? 병사는 전투를 위해 있는 것이구 사는 것이거든. 싸우지 않으면 병사는 죽은 것과 같단 말이야."

병사는 전투를 위하여 산다. 그러니 이것이 사민과 다른 점이라는 것일까. 그러면 사민은 뭐 놀기 위해서 사는가. 사민들도 일을 한다. 그리고 자기들이 하는 일을 전투라고 부른다. '70일 전투', '100일 전

9) 계발(啓發): 슬기나 재능, 사상 따위를 일깨워 줌.
10) 병실(兵室): 이북어. 군인들이 생활하는 방.
11) 굴진(掘進): 굴 모양을 이루면서 땅을 파 들어감.
12) 박토(剝土): 노천 채광(露天採鑛) 따위에서, 광상(鑛床)을 덮고 있는 흙이나 암석을 깎아 내는 일.

투', '200일 전투' …… 좀 많은가. 그들이 하는 일도 어버이 수령님의 유훈[13] 관철이며 위대한 장군님의 명령 지시 관철이다. 그런데…….

"안되겠소. 말로 해서는……."

소대장이 머리를 흔들었다.

그 사이 분대장은 목달개 달기를 마쳤다. 5분도 채 안 걸렸는 데 반듯하게 달아 놓았다.

"알만 해?"

목달개를 어떻게 달아야 하는지는 알만 했지만 말로써 안되겠다던 소대장의 말뜻은 알 수 없었다. 다른 무엇으로 깨우쳐 주겠다는 건데 그게 무얼까?

그런데 소대장은 더 말없이 나가버렸다. 이제 오겠지. 내가 군대와 사민이 어떻게 다른가를 대뜸 알게 될 그 무엇인가를 가지고…… 나는 이렇게 생각했다.

그러나 소대장은 시간이 이슥히 지나도록 다시 나타나지 않았다. 그러는 사이 교대 시간이 되었다.

산중턱이 펑—하니 뚫려 있는 갱 입구, 그곳으로부터 산허리를 휘감으며 뻗어 나간 희슥희슥한[14] 버럭장,[15] 덜컹거리며 굴러가는 광차[16]의 행렬, 교대 시간마다 지심[17] 깊이에서 먼 포성처럼 울려 나오는 발파 소리, 산의 입김처럼 갱구로 느릿느릿 흘러나오는 습기찬 발파가스…… 이것이 내가 이제부터 군사복무를 해야 할 초소였다.

갱구 주위에는 자그막씩한 가설 건물들이 몇 채 서 있는데 그것은 소대별 공구 창고와 탈의실, 세면장이다. 그와 좀 떨어져 꽤 큼직하게 지은 건물은 압축기실로서 24시간을 거의 압축기의 동음[18]과 진동에

---

13) 유훈(遺訓): 죽은 사람이 남긴 훈계.
14) 희슥희슥하다: 이북어. 색깔이 드문드문 조금 허옇거나 이따금 드러난 허연색이 있다.
15) 버럭장(--場): 이북어. 버력을 내다 부리는 곳.
16) 광차(鑛車): 광산에서, 캐낸 광석을 실어 나르는 뚜껑 없는 화차(貨車).
17) 지심(地心): 지구의 중심.
18) 동음(動音): 이북어. 기계가 돌아가면서 내는 소리.

휩싸여 있다.

내가 탈의실에서 작업복을 갈아입고 나왔을 때도 압축기는 변함없이 돌아가고 있었다. 그런데 창고에서 착암[19] 정대[20]들을 둘러메고 나오던 분대장이 무슨 생각이 들었는지 나를 손짓하며 부르더니 압축기실 창문으로 끌고 갔다. 창문으로는 더운 공기가 몰려 나오고 있었다.

분대장은 창턱에 팔꿈치를 올려놓으며 손가락으로 압축기를 가리켰다.

“저게 뭔지 알아?”

나는 어깨를 으쓱했다.

“압축기지요 뭐.”

“누가 그걸 묻는가? 저것 말이야!”

그제야 다시 보니 그의 손가락은 압축기가 아니라 그 밑의 기초를 가리키고 있었다. 손가락 끝에는 착암기 기름이 묻어있었다. 분대장은 착암 조장이었다.

“기초지요. 콘크리트 기초.”

“맞았어! 그런데 콘크리트를 뭘로 만드는지는 아나?”

픽— 하고 웃음이 나왔다. 완전한 유치원생으로 아는 모양이다.

“모래, 시멘트, 자갈이지요.”

“알긴 아누만! 그런데 여기 어데서든 모래를 본 적이 있나?”

“모래요?”

나는 생각해 보고 놀랬다. 모래를 본 기억이 전혀 없었다. 진흙과 석비레,[21] 바위…… 골짜기의 물도 바윗돌 사이를 흐르고 있었다. 바닥도 바윗돌투성이였다. 그래서 골계수들은 샘물처럼 맑았다.

“없지? 없을 게야. 이 근처엔 모래가 없어. 이건 지질학적으로 확인된 거야.”

아하, 이야기는 이제 시작이로구나. 나는 드디어 알아 차렸다. 나는

---

19) 착암(鑿巖): 바위를 뚫음. ‘바위 뚫기’로 순화.
20) 정대: ‘정’의 이북어.
21) 석비레(石--): 푸석푸석한 돌이 많이 섞인 흙.

'유치원생식 문답'에 끌어들인 것은 이야기를 위한 준비였던 것이다.

"그런데 압축기를 설치하려면 기초 콘크리트를 쳐야 하고 기초 콘크리트를 치려면 모래가 있어야 하는데 여기엔 모래가 애당초 없다 이거야. 있다는 건 흙과 돌뿐이고 그런데다 압축기 기초는 고강도 콘크리트로 하여야 하거든. 실어오려면 석삼 년이 걸리겠고. 물론 석삼 년이야 아니지. 보름이나 한 달쯤 걸리겠지만 우리한텐 석삼 년 맞잡이[22]거든. 기다린다는 건 말도 안되는 것이었지. 지질학적으로는 모래가 없다고 했지만 우린 모래를 찾아냈고 사흘만에는 기초 콘크리트를 멋들어지게 완성했다네."

"어데서 찾았습니까? 지질학적으로도 없다면서?"

"만들어냈지."

"모래를 만들어요?"

허튼 소리로밖에 들리지 않았다. 분대장은 원래 허튼 소리를 잘했다. 허튼 소리로 소대를 웃겼고 떠들썩하게도 했다. 모래란 오랜 세월 풍화 과정이 만들어 내는 것이다. 그런데 사흘 동안에 모래를 만들어 냈다구? ……

"만들어냈다니까. 모래를! …… 산등으로 골짜기로 몽땅 훑었지. 물이 마른 골짜기를 파보기도 하고…… 없더구만. 학자 선생들이 거짓말을 한 게 아니더란 말이야. 그래서 우린 모래란 무엇인가 하는 걸 연구해 보았지. 그랬더니 놀랍게도 모래나 돌이나 흙이나 다 원래는 같은 물질이었다는 결과가 나오는 게 아니겠나. 돌이 좀 굵게 깨지면 자갈이 되고 가루처럼 바스라지면 흙이 되구 알갱이로 깨여 지면 그게 바로 모래고. 흙이구 자갈이구 모래구 돌이 깨어져서 만들어 진 것이더란 말이야. 이 지구도 원래는 하나의 돌덩어리였을 게거든. 안 그래?"

분대장은 하나의 울퉁불퉁한 돌덩어리였던 지구가 쏟아지는 운석비와 솟구쳐 오르는 화산으로 모래와 흙의 지층을 만들어 가던 혼돈의

---

22) 맞잡이: 서로 대등한 정도나 분량.

시대를 그려보기라도 하는 듯 눈을 쪼프리고[23] 앞을 바라보았다.

"그래서요?"

"그래서?"

분대장은 자기의 환상에서 빠져나오기 싫은 듯 여전히 한 눈을 쪼프리고 앞쪽만 보고 있었다.

"바위를 깨뜨려 모래를 만들었지. 큰놈은 자갈로 쓰고 가루는 내버리구. …… 여—!"

그는 갑자기 버럭 소리질렀다. 나는 깜짝 놀랬다.

"정희! 그 정대를 어데 가져 가?"

그가 이제껏 눈을 쪼프리고 본 것은 수억만 년 전의 지구가 아니라 공구 창고였던 것이다. 공구 창고에서는 강정희라는 갈데 없는 여자 이름을 가진 상등병[24](초급병사)이 정대를 이것저것 만져보다가 한 대 끄집어내어 들고 있었다. 그는 마주 소리쳤다.

"이거야 못쓰게 된 정대가 아닙니까? 지렛대를 하나 벼릴려고[25] 그럽니다."

"정신없는 소릴! 그건 수굴[26] 정대를 만들거야. 그 자리에 도루 넣어 두라구!"

"알았습니다!"

그제야 분대장의 쪼프렸던 눈이 제대로 되었다.

"그랬더니 얼마나 멋쟁이 모래가 되었겠나? 사령관 아바인 직접 나와 보구 아주 만족해서 '역시 군대가 군대야.' 하였다네."

그제야 나는 그 이야기가 소대장에게서 지시 받은 '처음 왔을 때 이야기'의 계속임을 깨달았다.

---

23) 쪼프리다: '찌푸리다'의 이북어.

24) 상등병(上等兵): 이북어. 이북 군사 계급의 하나. 맨 아래 계급인 전사(戰士)의 바로 위이다.

25) 벼리다: 무디어진 연장의 날을 불에 달구어 두드려서 날카롭게 만들다.

26) 수굴(手掘): 이북어. 예전에, 광산이나 탄광에서 기계를 쓰지 않고 메, 정대, 곡괭이 따위의 간단한 도구를 써서 굴을 뚫던 일.

"이런 말을 들은 적이 있나? '100리 물길굴을 관통하기 전에는 조국의 푸른 하늘을 보지 말자!' 이건 우리 소대 소보원이 전투소보[27]에 썼던 말이야. 어때?"

"정말 멋있습니다!"

나는 진심으로 감탄했다. 그러나 분대장은 쯧 하고 혀를 찼다.

"멋있다구? 멋있는 게 문제가 아니야. 그 말이 군인 건설자들의 심정을 그대로 담고 있다는 게 중요한거야. 알았나?"

"예."

"예?"

분대장은 또 한 번 혀를 찼다.

"무슨 대답이 그래?"

나는 얼른 자세를 바로 잡고 규정대로 대답했다.

"알았습니다!"

"그래야지. 군인은 뭘 하고 있든 군인이어야 해. 잠을 자도 웃기는 소리를 하고 있어도 군인이어야 한단 말이야."

이야기가 하도 동서남북으로 왔다갔다하여 미쳐 따라가기 어려웠다. 어떻든 이 이야기도 역시 군대가 사민과 어떻게 다른가를 알게 해주려는 것이리라. ……

그때 모엿 구령이 내렸다. 갱에 들어갈 시간이 된 것이었다.

소대장의 말은 길지 않았다. 원래 긴 말을 좋아하지 않는 성미 같았다.

"오늘 소대의 전투 임무는 어제와 같소. 특별히 강조된 것은 버력을 완전히 처리하고 발파하는 것이오. 때문에……."

그는 말을 결속할[28] 때면 거의 어김없이 '때문에'라는 말을 썼다. 그 말이 나오는 것은 이야기가 곧 끝난다는 것을 의미했다.

"낙석 작업이 끝나면 지체없이 일을 시작해야겠소."

---

27) 전투소보(戰鬪疏報): 이북어. 전투 중에 신속하게 간단히 적어서 알리는 짧은 글.
28) 결속하다(結束--): 하던 일이나 말을 수습하고 정리하여 끝맺다.

…… 동발[29]들과 레루[30]길에서는 물기가 번질거렸고 배관들에서는 압축공기 흐르는 소리가 성급하게 칙칙거렸다.[31] 천반[32]에서 물방울이 뚝뚝 떨어졌다. 온몸을 휘감는 탁하고 습기찬 발파가스 …….

"저— 소대 전투소보원이 누굽니까?"

나는 동발을 부딪치지 않으려 머리를 잔뜩 수그리고 걸으며 같이 가는 강정희 상등병에게 물었다. 그가 왜 그런 여자 이름을 가지게 되었는지는 분대장이 나에게 이야기해 주었었다. 그의 집에는 아들만 다섯이었는데 아버지는 딸이 하나 있기를 바랐고 여섯째가 태어날 무렵에는 정희라는 이름까지 지어 놓았다. 그런데 아버지는 여섯째가 태어나기 전에 갑작스런 병으로 세상을 떠났고 여섯째는 유복자로 태어났다. 이번에는 또 아들이었다. 그러나 아버지가 유언으로 남긴 이름이라고 하여 그는 정희라는 이름을 가지게 되었다는 것이다. 이름과 반대로 그에게는 여자 비슷한 데라고는 전혀 없었다. 크지 않은 키에 거의 4각형에 가까운 다부진 몸, 게다가 말주변이라군 영 없어서 한마디 한마디 할 때마다 고통스러운 듯 씨근거리군 하였다.

이때도 그는 '전투소보원?' 하고 반문하더니 몇 걸음 지나서야 한숨을 쉬듯 씨근거리며 대답했다.

"내가…… 소보원이야."

"예?"

나는 놀라지 않을 수 없었다. 말주변이라군 도무지 없고 하루 종일 가야 몇 마디밖에 하지 않는 이 상등병이 전투소보에 그처럼 멋있는 말을 썼단 말인가. 남의 마음속을 알아보려 우정 말주변이 없는 척 능청을 부리는 것이 아닐까 하는 의혹조차 들었다.

뒤에서 광차 내려오는 소리가 들렸다. 나는 동발에 붙어서 늘인 배

---

29) 동발: '동바리'의 준말. 갱도 따위가 무너지지 않게 받치는 나무 기둥.

30) 레루(reru): '레일(rail)'의 이북어.

31) 칙칙거리다: 이북어. 물방울이 뜨겁게 달구어진 물체에 잇따라 떨어지는 소리가 자꾸 나다.

32) 천반(天盤): 갱도나 채굴 현장의 천장.

관 위에 올라섰다. 광차가 잔등을 스치듯이 하며 내려간 뒤에도 나는 그냥 배관을 타고 걸음을 옮겼다. 광차가 또 지나갈 것 같아서였다.

그때 쾅— 하고 배관 두드리는 소리가 뒤에서 울려 나를 화닥닥 놀라게 했다.

"가 배관 타고 가는 게 누구야?"

나는 굴러 떨어지듯 배관에서 내려섰다. 성이 잔뜩 난 사관이 스패너[33]를 들고 뒤에 서 있었다. 그는 한바탕 욕을 퍼부을 기색이었으나 간데라[34]불로 나를 비쳐보고는 흥 소리를 냈다. '신대원이로군.' 하는 뜻이었다. 음성이 낮아졌다.

"이 압축공기 배관은 사람으로 말하면 갱도에선 숨줄[35]이라고 할 수 있어. 그런데 숨줄을 밟고 다니면 어떻게 되겠나? 흔들려서 연결 부분이 벌어지고 바람이 새게 돼. 그렇잖아도 막장에선 바람이 약하다고 노상 불평인데."

그의 옆구리에서는 가방이 데룽거리고[36] 있었다. 수리공이겠지.

"알았나?"

잔뜩 주접이 들어 서 있던 나는 서둘러 대답했다.

"알았습니다!"

순간 나는 동발에 머리를 호되게 쫏고[37] 주저앉아버렸다.

"아이쿠!"

그는 놀란 듯도 하고 어이없어 하는 듯도 한 얼굴로 나를 보았다.

"갱 안에서 노상 그렇게 차렷 자세를 하다간 하루 못 가서 머리가 감자 자루처럼 될 거야. 동문 함선에 해병들이 어떻게 인사하는지 아나?"

---

33) 스파나(원문) → 스패너(spanner): 볼트, 너트, 나사 따위의 머리를 죄거나 푸는 공구.

34) 간데라(kandera): 칸델라(kandelaar). 금속이나 도기로 만든 주전자 모양의 호롱에 석유를 채워 켜 들고 다니는 등.

35) 숨줄: 기관(氣管). 척추동물의 후두에서 허파에 이르는, 숨 쉴 때 공기가 흐르는 관.

36) 데룽거리다: 큼직한 물건이 볼썽사납게 매달려 잇따라 가볍고 크게 흔들리다.

37) 쫏다: '쪼다'의 이북어.

그는 내가 신병 훈련 기간 분동작[38]으로까지 배운 팔을 쭉 펴서 꺾어 올리는 거수 경례가 아니라 팔꿈치를 허리에 붙인 채 손만 들어서 이마에 갖다대는 묘한 경례를 해 보였다.

"이건 배갑판이 좁기 때문이야. 그런데 우리 갱도는 천반이 낮단 말일세. 차렷 자세는 마음속으로 취하면 돼."

그는 스적스적[39] 걸음을 옮기다가 앞에 서 있는 강정희 상등병을 보고는 손가락으로 이마를 쿡 내질렀다.

"상등병이 있으면서도 음—."

강정희 상등병은 뭐라고 알아듣지 못할 말을 씨근거리듯 웅얼대고 씩— 웃기만 했다. 사관이 앞으로 사라지자 나는 강정희 상등병에게 물었다.

"누굽니까?"

"몰라? 중대 위생지도원[40]이야."

"수리공이 아니구요? 스패너까지 들었던데요."

"사람의 탈도 보고 설비의 탈도 보고 ……."

그는 잠시 후 갑자르[41] 듯 한마디 더 붙였다.

"지도원은 뭐나 다 사람의 몸처럼 보지."

하긴 공기 배관을 숨줄이라고 했지. 메고 있던 건 수리 가방이 아니라 위생가방[42]이었구나. ……

"재미있는 사람이구만요."

"그래."

그는 왜서인지 갑자기 우울한 어조로 말했다.

---

38) 분동작(分動作): 이북어. 일정한 동작을 익히는 훈련에서 그 동작을 이루는 하나하나의 요소들을 따로따로 나누어서 하는 동작. 또는 그 개별적인 요소.

39) 스적스적: 이북어. 힘들이지 않고 자꾸 느릿느릿 움직이거나 슬슬 걸어가는 모양.

40) 위생지도원(衛生指導員): 이북어. 이북 군대 안의 초급 군의관.

41) 갑자르다: 이북어. 힘이 들거나 뜻대로 되지 아니하여 낑낑거리다.

42) 위생가방(衛生--): 이북어. 간단히 치료할 수 있는 의약품들과 위생에 필요한 도구나 물품들을 넣어 가지고 다닐 수 있게 만든, 빨간 십자 표지가 있는 가방.

"앞서라구. 내가 뒤에서 가지."

뒤에서 따라오며 내가 더는 실수하는 일이 없도록 보살펴 주겠다는 뜻이었다. 사실 상등병은 전사[43]의 교육 교양을 책임진다. 규정에 그렇게 있었다.

뒤에서 갑자기 꺼지는 듯한 한숨 소리가 들렸다. 왜 저렇게 한숨을 쉴까. 갑자기 우울해지고 …… 다시 한번 한숨 소리가 들리더니 강정희 상등병이 불쑥 물었다.

"나하고 같이 가기가 …… 재미없지?"

"예?"

나는 너무도 의외의 물음이어서 돌아보았다.

그는 그냥 걸으라고 손짓을 하였다. 나는 다시 걸음을 옮겼다.

"재미없을 거야. …… 이상하거던 …… 아무리 재미없는 이야기두 분대장 동지가 하면 …… 재미있는 데 …… 내가 하면 아무리 재미있는 이야기두 …… 재미없어 지거든."

나는 하마터면 웃음을 터뜨릴번 하였다. 농담인 줄 알았던 것이다. 그러나 머리를 돌리자 너무도 진지한 표정과 부딪쳐 나는 당황하지 않을 수 없었다. 얼른 되돌아서며 얼토당토않은 말로 굼때 버렸다.

"그런 거야 뭐랍니까. 큰일도 아닌데 ……."

"……."

나는 급급히 걸음을 옮겼다. 뒤에서 그의 중얼거리듯 말하는 소리가 들렸다.

"큰일이야 …… 아니지. 그렇지만 …… 아니, 그건 중요한거야. …… 중요하구 또 …… 젠장!"

그 어조에서는 너무도 깊은 생각과 또한 자신에 대한 유감스러운 감정이 가득 담겨 있어 나는 대답할 말을 찾을 수 없었다.

그의 말뜻을 나는 얼마 후에야 깨닫게 되었다. ……

---

43) 전사(戰士): 이북어. 군사 칭호에서 맨 아래 직위. 또는 그 직무에 있는 군인.

드디어 막장에 이르렀다. 그런데 막장에는 마치 소대장이 특별히 강조한 사항에 도전이라도 하는 듯한 정황이 조성되어 있었다. 버럭이 있는 곳까지 10m나마 되는 구간에 레루길이 없었던 것이다. 레루가 보장되지 못해서였다. 이러루한[44] 일들이 요즘은 드물지 않다고 한다. "지금은 모든 것이 부족해." 하고 강정희 상등병은 말했다. 그러나 일은 해야 한다. 전 교대에서는 한 줄로 늘어서서 리레[45]식으로 버럭을 날라다 광차에 실었다고 한다.

우리 소대는 그들보다 3~4m 더 늘어난 거리로 버럭을 날라야 했다.

'오늘은 버럭 처리를 다 하긴 틀렸구나.'

나는 거의 천반에 닿도록 쌓여 있는 버럭을 보며 생각했다.

레루길이 있어야 할 10여m 구간에는 전 교대에서 놓은 침목[46]들만 정연한 종대를 이루고 늘어서 있었다. 그것만 보아도 전 교대에서 얼마나 레루를 고대하였는지를 짐작할 수 있었다. 레루만 있으면 우리 소대는 버럭을 얼마든지 처리할 수 있었다. 그러나 레루는 없었다. 10~15m나 날라다 실어서는 저 버럭을 다 처리할 수 없다! 그러나 그것은 우리 소대의 책임으로 될 수 없다. 레루를 보장 못한 일꾼들의 책임이다! 나는 이런 생각을 하며 소대장을 보았다. 다른 대원들도 소대장을 보고 있었다.

소대장은 광차가 멈춰 선 레루길 끝에 서서 막장의 버럭더미[47]를 바라보고 있었다. 그러더니 레루길 없는 침목을 밟으며 막장으로 갔고 그곳에서 광차를 바라보았다. 마치 거리를 가늠해 보기라도 하는 듯했다.

나는 그가 '별수 없구만! 레루장을 만들어 낼 수는 없는 거고. 여기서 광차까지 쭉— 늘어서오. 개미역사[48]라도 해봐야지.' 하고 말하리

---

44) 이러루하다: 정도나 형편 따위가 대개 이러하다.
45) 리레(relay): '릴레이'의 이북어.
46) 침목(枕木): 선로 아래에 까는 나무나 콘크리트로 된 토막.
47) 버럭더미: '버력더미'의 이북어. 버력이 쌓인 큰 무더기.
48) 개미역사(--役事): 많은 사람이 한곳에 달라붙어 조금씩 해내는 방식으로 하는 일을 비

라고 생각했다. 다른 말이란 할 수 없는 정황이었다.

그런데 소대장은 바닥을 가리키며 명령했다.

"침목들을 몽땅 들춰내오."

화풀이라도 하려는 듯 했다.

전 교대에서 정연하게 박아 넣었던 침목들은 잠깐 사이에 다 튕겨져 나왔다.

소대장은 두 팔을 앞으로 내밀어 광차로부터 자기 발 밑까지 두 개의 가상적인 직선을 평행으로 그어 보였다.

"파고 침목들을 든든히 박아 넣소!"

그는 침목을 레루장으로 전환시키려는 것이었다.

이렇게 되어 나는 전후 복구 건설 시기 이야기를 쓴 책들에서나 읽었던 나무 레루길을 여기 100리 물길 공사장에서 눈으로 직접 보게 되었고 나무 레루길로 버럭을 실어 나르게 되었다. ……

버럭은 푹푹 자리가 났다. 발파 전에 버럭을 깨끗이 처리할 수 있다는 확신은 시간마다 굳어져 갔다.

만일 침목마저 없었더라면 어쩔번 했는가. 그야말로 속수무책이었을 것이다. 아니, 아니다! 그런 경우에도 소대장은 역시 그 어떤 방도를 찾아냈을 것이다. 나에게는 이렇게 생각되었다. 소대장에게는 난공불락이라는 것이 없을 것이라고 …….

막장은 언제나 석수[49]에 젖어있다. 굴 속에는 가물철[50]이란 없다. 천반에서도 벽에서도 바닥에서도 늘상 석수가 흐른다. 산의 내장 속에 얼마나 물이 많은지를 나는 여기에 와서 알게 되었다.

그런데 이날은 석수가 별로[51] 더 많이 흐르는 것 같았다. 양수기가

유적으로 이르는 말.

49) 석수(石水): 이북어. 동굴이나 지하 갱 따위의 천장에서 나오는 물.

50) 가물철: ① 가뭄이 계속되는 때. ② 가뭄철.

51) 별로(別-): 이북어. 따로 별나게. 또는 따로 특별히.

물을 계속 뽑아내고 있을 것인 데도 발 밑에서는 물이 그냥 질벅거렸고 얼마 후에는 발등까지 물에 잠겨 들기 시작했다. 처음은 일하는 정신에 그것을 깨닫지 못했다. '침목 레루'가 물 때문에 뜨기 시작할 때에야 우리는 막장에 물이 차 오르고 있음을 깨달았다.

"양수기가 고장났습니다!"

밖에서 들어온 강정희 상등병이 소대장에게 보고했다. 소대장이 그를 양수장에 보냈던 모양이었다.

우리 갱은 내리갱이었다. 양수기만 멎으면 막장에는 물이 시시각각으로 차 오른다. 정도가 지나치면 일할 수 없게 되는 것은 두말 할 것 없다. 소대장의 입가에 굵은 주름이 잡혔다.

"수리하고 있겠지?"

"시간이 걸리겠답니다. 날개를 교체해야 한답니다."

"……."

소대장은 불어 오르는 물을 묵묵히 내려다보며 서 있었다.

한 구대원이 투덜거렸다.

"녹았구만! 오늘 일은 다 ……."

그는 자기 말에 스스로 놀랜 듯 말을 뚝 끊고 입을 다물어 버렸다. 소대장이 휙 돌아보았던 것이다. 눈썹이 위에로 치켜 올라갈 듯 움칫거렸다. 그러나 곧 소대장은 아무 말도 못 들었다는 듯 평온한 기색으로 돌아갔다.

"작업 속도를 더 빨리! 광차에 버럭과 물을 같이 퍼담소!"

광차 바가지에 버럭과 물이 함께 쏟아져 들어갔다.

"물 더! 흰쌀 한 말에 좁쌀 한 말이 들어간댔어!"

아까 투덜댔던 구대원이었다. 그는 자기 실언을 보상하려고 서두르는 것임이 누구에게나 빤드름했지만 소대장은 진짜로 감탄하는 듯 목소리를 높였다.

"흰쌀 한 말에 좁쌀 한 말이 들어간다? 그러니 버럭 한 광차엔 물이 두 광차쯤 들어가지 않을까?"

와— 하고 웃음이 터졌다. 그 구대원은 소대장의 '감탄'과 소대의 웃음에 완전히 활기를 되찾았다.

"소대장 동지, 제가 학교 다닐 때 뭘 제일 잘했는지 압니까?"

"숙제를 틀리게 하고 변명하는 것이 아니었소?"

"야— 소대장 동지, 너무 그러지 마십시오. 얼결에 한마디 잘못한 걸 가지구 ……."

또 웃음. 그러자 구대원은 가장 큰 칭찬이라도 받은 듯 벙글거려 댔다.

"그래 뭘 제일 잘했소?"

"수영이었습니다!"

"아주 좋구만! 오늘은 수영을 톡톡히 해야 할 것 같은 데."

소대장의 말은 과장이 아니었다. 물은 발목을 넘어서고도 계속 불어올랐다. 좀더 시간이 지나면 '수영'을 해야 하리라는 것이 불 보듯 명백했다.

그런데 탈은 '수영'을 하기 전에 생겼다. 물이 불어 오르면서 '레루토막'들이 제각기 떠올라 레루길을 엉망으로 만들어 버리기 시작한 것이었다. 제자리에 억지로 눌러 넣으면 용수철에 튕기기라도[52] 한 듯이 불끈불끈 솟아올랐다. 나무가 물보다 가볍다는 것이 얼마나 저주스러웠던가! 나는 침목을 박아 넣고 손을 떼기 바쁘게 밤물고기처럼 튀어 오르는 그놈에게 턱주가리를 든든히 얻어맞았다.

이젠 별 수 없구나 하는 생각이 턱주가리의 얼얼한 느낌과 함께 스며들었다. 그래서인지 갑자기 나에게는 모든 것이 꿈만하게[53], 아니 꿈처럼 느껴지기 시작했다. 뿌연 물은 걸쭉한 기름처럼 다리를 감고 도는 데 수면에 간데라 불빛과 전등 불빛이 어려 물은 맹렬히 소용돌이치는 것 같이 보였다. 수면에서 반사된 불빛은 천반과 옆벽에서 어지러운 무늬를 그리며 부산스레 흔들렸다. 천반과 옆벽이 흔들리는 듯했다. 머리가 갑자기 어지러워지면서 메스꺼움이 치밀었다. 팔다리의

52) 튕기다: '튀다'의 이북어. 탄력 있는 물체가 솟아오르다.
53) 꿈만하다: 어찌하여야 할지 몰라 막막하다.

맥이 삽시에 쭉— 빠져나갔다. 내가 왜 이럴까. 착암기 소리와 말소리가 아득히 떨어지며 귀가 멍멍해졌다. 뒤이어 눈앞이 새까매졌다.

"이 친구 왜 이래?"

하는 강정희 상등병의 놀랜 소리를 들으며 나는 철썩 넘어지고 말았다. 옷으로 스며드는 차가운 물의 감촉과 야릇한 안도감을 느끼며 나는 의식을 잃었다. ……

정신을 차렸을 때 나는 눈앞에서 위생지도원을 보았다. 식초 냄새가 지독하게 풍기고 있었다.

"정신이 좀 드나?"

"내가 어떻게 된 겁니까?"

"별 일 아니야. 가스에 취했던 거야."

발파가스에 취해서 넘어진 것이었다. 머리가 깨어져 나가는 듯이 아프고 계속 구역질이 났다.

위생지도원은 내 코에 마개를 연 병 아구리54)를 가져다 댔다.

"숨을 크게 들이쉬라구."

콧구멍이 바늘로 찌르는 듯 했고 눈물이 쑥 나왔다. 병에는 농도 높은 식초에 적신 솜이 들어있었던 것이다.

"그냥 들이쉬라구. 계속! 그러면 좀 나아질 거야."

시키는 대로 했더니 그의 말대로 좀 나아지는 듯 했다.

내 옆에는 두 명의 구대원이 동발에 기대여 앉아 있었다. 그들도 역시 발파가스에 쓰러졌던 모양이었다. 그들은 머리를 몇 번 흔들어 보더니 옆에 놓인 밥국통에서 뿌연 물을 한 식기씩 퍼서 꿀꺽꿀꺽 들이켰다.

"동무도 마시라구."

식초가 좀 많이 들어 간 김치물55)인데 그 맛이란 어떻다고 말하기

---

54) 아구리: '아가리'의 이북어.

55) 김치물: '김칫국'의 이북어.

어려운 기묘한 것이었다. 시큼한가 하면 떫고 그런가 하면 쓰기도 하고 송진 냄새도 났다. 세상에 없을 괴이한 '김치물'이었다.

이것이 위생지도원의 발명품이며 중대에서는 '가스 해독제'라고 부르는 것임을 나는 알아차렸다. "저 친군 저걸로 박사가 되겠다는 거야." 하고 분대장은 말한 적이 있었다. "한 모금 마시면 깨끗이 해독되는 걸 꼭 만들겠다는 건데 좋다구 하는 건 죄다 쓸어 넣는다네. 아마 좋다구만 하면 양잿물도 서슴없이 쓸어 넣을 거야." 하고는 내가 눈이 둥그래서 쳐다보자 픽— 웃었다. "걱정할 건 없어. 그렇게 만든 걸 저 친군 제가 먼저 둬 식기쯤 마시고는 눈을 뜨부럭거리며[56] 서너 시간씩 기다려 보니까."

바로 그 물건이었다.

두 구대원은 그 발명품에 정신이 든 듯 입가를 쓱쓱 문대고는 비틀비틀 일어났다.

"걸을 만 한가?"

위생지도원의 물음에 그들은 손을 홱 젓고 걸음을 옮겼다. 나는 소대가 우리를 데리고 나가지 않은 것이 이상스럽게 생각되었다. 소대는 철수했으리라고 생각했던 것이다.

그런데 두 구대원은 입구 쪽이 아니라 막장 쪽으로 가고 있었다. 위생지도원이 나에게 눈짓으로 그들을 가리켰다.

"따라가라구."

그제야 나는 두 구대원이 막장으로 '전투를 계속하러' 들어간다는 것을 깨달았다. 소대는 여전히 막장에 있는 것이었다. 나도 그들을 따라 갈 수밖에 없었다. 머릿속에서 뇌수는 수은덩어리처럼 이구석 저구석으로 굴러다니는 듯 했고 다리는 후들후들 떨리며 접철[57]처럼 접혀 들려고만 했다. 지도원이 너무하다는 생각이 들었다. 아무데나 털썩

---

56) 뜨부럭거리다: 이북어. 큰 눈을 천천히 잇따라 굴리다.

57) 접철(摺鐵): 경첩. 여닫이문을 달 때 한쪽은 문틀에, 다른 한쪽은 문짝에 고정하여 문짝이나 창문을 다는 데 쓰는 철물.

드러누워 버리고 싶었다.

그러나 두 구대원은 그냥 가고 있었다. 나도 그냥 따라 갈 수밖에 없었다. 그냥 걸으니 얼마간 나아지는 것 같았다. 마침내 나는 막장에 이르렀다. ……

막장은 …… 허나 그것은 막장이 아니었다. 물주머니[58]였다. 물은 이미 허리를 치고 있었는데 소대는 그 물 속에서 첨벙거리고 있었다. 진짜 '수영'을 하고 있었다.

나무 레루는 이미 없어졌고 광차는 레루길이 끝난, 막장에서 15m나 되는 거리에 못 박혀 서 있었다. 그런데 소대는 무엇을 하고 있는 것일까.

나는 처음에는 그들이 무엇을 하고 있는지 깨닫지 못하였다. 자맥질[59]이라도 하듯이 물 속에서 버럭을 담아서는 연신 한곳에 쏟아 놓고 있었다.

소대장이 소리쳤다.

"출발!"

출발이라니? 철수 명령일까. 아니었다. 소대는 모두 버럭더미에 달라붙어 밀기 시작하였다. 소대장은 버럭더미에 출발 구령을 내린 것이었다.

그러자 놀랍게도 버럭더미가 쓱— 쓱— 앞으로 움직여 나가는 것이 아닌가. 마치 환상 영화의 한 장면을 보는 것 같았다.

잠시 후에야 버럭이 뗏목 위에 실려 있음을 알아보았다. 동발과 침목으로 무은 뗏목, 나무 레루를 쓸 수 없게 되자 소대는 물을 레루길로 전환시킨 것이었다. '물레루'였다!

광차 바가지에는 전투소보가 걸려 있었다.

"우리에겐 불가능이란 없다! 불가능한 것이 있다면 그것은 조선말이 아니라고 하신 최고사령관 동지의 명언을 실천으로 받들자!"

---

58) 물주머니: 탄광, 광산 따위에서 땅속에 물이 차 있는 부분.

59) 자맥질: 무자맥질. 물속에서 팔다리를 놀리며 떴다 잠겼다 하는 짓.

불가능이란 없다. 그렇다 난공불락이란 없었다!

"소대장 동지!"

누군가의 커다란 목소리다. 나는 아직 구대원들의 이름도 얼굴도 다는 몰랐다.

"왜 그러오?"

"물이 더 불었으면 좋겠습니다!"

"그건 왜?"

"뗏목이 더 잘 뜰 테니까요!"

"인차[60] 소원대로 될 게요!"

웃음소리, 소대는 그 사이 줄곧 웃기만 했던 듯 했다. 뗏목이 광차 곁에 이르자 버럭을 옮겨 싣기 시작했다. 와당탕 쿵당거리는 소리 …….

강정희 상등병은 '전투소보'를 벗겨 들고는 몇 줄 써서 다시 걸어놓았다. 말할 때는 한마디한마디를 굼뜨고 힘들게 하던 그가 글에서는 여간 빠르지 않았다.

"명령을 수행하기 전에는 쓰러질 수 없다! 가스에 취해 쓰러졌다가 다시 일어나 전투에 참가하고 있는 전사 박철 동무!"

그런데 왜 내 이름만 있을까. 두 구대원의 이름은 왜 없을까. 다음 순간 그 이유를 깨달았다. 구대원들에게서는 이런 일이 예사로운 일로 되어 있는 것이리라.

"소대장 동지!—"

떼를 밀고 들어가면서 분대장이 옆에서 밀고 있는 소대장을 보지 못하기라도 한 듯 굉장히 큰 소리로 불렀다. 나는 그가 왜 그렇게 높은 목소리로 찾았는지를 알아차렸다. 자기가 이제 할 말을 온 막장이 다 듣게 하려는 것이었다.

"제가 뭐가 되고 싶었는지 압니까?"

"동무도 수영 선수가 되고 싶었소?"

---

60) 인차: '이내'의 이북어.

분대장은 그런 물음만을 기다렸던 듯 큰 소리로 부정했다.

"아닙니다! 유벌공[61]입니다!—"

소대장은 크게 웃었다.

"희망이 성취된 걸 축하하오!"

"소대장 동지 건강을 축복함!"

와— 하고 웃음소리. 나도 웃었다.

옆에서 요란한 한숨 소리가 들렸다. 강정희 상등병이었다. 그는 분대장을 한껏 부러움이 실린 눈으로 쳐다보고 있었다. 이때는 그의 심정이 이해되었다. 나도 부러웠다. 큰 소리로 기지 있는 농담을 하여, 소대가 모두 크게 웃게 하고 싶었다.

분대장은 한 대 생각이 난 듯 주머니에서 담배를 꺼냈으나 곧 낭패한 기색으로 집어던졌다. 물에 죽탕[62]이 되었던 것이다. 누구나 모두 같았다. 소대장도 다를 바 없었다.

그때 강정희 상등병이 씨근거리며 말했다.

"젖지 않은 담배가 …… 있습니다."

그의 안전모 속에서 마른 담배가 나왔다. 담뱃갑은 한바퀴 죽— 돌았다. 나에게 왔을 때는 한 대밖에 없었다. 나는 강정희 상등병에게 내밀었다.

"피우십시오."

그는 머리를 흔들었다.

"난 안 피워."

"예?"

분대장이 나의 어깨를 툭 쳤다.

"알고 있으라구. 저 친군 담배를 피우면 안 돼."

"예?"

---

61) 류벌공(원문) → 유벌공(流筏工): 이북어. 물을 이용하여 뗏목을 물 아래로 내려보내는 일을 하는 노동자. '떼몰이공'으로 다듬음.

62) 죽탕(粥-): 땅이 질어서 뒤범벅이 된 곳. 또는 그런 상태.

"규정을 어길 수 없거든!"

분대장은 담배 연기를 길게 내뿜었다.

"담배 공급 받으러 연대에 갔더니 양식 공급장이 명단을 보다가 뭐랬는지 알아? '강정희? 동무네 정신 있소? 이 공급장의 목이 날아 나게 하자는 거요? 여성에게 담배를 공급하라는 건 우리 인민군대 후방 규정에 없단 말이오!' 하고 빽— 그어버리고 말았으니까!"

말이 끝나기도 전에 웃음이 터졌다. 그 중에서도 제일 크게 웃는 것은 강정희 상등병이었다. 그는 자기로 하여 소대가 크게 웃게 된 것이 더없이 기쁜 듯 입이 귀밑으로 돌아갈 지경으로 웃고 있었다. 이때 나는 아까 입갱할[63] 때 "그건 중요한 거야" 하던 그의 말이 문득 떠올랐다.

웃음, 이것이 없다면 몇 개의 간데라불이 뿌옇게 불어오르는 수면을 비치는 좁은 막장, 그 속에서 물에 허리까지 잠그고 버럭을 담는 막장은 얼마나 스산할 것인가. 절망 속에서 허우적이는 듯이 보였을 것이다. ……

분대장은 떼를 밀고 들어 가며 노래를 뽑았다.

어야 더허야 어야 더허야

그는 이 노래를 끄집어내려고 유벌공 이야기를 꺼냈던 것인지도 모른다. 그러자 마치 모두들 분대장처럼 유벌공이 되기를 희망했던 듯 목청을 합친다.

압록강 2천리에 노를 저어라
얼음장을 헤치면서 떼는 흐른다.

좁고 어두운 막장에서 울리는 「압록강 2천리」는 신비한 힘을 가진

---

63) 입갱하다(入坑--): 갱도(坑道)에 들어가다.

듯 하였다. 이 노래가 이때처럼 구성지게 들린 적이 나에게는 아직 있어 보지 못했다. 강정희 상등병의 목소리가 유달리 두드러지며 청청하게 울렸다. 말 한마디하기도 힘들어하던 그의 입에서 노랫소리는 사품쳐[64] 흐르는 급류처럼 흘러나오고 있었다.

백두산의 나무로구나 천년이나 자란
이깔나무 참나무는 떼를 지어서

순간 누구도 뜻하지 않았던 챙챙[65]하고 맑은 처녀의 목소리가 웅글은[66] 노랫소리들 위로 새처럼 나래치며 막장을 울려 우리 모두를 깜짝 놀라게 하였다.

혜산 초산 돌고 돌아 몇 밤—새웠나

연대 군의소[67]의 간호원이었다. 현장 치료 차로 나왔다가 우리들 속에 뛰어 들었을 것이다. 누구도 알지 못했다. 그가 언제부터 우리와 함께 일하기 시작했는지를, 갸름한 얼굴에서는 튕겨[68] 오른 물방울들이 간데라 불빛에 반짝거리고 있어 마치 눈물에 젖은 듯이 보였다.

의주 가면 진달래꽃 피여 나리라

그때 내 눈에 눈물이 핑— 돌았는지 나도 알 수 없다. 노래 속에 떼를 밀고 나가니 불현듯 나의 발 밑에서 2천 리 장강이 출렁이며 흘러가고 미구에 눈앞에서 진달래와 철쭉꽃이 핀 강변의 아름다운 벼랑이

---

64) 사품치다: 이북어. 물살이 계속 부딪치며 세차게 흐르다.
65) 챙챙: 이북어. 목소리가 야무지고 맑은 모양.
66) 웅글다: 소리가 깊고 굵다.
67) 군의소(軍醫所): 이북어. 이북의 각급 단위 부대에 설치한 의료 기관.
68) 튕기다: '튀다'의 이북어.

솟아오를 듯한 환각을 느꼈다. ……
“간호원 동무가 노래를 정말 잘하던데? 가수가 왔다가 울고 가겠어!”
일을 마치고 나오면서 간호원에 대해서 누구나 한마디씩 했다. 그때 소대장이 지나가는 말처럼 불쑥 말했다.
“그 동문 학교 때부터 노래를 잘 불렀소. 중앙 축전에도 한두 번만 참가한 게 아니고. 가수가 될 줄 알았는데 군복을 입었거든.”
“예 ? !”
강정희 상등병이 깜짝 놀랜 얼굴로 소대장을 쳐다보았다.
“그 그럼 아는 사이입니까?”
소대장은 눈이 휘둥그래서 쳐다보는 강정희 상등병의 안전모 채양[69]을 쿡 눌러 눈 아래까지 씌워 놓았다.
“그랬을 것 같다— 이 말이오!”
와— 하고 웃음이 터졌다. 소대장도 익살에서는 누구에게 뒤지지 않았다. 어찌 보면 군대 생활의 언어는 익살로 충만되어 있는 듯 했다.
소대장은 이제야 수리가 끝난 양수장을 지나면서도 아쉬움이나 불만이 아닌 말로 소대 전체를 유쾌하게 했다. 양수기 돌아가는 윙 소리에 귀를 기울여보고는 이렇게 말했던 것이다.
“1소대는 수영 훈련을 못하게 됐군!”
우리는 1소대에 막장을 인계했던 것이다. 막장에서는 발파 소리가 울리고 있었다. 쿵 쿠쿵 …….

병실에 돌아와서야 나는 소대장이 군대와 사민이 다른 점이 무엇인가 묻던 생각이 났다.
교대 시간을 1시간가량 앞두고 휴식할 때 소대 병실 주변을 돌아보던 중대장이 장마가 예견되니 병실 주변 배수로를 깊숙이 파야겠다며

69) 채양(-陽): ‘차양(遮陽)’의 이북어. 모자 끝에 대서 햇볕을 가리는 부분.

내일 아침에 검열하겠다고 하였다. 나는 분대장에게 말했었다.

"언제 한다는 겁니까? 교대를 끝내면 새벽일텐데……."

바로 이 말을 병실에 들어오던 소대장이 들었다. 그의 눈썹 끄트머리가 화살처럼 위로 치켜 올라갔다.

"동문 군대요, 사민이오?"

군대와 사민은 어떻게 다른가. 오늘 하루 전투를 끝내고 돌아온 지금에야 나는 소대장이 왜 "말로써는 안되겠소." 하였던지를 깨달았다. 오늘의 전투가 바로 그 대답이었다. ……

나는 이제까지 왜 이 발전소 건설을 군인들이 해야 하는가 하는 의혹을 가지고 있었다. 그러나 지금은 알만하다. 그것은 바로 이 공사는 명령 앞에서 "알았습니다!" 한마디 밖에 모르는 사람들만이 할 수 있기 때문이었다. 모든 것이 부족하고 없는 것이 더 많은 이 시기 '고난의 행군'의 나날에는 …….

이 일기에 한마디 더 부언하고 싶은 것은 아침에 중대장이 소대 병실 주위를 돌아보고 배수로를 잘 팠다고 아주 만족해하였다는 것이다.

2. 군대의 철학

6월 20일

나는 착암공이 되었다. 정확히 말하면 착암 조수가 되었다.

착암기를 막장의 기관총이라고 한다면 착암공은 기관총수이고 착암 조수는 부사수이다. 막장에서는 착암공이 기본이다. 착암기 소리가 울려야 막장은 활기를 띠고 시인들의 표현대로 하면 '거세찬 맥박으로 약동'하기 시작한다. 이것은 자그마한 과장도 없는 진실이다. 그러니 내가 어찌 착암공이 되지 않을 수 있단 말인가!

착암공은 입갱할 때부터 더 위신 있다. 정대, 지렛대, 충진물 다짐대[70)]

등을 총대처럼 둘러메고 척후병[71]처럼 소대보다 앞장서 들어간다.

일이 끝난 다음에는 더 위신 있다. 발파 시간이 되면 소대는 다 철수하지만 착암공과 조수는 화약공과 함께 발파를 진행한다. 발파 결과까지 확인하고 나오면 소대는 이미 병실로 출발한다. 착암공들은 천천히 개별적으로 들어간다. 그러다 보니 식사도 따로 할 때가 많다.

"개별 식사하는 게 누구야? 질서 없이!"

식당 근무 성원들은 짜증을 내기가 일쑤이지만(그들은 개별 식사 성원들을 제일 싫어한다.) "착암공들이오." 하면 군소리가 싹없어지고 오히려 "오늘은 몇 미터[72] 나갔소?" 하면서 은근히 약간한[73] '특별 봉사'까지 해준다.

물론 나는 이런 것들 때문에가 아니라 100리 물길 공사의 제1번 공격수로 되려는 고상한 목적에서 착암을 하겠다고 한 것이었지만 이런 저런 '특전'들도 싫지는 않았다.

"이 착암기의 이름은 에— '승리—508'. 우리한테 꼭 맞는 이름을 가졌지, 안 그래?"

분대장은 갱구에서 입갱 시간을 기다리는 사이 이렇게 '강의'를 시작했다. 이날은 어찌되어선지 전 교대의 발파가 늦어지고 있었다. 다른 날이었다면 분대장이 이런 '빨랫줄 강의'를 하는 만족감을 맛볼 수 없었을 것이다.

"중량은 약 30kg. 별로 무겁지도 않고 가볍지두 않구, 적당한 무게지 …… 이걸 한 손으로 척척 꼬누어[74] 내야 착암공이라고 할 수 있어."

그는 1m 반은 되게 뽑은 받침대에 착암기 고리를 꿰더니 한 손으로 번쩍 일으켜 세웠다가 도로 눕혀 놓았다.

"물론 이건 중요한 게 아니야. 이따윈 요령이니까. 며칠 지나면 동무

---

70) 다짐대: 길이나 터 따위를 다지는 데 쓰는 나무나 쇠로 된 물건.

71) 척후병(斥候兵): 적의 형편이나 지형 따위를 정찰하고 탐색하는 임무를 맡은 병사.

72) 메터(원문) → 미터(meter).

73) 약간하다(若干--): 얼마 되지 않다.

74) 꼬누다: '겨누다'의 방언(경남, 전남, 충남).

도 이렇게 할 수 있어. 중요한 건 100리 물길굴의 돌파구를 열어나가는 공격수라는 걸 자각하는 거야. 막장에선 한시라도 착암기 소리가 멎으면 안 돼. 그것은 공격이 멎었다는 거니까. 착암기 소리가 멎으면 막장은 죽은 거야. 알만 해?"

"알만합니다."

드디어 발파 소리가 울렸다.

소대장은 우리 착암공들에게 말했다.

"암질이 더 굳어지고 있소. 3소대가 오늘 발파 시간이 늦은 것도 그때문이오. 우리는 발파 시간을 1분도 늦추지 말아야겠소. 천공 깊이는 변함없는 1m 70이오. 때문에."

그는 이때도 '때문에'로 말을 마쳤다.

"입갱 즉시 착암을 시작해야겠소."

버럭은 여느 때처럼 거의 천반에 닿게 쌓여 있었다.

분대장은 큰 돌 몇 개를 굴러내어 발판 자리를 만들고는 쭈그리고 앉아 착암기를 세웠다. 키 큰 사람이 좁은 공간에 그렇게 앉으니 무릎이 머리보다 더 높아졌다. 그는 환자를 보는 의사의 눈길로 돌의 결과 암벽 상태를 살펴보고는 나에게 천반 한구석을 가리켰다.

나는 거의 주저앉다시피 하고 정대를 착암기에 꽂고 정머리[75]를 천반 구석에 가져갔다.

"왼쪽으로! 좀더! 너무 갔어! 오른쪽으로!"

마치 10m 고정틀 조준 연습 때 조준술[76]을 움직이는 만큼이나 까다롭고 조심스러웠다. 천공 배치와 천공 각도에 발파 효과가 달려있는 만큼 그럴 수밖에 없었다.

"됐어!"

분대장은 착암기 밸브[77]를 반쯤 열었다. 정대가 손안에서 천천히

---

75) 정머리: 정에서 돌을 쪼아 내거나 망치로 때리는 부분.

76) 조준술(照準-): 조준 훈련을 할 때에 목표물 대신에 쓰는 숟가락 모양의 표지.

77) 발브(원문) → 밸브(valve): 유체(流體)의 양이나 압력을 제어하는 장치.

돌아가며 암벽을 짓쫓아 댔다. 정날에서 튕겨 나는 돌조각들이 불꽃처럼 얼굴을 때렸다. 팔힘이 다 빠졌을 때에야 겨우 틀이 잡혔다.

분대장은 착암기 위치를 바로잡고는 만바람[78]을 놓았다. 그러자 좁은 공간은 착암기 소리와 물안개로 포화되어 버렸다.

그러나 나는 쉴 수 없었다. 막장 착암에서 조수의 일은 이제부터라고 할 수 있었다. 착암공이 첫 구멍을 뚫는 사이 둘째 구멍을 뚫을 자리를 마련해야 하였고 천반 구멍을 뚫는 사이 버럭을 제껴[79] 측벽[80] 구멍을 뚫을 수 있게, 다음은 바닥 구멍을 천공할[81] 수 있게 하여야 하였다. 한 발파한 버럭을 거의 전부 파 제끼는 것과 다름없었다. 잠시도 허리를 펼 사이가 없었다. 나는 첫 구멍을 시작할 때부터 마지막 바닥 구멍을 끝낼 때까지 좋게 표현하면 착암수의 앞에서 나가야 했고 다르게 표현하면 착암수에게 쫓기워야 했다.

그러나 나는 착암수가 된 것을 조금도 후회하지 않았다. 힘들다는 그것이 나에게 나의 위치, 나의 존재를 확인시켜 주는 때문이었다.

마지막 바닥 구멍 천공이 끝나고 막장이 조용해졌을 때 나는 손가락 하나도 까딱 못할 만큼 지쳐버렸다. 귀에서는 여전히 착암기 소리가 울리었다. 귀 안에 착암기가 두석 대쯤 들이배겨[82] 있는 것 같았다. 서 있을 맥도 없었다.

그러나 '발파—' 하는 소리가 울리고 화약과 함께 검은 도화선 퉁구리[83]가 펼쳐지자 피곤은 간데 없이 사라졌다. 피곤을 가셔주는 것은 휴식보다 긴장이었다.

"21개 맞지?"

---

78) 만바람: 이북어. 가장 빠른 속도를 이르는 말.
79) 제끼다: 제치다. 거치적거리지 않게 처리하다.
80) 측벽(側壁): 구조물의 옆에 있는 벽.
81) 천공하다(穿孔--): 구멍이 뚫리다. 또는 구멍을 뚫다.
82) 들이배기다: 이북어. 몹시 심하게 배기다.
83) 퉁구리: 일정한 크기로 묶거나 사리어 감거나 싼 덩어리.

발파수[84]가 화약 봉지에 도화선 달린 뇌관을 꽂아 넣으면서 물었다. 화약과 뇌관은 따로 가지고 와서 발파 현장에서 연결하게 되어 있다.

"21개, 돌이 굳어서 보조 심빼기[85]를 주었으니까."

분대장이 그와 함께 화약과 뇌관을 연결하면서 대답하였다. 소대장은 구멍마다 돌아가며 막대기를 찔러 천공 깊이와 각도, 청소 상태를 확인하고는 말했다.

"장약하기오.[86]"

도화선이 길게 늘어진 화약들이 구멍 안으로 연신 미끄러져 들어가고 충진물이 다져졌다. 잠시 후 한 상자의 폭약은 21개의 구멍 안으로 자취를 감추고 막장 벽에는 21개의 도화선만이 남았다.

"점화 준비!"

나는 불심지[87]를 들고 도화선 앞에 서 있는 분대장과 발파수에게 간데라불을 비쳐주며 서 있었다. 가슴이 후둑후둑[88] 뛰었다. 소대장은 막장을 휙— 둘러보고 나서 구령을 내렸다.

"점화!"

심빼기 5개의 도화선에서 거의 동시에 픽— 하고 작은 파란 불꽃들이 튕겨 나왔고 곧 파란 연기를 뿜으며 타들어 가기 시작하였다. 점화에는 엄밀한 순서가 있었다. 처음에는 심빼기 구멍들을 동시에, 다음은 측면 보조 구멍, 천반 보조 구멍, 측면 구멍, 천반 구멍…… 바닥 구멍들은 맨 마지막이었다. 그렇게 해야 쌓인 버럭을 한번 뒤집어 놓아 다음 교대의 착암과 버럭 처리를 쉽게 해줄 수 있었다.

바닥 구멍들에 불을 달 때는 벌써 막장에 도화선 타는 파란 연기가

---

84) 발파수(發破手): '발파공(發破工)'의 이북어. 바위나 대상물 속에 구멍을 뚫어 폭약을 재어 넣고 폭파시키는 일을 하는 사람.

85) 심빼기(心--): 광석이나 석탄을 캘 때, 발파율을 높이기 위하여 광층의 어느 한 부분을 먼저 깊이 뚫는 것. 또는 그런 방법.

86) 장약하다(裝藥--): 총포에 화약이나 탄알을 재다.

87) 불심지(-心-): '심지'의 이북어.

88) 후둑후둑: 이북어. '후두둑후두둑'의 준말.

자욱하게 채웠다.

"철수!—"

나는 막 달려나가고 싶은 충동을 가까스로 누르며 분대장을 따라갔다. 그들이 별로 천천히 걷는 것처럼 생각되었다. 금시 뒤에서 요란한 폭음이 터질 것만 같았다. 소대장은 맨 뒤에서 따라오며 간데라불로 여기저기를 비쳐보고 있었다. 발파에 손상 받을 것이 없는가를 보고 있었다.

"발파!— 발파!—"

분대장은 입구 쪽에 대고 노래라도 부르듯이 외쳐 댔다.

우리는 막장에서 20m쯤 나와서 대피 장소로 만든 옆으로 움푹 파놓은 곳에 들어갔다. 착암기와 공기호스는 그곳에 끌려와 있었다. 분대장은 둥글게 사려놓은 공기호스 위에 털썩 주저앉으며 잔뜩 긴장하여 서 있는 나에게 말했다.

"아직 좀 기다려야 해. 도화선 길이가 있는 것만큼 대피할 때 서두를 필요는 없어."

"무슨 소리요?"

소대장이 그의 말허리를 툭 잘랐다.

"점화가 끝나면 지체없이 발파 장소로 달려야지 흔들흔들거리는 건 쓸데없는 멋이오."

도화선 타는 파르스름한 연기가 대피 장소에까지 밀려나왔다.

"거야 물론 그래야지요. 그러니—"

하고 분대장은 나를 쳐다보았다.

"점화만 끝나면 될수록 빨리 달아 빼야 해. 그건 도망치는 게 아니란 말이야. 대피하는 거지."

발파수는 머리를 끄덕거렸다.

"폭약과는 놀음을 하지 말아야지."

이것은 내가 신대원이라는 데서 벌어진 이야기 같았다.

드디어 막장에서 꽝 하는 첫 폭음이 울렸다. 세찬 폭풍에 간데라불이 꺼질 듯 펄럭대고 돌조각들이 동발, 배관, 레루장들에 부딪치는 소리가 소란스레 울렸다. 폭음은 연달아 때로는 두 방 세 방씩 겹쳐서 울리기도 하였다. 귀가 멍멍했다.

한바탕 막장을 들었다놓던 폭음이 멎었다. 조용해졌다. 그러나 누구도 움직이지 않았다.

소대장을 건너다보는 분대장의 눈에는 불안스런 빛이 어려 있었다. 소대장의 얼굴에도 그늘이 비끼는 듯 했다.

그때 한 발의 폭음이 쿵 하고 울렸다. 소대장의 얼굴에서 그늘이 사라졌다. 그는 움쭉[89] 일어나며 말했다.

"됐구만!"

분대장과 발파수도 따라 일어섰다.

"예, 스물 하나입니다."

그들은 발파 폭음을 세고 있었던 것이다.

우리는 막장으로 향했다.

막장에는 발파가스가 꽉 차 있었고 버럭은 천반에 닿게 쌓여 있었다. 우리는 거의 기다시피 하여 막장으로 들어갔다.

소대장은 간데라불로 암벽을 비쳐보더니 '불구멍'이라고 부르는 암벽에 남아 있는 천공 자리에 막대를 찔러 보았다. 반 뼘쯤 들어갔다.

"10cm, 1m 70을 추었댔지?"

"예, 1m 60 나갔습니다."

"1m 50이요, 이쪽이 좀 살아 있었던 것 같은데."

"옳습니다."

하고 분대장은 네모반듯하게 자리잡힌 막장을 훑어보고는 소대장에게 머리를 돌렸다.

"마구리[90]가 고와졌지요?"

나는 막장을 두고 처녀들에 대하여 말할 때처럼 고와졌다고 하는 것

89) 움쭉: 몸의 한 부분을 움츠리거나 펴거나 하며 한 번 움직이는 모양.
90) 마구리: 길쭉한 토막, 상자, 구덩이 따위의 양쪽 머리 면.

이 우스웠다. 익살을 부리는 듯 싶어 소대장의 표정을 살펴보았다. 그러나 소대장은 조금도 웃지 않고 진지한 표정으로 머리를 끄덕거렸다.

"음— 정말 고와졌소."

뚤렁[91]— 뚤렁— 석수 떨어지는 소리 짙은 발파가스, 날카로운 모서리를 도끼날처럼 쳐들고 쌓여있는 버럭더미, 모든 것이 너무도 거칠기만 하였다. 그러나 '고와졌다'는 말이 얼마나 잘 어울리고 마음에 들었던지 나는 그 말을 몇 번이고 혼자서 되뇌어 보았다. 막장이 고와졌다 막장이 고와졌다! ……

우리는 공기호스를 막장 안대목에 끌어다 놓고 공기를 차단시키느라 꺾어 맸던 것을 풀어놓았다. 그래야 새 교대가 들어올 때까지 압축공기가 발파가스를 얼마간이라도 몰아내줄 수 있었다.

밖으로 나오니 소대는 세수와 복장 정돈을 마치고서서 소대장의 총화를 기다리고 있었다.

우리가 한창 세수할 때 소대는 총화를 짓고 병실로 출발했다. 대열 합창 소리가 울렸다.

결전에로 부르는 당의 목소리
우리들의 젊은 피 끓게 하누나

우리 착암수들은 천천히 세수를 하였고 옷을 갈아입은 다음 역시 천천히 병실로 향했다. 발을 맞출 필요도 대열 합창을 할 필요도 없었다. 이것은 어느 구대원도 누릴 수 없는 특전이었다.

착암수만이 누릴 수 있는 '특전'이었다. ……

6월 23일

착암은 삽시에 나를 신대원의 처지에서 벗어나게 해주었다. 나는 당

---

91) 뚤렁: 이북어. 큰 물방울 따위가 떨어지는 소리. 또는 그 모양.

당한 구대원이 된 듯 하였다.

갱도에서는 항상 자질구레한 일들이 무수히 기다리고 있다. 버럭이 수시로 떨어지는 레루길을 늘 청소해야 하고 보수도 해야 한다. 동발을 끌어들일 때나 광차가 탈선되었을 때는 소대가 모두 달라붙어야 한다. 물이 질벅거리지 않게 배수로도 파야 한다. 그러나 착암공들은 그런 일들에 불러대지 않았다. 신성불가침의 존재에 가까웠다. 자질구레한 일들은 거들떠보지 않아도 괜찮았다. 착암은 나에게서 신대원이라는 느낌을 거의 잊어버리게 해주었다. ……

중대 속보판에는 내 이름이 큼직하게 났다.

"박철이라는 게 누구야?"

교대를 마치고 그 옆을 지나는 데 구대원들 몇 명이 속보판을 보며 말하고 있었다.

"2소대에 온 신대원이야."

"일할 줄을 아누만! 할 바에야 착암을 해야지."

"잡도리[92]부터가 다른 친구야."

"두고 봐야 알지."

나는 얼른 그 옆을 지나쳤다. 그러나 그 말은 귓가에서 사라지지 않았고 꿈속에까지 따라왔다. 꿈에서도 그 말이 더 길었다. "두고 봐야 알지, 가마 끓는 소리보다 쟁개비[93] 끓는 소리가 더 높다더구만. 그게 5분 열도라는 걸세."

나는 잠에서 깨어나 일어나 앉았다. 누군가 그 말을 나의 귀에 대고 한 것만 같았다. 밤일을 끝내고 돌아온 소대는 누구나 다 자고 있었다. 내 옆자리의 강정희 상등병도 코로 풀무를 불고 있었다. 그러나 나는 그 말을 분명히 들었다. 그래서인지 불현듯 갈증이 났다.

나는 옷을 입고 밖으로 나왔다.

물통 있는 곳으로 가는 데 3소대에 배치받은 내 또래의 두 친구가

---

92) 잡도리: 이북어. 어떤 일을 하거나 치를 작정이나 기세.

93) 쟁개비: 무쇠나 양은 따위로 만든 작은 냄비.

삽과 마대를 들고 지나갔다.

"어데 가?"

"흙 파러."

"흙은 왜?"

"충진물로 쓸 거지. 그 흙을 쓰면 발파 효율도 높아 지구 발파가스도 적어진다는 것 같아. 참 동문 착암수이니까 더 잘 알겠구만."

나는 귀가 솔깃해졌다. 충진물이 발파 효율과 발파가스에 영향을 준다는 것은 나도 알고 있었다.

"같이 가자구."

나는 마대를 하나 얻어들고 그들을 따라 섰다. 갈증은 어느 사이 사라져버렸다.

"착암을 해보니 어때? 힘들지?"

"그저 그렇지 뭐, 처음엔 병실에 들어와서도 귀안에서 그냥 착암기 소리가 울려서 혼났네."

"우리 소대장동진 내가 착암을 하겠다니까 군대 생활을 좀 더 해야 한다나?"

"그건 왜?"

"글쎄."

흙이 있는 곳은 가깝지 않았다. 거의 반 시간 걸렸다.

커다란 바위와 바위 사이에 오소리굴 같이 파들어 간 곳이 있었다. 벌써 여러 사람이 파간 것이 알렸다.

한 마대씩 채워서 지고 떠났을 때는 또 한 시간이 지났다. 흙 한 마대는 퍼그나[94] 무거웠다.

현장 창고에 이르렀을 때 나는 마대와 함께 거의 쓰러지다시피 하였다. 질빵[95]에서 팔을 뽑을 기운조차 없었다. 마대 위에 벌렁 누운 채 눈도 뜨지 못하고 헐떡거리는 데 갑자기 질빵을 벗겨주며 수군거리었다.

---

94) 퍼그나: '퍽'의 이북어.

95) 질빵: 짐 따위를 질 수 있도록 어떤 물건 따위에 연결한 줄.

"빨리 벗고 …… 일어나라구."

눈을 뜨니 강정희 상등병의 긴장한 얼굴이 내려다보고 있었다.

"아, 상등병 동지!"

어떻게 알고 왔을까. 그는 더 한층 긴장하여 수군거렸다.

"빨리! …… 빨리! ……."

그는 몹시 불안해 하고 있었다. 나는 몸을 일으키자 앞에 서 있는 소대장을 보았다. 벌떡 뛰어 일어났다.

"소대장 동지! 전사 ……."

얼음장 같은 소대장의 시선에 나는 입이 굳어졌다. 소대장의 눈썹이 화살처럼 곤두서 있었다. 그의 뒤에는 소대원들이 침울한 시선으로 나를 보고 있었다.

"동문 누구에게 보고하고 갔소?"

소대장의 첫 물음이었다.

나는 설명을 서둘렀다.

"저— 이 흙이 충전물로 좋다기에 ……."

그러나 소대장은 내 말을 끝까지 들으려 하지 않았다.

"누구에게 보고하고 갔는가 말이오?"

"……."

"동문 도대체 군대요. 사민이오? 군인은 한 순간을, 한 발자국을 대열에서 떠나도 상관에게 보고하고 움직여야 한다는 걸 모르는가! 보고 없이 병영 밖으로 나가는 건 탈영이란 말이오!"

"? !"

소름이 쭉— 끼쳤다. 탈영, 군인에게 이보다 더 무섭고 불명예스런 선고가 무엇이 또 있을까. 소대장은 무엇인가 잘못 알고 있다. 나는 다시 한번 사연을 설명하려 해보았다. 그러나 그는 나에게 변명할 여유를 주지 않았다.

"자유주의! 공명심! 못된 송아지 엉뎅이[96]에서 뿔이 난다더니! 동무 때문에 무슨 소동이 일어났는가 말이오?"

"……."

그때야 나는 구대원들의 옷차림에 눈길이 갔다. 어떤 구대원들은 산밭을 훑었는지 바지가랭이에 우엉씨들이 잔뜩 붙어 있었고 분대장과 강정희 상등병의 옷은 버럭과 석수에 젖어 있었다.

"이런 자유주의 무질서는 처음이오! 신대원만 아니라면 음—."

소대장은 휙 돌아섰다.

"1분대장 동무, 소대를 다시 취침시키시오."

"알았습니다!"

소대는 병실로 돌아왔다.

"취짐 준비!"

나는 한시라도 빨리 구대원들의 시선으로부터 모포 속으로 꺼져 버리고 싶었다. 그러나 분대장은 취침 구령을 내릴 대신 내 옷에 시선을 박았다.

"이건 뭐요? 옷 정돈을 다시!"

강정희 상등병이 도와줄 듯 손을 내밀었으나 "강정희 동무!" 하는 모가 선 목소리가 얼른 움츠러뜨렸다. 그리고는 입속말로 웅얼거렸다.

"차근차근하라구."

나는 옷을 다시 개여 놓았다. 그러나 분대장은 눈살을 더 찌프렸다.

"다시!"

소대는 모포를 가슴 앞에 올린 채 취침 구령만 기다리고 있었다. 분대장은 소대장에 이어 나를 소대의 비난의 대상으로 내세우려고 결심한 듯 싶었다. 세 번째로 옷을 갤 때 내 눈에서는 자신도 모르는 사이 눈물이 뚤렁뚤렁[97] 떨어졌다. 마침내 취침 구령이 내렸다. 내 눈물을 보아선지 마침내 옷 정돈이 제대로 되어선지 …….

"취침!"

나는 모포를 머리 위에까지 뒤집어썼다. 눈물은 그냥 흘러내렸다.

96) 엉뎅이: '엉덩이'의 이북어.

97) 뚤렁뚤렁: 이북어. 큰 물방울 따위가 잇따라 떨어지는 소리. 또는 그 모양.

“여, 됐어, 그만하고 …… 자라구, 어서.”

옆에서 강정희 상등병이 수군거렸다. 그러나 내가 모포만 더 깊이 뒤집어쓰자 그는 꺼지는 듯한 한숨 소리를 내고는 조용해졌다. 그 한숨 소리 때문인지 도무지 잠들 수 없을 듯 싶던 나는 1분도 못되어 깊은 잠에 곯아떨어지고 말았다. ……

6월 24일

발파를 하고 갱에서 나오자 분대장은 전에 없이 독촉해 댔다.

“세수를 하고 빨리 옷을 갈아입소. 소대가 기다려.”

나는 무슨 말인지 알 수 없었다. 소대가 기다린다는 건 무슨 뜻일까.

어떻든 소대는 분대장의 말대로 착암수들이 대열에 들어선 다음에야 총화를 지었고 병실로 출발했다. 의심할 바 없이 나 때문에 만들어진 예외의 질서였다. ‘못된 송아지’의 엉뎅이에 난 뿔을 도로 이마에 붙여주기 위한 질서였다. 나는 구대원들 앞에서 얼굴을 들 수 없었다.

병실에 이르러 대열이 헤쳤을 때 나는 분대장에게 말했다.

“미안합니다, 나 때문에 …….”

분대장은 무슨 말인가 하는 듯 잠시 눈을 껌벅거리더니 벌컥 화를 냈다.

“동무 군대야, 사민이야? 군인이 대열을 서서 다니는 거야 응당한 일인데 미안이라는 건 뭐야? 이건 완전히 엉터리라니까!”

“…….”

그는 한숨을 쉬었다.

“하긴 동무를 탓할 것도 없지. 내 탓이니까. 신대원이 처음부터 대열에서 떨어져 다녀 버릇하면 무슨 군인다운 군인이 되겠나? 군인이란 항상 대열 속에 있는데 습관되어야 해. 대열 없인 군인이 아니야.”

이렇게 되어 소대에 ‘새 질서’가 생겨났다.

6월 25일

소대는 조차장에서 전 교대의 발파를 기다리고 있었다. 조차장은 비교적 넓었고 천반도 허리를 펼 수 있을 만큼 높았다.

나는 한쪽 구석에 착암 공구들을 내려놓고 앉아 있었다. 분대장은 정날을 가느라고 연마기에 붙어있었다.

말시키는 사람이 없는 것이 다행스러웠다. 누구와 마주 서든 위축감에서 벗어날 수 없었고 말하고 싶은 생각이 없었다. 사그라질 줄 모르는 분함과 억울함, 야속함 …… 나는 틀림없이 좋은 일을 했는데 왜 이런 '처벌'을 받아야 하는가. 소대의 '새 질서'는 갈데 없는 나에 대한 '처벌'이었다. 그러면 군대에서는 그 어떤 자각적인 열성도 필요 없다는 것일까? 그럴 수는 없었다. 그러면 …….

그때 누군가 내 옆에 와서 털썩 앉았다.

"고민하는군?"

위생지도원이었다. 나는 침묵을 지켰다. 중대에는 이미 우리 소대의 '새 질서'에 대하여 모르는 사람이 없었다. 위생지도원은 내가 대답하기라도 한 듯 머리를 끄덕거렸다.

"고민하라구. 고민하는 건 좋은 거야."

"? !"

화가 났다. 군대에서는 구대원들이 신대원들을 놀려주기 좋아한다. 그렇지만 그것은 즐거운 기분을 위해서이다. 위생지도원은 내 기분 상태 따위는 아랑곳없이 제 흥에 겨워 놀려대는 것 같았다. 나는 흘낏 지릅떠98) 보았다.

그의 얼굴에는 놀려대는 듯한 능청스런 미소는 그림자도 없었다. 정색한 얼굴이었고 침울해 보이기까지 하였다.

"동문 건강한 육체라는 것이 어떤 건지 아나?"

"……."

나는 계속 침묵을 지켰다. '위생 강의' 따위를 받을 기분 상태가 아

---

98) 지릅뜨다: 고개를 수그리고 눈을 치올려서 뜨다.

니었다. 천반에서 물방울이 뚝뚝 떨어졌다.

“동문 자기 몸에 붙어있는 팔이나 다리, 머리가 부자연스럽게 느껴질 때가 있나? 없지? 그건 바로 동무가 건강하다는 걸 말해주는 거야. 이런 말이 있지. 자기에게 심장이 있다는 걸 느끼지 못하면 심장이 든든하다는 걸 의미한다는.”

“…….”

그게 어떻다는 것인가, 빨리 가주었으면. ……

“건강한 유기체는 자기 몸의 어느 부분에 대해서도 부담을 느끼지 않고 어느 부분의 피로를 특별히 느끼지 않아. 자기 몸이 여러 부분이 모여서 이루어졌다는 걸 느끼지 못하는 게 바로 건강한 유기체거든.”

“…….”

“그런데 우리 군대가 바로 하나의 유기체와 같은 거야. 군대를 왜 가장 힘있는 집단이라고 하겠나? 그건 우리 군인들이 남달리 체격이 크거나 힘장사여서가 아니야. 하나의 유기체와 같은 집단이기 때문이야. 그 어느 부분에도 이상이 없고 잘 조화된 건강한 육체와 같기 때문이란 말이야. 그런데 생각해 보라구. 심장이 별로 빨리 뛴다면 심장 자체로선 열성적인 행동일 수 있지만 사람 전체로 보면 심장병이 있는 사람이 아니겠나. 한쪽 다리가 특별히 걸음을 크게 내디딘다면 그건 절름발이구 한 눈이 특별히 잘 본다고 하면 애꾸눈이[99]에 가까운 거지. 우리 인민군대는 가장 건강한 육체로 되어야 해. 온몸이 조화된 운동이 바로 힘이야. ‘일당백’이라는 …….”

나는 어느 사이 그의 앞으로 돌아앉아 있었다.

“그래서요?”

“그래서?”

그는 빙그레 웃었다.

“무슨 그래서가 또 있겠나? 그저 그렇다는 거지, 예를 들어 어느 한

99) 애꾸눈이: 한쪽 눈이 먼 사람을 낮잡아 이르는 말.

팔이나 다리 또는 눈이 제멋대로 다른 부분보다 더 맹렬히 움직였다고 하자구. 그러면 그 몸은 곧 피로를 느끼고 따라서 힘을 쓸 수 없게 될 게란 말이야."

그는 잠시 망설이는 듯 사이를 두었다가 말을 이었다.

"동무의 행동이 바로 그랬거든. 동무 혼자라면 참 훌륭한 일이겠지, 자랑할 만한. 그러나 중대 소대로 놓고 보면 부자연스레 빨리 움직인 한 쪽 팔이나 다리와 같았거든. 우리 인민군대의 소대, 중대들은 세상에서 가장 건강하고 힘있는 유기체로 되어야 하는데 말이야, 가만!"

그는 몸을 쑥 일으켰다.

"저 배관에서 바람이 새는 것 같지? 광차가 나가며 쪼아 놓았나?"

그는 서둘러 그곳으로 갔다. ……

"무슨 '강의'를 받았나?"

분대장이 정대들을 소란스레 내려놓으며 물었다. 정날을 세우면서도 이쪽을 그냥 보았던 모양이었다.

"위생지도원 동지가 정말 이야기를 재미있게 하는구만요."

나는 자신의 활기가 스스로도 놀라왔다. 분대장은 내 말에 동의했다.

"원래 이야기꾼이야."

"군대는 집단이라고 우리 몸에 비교해서 이야기하는 데 꼭 무슨 철학가 같습니다."

"철학가?"

분대장은 희죽이 웃었다.

"그럴 게야. 의사들이란 대체루 철학자 비스름한 데가 있으니까."

"그걸 어떻게 압니까?"

"그저 알지."

"그럼 분대장 동지도 철학갑니다."

"엉터리없는 소릴!"

분대장은 화를 냈다.

"철학가는 무슨 철학가야? 내가 철학가면 세상에 온통 철학가투성이게? 그저 내가 알고 있는 건 우리 조선인민군 군인들의 영웅주의는 그 어떤 몇 사람의 영웅적 행동이 아니라 집단적 영웅주의라는 거야.”

그는 정날을 손으로 쓸어보더니 한숨을 쉬었다.

“내가 입대했을 때 몇 살이었는지 알아? …… 광산에서 착암을 한 3년 했지. 그러니 밸통[100]두 사나웠구, 우쭐렁대기도[101] 좋아 했어. 여기에 와서는 더했지. 나만한 착암 기능공이 없었으니까. 애도 많이 먹였지, 욕도 많이 먹었구 …… 그런데 이제 와서 생각해 보니 군대 복무란 딴 게 아니야. ‘나’를 잊어버리는 게 군대 복무야. ‘나’라는 걸 잊어버리구 ‘우리’가 되는 거지. 그러게 군대에선 모든 데에 ‘우리’가 붙질 않나? 우리 중대, 우리 소대, 우리 분대, 우리 병실, 우리 착암기 …… 군대 복무라는 건 ‘우리’가 되는 거야, ‘내’가 없어지구 …… 저마다 ‘내’가 그냥 남아 있으면 아마 저 엉터리 철학가 위생지도원의 말처럼 한쪽 다리나 팔이 제멋대로 놀아나는 몸뚱이 같아지겠지, 안 그래?”

“옳습니다! 정말 신통합니다!”

분대장은 나의 감탄에 역시 감탄으로 대답했다.

“동문 확실히 기자야! 감동이 빠르거든!”

“예?”

나는 약이 올랐다. 그는 내가 일기를 쓰는 것을 처음 보았을 때 짐짓 눈을 크게 뜨며 “이것 봐라! 우리 분대에 기자가 왔구만!” 하고 놀려주며 나를 당황하게 했었다. 그런데 이때 또 그 말을 되새긴 것이었다.

“아, 거 자꾸 기자, 기자 하지 마십시오! 싱겁게—.”

나는 얼른 입을 다물었다. 상관에게 이런 투로 말하다간 군인답지 못하다고 경을 칠 수 있었다. 그런데 분대장은 탓하는 기색이 없이 오히려 벙글거리며 말했다.

“싱겁단 말이지, 그럴 수밖에 있나? 내 키가 얼만지 알아?”

갑자기 이야기가 키로 돌아가는 바람에 나는 뺑—해졌다. 그러자 그

---

100) 밸통: ‘심통’의 이북어. 마땅치 않게 여기는 나쁜 마음.

101) 우쭐렁대다: 이북어. 우쭐렁거리다. 몹시 잘난 체하며 자꾸 까불어 대다.

는 그럴 줄 알았다는 듯 히쭉 웃었다.

"1m 80이야, 안 싱거울 수가 있어?"

웃지 않을 수 없었다. 나의 웃음에 그는 아주 만족해 했다. 정대를 둘러메면서 활기 있게 말했다.

"자— 들어가자구!"

따라가면서 나는 나의 웃음에 그토록 흐뭇해하던 그의 표정을 생각했다. 나의 웃음이 그토록 기뻤을까. 까닭없이 '우리'라는 말이 떠올랐다.

"우리! 우리! 우리!" 이 말은 일하는 동안 줄곧 귓가를 떠나지 않고 울렸다. ……

발파가 끝난 후 나는 분대장과 함께 밖으로 향했다.

"분대장 동지, 빨리 갑시다!"

"왜?"

"소대가 기다릴텐데 ……."

말해놓고 나는 아차 했다. 금시 분대장이 '허— 박철이가 제법이다?' 하고 놀려댈 것만 같았다. 그러나 분대장은 그런 티는 조금도 없이 진지하게 말을 받아주었다.

"그래, 빨리 나가야지."

소대는 여느 때처럼 아직 떠나지 않고 있었다. 그런데 소대장은 우리에게 세수할 시간도 주지 않고 소대를 정렬시켰다. 대열에 들어설 수밖에 없었다.

소대장은 대열을 쭉 훑어보더니 말했다.

"전사 박철, 대열 3보 앞으롯!"

나는 당황했다. 내가 오늘 또 무엇을 잘못했을까. 분대장이 나에게 힐끗 시선을 보냈다. '뭘 해?' 하는 뜻이었다. 나는 한 발자국, 두 발자국, 또 한 발자국, 대열 앞으로 나섰다.

"뒤로 돌앗!"

나는 소대와 홀로 마주서게 되었다. 서른 쌍의 눈이 나를 마주 보고 있었다. 나는 나의 차림새와 얼굴을 그들의 눈으로 헤아려보았다. 버력에 얼룩지고 석수에 젖은 옷, 돌가루와 착암기 기름 자국이 그대로 있는 얼굴 …… 언제나 '군인은 항상 복장이 단정해야 하오.' 하고 말하는 소대장이었다. 나오는 길에 대충이라도 씻고 나왔을 걸. 소대장이 금시 '이 동무의 어디에 군인다운 데가 있소?' 할 것만 같았다.

소대장은 대열 우측에서 가서 섰다.

"소대 나란힛!— 차렷!—"

그리고는 나를 향해 거수경례를 붙였다.

"신입 대원으로서 오늘 전투 임무를 훌륭히 수행한 전사 박철 동무에게 소대장의 권한으로 감사를 줍니다!"

"? !"

나는 당황했다. 한순간이 지나 분대장의 맹렬히 껌벅거리는 눈과 소리 없이 눈만큼 맹렬히 열렸다 닫겼다 하는 입을 보고서야 내가 어떻게 해야 하는지에 생각이 미쳤다.

"조국을 위해 복무하겠습니다!"

그 순간에는 소대장도 내가 규정의 요구를 잊었을까봐 걱정했던 모양이었다. 내가 제대로 대답하자 얼굴에 미소가 떠올랐던 것이다. 그는 손을 내렸다.

"쉬엿!"

박수 소리가 울렸다. 구대원들의 박수 소리였다.

순간 나는 눈앞이 뿌예짐을 느꼈다. 이거 내가 우는 게 아닌가. 이 무슨 창피인가!

"소대 우로 돌앗! 병실 향하여 앞으로 갓!—"

뒤에는 나와 분대장, 착암수들만이 남았다.

나는 소대장이 나의 눈물을 보았고 창피스러워할까 봐 소대를 급급히 출발시킨 것만 같았다. 아마 그랬을 것이다.

…… 착암수들은 세수를 하고 옷을 갈아 입으며 나를 놀려댔다.

"사람도 원, 소대장 동지가 대열 감사를 주는 데 그게 뭔가. 얼른 씩씩하게 대답할 대신 얼음판에 선 소처럼 눈만 뜨부럭대다니[102] …… 동무네 분대장이 얼마나 바빴으면 물밖에 난 물고기처럼 입을 열 번 스무 번 열었다 닫았다 했겠나?"

분대장은 히죽이 웃었다.

"그래도 이 친군 내가 입대했을 때보다는 한참 나아. 입대해서 얼마 되지 않았을 때인데 소대장이(물론 지금 소대장동진 아니구) 나에게 '소대장의 권한으로 구두감사[103]를 줍니다.' 하질 않겠나? 내가 구두감사가 뭐구 서면감사가 뭔지 알게 뭔가. 그래서 대답한다는 게 '구두까지야 뭘, 전 뭐 그저 지하족[104]이면 됩니다.' 하질 않았겠나?"

물론 허튼 소리였다. '구두감사'라는 말이 규정에서 없어진 게 어느 옛날이라구 …….

병실에 가면서도 구대원들은 그냥 나의 어리뻥뻥해 있던 모습을 흉내내며 놀려댔다. 그러나 그들은 내가 눈물을 보였다는 데 대해서는 그런 일이 전혀 없었다는 듯 한 번도 입에 올리지 않았다. ……

6월 26일

요령주의와 모험

오늘 전 교대에서는 불발이 하나 있다는 것을 알려주며 인계하였다. 불발이 된 것은 측면 구멍이었다. 불에 탄 도화선이 폭풍에 끊어져나가고 3~4cm쯤 되게 남아 있었다.

분대장이 혹시나 하는 기색으로 조심스레 잡아당겨 보느라니 중간에서 툭 끊어지며 도화선 한 토막만 끌려나왔다. 원인은 알 수 없었다. 분대장은 쓴 입을 다셨다.

"시끄럽게 됐는데?"

불발 구멍을 처리하려면 좌우옆으로나 상하로 20cm 사이를 두고 평

---

102) 뜨부럭대다: 이북어. 뜨부럭거리다. 큰 눈을 천천히 잇따라 굴리다.
103) 구두감사(口頭感謝): 이북어. 말이나 간단한 요지를 적어서 고마움을 나타내는 인사.
104) 지하족(地下足): 이북어. 예전에, '로동화'를 이르던 말.

행되게 새 구멍을 뚫어서 발파해야 한다. 시끄럽지 않을 수가 없다.

분대장은 잔뜩 눈살을 찌푸리고 불발 구멍을 보다가 머리를 돌려 막장을 둘러보았다.

"소대장 동지가 안 보인다?"

"좀전에 중대장 동지가 찾아서 나갔습니다."

"그래?—"

어쩐지 기뻐하는 듯 하여 나는 의아해졌다.

"왜 그럽니까?"

"왜는 무슨 왜야? 정대나 잡으라구."

그는 지체없이 착암을 시작했다. 불발을 처리하는 구멍이 아니라 천반 구멍이었다. 정대가 5cm쯤 들어가자 그는 착암기를 끄고 버럭을 제끼는 나를 불렀다.

"착암기를 잡아보겠나?"

나는 귀를 의심하였다.

"정말입니까?"

"동무라구 언제나 조수만 하겠나? 한 번 해보라구, 잡아놓고 천공 각도를 잘 지키면서!"

"예!"

나는 착암기를 덥석 잡았다. 적어도 조수질 대여섯 달 지나야 잡아 볼 수 있다던 착암기였다. 왜 갑자기 나에게 착암기를 훌쩍 내맡길까 하는 의혹 따위는 가질 사이가 없었다. 분대장의 생각이 금시 달라질까 봐 덤벼치며[105] 착암기를 잡고 공기변[106]을 열었다.

착암기의 통쾌한 진동이 두 팔을 걸쳐 온몸으로 흘러들었다. 온몸의 근육이 푸들푸들[107] 뛰었다. 이때의 내 심정은 아마 중기관총 압철[108]

---

105) 덤벼치다: 이북어. 분별없이 날치다.

106) 공기변(空氣-): '공기 밸브(空氣valve)'의 이북어. 연소실 안으로 흡입되는 공기를 조절하는 밸브 장치.

107) 푸들푸들: 몸을 자꾸 크게 부르르 떠는 모양.

108) 압철(壓鐵): 이북어. 중기관총의 탄알이 나가도록 누르는 장치.

을 처음 눌러본 부사수만이 이해할 수 있을 것이다. 여느 때에는 귀를 메는 듯 하던 착암기 소리도 이때는 높게 들리지 않았다. 사수의 귀에 자기의 총소리는 높게 들리지 않는 법이다.

나는 완전히 착암기 속에 빠져버렸다. 다른 모든 것은 망각해 버렸다.

갑자기 옆에서 착암기 소리보다 더 높은 벼락치는 듯 한 목소리가 울렸을 때에야 나는 망각에서 깨어났다. 소대장이었다. 천둥같이 분노하여 분대장에게 소리치고 있었다.

"정신 있소?"

나는 그렇게 성이 나서 소리치는 소대장을 본적이 없었다. 치솟아 오른 눈썹이 화살처럼 날아가지 않는 것이 이상스러울 지경이었다. 소대장의 앞에는 분대장이 그 큰 키를 꺼꺼부정하고[109] 서 있었다.

나는 황급히 착암기를 껐다. 신대원에게 착암기를 맡겼다고 추궁하는 줄로 알았다. 그러나 영문을 알게되자 잔등으로 식은땀이 쭉— 흘렀다. 분대장이 5mm 철근으로 만든 구멍 청소대로 불발 구멍을 파내다가 소대장에게 들킨 것이었다. 충진물들은 벌써 다 파내고 숟가락꼭지 같은 청소대 끝에 하얀 화약 가루가 한 덩어리씩 끌려 나오는 중이었다.

그제야 나는 분대장이 왜 나에게 착암기를 맡겼는지를 알게 되었다.

"동문 안전 규정을 모르오?"

"압니다."

"안다구? 알면서도 이 놀음이오? 구멍 하나 더 뚫기가 그렇게도 싫었소? 그렇게도 일을 쉽게 해먹고 싶었소?"

소대장의 시선이 나에게로 휙 돌아왔다.

"동문 왜 보고도 가만있었소? 신대원이라구? 규정을 지키는 데서는 구대원과 신대원이 따로 없소!"

"……."

109) 꺼꺼부정하다: 이북어. 몹시 꺼부정하다.

나는 몰랐다는 말을 하지 않았다. 추궁의 화살이 분대장에게서 나에게 옮겨 온 것이 오히려 다행스러웠다. 직속상관이 추궁 받는 옆에 서 있기는 자기가 추궁 받는 것보다 더 땀이 나는 일이었다. 그러나 분대장으로서는 자기 때문에 전사가 추궁 받는 것이 더 급했을 것이 분명했다.

"소대장 동지, 잘못했습니다. 다시는 그런 모험을 …….”

"모험?"

소대장의 눈에서 불이 번쩍했다.

"이건 모험이 아니라 요령주의요! 무서운 요령주의! 모험은 용감한 사람들이 하는 거요."

이렇게 소대장은 한마디로 분대장을 요령주의자, 비겁쟁이로 규정해 버렸다.

"다시는 …….”

"듣기 싫소! 동무의 목소리가 나에게는 죽은 사람의 소리로밖에 들리지 않소! 착암기를 이리 가져오오!"

마지막 말은 나에게 한 것이었다.

"저 불발 구멍에 막대기를 꽂소! 그리고 정대!"

나는 정대를 가져다 착암기에 꽂았다.

"20cm 아래에 대오!"

분대장이 다가섰다.

"소대장 동지, 제가 하겠습니다."

"비키오! 동문 죽은 사람이오!"

소대장은 공기변을 열었다. 정대는 불발 구멍 20cm 아래에서 정확히 평행선을 그으며 암벽을 파고 들어갔다. 소대장은 천공이 끝날 때까지 분대장과 나를 거들떠보지도 않았다. 오직 불발 구멍만 노려보았다. 그는 정말로 분대장과 나를 죽은 사람으로 그리고 그 불발 구멍을 나와 분대장을 '죽인' 원수로 보는 것 같았다.

천공을 끝냈을 때에야 눈빛은 적이 누그러진 듯 했다.

"소대장 동지."

분대장의 어조는 거의 애원에 가까웠다.

소대장은 그때야 착암기를 넘겨주었다. 그러나 기색은 여전히 풀어지지 않았고 버럭 싣는 곳으로 나가며 맵짠 말을 남겼다.

"동무 문제는 상급에 보고하고 결론을 받겠소."

나는 분대장에게 물었다.

"소대장 동지가 정말 위에 보고할까요?"

"보고할 게야."

"난 그럴 것 같진 않은 데요?"

분대장은 머리를 흔들었다.

"동문 아직 잘 몰라서 그래. 오늘 소대장 동지가 왜 그렇게 노하고 나를 죽은 사람이라고 했는지 알아야 돼. 만일 일이 잘못되었더라면 내가 죽는 것은 물론이고 동무도 그리고 막장에서 일하는 소대도 몽땅 변을 당했을 거란 말이야. 이게 보통 일인가. 그렇게 되었으면 소대장 동지는 군사재판이야. 아니, 군사재판 전에 스스로 자기를 처벌해 버렸을 거야. 바로 그런 사람이야. 우리 소대장 동지는 ……."

"……."

분대장은 잠시 후에 혼잣말처럼 하였다.

"보고하지 말았으면 좋겠는데."

"하지 않을 거예요. 아, 소대장 동지도 그렇지. 자기 소대의 분대장이 처벌받는 게 좋겠어요?"

분대장은 나를 건너다보더니 한숨을 쉬었다.

"한심하군!"

"왜요?"

"내가 뭐 받을 처벌이 무서워서 그러는 줄 알아? 내가 처벌을 받으면 소대장 동진 더 엄중한 처벌을 받게 되기 때문이야. 소대장 동지도 이걸 알고 있지."

"? ……."

그러나 나는 소대장이 이 사실을 상부에 보고하지 않으리라고 생각한다. ……

6월 28일

나의 예견은 맞지 않았다. 소대장은 '불발 사고'를 상급에 보고하였고 분대장은 처벌을 받았다. 처벌은 중사로부터 하사로의 강직이었다. 소대장은 분대장의 예견대로 더 엄중한 처벌을 받았다. '엄중 경고'였다.

"그건 한평생 당 생활에서 지워지지 않는 거야"

하고 분대장은 더 말을 못했다.

그것이 정말 그렇게 엄중한 사고였을까. 아무 불상사도 일어난 것은 없지 않았는가. ……

6월 30일

군인과 시간

'명령 받은 전사에게 시간은 생명이다!'

이것은 갱 입구에 서 있는 대형 속보의 제목이다.

오늘 우리 막장에서는 석수가 터졌다. 며칠 전부터 석수가 눈에 띄게 많아지더니(불발 사고도 석수로 하여 일어난 것으로 판명되었다. 구멍 안에서 나오는 석수가 화약을 적시고 뇌관까지 적신 것으로) 오늘은 마침내 터져 나왔던 것이다.

뚫는 구멍마다에서 물이 찔금찔금[110] 흘러나와 줄곧 투덜대던 분대장이 측벽 구멍을 뚫다말고 '이거 착암기가 왜 이리 푸득푸득[111]거려? 기름이 말랐나?' 하고 화를 내며 착암기를 떼여 눕혀 놓았다.

"기름통을 가져 오라구!"

---

110) 찔금찔금: 이북어. 액체 따위가 자꾸 아주 조금씩 쏟아졌다 그쳤다 하는 모양.

111) 푸득푸득: 이북어. 푸드득푸드득: 든든하고 질기거나 번드러운 물건을 자꾸 되게 문지르거나 마주 갈 때에 잇따라 나는 소리. 또는 그 모양.

그런데 그때 구멍에 박혀있던 정대가(거의 한 뼘은 들어갔었다.) 안에서 누가 밀어 던지기라도 한 듯 툭 튀어나왔다. 정대는 바닥에 떨어졌는데도 구멍에서는 무엇인가가 그냥 잇달려 나오고 있었다. 마치 정대가 끝없이 길어져서 계속 나오고 있는 듯한 착각이 들었다.

분대장의 얼굴은 창백해졌다.

"석수다!"

끝없이 길어지는 정대처럼 보이던 그것은 물줄기였다. 수압이 보통 아니었다. 놀랍기도 하였고 재미있어 보이기도 했다.

그러나 막으려고 하고 보니 재미있게 볼 것이 아니었다. 나무를 깎아 물구멍에 함마[112]로 때려 박고 물러서자 뻥— 하고 튀어나오고 때려 박으면 또 튀어나오고 그러더니 급기야 구멍이 사발만큼 커지며 쏴— 하고 기둥 같은 물줄기가 쏟아져 나왔다. 마치 담벽 안에 양수기라도 있어 만가동하고[113] 있는 듯 했다. 막장에는 순식간에 물이 철렁철렁 고였다.

"동발!"

분대장이 소리쳤다. 앞을 비쭉하니 깎고 여럿이 힘을 합쳐 구멍에 처박았다. 그러나 함마로 때려 박기도 전에 펑— 하고 빠져 나왔다. 얼마나 큰 물주머니가 있는지는 가량하기 어려웠다. 빨리 막지 못하면 막장이 침수되어 버릴 것이다. 두 번째 틀어막다가 또 밀려났을 때 소대장이 들어왔다.

그는 잠시 물구멍을 노려보더니 동발을 쳐들었다. 만일 석수에도 눈이 있었다면 소대장의 눈길에 기가 질려 버렸을 것이다. 구멍 앞에 다가선 그는 몸을 뒤로 젖히었다가 앞으로 숙이며 나무통을 힘껏 처박았다. 그리고는 밀려나지 못하게 가슴으로 버티었다. 옆에서 함께 떠미는 우리의 손에도 높은 압력으로 내미는 석수의 광란이 미쳐 왔다.

---

112) 함마(ハンマー): 해머(hammer). 물건을 두드리기 위한, 쇠로 된 대형 망치. '큰 망치'로 순화.

113) 만가동하다(滿稼動--): 이북어. 계획이나 규정대로 완전히 다 가동하다.

소대장의 몸은 부르르 떨리고 있었다. 나무통은 소대장의 가슴을 꿰뚫고 나올 듯 했다.

드디어 내리쏠리던 물의 흐름이 멎은 듯 나무통이 더는 떨리지 않았다.

"함마!"

떵— 떵— 함마 소리가 울렸다.

드디어 석수는 멎었다. 그러나 막장의 물은 이미 무릎은 넘었고 뚫어놓은 구멍에서도 물이 줄줄 흘러나오고 있었다.

소대장이 분대장에게 물었다.

"천공은 얼마나 됐소?"

"바닥 구멍을 못 뚫었습니다."

"광차로 물을 퍼내기요!"

한쪽으로 물을 실어 내가고 한쪽으로는 바닥 구멍을 뚫었다. ……

착암이 끝났을 때는 누가 먼저 불렀는지 모두 만세를 불렀다. 만세란 통쾌할 때에 터져 나오는 것이었다.

한창 막장을 철수할 때 발파수가 폭약을 지고 들어왔다. 그는 막장을 둘러보고 입을 딱 벌렸다. 물은 다시 차올라 무릎을 넘는 데다 구멍마다에서 석수가 작은 시냇물처럼 흘러나오고 있었다.

"방수는 했겠지?"

분대장이 발파수에게 물었다.

"하기는 했지만 이건 물이 너무 많구만!"

발파수는 구멍마다 충진물 다짐대를 찔러 보더니 머리를 흔들었다.

"미타한데?"

미타하다[114]는 것은 불발이 있을 수 있다는 것이다. 그러나 이제 다시 방수 대책을 취하려면 한 시간이나 걸려야 한다.

"시간이 없소. 발파 시간이 20분밖에 남지 않았소."

---

114) 미타하다(未妥--): 든든하지 못하고 미심쩍은 데가 있다.

소대장은 발파수에게 물었다.
"이 상태로 몇 분이나 견딜 수 있소?"
"3분 …… 5분까지는 ……."
"2분은 견디겠지?"
"2분은 절대적으로 안전합니다."
2분이면 도화선이 뇌관까지 타들어 가는 시간이다.
소대장은 우리에게 말했다.
"내 결심은 이렇소. 2분 내에 장약도 점화도 끝내고 철수까지 하도록 하자는 거요. 도화선에 불을 달면서 장약합시다."
나는 가슴이 후두둑115) 떨렸다. 그것은 모험이 아닌가. …… 그러나 분대장과 발파수는 말이 떨어지기 바쁘게 대답했다.
"알았습니다!"
위험하고 긴장한 정황일수록 군인은 상관의 명령에 무조건 복종해야 한다. 분대장은 히죽이 웃기까지 하였다.
"그렇게 하면 도화선이 물에 젖을 틈이 없으니 아주 안전합니다."
"준비! 충진물, 다짐대, 불심지!"
"다 준비됐습니다!"
"점화 준비— 점화!"
도화선에서 파란 연기가 풀풀 이는 폭약들이 구멍으로 밀려들어갔다. 뒤이어 충진물이 다져진다. 점화, 장약 사방에서 도화선들이 연기를 펄펄 뿜고 있다.
"50초 …… 55초 …… 1분 순서를 삭갈리지 마오. 충진을 든든히! 침착하게! 1분 10초 ……."
부지중 폭탄을 안고 적진으로 뛰어드는 영화의 장면들이 떠올랐다. 우리 모두가 그 영화 속에 있는 것 같았다.
"1분 40초."

115) 후두둑: 이북어. 후드득. 심장이 세게 뛰는 모양.

막장은 도화선 타는 푸른 연기로 가득 찼다.

"장약 끝!"

"철수!— 전속력으로!"

도화선 타는 연기는 대피 장소까지 차 있었다. 우리가 대피 장소에 뛰어드는 것과 동시에 폭음이 울렸다. 돌파편들이 날아 나와 동발에 푹푹 박히고 배관과 레루장에 부딪쳐 튕겨 났다. 연속되는 폭음과 폭음 …….

드디어 폭음이 멎었다. 21발, 하나의 불발도 없었다.

막장으로 돌아가 보니 결과는 아주 좋았다. 그렇게 사납던 석수는 물주머니가 다 진했는지 아니면 발파에 놀라 도망치고 말았는지(그런 경우가 있다고 분대장은 장담했다. '우리 마을에서 우물을 파다가 물이 잘 나오기에 더 크게 하려고 암반에 발파를 했는데 물이 싹없어져 버렸거든. 그래서 물이 뛰었다고 했지.') 가물철의 시냇물처럼 맥없이 흘러나오고 있을 뿐이었다. 막장도 네모반듯하게 잘 자리잡혔다.

"아주 멋있는데! 하던 중 제일 잘된 것 같지 않습니까?"

"제일 잘되기까지야."

소대장은 우선우선했다.116)

"그저 쑬쑬한117) 편이지."

그는 시계를 보고 말하였다.

"제일 잘된 건 시간을 일분도 초고하지 않았다는 거요."

그 말을 들으며 나는 부지중 갱 입구에 서 있는 대형 속보의 글발을 생각했다.

'명령 받은 전사에게 시간은 생명이다!'

6월 30일(계속)

모험과 용감성 그리고 생명 …

116) 우선우선하다: 이북어. 얼굴에 어두운 기색이 없이 밝고 활기가 있다.

117) 쑬쑬하다: 품질이나 수준, 정도 따위가 웬만하여 기대 이상이다.

우리는 의기양양해서 막장을 나왔다.

소대는 채 나가지 않고 중간에서 우리를 기다리고 있었다. 어떻게 발파를 하는지 알게되자 발이 떨어지지 않았다고 한다.

“어떻게 됐습니까?”

“잘— 됐소! 1m 60!"

“만세!—”

하루 동안에 벌써 두 번째로 터져 오른 만세였다. 어려움과 보람은 정비례하는 것인 듯 했다.

“자— 빨리 나가기요.”

우리는 좁은 구간을 벗어나 비교적 넓은 조차장에 이르렀다.

그때 소대장이 멈칫하고 앞을 보더니 모자를 바로 쓰고 웃옷자락을 잡아당겨 펴며 찌렁찌렁118) 울리게 소리쳤다.

“소대— 섯! 차렷!—”

때아닌 구령이었다. 소대는 못 박힌 듯 섰다. 소대장은 거수경례를 붙이고 발을 탕탕 구르며 정보로 걸어나갔다. 그의 발 밑에서 잔돌멩이들이 튕겨 났다.

그때야 우리는 앞에서 장령과 대좌119)들을 보았다.

“소장 동지! 소대는 전투를 끝내고 철수 중에 있습니다. 소대장 소위 전호진!”

그곳에서 부대장과 우리 중대 지휘관들도 있었다. 소장 동지는 쉬엿 구령을 내리게 하고는 소대장에게 말하였다.

“석수를 막았다지? 용해. 그리구 모험적인 발파도 했다며, 응? ‘모험꾼’이야. ‘모험꾼’!”

우리는 소장 동지가 벌써 그 일들을 알고 있는데 놀랬다. 우리가 한창 석수와 싸울 때 중대 지휘관들이 들어왔던 모양이었다. 함께 석수를 맞았을 수도 있었다. 발파하는 것까지도 지켜본 것은 아닌지 …….

118) 찌렁찌렁: 이북어, 조금 크고 우렁차게 자꾸 울리는 소리.

119) 대좌(大佐): 이북어. 좌급(佐級)에서 맨 위의 군사 칭호. 또는 그 군사 칭호를 받은 군관.

'모험꾼'이라는 소장 동지의 말이 우리는 마음에 들었다. 칭찬처럼 들렸다.

그러나 소대장은 달랐다. 소장 동지의 칭찬에 그는 발꿈치를 소리나게 모았다.

"모험이 아닙니다. 소장 동지!"

"모험이 아니라? 불을 달아 장약하고도?"

"다른 방도가 있을 때 그렇게 하는 것은 모험이지만 더 다른 방도가 없을 때 하는 일은 모험이 아니라고 생각합니다."

"다른 방도가 없었다는 말이지?"

소장 동지는 물방울이 떨어지는 천반을 쳐다보았다.

"방수대책을 취하고 발파할 수도 있지 않았나?"

"그렇게 하면 교대 시간이 지나가게 되고 우리 소대는 오늘 받은 전투명령을 수행 못하게 됩니다."

"흠!— 그러니 모험이 아니라는 거지? …… 젊은 소대장이 능청스러운데?"

하고 말한 소장 동지는 자기 말이 마음에 들지 않는 듯 머리를 저었다.

"능청스러운 게 아니지. 능청스러운 게 아니야. 사실이지. 그건 모험이 아니야. 용감성이지. 응?"

"저—."

소대장은 인차 대답을 못하고 머뭇거렸다.

소장 동지는 크게 웃었다.

"겸손하기까지 하군, 응?"

"……."

소장 동지는 정색하였다.

"소대장 동지, 소대를 정렬시키시오."

소대가 정렬하고 소대장이 보고를 하자 소장 동지는 퉁투무레한[120]

---

120) 퉁투무레하다: 이북어. 좀 퉁퉁하다.

손을 군모에로 올려갔다.

"경애하는 최고사령관 동지와 당에 대한 충성심을 안고 훌륭한 전투 성과를 거둔 동무들을 축하합니다!"

소대의 합창에 온 갱도가 흔들렸다.

"조국을 위해 복무함!"

…… 소장 동지는 머리가 희끗희끗한 아바이였다. 눈썹도 희끗희끗했다. 우리는 아들, 아니 손자뻘이나 될 것이었다.

"음, 동무네 여기에 그 강급[121] 처벌을 받은 분대장이 있다고 했지. 그게 누구요?"

분대장이 용수철처럼 튕겨 일어났다.

"하사 오운섭!"

소장 동지는 동발에 걸터앉아 있었고 우리는 그 앞에 침목이며 어렝이[122]들을 깔고 빙 둘러앉아 있었다.

"동무야? 그래 군대질을 몇 년이나 했나?"

다른 사람이 군대 복무를 군대질이라고 했다면 무척 우스웠을 것이지만 소장 동지가 그렇게 말하니 군대 복무라는 말보다 더 무게 있게 들렸다.

"4년입니다."

"4년? 4년이면 노대원인데 그런 놀음을 했나?"

분대장의 얼굴은 붉어졌다가 창백해졌다.

"고치겠습니다! 다시는 ……."

소장 동지는 머리를 끄덕거렸다.

"다시 그런 일이 있어서야 안되지 응, 우리 조선인민군 군인들은 군사복무에서 요령을 부리려고 해서는 안돼. 요령으로 군사복무를 하는 건 자본주의 나라 군대야. 우리는 다르지. 우리는 인민군대란 말이야 응, 당의 군대지. 당에서 하나를 하라면 하나를 하고 둘을 하라면 둘을

---

121) 강급(降級): 급수나 등급이 낮아짐.

122) 어렝이: 광산에서 쓰는 삼태기.

하구 …… 당에서 하라는 건 우리 위대한 장군님의 의도이구 장군님은 곧 당이기 때문이야.

군대질을 4년이나 했으면 생각이 있어야지. 구멍 하나를 쉽게 먹겠다고 그런 '재간'을 부리면 되나? 기껏 잘된대야 구멍 하나를 덜 뚫으겠지. 그러나 잘못되면 막장에 있는 동지들이 어떻게 되었겠나, 응? 군대는 무슨 일을 하던 동지를 생각해야 해. 자기가 아니라 동지를 먼저 생각하는 게 우리 군대야."

그는 동발 밑에서 주먹만한 버럭돌을 집어 들었다. 칼날처럼 날카로운 모서리들을 눈여겨보더니 도로 내려놓았다.

"사고는 물론 나지 않았지. 그렇지만 동무는 사고가 났다고 생각해야 해. 그래서 동무를 처벌준 거야. 동무네 소대장도 처벌을 받았구. 처벌받았지, 소대장?"

"옛, 받았습니다!"

"의견이 있나?"

"없습니다!"

"처벌을 받아야 돼. 응? 처벌을 받고 좋아할 사람이야 어데 있겠나, 그렇지?"

가벼운 웃음들이 일었다. '아바이'는 미소를 지었다.

"그렇지만 이 처벌은 칭찬보다 더 필요한 거야. 군인이란 일단 필요하다면 목숨을 서슴없이 바쳐야지. 그러나 바로 그렇기 때문에 우리 군인 한 사람 한 사람 생명은 귀중한 거야. 우리 조선인민군 군인들의 생명은 ……."

그는 우리를 쭉— 둘러보았다.

"오직 하나 경애하는 최고사령관 동지를 위하여, 조국과 인민을 위하여 있는 거야. 허투루 버려서는 안되는 거란 말이야."

권양기실에서 신호등이 깜박거린다. 새 교대의 첫 광차가 다 찬 모양이다. 우릉우릉[123]— 권양기[124] 소리가 울리고 레루복판으로 늘어져 있던 쇠밧줄이 팽팽해져 철썩철썩 침목을 때리기 시작했다. 광차가 올라오고 있었다.

"그전에 왜놈들이 우리 조선 사람들을 두고 뭐라고 했는지 아나? 한 사람의 조선 사람은 무섭지만 열 사람의 조선 사람은 무섭지 않다고 했소. 얼마나 가슴 아픈 일인가. 개개의 조선 사람은 강하지만 뭉칠 줄을 몰랐지. 뭉칠 수가 없었어. 그러나 오늘 우리 인민은 위대한 장군님의 두리[125]에 하나로 뭉쳐 있소. 일심단결, 응, 이 일심단결의 앞장에 우리 군대가 서 있다는 걸 알아야 해. 일심단결은 우리, 군대가 지켜야 해. 그러면 미국 놈이든 일본 놈이든 다 이길 수 있어."

'아바이'는 몸을 일으켰다. 우리도 모두 따라 일어섰다. 그는 나에게서 시선을 멈추었다.

"신대원이나?"

"전사 박철!"

"군복을 입고 이런 일을 하게 되어 섭섭하지 않았나?"

"아닙니다!"

"섭섭했을 수도 있어, 처음에는. 그러나 우리 군인들은 어디에 있건 경애하는 최고사령관 동지를 결사 옹위하는 자리에 있으면 되는 거야. 전쟁 때 불타는 1211고지에서도 갱도 공사를 했어. 응, 그들도 1211고지 용사들이었구……."

덜커덩 쿵쿵, 광차들이 레루길을 울리며 끌려 올라오고 있었다. 막장 쪽에서는 착암기 소리가 예리한 기관총 사격 소리처럼 울리고 있었다. 쉭쉭거리며 배관을 흘러가는 거센 압축공기 소리, 포연처럼 머리위로 흘러가는 발파가스 …….

"군인에게선 손에 쥔 것이 무엇이던, 그것이 착암기던, 동발톱이던 모두 총대로 되어야 해. 군인은 총대를 잡은 사람이거든. 때문에 군인

---

123) 우릉우릉: 이북어. 비행기나 기계 따위가 요란스럽게 돌아가면서 잇따라 깊고 크게 울리는 소리.

124) 권양기(捲揚機): 윈치(winch). 밧줄이나 쇠사슬로 무거운 물건을 들어 올리거나 내리는 기계.

125) 두리: '둘레'의 이북어.

이 잡는 것은 어렝이든 밥주걱이든 다 총대로 되는 거고 응, 군인은 그 자신이 곧 총대라고 할 수 있는 거야. 그래야 군인이야."

소장 동지는 잠시 사이를 두었다가 천천히 말을 맺었다.

"위대한 장군님의 총대이지. 나도 동무들도 다—."

……

밖에 다 나오도록 분대장은 말이 없었다.

저녁이었다. 산마루에서는 아침보다 몇 배로 더 커지고 붉어진 저녁해가 무르익은 사과 빛의 석양을 휘뿌리고[126] 있었다. 희슥희슥하던 버럭더미들도 갱구의 오리나무며 떡갈나무의 푸른 잎사귀들도 석양의 폭포 속에 잠겨 있었다. 광차 바퀴에 닳을 대로 닳은 레루장의 은백색 표면들에서는 저녁 해빛이 반사되어 눈을 부시게 했다.

그 빛에 눈을 쪼프리고 있던 분대장이 문득 뭐라고 중얼거렸다. 나는 그를 쳐다보았다.

"예?"

"이게 철학이란 말이야. 이게!"

"……."

"군인은 곧 총대구 우리는 장군님의 총대라는 이게 진짜 철학이란 말이야. 우리 군대의!"

하고 그는 나를 자기 앞으로 와락 끌어당겼다.

내가 서 있던 레루길로 광차들이 덜컹거리며 지나갔다. ……

3. 스물한 발의 '포성'

7월 2일

"소대장 동지, 저 발파 소리가 그 뭐 같습니까."

---

126) 휘뿌리다: 이북어. 무엇을 흩어지게 뿌리거나 마구 뿌리다.

하고 조차장에서 전 교대의 발파 소리를 듣던 분대장이 불쑥 소대장에게 말했다. 분대장은 늘 그 어떤 이야깃거리를 만들어 내기 좋아했다. 때로는 무슨 말로 주의를 끌거나 웃길까 하고 연구하는 듯이 보일 지경이었다. 그러다 입을 열 때면 비상한 활기를 띠군 하였고 그 활기는 곧 분대와 소대에 퍼져 가군 하였다. 이때도 같았다. 모두다 다음 말을 들으려고 그의 입을 쳐다보았다.

"우리를 맞이하느라고 울리는 예포[127] 소리 비슷하지 않습니까? 거 어느 책에선가 보니까 최고의 국빈을 맞을 땐 스물한 발의 예포를 쏜다더군요. 우리 막장에서도 꼭 스물한 발이니 신통하지요?"

그럴 듯한 말이었다. 분대장다운 발견이랄까. 강정희 상등병은 머리부터 맹렬히 끄덕이며 열렬한 찬동의 말을 하려고 입술을 움씰거리는데 소대장은 그 낭만적인 발견에 조금도 감동된 기색이 없이 발파 소리가 멎자 머리를 흔들었다.

"신통하긴 하지만 오늘은 우리를 국빈으로 맞아주는 것 같지 않소."

"왜서 말입니까?"

"중간에 한 발을 불어버린 것 같소. 마른 나무 꺾어지는 것 같은 소릴 냈는데 그런 거야 예포로 될 수 없지."

분대장은 얼굴을 찡그렸다.

"막장이 또 찌그러졌겠는데."

아닌게 아니라 막장에 들어가 보니 한쪽 절반은 제대로 나가고 다른 쪽 절반은 거의 두 뽐[128] 정도 살아 있었다. 측벽 보조 구멍이 불어버리는 바람에 이런 찌그러진 막장이 생겨난 것이었다. 충진물다짐을 제대로 못했거나 천공 각도를 잘못 잡은 때문일 것이었다. 지렛대를 들고 살아있는 부분을 탕 탕 쪼아본 분대장은 침을 탁 뱉었다.

"일하는 꼬락서니들이란! 여— 정대 잡으라구! 빌어먹을. 우리도 이 모양대로 발파해서 넘겨주고 말자. 이게 벌써 몇 번째야?"

---

127) 예포(禮砲): 예식 행사에서 경의, 환영, 조의 따위를 나타내기 위하여 쏘는 공포(空砲).
128) 뽐: '뼘'의 방언(강원, 경남, 평안). 좁고 기름한 물건의 폭.

막장을 바로 잡으려면 굴진[129] 미터수를 손해볼 수밖에 없다. 분대장은 계속 두덜대는[130] 데 소대장이 푸접[131] 없이 막아치웠다.

"쓸데없는 소릴 그만 두오!"

"예?"

"막장은 반드시 바로 잡아서 인계해 주어야 하오."

"아, 그럼 우리 소대만 골탕 먹지 않습니까?"

"동문 그럼 세 개 소대가 몽땅 골탕먹어야 시원하겠소?"

"……."

말이 막힌 분대장은 입맛을 다셨다.

"홧김에 한마디 해본 겝니다."

그러나 소대장은 조금도 동정하지 않았다.

"전투장을 무슨 화풀이 해보는 데로 아는 게 아니오?"

분대장은 어깨를 움츠리며 머리를 흔들었다.

"시정하겠습니다. 하여튼 소대장 동진 ……."

소대장은 흥소리를 냈다.

"너무하다는 거요?"

"소대장 동지에 대해 뭐라고 하는지 압니까?"

소대장은 별로 흥미 없는 듯 살아있는 암반의 불구멍들에 막대기를 찔러보며 건성으로 물었다.

"뭐라고들 하오?"

"면도칼이라고들 합니다."

"면도칼?"

소대장은 불구멍에서 뽑은 막대기를 뼘으로 재어 보더니 픽 웃었다.

"유감이로군. 장검이라면 몰라도."

"아 거야 날카롭다는 뜻이지요. 그리고 면도칼이나 장검이나 다 같

---

129) 굴진(掘進): 굴 모양을 이루면서 땅을 파 들어감.

130) 두덜대다: 두덜거리다. 남이 알아듣기 어려울 정도의 낮은 목소리로 자꾸 불평을 하다.

131) 푸접: 남에게 인정이나 붙임성, 포용성 따위를 가지고 대함. 또는 그런 태도나 상대.

은 칼이 아닙니까."

소대장은 막대기를 구석에 집어던졌다.

"그럴 듯 하오. 고양이도 범과 친척간이라니까."

버럭 싣는 곳으로 나가는 그의 뒷모습을 지켜보던 분대장은 머리를 절레절레 흔들며 면도칼이나 장검과는 아무 인연도 없는 말을 했다.

"장령이 될 사람이야. 앞으로."

이것은 소대 전체가 인정하는 것이었다. 우리 소대장으로 말하면 어느 모로 보나 이런 공사를 하는 구분대[132]에 있기는 아깝다고 밖에 할 수 없는 지휘관이었다.

우선 대열 동작을 보면 대열 규정의 본보기라고 할 수 있었다. 찌렁찌렁 우리는 구령 소리며 다리부터 군화 끝이 일직선으로 쭉 펴져 땅을 땅땅 구르며 나가는 정보 행진, 그가 대열 보고를 하러 정보로 걸어나갈 때면 부지중 그가 지나간 곳에서 발자국 자리를 찾아보게 된다. 아무리 굳은 땅도 그의 발 밑에서는 움푹움푹 눌리워 들어갔을 듯만 싶다. 그의 대열 동작은 중대뿐만 아니라 연대에도 알려져 있다. 연대장 동지는 '저 소대장이 차렷 구령을 치면 곱사등이도 허리가 쭉— 펴질 게야.'라고 했다고 한다. 중대의 재담꾼들은 그 말에 한마디를 더 붙였다. '절름발이도 정보 행진을 할거야.' 하는 …….

그뿐이 아니다. 격술[133] 훈련이나 전술 훈련 때에는 '우리 소대장은 타고난 군인이야.' 하는 말이 저절로 나온다. 사격에서는 연대적인 명사수이다. 얼마 전에 사령관 아바이의 참석 하에 있은 연대 군관들의 지휘 훈련에서는 모든 정황 처리에서 강한 '우'를 맞았으며 사령관 아바이가 '참모장감이로군.' 하였다는 데 대해서는 모르는 사람이 없다.

또한 소대장은 체격이 그리 다부져 보이지 않는 후리후리한 보통 체격이지만 굉장한 힘을 가지고 있다. 그의 힘에 대한 이야기는 여러 가지가 있는데 여기에는 그 중 한 가지만을 적어두려고 한다.

132) 구분대(區分隊): 이북어. 대대나 그 아래의 부대 조직 단위를 통틀어 이르는 말.
133) 격술(擊術): 우리나라에 전해져 내려오는 격투기의 하나.

몇 달 전 갱구 앞마당에서 5중대의 2소대와 우리 소대 사이에 밧줄 당기기를 한 적이 있었다고 한다. 5중대는 우리 중대가 굴진하고 들어가는 막장을 뒤따라오며 확장할 임무를 받은 중대였다. 지금은 갱내 조차장 건설을 끝내고 우리를 부지런히 쫓아오고 있지만 그때는 이런 공사에는 완전한 생둥이[134]들이었다 한다.

5중대 2소대의 밧줄 당기기 책임자는 그 소대의 부소대장이었고 우리 소대의 밧줄 당기기 책임자는 소대장이었다. 그 소대의 소대장은 두 중대장들의 이야기에 끼여 있으면서 동무들끼리 하라고 손을 저었다는 것이다.

그런데 그 소대의 부소대장으로 말하면 입대 전에 중량급 역기 선수였다는 사람으로 거의 바른 사각형의 체격에 팔은 웬만한 사람의 허벅다리보다 더 굵은 장사였다. '체중만도 100kg을 훨씬 넘지.' 하고 분대장은 말했지만 내가 보기에는(거의 매일 볼 수 있었다.) 90kg은 훨씬 넘을 요란스러운 체격이었다. 그는 기관차처럼 씨근거리며 맨 앞에서 밧줄을 당겼다. 우리 소대의 맨 앞에서 그와 마주선 것은 소대장이었다.

그런데 밧줄 당기기에는 우리 소대가 이겼다. 첫 번째에 이어 두 번째에도 이겼다. 우리 소대는 환성을 울리는 데 그 부소대장은 화가 날대로 나서 씩씩거리더니 돌아서면서 투덜거렸다.

"흥, 밧줄 당기기를 지휘하는 게 소대장인가?"

우리 소대장에 대한 비난이었다.

"상사 동무!"

우리 소대장이 그를 불러 세웠다. 부소대장은 육중한 체구를 천천히 돌렸다.

"왜 그럽니까?"

"밧줄 당기기를 군관이 지휘하면 안 된다는 규정이 있소?"

부소대장은 차렷 자세를 취했다.

---

134) 생둥이(生--): 이북어. 어떤 일에 경험이 없어 솜씨가 서툰 사람.

“잘못 했습니다. 소위 동지.”

“사죄는 나에게가 아니라 동무네 소대장에게 하시오.”

“알았습니다.”

부소대장은 대원들 앞에서 여지없이 손상당한 자존심으로 하여 더 요란스럽게 씨근거리더니 레루길에 서 있는 광차에서 바가지를 고정시키는 반m 길이의 뻰[135]을 쭉 뽑아 들었다. 그것은 20mm 철근으로 만든 것이었다. 그는 그놈의 양끝을 잡더니 끙— 하고 힘을 썼다. 그러자 그 굵은 뻰이 툭툭 녹 쓴 껍질을 일구며 ㄱ자로 구부러들었다.

우리 소대는 입을 딱 벌렸다.

“임꺽정이야!”

부소대장은 광차뻰을 흔들며 우리 소대를 둘러보았다.

“친구들! 누구 나하고 팔씨름할 사람이 없소?”

그쪽 소대원들은 그때에야 ‘팔씨름!’, ‘팔씨름!’ 하며 다시 기세를 올리기 시작했다.

“나설 용사가 없소? 너무 조용하구만!”

부소대장은 구부러진 광치뻰을 내던지고 돌아섰다.

“졸장부들밖에 없군!”

“뭐요?”

우리 분대장이 참지 못하고 나섰다. 우리 소대에서는 제일 체격이 큰 축이었으나 그 부소대장에게는 대비가 되지 않았다. 길기만 한 막대기였다. 부소대장은 우리 분대장을 아래서부터 위로 훑어보고는 픽 웃었다.

“친구, 팔씨름은 키로 하는 게 아닌데?”

“상사 동문 팔씨름을 말로 하오?”

“말로 하는가? 좋소. 그럼 행동으로 보여주지!”

정식으로 팔씨름을 위한 장소가 마련되고 분대장이 나설 때 우리

---

135) 뻰(pin): ① ‘핀(pin)’의 이북어. ② ‘고정쇠(固定-)’의 이북어. 기계나 기구 따위의 부분들이 움직이지 못하도록 고정시키는 쇠.

소대장이 나섰다.

"상사 동무, 나하고 해보지 않겠소?"

"소위 동지하구요? 좋습니다."

부소대장은 은근히 그것을 바랐던 듯 했다. 그는 책상 위에 팔굽을 올려놓으며 말하였다.

"소위 동지, 전 경기에서 사정을 보지 않습니다."

"그렇소? 난 다른 걸 알고 있는데?"

"뭔데요?"

"경기에선 이겨야 한다는 걸 말이오."

"어— 좋습니다."

그런데 첫 판에서는 우리 소대장이 이겼다. 이것은 그쪽 소대는 물론 우리 소대에게도 뜻밖의 결과였다. 이 결과에 제일 놀랜 것은 부소대장 자신이었다. 그는 자기의 패전이 자기로서도 믿어지지 않아 자리에서 일어서서 자기 발밑과 소대장의 발밑을 내려다보기까지 하였다.

"한 판 더 합시다. 3판 2승으로."

"좋소!"

두 번째에도 역시 우리 소대장이 이겼다. 부소대장은 이번에도 그 결과가 믿어지지 않은 듯 눈이 퀭해 있더니 우리 소대장이 일어서자 따라 일어서며 손을 내밀었다.

"한 번, 한 번만 더해 봅시다. 예?"

"바닷물 맛이야 한두 모금이면 넉넉하지 않소? 그리고 상사 동무, 경기 승부는 밧줄 당기기에서 이미 결정된 거요."

소대장은 돌아서 버렸다.

'아, 이건 뭔가 잘못됐어. 잘못됐다니까.' 하고 투덜거렸다. 자기가 모르게 어떤 급소를 눌러 힘을 못쓰게 꾀를 부렸으리라는 뜻이었다. 그 투덜거림이 너무도 노골적이어서 우리 소대의 격분을 불러일으켰다. 분개한 대원들이 웅성거릴 때 소대장이 땅바닥에서 딩구는 구부러든 광차삔을 집어들고 돌아섰다.

"상사 동무!"

부소대장은 흠칫 하며 입을 다물었다. 군관의 날카로운 시선 앞에서 그는 본능적으로 차렷 자세를 취했다.

"상사 동문 이게 뭔지 아오?"

소대장은 구부러진 광차삔을 쳐들었다.

"광차삔이오. 장난감이 아니라 우리의 전투 임무를 수행하는 전투 기술 기재요. 전투 기술 기재를 이렇게 버려 두는 것은 옳지 않은 행동이오."

하고 소대장은 광차삔의 양끝을 잡고 힘을 주었다. 그러자 광차삔은 그의 손안에서 엿가락으로 변하기라도 한 듯 천천히 펴지기 시작하였다.

부소대장은 입을 딱 벌리고 바라볼 뿐 놀랜 소리도 미쳐 내지 못하더라고 한다. 소대장이 곧게 펴진 삔을 광차에 꽂고 가버린 후에야 우리 분대장의 팔소매를 덥석 잡으며 "여보 중사 동무, 동무네 소대장 통뼈가 아니오? 응?" 하였다는지 …….

"그래서요?"

"그래서? 난 위생지도원이 아니어서 모른다고 했지."

분대장의 이 이야기가 어느 정도로 과장된 것인지는 알 수 없으나 소대장의 몸에 지칠 줄 모르는 무진장한 힘이 잠재해 있는 것만은 확실했다.

발파 직후에 하는 낙석 작업만 보아도 누구나 5분 이상 하기를 어려워하는 데 소대장은 지렛대를 잡으면 마지막까지 해냈다. 그의 지렛대 끝에서는 암반의 아무리 사소한 균열이라도 견디지 못하였다. 석수를 막을 때 나는 그 힘에 대해 똑똑히 느꼈었다.

나는 한번은 감탄한 나머지 저도 모르게 "소대장 동진 어떻게 되어 그렇게 힘이 셉니까?" 하고 물은 적 있었다.

"힘?"

소대장은 나를 잠시 내려다보더니 허— 하고 웃었다.

"동무도 소대장이 되어 보면 알게 돼. 소대장은 소대 전체의 힘을 합친 것만한 힘을 가지게 되거든.”

더욱 놀라운 것은 그의 옷차림이었다. 소대가 모두 버럭투성이 되었을 때도 함께 일한 소대장만은 옷도 얼굴도 깨끗하였다. 마치 그의 옷과 몸은 수은으로 되어있어 어떤 먼지나 물방울도 붙지 못하는 듯 했다. 나는 아직 소대장의 옷이 구겨져 있거나 무엇에 어지러워진 것을 본 적이 없었다.

모든 것이 나에게는 경탄만을 자아냈다. 시간이 갈수록 나는 ‘장령이 될거야.’ 하는 분대장의 말에 완전히 공감하게 되었다. 때때로 나에게는 이곳에서 보내는 소대장의 한 시간 한 시간이 나라를 위하여, 혁명을 위하여 더 크게 기여할 수 있는 귀중한 재부의 가슴 아픈 낭비처럼 생각되기도 하였다.

다만 너무도 엄격하다는 것이(이것이 결함이라고 할 수 있다면!) 때때로 소대의 화젯거리로 되군 하였다. ‘면도칼이야!’

한번은 강정희 상등병이 이야기하다가 불쑥 농담처럼 “난 소대장 동지처럼 되었으면 좋겠습니다.” 하고 말한 적이 있었다. 그때 소대장은 웃어넘길 대신 딱딱한 어조로 이렇게 말했다.

“소대장을 닮아서 뭘 하겠소? 우리 조선인민군 군인들은 오직 한 분 경애하는 최고사령관 동지만을 닮아야 하오. 우리가 이 공사를 하면서 매일 군사훈련을 하는 것도 바로 그것을 위해서요.”

강정희 상등병은 얼굴이 붉어져서 아무 말도 못했으나 소대장은 그의 무안한 마음을 풀어주려고 하지 않았다. 그러나 소대장이 그 자리를 뜨자 분대장은 한바탕의 일장 연설로써 강정희 상등병의 말에 온 소대가 열렬히 공감하게 만들었다.

“그래 정희 동무가 (이거 여자 이름을 부르는 것 같아 좀 별나기는 하지만) 소대장 동지처럼 되고 싶다고 한 게 틀린 말인가. 아니란 말이야! 이건 결코 내가 우리 분대 성원이래서 비호하는 게 아니야. 방금 소대장 동지도 말했지? 우리는 모두 경애하는 최고사령관 동지를 닮아야 한다구. 그런데 우리 소대에서 최고사령관 동지의 의도를 제일 잘 알구 최고사령관 동지를 제일 닮은 게 누구겠나? 소대장 동지란 말이야! 일에서, 훈련에서, 생활에서! 그래서 바로 우리 모두를 지휘하는 것이구. 그러니 우리가 소대장 동지를 닮는 게 그른 것이겠는가? 천만에! …… 난 언젠가 세면장에 갔다가 소대장 동지가 군복을 빠느라고 꺼내놓은 수첩을 슬며시 본 적이 있어. (이건 절대 비밀이야!) 거기에 군관학교를 졸업하고 우리 소대장으로 오면서 쓴 결의 같은 글이 있었는데 어떻게 썼는지 아나? 난 지금도 기억에 생생해. '나는 이제는 조선인민군 군관이다. 경애하는 최고사령관 동지의 군대, 당의 군대의 지휘관이다. 내가 대원들에게서 사랑과 존경을 받는 지휘관이 될 수 있을까. 되지 못할 지도 모른다. …… 그러나 나는 한 가지만은 확신한다.' 그 다음은 소대장 동지가 휙 돌아보는 바람에 채 못 보았지만 그래 어떤가 말이야. 우리가 이런 소대장 동지를 닮는 게 응당하지 않은가! 정희 동무, 어때 내 말이?"

강정희 상등병의 눈에는 어느 사이 눈물이 글썽해 있었다.

"나도 그런 의미에서 말한 겁니다."

"그렇지? 그래서 난 동무가 좋단 말이야. 동무 이름이 여자 이름이어서 좋은 게 아니구!"

와— 하고 웃음이 터져 올랐다. 강정희 상등병이 소대장 다음으로 분대장을 따르다시피 하는 것이 우연치 않았다.

그때 우리는 소대장이 '한 가지만은 확신한다'고 한 것이 무엇일까에 대하여 짐작해 보려고 하였다. 이런저런 견해들이 있었으나 강정희 상등병의 추측에 모두의 의견이 합쳐졌다. '죽으나 사나 나는 경애하는 최고사령관 동지의 전사이라는 것을!' 이것이 그의 추측이었다. 그런데서는 전투소보원답게 머리가 번쩍번쩍했다.

그 후부터 나는 소대장이 앞에 오면 눈길이 저절로 군복 상의 주머니에로 끌려가며 '한 가지만은 확신한다'의 뒤에 있는 그 '한 가지'가 무엇일까 하고 생각하게 되는 것을 어쩔 수 없었다. 소대장이 나의 눈길을 보고 자기 옷차림을 내려다보며 의아한 표정을 지은 적이 한두

번만 아니었다

어떻든 소대장은 소대 전체의 자랑이었고 긍지였다. 중대가 모인 앞에서 소대장이 대열 보고를 하려 정보로 걸어나갈 때면 소대는 키가 더 커지고 가슴이 벌어지는 듯 했다. 저도 모르는 사이에들 소대장을 닮아갔다. 행동도 말투도 성격도 …….

우리 소대에서는 '때문에'라는 소대장의 전용어가 공용어가 되어있었다. 나의 말투에도 어느 사이 '때문에'라는 말이 자주 끼어들군 한다. 나는 이것이 기쁘다. ……

오늘 우리 소대는 1m 30cm밖에 굴진하지 못했다. 그 대신 '찌그러졌던' 막장은 네모반듯하게 '고와졌다'.

7월 5일

오늘 일에 대해서는 도저히 차근차근 쓸 수가 없다. 그 모든 것이 오늘 하루동안 그것도 8시간 사이에 벌어지고 끝났다는 것이 믿어지지 않는다. 오늘 작업은 처음부터 순조롭지 못했다.

"군인은 다른 별은 다 몰라도 하나의 별만은 반드시 알아야 하오."

아니, 이것은 아직 작업이 시작되기 전에 갱 입구에 앉아있을 때 소대장이 한 말이다. 우리는 갱 입구에 앉아 교대를 인계 받으러 갱에 들어간 소대장을 기다리고 있었다.

"동문, 저 별 이름이 뭔지 알아?"

강정희 상등병이 나에게 물었었다. 밤이었다. 하늘에는 별들이 총총했다.

갱도 작업을 하면 바깥 날씨에 대해 무관심해진다. 비가 오건 눈이 오건 춥건 덥건 막장은 한 가지 '날씨'이기 때문이다. 밤낮의 구별도 없다. 나는 교대를 끝내고 밖으로 나올 때면 눈부신 햇살에 새삼스레 놀랜 적이 한두 번이 아니다. 그러다 보니 강정희 상등병에게도 별이 가득 실린 밤하늘이 새삼스러웠던 모양이다.

"오리온 성좌야. 저건 직녀성이구 저기 저건 카시오페이아 성좌

……."

그때 바로 갱에서 나온 소대장이 앞의 그 말을 했었다. 하나의 별만은 알아야 한다는 …….

"북두칠성 말입니까?" 하는 강정희 상등병의 말에 소대장은 머리를 끄덕이었다.

"북두칠성은 우리 군인들에게 북극성을 찾게 해주는 친절한 안내자와도 같소. 노래에도 있지. '북두칠성 저 멀리 별은 밝은데 …….' 좋지 않소?"

"북극성은 왜 항상 북쪽을 가리킬까요?"

강정희 상등병의 말에 소대장은 손목시계를 보고 나서 말했다.

"군인에게는 왜가 아니라 그렇다는 것이 중요하오. …… 소대 모엿!"

전 교대의 발파 소리가 먼 포성처럼 울려나왔다. 그것은 소리로서보다 땅의 진동으로 더 똑똑히 안겨왔다. 분대장과 함께 갱으로 향하며 나는 소대장이 강정희 상등병에게 하는 말을 들었다.

"북극성이 왜 항상 북쪽에 있는지 그건 나도 잘 모르겠구만. 후에 천문학자들에게 물어보오. 제대된 다음에 ……."

"알았습니다."

…… 오늘 작업은 처음부터 순조롭지 못했다.

전 교대에서 공기호스를 잘 대피시키지 못하여서 발파에 세 군데나 터져 있었다. 터진 부분을 잘라내고 연결해야 하였다. 그러다 나니 여느 날보다 30분이나 늦어서야 작업을 시작했다.

그런데 천반 구멍들을 다 뚫고 측벽 구멍을 시작했을 때 압축공기가 끊어졌다. 버럭 실은 광차가 탈선되면 큰돌이 쏟아져 배관과 공기호스 연결 부분을 깨뜨려놓은 것이다. 용접기를 끌어들여 용접을 하고 공기호스를 연결하고 …… 또다시 한 시간 반을 잃었다.

"아무래두 제 시간에 발파하기 바쁘겠는데?"

분대장이 떽심이 풀려 투덜거렸다. 내 생각도 같았다. 착암기란 힘주어 들이민다고 하여 미는 만큼 암반을 뚫고 들어가는 것이 아니다.

암반도 역시 힘 주어 찌른다고 하여 더 빨리 뚫리우는 호박 같은 것이 아니다. 시간, 시간이 걸려야 한다. 그런데 우리는 벌써 2시간을 잃었다. 8시간 중의 2시간을 …….

그러나 소대장은 조금도 에누리가 없었다.

"발파는 반드시 제 시간에 해야 하오."

"착암 한 대를 더 붙이면 ……."

하는 분대장의 말에 소대장은 압축공기 배관을 턱으로 가리켰다.

"바람이 딸려서 안되오. 압축기 능력이 이게 다니까."

"5중대에 막장 착암을 좀 중지해 달라고 합시다. 지금이야 막장 착암이 기본 아닙니까?"

그 말이 옳았다. 100리 물길굴의 관통은 막장 착암에 달려 있다.

"제가 갔다 올까요? 지금 교대가 '역기' 부소대장네 소댑니다. 거절하지 않을 겁니다."

그러나 소대장은 동의하지 않았다.

"그들도 우리와 꼭같이 명령을 받았소. 명령 집행에서는 기본과 기본이 아닌 것이 따로 없소!"

"에이 참! 그럼 어떻게 하잡니까?"

"동문 착암이나 하오. 최대한으로!"

얼마 후 소대장이 수굴 정대를 한아름 안아다가 와르르 내려놓았다. 그는 착암과 함께 수굴 작업을 하기로 결심한 것이었다.

수굴 작업은 곧 시작되었다. 착암기 소리, 함마 소리.

함마질은 교대로 하였다. 교대 없이 처음부터 마지막까지 함마질을 한 것은 소대장뿐이었다. 그는 처음이나 마지막이나 조금도 차이 없었다. 한결같은 속도, 한결같은 타격, 차이나는 것이란 처음에는 땀이 흘렀고 마지막에는 땀이 흐르지 않는 것이었다. 더 흘릴 땀이 없어서이리라. 허나 누구도 그를 교대해 줄 수 없었다.

"소대장 동지."

나는 보다 못하여 말했다.

"교대합시다."
"일 없소."
"소대장 동지!"
그는 나의 이마를 손가락으로 툭 건드렸다.
"동문 기억력이 나쁘구만."
"예?"
"내 말하지 않았던가. 소대장은 소대 전체의 힘만한 힘을 가진다구. 기억나지?"
"예."
"그럼 됐어. 소대장은 지치지 않아!"
착암기 소리와 함마 소리, 가쁜 숨소리, 천반에서 떨어지는 물방울은 땀방울처럼 느껴졌다. 간데라 불빛에 번들거리는 암벽들도 석수가 아니라 땀에 젖은 듯만 싶었다. 막장은 땀으로 포화되어 있었다.
"소대장 동지!"
분대장이 착암기를 껐다. 문득 좋은 궁리가 떠오른 모양이었다.
"이제부터라도 좀 조절합시다."
"조절?"
"천공 깊이를 1m 50씩 줍시다. 그러면 착암만으로도 다할 수 있습니다."
소대장은 착암기를 가리켰다.
"1m 50이오?"
"예."
"20을 더 뚫소."
"소대장 동지, 이런 경우에야 좀—."
소대장은 함마질을 다시 시작했다.
"더 뚫소!"
"소대장 동지!"
"더 뚫소!"

"후—!"
발파 시간이 되어 발파수가 폭약 상자를 지고 나타났을 때에야 천공 작업이 끝났다.
소대장은 착암기를 떼는 분대장에게 물었다.
"1m 70이 되오?"
분대장은 화가 동해 있었다.
"재어 보십시오!"
"그건 왜? 분대장의 자막대기와 소대장의 자막대기가 다를 수 없겠는데?"
"에이 참, 소대장 동진—."
"빨리 발파 준비를 하오."
소대장은 막장 철수를 지휘하려고 우리 곁을 떠났다. 발파 시간이 박두하여 소대 전체가 막장 철수에 달라붙었던 것이다. 분대장과 발파수가 마주 앉아 폭약에 뇌관을 연결하고 나는 그 옆에 앉아서 충진물을 빚었다. 분대장은 주위를 둘러보고는 발파수에게 말했다.
"여— 그 연대 군의소 간호원 있지? 우리 갱에 자주 현장 치료 나오는—."
발파수는 화약 봉지 안에 뇌관을 꽂아 넣었다.
"그런데?"
분대장의 화제에 오른 것은 떼로 버럭을 나르던 날 우리와 함께 있은 그 간호원인 것 같았다. 나의 귓가에는 그날에 듣던 노랫소리가 되살아났고 맑은 눈동자와 물방울이 반짝이던 갸름한 얼굴 그리고 우리 군복이 얼마나 맵시 있는가를 보여주는 듯 하던 호리호리한 모습이 눈앞에 떠올랐다.
"어제 단야[136]칸에서 지렛대를 하나 벼려 들고 나오다가 그 간호원을 만나지 않았겠나. 마당에서 갱 입구를 바라보며 서 있더군. 그런데

---

136) 단야(鍛冶): 금속을 불에 달구어 벼림.

내가 서너 걸음 앞에 갔는데도 전혀 거들떠보지도 않더란 말이야. 젠장!"

발파수는 뇌관을 꽂아 넣은 화약 봉지 아구리를 날랜 솜씨로 동여맸다.

"전주대[137]인 줄 알았겠지."

"화가 나더구만. 그래서 '간호원 동무!' 하고 불렀지. 그제야 나에게 시선을 돌리는데 진짜 전주대를 보는 것 같은 눈이 아니겠나? 잠시 후에야 '왜 그러세요?' 하더구만. 그래서 '오늘 우리 소대 현장에 와서 노래를 하나 불러주길 바랍니다. 소대 전체의 요청입니다.' 하고 어물쩍 둘러댔지. 그랬더니 글쎄 '전 노래를 부르러 다니는 배우가 아니라 치료하러 다니는 간호원인데요. 그리고 노래도 잘 부르지 못하구요.' 하질 않겠나?"

화약수가 짧게 웃었다.

"한 꼴[138] 먹었군!"

"마저 들어보기나 하라구. 그 말에 난 이렇게 대답했지. '너무 그러지 마시오. 다 알고 있습니다. 동무야 학교 때부터 노래를 잘 부르지 않았습니까. 중앙 축전에도 해마다 참가하구.' 그러자 글쎄 대뜸 눈이 이만큼 해지는 게 아니겠나?"

분대장은 손가락을 둥그렇게 하여 눈에 대보이고는 말을 계속했다.

"그러더니 '그건 누구한테서 들었어요?' 하고 따져 묻는 데 별 수 있더라구? 소대장 동지가 말하던 대로 '그랬을 것 같아서 해본 말이오.' 하고 말했더니 아, 글쎄 내 얼굴을 똑바로 쳐다보며 '동무네 소대장 동지가 말했지요?' 하는 게 아니겠나? 나는 그만 뺑— 해지고 말았네."

나도 역시 뺑— 해졌다. 그러니 소대장의 말은 정말이었던 것이 아닌가. 틀림없었다. 그들은 입대 전부터 아마 학교 때부터 아는 사이였을 것이다!

137) 전주대(電柱-): '전봇대'의 이북어.
138) 꼴(goal): '골(goal)'의 이북어.

"난 한참 지나서야 겨우 이렇게 물었구만. '우리 소대장 동지와 같은 학교를 다녔소?' 물어보나 마나한 것이었지. 간호원은 내 말에 대답할 대신 혼잣소리처럼 말했는데 귀를 기울여서야 겨우 알아들을 정도였어. '그러니 소대장 동진 …… 절 처음부터 알아보았구만요. …… 그러고도 아직 …… 단 한 번도 …….' 난 그저 우두커니 서 있었네. 진짜 전주대처럼 말이야. 그때 난 간호원이 왜 내가 곁에 오는 것도 모르고 갱 입구만 지켜보았는지를 알았어. 갱 입구에선 우리 소대장 동지가 동발 위에 앉아 있더란 말일세. 작업 조직을 짜고 있었지."

"……."

발파수는 뇌관을 넣던 것도 멈추고 서리서리 엉킨 도화선을 물끄러미 내려다보고 있었다. 나는 분대장의 입만 지켜보았다. 가장 감동적인 소설이나 영화에 대한 이야기를 듣는 듯 했다.

"간호원은 나에게 '동무네 소대장 동무한텐 이 이야기를 절대로 하지 말아주세요. 그리고 누구에게도.' 하더구만. 난 멍청해 있다가 그저 '그럽시다.' 하고 말았지. ……."

발파수는 책망하듯 쯧 하고 혀를 찼다.

"그런데 이렇게 말하나?"

"너무 안타까워서 그래. 소대장 동지가 그렇게 할 필요까지야 없잖은가 말이야. 무엇 때문에 ……."

"쓸데없는 소릴. 왜 그렇게 해야 하는지는 나나 동무보다 소대장 동지 자신이 더 잘 알거네."

"그건 그래."

다음은 말없이 화약에 뇌관을 꽂아 넣고 동여매기만 했다. 나도 충진물만 빚었다. 그러면서 생각했다.

소대장 동지도 그 간호원에 대한 남다른 감정을 가지고 있는 것이 아닐까. 그렇지 않으면 애써 모르는 척 하지 않았을 것이다. 그러나 이 모든 것이 사실이라고 하더라도 소대장은 간호원의 군사복무가 끝나는 날까지 결코 추억과 현실을 연결시키지 않을 것이다. 아마도 간호원이 영장과 모표를 떼고 부대를 떠날 때에야 …… 왜서인지 가슴이 조여드는 듯 했다. 간호원의 애수를 띤 듯한 눈동자와 물방울이 이슬처럼 맺혔던 얼굴이 떠올랐다. 동시에 소대장의 강직해 보이는 엄격한 얼굴이 떠올랐다. 그리고 이 순간 나는 소대장에 대한 더 열렬한 존경과 애정을 느꼈다. 엄격한 지휘관, 허나 자신에 대해 더 엄격한 소대장…….

이런 생각을 하던 나는 분대장의 손이 굳어진 듯 움직이지 않는 데 시선이 미쳐 그를 쳐다보았다. 그러자 …….

분대장은 종이장처럼 창백해진 얼굴을 갱 바깥쪽으로 돌리고 있었다.

"저게 무슨 소리야?"

예리한 외침 소리가 갱구쪽에서 울려오고 있었다. 무엇이라고 하는지를 알 수 없는 '아— 아— 아—' 하는 지속음으로만 들려오는 외침이었다. 몇 초 후에야 나는 그것이 '광차!— 광차!—' 하는 부르짖음임을 깨달았다.

우뢰[139] 소리와도 같은 굉음이 그 소리보다 더 빨리 막장으로 맹렬히 질주해 오고 있었다. 그 굉음 속에서 결사적으로 울리는 '아— 아— 아—' 소리는 우리의 몸에 부딪쳐 무서운 전율을 일으켰다.

분대장의 입에서 휘파람 같은 소리가 새어나왔다.

"비행기다!"

그는 벌떡 일어섰다. 발파수도 나도 뛰쳐 일어났다. 광차가 경삿길로 자유 질주하는 것을 '바람이 났다'고 하고 더 짧게는 '비행기'라고 한다.

조차장에서 광차를 놓친 것일까, 연결삔이 빠졌는가, 쇠밧줄이 끊어졌는가. 허나 이 순간 그것은 아무 의미도 없었다. 광차들이 그칠 줄 모르는 우뢰 소리 같은 굉음으로 지르며 육박해오고 있었다. 그 속도는 각각으로 무섭게 높아져 몇 초 후이면 전광석화와도 같이 막장에

139) 우뢰: '우레'의 이북어. 천둥.

들이닥칠 것이었다.

"모두 벽에 붙으라!—"

소대장의 외침에 모두들 본능적으로 벽에 붙어 섰다. 그는 막장에서 10m 남짓이 앞으로 나가 레루길에 서 있었다.

우뢰 소리는 급격히 높아지고 있었다. 그 소리 속에서 '광차!—' 하는 부르짖음은 다만 '아— 아—' 하는 절망적인 비명소리처럼 울릴 뿐이었다.

소대장이 막장을 휘— 둘러보았다. 그의 얼굴에는 절망의 빛이 어려 있었다. 나는 공포로 전율했다. 소대장의 얼굴에서 처음으로 보는 절망의 빛이었다. 막장은 좁다. 몇 대일지 모르는 버럭 실은 광차들이 번개처럼 날아 들어와 막장벽에 부딪치면 막장은 마구 부서지고 뭉그러진 광차의 잔해와 버럭으로 가득 찰 것이다. 아무리 벽에 바싹 붙는다 해도 암반 속으로 파고들 수 없는 한은 구원될 수 없다. 게다가 뇌관을 연결해 놓은 스물한 발의 폭약까지 있었다.

이때의 유일한 희망은 광차가 어디에든 걸려 탈선되는 천 번에 한 번이나 있음직한 우연이었다. 그러나 바람난 광차는 탈선되는 예가 거의 없다. 소대장은 왜서인지 벽에 붙어서 있는 우리를 천천히 둘러보았다. 천천히, 아주 천천히…… 한 사람 한 사람을 그리고 나에게서는 유달리 오랫동안 시선을 멈추는 것 같았다. ……

허나 그것은 나에게 그렇게 느껴졌을 뿐이었다. 그것은 불과 한순간이었다. 분대장이 소대장의 의도를 알아차리고 그쪽으로 한 발자국도 채 나서지 못했을 만한 순간이었을 뿐이었다. ……

그때 나에게서는 시간이 갑자기 끝없이 길어져서 한 초가 수십 수백의 순간으로 나뉘고 그 매 순간들이 다시 한 초 한 초로 되어 흘러간 듯 하였다. 모든 행동들이 고속도 촬영한 필름을 저속으로 돌릴 때처럼 보였다. ……

공포 때문이었을까. 아니, 나는 그것을 인정하지 않는다. 그 매 순간 순간에는 너무도 많은 의미가 집약되어 있었기 때문이다. 내가 태어나서 처음으로 보게 되는, 앞으로도 결코 두 번 다시는 볼 수 없는, 두 번째에는 나의 것으로 되어야 하는 한 영웅의 최후를 영원히 기억시켜 주기 위하여 시간은 자기의 흐름을 멈춰 세운 것이었다.

소대장의 얼굴에 미소가 스쳤다. 그것은 여느 때에 보던 밝은 미소가 아니었다. 우리를 위로하는 듯한, 하여 애수와도 같은 것이 가슴을 찌르고 들게 하는 그런 미소였다. 영원히 이별하는 자식들을 미소로 바래울 때 어머니들의 미소가 그러할 것이다.

소대장은 크게 한 걸음 내짚더니 아름드리 동발을 닁큼[140] 쳐들었다. 입갱할 때 6명이 달라붙어 겨우 끌어들인 동발이었다. 소대장이 아무리 힘이 장사라 해도 혼자서는 들 수 없는 것이었다. 그러나 그는 그것을 받들어 총을 했을 때처럼 두 손으로 꼬누어 들었다. 마치 환상영화의 한 장면 같았다. 그렇듯 모든 것이 초인간적이었다.

소대장은 동발을 앞으로 꼬나든 채 천둥처럼 가까워 오는 굉음을 맞받아 나갔다.

"소— 대— 장— 동— 지!"

벽에서 떨어져 나온 분대장의 목소리가 끝없이 길게 울렸다. 시간은 천천히 더 천천히 흘러가고 있었다.

소대장은 레루 복판에 동발 한 끝을 박고 다른 쪽 끝은 어깨에 멨다.

다음 순간 광차들이 벼락처럼 동발목에 날아와 부딪쳤다. 소대장은 흠칫 하였다. 그러나 깊이 뿌리박은 거목처럼 버티고 있었다. 앞 광차는 동발에 부딪쳐 버럭을 휘뿌리며 곧두섰고 두 번째 광차는 그 위에 덮쳤다. 세 번째 광차는 그에 부딪치고 모로 딩굴었다. 마침내 조용해졌다. ……

그러자 나는 소대장이 서 있던 자리에 삐어져 나온 동발과 광차에서 쏟아진 버럭만이 쌓여있는 것을 보았다. 버티고 서 있는 소대장은 나의 환각이었을 뿐이었다.

---

140) 닁큼: 머뭇거리지 않고 단번에 빨리.

"소대장 동지!—"

우리는 와락 달려가 정신없이 버럭무지를 파헤집기 시작하였다.

"소대장 동지, 조금만, 조금만 참으십시오!"

버럭에 점점이 핏방울이 나타나기 시작했다. 얼마 후에는 제껴 놓은 큰 돌도 작은 돌도 모두 피에 얼룩져 있었다. 우리의 손이 닿는 모든 돌과 버럭은 붉게 물들어 있었다. 아, 소대장 동지의 몸에 이처럼 많은 피가 흘렀단 말인가. ……

드디어 소대장의 잔등이 나타났다. 잔등은 메고있던 동발에 짓눌려 있었다. 동발을 들어내고 반듯이 돌려 눕히자 입에서 후— 몰려나오는 숨소리가 들렸다.

"소대장 동지!"

그의 얼굴에는 핏자국이 없었다. 옷에도 없었다. 얼굴 한쪽에는 버럭이 묻어 있었고 옷에도 물에 젖은 버럭이 묻어 있었다. 옷의 여기저기에는 피에 젖은 손자국들이 찍혀 있었다. 피는 우리의 손에서 흐른 것이었다. 버럭을 파헤치느라 터지고 갈라진 손끝마다들에서 피가 뚝뚝 떨어지고 있었다. 그러나 누구 하나 이것을 깨닫지도 느끼지도 못했다. ……

소대장의 눈시울이 떨렸다. 드디어 눈이 떠졌다. 그는 천천히 우리를 들러보다가 분대장의 얼굴에서 눈길을 멈추었다.

"왜··· 발파를··· 시간이 ……."

소대장의 머리맡에 무릎을 끓고 앉아있던 중대장이(우리는 중대 지휘관이 언제 들어왔는지를 몰랐다.) 탁 쉬어버린 목소리로 말했다.

"발파 준비를··· 하오. 소대장 동무의 ……."

할 말을 잊은 듯한 중대장의 목에서는 한동안 주먹같은 울구리뼈만 오르내리었다.

"··· 명령을 집행하시오."

"알았··· 습니다."

나에게는 중대장이 '마지막 명령'이라고 하려다가 그저 '명령'이라고 한 것으로 느껴졌다. 장약을 하면서도 눈앞에서는 버럭이 묻었던 소대장의 얼굴이 사라지지 않았다. 소대장의 얼굴에 무엇이 묻은 것을 보기는 처음이었다. 물에 젖고 버럭이 묻었던 옷도 사라지지 않았다. 그것 역시 처음으로 보았다. 왜 그것을 씻어주지 못했던가. ……

"울긴 왜 울어? 소대장 동진 죽지 않아!"

분대장이 나에게 소리쳤다. 그러나 그의 볼에서도 눈물이 흘러내리고 있었다. 장약을 마치자 분대장은 나에게 불심지를 넘겨주었다.

"점화!"

파란 연기가 막장에 가득 찼다. 그 연기 속에서 또다시 버럭이 묻었던 소대장의 얼굴과 옷이 떠올랐다. 내가 왜 그 버럭을 …….

"철수!— 귀가 먹었어?"

분대장이 어깨를 세차게 떠밀어서야 나는 대피 장소로 향했다.

발파수가 말했다.

"나가 보라구. 발파 결과는 내가 보고 나갈 테니."

우리는 입구 쪽으로 나갔다. 거의 100m 달리기를 하듯이 달려 나갔다. 침목에 걸려 비틀거리며, 동발에 머리를 짓쪼으며 마치 우리의 걸음에 소대장의 생명이 달려있기라도 한 듯 달렸다.

그러나 조차장에 이르자 우리는 우뚝 서버렸다. 소대장은 담가[141]에 누워 있었다. 머리 옆에는 주머니에서 꺼낸 수첩과 신분증 소지품들이 놓여 있었다. 저것은 왜 꺼내 놓았을까.

소대장의 가슴 위에 군의가 몸을 숙이고 있었고 그 옆에서는 간호원이 소대장의 팔을 잡고 주사를 놓으려고 허둥거리고 있었다. '그 간호원'이었다. 그는 소대장의 팔을 걷고 주사를 놓으려고 혈관을 찾고 있었다. 그러나 혈관을 찾지 못한 듯 다른 쪽 팔을 거두었다. 그의 손이 화들화들 떨리고 있었다.

군의가 소대장의 가슴에서 머리를 들었다.

---

141) 담가(擔架): 들것.

"간호원 동무… 그만… 두오."

"? !"

간호원의 손에서 주사기가 떨어졌다. 쨍그랑 주사기 깨어지는 소리와 함께 간호원은 울음을 터뜨렸다.

그 울음소리와 깨여진 주사기의 조각들은 우리의 심장으로 일시에 찌르고 들어왔다.

"소대장 동지!—"

그때 쿵 하는 첫 발파 폭음이 울렸다. 쿵 쿠쿵쿵쿵 온 갱도가 흔들렸다. 스물한 발의 '포성'이 울리고 있었다. 아, 저 '포성'이 오늘 소대장과 영결하는 조포142) 소리로 되리라고 언제 상상한 적이나 있었던가.

담가 위에 놓은 신분증에서는 엄격한 얼굴의 소대장이 우리를 올려다보고 있었다.

이름 전호진, 생년월일 주체61(1972)년 3월 10일…… 23살. 아, 소대장이 그토록 젊은 나이였던가. 소대의 구대원들 속에는 그보다 나이 많은 사람들이 적지 않았다. 그런데 그는 소대의 좌상과도 같았다. 소대 나이를 모두 합친 것보다 더 많은 나이를 가진 듯 존경을 받았다. 우리를 이끌었다.

소대장의 옆에 무릎을 꿇고 앉은 분대장이 소대장의 수첩을 펼쳐들고 천천히 읽기 시작하였다. 그토록 소대의 관심사로 되었던 수첩, 소대장이 자기 한생의 유일한 확신을 적어 놓은 수첩, 그가 유일하게 확신한 것은 과연 무엇이었을까. ……

"나는… 조선인민군… 군관이다.

나는… 한 가지만은 확신한다. 나의 생명은 오직 하나, 위대한 장군님을 위하여… 조국을 위하여… 가장 신성하고 아름다운 것에 바치기 위하여… 있다는 것을 ……."

조국을 위하여 그는 자기의 생명은 가장 신성하고 아름다운 것, 조

---

142) 조포(弔砲): 군대에서 장례식을 할 때, 조의를 나타내는 뜻으로 쏘는 예포.

국을 위하여 바치기 위하여 있는 것이라고 확신하였다. 그런데 그는 우리를 위하여 자기의 생명을 서슴없이 바쳤다.

아, 그러니 그에게서는 우리가 가장 신성하고 아름다운 것, 조국이었단 말인가. 버럭물에 젖고 돌가루를 뒤집어 쓴 키다리 분대장이, 둥글둥글한 말주변 없는 강정희 상등병이, 버럭물에 얼룩져 어슷비슷해[143] 보이는 구대원들이 그리고 내가 …… 정녕 가장 신성한 것이었단 말인가. …… 조국, 조국이었단 말인가. ……

쿵 하는 마지막 폭음이 울렸다. 그 폭음은 갱도 전체를 뒤흔드는 듯 묵중했고 그 폭음의 무게는 그대로 심장에 실리는 듯 했다. 천반에서 돌 부스레기[144]들이 우수수 머리 위에 떨어져 내렸다.

그렇다. 병사는 곧 조국이었다!

소대장은 자기의 생명으로 우리의 심장에 병사는 곧 조국이라는 그 자각을 새겨주었다.

"소대장 동지!"

발파가스가 천천히 흘러나왔다. 그 속에서는 스물한 발의 발파 폭음이 그냥 여운을 끌며 울리고 있는 듯 했다. 그 장엄한 폭음이 어찌 그대로 사라질 수 있단 말인가. 나에게는 그 우렁찬 폭음이 온 갱도를 흔들고 갱도를 품고 있는 산을 흔들고 점점 그 진폭을 넓혀 가며 온 지구를 흔들고 창공에서 찬란히 빛나는 별들을 잡아 흔들며 북극성이 빛나고 있는 먼 우주의 한끝까지 길이길이 울려갈 것만 같이 생각되었다.

우리에게 보내던 마지막 미소도 떠올랐다.

스물한 발의 '포성', 그것은 결코 소대장을 떠나보내는 조포 소리가 아니었다. 소대장처럼 억세고 깨끗하고 강인하고 정열적인 군인으로 재탄생하는 나를, 소대 전체를 맞이하는 장엄한 예포 소리였다! …….

—출전: 『조선문학』 642~644, 2001. 4~6.

---

143) 어슷비슷하다: 큰 차이가 없이 서로 비슷비슷하다.

144) 부스레기: '부스러기'의 이북어. 잘게 부스러진 물건.

제3부 북조선 문학예술 연구 목록 및 해설

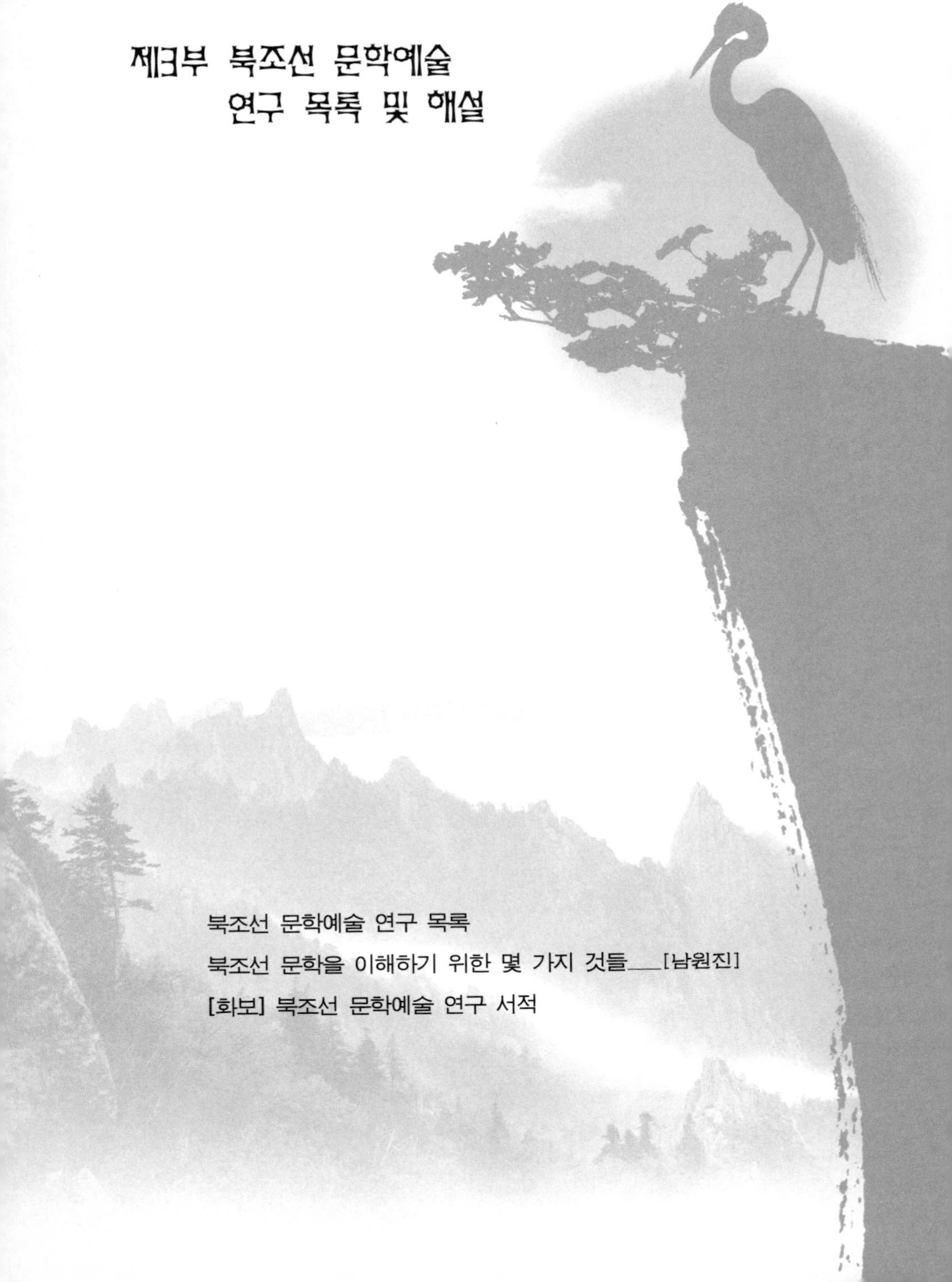

북조선 문학예술 연구 목록
북조선 문학을 이해하기 위한 몇 가지 것들___[남원진]
[화보] 북조선 문학예술 연구 서적

북조선 문학예술 연구 목록

1. 일반 논문(평론·기타)

북선예맹중앙위원회, 「시집 『응향』에 관한 결정서—북조선문학예술총동맹중앙상임위원회의 결정서」, 『문학』 3, 1947. 4.

백인준, 「문학예술은 인민에게 복무하여야 할것이다—원산문학가동맹편집시집 『응향』을 평함」, 『문학』 3, 1947. 4.

김광주, 「북쪽으로 다라난 문화인에게」, 『문예』, 1950. 12.

조연현, 「공산주의의 운명—6·25사변의 세계사적 의의」, 『문예』, 1950. 12.

오영진, 「'조직되는' 예술계—북조선문학예술총동맹의 선구」, 『하나의 증언』, 국민사상지도원, 1952.

오영진, 「'선량한 사람들'—소련종군기자단과의 교환」, 『하나의 증언』, 국민사상지도원, 1952.

이하윤, 「새해에 생각나는 사람들—김진섭형—6·25로 납북 또는 사망한 분의 추상」, 『신천지』, 1954. 1.

이헌구, 「새해에 생각나는 사람들—김윤식 외형—6·25로 납북 또는 사망한 분의 추상」, 『신천지』, 1954. 1.

장만영, 「새해에 생각나는 사람들—김억 선생—6·25로 납북 또는 사망한 분의 추상」, 『신천지』, 1954. 1.
정비석, 「새해에 생각나는 사람들—김동인 선생—6·25로 납북 또는 사망한 분의 추상」, 『신천지』, 1954. 1.
주요한, 「새해에 생각나는 사람들—이광수 선생—6·25로 납북 또는 사망한 분의 추상」, 『신천지』, 1954. 1.
홍이섭, 「새해에 생각나는 사람들—정인보 선생—6·25로 납북 또는 사망한 분의 추상」, 『신천지』, 1954. 1.
이범호, 「납치명사와 문인들의 현황」, 『이북실화』, 1956. 6.
김윤동, 「'한설야보고를' 중심한 붉은 북한문단의 명멸상—제3차전당대회전야의 암투상」, 『신태양』, 1956. 7.
한재덕, 「북한문학계의 실정—한국문학가협회창립10주년기념축전에서의 강연초고」, 『현대문학』, 1959. 8.
이동준, 「빼앗긴 들의 문인군상—북괴 북한문단의 고민」, 『세계』, 1960. 5.
이철주, 「정치의 수단으로서의 예술—북한문화예술의 현황과 비판」, 『사상계』, 1960. 11~12.
이철주, 「공산치하의 예술활동」, 공군본부정훈감실, 『코메트』 49, 1961.
최태응, 「북한문단 10여년사」, 『신사조』, 1962. 8~10.
이철주, 「북괴의 예술정책」, 국가재건최고회의, 『최고회의보』 12, 1962. 9.
최태응, 「월북문화인의 비극—정지용의 비극」, 『사상계』, 1962. 12.
최태응, 「월북문화인의 비극—이태준의 비극(상)」, 『사상계』, 1963. 1.
최태응, 「월북문화인의 비극—이태준의 비극(하)」, 『사상계』, 1963. 2.
최태응, 「월북문화인의 비극—임화의 비극」, 『사상계』, 1963. 3.
최태응, 「월북문화인의 비극—설정식의 비극」, 『사상계』, 1963. 4.
이철주, 「반공이념의 생활화」, 『공군』 74, 1963. 5.
최태응, 「월북문화인의 비극—이기영의 비극」, 『사상계』, 1963. 5.
최태응, 「월북문화인의 비극—한설야의 비극」, 『사상계』, 1963. 6.
김연회, 「월북예술인의 실태—6·25 13돌을 맞으며」, 『조선일보』, 1963. 6. 25.
이철주, 「공산주의치하의 연애」, 『공군』 76, 1963. 7.
이철주, 「북한의 작가·예술인」, 『사상계』, 1963. 11.
이철주, 「임화·김남천 비판의 이면—전 『민청』지 문예부장의 마음의 편력」, 『사상계』, 1964. 1.
이철주, 「작가의 환멸—전 『민청』지 문예부장의 마음의 편력」, 『사상계』, 1964. 3.
이철주, 「예술과 출신성분—전 『민청』지 문예부장의 마음의 편력」, 『사상계』,

1964. 4.
이철주, 「임화에 대한 기소장－전 『민청』지 문예부장의 마음의 편력」, 『사상계』, 1964. 6.
이철주, 「'북의 시인'과 운명－전 『민청』지 문예부장의 마음의 편력」, 『사상계』, 1964. 7.
이철주, 「슬픈 운명의 군상들－전 『민청』지 문예부장의 마음의 편력」, 『사상계』, 1964. 8.
이철주, 「전후작가동맹의 결성－전 『민청』지 문예부장의 마음의 편력」, 『사상계』, 1964. 10.
이철주, 「다시 일어나는 이태준－전 『민청』지 문예부장의 마음의 편력」, 『사상계』, 1964. 11.
이철주, 「안회남의 슬픈 정사－전 『민청』지 문예부장의 마음의 편력－북한의 작가예술인들」, 『사상계』, 1965. 1.
이철주, 「북한의 작가 예술인들」, 『사상계』, 1965. 2.
이철주, 「북한의 작가예술인들(완)－공산당문학노선의 결산－전 『민청』지 문예부장의 마음의 편력」, 『사상계』, 1965. 4.
조　철, 「월북한 예술인들의 비애」, 『자유』 24, 1965. 7.
이철주, 「북한무대예술인의 운명－북한의 연극·영화·무용·음악계의 현황」, 『사상계』, 1965. 8.
최태응, 「북한문단」, 한국문인협회(편), 『해방문학20년』, 정음사, 1966.
한재덕, 「이철주, 『북의 예술인』」, 『자유공론』, 1966. 4.
최광석, 「어문학의 곡예사들－북한학계의 동향(3)」, 『세대』, 1966. 7.
김문직, 「신시 60년의 논쟁－이상의 경우에서 『응향』 사건까지」, 『신동아』 42, 1968. 2.
이철주·우길명, 「꼭두각시로 전락한 북괴의 예술·예술인」, 『승공생활』 8, 1971. 2.
김옥교, 「인자로운 아버지 '청천 김진섭'을 회상함－납북인사 가족의 수기」, 『북한』 3, 1972. 3.
이철주, 「문학의 현황－북한연구」, 『북한』 2-2, 1973. 2.
구　상, 「시단이면사－시집 『응향』 필화사건전말기」, 『심상』, 1974. 7.
구　상, 「시집 『응향』 필화사건 전말기」, 『구상문학선』, 성바오르출판사, 1975.
이철주, 「북괴의 영화·연극은 어떠한가」, 『자유공론』, 1976. 8.
선우휘, 「남북되거나 월북한 문인들의 문제」, 『뿌리깊은 나무』 15, 1977. 5.
이철주, 「북한 예술인들의 현주소」, 『북한』 76, 1978. 4.

김용각, 「납북인사들의 비참한 말로」, 『정훈』 5-6, 1978. 6.
구　상, 「북한의 시－그 변질화과정에 대한 소고」, 평화통일연구소, 『통일정책』 4-2, 1978. 7.
국토통일원 자료관리국, 「'북한문학'의 실태」, 평화통일연구소, 『통일정책』 4-2, 1978. 7.
김윤식, 「북한의 평론－북한 문화예술정책에 대한 비판」, 평화통일연구소, 『통일정책』 4-2, 1978. 7.
선우휘, 「북한의 아동문학－북한아동의 정서와 의식형성」, 평화통일연구소, 『통일정책』 4-2, 1978. 7.
신상웅, 「북한의 희곡」, 평화통일연구소, 『통일정책』 4-2, 1978. 7.
양태진, 「월북작가론－김일성에 대한 '글 심부름꾼'의 허상」, 평화통일연구소, 『통일정책』 4-2, 1978. 7.
이은상, 「'문학부재'의 북한」, 평화통일연구소, 『통일정책』 4-2, 1978. 7.
홍기삼, 「북한의 소설－소설형태와 소설이전」, 평화통일연구소, 『통일정책』 4-2, 1978. 7.
이철주, 「북한의 예술과 문화」, 총력안보중앙협의회, 『길』 10, 1979. 9.
이철주, 「이질화된 오늘의 북한문학예술」, 『자유공론』, 1981. 8.
이철주, 「'문화의 달'을 맞아 살펴 본 한민족의 정통문화와 공산주의」, 『자유공론』, 1982. 10.
곽승지, 「시인 양명문씨가 말하는 문학예술 풍토－증언/북한의 소련 군정 3년」, 『북한』 162, 1985. 6.
우길명, 「북한 예술인들의 현주소」, 『북한』 167, 1985. 11.
이기봉, 「북한문학의 뿌리와 현실」, 『동서문학』, 1986. 6.
임헌영, 「분단시대의 민족·민중문학론」, 송건호·박현채·노중선·임헌영·강원돈, 『변혁과 통일의 논리』, 사계절, 1987.
구　상, 「북한의 시」, 『시대문학』, 1987. 가을.
오현주, 「북한 문학사 서술 방식의 변천과정」, 『원우논집』(연세대) 16, 1988. 2.
김　철, 「분단의 언어·통일의 언어」, 『실천문학』, 1988. 봄.
권영민, 「문학사의 총체성 회복과 월북문인」, 『문학사상』, 1988. 6.
정창범, 「북한문학의 실상」, 『민족지성』 29, 1988. 7.
성기조, 「북한의 문학예술 40년에 관한 연구－소설문학을 중심으로」, 『비평문학』 2, 1988. 8.
김재용, 「해금작가들과 민족문학사」, 『월간중앙』, 1988. 9.

김윤식, 「북한의 문학이론—북한 문학 예술 정책에 대한 이해를 위해」, 『문예중앙』, 1988. 가을.
윤미량, 「북한문학에서의 혁명적 낙관주의」, 『민족재결합의 모색』 40, 1988. 12.
황패강, 「분단시대의 문학사 서술」, 『숭실대논문집』 18, 1988. 12.
김명환, 「분단극복과 민족문학운동」, 『실천문학』, 1988. 겨울.
임규찬, 「8·15 직후 민족문학론에 있어서 민중성과 당파성의 문제」, 『실천문학』, 1988. 겨울.
권영민, 「북한에서의 근대 문학사 연구—『조선문학사』를 중심으로」, 권영민(편), 『북한의 문학』, 을유문화사, 1989.
권영민, 「북한의 문예 이론과 문예 정책」, 권영민(편), 『북한의 문학』, 을유문화사, 1989.
권영민, 「북한의 문학을 어떻게 볼 것인가」, 권영민(편), 『북한의 문학』, 을유문화사, 1989.
김동리, 「꽃파는 처녀(상·하)」, 『북한원전 및 이념도서 서평집』, 한국도서잡지주간신문윤리위원회, 1989.
김시태, 「북한의 문예이론」, 『북한원전 및 이념도서 서평집』 4, 한국간행물윤리위원회, 1989.
김열규, 「북한 문학의 한 위상」, 권영민(편), 『북한의 문학』, 을유문화사, 1989.
김우종, 「한 자위단원의 운명」, 『북한원전 및 이념도서 서평집』 2, 한국간행물윤리위원회, 1989.
김윤식, 「북한문학을 어떻게 대할 것인가」, 김윤식(편), 『해방공간의 민족문학연구』, 열음사, 1989.
김윤식, 「북한의 문학이론」, 김윤식(편), 『해방공간의 민족문학연구』, 열음사, 1989.
김윤식, 「주체 사상에 기초한 사회주의적 문예 이론」, 권영민(편), 『북한의 문학』, 을유문화사, 1989.
김윤식, 「해방공간의 남북한 문학단체변화과정」, 『해방공간의 문학사론』, 서울대출판부, 1989.
김윤식, 「해방후 남북한의 문화운동」, 김윤식(외), 『해방공간의 문학운동과 문학의 현실인식』, 한울, 1989.
김재홍, 「북한 시의 한 고찰」, 권영민(편), 『북한의 문학』, 을유문화사, 1989.
김지용, 「항일혁명문학예술」, 『북한원전 및 이념도서 서평집』 2, 한국간행물윤리위원회, 1989.

신형기, 「해방 직후 문학 논의의 쟁점」, 박명림(외), 『해방전후사의 인식』 6, 한길사, 1989.
오세영, 「백두산」, 『북한원전 및 이념도서 서평집』 4, 한국간행물윤리위원회, 1989.
유민영, 「북한의 희곡」, 권영민(편), 『북한의 문학』, 을유문화사, 1989.
윤병로, 「민중의 바다(상·하)」, 『북한원전 및 이념도서 서평집』 2, 한국간행물윤리위원회, 1989.
윤병로, 「봄우뢰(상·하)」, 『북한원전 및 이념도서 서평집』 4, 한국간행물윤리위원회, 1989.
윤재근, 「1932년(상·하)」, 『북한원전 및 이념도서 서평집』 3, 한국간행물윤리위원회, 1989.
이재선, 「사회주의 역사 소설과 그 한계-박태원 『갑오농민전쟁』론」, 권영민(편), 『북한의 문학』, 을유문화사, 1989.
임진영, 「해방 직후 민주건설기의 북한문학」, 김남식(외), 『해방전후사의 인식』 5, 한길사, 1989.
임헌영, 「북한 현대 소설의 이해를 위하여-최상순 『나의 교단』과 김봉철『나의 동무들』을 중심으로」, 최상순·김봉철, 『북한현대소설선』 Ⅰ, 물결, 1989.
임헌영, 「북한의 항일 혁명 문학」, 권영민(편), 『북한의 문학』, 을유문화사, 1989.
정호웅, 「북한소설의 비판적 이해」, 김윤식(편), 『해방공간의 민족문학연구』, 열음사, 1989.
조남현, 「북한 소설의 한 단면-『두만강』·『설봉산』·『서산대사』를 중심으로」, 권영민(편), 『북한의 문학』, 을유문화사, 1989.
조남현, 「조선문학개관(Ⅰ, Ⅱ)」, 『북한원전 및 이념도서 서평집』 3, 한국간행물윤리위원회, 1989.
최동호, 「조선문학사(1926~1945)」, 『북한원전 및 이념도서 서평집』 3, 한국간행물윤리위원회, 1989.
박영순, 「남북한의 언어정책 비교」, 『현대시학』, 1989. 2.
송현호, 「해금시인의 작품 및 그 의미」, 『현대시학』, 1989. 2.
오현주, 「북한의 혁명문학 40년」, 『사회와 사상』, 1989. 2.
황정산, 「남북문학사 시대구분론-해방 이후의 문학을 중심으로」, 『현대시학』, 1989. 2.
김윤식, 「북한 문학을 어떻게 대할 것인가」, 『문학과 사회』, 1989. 봄.

김재용, 「해방직후 남북한 문학운동과 민중성의 문제－소설 작품을 중심으로」, 『창작과 비평』, 1989. 봄.
박찬승, 「북한학계의 근대사 연구」, 『문학과 사회』, 1989. 봄.
백낙청, 「통일운동과 문학」, 『창작과 비평』, 1989. 봄.
이동하, 「북한문학과 우리 소설」, 『문학과 비평』, 1989. 봄.
최일남·한홍구·정도상·김철, 「북한문학 바로 읽기의 입문」, 『문예중앙』, 1989. 봄.
조정환, 「민주주의민족문학론에 대한 자기비판과 '노동해방문학'의 제창」, 『노동해방문학』, 1989. 4.
권영민, 「북한에서의 근대문학 연구－당의 정책변화와 '주체의 문예이론' 정립 과정을 중심으로」, 『문학사상』, 1989. 6.
김열규, 「북한문화의 특성과 남북문화 교류의 전망」, 『문학사상』, 1989. 6.
김윤식, 「주체사상에 기초한 사회주의적 문예이론」, 『문학사상』, 1989. 6.
김재홍, 「『백두산』 그 진행형 테마－조기천·백두산론」, 『문학사상』, 1989. 6.
이재선, 「사회주의 역사소설과 그 한계－박태원·갑오농민전쟁론」, 『문학사상』, 1989. 6.
임헌영, 「북한의 창작문학－소설을 중심으로」, 『문학사상』, 1989. 6.
조남현, 「『두만강』을 통해 본 북한문학－이기영·두만강론」, 『문학사상』, 1989. 6.
김성수, 「소련에서의 조명희」, 『창작과 비평』, 1989. 여름.
백진기, 「북한의 문예에 대한 올바른 이해를 위해」, 『실천문학』, 1989. 여름.
유중하, 「주체문예이론의 대중노선에 대하여－중국 현대문학의 관점에서 본 북한문학 연구 노트」, 『창작과 비평』, 1989. 여름.
임헌영, 「북한문학 개관」, 『실천문학』, 1989. 여름.
이복규, 「북한의 문학사 서술양상」, 『국제어문』 9·10, 1989. 7.
김윤식, 「이기영론－『고향』에서 『두만강』까지」, 『동서문학』, 1989. 8~10.
송희복, 「남북한 문학사 비교연구」, 『동원논집』(동국대) 2, 1989. 12.
박희병, 「북한 학계의 사실주의 논쟁의 성과와 문제점－북한 사회과학원 문학연구실 편, 『우리나라 문학에서 사실주의의 발생, 발전 논쟁』, 사계절, 1989」, 『창작과 비평』, 1989. 가을.
임형택·최원식·김명환·김형수, 「통일을 생각하며 북한문학을 읽는다」, 『창작과 비평』, 1989. 가을.
정호웅, 「『두만강』론－항일무장투쟁의 길」, 『창작과 비평』, 1989. 가을.
감태준, 「시적 대상의 유형－이용악의 시세계」, 『월간문학』, 1989. 12~1990. 1.
김승환, 「남북한 근대문학과 언어이데올로기적 대차」, 『국제관계연구』(충북대)

1, 1989. 12.
구인환, 「이기영의 두만강」, 『월간문학』, 1989. 12.
신동한, 「갑오농민전쟁론」, 『월간문학』, 1989. 12.
홍락훈, 「정치선동의 조작품」, 『월간문학』, 1989. 12.
권순긍, 「우리 문학의 민족적 특성」, 권순긍·정우택(편), 『우리 문학의 민족 형식과 민족적 특성』, 연구사, 1990.
김용직, 「문예창작방법론」, 『북한원전 및 이념도서 서평집』 8, 한국간행물윤리위원회, 1990.
김윤식, 「1930년대 후반기 카프 문인들의 전향 유형 분석」, 『한국 현대 현실주의 소설 연구』, 문학과지성사, 1990.
김윤식, 「1946~1960년대 북한 문학의 세 가지 직접성—한설야의 「혈로」 「모자」 「승냥이」 분석」, 『한국 현대 현실주의 소설 연구』, 문학과지성사, 1990.
김윤식, 「80년대 북한 소설 읽기」, 『한국 현대 현실주의 소설 연구』, 문학과지성사, 1990.
김윤식, 「내면 풍경의 문학사적 탐구—한설야의 『청춘기』」, 『한국 현대 현실주의 소설 연구』, 문학과지성사, 1990.
김윤식, 「박태원론—모더니즘과 리얼리즘의 관련 양상」, 『한국 현대 현실주의 소설 연구』, 문학과지성사, 1990.
김윤식, 「북한 문학을 어떻게 대할 것인가—현실주의와 유토피아」, 『한국 현대 현실주의 소설 연구』, 문학과지성사, 1990.
김윤식, 「빨치산 소설의 기원—이태준의 「첫전투」와 박태민의 「제2전구」」, 『한국 현대 현실주의 소설 연구』, 문학과지성사, 1990.
김윤식, 「우리 현대 문학사의 연속성—염상섭의 『취우』와 한설야의 『대동강』」, 『한국 현대 현실주의 소설 연구』, 문학과지성사, 1990.
김윤식, 「이기영론—『고향』에서 『두만강』까지」, 『한국 현대 현실주의 소설 연구』, 문학과지성사, 1990.
김윤식, 「작가의 관념적 오류와 소설적 진실—이기영의 「농막일기」와 「농막선생」」, 『한국 현대 현실주의 소설 연구』, 문학과지성사, 1990.
김윤식, 「주체 사상에 기초한 사회주의적 문예 이론 비판」, 『한국 현대 현실주의 소설 연구』, 문학과지성사, 1990.
김윤식, 「최명익론—평양 중심화 사상과 모더니즘—「심문」에서 『서산대사』까지」, 『한국 현대 현실주의 소설 연구』, 문학과지성사, 1990.
김윤식, 「토지 개혁과 개벽 사상—이기영의 『땅』」, 『한국 현대 현실주의 소설

연구』, 문학과지성사, 1990.
김윤식, 「한설야론—「과도기」에서 『설봉산』까지」, 『한국 현대 현실주의 소설 연구』, 문학과지성사, 1990.
김윤식, 「황건론—정치·문학 일원론에 이른 길」, 『한국 현대 현실주의 소설 연구』, 문학과지성사, 1990.
김장호, 「닻은 올랐다(상·하)」, 『북한원전 및 이념도서 서평집』 7, 한국간행물윤리위원회, 1990.
윤병로, 「아침해(상·하)」, 『북한원전 및 이념도서 서평집』 6, 한국간행물윤리위원회, 1990.
윤재근, 「압록강(상·하)」, 『북한원전 및 이념도서 서평집』 5, 한국간행물윤리위원회, 1990.
이동하, 「대지는 푸르다(상·하)」, 『북한원전 및 이념도서 서평집』 8, 한국간행물윤리위원회, 1990.
이재선, 「혁명의 여명(상·하)」, 『북한원전 및 이념도서 서평집』 8, 한국간행물윤리위원회, 1990.
장윤익, 「교류의 방향과 전망—남북문학사의 비평적 조명」, 『남북문학의 비평적 조명』, 백문사, 1990.
조남현, 「국어교수법(교원대학용)」, 『북한원전 및 이념도서 서평집』 5, 한국간행물윤리위원회, 1990.
박상천, 「해방 후 북한의 문학」, 『현대시』, 1990. 1~2.
이상호, 「북한의 문학연구의 기본관점」, 『현대시』, 1990. 1~2.
김윤식, 「80년대 북한 문학작품 읽기」, 『동서문학』, 1990. 2~5.
이우용, 「이태준의 『농토』에 나타난 인물성격 연구—사회주의 리얼리즘 논의를 중심으로」, 『건국대대학원논문집』 30, 1990. 2.
김경원, 「해방 직후 남북한 리얼리즘 소설에 나타난 긍정적 주인공의 양상」, 『동서문학』, 1990. 3.
김성수, 「우리 문학에서 사회주의적 사실주의의 발생—북한의 사회주의적 사실주의 논쟁 1」, 『창작과 비평』, 1990. 봄.
양문규, 「「슬픈 모순」과 1910년대 비판적 사실주의의 문제」, 『창작과 비평』, 1990. 봄.
김윤식, 「황건론—정치·문학 일원론에 이르기」, 『동서문학』, 1990. 6~8.
홍정선, 「통일문학사와 정통성의 장벽—KAPF 처리 문제를 중심으로」, 『문학과 사회』, 1990. 여름.

성기조, 「북한문학연구—성과작으로 내세우는 작품 중 정치성과 노동관을 중심으로」, 『문학예술』, 1990. 7.
오현주, 「남북한의 6·25문학 비교—소설을 중심으로」, 『한길문학』, 1990. 7.
송희복, 「분단문학사와 통일문학사」, 『문학공간』, 1990. 8.
박형규·김종현·반성완·임헌영, 「민족문학과 사회주의문학」, 『한길문학』, 1990. 8.
임헌영, 「주체사상에 따른 항일혁명문학이 주류」, 『한길문학』, 1990. 8.
권영민, 「분단문학으로서의 북한문학의 성격」, 『세계의 문학』, 1990. 가을.
김대행, 「북한의 문학사 연구, 어디까지 왔는가」, 『문학과 비평』, 1990. 가을.
김동훈, 「북한학계 리얼리즘논쟁의 검토」, 『실천문학』, 1990. 가을.
김윤식, 「북한문학의 세가지 직접성—한설야의 「혈로」 「모자」 「승냥이」 분석」, 『예술과 비평』, 1990. 가을.
이영호, 「1894년 농민전쟁의 역사적 성격과 역사소설—『갑오농민전쟁』과 『녹두장군』을 중심으로」, 『창작과 비평』, 1990. 가을.
서경석, 「문학사 서술에 나타난 남북한의 거리」, 『문학과 비평』, 1990. 가을.
홍정선, 「카프와 주체사상의 관계」, 『문학과 비평』, 1990. 가을.
김윤식, 「한설야론—「과도기」에서 『설봉산』까지」, 『동서문학』, 1990. 9~10.
성기조, 「북한문학연구—성과작으로 내세우는 작품중 정치성과 노동관을 중심으로」, 『비평문학』, 1990. 10.
홍정선, 「북한문학과 주체문예 이론」, 『전망』 46, 1990. 10.
권영민, 「김일성의 주체사상과 북한문학」, 『통일로』 27, 1990. 11.
권영민, 「분단문학으로서의 북한문학의 성격」, 『세계의 문학』, 1990. 겨울.
신범순, 「분단 역사의 흔적에 대한 소설적 글쓰기의 모험」, 『세계의 문학』, 1990. 겨울.
이기철, 「북한문학사 기술의 시점」, 『민족문화논총』(영남대) 11, 1990. 12.
정주환, 「북한문학의 이질화와 우리의 과제」, 『사회교육』(호남대) 3, 1990. 12.
고미숙·김경원, 「문학사의 구성체계 및 서술방식」, 민족문학사연구소, 『북한의 우리문학사 인식』, 창작과비평사, 1991.
김성수, 「북한학계의 우리문학사 연구 개관」, 민족문학사연구소, 『북한의 우리문학사 인식』, 창작과비평사, 1991.
김승종, 「황건의 「개마고원」론」, 한국문학연구회(편), 『1950년대 남북한 문학』, 평민사, 1991.
김 영, 「이조 후기 문학」, 민족문학사연구소, 『북한의 우리문학사 인식』, 창작과비평사, 1991.

김윤태, 「1910년~1925년의 시」, 민족문학사연구소, 『북한의 우리문학사 인식』, 창작과비평사, 1991.

김재홍, 「해방40년 남북한시의 한 변모」, 김은전선생화갑기념논문집 간행위원회, 『한국 현대시사의 쟁점』, 시와시학사, 1991.

김종철, 「이조 전기 문학」, 민족문학사연구소, 『북한의 우리문학사 인식』, 창작과비평사, 1991.

김현양·오현주, 「문학사 서술의 미학적 기초」, 민족문학사연구소, 『북한의 우리문학사 인식』, 창작과비평사, 1991.

박희병, 「원시문학과 고대문학」, 민족문학사연구소, 『북한의 우리문학사 인식』, 창작과비평사, 1991.

서경석, 「1950년대 북한문학의 한 양상－윤세중의 소설을 중심으로」, 문학사와비평연구회(편), 『1950년대 문학연구』, 예하, 1991.

심원섭, 「1950년대 북한 시 개관」, 한국문학연구회(편), 『1950년대 남북한 문학』, 평민사, 1991.

양승국, 「1945년~1953년의 남북한 희곡에 나타난 분단문학적 특질」, 문학사와비평연구회(편), 『1950년대 문학연구』, 예하, 1991.

유문선, 「1926년~1945년의 평론」, 민족문학사연구소, 『북한의 우리문학사 인식』, 창작과비평사, 1991.

유문선, 「1926년~1945년의 희곡」, 민족문학사연구소, 『북한의 우리문학사 인식』, 창작과비평사, 1991.

윤여탁, 「한국전쟁후 남북한 시단의 형성과 시세계－1950년대를 중심으로」, 김은전선생화갑기념논문집 간행위원회, 『한국 현대시사의 쟁점』, 시와시학사, 1991.

이강옥, 「삼국시대 문학과 남북국시대 문학」, 민족문학사연구소, 『북한의 우리문학사 인식』, 창작과비평사, 1991.

이명학, 「고려 전기 문학」, 민족문학사연구소, 『북한의 우리문학사 인식』, 창작과비평사, 1991.

이상경, 「1910년~1925년의 소설」, 민족문학사연구소, 『북한의 우리문학사 인식』, 창작과비평사, 1991.

이상경, 「1926년~1945년의 소설」, 민족문학사연구소, 『북한의 우리문학사 인식』, 창작과비평사, 1991.

임진영, 「항일혁명문학」, 민족문학사연구소, 『북한의 우리문학사 인식』, 창작과비평사, 1991.

정출헌, 「고려 후기 문학」, 민족문학사연구소, 『북한의 우리문학사 인식』, 창작과비평사, 1991.
진경환·신두원, 「문학사의 시대구분」, 민족문학사연구소, 『북한의 우리문학사 인식』, 창작과비평사, 1991.
최원식, 「19세기말~1910년의 문학」, 민족문학사연구소, 『북한의 우리문학사 인식』, 창작과비평사, 1991.
한형구, 「1950년대의 한국시－전쟁시 혹은 전후시의 전개」, 문학사와 비평연구회(편), 『1950년대 문학연구』, 예하, 1991.
김용직, 「이데올로기와 창작활동－북한의 문예이론, 문예정책」, 『동서문학』, 1991. 1.
심경훈, 「주체적 문예이론과 서정시론」, 『예술과 비평』 7-1, 1991. 봄.
김승환, 「해방공간의 북한문학－문화적 민주기지 건설론을 중심으로」, 『한국학보』 63, 1991. 여름.
김윤식, 「광복후의 문화운동연구－인민민주주의 민족문학운동을 중심으로」, 국사편찬위원회, 『국사관논총』 25, 1991. 9.
김재남, 「황건문학연구」, 『세종대학교논문집』 18, 1991. 12.
김재용, 「유일사상체계의 확립과 북한문학의 변모－천세봉의 『안개 흐르는 새언덕』에 대한 평가를 중심으로」, 『한길문학』, 1991. 12.
김성수, 「근대문학과 사회주의 리얼리즘의 발생－1950~60년대 북한 학계의 사회주의 리얼리즘 발생 발전 논쟁에 대한 비판적 검토」, 김성수(편), 『우리 문학과 사회주의 리얼리즘 논쟁』. 사계절, 1992.
김윤식, 「분단문학, 통일문학」, 『현대소설과의 대화』, 현대소설사, 1992.
김윤식, 「남북작가회의에의 길」 1~2, 『현대소설과의 대화』, 현대소설사, 1992.
김재남, 「김사량 문학연구」, 김재남(편), 『김사량 작품집』(종군기), 살림터, 1992.
김재남, 「『북한의 비판적 사실주의 문학 연구』 해제」, 리동수, 『북한의 비판적 사실주의 문학 연구』, 살림터, 1992.
신형기, 「효용 기준의 정책적 제도화－북한소설에서 반복되는 몇가지 주제」, 『해방기소설 연구』, 태학사, 1992.
이우용, 「북조선문학예술총동맹과 고상한 리얼리즘의 구체화 양상」, 『미군정기 민족문학의 논리』, 태학사, 1992.
이우용, 「조선문학건설본부의 인민문학론과 창작의 구체화 양상」, 『미군정기 민족문학의 논리』, 태학사, 1992.
정영진, 「문학사의 미궁 찾기 1－북행문인·북한문학산고」, 『현대문학』, 1992. 1.

정영진, 「문학사의 미궁 찾기 2-시인 조벽암의 월북 전후」, 『현대문학』, 1992. 2.
홍문표, 「남북한 시의 이질화에 관한 고찰」, 『명지어문학』 20, 1992. 2.
Tibor Méray, 「설정식에 대한 추억」, 홍정선(역), 『현대문학』, 1992. 2.
정영진, 「문학사의 미궁 찾기 3-'정치문인' 박승극의 궤적」, 『현대문학』, 1992. 3.
김재용, 「북한문학계의 '반종파투쟁'과 카프 및 항일혁명문학」, 『역사비평』, 1992. 봄.
김재용, 「북한 문예학의 전개과정과 과학적 문학사의 과제」, 『실천문학』, 1992. 봄.
권영민, 「민족 공동체 문화의 확립을 위한 방안-남북한 문화예술 교류와 통합의 길은 동질성 회복」, 『문학사상』, 1992. 4.
김외곤, 「북한문학에 나타난 민족해방투쟁의 형상화와 그 문제점-민촌 이기영의 『두만강』을 중심으로」, 『문학정신』, 1992. 4.
이형기·조정래·정동주·김영헌, 「남북 문학교류에 대한 제언-중견작가 4인이 말하는 교류의 의미와 이정표」, 『문학사상』, 1992. 4.
전영태, 「민족적 대서사시의 창출을 위한 준비작업-통일문학의 기본적 전제와 예비적 절차에 관한 논의」, 『문학사상』, 1992. 4.
정영진, 「문학사의 미궁 찾기 4-'문맹' 최후의 사령탑 배호」, 『현대문학』, 1992. 4.
류보선, 「이상적 현실의 형상화와 소설적 진실-이기영의 『땅』에 대하여」, 『문학정신』, 1992. 5.
김동훈, 「장편소설론의 이상과 '혁명적 대작 장편' 창작방법 논쟁-북한의 사회주의적 사실주의 논쟁·3」, 『한길문학』, 1992. 여름.
임헌영, 「북한 문학에 나타난 남북대화」, 『동서문학』, 1992. 여름.
정영진, 「문학사의 미궁 찾기 5-프로희곡사의 산 증인 신고송」, 『현대문학』, 1992. 6.
김외곤, 「1930년대 적색농조운동과 낙관주의적 비극-한설야의 『설봉산』」, 『문학정신』, 1992. 7.
조남철, 「한설야 소설 연구-『설봉산』을 중심으로」, 『한국방송통신대논문집』 14, 1992. 7.
정영진, 「문학사의 미궁 찾기 6-박태원과 북의 『삼국지』」, 『현대문학』, 1992. 7.
김만수, 「북한 문학평론의 폐쇄성과 편협성-주체적인 사회주의적 문학예술」, 『문학사상』, 1992. 8.

서경석, 「남북한 소설의 차별성; 창작방법론과 관련하여－주체적인 사회주의적 문학예술」, 『문학사상』, 1992. 8.
송기한, 「90년대 남북 시의 한 단면－정서적 공감대 통한 이질화의 극복」, 『문학사상』, 1992. 8.
양승극, 「북한의 희곡문학과 연극의 실상－남북 연극의 괴리; 이질화의 뚜렷한 증거」, 『문학사상』, 1992. 8.
정영진, 「문학사의 미궁 찾기 7－요절작가 안동수의 '8·15소설'」, 『현대문학』, 1992. 8.
이 탄, 「『응향』과 민족시 그리고 언어」, 『현대시학』, 1992. 9.
정영진, 「문학사의 미궁 찾기 8－해방공간의 우상문학」, 『현대문학』, 1992. 9.
김시웅, 「통일문학사적 관점에서 본 『백두산』(조기천)론」, 『학생통일문제연구집』(강릉대), 1992. 10.
정영진, 「문학사의 미궁 찾기 9－동요시인 윤복진 반전극」, 『현대문학』, 1992. 10.
정영진, 「문학사의 미궁 찾기 10－극작가 박로아의 무상한 변신」, 『현대문학』, 1992. 11.
오세영, 「한국전쟁문학론 연구」, 『인문논총』(서울대) 28, 1992. 12.
정영진, 「문학사의 미궁 찾기 11－소설가 엄흥섭의 의문점들」, 『현대문학』, 1992. 12.
김재용, 「80년대 북한 소설문학의 특징과 문제점－사회주의 현실 주제의 중장편을 중심으로」, 『창작과 비평』, 1992. 겨울.
권영민, 「북한의 문학」, 『한국현대문학사』(1945~1990), 민음사, 1993.
김성수, 「1950년대 북한 문예비평의 전개과정」, 조건상(편), 『한국전후문학연구』, 성균관대출판부, 1993.
김윤식·정호웅, 「북한소설 개관」, 『한국소설사』, 예하, 1993.
조남현, 「이기영의 『두만강』」, 『한국현대소설의 해부』, 문예출판사, 1993.
현재원, 「'전후복구건설시기' 북한희곡에서의 도식주의－문예정책과의 관련을 중심으로」, 조건상(편), 『한국전후문학연구』, 성균관대출판부, 1993.
류보선, 「모더니즘적 이념의 극복과 영웅성의 세계－박태원의 『갑오농민전쟁』」, 『문학정신』, 1993. 2.
박명용, 「북한문학의 양태 고찰－해방 이후의 시를 중심으로」, 『대전어문학』 10, 1993. 2.
강진호, 「『조선문학개관』을 통해 본 북한의 문학사 서술」, 『극동문제』 169, 1993.

3.
김동훈, 「전후문학의 도식주의 논쟁－1950년대 북한 문예비평사의 쟁점」, 『문학과 논리』 3, 1993. 6.
이혜숙, 「역사소설과 민중적 상상력－홍석중 장편소설 『높새바람』 Ⅰ~Ⅳ, 연구사 1993」, 『창작과 비평』, 1993. 여름.
박철석, 「남북 시문학 비교 연구－80년대 시를 중심으로」, 『동아논총』 30, 1993. 12.
김성수, 「사실주의 비평논쟁사 개관－북한 비평사의 전개(1945~1967)와 『문학신문』」, 김성수(편), 『북한 『문학신문』 기사목록(1956~1993)』(사실주의 비평사 자료집), 한림대학교 아시아문화연구소, 1994.
김재용, 「1980년대 북한 소설 문학의 특성과 문제점－'사회주의 현실' 주제의 중·장편을 중심으로」, 『북한 문학의 역사적 이해』, 문학과지성사, 1994.
김재용, 「8·15 직후의 민족문학론－조선문학가동맹과 북조선문예총 사이의 논쟁을 중심으로」, 『북한 문학의 역사적 이해』, 문학과지성사, 1994.
김재용, 「북한 문예학의 전개 과정과 과학적 문학사의 과제」, 『북한 문학의 역사적 이해』, 문학과지성사, 1994.
김재용, 「북한 문학계의 '반종파 투쟁'과 카프 및 항일 혁명 문학」, 『북한 문학의 역사적 이해』, 문학과지성사, 1994.
김재용, 「북한 문학의 역사적 이해를 위하여」, 『북한 문학의 역사적 이해』, 문학과지성사, 1994.
김재용, 「북한에서의 항일 혁명 문학 평가의 역사」, 『북한 문학의 역사적 이해』, 문학과지성사, 1994.
김재용, 「북한의 프로 문학 연구 비판－북한 문예학계의 사회주의 사실주의의 발생 발전 논의와 관련하여」, 『북한 문학의 역사적 이해』, 문학과지성사, 1994.
김재용, 「위기와 기회－1990년대 북한 단편소설의 흐름」, 리태윤(외), 『뻐국새가 노래하는 곳』, 살림터, 1994.
김재용, 「초기 북한 문학의 형성 과정과 냉전 체제」, 『북한 문학의 역사적 이해』, 문학과지성사, 1994.
김재용, 「최근(1990년대) 북한 소설의 경향과 그 역사적 의미」, 『북한 문학의 역사적 이해』, 문학과지성사, 1994.
이시환, 「정치적 목적달성을 위한 수단으로서의 문학－조기천의 장편 서사시 「백두산」에 대하여」, 『문학과 의식』, 1994. 1(신년호).

최연홍, 「북한이 보는 남한문학·세계문학」, 『북한』 266, 1994. 2.
박철석, 「남북 시 비교 연구—80년대 시를 중심으로」, 『문학과 의식』, 1994. 봄.
설준규, 「80년대 북한 소설의 한 단면—백남룡의 경우」, 『실천문학』, 1994. 봄.
신두원, 「해방직후 북한의 문학비평」, 『한국학보』, 1994. 봄.
김재용, 「초기 북한문학의 형성과정과 냉전체제」, 『통일문제연구』 21, 1994. 7.
서준섭·신형기·하정일·김성수·김재용·임진영, 「북한문학 이해의 올바른 방향」, 『민족문학사연구』 5, 1994. 7.
박선애, 「『해방전후』, 『농토』 연구」, 『원우론총』(숙명여대) 12, 1994. 11.
김현숙, 「백남룡 『벗』의 분석」, 『한국문화연구원논총』(이화여대) 64-1, 1994. 12.
김재용, 「최근 북한 소설의 흐름—1980년대와 1990년대 북한 농촌소설의 차이」, 『북한연구』 18, 1994. 12.
신형기, 「북한문학 연구의 성과—김재용, 『북한문학의 역사적 이해』」, 『민족문학사연구』 6, 1994. 12.
신형기, 「북한문학 연구의 성과와 근대 리얼리즘의 가닥잡기—김재용 『북한문학의 역사적 이해』, 정호웅 『우리 소설이 걸어 온 길』」, 『오늘의 문예비평』, 1994. 겨울.
김종회, 「주체문학론과 부수적 현실주제 문학론의 병행」, 최동호(편), 『남북한 현대문학사』, 나남, 1995.
김춘식, 「근대 민족문학의 두 가지 방향과 분단기 한국문학사의 전개—분단기 한국문학사를 바라보는 몇 가지 관점」, 최동호(편), 『남북한 현대문학사』, 나남, 1995.
김춘식, 「문예학의 원칙 확립과 미학의 제문제」, 최동호(편), 『남북한 현대문학사』, 나남, 1995.
김한식, 「북한소설에서 현실모순의 형상화 문제」, 최동호(편), 『남북한 현대문학사』, 나남, 1995.
김행숙, 「북한문학사 서술의 원칙과 성격」, 최동호(편), 『남북한 현대문학사』, 나남, 1995.
渡邊直紀, 「분단시대 남북한 문학과 전후 일본 문학이 비교 가능성」, 최동호(편), 『남북한 현대문학사』, 나남, 1995.
손화숙, 「공산주의적 교양과 긍정적 인물의 변모양상」, 최동호(편), 『남북한 현대문학사』, 나남, 1995.
유지현, 「분단체제 심화기 남북한 사회의 동력과 문학적 사유: 시대개관」, 최동호(편), 『남북한 현대문학사』, 나남, 1995.
윤동재, 「도식성과 산문화 경향 극복을 위한 모색」, 최동호(편), 『남북한 현대문학사』, 나남, 1995.
이광호, 「문학사 인식과 시대구분」, 최동호(편), 『남북한 현대문학사』, 나남, 1995.
이상숙, 「사상 예술성의 고양과 시대적 전형의 창조」, 최동호(편), 『남북한 현대문학사』, 나남, 1995.
이재인, 「북한 문학」, 『북한문학의 이해』, 열린길, 1995.
이재인, 「한국의 프롤레타리아 문학」, 『북한문학의 이해』, 열린길, 1995.
이창민, 「분단체제 변혁을 위한 문학적 실천: 시대개관」, 최동호(편), 『남북한 현대문학사』, 나남, 1995.
임진영, 「북한문학의 이해－단편소설을 중심으로」, 민족문학사연구소(편), 『민족문학사 강좌』(하), 창작과비평사, 1995.
전도현, 「현실 창조의 문학과 이질성의 심화」, 최동호(편), 『남북한 현대문학사』, 나남, 1995.
정혜경, 「'인민'의 사회주의적 정체성 건설과 '고상한' 리얼리즘」, 최동호(편), 『남북한 현대문학사』, 나남, 1995.
정혜경, 「분단시대의 출발과 정체성의 모색: 시대개관」, 최동호(편), 『남북한 현대문학사』, 나남, 1995.
조해옥, 「유일사상의 확립과 시적 형상화 주체의 변모」, 최동호(편), 『남북한 현대문학사』, 나남, 1995.
최동호, 「남북한 현대문학사 서술을 위한 서설」, 최동호(편), 『남북한 현대문학사』, 나남, 1995.
홍창수, 「남한문학사 서술양상과 북한문학 연구동향」, 최동호(편), 『남북한 현대문학사』, 나남, 1995.
김재용, 「도시를 동경하는 북한농촌의 젊은이들」, 『통일한국』 134, 1995. 2.
이명재, 「북한문학사 기술의 문제점」, 『자유』 258, 1995. 2.
김재용, 「김정일 시대의 주체문학론」, 『문예중앙』, 1995. 봄.
신형기, 「90년대 북한문학의 동향」, 『문예중앙』, 1995. 봄.
김재용, 「북한문학을 통해 본 북한사람들 3－여성해방」, 『통일한국』 135, 1995. 3.
강성원, 「주체미술의 미적 당파성에 관한 올바른 이해를 위하여」, 『북한문화연구』 2, 1995. 4.

강형철, 「최근 북한시에 나타난 서정의 문제점과 민족 동질성」, 『북한문화연구』 2, 1995. 4.
김귀옥, 「1980년대 북한 소설에 반영된 여성노동자 및 근로자의 가치관」, 『북한문화연구』 2, 1995. 4.
김동훈, 「북한 문예이론의 역사적 변모와 김정일의 『주체문학론』」, 『북한문화연구』 2, 1995. 4.
김재용, 「1990년대 전반기 북한문학과 이후의 전망」, 『북한문화연구』 2, 1995. 4.
김현숙, 「북한문학에 나타난 여성인물 형상화의 의미」, 『여성학논집』(이화여대) 11, 1995. 4.
오양열, 「주체 문예이론의 구조와 정책 상관성」, 『북한문화연구』 2, 1995. 4.
이영미, 「북한예술의 신파성과 그 변용 양상에 대하여」, 『북한문화연구』 2, 1995. 4.
주강현, 「북한의 생활문화에서의 전통성과 현대성」, 『북한문화연구』 2, 1995. 4.
최종고, 「남북한 문화협정 체결(안) 연구」, 『북한문화연구』 2, 1995. 4.
현재원, 「북한 혁명가극에 나타난 가요형식과 극적 효과」, 『북한문화연구』 2, 1995. 4.
김윤식, 「유럽에서 만난 북한 학자들—유럽지역 한국학대회(AKSE) 참관기」, 『문예중앙』, 1995. 여름.
김재용, 「90년대 남북한 문학의 비판적 조망—젊은 작가들의 소설을 중심으로」, 『창작과 비평』, 1995. 여름.
김재용, 「근대문학 기점 논의와 한국문학의 근대성」, 『문학사상』, 1995. 7.
김윤식, 「50년대 북한 문학의 동향에 대한 연구」, 『한국학보』, 1995. 가을.
김재용, 「문학의 정치성과 정치주의—8·15이후 안 함광의 문학론을 중심으로」, 『현상과 인식』, 1995. 가을.
신형기, 「주체시대의 소설과 독서—주체사상 이후의 북한 소설」, 『실천문학』, 1995. 가을.
김재용, 「북한문학의 공식성과 비공식성」, 『민족예술』 8, 1995. 10.
박보영, 「북한문학 50년」, 『통일로』 86, 1995. 10.
권영민, 「북한의 문학 50년」, 『북한문화연구』 3, 1995. 12.
이상경, 「토지개혁과 북한문학—체험에서 역사로」, 『북한문화연구』 3, 1995. 12.
손광은, 「북한시의 위상과 동질성 회복 문제」, 『용봉논총』(전남대) 24, 1995. 12.
김윤식, 「50년대 북한문학의 동향」, 『북한문학사론』, 새미, 1996.
김윤식, 「남북한 현대 문학사 서술 방향에 대한 예비고찰—위기의식의 두 양상」,

『북한문학사론』, 새미, 1996.
김윤식, 「북한문학 50년의 비평사적 검토—세 개의 문제점을 중심으로」, 『북한문학사론』, 새미, 1996.
김윤식, 「북한문학 개관」, 『북한문학사론』, 새미, 1996.
김윤식, 「북한문학 연구사」, 『북한문학사론』, 새미, 1996.
김윤식, 「북한문학을 어떻게 대할 것인가—현실주의와 유토피아」, 『북한문학사론』, 새미, 1996.
김윤식, 「유럽지역의 한국학 대회와 북한학자들의 발표내용—AKSE 제 17차 대회의 표정」, 『북한문학사론』, 새미, 1996.
김윤식, 「한국근대문학사와 월북작가 문제—최근정부의 규제완화조치와 관련하여」, 『북한문학사론』, 새미, 1996.
김재용, 「1990년대 남북한 문학의 비판적 조망—젊은 작가의 소설을 중심으로」, 『민족문학운동의 역사와 이론』 2, 한길사, 1996.
김재용, 「남북한 문학과 근대성」, 『민족문학운동의 역사와 이론』 2, 한길사, 1996.
김재용, 「망각의 세월과 자기인식의 원근법」, 『민족문학운동의 역사와 이론』 2, 한길사, 1996.
홍정선, 「북한 문학의 이해를 위하여」, 김인환·성민엽·정과리(편), 『문학의 새로운 이해』, 문학과지성사, 1996.
신형기, 「〈불멸의 력사〉 연구」, 『경성대논문집』 17-1, 1996. 2.
이상옥, 「분단문학의 양극화 현상과 극복과제」, 『홍익어문』 15, 1996. 2.
최호열, 「북한문학의 흐름—남한에서 출간된 작품들을 중심으로」, 『민족예술』 14, 1996. 4.
김재용, 「김일성 사후의 북한문학—90년대 중반 북한소설의 새로운 경향과 그 의미」, 『문예중앙』, 1996. 여름.
최수봉, 「김 부자 체제 지탱하는 북한의 '주체적' 문학·예술—북한문학의 현황과 실제」, 『새물결』 183, 1996. 7.
최수봉, 「북한문학 발목잡는 '전형성의 원칙'—북한문학의 현황과 실제 2」, 『새물결』 184, 1996. 8.
신춘호, 「이기영의 『두만강』 연구」, 『건국대중원인문논총』 15, 1996. 8.
최수봉, 「'원칙'과 '규제'뿐인 문학창작의 불모지대—북한문학의 현황과 실제 3」, 『새물결』 185, 1996. 9.
최수봉, 「'검열' 사슬에 묶인 문학창작·출판의 현실—북한문학의 현황과 실제

4」, 『새물결』 186, 1996. 10.
최수봉, 「'김부자 우상화' 사명에 신음하는 북한 문예—북한문학의 현황과 실제 5」, 『새물결』 187, 1996. 11.
장사선, 「한효론(II)」, 『동서문화연구』(홍익대) 4, 1996. 12.
김재용, 「북한의 분단문학—치안대 문제를 중심으로」, 『실천문학』, 1996. 겨울.
권순긍, 「우리 문학의 민족형식과 민족적 특성」, 『역사와 문학적 진실』, 살림터, 1997.
손화숙, 「1970년대의 북한소설연구—3대 고전과 『불멸의 역사』 총서 중심으로」, 『한국현대희곡연구』, 국학자료원, 1997.
이명재, 「북한문학사의 특질과 그 평가」, 『현대문학』, 1997. 1.
권영민, 「북한의 문학(상)」, 『학교경영』, 1997. 3.
김용직, 「주체사상 문예판의 실상과 허상—종자이론에 대하여」, 『현대문학』, 1997. 3.
김우종, 「문학에서의 민족의 뜻」, 『현대문학』, 1997. 3.
김재용, 「북한의 여성문학」, 『한국문학연구』(동국대) 19, 1997. 3.
김재용, 「월북 이후 이태준의 문학활동과 「먼지」의 문제성」, 『민족문학사연구』 10, 1997. 3.
임헌영, 「북한문학에서의 민족」, 『현대문학』, 1997. 3.
이선영, 「남북한의 문학과 사회—작가와 정치권력의 관계를 중심으로」, 『문학과 의식』, 1997. 봄.
김준오, 「조선족문학·한국문학·북한문학의 동질성과 이질성—서술시를 중심으로」, 『한국문학논총』 20, 1997. 6.
김동훈, 「체제의 위기와 돌파구로서의 문학」, 『실천문학』, 1997. 여름.
권영민, 「북한의 문학은 어떻게 변화해 왔는가(하)」, 『학교경영』, 1997. 7.
설성경·김영민·최유찬·양문규·심원섭, 「통일 한국 문학의 진로와 세계화방안 연구—남북한 문학의 총체적 비교와 전망을 중심으로」, 『동방학지』(연세대) 98, 1997. 12.
이재인, 「새로운 영웅의 창조—북한문예정책의 고찰」, 『경기대인문논총』 5, 1997. 12.
김재용, 「민족, 계급 그리고 여성」, 『실천문학』, 1997. 겨울.
강진구, 「1960년대 북한의 지식인 소설—사회주의 건설과정에서의 인테리의 역할」, 이명재(편), 『북한문학의 이념과 실체』, 국학자료원, 1998.
김성진, 「영화 「꽃파는 처녀」의 기법과 그 의도」, 이명재(편), 『북한문학의 이념과 실체』, 국학자료원, 1998.
김윤식,「북한문학 50년사」,『바깥에서 본 한국문학의 현장』, 집문당, 1998.
김재용,「전후 북한문학계의 도식주의 비판과 좌절」, 역사문제연구소(편),『1950년대 남북한의 선택과 굴절』, 역사비평사, 1998.
김정숙,「한설야의『설봉산』론－긍정적 인물(Positive hero)을 중심으로」, 이명재(편),『북한문학의 이념과 실체』, 국학자료원, 1998.
노귀남,「북한문학의 혁명전통과 전형의 변화」, 박이도(외),『전환기 한국문학의 과제와 전망』, 시와시학사, 1998.
류찬열,「90년대의 북한 시－도식성 극복과 그 가능성」, 이명재(편),『북한문학의 이념과 실체』, 국학자료원, 1998.
박명진,「전후 북한 희곡의 특성 연구」, 이명재(편),『북한문학의 이념과 실체』, 국학자료원, 1998.
손종업,「풍경의 소멸－북한 소설담론의 기원」, 이명재(편),『북한문학의 이념과 실체』, 국학자료원, 1998.
신형기,「북한문학의 발단과 기원(1)」, 한국문학연구회,『현역중진작가연구』Ⅲ, 국학자료원, 1998.
연용순,「북한 소설의 인물형상화 원리－『벗』(백남룡)과「벗에 대한 이야기」(리광식)를 중심으로」, 이명재(편),『북한문학의 이념과 실체』, 국학자료원, 1998.
염 철,「1970-80년대의 북한 서정시 고찰－주체적 시 창작 이론을 중심으로」, 이명재(편),『북한문학의 이념과 실체』, 국학자료원, 1998.
오창은,「천세봉의『석개울의 새봄』론－1950년대 북한 농촌의 이중적 갈등과 형상화」, 이명재(편),『북한문학의 이념과 실체』, 국학자료원, 1998.
이명재,「북한 문학사의 기술 현황과 그 과제」, 이명재(편),『북한문학의 이념과 실체』, 국학자료원, 1998.
임영봉,「90년대 북한의 문학평론－고난의 행군의 전위, 우리 식 평론」, 이명재(편),『북한문학의 이념과 실체』, 국학자료원, 1998.
정유화,「60년대 북한 시문학의 특성과 전개 양상」, 이명재(편),『북한문학의 이념과 실체』, 국학자료원, 1998.
진창영,「미적 범주에서 본 남북한 시의 공유점 고찰」,『한국 현대시의 리얼리즘과 모더니즘적 탐색』, 새미, 1998.
최강민,「90년대 북한소설에 나타난 사랑의 담론－『조선문학』을 중심으로」, 이명재(편),『북한문학의 이념과 실체』, 국학자료원, 1998.

최익현, 「1956년 8월 종파사건 전후의 북한 문학 질서」, 이명재(편), 『북한문학의 이념과 실체』, 국학자료원, 1998.
허만옥, 「북한문학사 서술의 변모양상—1910~1925년의 소설평가 방식을 중심으로」, 이명재(편), 『북한문학의 이념과 실체』, 국학자료원, 1998.
홍기돈, 「주체문학론의 형성 과정」, 이명재(편), 『북한문학의 이념과 실체』, 국학자료원, 1998.
박태상, 「북한의 인기소설 『청춘송가』 연구」, 『한국통신대학교논문집』 25, 1998. 2.
신형기·김화영, 「'천리마 대고조기'의 북한문학」, 『경성대논문집』, 1998. 2.
신형기, 「전후시기의 북한문학—새것과 낡은것의 갈등」, 『경성대논문집』, 1998. 2.
양문규, 「북한문학을 통해 본 북한의 일상」, 『통일문제연구』(강릉대) 14, 1998. 2.
연용순, 「여성주의 시각으로 본 90년대 전반기 북한의 단편소설—『쇠찌르레기』와 『뻐국새가 노래하는 곳』을 중심으로」, 한국어문교육연구회, 『어문연구』 26-2, 1998. 6.
오창은, 「1950년대 북한 농촌의 이중적 갈등과 형상화—천세봉의 「석개울의 새봄」론」, 『실천문학』, 1998. 여름.
박태상, 「북한 장편소설 『동해천리』 연구」, 『한국방송대학교논문집』 26, 1998. 8.
안숙원, 「역사소설과 박태원의 『갑오농민전쟁』 연구」, 『서울보건대논문집』 18, 1998. 8.
김동훈, 「통일문학사를 위한 모범적 도정—『안함광 평론 선집』(김재용·이현식 편, 박이정출판사)」, 『실천문학』, 1998. 가을.
김윤영, 「북한문학의 우상화에 관한 소고—1980년대 소설에 나타난 김일성부자 우상화 실태분석을 중심으로」, 『공안연구』 54, 1998. 10.
노귀남, 「통일문제 문학과 현실의 거리—북한소설에서 '실천적 리얼리즘'의 모색」, 『현대북한연구』(경남대) 1, 1998. 11.
조병기, 「북한문학의 실상과 민족문학적 접근」, 『인문논총』(동신대) 5, 1998. 12.
고봉준, 「1960~1970년대 북한문학의 흐름」, 김종회(편), 『북한문학의 이해』, 청동거울, 1999.
고인환, 「주체소설에 나타난 미세한 균열—백남룡의 『60년 후』와 『벗』을 중심으로」, 김종회(편), 『북한문학의 이해』, 청동거울, 1999.
김수이, 「백인준의 정치적 편력과 시의 성격」, 김종회(편), 『북한문학의 이해』, 청동거울, 1999.

김용희, 「북한의 아동시가문학」, 김종회(편), 『북한문학의 이해』, 청동거울, 1999.
김재홍, 「해방 이후 남·북한 시의 한 변모」, 김재홍·홍용희(편), 『그날이 오늘이라면』, 청동거울, 1999.
김재홍·홍용희, 「남북 속의 북한 사회」, 김재홍·홍용희(편), 『그날이 오늘이라면』, 청동거울, 1999.
김재홍·홍용희, 「통일시대를 향한 문학적 도정」, 김재홍·홍용희(편), 『그날이 오늘이라면』, 청동거울, 1999.
김종성, 「이기영 소설의 반봉건성과 혁명의식-『땅』과 『두만강』을 중심으로」, 김종회(편), 『북한문학의 이해』, 청동거울, 1999.
김종회, 「해방 후 북한문학의 전개와 실증적 연구 방향」, 김종회(편), 『북한문학의 이해』, 청동거울, 1999.
김주성, 「『안개 흐르는 새 언덕』과 비평적 관점의 변화-천세봉론」, 김종회(편), 『북한문학의 이해』, 청동거울, 1999.
노귀남, 「북한문학의 혁명 전통과 전형의 변화」, 김종회(편), 『북한문학의 이해』, 청동거울, 1999.
노희준, 「해방 후 1960년대까지 북한문학의 흐름」, 김종회(편), 『북한문학의 이해』, 청동거울, 1999.
박주택, 「1980년 이후 북한문학의 흐름」, 김종회(편), 『북한문학의 이해』, 청동거울, 1999.
박태상, 「≪불멸의 향도총서≫와 『동해천리』」, 『북한문학의 현상』, 깊은샘, 1999.
박태상, 「남·북한문학사에 기술된 매월당(梅月堂)문학의 가치와 평가」, 『북한문학의 현상』, 깊은샘, 1999.
박태상, 「북한 문학연구의 현황과 과제」, 『북한문학의 현상』, 깊은샘, 1999.
박태상, 「북한문학 연구」, 북한연구학회(편), 『분단 반세기 북한 연구사』, 한울, 1999.
박태상, 「북한문학사에 기술된 연암문학에 대한 가치와 평가」, 『북한문학의 현상』, 깊은샘, 1999.
박태상, 「북한문학사에 기술된 판소리문학의 미적 가치와 평가」, 『북한문학의 현상』, 깊은샘, 1999.
박태상, 「북한문학에 나타난 김정일 형상창조」, 『북한문학의 현상』, 깊은샘, 1999.
박태상, 「북한문학의 현상」, 『북한문학의 현상』, 깊은샘, 1999.

박태상, 「북한의 식량위기와 농민소설 『씨앗』－70·80년대 북한의 농촌현실 분석을 중심으로」, 『북한문학의 현상』, 깊은샘, 1999.
박태상, 「식민지시대 문학에 대한 북한문학사의 서술시각의 변화양상」, 『북한문학의 현상』, 깊은샘, 1999.
백지연, 「항일 투쟁의 영웅화와 민중적 연대－조기천의 『백두산』을 중심으로」, 김종회(편), 『북한문학의 이해』, 청동거울, 1999.
서하진, 「박태원의 『갑오농민전쟁』의 구성 양식」, 김종회(편), 『북한문학의 이해』, 청동거울, 1999.
신형기, 「북한문학의 발단과 기원(2)」, 한국문학연구회, 『현역중진작가연구』 Ⅳ, 국학자료원, 1999.
유진월, 「북한 문예이론의 변천과 연극의 특성」, 김종회(편), 『북한문학의 이해』, 청동거울, 1999.
이봉일, 「숨은 영웅과 새로운 공산주의적 인간－남대현의 『청춘송가』」, 김종회(편), 『북한문학의 이해』, 청동거울, 1999.
이선이, 「1990년대 북한 서사시의 변화와 한계」, 김종회(편), 『북한문학의 이해』, 청동거울, 1999.
홍용희, 「동상의 제국과 시인의 운명－김철론」, 김종회(편), 『북한문학의 이해』, 청동거울, 1999.
홍용희, 「북한의 서정시와 민족적 친화성」, 김재홍·홍용희(편), 『그날이 오늘이라면』, 청동거울, 1999.
김병길, 「한설야의 『황혼』 개작본 연구」, 『연세어문학』 30·31, 1999. 2.
신형기, 「북한문학의 성립」, 『연세어문학』 30·31, 1999. 2.
김재용, 「민주기지론과 북한문학의 시원」, 『한국학보』 94, 1999. 봄.
김재용, 「냉전시대 한설야 문학의 민족의식과 비타협성」, 『역사비평』, 1999. 여름.
김재용, 「북한 문학과 민족문제의 인식－1960년대 전반기 민족적 특성 논쟁을 중심으로」, 『현대북한연구』(경남대) 2-1, 1999. 6.
신상성, 「북한문학에 나타난 분단문제와 민족정서 연구－90년대 전후 북한소설을 중심으로」, 『비평문학』 13, 1999. 7.
조병기, 「북한문학의 실상과 민족문학적 접근」, 『비평문학』 13, 1999. 7.
진창영, 「미적 범주에서 본 남북한 시의 비교」, 『비평문학』 13, 1999. 7.
김성수, 「1950년대 북한 문학과 사회주의 리얼리즘」, 『현대북한연구』(경남대) 2-2, 1999. 12.
김재용, 「북한문학에서의 여성과 민족, 그리고 국가」, 『통일논총』(숙명여대) 17,

1999. 12.
박상천, 「김정일 시대의 북한 시문학-『조선문학』을 중심으로」, 『통일논총』(숙명여대) 17, 1999. 12.
유지나, 「북한영화의 탈신화화와 재구획화를 위해」, 『통일논총』(숙명여대) 17, 1999. 12.
이명재·엄동섭, 「월북 및 재북 문인 조사 연구」, 중앙어문학회, 『어문논집』 27, 1999. 12.
이병순, 「해방기 북한 소설 연구」, 『통일논총』(숙명여대) 17, 1999. 12.
전영선, 「북한의 조선민족제일주의와 민족문예 정책」, 『통일논총』(숙명여대) 17, 1999. 12.
최척호, 「김정일 총비서와 북한 영화」, 『통일논총』(숙명여대) 17, 1999. 12.
홍용희, 「해방 이후 북한 시의 역사적 고찰」, 『외대어문논총』(경희대) 9, 1999. 12.
김영철, 「북한문학사 기술의 제 문제」, 『한국 현대시의 좌표』, 건국대출판부, 2000.
김윤식, 「북한 소설의 '직접성'」, 『한국현대문학비평사론』, 서울대출판부, 2000.
김윤식, 「통일문학사론·준통일문학사론·병행문학사론의 범주」, 『한국현대문학비평사론』, 서울대출판부, 2000.
김재용, 「낯익은 것과의 결별 그리고 평등한 세상의 희구-4세대 문학의 새로움과 특징」, 『분단구조와 북한문학』, 소명출판, 2000.
김재용, 「냉전적 분단구조하 한설야 문학의 민족의식과 비타협성」, 『분단구조와 북한문학』, 소명출판, 2000.
김재용, 「민주기지론과 북한문학의 시원」, 『분단구조와 북한문학』, 소명출판, 2000.
김재용, 「북한 사회와 서정시의 운명-김순석론」, 『분단구조와 북한문학』, 소명출판, 2000.
김재용, 「북한문학과 민족문제의 인식-1960년대 전반기 민족적 특성 논쟁을 중심으로」, 『분단구조와 북한문학』, 소명출판, 2000.
김재용, 「북한문학에서의 여성과 민족 그리고 국가」, 『분단구조와 북한문학』, 소명출판, 2000.
김재용, 「북한문학의 수용과 문학적 통합의 길-남북문학전집 기획과 관련하여」, 『분단구조와 북한문학』, 소명출판, 2000.
김재용, 「북한의 분단문학-치안대 문제를 중심으로」, 『분단구조와 북한문학』,

소명출판, 2000.
김재용, 「북한의 여성문학」, 『분단구조와 북한문학』, 소명출판, 2000.
김재용, 「분단구조하의 남북 중심주의와 민족문학의 과제」, 『분단구조와 북한문학』, 소명출판, 2000.
김재용, 「서정성과 산문화 사이에서-8·15 이후의 북한 시문학」, 『분단구조와 북한문학』, 소명출판, 2000.
김재용, 「월북 이후 김남천의 문학활동과 「꿀」 논쟁」, 『분단구조와 북한문학』, 소명출판, 2000.
김재용, 「월북 이후 이태준의 문학활동과 「먼지」의 문제성」, 『분단구조와 북한문학』, 소명출판, 2000.
김재용, 「전후 북한문학의 도식주의 비판」, 『분단구조와 북한문학』, 소명출판, 2000.
송도영, 「북한 문화 정책에서의 탈식민 담론」, 조한혜정·이우영(편), 『탈분단 시대를 열며』, 삼인, 2000.
이우영, 「남북한 문화 정책 비교-건국 초기 남북한 문화 정책」, 조한혜정·이우영(편), 『탈분단 시대를 열며』, 삼인, 2000.
이우영, 「남북한 사회의 문학 예술-개념과 사회적 역할의 차이」, 조한혜정·이우영(편), 『탈분단 시대를 열며』, 삼인, 2000.
임영봉, 「고난의 행군의 전위, 우리 식 평론-1990년대 북한의 문학평론」, 『한국 현대문학 비평론』, 역락, 2000.
임영봉, 「북한 문학사 개관-시기별 쟁점을 중심으로」, 『한국 현대문학 비평론』, 역락, 2000.
김재용, 「분단구조하의 남북 중심주의와 민족문학의 과제」, 『한국문학연구』(경희대) 3, 2000. 1.
표언복, 「북한문학연구의 현황과 과제」, 『백록어문』 16, 2000. 2.
전영선, 「조기천-북한의 영원한 혁명 시인」, 『북한』 339, 2000. 3.
김동훈, 「주체문학의 역사와 이론」, 『동서문학』, 2000. 봄.
김재용, 「낯익은 것과의 결별 그리고 평등한 세상의 희구-4세대 문학의 새로움과 특징」, 『동서문학』, 2000. 봄.
김종회, 「분단현실의 극복과 남북한 문화통합의 길」, 『한국문학평론』, 2000. 봄.
홍정선, 「월북문인들의 유형과 북한에서의 활동」, 『동서문학』, 2000. 봄.
장사선, 「안함광의 해방 이후 활동 연구」, 『국어국문학』 126, 2000. 5.
김재용, 「'고난의 행군'과 1990년대 후반 북한문학의 관료주의 비판」, 『문학예술』

251, 2000. 6.
최응권·장연호, 「북한의 의인소설 연구 현황」, 『한국민족문화』(부산대) 15, 2000. 6.
김병민, 「남북한 민중을 위한 문학－신채호, 강경애의 경우」, 『실천문학』, 2000. 여름.
김재용, 「남북 문학계의 교류와 문학유산의 확충－남북에서 함께 읽는 홍명희와 염상섭」, 『실천문학』, 2000. 여름.
홍용희, 「통일문학의 원형성－남북에서 함께 읽는 정지용과 백석」, 『실천문학』, 2000. 여름.
노귀남, 「김정일시대의 북한소설－사회주의강성대국건설과 관련하여」, 구로노동자문학회, 『삶글』, 2000. 가을.
김윤식, 「문학사의 흐름에서 본 통일시대의 민족문학－통일문학사론·준통일문학사론·병행문학사론의 범주에 대한 시론」, 『문예중앙』, 2000. 가을.
신형기, 「혁명적 낭만주의의 시대를 넘어－90년대의 북한 문학」, 『문예중앙』, 2000. 가을.
신형기, 「북한 문학의 과거와 현재」, 『문학과 의식』, 2000. 가을.
박상천, 「통일 시대 북한 시문학의 이해」, 『현대시학』, 2000. 10.
홍용희, 「북한의 서정시와 민족적 동질성의 모색」, 『현대시학』, 2000. 10.
박상천, 「북한문학 연구의 성과와 전망」, 『문화예술』, 2000. 11.
김영철, 「통일문학 방법론 서설」, 우리말글학회, 『우리말글』 20, 2000. 12.
김응교, 「리찬의 개작시 연구－『리찬 시선집』(1958)을 중심으로－이찬(李燦)시 연구 2」, 『민족문학사연구』 17, 2000. 12.
김재용, 「남북의 근대 문학사 서술과 프로문학의 평가」, 『민족문화연구』(고려대) 33, 2000. 12.
김효석, 「북한의 장편소설 『전환』을 통해 본 '수령형상' 문학의 특성과 창작원리」, 중앙어문학회, 『어문논집』 28, 2000. 12.
박정호, 「조기천 시작품론－장시 『백두산』을 중심으로」, 『한국어문학연구』(한국외대) 12, 2000. 12.
장사선, 「안함광의 해방 이후 활동 연구 II」, 『동서문화연구』(홍익대) 8, 2000. 12.
전영선, 「북한에서의 고전소설 수용 연구」, 『북한연구학회보』 4-2, 2000. 12.
노귀남, 「김정일시대의 북한 시문학」, 『경남문학』, 2000. 겨울.
이향진, 「통일시대의 북한영화 읽기」, 『창작과 비평』, 2000. 겨울.

김성수, 「1920년대 신경향파 문학과 사회주의 리얼리즘의 발생」, 『통일의 문학 비평의 논리』, 책세상, 2001.
김성수, 「1920년대 카프의 목적의식론과 「낙동강」」, 『통일의 문학 비평의 논리』, 책세상, 2001.
김성수, 「1930년대 초의 리얼리즘론과 프로 문학」, 『통일의 문학 비평의 논리』, 책세상, 2001.
김성수, 「1950년대 북한 문학과 사회주의 리얼리즘」, 『통일의 문학 비평의 논리』, 책세상, 2001.
김성수, 「1960년대 북한 문학과 대작 장편 창작방법 논쟁」, 『통일의 문학 비평의 논리』, 책세상, 2001.
김성수, 「1990년대 북한 문학과 주체 사실주의」, 『통일의 문학 비평의 논리』, 책세상, 2001.
김성수, 「통일 문학사를 위한 남북한 문학 통합논리」, 『통일의 문학 비평의 논리』, 책세상, 2001.
신형기, 「가상의 인격, 도덕의 광기」, 김철·신형기(외), 『문학 속의 파시즘』, 삼인, 2001.
신형기, 「남북한 문학과 '정치의 심미화'」, 김철·신형기(외), 『문학 속의 파시즘』, 삼인, 2001.
임순희, 「문학예술론」, 『김정일 연구: 리더쉽과 사상(Ⅰ)』, 통일연구원, 2001.
노귀남, 「신 김정일시대의 북한문학 읽기－남북공동선언 이후의 『조선문학』을 중심으로」, 『문학과 창작』, 2001. 1.
김영철, 「21세기 현대문학의 연구방향과 과제」, 『성심어문논집』 23, 2001. 2.
서동수, 「북한문학사 기술의 정치성 연구－혁명적 문예전통의 변모를 중심으로」, 『겨레어문학』 26, 2001. 2.
이재원, 「북한 문학사에 서술된 단군신화 고찰」, 『한국체대교양교육논문집』 6, 2001. 2.
노귀남, 「신군혁명문학과 김정일 문학세기－『조선문학』 2000년 11, 12호에서」, 『문학과 창작』, 2001. 3.
이항구, 「북한 문화예술의 현황」, 『통일로』 151, 2001. 3.
이우영, 「문학예술을 통해서 본 김정일 시대의 북한」, 『경제와 사회』, 2001. 봄.
표언복, 「북한의 '반종파투쟁'과 문학운동」, 어문연구학회, 『어문연구』 35, 2001. 4.
노귀남, 「생존을 위한 투쟁－『조선문학』 2001년 1, 2호에서」, 『문학과 창작』,

2001. 5.
오성호, 「북한 시의 형성과 전개－송가, 서사시, 서정시를 중심으로」, 『배달말』 28, 2001. 6.
이주미, 「북한문학을 통해 본 여성 해방의 이상과 실제」, 『한민족문화연구』 8, 2001. 6.
조영복, 「남북한 문학의 연속성과 통일문학사 구성을 위한 몇 가지 조건」, 『한민족문화연구』 8, 2001. 6.
김성수, 「북한의 남한 문학예술 인식에 대한 역사적 고찰」, 『통일정책연구』 10-1, 2001. 여름.
노귀남, 「선군혁명의 문학적 형상－『조선문학』 2001년 3, 4호에서」, 『문학과 창작』, 2001. 7.
서동익, 「북한 작가들의 문단등용 과정과 창작환경」, 『북방문제연구』 2, 2001. 7.
김응교, 「리찬 시와 수령형상 문학－이찬 시 연구(3)」, 『현대문학의 연구』 17, 2001. 8.
이상우, 「북한 희곡 50년, 그 경향과 특징」, 『상허학보』 7, 2001. 8.
장사선, 「남북한 실존주의문학 비교 연구」, 『비교문학』 27, 2001. 8.
노귀남, 「혁명이념의 문학적 승화－『조선문학』 2001년 5-6호를 중심으로」, 『문학과 창작』, 2001. 9.
김윤영, 「북한 '선군혁명문학'에 관한 고찰」, 『공안연구』 69, 2001. 10.
김영철, 「통일문학 방법론」, 『겨레어문학』 27, 2001. 10.
차민기, 「이념의 칼날에 잘려나간 한 문학가의 행적을 찾아서－박석정, 『개가』(문화전선사, 1947)」, 경남지역문학회, 『지역문학연구』 7, 2001. 10.
김성수, 「북한의 '선군혁명문학'과 통일문학의 이상」, 통일문화학회, 『통일과 문화』 1, 2001. 11.
노귀남, 「북한문학 속의 변화 읽기」, 통일문화학회, 『통일과 문화』 1, 2001. 11.
오양열, 「남·북한 사회의 가치정향과 북한의 미적 가치 수용방향」, 통일문화학회, 『통일과 문화』 1, 2001. 11.
이영미, 「최근 방북 공연과 김연자 공연의 시사점」, 통일문화학회, 『통일과 문화』 1, 2001. 11.
이춘길·강성원·안창모, 「조형문화예술부문 남북교류 프로그램연구」, 통일문화학회, 『통일과 문화』 1, 2001. 11.
주강현, 「통일문화형성에서 '민족 중심의 다원성' 모색－'통일문화학'과 민족문화의 제관계를 중심으로」, 통일문화학회, 『통일과 문화』 1, 2001. 11.

김상희, 「소설 「첫수확」에 나타난 도식적 요소」, 『국어국문학』(동아대) 20, 2001. 12.
김윤영, 「북한이 주장하는 '선군혁명문학'의 실체」, 『북한』 360, 2001. 12.
김재용, 「제국주의와 북한문학」, 『민족문학사연구』 19, 2001. 12.
박태상, 「새로 발견된 이기영의 『기행문집』 연구－공산주의적 유토피아로서의 '소련'」, 『북한연구회보』 5-2, 2001. 12.
서동인, 「시집 『응향』 필화사건을 둘러싼 좌·우익 논쟁 고찰」, 『성균어문연구』 36, 2001. 12.
우상렬, 「북한 현대문학에서의 '수령형상창조문학'을 이해하기 위한 시론」, 『정신문화연구』, 2001. 12.
홍혜미, 「북한 문학을 이해하기 위한 시론－북한의 문학사 검토」, 전단학회, 『단산학지』 7, 2001. 12.
강응식, 「인간학으로서의 문학, 그 예술적 특수성에 대한 신념－엄호석론」, 김종회(편), 『북한문학의 이해』 2, 청동거울, 2002.
고봉준, 「남북한 시문학의 접점과 근대문학－정지용과 백석을 중심으로」, 김종회(편), 『북한문학의 이해』 2, 청동거울, 2002.
고인환, 「『주체문학론』의 서술 체계와 특징」, 김종회(편), 『북한문학의 이해』 2, 청동거울, 2002.
김병진, 「해방 이후 북한 소설사」, 김종회(편), 『북한문학의 이해』 2, 청동거울, 2002.
김성민, 「북한 문학의 사회학」, 목원대학교 국어교육과(편), 『북한문학의 이해』, 국학자료원, 2002.
김성수, 「남북한 문학사의 비교와 통합방안」, 목원대학교 국어교육과(편), 『북한문학의 이해』, 국학자료원, 2002.
김성수, 「북한문학의 실상과 통일문학의 이상」, 목원대학교 국어교육과(편), 『북한문학의 이해』, 국학자료원, 2002.
김영민, 「남북한 근대문학사의 비교－근대계몽기 문학에 대한 서술을 중심으로」, 목원대학교 국어교육과(편), 『북한문학의 이해』, 국학자료원, 2002.
김영택, 「북한문학의 주인공－인격의 정치학」과 관련하여」, 목원대학교 국어교육과(편), 『북한문학의 이해』, 국학자료원, 2002.
김영택, 「해방 직후 민족문학론의 논리」, 목원대학교 국어교육과(편), 『북한문학의 이해』, 국학자료원, 2002.
김종회, 「오늘의 북한문학, 어떻게 볼 것인가」, 김종회(편), 『북한문학의 이해』

2, 청동거울, 2002.
노귀남, 「김정일 시대의 북한문학－사회주의 강성대국 건설과 관련하여」, 김종회(편), 『북한문학의 이해』 2, 청동거울, 2002.
노희준, 「1990년대 『조선문학사』의 현대문학 서술 체계와 방법론」, 김종회(편), 『북한문학의 이해』 2, 청동거울, 2002.
문흥술, 「최근 북한 소설에 나타난 통일문제」, 김종회(편), 『북한문학의 이해』 2, 청동거울, 2002.
박덕규, 「통일지향 의식과 1990년대 남북한 소설」, 김종회(편), 『북한문학의 이해』 2, 청동거울, 2002.
박주택, 「북한 산수시의 전개 양상－1990년대 시를 중심으로」, 김종회(편), 『북한문학의 이해』 2, 청동거울, 2002.
박태상, 「북학문학의 동향－총론」, 『북한문학의 동향』, 깊은샘, 2002.
박태상, 「북한문학사에 나타난 교산과 서포문학의 가치 평가」, 『북한문학의 동향』, 깊은샘, 2002.
박태상, 「북한소설 『평양시간』 연구」, 『북한문학의 동향』, 깊은샘, 2002.
박태상, 「새로 발견된 북한 『서정시 선집』 연구－월북시인들의 동향과 당대 사회현실을 중심으로」, 『북한문학의 동향』, 깊은샘, 2002.
박태상, 「새로 발견된 이기영의 『기행문집』 연구－소련기행을 중심으로」, 『북한문학의 동향』, 깊은샘, 2002.
박태상, 「양우직의 장편 『비바람 속에서』·『서곡』연구－북한의 재일 조총련 사업성과를 중심으로」, 『북한문학의 동향』, 깊은샘, 2002.
박태상, 「양우직의 장편 『서곡』 연구」, 『북한문학의 동향』, 깊은샘, 2002.
박태상, 「이기영의 농민소설 『땅』에 나타난 북한 토지개혁의 성과」, 『북한문학의 동향』, 깊은샘, 2002.
박태상, 「이기영의 소설문학 연구－「개벽」과 『땅』에 나타난 북한의 사회현실을 중심으로」, 『북한문학의 동향』, 깊은샘, 2002.
신형기, 「북한문학의 주인공; 인격의 정치학」, 목원대학교 국어교육과(편), 『북한문학의 이해』, 국학자료원, 2002.
안영훈, 「1990년대 북한의 고전문학사 서술 양상－신간 『조선문학사』의 특징적 국면을 중심으로」, 김종회(편), 『북한문학의 이해』 2, 청동거울, 2002.
오성호, 「북한 시의 형성과 전개－송가, 서사시, 서정시를 중심으로」, 목원대학교 국어교육과(편), 『북한문학의 이해』, 국학자료원, 2002.
오태호, 「남북에서 함께 읽는 이광수와 염상섭－이광수의 『개척자』, 「혁명가의 아내」와 염상섭의 「만세전」을 중심으로」, 김종회(편), 『북한문학의 이해』 2, 청동거울, 2002.
유임하, 「토지개혁과 남북한소설의 편차」, 『기억의 심연』, 이회, 2002.
유진월, 「북한 연극의 혁명적 여성상－『꽃파는 처녀』를 중심으로」, 김종회(편), 『북한문학의 이해』 2, 청동거울, 2002.
이봉일, 「1990년대 북한 소설의 세대론에 대하여」, 김종회(편), 『북한문학의 이해』 2, 청동거울, 2002.
이봉일, 「1990년대 북한소설의 세대론에 대하여－정현철의 「삶의 향기」, 조근의 「빠스에서」, 석유근의 「지향」, 강귀미의 「소나무무늬 상감청자」를 중심으로」, 『이데올로기의 유령을 넘어서』, 월인, 2002.
이봉일, 「숨은 영웅과 새로운 공산주의적 인간－남대현의 『청춘송가』론」, 『이데올로기의 유령을 넘어서』, 월인, 2002.
이선이, 「북한문학의 문체적 특성」, 김종회(편), 『북한문학의 이해』 2, 청동거울, 2002.
이정재, 「해방 이후 북한 민속학사－남한의 연구」, 김종회(편), 『북한문학의 이해』 2, 청동거울, 2002.
임헌영, 「통일문학사 서술의 문제점」, 목원대학교 국어교육과(편), 『북한문학의 이해』, 국학자료원, 2002.
전영선, 「음악·무용·미술·건축」, 통일연구원(편), 『김정일연구』 II, 통일연구원, 2002.
최동성, 「북한의 '불후의 고전적 명작'들」, 목원대학교 국어교육과(편), 『북한문학의 이해』, 국학자료원, 2002.
최동성, 「북한의 '위대한 작가'들에 대한 이야기」, 목원대학교 국어교육과(편), 『북한문학의 이해』, 국학자료원, 2002.
최동성, 「수령형상문학의 형성과정」, 목원대학교 국어교육과(편), 『북한문학의 이해』, 국학자료원, 2002.
최진이, 「북한에서 문학 예술분야에 대한 당적 영도」, 목원대학교 국어교육과(편), 『북한문학의 이해』, 국학자료원, 2002.
최진이, 「북한의 아동문학」, 목원대학교 국어교육과(편), 『북한문학의 이해』, 국학자료원, 2002.
표언복, 「북한문학 연구의 현황과 과제」, 목원대학교 국어교육과(편), 『북한문학의 이해』, 국학자료원, 2002.
표언복, 「북한문학 이해의 필요성」, 목원대학교 국어교육과(편), 『북한문학의 이해』, 국학자료원, 2002.
하정일, 「북한 문학비평의 기원과 형성」, 『분단 자본주의 시대의 민족문학사론』, 소명출판, 2002.
홍용희, 「임헌영, 「통일문학사 서술의 문제점」에 대한 토론문」, 목원대학교 국어교육과(편), 『북한문학의 이해』, 국학자료원, 2002.
홍용희, 「해방 이후 북한 시의 역사적 고찰」, 김종회(편), 『북한문학의 이해』 2, 청동거울, 2002.
홍창수, 「약정 질의서」, 목원대학교 국어교육과(편), 『북한문학의 이해』, 국학자료원, 2002.
노귀남, 「개방 문제와 애국주의－『조선문학』 2001년 7·9호를 중심으로」, 『문학과 창작』, 2002. 1.
김종군, 「통일문학사에서의 소설의 기원(起源) 문제－남북한문학사에서 이야기 문학의 분석 평가에 주목하여」, 『겨레어문학』 28, 2002. 2.
김윤식, 「북한문학 연구자들과의 어떤 만남들－'해방후 조선-한국문학 발전과 특징 연구 국제 학술회의' 참석기」, 『현대문학』, 2002. 3.
노귀남, 「강성부흥과 개방으로 가는 길목－『조선문학』 2001. 10-11호를 중심으로」, 『문학과 창작』, 2002. 3.
노귀남, 「'인민성'의 문제로 읽는 통일문학사의 한 좌표－조기천을 중심으로」, 구로노동자문학회, 『삶글』, 2002. 봄.
장사선, 「남북한 자연주의 문학론 비교 연구」, 『국어국문학』 130, 2002. 5.
김성수, 「1990년대 주체문학에 나타난 충효이데올로기」, 『현대북한연구』(경남대) 5-1, 2002. 6.
김성수, 「북한에서의 현대소설 연구－주체사실주의 방법론」, 『현대소설연구』 16, 2002. 6.
김윤영, 「북한 현대문학 논쟁에 관한 고찰」, 『공안연구』 72, 2002. 6.
박승희, 「이찬의 북한 시와 남북한 문학의 단절」, 『배달말』 30, 2002. 6.
신형기, 「해방 직후 북한 문학의 '신인간'」, 『민족문학사연구』 20, 2002. 6.
오양열, 「북한 문화예술정책의 최근 동향과 향후 전망」, 『한국음악사학보』 28, 2002. 6.
곽　근, 「해방후 북한에서의 최서해 논의에 대한 연구」, 『비평문학』 16, 2002. 7.
김동규, 「북한 문학예술의 기본원리와 각급학교 국어과 교과내용에서의 문학예술 학습단원의 분석연구」, 『통일문학』, 2002. 7.
김재용·이상경, 「남북 통합 문학사」, 『통일문학』, 2002. 7.

오은경, 「남북한 여성의 정체성 탐구－1980년대 소설을 중심으로」, 『북한연구학회』 6-1, 2002. 8.

전영선, 「북한의 대집단체조예술공연 '아리랑'의 정치사회적·문학예술적 의미」, 『중소연구』(한양대) 94, 2002. 8.

서경석, 「한설야의 『열풍』과 북경 체험의 의미」, 『국어국문학』 131, 2002. 9.

김종회, 「북한문학의 실상과 연구의 방향성 문제」, 『작가연구』 14, 2002. 10.

권영민, 「북한문학을 보는 눈－변화 속에서 남북한 문학의 이질화 현상의 극복 가능성을 발견」, 『문학사상』, 2002. 11.

김종회, 「최근 북한문학의 변화와 분단사적 의미－민족적 삶의 원형, 의식화된 실체로서의 문학과 문화의 효용성」, 『문학사상』, 2002. 11.

서연호, 「유일우상화극을 민족극과 동일시하고 있는 북한연극－유일사상 체계의 확립 시기를 기점으로 고찰」, 『문학사상』, 2002. 11.

신형기, 「끊임없는 자기투사로 유지되는 북한의 사회상－요즘 북한소설의 경향과 성격」, 『문학사상』, 2002. 11.

홍용희, 「'주체문학론'의 정립과 시대정신의 요청－최근 북한 시의 특성과 동향」, 『문학사상』, 2002. 11.

고인환, 「『주체문학론』의 서술 체계 고찰」, 『한국문화연구』(경희대) 6, 2002. 12.

김성수, 「프로문학과 북한문학의 기원」, 『민족문학사연구』 21, 2002. 12.

김재용, 「북한문학의 관료주의 비판 연구」, 『한국언어문학』 49, 2002. 12.

박태상, 「북한문학상의 김정일 묘사 특징 연구」, 『북한연구학회보』 6-2, 2002. 12.

오창은, 「1960년대 북한 문학평론의 '민족주의적 성격'에 관한 고찰」, 『중앙우수논문집』 4, 2002. 12.

이명재, 「북한문학에 끼친 소련문학의 영향－소련과 고려인 문학을 중심으로」, 『어문연구』 116, 2002. 12.

이상숙, 「북한 문학의 전통론 연구－"민족 형식, 민족적 특성"의 시(詩)적 형상화를 중심으로」, 『북한연구학회보』 6-2, 2002. 12.

전영선, 「북한의 민족문화정책 기본과 사적 흐름－교시를 중심으로」, 『한국문화연구』(경희대) 6, 2002. 12.

최용성, 「북한·북한관련 영화와 통일교육의 변화양상에 대한 연구」, 『사회과학논총』(부산대) 21, 2002. 12.

홍원경, 「북한문학사 서술의 문제점－20세기 전반기 문학사를 중심으로」, 중앙어문학회, 『어문논집』 30, 2002. 12.
홍혜미, 「『석개울의 새봄』의 문학사적 규명」, 『단산학지』 8, 2002. 12.
김성수, 「북한문학·통일문학 연구의 현황과 과제」, 동국대학교 한국문학연구소, 『북한의 문학과 문예이론』, 동국대학교출판부, 2003.
김재용, 「제국주의와 북한문학」, 동국대학교 한국문학연구소, 『북한의 문학과 문예이론』, 동국대학교출판부, 2003.
김춘식, 「분단기 남·북한 문학사 기술을 위한 시론－북한 문학과 주체 문예이론의 이해」, 『근대성과 민족문학의 경계』, 역락, 2003.
노귀남, 「통일문화, 통일문학의 길」, 박이도교수정연퇴임기념논총, 『21세기 문학의 새로운 방향성』, 포 엠토피아, 2003.
송희복, 「『꽃 파는 처녀』와 북한소설의 서정적 경향」, 동국대학교 한국문학연구소, 『북한의 문학과 문예이론』, 동국대학교출판부, 2003.
신형기, 「북한 문학과 민족주의」, 『민족 이야기를 넘어서』, 삼인, 2003.
신형기, 「북한 문학에서의 '민족적 특성' 논의－주체 문학론의 발단」, 『민족 이야기를 넘어서』, 삼인, 2003.
오성호, 「북한시의 형성과 전개－송가, 서사시, 서정시를 중심으로」, 동국대학교 한국문학연구소, 『북한의 문학과 문예이론』, 동국대학교출판부, 2003.
유임하, 「천리마운동과 국가주의의 신화－1960년대 북한소설의 두 가지 양상」, 동국대학교 한국문학연구소, 『북한의 문학과 문예이론』, 동국대학교출판부, 2003.
이상경, 「체험에서 역사로－토지개혁과 북한문학」, 동국대학교 한국문학연구소, 『북한의 문학과 문예이론』, 동국대학교출판부, 2003.
이우영, 「문학예술을 통해서 본 김정일 시대의 북한」, 동국대학교 한국문학연구소, 『북한의 문학과 문예이론』, 동국대학교출판부, 2003.
이주미, 「북한 사회주의 리얼리즘 문학의 특징」, 『북한 문학예술의 실제』, 한국문화사, 2003.
이주미, 「북한 사회주의 리얼리즘 문학의 현실대응 양상」, 『북한 문학예술의 실제』, 한국문화사, 2003.
이주미, 「북한 아동영화문학의 실제」, 『북한 문학예술의 실제』, 한국문화사, 2003.
이주미, 「북한대중문화의 이해」, 『북한 문학예술의 실제』, 한국문화사, 2003.
이주미, 「북한문학의 전개 양상」, 『한국리얼리즘 문학의 지평』, 새미, 2003.
이주미, 「북한소설에 나타난 여성해방의 이상과 실제」, 『한국리얼리즘 문학의 지평』, 새미, 2003.
이주미, 「북한소설의 민족문학적 특질」, 『한국리얼리즘 문학의 지평』, 새미, 2003.
이주미, 「북한소설의 서사적 특성」, 『한국리얼리즘 문학의 지평』, 새미, 2003.
이주미, 「북한음악의 실제」, 『북한 문학예술의 실제』, 한국문화사, 2003.
이주미, 「이기영 소설의 형상화 원리」, 『북한 문학예술의 실제』, 한국문화사, 2003.
이주미, 「이기영 작품론: 전망의 확대와 전형성－『두만강』과 『땅』을 중심으로」, 『북한 문학예술의 실제』, 한국문화사, 2003.
이주미, 「천세봉 작품론: 삶의 현장성과 역사적 진실성－『석개울의 봄』을 중심으로」, 『북한 문학예술의 실제』, 한국문화사, 2003.
이주미, 「한설야 작품론: 내적 갈등과 계급적 투쟁－『설봉산』을 중심으로」, 『북한 문학예술의 실제』, 한국문화사, 2003.
임헌영, 「북한에서의 민족 문제」, 동국대학교 한국문학연구소, 『북한의 문학과 문예이론』, 동국대학교출판부, 2003.
전영선, 「문학예술 창작이론으로서 종자론」, 동국대학교 한국문학연구소, 『북한의 문학과 문예이론』, 동국대학교출판부, 2003.
정종현, 「『피바다』 이본의 통합 과정」, 동국대학교 한국문학연구소, 『북한의 문학과 문예이론』, 동국대학교출판부, 2003.
채상우, 「북한의 주체문예이론－인간에 대한 신뢰와 민족국가 기획으로서의 북한문학」, 동국대학교 한국문학연구소, 『북한의 문학과 문예이론』, 동국대학교출판부, 2003.
허병식, 「역사서술과 농민의 동원」, 동국대학교 한국문학연구소, 『북한의 문학과 문예이론』, 동국대학교출판부, 2003.
홍기삼, 「북한의 문예이론」, 동국대학교 한국문학연구소, 『북한의 문학과 문예이론』, 동국대학교출판부, 2003.
오태호, 「소설의 사회적 자아와 시의 서정적 개입－단편소설 「막내딸」 「제비」, 시 「아이를 키우며」를 중심으로」, 『문학사상』, 2003. 1.
박태상, 「북한소설 『서해전역』 연구」, 『한국방송통신대학교논문집』 35, 2003. 2.
홍용희, 「통일시대를 향한 북한문학의 이해－민족통합을 위한 문학적 탐색을 중심으로」, 『현대문학의 연구』 20, 2003. 2.
김동규, 「북한 문학 예술의 기본 원리와 각급학교 국어과 교과내용에서의 문학예술 학습 단원의 분석 연구」, 『통일문학』 2-2, 2003. 3.

노귀남, 「사회정치적 생명과 인민의 삶-「영원한 삶의 노래-한 정치일군의 수기」(『조선문학』, 2002. 11)」, 『문학과 창작』, 2003. 3.
고인환, 「소재와 구성을 통해 본 최근의 북한 소설」, 『문학수첩』, 2003. 봄.
남원진, 「해방기 비평 연구 2-좌익 문학론의 가능성과 한계」, 『겨레어문학』 30, 2003. 4.
박은미, 「주체사상 시기의 북한의 시 연구」, 『겨레어문학』 30, 2003. 4.
서동수, 「김정일의 『주체문학론』 고찰-『주체사상에 기초한 문예이론』과의 비교를 중심으로」, 『겨레어문학』 30, 2003. 4.
한금화, 「북한 서사시의 특성과 창작 양상」, 『겨레어문학』 30, 2003. 4.
김재용, 「운우의 꿈을 깨니 일장춘몽이라…-비극적이지만 아름다운 사랑이야기」, 『민족 21』, 2003. 5.
김윤영, 「북한의 '수령영생문학'에 관한 연구」, 『공안연구』 78, 2003. 6.
박상천, 「'평화적 건설 시기'의 북한 정권 수립에서 문학의 역할」, 『한국언어문화』 23, 2003. 6.
박영정, 「북한 경희극 연구」, 한국문학언어학회, 『어문논총』 38, 2003. 6.
이선미, 「'위훈'을 성찰하는 냉소적 시선과 근검 절약의 이데올로기-북한작가 한웅빈 소설 연구 Ⅰ」, 『현대소설연구』 18, 2003. 6.
이영미, 「해방기 북한 정치체제와 문학」, 『한국언어문화』 23, 2003. 6.
김은정, 「농촌의 사회주의적 개조와 『석개울의 새봄』」, 『한국어문학연구』(한국외국어대) 18, 2003. 8.
박영정, 「'선군시대'의 북한문학예술 연구」, 『통일연구』(연세대) 7-1, 2003. 8.
임채욱, 「주체의 문예관과 주체사실주의」, 『극동문제』 294, 2003. 8.
채호석, 「안함광 비평에서의 '주체'와 '식민성'에 대한 연구-「조선 문학 정신 검찰-세계관·문학·생활적 현실」을 중심으로」, 『한국어문학연구』(한국외국어대) 18, 2003. 8.
이영미, 「해방기 북한 정치체제 선전매체 문학 연구」, 『현대소설연구』 19, 2003. 9.
고인환, 「'거인'의 몰락과 북한 소설의 향방」, 『문학수첩』, 2003. 가을.
박태상, 「주체사상 이후, 최근 북한문학의 동향」, 『동서문학』, 2003. 가을.
신형기, 「'주체'의 길, 고립의 길-전후 북한문학의 모습」, 『동서문학』, 2003. 가을.
이성천, 「혁명구호와 시적 주제의 상관성-『조선문학』 2003년 3, 4, 5월호를 중심으로」, 『문학수첩』, 2003. 가을.
홍정선, 「중국 조선족문학에 미친 중국문학과 북한문학의 영향 연구」, 『한국문학평론』 26, 2003. 가을·겨울.
김윤영, 「북한 선군혁명문학의 전형화 연구」, 『공안연구』 80, 2003. 10.
남원진, 「전후 시대 비평 연구 2－북한의 사회주의 리얼리즘론의 가능성과 한계」, 『겨레어문학』 31, 2003. 10.
김윤영, 「북한 강성대국건설기의 '태양민족문학' 연구」, 『공안논총』 15, 2003. 11.
고성호, 「북한의 문학과 예술」, 『통일로』 184, 2003. 12.
안미영, 「1950년대 한국전쟁 배경 소설에 나타난 '서울'과 '평양'－염상섭의 『취우』와 한설야의 『대동강』 비교」, 『개신어문연구』 20, 2003. 12.
임순희, 「북한문학의 '수령형상 창조'」, 『분단·평화·여성』 7, 2003. 12.
박태상, 「생동한 인물 성격 창조와 작가의 창발성－북한 역사소설 『황진이』에서 드러난 사랑의 묘약」, 『통일문학』 3, 2003. 12.
고인환, 「주체 이념과 일상적 삶의 무늬」, 『문학수첩』, 2003. 겨울.
김태철, 「순간 속에서 잡아낸 영원, 영원히 살아 있는 순간: 북한문학 연구－시인 백인준」, 『문학마을』 2003. 겨울~2004. 봄.
김재용, 「'고난의 행군' 이후의 북의 문학」, 『실천문학』, 2003. 겨울.
신형기, 「남북한 문학과 민족주의」, 『문학과 사회』, 2003. 겨울.
이성천, 「'에코'의 문학－『조선문학』 2003년 6, 7, 8월호를 중심으로」, 『문학수첩』, 2003. 겨울.
장용석, 「'고난의 행군' 이후의 북한 가요」, 『실천문학』, 2003. 겨울.
강정구, 「'노동'을 소재로 한 최근의 북한 시」, 김종회(편), 『북한문학의 이해』 3, 청동거울, 2004.
고봉준, 「신천 학살의 시적 형상화와 반제 투쟁－최근의 북한 시를 중심으로」, 김종회(편), 『북한문학의 이해』 3, 청동거울, 2004.
고인환, 「『주체문학론』에 나타난 소설 창작방법론 비판」, 김종회(편), 『북한문학의 이해』 3, 청동거울, 2004.
권순대, 「『주체문학론』에 나타난 극문학 접근방법 비판」, 김종회(편), 『북한문학의 이해』 3, 청동거울, 2004.
김병진, 「1990년대 이후 '조국 통일 주제' 소설의 변모 양상－「어머니 오시다」와 「누이의 목소리」를 중심으로」, 김종회(편), 『북한문학의 이해』 3, 청동거울, 2004.
김수이, 「북한문학 속의 '어머니'－2002년 『조선문학』에 실린 시들을 중심으로」, 김종회(편), 『북한문학의 이해』 3, 청동거울, 2004.

김용희, 「『주체문학론』에 나타난 아동문학 접근방법 비판」, 김종회(편), 『북한문학의 이해』 3, 청동거울, 2004.
김종회, 「통일문학의 실천적 개념과 남북한 문화이질화의 극복 방안」, 김종회(편), 『북한문학의 이해』, 청동거울, 2004.
노귀남, 「조선문학예술총동맹」, 세종연구소 북한연구센터(편), 『조선로동당의 외곽단체』, 한울, 2004.
노귀남, 「체제 위기와 동행자문학－1990년대 전반기의 북한문학」, 김종회(편), 『북한문학의 이해』 3, 청동거울, 2004.
노희준, 「'종자'와 '씨앗'의 변증법－최근 북한 이농문학의 동향」, 김종회(편), 『북한문학의 이해』 3, 청동거울, 2004.
박주택, 「『주체문학론』 이후에 나타난 현대시의 변화 양상」, 김종회(편), 『북한문학의 이해』 3, 청동거울, 2004.
박태상, 「남북한 문화예술교류 활성화 방안」, 『북한의 문화와 예술』, 깊은샘, 2004.
박태상, 「북한 미술의 특성과 원리」, 『북한의 문화와 예술』, 깊은샘, 2004.
박태상, 「북한 복식문화의 특성과 주체적 미감」, 『북한의 문화와 예술』, 깊은샘, 2004.
박태상, 「북한문학사에서의 『춘향전』의 평가」, 『북한의 문화와 예술』, 깊은샘, 2004.
박태상, 「북한문학상의 김정일 묘사 특징」, 『북한의 문화와 예술』, 깊은샘, 2004.
박태상, 「북한문학의 창작원리와 창작지침」, 『북한의 문화와 예술』, 깊은샘, 2004.
박태상, 「북한소설 『생명수』에 나타난 북한 농촌의 수리화 사업」, 『북한의 문화와 예술』, 깊은샘, 2004.
박태상, 「북한소설 『서해전역』과 '서해갑문' 건설」, 『북한의 문화와 예술』, 깊은샘, 2004.
박태상, 「북한소설 『황진이』 연구－남한소설 『황진이』·『나, 황진이』와의 비교문학적 고찰」, 『북한의 문화와 예술』, 깊은샘, 2004.
박태상, 「북한의 '우리식 아동문학'의 형상특성－『북쪽에도 아름다운 동화를 읽고 있었네』 서평」, 『북한의 문화와 예술』, 깊은샘, 2004.
박태상, 「북한의 스포츠정책과 남북 스포츠교류의 성과」, 『북한의 문화와 예술』, 깊은샘, 2004.
박태상, 「북한의 주체음악론」, 『북한의 문화와 예술』, 깊은샘, 2004.

박태상, 「새로 발견된 시집 『당의 기치 높이』의 문학사적 위상」, 『북한의 문화와 예술』, 깊은샘, 2004.
박태상, 「새로 발견된 시집 『찌플리쓰의 등잔불』의 성격과 가치」, 『북한의 문화와 예술』, 깊은샘, 2004.
박태상, 「생산성 증대를 위한 관료주의 타파와 도·농 갈등 해소－북한 예술영화 「심장에 남는 사람」과 「도라지꽃」」, 『북한의 문화와 예술』, 깊은샘, 2004.
박태상, 「윤도현·이미지 평양공연의 의미와 가치」, 『북한의 문화와 예술』, 깊은샘, 2004.
박태상, 「정지용 문학에 대한 북한문학사에서의 평가」, 『북한의 문화와 예술』, 깊은샘, 2004.
박태상, 「주체사상 이후의 최근의 북한문학의 동향」, 『북한의 문화와 예술』, 깊은샘, 2004.
박태상, 「최근 몇 개월 동안의 북한문학 동향」, 『북한의 문화와 예술』, 깊은샘, 2004.
백지연, 「과학환상소설과 미래적 상상력－「붉은 섬광」과 「박사의 희망」을 중심으로」, 김종회(편), 『북한문학의 이해』 3, 청동거울, 2004.
오태호, 「북한식 사랑법을 찾아서－2000년대 북한 단편소설을 중심으로」, 김종회(편), 『북한문학의 이해』 3, 청동거울, 2004.
이봉일, 「2000년대 북한문학의 전개 양상」, 김종회(편), 『북한문학의 이해』 3, 청동거울, 2004.
이선이, 「자연의 발견과 서정의 재인식－최근 북한 시의 자연풍경 묘사에 대하여」, 김종회(편), 『북한문학의 이해』 3, 청동거울, 2004.
이성천, 「『주체문학론』 이후 북한 시의 행방－선군혁명정신과 반제 반미 사상의 시적 형상화를 중심으로」, 김종회(편), 『북한문학의 이해』 3, 청동거울, 2004.
전영선, 「1차 내각 부수상 겸 『임꺽정』의 작가 홍명희」, 『북한을 움직이는 문학 예술인들』, 역락, 2004.
전영선, 「4·15문학창작단 단장 천세봉, 현승걸, 권정웅, 김 정」, 『북한을 움직이는 문학 예술인들』, 역락, 2004.
전영선, 「고전가요 연구자, 민속학자 문학평론가 고정옥」, 『북한을 움직이는 문학 예술인들』, 역락, 2004.
전영선, 「고전문학 연구가, 김일성종합대학 조선어문학부장 김하명, 신구현」,

『북한을 움직이는 문학 예술인들』, 역락, 2004.
전영선, 「김일성상 계관 작가, '고난의 행군'의 석윤기」, 『북한을 움직이는 문학 예술인들』, 역락, 2004.
전영선, 「노동당 선전선동부 부장 정하철과 부부장 최상근(최익규)」, 『북한을 움직이는 문학 예술인들』, 역락, 2004.
전영선, 「문학평론가 고전문학 현대화의 주역 조령출」, 『북한을 움직이는 문학 예술인들』, 역락, 2004.
전영선, 「백두산창작단, 조선문학예술총동맹 위원장을 지낸 수령형상문예의 대부 백인준」, 『북한을 움직이는 문학 예술인들』, 역락, 2004.
전영선, 「북한 문단의 대부, 작가·국문학연구자 석인해」, 『북한을 움직이는 문학 예술인들』, 역락, 2004.
전영선, 「북한 문화, 수령을 위한 인민」, 김영순(외), 『문화, 미디어로 소통하기』, 논형, 2004.
전영선, 「북한 언론계의 핵심: 조선중앙방송위원회 위원장 차승수, 조선중앙통신사 사장 김기룡, 노동신문사 책임주필 최칠남」, 『북한을 움직이는 문학 예술인들』, 역락, 2004.
전영선, 「북한 영화문학을 대표하는 작가 리춘구」, 『북한을 움직이는 문학 예술인들』, 역락, 2004.
전영선, 「북한 최고의 현역 시인, 김일성상 계관시인 김 철·오영재」, 『북한을 움직이는 문학 예술인들』, 역락, 2004.
전영선, 「북한의 '애국가' 작사가, 장편서사시 「밀림의 역사」의 박세영」, 『북한을 움직이는 문학 예술인들』, 역락, 2004.
전영선, 「북한의 민족문학이론가·문학평론가 윤세평」, 『북한을 움직이는 문학 예술인들』, 역락, 2004.
전영선, 「선군정치시대 문화행정 총수, 문화상 강능수」, 『북한을 움직이는 문학 예술인들』, 역락, 2004.
전영선, 「인민상 수상작가, 노벨문학상 후보 이기영」, 『북한을 움직이는 문학 예술인들』, 역락, 2004.
전영선, 「장편서사시 「백두산」의 혁명시인, 「휘파람」의 조기천」, 『북한을 움직이는 문학 예술인들』, 역락, 2004.
전영선, 「조선문학예술총동맹 중앙위원회 위원장 장 철, 부위원장 신진순」, 『북한을 움직이는 문학 예술인들』, 역락, 2004.
전영선, 「종군작가의 전형·모범작가, 김사량(김시창)」, 『북한을 움직이는 문학예술인들』, 역락, 2004.
전영선, 「주목받는 북한 시단의 대표주자 김만영」, 『북한을 움직이는 문학 예술인들』, 역락, 2004.
전영선, 「초대 북조선문학예술가동맹 중앙위원장, 인민상수상 작가 한설야」, 『북한을 움직이는 문학 예술인들』, 역락, 2004.
정병헌, 「북한의 공연예술과 판소리 문화」, 김종회(편), 『북한문학의 이해』 3, 청동거울, 2004.
홍용희, 「통일시대를 향한 북한문학의 이해－민족통합을 위한 문학적 탐색을 중심으로」, 김종회(편), 『북한문학의 이해』 3, 청동거울, 2004.
양영길, 「『조선문학통사』의 한국 근대문학사 인식 방법」, 영주어문학회, 『영주어문』 7, 2004. 2.
이선미, 「북한소설 「불타는 섬」과 영화 「월미도」 비교 연구－서사와 장르인식의 차이를 중심으로」, 『현대소설연구』 21, 2004. 3.
고인환, 「자의식의 투사와 첫사랑의 무늬」, 『문학수첩』, 2004. 봄.
이성천, 「북한시의 '추억'－『조선문학』 2003년 9, 10월호를 중심으로」, 『문학수첩』, 2004. 봄.
손진은, 「북한 근·현대문학사 기술 체계와 분단극복을 위한 문학적 실천」, 『한국문학논총』 36, 2004. 4.
전영선, 「북한의 사회주의적 민족문화 건설과 '우리 식' 고전문학」, 『한국문학논총』 36, 2004. 4.
김종회, 「북한 대표소설의 계급적 관점과 탈계급적 관점－홍석중의 『황진이』가 우리 문학과 같은 점, 또는 다른 점」, 『문학사상』, 2004. 5.
이선미, 「북한소설을 통해 본 '천리마' 의미학」, 『민주통일 21』, 2004. 5·6.
남원진, 「북한의 '민족적 특성'론 연구」, 『겨레어문학』 32, 2004. 6.
노귀남, 「체제위기 속의 북한문학의 대응과 변화」, 『민족문화논총』(영남대) 29, 2004. 6.
이경영, 「1990년대 북한의 서정시 연구－『조선문학』을 중심으로」, 한국어문학회, 『어문학』 84, 2004. 6.
고인환, 「경제적 고립과 자립갱생의 길」, 『문학수첩』, 2004. 여름.
곽은희, 「견고한 신념과 자유에의 의지－박세영론」, 『시와 반시』 48, 2004. 여름.
김경숙, 「통일문학사를 위한 시론」, 『문학마당』, 2004. 여름.
김석영, 「혼돈과 동경으로부터의 길 찾기－조벽암 시세계의 변모와 현실인식」, 『시와 반시』 48, 2004. 여름.

김학렬, 「최근 조선 시문학의 한 단면」, 『시인세계』 8, 2004. 여름.
민충환, 「'황진이'의 서울 나들이」, 『새국어생활』 14-2, 2004. 여름.
박승희, 「수령을 노래한 북의 시인 이 찬」, 『시와 반시』 48, 2004. 여름.
박영식, 「전원 시인, 민병균」, 『시와 반시』 48, 2004. 여름.
이상숙, 「민족과 영웅의 서사-전형화된 북한 시론과 시: 해방 후부터 1999년까지」, 『시인세계』 8, 2004. 여름.
이성천, 「'선군 혁명 사상'과 시적 반응 양상-『조선문학』 2003년 12월호~2004년 3월호를 중심으로」, 『문학수첩』, 2004. 여름.
최원식, 「남과 북의 새로운 역사감각들-김영하의 『검은 꽃』과 홍석중의 『황진이』」, 『창작과 비평』, 2004. 여름.
홍용희, 「최근 북한시의 양상과 미적 가능성-2000년대 조선시의 특성」, 『시인세계』 8, 2004. 여름.
고인환, 「낭만적 신념과 여성의 위상」, 『문학수첩』, 2004. 가을.
고인환, 「주체문학 성립 이전까지의 북한 소설 개관, 1945-1967-북한문학」, 『문학마당』, 2004. 가을.
박훈하, 「북한의 '대가정론'과 여성의 주체 위치-영화 「불가사리」를 중심으로」, 『오늘의 문예비평』, 2004. 가을.
이성천, 「'김정일 나라', 또 하나의 '신화'-『조선문학』 2004년 4, 5, 6월호를 중심으로」, 『문학수첩』, 2004. 가을.
이혜경, 「진이, 진이, 우리 황진이-홍석중 『황진이』, 전경린 『황진이』」, 『문학마당』, 2004. 가을.
김은정, 「'혁명적 대작' 『고난의 역사』 고찰」, 『한국어문학연구』(한국외대) 20, 2004. 9.
신형기, 「서사시와 멜로드라마: 역사 재현의 두 형식-북한 문학의 형식적 속성」, 『통일연구』(연세대) 8-1, 2004. 10.
장사선, 「남북한 모더니즘의 수용 양상 비교 연구」, 『비교문학』 34, 2004. 10.
오성호, 「북한 시의 수사학과 그 미학적 기초」, 『현대문학의 연구』 24, 2004. 11.
고인환, 「작은 목소리와 스승의 메아리」, 『문학수첩』, 2004. 겨울.
김재용, 「남북 문학계, 만남과 헤어짐의 역사」, 『실천문학』, 2004. 겨울.
노귀남, 「조선문학예술총동맹의 성격과 전개 양상」, 『시작』, 2004. 겨울.
신형기, 「국민 쇄신 규율로서의 청산-해방 직후 북한에서의 과거청산 과정을 보며」, 『당대비평』, 2004. 겨울.

이성천, 「북한 시의 '왜곡된 전통'－『조선문학』 2004년 8, 9월호를 중심으로」, 『문학수첩』, 2004. 겨울.
황도경, 「황진이, 꽃으로 피다－홍석중과 전경린의 '황진이'」, 『문학동네』, 2004. 겨울.
김응교, 「아오바 가오리, 이찬의 희곡 「세월」과 친일문학」, 『민족문화연구』(고려대) 41, 2004. 12.
남원진, 「북한 문학예술의 '반제국주의 기획' 연구－'자연주의' 비판을 중심으로」, 『통일정책연구』 13-2, 2004. 12.
안영훈, 「북한문학사의 고전문학 서술 양상」, 『한국문학논총』 38, 2004. 12.
이지순, 「북한 서사시에 나타난 지배담론 형성 연구」, 『2004 북한 및 통일관련 신진연구 논문집』(통일부) 1, 2004. 12.
홍혜미, 「항일혁명 문학과 전통성 문제－황건의 『아들 딸』을 중심으로」, 『현대소설연구』 24, 2004. 12.
고현철, 「조기천 『백두산』 연구의 선결문제」, 김중하(편), 『북한문학 연구의 현황과 과제』, 국학자료원, 2005.
곽은희, 「견고한 신념과 자유에의 의지－박세영론」, 이동순(편), 『어디서나 보이는 집』, 선, 2005.
김강호, 「이기영의 문학적 행보－대장편 『두만강』에서 수령형상 장편소설 『력사의 새벽길』까지」, 김중하(편), 『북한문학 연구의 현황과 과제』, 국학자료원, 2005.
김석영, 「월북 시인 조벽암의 시세계」, 이동순(편), 『어디서나 보이는 집』, 선, 2005.
김중하, 「북한문학연구의 새로운 지평을 위하여」, 김중하(편), 『북한문학 연구의 현황과 과제』, 국학자료원, 2005.
김진아, 「석윤기 소설 연구－천리마 시기 『조선문학』 수록 작품을 중심으로」, 이동순(편), 『어디서나 보이는 집』, 선, 2005.
남송우, 「북한문학 연구의 현황과 과제－북한 시문학 연구를 중심으로」, 김중하(편), 『북한문학 연구의 현황과 과제』, 국학자료원, 2005.
민병욱, 「북한 문학예술의 장르체계」, 김중하(편), 『북한문학 연구의 현황과 과제』, 국학자료원, 2005.
박승희, 「북한 시의 서정성」, 이동순(편), 『어디서나 보이는 집』, 선, 2005.
박승희, 「수령의 시대, 70년대 북한시의 행방」, 이동순(편), 『어디서나 보이는 집』, 선, 2005.

박영식, 「소설 작품 해설－1970년대 북한소설의 인물 형상 소고」, 이동순(편), 『어디서나 보이는 집』, 선, 2005.
박훈하, 「북한의 '대가정론'과 여성의 주체 위치－영화 「불가사리」를 중심으로」, 김중하(편), 『북한문학 연구의 현황과 과제』, 국학자료원, 2005.
서민정, 「안용만 시에 나타난 노동자 형상화 연구」, 이동순(편), 『어디서나 보이는 집』, 선, 2005.
서은선, 「한국전쟁기 대학생 일상을 서술한 남북한 소설 비교 연구－박완서의 「목마른 계절」과 허문길의 「대학시절」을 중심으로」, 김중하(편), 『북한문학 연구의 현황과 과제』, 국학자료원, 2005.
신형기, 「민족 이야기의 두 양상－안수길의 『북간도』와 이기영의 『두만강』 분석」, 『이야기된 역사』, 삼인, 2005.
신형기, 「북한 문학사 서술의 문제들」, 『이야기된 역사』, 삼인, 2005.
이재봉, 「월북 후 이태준 소설과 정치적 숨바꼭질－「첫 전투」 및 「고향길」을 중심으로」, 김중하(편), 『북한문학 연구의 현황과 과제』, 국학자료원, 2005.
조명기, 「1956년의 북한소설－「나비」, 「방임하지 말아야 한다」를 중심으로」, 김중하(편), 『북한문학 연구의 현황과 과제』, 국학자료원, 2005.
하상일, 「박세영의 시를 통해 본 해방이후 북한시의 전개과정－월북 이후 『조선문학』 발표 작품을 중심으로」, 김중하(편), 『북한문학 연구의 현황과 과제』, 국학자료원, 2005.
하정숙, 「월북 시인 설정식 시 연구－해방기 시의 아나키즘적 성격을 중심으로」, 이동순(편), 『어디서나 보이는 집』, 선, 2005.
전영선, 「북한문학 연구의 현황과 쟁점－북한문학 연구의 비판적 고찰과 문제제기를 중심으로」, 『현대북한연구』(경남대) 7-3, 2005. 1.
정상진, 「잊을 수 없는 순간들」, 『21 통일문학』 5, 2005. 2.
이상숙, 「해방공간의 이데올로기와 시－'토지개혁'과 『응향』을 통해 본 북한의 시」, 『서정시학』, 2005. 3.
이영미, 「북한 정치체제의 형성과 문학－소설의 정치 커뮤니케이션 기능과 관련하여」, 『현대소설연구』 25, 2005. 3.
장사선, 「남북한 소설사 연구와 이데올로기」, 『현대소설연구』 25, 2005. 3.
고현철, 「조기천 『백두산』 연구의 선결문제」, 한국문학회, 『한국문학논총』 39, 2005. 4.
김성수, 「김정일 시대 문학에 대한 비판적 고찰－선군(先軍)시대 '선군혁명문학'

의 동향과 평가」, 『민족문학사연구』 27, 2005. 4.
김경연, 「황진이의 재발견, 그 탈마법화의 시도들」, 『오늘의 문예비평』, 2005. 여름.
신동호, 「『임꺽정』에서 『황진이』까지 1－홍명희, 홍기문, 홍석중 3대의 문학과 삶」, 『문학과 경계』, 2005. 여름.
우미영, 「복수(複數)의 상상력과 역사적 여성－최근의 '황진이' 소설을 중심으로」, 『여성이론』 12, 2005. 여름.
채미화, 「북한문학사의 전개와 전망」, 『숭실어문』 21, 2005. 6.
하상일, 「해방이후 박세영 시 연구－월북 이후 『조선문학』 발표 작품을 중심으로」, 『한국문학이론과 비평』 27, 2005. 6.
강만식, 「북한 『조선문학』에 소개된 한국 시인의 시작품들」, 『통일문학』, 2005. 8.
양원식, 「중아시아, 카자흐스탄 고려인문학이 걸어온 길」, 『한국문학평론』, 2005년 상반기(2005. 8).
조경덕, 「천세봉의 『석개울의 새봄』 연구－판본(板本) 차이를 중심으로」, 『현대소설연구』 27, 2005. 9.
김재용, 「7·1신경제관리체제 이후의 북의 문학」, 『실천문학』, 2005. 가을.
김형수·김재용, 「분단시대의 문학에서 통일시대의 문학으로－'6·15공동선언 실천을 위한 민족작가대회'를 마치고」, 『실천문학』, 2005. 가을.
신형기, 「세계화와 문화적 주권의 역설－북한의 문화민족주의와 민족공조론에 대해」, 『문예중앙』, 2005. 가을.
고인환, 「남쪽 문학과 겹쳐 읽는 북녘의 소설－남대현의 『통일련가』론」, 『비평과 전망』 9, 2005. 하반기(2005. 10).
문선영, 「한국전쟁기 시와 낙동강」, 『동남어문논집』 20, 2005. 11.
고현철, 「북한 정치사와의 상관성으로 살펴본 조기천의 1955년판 『백두산』」, 『국제어문』 35, 2005. 12.
박유희, 「1950년대 남북한 소설 연구－응전의 논리와 전흔 치유 방식에 대한 문학사회학적 일고찰」, 『어문학』 90, 2005. 12.
이혜경, 「현대 북한 문학의 정체성 연구」, 『인문논총』(건양대) 10, 2005. 12.
임규찬, 「역사소설의 최근 양상에 관한 한 고찰－'황진이'의 소설 형상화를 중심으로」, 『국어국문학』 141, 2005. 12.
황국명, 「남북한 역사소설의 거리－『황진이』중심으로」, 『한국학논집』(계명대) 32, 2005. 12.

고인환, 「남북 문학의 이질성과 문학 교류의 방향」, 『문학과 경계』, 2005. 겨울.
김성수, 「남북한 근현대문학사의 비교와 통합방안」, 북한연구학회, 『북한의 언어와 문학』, 경인문화사, 2006.
김은정, 「수령형상문학론—총서 '불멸의 력사'와 '불멸의 향도'를 중심으로」, 북한연구학회, 『북한의 언어와 문학』, 경인문화사, 2006.
김재용, 「'고난의 행군' 이후의 북의 문학과 『황진이』」, 김재용(편), 『살아 있는 신화, 황진이』, 대훈닷컴, 2006.
김재용, 「남과 북을 잇는 역사소설 『황진이』」, 김재용(편), 『살아 있는 신화, 황진이』, 대훈닷컴, 2006.
김재용, 「이북문학의 흐름—혁명적 낭만주의와 리얼리즘의 긴장」, 북한연구학회, 『북한의 언어와 문학』, 경인문화사, 2006.
노귀남, 「북한의 선군혁명문학론」, 북한연구학회, 『북한의 언어와 문학』, 경인문화사, 2006.
민충환, 「『임꺽정』과 홍석중 소설에 나타난 우리말」, 김재용(편), 『살아 있는 신화, 황진이』, 대훈닷컴, 2006.
박태상, 「『북으로 가는 길』에 담긴 '비전향장기수' 문제」, 『북한문학의 사적 탐구』, 깊은샘, 2006.
박태상, 「구전설화에서 발전한 「장화홍련전」의 가치평가」, 『북한문학의 사적 탐구』, 깊은샘, 2006.
박태상, 「북한 역사소설 『높새바람』 연구」, 『북한문학의 사적 탐구』, 깊은샘, 2006.
박태상, 「북한소설 『인생의 흐름』과 망명문학의 특성—최덕신의 삶을 통한 대남정치비판」, 『북한문학의 사적 탐구』, 깊은샘, 2006.
박태상, 「북한의 역사인식 변화와 한국문학사 기술」, 『북한문학의 사적 탐구』, 깊은샘, 2006.
박태상, 「서정시·혁명송가·민요 그리고 대중가요」, 『북한문학의 사적 탐구』, 깊은샘, 2006.
박태상, 「애정소설로서의 「운영전」의 가치평가」, 『북한문학의 사적 탐구』, 깊은샘, 2006.
박태상, 「이태준과 홍석중의 『황진이』 비교고찰」, 『북한문학의 사적 탐구』, 깊은샘, 2006.
박태상, 「최근 북한의 문화와 예술, 어떻게 변하고 있는가—김정일 정권 10년의 변화와 전망」, 『북한문학의 사적 탐구』, 깊은샘, 2006.

유임하, 「북한 문학을 어떻게 읽을 것인가」, 『한국 소설의 분단 이야기』, 책세상, 2006.
이상숙, 「북한 서정시에 나타난 민족적 특성」, 북한연구학회, 『북한의 언어와 문학』, 경인문화사, 2006.
이상숙, 「역사소설 작가로서의 홍석중」, 김재용(편), 『살아 있는 신화, 황진이』, 대훈닷컴, 2006.
임옥규, 「북한 역사소설의 실체와 변모과정」, 북한연구학회, 『북한의 언어와 문학』, 경인문화사, 2006.
임헌영, 「역사문학의 변증법적 전개」, 김재용(편), 『살아 있는 신화, 황진이』, 대훈닷컴, 2006.
전영선, 「북한 고전문학의 진정성과 특성 연구－고전소설을 중심으로」, 북한연구학회, 『북한의 언어와 문학』, 경인문화사, 2006.
전영선, 「북한 속의 영화」, 『북한 영화 속의 삶 이야기』, 글누림, 2006.
한정미, 「북한의 문예이론과 구비문학」, 북한연구학회, 『북한의 언어와 문학』, 경인문화사, 2006.
황도경, 「살아있는 신화, 황진이」, 김재용(편), 『살아 있는 신화, 황진이』, 대훈닷컴, 2006.
박태상, 「북한소설 『북으로 가는 길』 연구」, 『한국방송통신대논문집』 41, 2006. 2.
이상숙, 「북한문학의 전통과 민족적 특성」, 『한국어문학연구』 46, 2006. 2.
「북한의 유일한 대중교양지 '천리마'」, 『북한』 411, 2006. 3.
김성수, 「북한 현대문학 연구의 쟁점과 통일문학의 도정－민족작가대회의 성과를 중심으로」, 『어문학』 91, 2006. 3.
전영선, 「북한 고전문학의 진정성과 특성 연구－고전소설을 중심으로」, 『어문학』 91, 2006. 3.
오태호, 「북한소설 『황진이』에 나타난 '낭만성' 고찰－홍석중의 『황진이』론」, 『문학과 경계』, 2006. 봄.
이상숙, 「홍석중과 그의 역사소설이 갖는 의미－홍석중 작가론」, 『문학과 경계』, 2006. 봄.
여지선, 「조기천의 『백두산』과 개작의 정치성」, 『우리말글』 36, 2006. 4.
이혜경, 「이념과 실천의 변주－『황진이』의 경우」, 『비평문학』 22, 2006. 4.
「북한의 아동 문학지 '아동문학'」, 『북한』 414, 2006. 6.
남원진, 「남/북한의 민족, 민족주의, 민족문학론 연구」, 『통일정책연구』 15-1, 2006. 6.

장해성, 「북한 문학예술의 발전 역사와 오늘의 현황」, 『북한조사연구』 10-1, 2006. 6.
노귀남, 「오영재 시인은 이산자이다-오영재 작가론」, 『문학과 경계』, 2006. 여름.
강석호, 「북한 문학의 변천과 통일 문학의 전개」, 『월간문학』, 2006. 8.
김은정, 「전통과 근대의 재구성을 통한 아버지의 재생산 양상-총서 『불멸의 향도』 『총검을 들고』를 중심으로」, 『국제어문』 37, 2006. 8.
남원진, 「남한/이북의 민족문학 담론 연구(1945-1962)」, 『북한연구학회보』 10-1, 2006. 8.
윤재천, 「새로운 통일 문학의 기틀이 마련되기를」, 『월간문학』, 2006. 8.
이성교, 「통일 문학과 민족 문학으로의 지향」, 『월간문학』, 2006. 8.
이순욱, 「남북한문학에 나타난 마산의거의 실증적 연구」, 『영주어문』 12, 2006. 8.
임옥규, 「북한 역사소설의 역사적 변모」, 『북한연구학회보』 10-1, 2006. 8.
서영빈, 「통일문학사 서술 시각에서 본 중국 조선족문학」, 『한국문학이론과 비평』 32, 2006. 9.
강진호, 「낭만적 열정과 성숙한 주체의 길-『청춘송가』 남대현론」, 『문학과 경계』, 2006. 가을.
김성수, 「코리아문학 통합의 과거와 현재 그리고 미래-소설가 남대현과의 만남」, 『문학과 경계』, 2006. 가을.
김은정, 「북한의 소설문학-『불멸의 향도』를 중심으로」, 『문학과 경계』, 2006. 가을.
이성천, 「'선군시대' 북한시의 동향」, 『문학과 경계』, 2006. 가을.
이재복, 「성장신화에 갇힌 아이들」, 『문학과 경계』, 2006. 가을.
전영선, 「북한문학 연구의 현황과 방향성」, 『문학과 경계』, 2006. 가을.
「북한의 대표적 청년 문학지 '청년문학'」, 『북한』 418, 2006. 10.
김은정, 「북한 소설에 나타난 욕망 연구」, 『북한연구학회보』 10-2, 2006. 12.
김종회, 「북한문학에 나타난 6·25동란」, 『한민족어문학』 49, 2006. 12.
박광용, 「역사가 입장에서 보는 역사소설과 사료 해석-홍석중의 『황진이』를 중심으로」, 『한국현대문학연구』 20, 2006. 12.
이성천, 「『주체문학론』 이후의 북한시 연구」, 『한민족문화연구』 19, 2006. 12.
강정구, 「역사를 전유하는 북한문학-5·18광주민주화운동을 중심으로」, 김종회(편), 『북한 문학의 이해』 4, 청동거울, 2007.
고인환, 「남쪽 문학과 겹쳐 읽는 북녘의 소설-비전향장기수의 삶을 다룬 『통일련가』를 중심으로」, 김종회(편), 『북한 문학의 이해』 4, 청동거울, 2007.

권채린, 「남북한의 『임꺽정』 문학론 고찰」, 김종회(편), 『북한 문학의 이해』 4, 청동거울, 2007.
김병진, 「박태원의 『갑오농민전쟁』에 대한 남북한의 문학적 평가 고찰」, 김종회(편), 『북한 문학의 이해』 4, 청동거울, 2007.
김수이, 「북한문학에서 본 『노동의 새벽』과 박노해－1980년대 시에 대한 재조명을 경유하며」, 김종회(편), 『북한 문학의 이해』 4, 청동거울, 2007.
김종회, 「『주체문학론』 이후 북한문학의 방향성」, 김종회(편), 『북한 문학의 이해』 4, 청동거울, 2007.
김종회, 「북한문학에 나타난 6·25동란」, 김종회(편), 『북한 문학의 이해』 4, 청동거울, 2007.
김종회, 「북한문학에 나타난 경자년 마산의거와 4월혁명」, 김종회(편), 『북한 문학의 이해』 4, 청동거울, 2007.
노귀남, 「소설로 본 북한의 가정생활－1980년대 말 이후를 중심으로」, 김종회(편), 『북한 문학의 이해』 4, 청동거울, 2007.
노희준, 「냉전과 공생의 짝패－1960년대 북한문학에 나타난 박정희 체제비판소설」, 김종회(편), 『북한 문학의 이해』 4, 청동거울, 2007.
박주택, 「주체 사상의 정서적 지향—6·15남북공동선언 이후 북한 시문학의 동향」, 김종회(편), 『북한 문학의 이해』 4, 청동거울, 2007.
백지연, 「남북한 소설의 접점－구인회 작가를 중심으로」, 김종회(편), 『북한 문학의 이해』 4, 청동거울, 2007.
신진숙, 「'남조선 해방 서사'에 나타난 인민적 영웅과 국가 형성의 이상－대구 10월 항쟁, 5·10단선반대운동, 제주 4·3항쟁을 중심으로」, 김종회(편), 『북한 문학의 이해』 4, 청동거울, 2007.
오태호, 「홍석중의 『황진이』에 나타난 '낭만성' 고찰」, 김종회(편), 『북한 문학의 이해』 4, 청동거울, 2007.
이성천, 「해방직후의 문단 동향과 문예지의 성격」, 김종회(편), 『북한 문학의 이해』 4, 청동거울, 2007.
차충환, 「최근 북한 고전소설론의 비판적 이해－18세기 소설사를 중심으로」, 김종회(편), 『북한 문학의 이해』 4, 청동거울, 2007.
홍용희, 「통일문학의 원형성－남·북한에서 함께 읽는 정지용과 백석의 시」, 김종회(편), 『북한 문학의 이해』 4, 청동거울, 2007.
박태상, 「북한소설 『봄날은 온다』 연구」, 『한국방송통신대논문집』 43, 2007. 2.
김영희, 「중·조 농업 집단화 소설의 인물구도에 대한 비교 고찰－주립파의 『산촌의 변혁』과 천세봉의 『석개울의 새봄』을 중심으로」, 『동방학술논단』(총제3기 2007년 제1기), 2007. 3.
전영선, 「북한에서 문학과 정치는 어떻게 소통하는가－이명미 『북한 문학과 정치 커뮤니케이션』」, 『문예연구』, 2007. 봄.
김은정, 「총서 『라남의 열풍』과 은폐된 욕망의 정치」, 『국제어문』 39, 2007. 4.
민병욱, 「북한영화예술의 장르론적 연구」, 『한중인문학연구』 20, 2007. 4.
오성호, 「제2차 조선작가대회와 전후 북한문학－한설야의 보고를 중심으로」, 『배달말』 40, 2007. 6.
오태호, 「2003년 『조선문학』 연구」, 『국제어문』 40, 2007. 8.
김인섭, 「재북 시인 민병균 연구－북한문단에서의 위상과 『민병균 시선집』을 중심으로」, 『국어국문학』 146, 2007. 9.
김현양, 「민족주의 담론과 '주체'의 문학사」, 『민족문학사연구』 35, 2007. 12.
오태호, 「『평양시간』에 나타난 '수령 형상'과 '연애담' 연구」, 『현대소설연구』 36, 2007. 12.
유문선, 「최근 북한 근대문학사 인식의 변화－『현대조선문학선집』(1987~)의 '1920~30년대 시선'을 중심으로」, 『민족문학사연구』 35, 2007. 12.
고인환, 「백남룡론: 주체의 균열과 욕망－『60년 후』와 『벗』」, 이화여자대학교 통일학연구원, 『북한 문학의 지형도』, 이화여자대학교출판부, 2008.
김성수, 「남대현론: 남대현, 코리아 문학 통합의 시금석－『청춘송가』 외」, 이화여자대학교 통일학연구원, 『북한 문학의 지형도』, 이화여자대학교출판부, 2008.
김은정, 「김병훈론: 사회주의 낙원을 향한 당과 인민의 제휴－「길동무들」」, 이화여자대학교 통일학연구원, 『북한 문학의 지형도』, 이화여자대학교출판부, 2008.
김은정, 「천세봉론: 도식성과 좌절된 자기 모색－『고난의 력사』」, 이화여자대학교 통일학연구원, 『북한 문학의 지형도』, 이화여자대학교출판부, 2008.
노귀남, 「분단 극복의 시적 행로－『행복한 땅에서』, 『대동강』」, 이화여자대학교 통일학연구원, 『북한 문학의 지형도』, 이화여자대학교출판부, 2008.
오창은, 「'북한 문학'이 변하고 있다」, 이화여자대학교 통일학연구원, 『북한 문학의 지형도』, 이화여자대학교출판부, 2008.
오태호, 「최학수론: 천리마 시대의 개막과 평양의 근대적 시간－『평양시간』」, 이화여자대학교 통일학연구원, 『북한 문학의 지형도』, 이화여자대학교출판부, 2008.

오태호, 「홍석중론: 『황진이』의 '낭만성'—『황진이』」, 이화여자대학교 통일학연구원, 『북한 문학의 지형도』, 이화여자대학교출판부, 2008.
유임하, 「김병훈론: 청년과 열정, 감화의 이야기 방식—김병훈의 천리마운동 소재 소설」, 이화여자대학교 통일학연구원, 『북한 문학의 지형도』, 이화여자대학교출판부, 2008.
유임하, 「김사량론: 인민 문학으로서의 모색과 전회—「칠현금」」, 이화여자대학교 통일학연구원, 『북한 문학의 지형도』, 이화여자대학교출판부, 2008.
이명자, 「김세륜론: 사회주의 원더랜드를 꿈꾸기—「유원지에서의 하루」」, 이화여자대학교 통일학연구원, 『북한 문학의 지형도』, 이화여자대학교출판부, 2008.
이상숙, 「홍석중론: 홍석중의 역사 소설과 남북 교류의 의미—역사 소설」, 이화여자대학교 통일학연구원, 『북한 문학의 지형도』, 이화여자대학교출판부, 2008.
이재복, 「리원우론: 팬터지 동화의 씨앗—『행복의 집』」, 이화여자대학교 통일학연구원, 『북한 문학의 지형도』, 이화여자대학교출판부, 2008.
임옥규, 「박태원론: 민중의 역사와 그 소설화—『갑오농민전쟁』」, 이화여자대학교 통일학연구원, 『북한 문학의 지형도』, 이화여자대학교출판부, 2008.
전영선, 「한웅빈론: 실리사회주의의 냉소적 자화상—『우리 세대』」, 이화여자대학교 통일학연구원, 『북한 문학의 지형도』, 이화여자대학교출판부, 2008.
최영진, 「남북 문인 함께 '통일문학' 창간한다—남측 고은·이청준·은희경, 북측 조기천·장기성 작품 등 실어」, 『뉴스메이커』 760, 2008. 1. 29.
김재용, 「염상섭과 한설야—식민지와 분단을 거부한 남북의 문학적 상상력」, 『역사비평』 82, 2008. 봄.
김주현, 「김정일 시대 『조선문학』에 나타난 북한문학의 특질」, 중앙어문학회, 『어문논집』 38, 2008. 3.
이정예, 「북한의 노래하는 시 '가사' 연구—1990년대 『조선문학』을 중심으로」, 『동북아문화연구』 14, 2008. 3.
고인환, 「홍석중의 『황진이』 연구—주인공의 현실인식 변모 양상을 중심으로」, 『한국문학논총』 48, 2008. 4.
김은정, 「총서 『불멸의 향도』 『강계정신』에 나타난 고난의 일상화와 희생의 양상」, 『국제어문』 42, 2008. 4.
남원진, 「이북문학의 정치적 종속화에 관한 연구—'종자'와 '대작'을 중심으로」,

『통일정책연구』 17-1, 2008. 6.
신형기, 「유항림과 절망의 존재론」, 『상허학보』 23, 2008. 6.
조정아·이춘근, 「북한의 고등교육개혁과 이공계 대학 교육과정」, 『북한연구학회보』 12-1, 2008. 여름(8).
김성수, 「선군(先軍)사상의 미학화 비판-2000년 전후 북한문학에 나타난 작가의식과 글쓰기의 변모양상」, 『민족문학사연구』 37, 2008. 8.
김종회, 「남북한 문학과 해외 동포문학의 디아스포라적 문화 통합」, 『한국현대문학연구』 25, 2008. 8.
김종회, 「북한문학에 반영된 한국 현대사 연구-주요 역사적 사건을 통한 남북한 문학의 비교론적 관점을 중심으로」, 『한국문학논총』 49, 2008. 8.
이경재, 「한설야 소설에 나타난 생산력 중심주의-해방 전후의 연속성을 중심으로」, 『민족문학사연구』 37, 2008. 8.
강진호, 「'총서'라는 거대서사 혹은 허위의식」, 『상허학보』 24, 2008. 10.
김원경, 「하이퍼링크 DB를 이용한 메타텍스트 연구 방법」, 『상허학보』 24, 2008. 10.
김은정, 「총서와 인물유형」, 『상허학보』 24, 2008. 10.
오성호, 「주체 시대의 북한시 연구-'숨은 영웅'의 형상과 그 의미」, 『현대문학의 연구』 36, 2008. 10.
오태호, 「최학수의 장편소설에 나타난 수령 형상의 의미 고찰」, 『상허학보』 24, 2008. 10.
강진호, 「'총서'라는 거대서사 혹은 허위의식」, 강진호(외), 『북한의 문화정전, 총서 '불멸의 력사'를 읽는다』, 소명출판, 2009.
고인환, 「6·15 공동선언 이후의 북한문학에 말 걸기」, 이화여자대학교 통일학연구원, 『북한문학의 지형도』 2, 청동거울, 2009.
고인환, 「주체소설 뒤집어 읽기-고병삼 『철쇄를 마스라』」, 이화여자대학교 통일학연구원, 『북한문학의 지형도』 2, 청동거울, 2009.
공임순, 「'총서'의 탈식민적 시각과 메타 담론-항일무장투쟁과 역사적 기억의 기념비화」, 강진호(외), 『북한의 문화정전, 총서 '불멸의 력사'를 읽는다』, 소명출판, 2009.
김민선, 「전후 북한의 열정과 '제대군인'-리상현, 「열풍」을 중심으로」, 이화여자대학교 통일학연구원, 『북한문학의 지형도』 2, 청동거울, 2009.
김성수, 「선군과 문학-『조선문학』(1998~2007) 10년의 쟁점」, 이화여자대학교 통일학연구원, 『북한문학의 지형도』 2, 청동거울, 2009.

김성수, 「수령문학의 문학사적 위상—북한문학사 서술에 나타난 '총서'의 성격과 관련하여」, 강진호(외), 『북한의 문화정전, 총서 '불멸의 력사'를 읽는다』, 소명출판, 2009.
김원경, 「하이퍼링크 DB를 이용한 메타텍스트 연구 방법」, 강진호(외), 『북한의 문화정전, 총서 '불멸의 력사'를 읽는다』, 소명출판, 2009.
김은정, 「총서와 인물 유형」, 강진호(외), 『북한의 문화정전, 총서 '불멸의 력사'를 읽는다』, 소명출판, 2009.
김지미, 「북한 정권초기 예술을 통한 대중지배 전략 연구」, 전연선·김지니, 『북한 예술의 창작지형과 21세기 트렌드』, 역락, 2009.
김지미, 「북한식 종합공연예술의 정착과 전개」, 전연선·김지니, 『북한 예술의 창작지형과 21세기 트렌드』, 역락, 2009.
김한식, 「소설과 기억의 정치학—『영생』에 대하여」, 강진호(외), 『북한의 문화정전, 총서 '불멸의 력사'를 읽는다』, 소명출판, 2009.
김효신, 「90년대 초기 북한 단편 소설의 경향—『조선문학』(1991.2-1991.3)에 수록된 7편의 단편 소설을 중심으로」, 『한국 근대문학과 파시즘』, 국학자료원, 2009.
남원진, 「'혁명적 대작'의 이상과 '총서'의 근대적 문법」, 강진호(외), 『북한의 문화정전, 총서 '불멸의 력사'를 읽는다』, 소명출판, 2009.
남원진, 「중심을 향한 열망과 파국의 드라마—윤세평의 비평」, 이화여자대학교 통일학연구원, 『북한문학의 지형도』 2, 청동거울, 2009.
박선영, 「혁명가요 가사의 정서통합과 선동성—총서 '불멸의 력사'를 중심으로」, 강진호(외), 『북한의 문화정전, 총서 '불멸의 력사'를 읽는다』, 소명출판, 2009.
신주백, 「1930년대 만주지역 항일무쟁투쟁 되집어 보기」, 강진호(외), 『북한의 문화정전, 총서 '불멸의 력사'를 읽는다』, 소명출판, 2009.
신형기, 「총서 '불멸의 력사'를 어떻게 읽을 것인가」, 강진호(외), 『북한의 문화정전, 총서 '불멸의 력사'를 읽는다』, 소명출판, 2009.
오창은, 「1950년대 북한소설의 서사적 이면—황건의 『개마고원』」, 이화여자대학교 통일학연구원, 『북한문학의 지형도』 2, 청동거울, 2009.
오창은, 「'고난의 행군' 시기 북한 문학평론—수령형상 창조·붉은기 사상·강성대국 건설」, 이화여자대학교 통일학연구원, 『북한문학의 지형도』 2, 청동거울, 2009.
오태호, 「선군의 모토와 문학적 긴장—2003년 『조선문학』 읽기」, 이화여자대학교 통일학연구원, 『북한문학의 지형도』 2, 청동거울, 2009.
오태호, 「천리마 기수의 전형과 동요하는 내면―윤시철의 『거센 흐름』론」, 이화여자대학교 통일학연구원, 『북한문학의 지형도』 2, 청동거울, 2009.
오태호, 「최학수의 장편소설에 나타난 수령 형상의 의미 고찰」, 강진호(외), 『북한의 문화정전, 총서 '불멸의 력사'를 읽는다』, 소명출판, 2009.
유임하, 「실리사회주의와 경제적 합리성―변창률의 농촌소설과 「영근이삭」 읽기」, 이화여자대학교 통일학연구원, 『북한문학의 지형도』 2, 청동거울, 2009.
유임하, 「총서 '불멸의 력사'의 기획 의도와 독법―'평화적 민주건설기' 소재 텍스트를 중심으로」, 강진호(외), 『북한의 문화정전, 총서 '불멸의 력사'를 읽는다』, 소명출판, 2009.
이명자, 「현실과 혁명적 양심 사이에서―북한 영화문학 작가 리춘구」, 이화여자대학교 통일학연구원, 『북한문학의 지형도』 2, 청동거울, 2009.
이상숙, 「2000년대 북한 시―『조선문학』에 나타난 통일 주제 시(통일시)를 중심으로」, 이화여자대학교 통일학연구원, 『북한문학의 지형도』 2, 청동거울, 2009.
이승윤, 「'총서'에 나타난 해방기 북한의 국가 만들기 기획과 서사의 균열―『빛나는 아침』과 『삼천리 강산』을 중심으로」, 강진호(외), 『북한의 문화정전, 총서 '불멸의 력사'를 읽는다』, 소명출판, 2009.
임옥규, 「'고난의 행군' 이후 북한문학에 나타난 여성 읽기―『조선문학』(1997~2008)을 중심으로」, 이화여자대학교 통일학연구원, 『북한문학의 지형도』 2, 청동거울, 2009.
임옥규, 「최명익 역사소설과 북한의 국가건설 구상―『서산대사』, 『임오년의 서울』, 「섬월이」를 중심으로」, 이화여자대학교 통일학연구원, 『북한문학의 지형도』 2, 청동거울, 2009.
장해성, 「주체사상과 총서 '불멸의 력사'」, 강진호(외), 『북한의 문화정전, 총서 '불멸의 력사'를 읽는다』, 소명출판, 2009.
전영선, 「2000년 이후 북한 사회의 흐름」, 전연선·김지니, 『북한 예술의 창작지형과 21세기 트렌드』, 역락, 2009.
전영선, 「김정일 시대 통치스타일로서 '음악정치'」, 전연선·김지니, 『북한 예술의 창작지형과 21세기 트렌드』, 역락, 2009.
전영선, 「대집단체조예술공연 '아리랑'의 정치사회적·문학예술적 의미」, 전연선·김지니, 『북한 예술의 창작지형과 21세기 트렌드』, 역락, 2009.

전영선, 「문학예술 창작 토대로서 종자론」, 전연선·김지니, 『북한 예술의 창작지형과 21세기 트렌드』, 역락, 2009.
전영선, 「수령형상과 풍자의 작가－백인준론」, 이화여자대학교 통일학연구원, 『북한문학의 지형도』 2, 청동거울, 2009.
전영선, 「총서 '불멸의 력사'의 문학적 성격과 혁명예술의 대중설득 전략 연구－영화 「조선의 별」을 중심으로」, 강진호(외), 『북한의 문화정전, 총서 '불멸의 력사'를 읽는다』, 소명출판, 2009.
전영선·김지니, 「북한 공연예술단체의 대외공연 양상과 특성 연구」, 전연선·김지니, 『북한 예술의 창작지형과 21세기 트렌드』, 역락, 2009.
정창현, 「김정일의 문예정책과 총서 '불멸의 력사'의 성립」, 강진호(외), 『북한의 문화정전, 총서 '불멸의 력사'를 읽는다』, 소명출판, 2009.
김한식, 「소설과 기억의 정치학－〈불멸의 역사 총서〉 『영생』에 대하여」, 『비평문학』 31, 2009. 3.
이영미, 「북한의 자료를 통해 재론하는 백석의 생애」, 『한국문학이론과 비평』 42, 2009. 3.
공임순, 「김일성의 청년상에 대한 (남)북한의 상징 투쟁과 체제 전유의 방식들－냉전에서 열전으로, 북한 사회의 집단/공유 기억의 창출과 역사의 기념화」, 『민족문학사연구』 39, 2009. 4.
김미혜, 「다문화 교육의 관점에서 본 북한 서정시와 문학교육」, 『국어교육학연구』 34, 2009. 4.
남원진, 「'혁명적 대작'의 이상과 '총서'의 근대소설적 문법」, 『현대소설연구』 40, 2009. 4.
유임하, 「총서 '불멸의 력사'의 기획 의도와 독법－'평화적 민주건설기' 소재 텍스트를 중심으로」, 『현대소설연구』 40, 2009. 4.
전영선, 「영화와 문학을 통해 본 북한 경제」, 『KDI북한경제리뷰』 11-4, 2009. 4.
김춘선, 「염상섭의 『취우』와 한설야의 『대동강』 비교」, 『현대문학의 연구』 38, 2009. 6.
송지선, 「월북 후 이용악 시의 서사지향성 연구－『조선문학』 발표 작품을 중심으로」, 『한국언어문학』 69, 2009. 6.
원종찬, 「동요시인 윤복진 연구－북한에서의 활동을 중심으로」, 『동화와 번역』 17, 2009. 6.
이경재, 「단재를 중심으로 본 한설야의 『열풍』－한설야의 『열풍』론」, 『현대문학의 연구』 38, 2009. 6.

임유경, 「미(美) 국립문서보관서 소장 소련기행 해제」, 『상허학보』 26, 2009. 6.
임유경, 「조소문화협회 출판·번역 및 소련방문 사업 연구-해방기 북조선의 문화·정치적 국가기획에 대한 문제제기적 검토」, 『대동문화연구』 66, 2009. 6.
장미성, 「농업협동화 시기 농민의 일상과 내면 연구-전후 1950년대 북한 소설을 중심으로」, 『학림』(연세대) 30, 2009. 6.
정혜원, 「북한 동화의 환상성 연구-1990년대 『아동문학』잡지를 중심으로」, 『동화와 번역』 17, 2009. 6.
최윤정, 「1990년 이후 북한 아동문학의 흐름-동요, 동시를 중심으로」, 『동화와 번역』 17, 2009. 6.
문지영, 「북한문학과 수령 우상화」, 『북한사회』 4, 2009. 8.
이경재, 「6.25 전쟁의 기억과 사회주의적 개발의 서사-한설야의 『성장』론」, 『현대소설연구』 41, 2009. 8.
임유경, 「'오빼꾼'과 '조선사절단', 그리고 모스크바의 추억-해방기 소련기행의 문화정치학」, 『상허학보』 27, 2009. 10.
오창은, 「북한문학의 종류와 형태, 갈래에 관한 고찰」, 『어문논집』 42, 2009. 11.
오태호, 「『개마고원』에 나타난 인물 형상의 유연성과 경직성 연구」, 『비교문화연구』(경희대) 13-2, 2009. 12.
유임하, 「고뇌하는 양심과 농촌 공동체의 윤리-이근영 소설의 현재성」, 『돈암어문학』 22, 2009. 12.
장성유, 「백석의 아동문학 사상에 대한 고찰-북한 『문학신문』의 논쟁을 중심으로」, 『한국아동문학연구』 17, 2009. 12.
전영선, 「백인준의 수령형상화와 계급성 논쟁-「최학신의 일가」를 중심으로」, 『남북문화예술연구』 5, 2009. 하반기(12).
최윤정, 「북으로 간 동요시인, 윤복진」, 『한국아동문학연구』 17, 2009. 12.
오성호, 「'고난의 행군'과 상상의 의병전쟁-수령 사후의 북한시」, 『북한시의 사적 전개과정』, 도서출판 경진, 2010.
오성호, 「'국토완정'의 꿈과 절멸의 공포-전쟁기의 시」, 『북한시의 사적 전개과정』, 도서출판 경진, 2010.
오성호, 「『백두산』과 북한의 서사시」, 『북한시의 사적 전개과정』, 도서출판 경진, 2010.
오성호, 「건국의 열기와 신인간의 요구-평화적 건설기의 시」, 『북한시의 사적 전개과정』, 도서출판 경진, 2010.

오성호, 「공산주의 사회 건설의 꿈과 새로운 삶의 속도－천리마 시대의 시」, 『북한시의 사적 전개과정』, 도서출판 경진, 2010.
오성호, 「북한시의 형성과 전개－송가, 서사시, 서정시를 중심으로」, 『북한시의 사적 전개과정』, 도서출판 경진, 2010.
오성호, 「임화의 월북 후 활동과 숙청」, 『북한시의 사적 전개과정』, 도서출판 경진, 2010.
오성호, 「재건의 의지와 열정－전후 복구건설기의 시」, 『북한시의 사적 전개과정』, 도서출판 경진, 2010.
오성호, 「제2차 조선작가대회와 전후 북한문학－한설야의 보고를 중심으로」, 『북한시의 사적 전개과정』, 도서출판 경진, 2010.
오성호, 「주의주의적 동원체제와 '숨은 영웅'의 형상－주체시대의 시 2」, 『북한시의 사적 전개과정』, 도서출판 경진, 2010.
오성호, 「주체시대의 출범과 수령의 형상－주체시대의 시 1」, 『북한시의 사적 전개과정』, 도서출판 경진, 2010.
오창은, 「발굴 『영원한 친선』(평양 문화전선사, 1949): 소련군대에 헌사한 북한 시인들의 정서적 예찬: 북한문학사에서도 평가 엇갈리는 중요한 문학적 사료」, 『근대서지』 1, 2010. 3.
오창은, 「전후복구시기 북한 노동계급의 성격화 양상－윤세중의 『시련속에서』(1957)를 중심으로」, 『어문학』 107, 2010. 3.
이승이, 「민족 해방에 대한 열망과 탈식민·탈주체로서의 저항문학－한설야의 『력사』와 「아버지와 아들」을 중심으로」, 『어문연구』 63, 2010. 3.
고인환, 「남대현의 『청춘송가』 연구－주인공의 의식 변모 양상을 중심으로」, 『한국언어문화』 41, 2010. 4.
김성수, 「남북한 현대문학사 인식의 거리－북한의 일제강점기 문학사 재검토」, 『민족문학사연구』 42, 2010. 4.
김현양, 「북한의 '우리문학사' 서술의 향방－근대문학 이전의 문학사 서술을 대상으로」, 『민족문학사연구』 42, 2010. 4.
유임하, 「'사회주의적 사실주의'에서 '주체사실주의'로의 이행－'해방후 평화적 민주건설시기'에 대한 북한문학사의 기술 변화」, 『민족문학사연구』 42, 2010. 4.
최현식, 「근대시와 주체문학－19세기말~1926년의 경우」, 『민족문학사연구』 42, 2010. 4.
고인환, 「북한문학의 내적 변모와 남·북 문학의 소통 가능성－남대현의 『통일련가』를 중심으로」, 『한민족문화연구』 33, 2010. 5.
이미경, 「북한의 문학과 예술」, 『통일로』 261, 2010. 5.
이영미, 「1960년대 전반기 북한 문학교육교양 매체 『아동문학』의 주제적 경향」, 『한민족문화연구』 33, 2010. 5.
이성천, 「북한 문예지 『조선문학』의 유형적 특성 고찰—2000년대 이후 발간 잡지를 중심으로」, 『어문연구』 64, 2010. 6.
이춘길, 「북한 문예미학에 대한 비교적 고찰—동구 문예미학과의 차이를 중심으로」, 『동서비교문학저널』 22, 2010. 봄·여름(6).
남원진, 「리찬의 「김일성장군의 노래」의 '개작'과 '발견'의 과정 연구」, 『한국문예비평연구』 32, 2010. 8.
오창은, 「선군시대 북한 농촌 여성의 형상화 연구」, 『현대북한연구』 13-2, 2010. 8.
전영선, 「한웅빈 문학의 전쟁 반영 양상 연구—「딸의 고민」, 「전선길」, 「소원」을 중심으로」, 『현대북한연구』 13-2, 2010. 8.
김낙현, 「조기천론—생애와 문학 활동에 대한 재검토」, 『어문연구』 147, 2010. 가을.
최진이, 「작가와 조선작가동맹」, 『임진강』 9, 2010. 가을.

2. 학위 논문

지 숙, 「연극중심으로 본 북한예술정책에 대한 연구」, 서강대 석사, 1986.
김용경, 「북한의 무용예술에 관한 연구」, 이화여대 석사, 1989.
김성렬, 「광복직후 좌우대립기의 문학연구」, 고려대 박사, 1990.
곽해룡, 「문학작품에 나타난 북한인민의 생활상 연구—『조선문학』의 소설분석을 중심으로(1979-1990)」, 서강대 석사, 1991.
송희복, 「해방기문학비평연구」, 동국대 박사, 1991.
용미리, 「북한 무용예술의 변천과정과 특징」, 이화여대 석사, 1991.
하정일, 「해방기 민족문학론 연구」, 연세대 박사, 1992.
조광석, 「북한의 창작문학에 대한 고찰—시, 소설, 아동문학을 중심으로」, 호남대 석사, 1992.
구자엽, 「분단이후 남·북한무용의 성향에 대한 연구—70년대에서 80년대를 중심으로」, 숙명여대 석사, 1993.
김교진, 「우리 공연예술의 실태에 관한 고찰—남·북한 연극의 동질화 방안을 중심으로」, 중앙대 석사, 1993.

장노현, 「북한의 초기 문학운동론—1945년 8월부터 1950년 6월까지」, 한국정신문화연구원 석사, 1993.
이경영, 「한국전후시 연구」, 성균관대 박사, 1994.
안병우, 「남·북한 문화 예술 교류를 위한 북한 미술의 연구」, 한국교원대 석사, 1995.
오문숙, 「북한 음악 연구—남북 문화예술교류의 관점에서」, 서울대 석사, 1995.
양옥순, 「북한 문예정책의 변천에 관한 연구—소설의 주제 변화를 중심으로」, 한국교원대 석사, 1996.
이인제, 「북한의 국어과 교육에 관한 연구」, 한국교원대 박사, 1996.
한성우, 「박세영 시 연구—시집 『산제비』와 『박세영시선집』을 중심으로」, 중앙대 박사, 1996.
김문수, 「한국전쟁기 소설 연구」, 대구대 박사, 1997.
김현종, 「해방기의 북한소설 연구」, 충남대 박사, 1997.
김정우, 「북한문학의 특질 연구—『꽃파는 처녀』, 『피바다』를 중심으로」, 중앙대 석사, 1998.
오양열, 「남·북한 문예정책의 비교연구」, 성균관대 박사, 1998.
이형관, 「혁명을 주제로 한 북한 영화 연구—피바다, 꽃파는 처녀, 소금을 중심으로」, 숭실대 석사, 1998.
채지영, 「남북한 현대 소설 교육의 비교 및 전망」, 이화여대 석사, 1998.
문선희, 「북한의 고등중학교 문학교육—남한과의 비교 및 지향점 모색」, 이화여대 석사, 1999.
정수연, 「한국에 소개된 북한영화의 분석 연구」, 건국대 석사, 1999.
김원진, 「북한 문화어의 성립과 전개」, 연세대 석사, 2000.
김해연, 「최명익 소설의 문학사적 연구」, 경남대 박사, 2000.
남인영, 「북한 인민학교 국어 교과서 어휘의 계량적 고찰」, 전남대 석사, 2000.
박호균, 「안용만 시 연구」, 인하대 석사, 2000.
송창우, 「국어 교육을 통한 통일교육 연구」, 원광대 석사, 2000.
권순택, 「남북통일 이전과 이후의 북한저작물 보호방안에 관한 연구」, 고려대 석사, 2001.
김진희, 「통일을 대비한 남북한 무용교류의 방안연구」, 한양대 석사, 2001.
신사명, 「해방 이후 북한소설의 토지개혁 수용양상 연구—『농토』와 『땅』을 중심으로」, 동국대 석사, 2001.
엄경순, 「김정일형상문학에 나타난 북한사회의 작동원리」, 동국대 석사, 2001.

우대식, 「해방기 북한 시문학 연구－1945-1950년을 대상으로」, 아주대 박사, 2001.
이주미, 「북한의 농민소설 연구－해방 직후부터 1960년대 초까지를 중심으로」, 동덕여대 박사, 2001.
이주철, 「김정일정권의 TV 드라마를 통한 체제선전에 관한 연구」, 경남대 북한대학원 석사, 2001.
강병호, 「1990년대 북한소설에 나타난 사랑의 성격과 도식성 연구－『조선문학』을 중심으로」, 부경대 석사, 2002.
김경숙, 「북한 시의 형성과 전개 과정 연구」, 이화여대 박사, 2002.
김언정, 「남·북한 무용교류 활성화를 위한 무용전공자의 인식도 조사」, 계명대 석사, 2002.
박형균, 「북한영화 실상과 특징 분석」, 호남대 석사, 2002.
신천재, 「남북한 고등학교 국어교과서 수록 소설의 비교 분석」, 공주대 석사, 2002.
이장휘, 「북한의 문학 교육 연구－고등중학교 「국어문학」과 연암 작품을 중심으로」, 고려대 석사, 2002.
김지선, 「조기천의 『백두산』 연구－구조와 이데올로기 분석을 중심으로」, 부경대 석사, 2003.
양지연, 「유일지도체제의 성립과 문학예술의 역할－1967년 북한 문학예술계의 반종파 투쟁을 중심으로」, 경남대 북한대학원 석사, 2003.
우문숙, 「북한의 '선군혁명문학'을 통해서 본 선군정치의 체제유지기능에 관한 연구」, 경남대 북한대학원 석사, 2003.
이동백, 「남북한 초등학교 국어교과서에 수록된 동화 비교 연구」, 강남대 석사, 2003.
한상수, 「북한문학 연구의 비판적 검토와 전망－남북한 현대시문학사의 통합 서술을 중심으로」, 고려대 석사, 2003.
김윤영, 「북한소설의 갈등양상 연구－1990년대 작품을 중심으로」, 수원대 박사, 2004.
김지영, 「남북한 국어 교과서 비교 연구－초등학교 4학년을 중심으로」, 대진대 석사, 2004.
김현주, 「조기천의 『백두산』 연구」, 목포대 석사, 2004.
남원진, 「남북한의 비평 연구－전후 문학론의 전개 양상을 중심으로」, 건국대 박사, 2004.

성동민, 「남북한 전시소설 연구—스토리 유형을 중심으로」, 동국대 박사, 2004.
이대철, 「천세봉 소설연구—『석개울의 새 봄』을 중심으로」, 원광대 석사, 2004.
이상숙, 「북한문학의 “민족적 특성론” 연구—1950~60년대를 중심으로」, 고려대 박사, 2004.
정낙현, 「북한 희곡의 특성과 구조 연구—1945년~1960년대 중반의 작품을 중심으로」, 이화여대 박사, 2004.
조경덕, 「1950년대 북한 소설의 도식주의 극복논의에 관한 연구」, 고려대 석사, 2004.
주 이, 「북한 문예정책의 변화와 특성—지배이념의 변화양태를 중심으로」, 이화여대 석사, 2004.
최윤정, 「북한 아동시가 연구」, 건국대 석사, 2004.
홍혜미, 「북한의 전후 소설 연구」, 창원대 박사, 2004.
김광숙, 「한설야의 『청춘기』 판본 분석—연재본·단행본·개작본을 중심으로」, 동아대 석사, 2005.
박세미, 「북한형 인테리 형성 과정—‘‘오랜’ 인테리’ 임화 숙청을 중심으로」, 경남대 북한대학원 석사, 2005.
우선미, 「북한 대중가요의 성격변화에 관한 연구」, 한국외대 석사, 2005.
윤보영, 「북한의 군중문화—예술선전대의 역할에 관한 연구」, 동국대 석사, 2005.
이명자, 「김정일 통치 시기 가족 멜로드라마 연구—북한 근대성의 변화를 중심으로」, 동국대 박사, 2005.
이지순, 「북한 시문학의 이데올로기적 담론구조 연구」, 단국대 박사, 2005.
임옥규, 「북한 역사소설 연구」, 홍익대 박사, 2005.
전월매, 「한국 현대문학사의 시대구분 비교 연구—남한과 북한, 중국조선족 문학사를 중심으로」, 호서대 석사, 2005.
최강미, 「총서 『불멸의 력사』의 인물 위계구조 분석—“항일혁명투쟁시기편” 중 『1932년』을 중심으로」, 연세대 석사, 2005.
한정미, 「북한의 문예정책과 구비문학의 활용 양상 연구」, 숙명여대 박사, 2005.
김은정, 「천세봉 장편소설 연구—인물유형의 변화과정을 중심으로」, 한국외대 박사, 2006.
박찬모, 「남·북한 국가형성기 민족문학 담론 연구」, 전남대 박사, 2006.
복한호, 「남·북한 교과서 이질성 비교—고등학교 문학 교과서를 중심으로」, 한국교원대 석사, 2006.

서영빈, 「남북한 및 중국 조선족 역사소설 비교연구－『북간도』, 『두만강』, 『눈물 젖은 두만강』을 중심으로」, 한남대 박사, 2006.
안상문, 「이기영 해방 이후 소설 연구－북한 문예정책 및 문예이론의 원용 양상을 중심으로」, 경희대 박사, 2006.
윤해숙, 「북한 대중 동원 정책의 전개와 노동의식의 변화(1946-1961)」, 동국대 석사, 2006.
최진이, 「북한 여성시인 렴형미 연구」, 이화여대 석사, 2006.
킨가 드굴스카, 「북한문학에 나타난 김정일 우상화 경향 연구－『불멸의 력사』와 『불멸의 향도』를 중심으로」, 경희대 박사, 2006.
한수경, 「북한의 통일 주제 문학 연구－1990년대 이후 단편소설 중심으로」, 경기대 석사, 2006.
한춘우, 「북한 서정시 연구－형상화 대상과 기법을 중심으로」, 홍익대 석사, 2006.
황보금, 「남·북한 고전시가 교육 양상 비교」, 성신여대 석사, 2006.
김혜은, 「남·북한 현대소설 교수－학습 비교」, 고려대 석사, 2007.
박순선, 「북한 서정시 연구－『해방후서정시선집』을 중심으로」, 성균관대 박사, 2007.
신행자, 「북한 서정시 연구－『해방 후 서정시 선집』을 중심으로」, 경기대 석사, 2007.
장미성, 「농업협동화 시기 농민의 일상과 내면－전후 1950년대 북한 소설을 중심으로」, 연세대 석사, 2007.
조성배, 「통일을 대비한 소설 교육 방안 연구」, 부경대 석사, 2007.
주현우, 「북한의 '대집단체조와 예술공연'에 관한 연구」, 국방대 안전보장대학원 석사, 2007.
김민선, 「전후(1953-1958) 북한소설의 '제대군인' 표상 연구」, 동국대 석사, 2008.
김은종, 「1990년대 북한의 '사회주의 현실주제' 단편소설 연구－『조선문학』을 중심으로」, 한국외국어대 석사, 2008.
배상숙, 「북한 희곡의 특성 연구－1950년대 작품을 중심으로」, 수원대 석사, 2008.
이경재, 「한설야 소설의 서사시학 연구」, 서울대 박사, 2008.
이종구, 「북한의 설화 인식 연구－'단군신화'를 중심으로」, 경희대 석사, 2008.
김봉화, 「북한공연예술에 활용된 미디어 연구－북한공연예술 아리랑을 중심으로」, 숭실대 석사, 2009.
박애희, 「북한의 고전소설 교육 연구-『문학』(고등중학교 4) 교과서 중심으로」, 동국대 석사, 2009.
이슬이, 「남·북한 문학사에서 본 실학파 문학의 평가」, 원광대 석사, 2009.
이승이, 「1950년대 북한문학의 민족적 특성·주체성·현대성 연구-『조선문학』 평론을 중심으로」, 목원대 박사, 2009.
김낙현, 「조기천 시 연구」, 중앙대 박사, 2010.
한아름, 「이기영의 『두만강』 연구-사회주의 리얼리즘과 서사성의 관련 양상을 중심으로」, 전북대 석사, 2010.

3. 단행본

오영진, 『하나의 증언-작가의 수기』, 국민사상지도원, 1952.
(=오영진, 『소군정하의 북한-하나의 증언』, 국토통일원 조사연구실, 1983.)
현 수, 『적치 6년의 북한문단』, 국민사상지도원, 1952.
(=현 수(박남수), 우대식(편), 『적치 6년의 북한문단』, 보고사, 1999.)
조 철, 『죽음의 세월-납북인사들의 생활실태』, 성봉각, 1964(재판).
이철주, 『북의 예술인』, 계몽사, 1965.
국토통일원 자료과관리국, 『북한문학-북한주민의 정서생활에 관한 연구』, 국토통일원, 1978.
국토통일원 조사연구실, 『북한의 문예정책과 문예이론 연구』, 국토통일원, 1979.
국토통일원 조사연구실, 『북한의 문화예술』, 국토통일원, 1981.
홍기삼, 『북한의 문예이론』, 평민사, 1981.
국토통일원 남북대화사무국, 『북한의 문화예술』, 국토통일원 남북대화사무국, 1985.
국토통일원 통일연구소, 『북한의 문화예술정책』, 국토통일원 통일연구소, 1986.
김병인, 박순녀, 박홍근, 『북한의 문학』, 민족통일중앙협의회, 1987.
이기봉, 『북의 문학과 예술인』, 사사연, 1986.
정음사 편집부, 『잃어버린 산하』(북한 문화예술 자료집), 정음사, 1988.
국토통일원, 『문예작품을 통해 본 북한사회』, 국토통일원, 1989.
국토통일원, 『북한 및 공산권관계 장서목록』, 국토통일원, 1989.
국토통일원, 『북한문학에서 주체사상의 구현양상』, 국토통일원, 1989.
권영민(편), 『북한의 문학』, 을유문화사, 1989.

김윤식(편), 『해방공간의 민족문학 연구』, 열음사, 1989.
김윤식(외), 『해방공간의 문학운동과 문학의 현실인식』, 한울, 1989.
성기조, 『사회주의사상 통일문학』(소설), 신원문화사, 1989.
성기조, 『주체 사상을 위한 혁명적 무기의 역할』(시), 신원문화사, 1989.
정영진, 『통한의 실종문인－6·25를 전후한 실종문인사』, 문이당, 1989.
한국비평문학회, 『혁명전통의 부산물』(납·월북문인 그 후), 신원문화사, 1989.
국어국문학회, 『북한의 국어국문학연구』, 지식산업사, 1990.
김대행, 『북한의 시가문학』, 문학과 비평사, 1990.
김문환, 『북한의 예술』, 을유문화사, 1990.
김윤식, 『한국 현대 현실주의 소설 연구』, 문학과지성사, 1990.
성기조, 『북한비평문학 40년』(정치성과 노동관을 중심으로), 신원문화사, 1990.
이형기·이상호(편), 『북한의 현대문학』 1, 고려원, 1990.
윤재근·박상천(편), 『북한의 현대문학』 2, 고려원, 1990.
한길문학편집위원, 『남북한 문학사 연보』, 한길사, 1990.
민족문학사연구소, 『북한의 우리문학사 인식』, 창작과비평사, 1991.
김성수(편), 『우리 문학과 사회주의 리얼리즘 논쟁』, 사계절, 1992.
이우영, 『미군정기 민족문학의 논리』, 태학사, 1992.
이선영·김병민·김재용(편), 『현대문학비평 자료집』(이북편) 1~8, 태학사, 1993 ~1994.
김성수(편), 『북한 『문학신문』 기사목록(1956~1993)』(사실주의 비평사 자료집), 한림대학교 아시아문화연구소, 1994.
김재용, 『북한 문학의 역사적 이해』, 문학과지성사, 1994.
신상성·박충록, 『한국통일문학사론』, 아사달의 꽃, 1994.
이우영, 『남북한 문화정책 비교 연구』, 민족통일연구원, 1994.
최연홍, 『북한의 문학』, 남북문제연구소, 1994.
이명재(편), 『북한문학사전』, 국학자료원, 1995.
이재인, 『북한문학의 이해』, 열린길, 1995.
최동호(편), 『남북한 현대문학사』, 나남, 1995.
최연홍, 『문학을 통해 본 북한의 현실』, 남북문제연구소, 1995.
권영민, 『북한의 문학』, 공보처, 1996.
김용범·김응환·전영선, 『김정일과 북한문화예술』, 문화체육부 통합문화연구소, 1996.
김윤식, 『북한문학사론』, 새미, 1996.

김철학(편), 『북한의 대표적 서정시』, 한빛, 1996.
신형기, 『북한소설의 이해』, 실천문학사, 1996.
한국문학연구회, 『1950년대 남북한 시인 연구』, 국학자료원, 1996.
이재인(외), 『북한문학강의』, 효진출판사, 1997.
국립국어연구원, 『북한문학작품의 어휘』, 국립국어연구원, 1998.
영남대인문과학연구소, 『북한설화의 연구』, 영남대학교출판부, 1998.
이명재(편), 『북한문학의 이념과 실체』, 국학자료원, 1998.
이우영, 『김정일 문예정책의 지속과 변화』, 민족통일연구원, 1998.
이춘길(외), 『김정일 문예관과 문예정책의 기본원리 연구』, 한국문화정책개발원, 1998.
김종회(편), 『북한문학의 이해』, 청동거울, 1999.
박태상, 『북한문학의 현상』, 깊은샘, 1999.
이미림, 『월북작가 소설연구』, 깊은샘, 1999.
김재용, 『분단구조와 북한문학』, 소명출판, 2000.
신형기·오성호, 『북한문학사』, 평민사, 2000.
임순희, 『북한의 대중문화』, 통일연구원, 2000.
조재수, 『남북한말 사전』, 한겨레신문사, 2000.
조한혜정·이우영(편), 『탈분단 시대를 열며』, 삼인, 2000.
김성수, 『통일의 문학 비평의 논리』, 책세상, 2001.
민병욱, 『북한 연극의 이해』, 삼영사, 2001.
신상성·송희복·유임하, 『북한소설의 역사적 이해』, 두남, 2001.
임순희, 『북한문학의 김정일 형상화 연구』, 통일연구원, 2001.
김종회(편), 『북한 문학의 이해』 2, 청동거울, 2002.
목원대학교 국어교육과, 『북한문학의 이해』, 국학자료원, 2002.
박태상, 『북한문학의 동향』, 깊은샘, 2002.
선우상열, 『광복 후 북한현대문학 연구』, 역락, 2002.
전영선, 『북한의 문학예술 운영체계와 문예 이론』, 역락, 2002.
조영복, 『월북 예술가 오래 잊혀진 그들』, 돌베개, 2002.
편집부, 『북한문학의 이해』, 은하출판사, 2002.
강용택, 『김소월과 조기천의 시어 사용 양상 비교 연구』, 역락, 2003.
김석향, 『북한이탈주민의 언어생활에 나타나는 북한언어정책의 영향』, 통일부 통일교육원, 2003.
동국대학교 한국문학연구소, 『북한의 문학과 문예이론』, 동국대학교출판부,

2003.
신효숙, 『소련군정기 북한의 교육』, 교육과학사, 2003.
우리어문학회, 『남북한 어문 규범과 그 통일방안』, 국학자료원, 2003.
이주미, 『북한 문학예술의 실제』, 한국문화사, 2003.
전영선, 『고전소설의 역사적 전개와 남북한의 〈춘향전〉』, 문학마을사, 2003.
편집부, 『북한문학의 이해』, 예하미디어, 2003.
김호웅·정문권·김관웅, 『북한 문화와 문학의 역사적 이해』, 창과 현, 2004.
김경숙, 『북한현대시사』, 태학사, 2004.
김종회(편), 『북한 문학의 이해』 3, 청동거울, 2004.
남상권·박승희·박종갑·범금희, 『북한의 언어와 문학』, 영남대학교출판부, 2004.
남원진, 『남북한의 비평 연구』, 역락, 2004.
박태상, 『북한의 문화와 예술』, 깊은샘, 2004.
전영선, 『북한을 움직이는 문학 예술인들』, 역락, 2004.
전영선, 『북한의 문학과 예술』, 역락, 2004.
김중하(편), 『북한문학 연구의 현황과 과제』, 국학자료원, 2005.
민병욱, 『북한영화의 역사적 이해』, 역락, 2005.
우대식, 『해방기 북한 시문학론』, 푸른사상사, 2005.
이명자, 『북한영화와 근대성』, 역락, 2005.
장사선, 『남북한 문학평론 비교 연구』, 월인, 2005.
전영선, 『북한 민족문화 정책의 이론과 현장』, 역락, 2005.
전영선, 『북한의 사회와 문화』, 역락, 2005.
정상진, 『아무르 만에서 부르는 백조의 노래』(북한과 소련의 문학·예술인들 회상기), 지식산업사, 2005.
조오현·김용경·김주미·박동근·김준희, 『북한 언어 문화의 이해』, 경진문화사, 2005.
편집부, 『북한문학의 이해(요점)』, 예하미디어, 2005.
김재용(편), 『살아 있는 신화, 황진이』, 대훈닷컴, 2006.
민현기, 『남북한 역사소설 비교 연구』, 계명대학교출판부, 2006.
박태상, 『북한문학의 사적 탐구』, 깊은샘, 2006.
북한연구학회, 『북한의 언어와 문학』(북한의 새인식 6), 경인문화사, 2006.
유영옥, 『북한의 문예체론』, 홍익재, 2006.
이영미, 『북한 문학과 정치 커뮤니케이션』, 보고사, 2006.
전영선, 『북한 영화 속의 삶 이야기』, 글누림, 2006.

조정아, 『경제난 이후 북한 문학에 나타난 주민생활 변화』, 통일연구원, 2006.
김종회(편), 『북한 문학의 이해』 4, 청동거울, 2007.
김종회·고인환·이성천, 『작품으로 읽는 북한문학의 변화와 전망』, 역락, 2007.
박영정, 『21세기 북한 공연예술 대집단체조와 예술공연 「아리랑」』, 월인, 2007.
신형기·오성호·이선미(편), 『북한문학』(문학과지성사 한국문학선집 1900~ 2000), 문학과지성사, 2007.
이명자, 『북한영화사』, 커뮤니케이션북스, 2007.
이재철, 『남북아동문학 연구』, 박이정, 2007.
한정미, 『북한의 문예정책과 구비문학의 활용』, 민속원, 2007.
김영수, 『북한시인 김순석과 그의 시문학연구』, 서우얼출판사, 2008.
김용직, 『북한문학사』, 일지사, 2008.
김재용·민경찬·박영정·이효인·이왕기·박영옥·이구열, 『북한의 문화 예술』, KBS남북교류협력단, 2008.
이화여자대학교 통일학연구원, 『북한 문학의 지형도』, 이화여자대학교출판부, 2008.
임옥규, 『북한역사소설의 재인식』, 역락, 2008.
홍정선, 『카프와 북한문학』, 역락, 2008.
강진호(외), 『북한의 문화정전, 총서 '불멸의 력사'를 읽는다」, 소명출판, 2009.
강진호(외), 『총서 '불멸의 력사' 용어사전』, 소명출판, 2009.
강진호(외), 『총서 '불멸의 력사' 해제집』, 소명출판, 2009.
이화여자대학교 통일학연구원, 『북한 문학의 지형도』 2, 청동거울, 2009.
전연선·김지니, 『북한 예술의 창작지형과 21세기 트렌드』, 역락, 2009.
곽충구·박진혁, 『문학 속의 북한방언』, 글누림, 2010.
오성호, 『북한시의 사적 전개과정』, 도서출판 경진, 2010.
한국문화기술연구소, 『북한 문학예술의 장르론적 이해』, 도서출판 경진, 2010.
홍용희, 『통일시대와 북한문학』, 국학자료원, 2010.

북조선 문학을 이해하기 위한 몇 가지 것들

남원진

1. 문학은 혁명과 건설의 힘있는 무기이다.

이북을 이해하기 위해 유념해야 할 항목은 무엇일까? 이북은 사회주의 체제이다. 그런데 주체시대 이후 봉건사회나 가부장제 국가라고 말해지는 전근대 국가라는 평가는 이북이 '뒤떨어진' 국가라는 식민주의적 사고방식을 은밀히 드러낸다. 남한에서도 가부장적 권위 구조가 일상적으로 팽배하며, 혈연이나 지연·학연 관계와 같은 전근대적 연결망이 여전히 중요한 요소로 작용하지만, 이를 가지고 봉건 사회나 가부장제 국가라고 말하지는 않는다. 왜냐하면 남한 사회의 삶과 구조를 결정하는 것은 자본주의이기 때문이다. 그렇다면 이북의 체제, 이북 인민들의 삶을 규정하는 결정적 요소는 무엇일까? 이것은 사회주의라는 사실이다. 그렇지만 봉건사회나 가부장제 국가라는 평가 속에는 이북 체제의 전개 과정이 전적으로 사회주의화만이 아니라 봉건성이 강화되고 혼재되는 과정이라는 사실도 말해준다. 그렇다면 구체적인 예를 통해 자본주의와 사회주의 체제의 차이를 설명해 보자.

> "집은 있습니까?"
>
> 친구는 이번에도 대답대신 나에게 반문했다.
>
> "무슨 집?"
>
> "살림집말이지, 무슨 집이겠나?"
>
> "무슨 말인지 도무지 원, 사람이 집없이 어떻게 사나?"
>
> 나는 어이없기도 했고 화가 나기도 했다. 그는 외국인이 아니라 나와 담화하는것으로 여기는것 같았다.
>
> "신문을 보지 않나? 집없는 사람들이 세상에 많다는걸 읽지 못했나?"
>
> "아하!—"
>
> 그제야 둔감한 나의 친구도 약간 깨도가 되는지 긴 감탄사를 내뿜았다.
>
> "그러니 이 사람도 그런 나라에서 왔구만?"
>
> 하고는 동정하듯 물끄러미 바라보며 머리를 절레절레 흔들었다.
>
> "살기가 헐치 않겠수다."
>
> —한웅빈, 「두번째 상봉」, 『조선문학』 623, 1999. 9, 52쪽.

한웅빈의 단편소설 「두번째 상봉」은 외국 기자와 이북 조립공의 동문서답형 대화를 통해서 두 체제의 차이를 선명하게 드러낸다. 외국 기자는 사회주의 나라에서는 모든 것이 의도적으로 조직된 선전을 위한 것으로 생각한다. 강 동무는 단순하고 고지식한 기계공장의 조립공이다. 그는 지나친 솔직성 때문에 '직사포'형 성격의 인물로 말해진다. 그래서 이 두 사람의 대화는 '완전한 교활성'과 '완전무방비상태의 단순성'의 대결로 그려진다. 위의 인용에서 드러나듯, '집이 있는가'에 대한 외국 기자의 질문에 대해 집이 없다는 것을, 강 동무는 전혀 이해하지 못한다. 그래서 외국 기자를 동정한다. 또한 '적은 한 달 수입으로 집세나 교육비 등의 전반적인 가족 생활이 가능한가'에 대한 외국 기자의 질문에 강 동무는 의아해 한다. 왜 강

동무는 이런 반응을 보인 것일까? 이는 사회주의사회에서 집세라는 것이 없으며 단지 주택사용료만이 있다는 것, 무료의무교육이 실시되고 있다는 사실을 잊은 기사의 질문이기 때문이다. 통역 겸 안내원인 박 동무는 외국 기자에게 이북에 대해서 조금만 알게 되면 그런 식의 질문은 하지 않는다고 말해준다. 좀 더 나아가 이 소설은 멀리에서 바라본 생활과 가까이에서 본 생활의 문제를 제기한다. 그래서 외국 기자처럼 멀리에서 바라본 정치·사회 체제로는 이북을 볼 수는 없다. 다시 말해서 이북이 사회주의 체제라는 사실을 인정하지 않는 한 외국 기자처럼 엉뚱한 질문과 왜곡된 시선을 갖게 된다. 이런 시선으로는 이북은 보이지 않는다.

이북에서 문학은 무엇인가? 이북문학은 이북의 정치·사회 체제에서 창작된 문학이며 공식적인 사회주의문학이다. 특히 문학은 일정한 계급에 봉사하는 계급투쟁의 강력한 '무기'에 해당된다. 이 점은 매우 중요하다. 일찍이 레닌은 「당 조직과 당 출판물」(1905. 11. 13)에서 당 출판물은 '일반 프롤레타리아트의 사업의 일부분이 되어야 하며, 전체 노동계급의 자각적인 전위대에 의하여 운전되는 한 개의 유일하고 거대한 사회민주주의라고 하는 기계의 '작은 바퀴와 나사못'이 되어야 한다'고 지적한다. 여기서 그의 서술은 당 문학이 아니라 문학을 '포함한' 당 출판물에 관한 것이다. 당 출판물은 '조직적, 계획적, 통일적인 사회민주당사업의 일 구성 부분이 되어야 한다.'(『문학에 관하여』, 3쪽) 이 지적은 사회주의문학의 당파성을 이해하기 위한 중요한 준거가 된다. 당파성은 사회주의문학의 사상적 경향성 또는 사회주의의 진리를 담보한 것이어야 한다.

이에 반해 유일사상체계가 구축된 후, 이북의 당성은 '백절불굴의 혁명정신', '당에 대한 끝없는 충실성'이며 더 나아가 '수령에 대한 충실성'으로 말해지면서 굴절된다. 이북의 당성 개념은 '문학예술의 사상적 경향성, 당파성과 근본적으로 구별'된다. '사회주의적 사실주의 문학예술에서 당성을 훌륭히 구현하는 문제는 수령에 대한 충실성을 구현하는 문제와 밀접히 통일되며 수령에 대한 충실성을 통하여 가장 철저하게 구현된다.'(『주체사상에 기초한 문예리론』, 72~73쪽) 여기서 보듯, 사실 사회주의문학이 당의 정책적 지도와 정치적 지도 아래 성립된 것이지만, 이북문학은 '수령'의 지도 체계에 의해 철저하게 관리된다.

그렇다면 이런 이북문학을 규정할 수 있는 미학적 원리는 무엇인가? 필자는 '이야기의 힘'을 통한 '감응의 수사학'이라고 규정한다. 사회주의문학이 그러하듯, 이북의 문학은 '인식교양적 기능과 감화력'을 대단히 중요시한다. 그러하기에 문학은 '아름답고 숭고한 풍모'를 지닌 '주인공의 긍정적 모범'에 인민들을 감화시킴으로써 인민을 교양한다. 여기서 긍정적 형상들은 미학적 감화력을 통하여 인민의 감정을 고양시킨다. 그래서 이북문학은 시대의 지향과 이념을 발전시킴으로써 인민의 자주위업 수행에 적극 이바지할 수 있도록 하는 인식교양적 역할을 강조한다(『주체문학론』, 30쪽, 242~243쪽). 이북문학은 고상한 정신적 풍모를 지닌 김일성과 같은 주체형 인간에 감응하고 몰입하면 상당히 감동적이다. 이것이 바로 이야기의 힘이다. 그래서 이북문학은 이야기의 힘을 강조하는 전형적인 남성의 서사에 해당한다.

여기서 말해지는 이야기의 힘이란 무엇인가? 이야기는 '정의로운' 인간이 그 속에서 바로 그 자신을 만나게 되는 그런 인물의 세계에 대해 말한다. 소설의 얽히고 설킨 관계는, 이야기에서는 단순한 이분법적 원리로 구성된다. 이는 소설의 복잡한 구조가 이야기의 감동을 반감시키기 때문이다. 추악한 인간과 의롭고 순결한 인간, 즉 '주체형 인간'을 형상화하는 이야기의 윤리는 소설의 가독성을 높임으로 감동을 증가시킨다. 즉, 이야기의 선악 구도는 감동을 배가시킨다. 그래서 이북문학은 친근한 이야기 양식을 답습하고 있기 때문에 감동적이다. 흔히 이야기에서 볼 수 있는 감응의 수사학은 이상적 세계를 이미 알고 있는 듯한 느낌을 준다. 인민들은 감정이입의 방식을 통해서 이상적 세계를 소유하게 된다. 그래서 '감사의 눈물이나 행복의 눈물'을 흘리는 멜로드라마(melo-drama)를 창출한다. 이것이 바로 이야기가 지닌 힘이다. 그런데 완결된 인간이 지배하는 이야기는 한번 자기 동일화하고 나면 아무도 그 마법에 흥미를 가지지 않는다. 그래서 도식적이고 지루한 것이다. 결국 이북의 자기동일화의 최면술적 미학은 인민에게 자존심과 행복을 부여하는 반면에 현재 지도 체제의 질서를 영구화하게 만드는 작동 원리로 작용한다.

2. 종자는 작품의 핵이며 작품의 질을 담보하는 근본 조건이다.

현재 이북문학예술을 이해하기 위해서 꼭 알아야 할 필수적 저작이 김정일의 『영화예술론』(1973. 4. 11)과 『주체문학론』(1992. 1. 20)이다. 김정일은 다음과 같이 말한다. 문학은 인간학이다. 문학은 인간과 생활을 형상적으로 반영한 것이다. 주체문학은 주체의 인간학이다. 주체의 인간학은 주체사상의 원리에 기초한 공산주의 인간학이다. 주체문학의 사명은 인민의 자주 위업 수행에 복무하는 것이다. 이런 주체문학에서 가장 핵심적인 것이 종자론이다.

1970년대 도입된 종자론은 김정일의 『영화예술론』에서 공식화되며, 주체문예이론의 창작 실천론에 해당된다. 종자의 핵심은 사상성에 있다. 이 사상성은 당의 정책을 정확하게 반영하고 당의 노선과 정책에 철저하게 입각할 때 드러난다. 다시 말해서 사상성을 얻기 위해서는 당의 노선과 정책을 철저히 따르면 되는 것이다. 여기서 당의 노선이나 정책은 주체사상을 말한다. 따라서 이북의 종자론은 주체사상에 충실할 것을 강조한다.

필자는 종자론에 대해 구체적으로 알아보기 위해서 천세봉이 창작한 '총서 『불멸의 력사』'에 속한 장편소설 『혁명의 려명』과 『은하수』를 검토하고자 한다. 『혁명의 려명』은 1973년 발표 당시 '4·15문학창작단'의 집체작으로 출판되었다가 1987년 개작되면서 '천세봉'의 작품으로 출간된다.[1] 4·15문학창작단은 어떤 단체인가? 김정일은 1967년 6월 20일 조선로동당 중앙위원회 선전선동부 책임일꾼들과 한 담화(「4·15문학창작단을 내올데 대하여」)에서 4·15문학창작단을 조직할 것을 지적하며(『김정일선집(1)』, 248쪽), 이 단체는 1968년 조직되어 활동을 시작한다. 4·15문학창작단은 김일성 주석의 혁명 역사와 혁명적 가정을 주제로 한 작품군을 제작하는 창작기관이다.

> 최영화는 주체53년(1964)년 7월 대작창작조를 인솔하는 책임자가 되여 40여일에 걸쳐 백두산지구혁명전적지를 답사하였다. (…중략…) ≪준엄한 전구≫, ≪혁명의 려명≫, ≪아들딸≫, ≪태양의 아들≫ 등을 비롯한 혁명적 대작들은 모두가 이런 답사과정을 밑거름으로 하여 솟아난 우리 문학의 봉우리들이였다.
>
> —오영재, 「그가 남긴 생의 여운」, 『조선문학』 664, 2003. 2, 42~43쪽.

> 수령님께서는 주체55(1966)년 1월 어느 휴양소에서 다른 작가들과 함께 천세봉을 또다시 불러주시고 무려 17일간에 걸쳐 혁명문학건설방향과 항일무장투쟁시기에 실재하였던 생활소재들을 매일 두세시간 저어 다섯, 여섯 시간씩 들려주시였다.
>
> —김정웅·천재규, 『조선문학사(15)』, 사회과학출판사, 1998, 74쪽.

> 지도자동지께서는 장편소설의 제목도 총서 ≪불멸의 력사≫로 하고 매

1) 이북에서는 김정일이 1984년 6월 당중앙위원회 일꾼들과 담화에서 4·15문학창작단 작가들이 창작한 문학 작품에 작가의 이름을 밝혀주도록 지시했다고 한다(「≪작가의 이름을 밝히도록 하여야 하겠습니다≫」, 『조선문학』 688, 2005. 2, 24쪽). 여하튼 '총서'에서 '4·15문학창작단'이 아니라 작가의 이름을 적기 시작한 것은 1985년 4월 15일 출판된 석윤기의 『봄우뢰』부터이며, 이름을 밝히지 않은 작가들의 작품도 1986년 12월 9일 재출판된 『닻은 올랐다』에서부터 모든 작가의 이름이 명기된다.

작품마다 독립적인 소설제목을 달아서 1, 2, 3권으로 할 데 대하여 다시금 지적하시였다. (…중략…) 작품전반에서 전기같은 감을 없애느라 애썼고 장편소설의 제목도 ≪태양이 솟는다≫를 ≪혁명의 려명≫으로 고쳤다.

—「작품의 대를 바로세워주시여」, 『조선문학』 535, 1992. 5, 15쪽.

천세봉은 혁명소설 ≪태양이 솟는다≫의 원고를 반년만에 끝내였으며 집단의 의견을 받아 두차례의 수정을 한 후 위대한 수령님의 탄생 60돐을 5개월 앞둔 주체60(1971)년 12월 중순에 출판하였다. 4.15문학창작단이 조직된지 3년만에 수령형상장편소설로서 첫 책이였다.

—김영근, 「생활의 바다속에서」, 『조선문학』 661, 2002. 11, 52쪽.

장편소설 ≪혁명의 려명≫의 초기 제목은 ≪태양이 솟는다≫였다. (…중략…) 지도자동지께서는 이 제목을 보시고 위대한 수령님을 태양이라고 칭송하는 작가의 마음은 리해되나 소설은 어디까지나 소설제목다운 맛이 나야 한다고 하시면서 이 작품은 우리 혁명의 려명기에 대하여 이야기하고있는만큼 제목을 ≪혁명의 려명≫으로 달도록 하는것이 좋을것 같다는 의견을 주시였다.

—장희숙, 『주체문학의 재보』, 문학예술종합출판사, 1995, 55~56쪽.

1972년말 4.15문학창작단은 충성의 창작전투를 힘있게 벌려 장편소설 ≪혁명의 려명≫, ≪1932년≫, ≪배움의 천리길≫, ≪만경대≫ 심의본을 마침내 친애하는 지도자동지께 올릴수 있었다. (…중략…) 지도자동지께서는 창작가들이 올린 심의본 장편소설들을 다 세심히 읽어주시고 그 우결함과 시정방도를 하나하나 가르쳐주시였다.

—윤기덕, 『수령형상문학』, 문예출판사, 1991, 155쪽.

천세봉의 『혁명의 려명』과 『은하수』는 주체사상이 창시되는 과정을 담고 있어 주목을 끈다. '총서 『불멸의 력사』'에 속한 장편소설

『혁명의 려명』의 창작 과정은 어떠한가? 위의 이북의 주장을 바탕으로 정리하면 다음과 같다. 1964년 7월 김병훈(『준엄한 전구』), 천세봉(『혁명의 려명』), 황건(『아들딸』), 윤시철(『태양의 아들』) 등의 작가들은 40여 일에 걸쳐 '백두산지구혁명전적지'를 답사한다. 1966년 1월 어느 휴양소에서 김일성은 천세봉(『혁명의 려명』), 권정웅(『1932년』), 강효순(『배움의 천리길』), 황민(『만경대』) 등의 작가들을 불러서 17일간 혁명문학 건설의 방향과 항일무장투쟁기의 이야기를 매일 2~6시간을 들려준다. (물론 김일성이 들려준 항일무장투쟁기 이야기는 혁명적 대작 창작과 관련된 것이지 현재 이북에서 주장하듯 '총서 『불멸의 력사』' 창작을 위한 것은 아니다.) 이런 설명에 근거하자면, 이 작품은 백두산지구혁명전적지 답사와 김일성의 항일무장투쟁에 대한 이야기를 기본적 바탕으로 하여, 1971년 12월 『태양이 솟는다』라는 제목으로 초판이 출간되고, 1972년 12월 김정일에 의해서 심의본이 검토된 후, 1973년 4월 『불멸의 력사–혁명의 려명』으로 출판된다.2) 그런데 심의본 검토 과정에서 김정일은 이 작품의 근본적인 문제가 소설의 형식이나 양상을 바로 잡지 못한 것이 아니라 소설의 핵을 이루는 종자를 바로 잡지 못한 것이라고 지적한다. 이런 창작 지도 과정을 통해서 여러 가지 역사적인 자료를 짜 맞추는 식으로 사건을 나열하였던 문제점이 극복되고 주체사상의 시원을 제시하게 된다. 김정일에 의해 김일성 중심의 역사로 재해석된 것이겠지만, 여하튼 이북의 주장은 김정일의 창작 지도가 종자론과 관련하여 주체사상을 뒷받침하는 방향으로 천세봉의 작품이 개작된 것으로 짐작하게 만든다. 여기서 말해지는 주체사상의 출발점은 무엇인가?

2) 근거 자료가 없어서 확인은 불가능하지만, 최진이의 증언에 따르면, 1966년 1월 휴양소에서 김일성이 자신의 이야기를 직접적으로 하지 않고 김책을 빗대어서 항일무장투쟁에 대한 이야기를 했다고 한다. 그래서 천세봉은 김일성의 의도를 제대로 파악하지 못하고, 김책에 대한 이야기를 중심으로 한 장편소설을 창작되었다고 한다. 이런 김책 중심의 이야기가 문제가 되었고, 그 후 김일성 중심의 이야기로 다시 창작하였다고 한다.

인간이란 본래 자기 운명을 자기가 개척하는 주인으로서 사물을 인식하고 모든것을 능동적으로 자기에게 복종시킬줄 알고 창조할줄 알아야 하지 않겠는가! 인간에게 그런 정신과 능동적인 창조성이 없다면 어떻게 그 존재를 이 세상의 주인인 인간이라고 볼수 있겠는가. 인간은 그 본성에 있어서 자주인이지 결코 노예는 아니다. (……) 조선혁명의 주인이란 립장에 튼튼히 서서 싸워나가도록 만들어야 한다. (……) 조선혁명의 승리를 위해선 오직 조선의 현실로부터 출발하는 이 길만이 옳은 길이다.

—4.15문학창작단, 『불멸의 력사—혁명의 려명』, 문예출판사, 1973, 190~191쪽.

이 로선은 우리의 새로운 신념, 새로운 원리, 혁명의 주인은 민중자신이며 민중의 무궁무진한 힘에 의해서만 혁명을 승리할수 있다는 주장에 기초한것입니다. 이 새로운 원리, 새로운 신념, 새로운 주장은 우리가 투쟁해온 력사적경험에 기초한것이며 가장 과학적인 타산에 기초한것입니다.

— 4.15문학창작단, 『은하수』, 문예출판사, 1982, 466쪽.

이북이 주장하는 주체사상의 출발점은 김일성이 1920년대 후반기 길림 지구를 중심으로 한, 길회선 철도 부설 반대투쟁과 일본상품 배척투쟁인 초기 활동에서 찾을 수 있다. 그리고 1930년 6월 30일 카륜회의에서는 주체적 혁명 노선(대중투쟁에서 무장투쟁으로)이 선포된다. 그런데 이런 이북의 공식적인 입장은 과거의 소급에 해당된다. 주체사상은 국내 정치 및 대외적 상황에 대처하기 위해 수시로 수정·변용되는 과정을 거치면서 체계화된다. 1967년 이후 70년대 초반까지 집중적으로 이루어진 주체사상의 변용은 이론적 체계화 과정이다. 주체사상은 1950년대 중반에서 1960년대 말까지의 생존 전략 및 건설 전략에서 유일사상체제를 이념적으로 옹호하는 통치 이데올로기로 변모한다.[3] 여기서 '총서 『불멸의 력사』'는 유일사상체제

3) 주체사상은 '사람이 모든 것의 주인이며 모든 것을 결정한다'는 원리를 규명한 사람 중심의 사상이다. 그런데 황장엽의 주체사상(인간중심철학)은 "인간이 우주의 주인, 자기

를 이념적으로 옹호하기 위해 창작된 작품군이다. 특히 천세봉의 『혁명의 려명』(1973), 『은하수』(1982)는 주체사상이 형성되는 과정을 그린 작품들에 해당된다.

여하튼, 『혁명의 려명』은 김일성이 길림에서 한 초기 활동 시기의 이야기를 담고 있다. 이 작품은 당시 민족주의자들과 초기 공산주의자들이 인민을 떠나 몇몇 지도층의 탁상공론이나 자기 파의 세력권을 확장하고 영도권을 다투는 상황을 제시한다. 당시 공산주의 운동을 하던 지도층은 저마다 '정통파'라고 자처하면서 국제당의 승인을 받으려 한다. 여기서 '독립'이나 '혁명'을 외치는 기성 세대들은 낡은 시대의 탁류 속에서 허우적거리고, 새로운 이념을 갈망하는 청년들은 갈 길을 몰라 방황한다. 조선 혁명은 수습할 수 없는 위기에 봉착한다. 이런 정황 속에서 걷잡을 수 없이 기울어져 가는 조선 혁명의 운명을 어떻게 하면 구원할 것인가, 기성 세대의 이념이 이미 낡았다면 새로운 시대 사조를 반영한 혁명 사상은 어떤 것인가 하는 문제가 제기된다.

이런 상황에서 김일성(금성 동지)은 이렇게 해서는 안 되겠다는 자극을 받고 인민이 혁명의 주인이며 인민 속에서 인민에 의거하여 투쟁해야 하며, 자기의 문제는 자신이 책임지고 자주적으로 풀어 나가야 하며, 자기 자신이 투쟁을 더 잘하면 남에게서 승인을 받고 안 받는 것이 문제가 아니라는 것을 절실히 느낀다. 이런 측면이 주체사상의 출발점이다. 이북에서 주장하는 이런 주체사상의 출발점에 관한 문제는 1920년대 후반기 길림 지구를 중심으로 한 초기 혁명 활동 시기의 투쟁 활동을 본질적으로 특징짓는 사상적 알맹이인 종자이다.

운명의 주인으로 된다"는 철학적 원리를 기반으로 한다. 이런 황장엽의 사상은 지배 체제가 주장하는 '혁명적 수령관'의 관점에서 논리적으로 변용되면서, 유일사상체제를 이념적으로 옹호하는 통치 이데올로기로 변모한다(김일성, 「우리 당의 주체사상과 공화국 정부의 대내외정책의 몇가지 문제에 대하여-일본 ≪마이니찌신붕≫ 기자들이 제기한 질문에 대한 대답 1972년 9월 17일」, 『김일성저작집(27)』, 조선로동당출판사, 1984, 400쪽; 황장엽, 『인간중심철학의 몇가지 문제』, 시대정신, 2001, 37쪽).

여러분, 가난하고 천대받는 우리가 살길은 혁명하는 길밖에 없습니다. 우리가 혁명을 해야 원쑤를 갚고 나라를 찾을수 있으며 장차 잘살수도 있게 됩니다. 오늘과 같이 유격대가 총을 들고 우리의 앞길을 헤쳐가고 우리들이 목숨걸고 싸워갈 때 피바다에 잠긴 우리 나라는 반드시 독립될것이며 광복의 새 아침은 밝아올것입니다.

—『피바다』, 문예출판사, 1973, 654쪽.

단원들! 저 언덕우에 쓰러진 부모형제들의 시체를 보우! 왜놈들은 우리 조선민족을 닥치는대로 때려죽이고 짓밟아죽이고 쏘아죽였소. 그속에서 나를 낳고 길러준 세상에 하나밖에 없는 불쌍한 내 아버지도 억울하게 죽었소. 단원들! 자위단에는 들어두 죽구 안들어두 죽는다는걸 왜 우리는 여직 모르고 살아왔단말이요?!

—『한 자위단원의 운명』, 문예출판사, 1973, 518쪽.

날마다 꽃분이의 손에 ≪팔리는≫ 혁명의 붉은 꽃이 이 거리 골목골목에 피여날 때에, 온 거리 온 강산에 그 꽃이 활짝 피여날 때에 오빠가 이야기해주던 우리의 세상, 새세상은 오리라고 한다.

—『꽃파는 처녀』, 문예출판사, 1977, 508쪽.

이북에서 '주체사상을 완벽하게 구현한 대작'이며 '불후의 고전적 명작'으로 평가되는 것이 3대 혁명가극이다. 여기서 『피바다』의 주제는 '혁명이란 무엇이며 왜 혁명을 해야 하는가, 혁명을 하자면 어떻게 해야 하는가'라는 반제혁명사상과 무장투쟁사상이며, 종자는 '수난의 피바다를 투쟁의 피바다로 만들어야 한다'는 것이다. 『한 자위단원의 운명』의 주제는 '나라를 잃은 민족의 문제, 압제자에게 순종하느냐 아니면 항거하느냐'라는 민족의 사활적인 문제이며, 종자는 '일제의 자위단(만주를 강점한 일제가 그 지역의 치안 유지를 구실로 조직한 무장 단체)에 들어가도 죽고 안 들어가도 죽는다'는 것이다. 『꽃파는 처녀』의 주제는 '나라 잃고 수난당한 민족의 운명에 관한 문제'이며, 종자는 '설움과 효성의 꽃바구니가 투쟁과 혁명의 꽃바구니가 된다'는 것이다.

여기서 말해지는 종자란 무엇인가? 주제는 작품에서 작가가 말하려는 기본 문제이며, 소재는 문학작품의 형상의 바탕이 되는 생활자료이다. 이런 주제나 소재를 제약하고 규제하는 것이 종자이다. 종자는 작품의 핵인 생활의 사상적 알맹이이다. 좋은 종자는 작품의 질을 담보하는 근본조건이다. 주제는 종자에 의해서 제약되고, 소재도 종자에 의해서 규제된다. 좋은 종자란 무엇인가? 이것은 주체사상을 충실하게 반영한 것이다. 이북이 주장하는 주체사상에 충실한 종자는 주체사상이라는 단일한 사상만을 말하도록 제한하는 역할을 한다. 이것은 수령의 유일사상체제를 설명하는 이론적 근거가 된다. 그래서 종자론은 이북문학을 이해하기 위한 핵심적인 항목이다.

그리고 이북문학은 작품을 살아있는 생명체로 보는 유기체론에 바탕을 두고 있다. 생명체의 핵이 바로 종자이다. 종자는 모든 형상적 요소가 꽃피고 열매맺게 하는 기본 요소이다. 문학 창작은 종자를 찾고 종자를 심어서 성장하고 꽃피고 열매맺게 하는 것이다. 훌륭한 작품은 똑똑한 종자에 있고 그 종자로부터 이야기의 줄거리가 뻗고 형상의 꽃이 피고 그 속에서 주제가 여물고 사상적 내용이 심오하고 뚜렷하게 부각된다. 문학 창작은 종자로부터 성장 과정을 통하여 최종적으로 자기 결정적인 형태인 열매를 맺는 유기체와의 성장 과정과 동일한 것이다.

이북에서 말하는, 작품을 살아있는 유기체에 비유하는 방식은 낭만주의적 사유 방식에 해당된다. 문학이 살아 있는 유기적 연속체로 사유하는 것은 하나의 이미지에 불과하다. 문학은 문학적인 것들의 부단한 상호 충돌의 과정이지, 문학을 매끄럽게 연결된 유기체로 인식하는 것은 부당한 추상화에 지나지 않는다. 또한 문학이라고 말해지는 것은 어떤 본질에 의해서 규정되는 것이 아니라 외부적인 힘의 변화에 의해 상대적으로 정의되는 것이다. 근대국민국가의 성립이 인문학으로서의 문학 개념을 상상력에 의한 창작이라는 문학 개념으로의 전환시킨 것이 그 대표적인 예일 것이다. 그래서 문학은 항상 열린 체계로 받아들여야 한다.

3. 작가는 대작을 창작해야 하며 대작주의는 지양해야 한다

이북에서 작가는 누구인가? 작가는 혁명화, 노동계급화된 공산주의자이다. 작가는 '민주 조선건설을 위하여 싸우는 용사', 즉 '당으로부터 전투과업을 받고 그 과업을 수행하는 초병'(『문예론문집(1)』, 123쪽)이라고 말해진다. 작품을 창작하는 것은 작가에 부여된 첫 번째 혁명 임무이며 영광스러운 전투 과업에 해당된다. 그래서 작가는 창작적 실천과 혁명화를 위한 투쟁을 통일적으로 밀고 나가야 한다. 결국 '작가는 당과 운명을 같이 하는 혁명가이다'(『주체문학론』, 296쪽). 그렇게 하지 않는다면 작가들은 사상적 단련을 거부하고 창작제일주의로 나가는 우경적 편향과 창작 사업을 소홀히 하고 사상 단련만을 내세우는 좌경적 편향에 빠지게 된다. 그래서 이북에서 작가의 창작적 실천과 혁명화는 결코 분리될 수 없다. 곧 창작 과정은 혁명적 실천이다. 혁명적 실천은 인민들의 사상과 의식을 개조하는 힘있는 수단이다. 문학은 인민들에게 '혁명적 주인공처럼 살며 일하며 투쟁하자'는 혁명 교양, 사상 교양의 교과서이다. 작가의 창작은 영예로운 혁명 사업에 해당된다. 다시 말해서 창작 실천은 '사상단련의 용광로', '혁명교양의 훌륭한 학교'(『김정일선집(3)』, 350쪽)가 될 수 있다. 바로 이것은 이북 작가들의 본연의 과제이다.

그런데 현재 혁명 교양, 사상 교양을 위한 작가의 창작 활동은 이북 체제의 목소리를 담아낼 수밖에 없는 실정이다. 이북의 현역작가들은 '교시과제', '방침과제', '중앙당과제', '일반과제' 등의 창작 과제

조선작가동맹-창작 활동의 기본 형태		
일일 창작 활동	8시 30분	출근
	8시 30분~ 9시(혹은 그 이상)	독보 및 지시사항 전달
	9시~12시	창작
	12시~오후 1시	점심 식사
	오후 1시~오후 5시	창작
	오후 5시~오후 6시	총화(총화가 없는 때도 간혹 있음.)
	오후 6시	퇴근
주 창작 및 기타 활동	월요일	
	화요일	김정일에게 7~10편의 가사 작품 '올림'(시창작분과에 한함.)
	수요일	수요 강연(오후 4시~6시)
	목요일	김정일의 가사 평가 전달(시창작분과에 한함.). 2일 당 생활총화
	금요일	'금요로동'
	토요일	토요학습(아침 9시~오후 4시) 및 주 당생활총화 / 직맹, 사로청 주 생활총화
	일요일	휴식
연간 창작 및 기타 활동	1월	1년간 현실체험, 창작, 취재, 자질향상계획을 작성하여 분과에 제시. 연간 학습과제 받음.
	2월	2월 16일 행사(중앙경축대회 청취, 만수대동상에 기관별 꽃바구니 증정. 기업소별 체육경기, 써클경연, 단위별 문답식학습경기 진행)
	3월	
	4월	4월 15일 행사(2.16행사와 형태가 비슷함.)
	5월	모내기 동원
	6월	모내기 동원
	7월	상반년 학습총화 준비 및 문답식경연
	8월	
	9월	
	10월	추수동원
	11월	
	12월	연간 학습총화 및 문답식 학습경연. 연간 창작 활동 총화

-최진이, 「작가와 조선작가동맹」, 『임진강』 9, 2010. 가을, 164~165쪽.

를 수행해야 한다. 교시과제는 김일성의 생존시 교시를 가지고 작가들이 창작하는 과제이고, 방침과제는 김정일의 '방침'을 가지고 작가들이 창작하는 과제이다. 또한 중앙당과제는 중앙당에서 국가적 사건, 국가적 기념일, 김일성·김정일 관련 주요 행사들을 앞두고 조선작가동맹에게 주어진 창작과제이며, 일반과제는 작가들의 급수(1~5급)에 따라 주어지는 창작과제이다. 이북 작가(현역작가)들은 창작실에 출·퇴근하면서 이북 체제의 목소리를 담은 창작과제를 중심으로 창작 활동을 할 수밖에 없다. 이것이 이북 작가들의 처한 상황이다.

이런 상황에서 작가들은 어떤 것을 그려야 할까? 이북문학의 근본 요구가 생활을 진실하고 풍부하게 그려내는 것이다. 여기서 생활은 '자연을 정복하고 사회를 개조하는 사람들의 창조적 활동이며 투쟁'이다. 그렇다면 생활을 진실하고 풍부하게 그려내는 작가들의 과제는 무엇인가? 혁명과 건설을 위한 투쟁을 형상화한 작품을 창작하는 것이다. 여기서 두 가지 작품군으로 나누어진다. 즉, '항일혁명투쟁'이나 '조국해방전쟁' 등과 같은 혁명 투쟁에 관한 내용을 담은 작품군과 근로자들의 투쟁이나 일상 생활을 담은 사회주의 건설에 관한 내용을 담은 작품군이다. 특히 이북에서 강조하는 것이 혁명과 건설을 다룬 대작이다. 그래서 김정일은 '작가들은 대작을 써야 하지만 대작주의는 하지 말아야 한다'고 지적한다(『김정일선집(3)』, 93쪽).

그러면 이북에서 대작이나 대작주의는 무엇인가? 대작에 대한 논의는 김일성의 교시 「혁명적대작을 더 많이 창작하자」(1963. 11. 5), 「혁명적문학예술을 창작할데 대하여」(1964. 11. 7)에서 대작 창작의 필요성이 제기되고, 대작에 대한 원칙이 검토되면서(혁명적 대작 논쟁), 1973년 김정일의 『영화예술론』에서 정리된다. 문학에서 내용과 형식은 변증법적 관계에 있다. 내용을 떠난 형식이 있을 수 없는 것처럼 형식을 갖추지 못한 내용도 있을 수 없다. 내용은 형식을 규정하고 제약하며 형식은 내용에 따르면서 그것을 표현한다. 그런데 이북문학론에서는 내용과 형식의 관계에서 결정적인 것은 내용이다. "대작의 규모와 형식은 언제나 그 내용에 따라 규정"된다(『김정일선집(3)』, 87쪽). 작품 창작에서 내용과 형식의 관계를 생활의 법칙에 벗어난 경우가 있는데, 이러한 것이 형식주의이다. 여기서 내용이 가치 있고 깊이 있는 작품보다 형식과 규모가 큰 작품을 쓰는데 매달리는 것이 대작주의이다. 대작주의는 형식주의의 한 표본에 해당된다. 예를 들어, 대작주의는 '항일혁명투쟁'이나 '조국해방전쟁'에 대한 작품을 창작하는데, 전기나 연대기식으로 한 작품 안에 주인공이 투쟁을 시작한 날부터 승리할 때까지의 전 과정을 서술하거나 여기저기에서 좋은 이야기들을 조립식으로 작품을 꾸며내는 경향이다. 따라서 대작의 본질적 특징은 '사상적 내용의 철학적인 심오성'에 있다. 대작은 사회적으로 중요한 문제를 높은 사상예술적 경지에서 심도 있게 풀어 인민들의 혁명 교양에 큰 도움을 주는 작품이다. 그래서 대작의 중요한 특징은 '사상적 내용의 철학적 심오성과 높은 예술적 수준, 사람들에게 주는 거대한 교양적 가치'에 있다고 말해진다(『주체문학의 재보』, 6쪽). 그러나 실제에 창작에 있어서는 대작보다 대작주의의 경향이 농후한 것도 사실이지만. 여하튼.

이북에서 말해지는 대작은 인물 성장 과정을 매우 중요하게 여긴다. 그러하기에 문학은 인물들의 성격 성장 과정을 떠나서 혁명 투쟁의 발전 과정을 진실하게 그릴 수 없다. 작품의 사상적 내용이 심화되는 과정은 주인공의 혁명적 세계관이 발전해나가는 과정과 밀접한 관계가 있다. 여기서 대작의 내용은 혁명의 발전과 함께 투쟁 속에서 성장하는 주인공의 사상과 감정을 풍부하게 담아낸 것이다. 다시 말해서 이것은 인물들의 성격 성장 과정, 특히 주인공의 혁명적 세계관 형성 과정을 통하여 혁명 발전의 본질을 밝히는 데 있다. 작품의 내용을 대작으로 만드는 중요한 방도의 하나가 '형상의 집중화'이다(『김정일선집(3)』, 90쪽). 형상을 집약화하고 집중화한다는 것은 이야기를 늘어놓지 않고 하나의 사건이나 생활을 서술해도 그것을 여러 면에서 깊이 있게 묘사하여 한 가지 사실을 통하여 많은 것을 느끼고 알 수 있게 한다는 것이다. 따라서 작가들은 대작에 대한 올바른 이해를 가지고 인민의 혁명과 건설을 위한 투쟁을 다양하게 서술해야 한다. 그래서 작가는 대작을 창작해야 하며 대작주의는 지양해야 한다. 여기서 이북의 대작은 작품의 형식적 특성에 대한 것이 아니라 작품의 사상예술적 수준에 의한 개념이다. 그런데 문제는 사상예술적 수준을 담보하는 종자에 의해서 규정된다는 것인데, 이는 주체사상을 충실하게 반영할 것을 요구하는 것이다. 이에 따라 대작은 주체사상을 충실하게 반영하는 작품이 된다.

그렇다면 대작이라고 말해지는 구체적인 작품은 무엇인가? 이북에서 '대작의 참된 본보기'이며 '대작의 최대 높이'에 도달한 작품이 '총서 『불멸의 력사』'이다. 이것은 김일성 주석의 '혁명 역사를 체계적으로, 전면적으로 깊이 있게 그린 혁명적 대작을 하나의 통일적인 제목으로 묶어 놓은 것'이다(『주체문학의 재보』, 29~30쪽).[4] 여기서 '불멸의 력사'란 '수령형상장편소설묶음의 포괄적이며 총괄적인 종자'이다. 특히 '총서'에서는 김일성 주석의 혁명 역사를 '일대기식이 아니라 혁명발전의 중요 단계들을 전형화하는 방법으로 역사적 사실을 반영'하고 있다(『수령형상문학』, 302쪽, 314쪽). 역사적 사실과 다른 부분도 많지만, 여하튼 이북에서는 역사적 사실에 기초하여, 각 작품마다 혁명 발전의 획기적 의의를 가지는 사변을 중심에 놓고, 그것을 이룩하기까지의 실재한 역사적 사건들을 줄거리로 하고 있다고 설명한다. 예를 들어, 김정의 『닻은 올랐다』(1982)는 1925년 2월부터 1926년 10월 17일 '타도제국주의동맹(ㅌ. ㄷ)' 결성까지의 김일성 주석의 혁명 활동을 다루고 있으며, 백보흠·송상원의 『영생』(1997)은 1994년 김일성 주석 사망 전후의 혁명 역사를 담고 있다.

여기서 김일성 주석의 혁명 역사를 일대기식이나 전기식으로 쓸 수 없는 이유는 무엇인가? 김일성 주석의 혁명 역사를 장군이나 위인의 전기처럼 일대기식이나 전기식으로 서술한다면 김일성 주석의

4) 이북에서는 김정일이 1970년 12월 6일에 수령형상소설은 철저히 역사적 사실에 기초하여야 하며, 1971년 8월 23일에 김일성 주석의 혁명 역사를 형상하는 장편소설을 총서 형식으로 할 것을 지시했다고 한다(「총서형식으로 하는것이 좋을것 같다하시며」, 『조선문학』 533, 1992. 3, 12쪽; 「위인과 총서」, 『조선문학』 584, 1996. 6, 24쪽).

방대한 혁명 역사와 업적을 평면적으로 나열하게 되고 왜소화하는 결과를 초래한다. 왜냐하면 일대기식으로 기술하면 본질적이고 의의 있는 생활 내용이 많이 빠지고 사실주의적 묘사보다 사건 전달을 위한 서술을 위주로 하기 때문에 매 역사적 단계의 본질과 업적을 깊이 있게 형상화할 수 없으며 문학 작품으로서의 예술성도 보장하기 어렵기 때문이다(『주체문학의 재보』, 30쪽). 그래서 '총서'는 김일성 주석의 혁명 역사를 혁명 발전의 중요 단계들을 전형화하는 방법으로 서술한다.

다음은 이북에서 평가하는 '총서 『불멸의 력사』'에 반영된 혁명 역사의 단계별 형상 내용을 정리한 것이다.

총서 『불멸의 력사』

작품명	작 가	역사적 시기	혁명 역사의 단계별 형상 내용	출 판	재 출 판
1932년	4.15문학 창작단 (권 정 웅)	1932~1933	1932년 4월부터 1933년 1월까지의 '조선인민혁명군' 창건과 제1차 남만원정 시기의 투쟁 과정	1972. 04. 25.	1973. 07. 30. 1989. 09. 09.
혁명의 려명	4.15문학 창작단 (천 세 봉)	1927~1928	1927년부터 1928년 사이의 길림을 중심으로 한 청소년 학생들 속에서의 투쟁(길회선철도부설반대투쟁, 일본상품배척투쟁) 과정	1973. 04. 15.	1987. 11. 20.
고난의 행군	4.15문학 창작단 (석 윤 기)	1938~1939	1938년 11월 남패자회의로부터 1939년 4월 북대정자회의에 이르기까지의 100여 일의 '고난의 행군' 과정	1976. 04. 15.	1991. 07. 10. 『통일문학』, 1992년 1호 ~1995년 1호
백두산 기슭	4.15문학 창작단 (현승걸, 최학수)	1936	1936년 3월 남호두회의 직후부터 5월 '조국광복회' 창립(5월 5일)을 선포한 동강회의까지의 백두산 지구에로의 진출 과정	1978. 09. 09.	『천리마』, 1978년 11호 ~1980년 2호 1989. 07. 15. 1990. 05. 30. 『통일문학』, 1989년 1호 ~1991년 3호

두만강 지구	4.15문학 창작단 (석 윤 기)	1939	1939년 여름 '조선인민혁명군'의 국내진공작전 과정의 투쟁 내용	1980. 04. 15.	1993. 06. 15.
준엄한 전구	4.15문학 창작단 (김 병 훈)	1939~1940	1939년 9월부터 1940년 3월까지의 백두산동북부에서의 대부대선회작전 과정	1981. 04. 15.	1990. 07. 25. 1999. 06. 15.
근거지의 봄	4.15문학 창작단 (리 종 렬)	1933~1934	1933년부터 1934년 사이 두만강연안 유격근거지 창설과 그 보위를 위한 투쟁 과정	1981. 09. 30.	1989. 11. 10.
대지는 푸르다	4.15문학 창작단 (석 윤 기)	1930~1931	1930년부터 1931년 사이 파괴된 조직들을 복구하고 국내와 광범한 농촌지역을 혁명화하던 시기의 투쟁 과정	1981. 11. 20.	1986. 12. 29.
닻은 올랐다	4.15문학 창작단 (김 정)	1925~1926	1925년 2월부터 1926년 10월 화성의숙에서 '타도제국주의동맹'을 결성(10월 17일)하기까지의 투쟁 과정	1982. 04. 15.	1986. 12. 09.
은하수	4.15문학 창작단 (천 세 봉)	1929~1930	1929년 가을부터 1930년 6월 카륜회의(6월 30일)에서 주체적인 혁명 노선을 제시할 때까지의 투쟁 과정	1982. 04. 15.	1987. 12. 10.
압록강	4.15문학 창작단 (최 학 수)	1936~1937	1936년 8월 무송현성전투 직후부터 1937년 6월 '군민련환대회'까지의 항일무장투쟁의 일대 전성기의 투쟁 과정	1983. 04. 15.	1992. 09. 30.
잊지못할 겨울	4.15문학 창작단 (진 재 환)	1937~1938	1937년 7월 중일전쟁 발발 후 급변하는 정세에 대처하여 마당거우밀영에서 '조선인민혁명군' 지휘원 및 병사들의 군정학습을 지도한 내용	1984. 04. 15.	1990. 11. 10. 1991. 08. 25.
봄우뢰	석 윤 기	1931~1932	1931년 9월 이후 추수투쟁과 12월 명월구회의에서부터 1932년 4월 '조선인민혁명군(반일인민유격대)'를 창건(4월 25일)하기까지의 투쟁 과정	1985. 04. 15.	

위대한 사랑	최 창 학	1937	1937년 7월 중일전쟁 발발(7월 7일) 후 홍두산밀영과 지양개부근의 후방밀영에서 생활하고 있던 100여 명의 소년들을 혁명의 대를 이어나갈 기둥감으로 키운 내용	1987. 04. 15.	1991. 04. 15.
혈로	박 유 학	1934~1936	1934년 10월부터 1936년 2월까지의 제1차 북만원정으로부터 남호두회의까지 시기의 투쟁 과정	1988. 04. 15.	
빛나는 아침	권 정 웅	1945~1946	1945년 8월부터 1946년 9월까지의 지식인문제와 김일성종합대학 설립(9월 9일) 과정	1988. 09. 09.	
50년 여름	안 동 춘	1950	1950년 6월에서 7월까지의 '조국해방전쟁' 제1계단작전 과정(서울해방전투, 대전해방전투)	1990. 03. 31.	2001. 02. 15.
조선의 봄	천 세 봉	1945~1946	1945년 가을부터 1946년 봄까지의 토지개혁(3월 5일~8일) 성공 과정	1991. 04. 15.	
조선의 힘	정 기 종	1950~1951	1950년 9월에서 1951년 1월까지의 '전략적 일시 후퇴'와 평양 탈환 전투 과정	1992. 03. 28.	
승리	김 수 경	1952~1953	1952년 8월에서 1953년 7월까지의 판문점 회담과 '정전협정'(7월 27일) 과정	1994. 02. 20.	
영생	백 보 흠 송 상 원	1994	1993년 12월에서 1995년 1월까지의 '핵 위기'와 김일성 주석 사망 과정	1997. 06. 30.	1998. 05. 30. 『통일문학』, 1998년 4호 ~2002년 2호
대지의 전설	김 삼 복	1953~1958	1953년 7월부터 1958년 말(1959년 1월)까지의 사회주의농업협동화 과정	1998. 08. 01.	
삼천리 강산	김 수 경	1947~1948	1947년부터 1948년 9월까지의 조선민주주의인민공화국 창건(9월 9일) 과정	2000. 06. 10.	『통일문학』, 2002년 3호 ~2006년 1호.
붉은 산줄기	리 종 렬	1939~1945	1939년 가을부터 1940년대 전반기의 엄혹한 투쟁 과정(+1987년)	2000. 08. 30.	

천지	허 춘 식	1940~1941	1940년 8월 소할바령회의 직후 소부대 작전과 백두산 진군 과정	2000. 12. 05.	
열병광장	정 기 종	1945~1948	1945년 9월부터 1948년 2월까지의 조선인민군 창설(2월 8일) 과정(+1992년 4월 25일 열병식)	2001. 03. 15.	
번영의 길	박 룡 운	1953~1956	1953년 여름에서 1956년 5월까지의 주체적 입장에서의 전후복구건설 과정	2001. 11. 20.	
개선	최 학 수	1945	1945년 8월부터 1945년 10월까지의 개선과 당 창건(10월 10일) 사업 과정	2002. 04. 10.	
푸른 산악	안 동 춘	1951	1951년 6월에서 11월까지의 '조국해방전쟁' 제4계단 중에서 1211고지 방위전의 과정	2002. 04. 20.	
인간의 노래	김 삼 복	1956~1960	1956년 10월에서 1960년 8월까지의 천리마운동과 자립적 경제 건설 과정	2003. 08. 25.	
태양찬가	남 대 현	1948~1955	1948년 9월에서 1955년 5월까지의 재일본조선인총연합회(총련) 창립(5월 25일) 과정	2005. 04. 15.	2006. 06. 05.
전선의 아침	박 윤	1952	1952년 초에서 1952년 말까지의 미국의 서해안상륙작전과 '금화공세'에 맞선 전투 과정	2005. 11. 30.	
청산벌	김 삼 복	1959~1960	1959년 2월에서 1961년 1월까지의 '청산리 정신', '청산리 방법'의 창조 과정	2007. 05. 30.	
번영의 시대	백 보 흠	1945~1949	1945년 9월에서 1949년 9월까지의 인민경제건설 과정	2009. 09. 30.	
대박산 마루	송 상 원	1992~1994	1992년 봄에서 1994년 10월까지의 단군릉 개건 사업 과정(+1997년 7월 8일)	2009. 10. 30.	

'총서'는 역사적 사실에 기초하지만, '이러저러한 사정으로 하여 사료가 인멸되었거나 불충분한 것이 있을 수 있는데 이런 때 작가의 예술적 환상과 허구가 필요하다.'(『주체문학론』, 72쪽) 여기서 예술적

허구는 없던 사실을 만들거나 있었던 것을 없애는 것이 아니라 실재한 사실을 뚜렷하게 부각시키는데 이바지한다. 이런 것이 '총서'에 대해 설명하는 이북의 대체적인 주장이다. 그런데 실제로 '총서'는 차광수, 김혁, 오중흡, 김책, 최현 등의 역사적 인물이 등장하고, 역사적 사건의 다양한 일화들이 상세히 묘사되어 있다. 그렇지만 김일성 주석의 전기적 사실과 다른 부분도 많지만, 실제적으로 허구만을 기술한 것은 아니다. 그렇다고 역사의 창조나 신화 만들기를 긍정하자는 것은 아니다. 또한 '총서'는 무협극이나 활극에 가까운 근대 소설 미달의 서사물에 가깝다.[5] 김일성이라는 혁명 역사를 관장하는 영웅적 존재를 구심점으로 한 남성 서사물이기에 그러하다. 그런 반면 이북에서는 인민이 좋아하는 대중성(통속성)에 기반을 둔 훌륭한 '혁명 교양의 교과서'이다. 여하튼 '총서'는 허구와 사실의 경계를 허물어뜨리며, 모든 것을 수령 중심으로 재해석하는, '수령'을 정점으로 하는 이북문학의 전형을 보여주는 작품군이다.

4. 주체사실주의는 현대의 유일하게 정당한 창작 방법이다

이북에서 문학은 공산주의적 인간학, 즉 '사람을 중심으로 생각하고 사람을 위하여 복무하는 주체사상의 근본요구를 전면적으로 구현하고 있는 주체의 인간학'에 수렴된다. 주체의 인간학은 '수령에게 끝없이 충직하고 수령이 개척한 혁명 위업 수행에 몸바쳐 투쟁하는 공산주의자의 전형을 훌륭히 창조하는 것'이다(『주체사상에 기초한 문예리론』, 52쪽, 61쪽). 90년대 이후 문학예술에서 가장 선진적이고 혁명적인 창작 방법이며, 주체사상에 가장 충실한 창작 방법으로 제시된

5) '총서 『불멸의 력사』'는 ① 김일성 가계에 대한 존칭 사용이나 부정적 인물에 대한 비하(卑下)의 서술 문제(서술), ② 완결된 인물이나 무오류의 인물로 김일성을 설정하는 문제(인물), ③ 선악 이분법을 바탕으로 하는 활극이나 무협극 형식의 구성 문제(구성) 등으로 인해 근대소설 미달 양식으로 평가할 수 있다.

것이 '주체사실주의'이다. 이것은 이북에서 '현대의 유일하게 정당한 창작 방법'으로 평가되었던 '사회주의적 사실주의'에서 질적으로 발전된 형태라고 말해진다.

> 사회주의적사실주의는 유물변증법적세계관에 기초하고 있지만 주체사실주의는 사람중심의 세계관, 주체의 세계관에 기초하고있다. (……) 선행한 사회주의적사실주의에서는 주로 인간을 사회적관계의 총체로 보고 그리였다면 주체사실주의에서는 인간을 자주성, 창조성, 의식성을 가진 사회적 존재로 보고 그린다. 관점상의 이러한 차이로 하여 두 창작방법에는 인간을 보고 그리는데서 근본적인 차이가 있게 된다.
>
> —김정일, 『주체문학론』, 조선로동당출판사, 1992, 95~100쪽.

사회주의적 사실주의와 주체사실주의의 질적 차이는 세계관에 있다. 사회주의적 사실주의가 유물변증법적 세계관에 기초한 것이라면 주체사실주의는 사람 중심의 세계관인 주체의 세계관에 기초하고 있다. 주체의 세계관이란 세계에서 사람이 차지하는 지위와 역할 문제를 철학의 근본 문제로 제기하며, '사람이 모든 것의 주인이며 모든 것을 결정한다'는 철학적 원리를 규명한 사람 중심의 철학적 세계관이다. 이것은 자주성, 창조성, 의식성을 가진 사회적 존재인 인간 중심의 세계관에 해당된다. 사회주의적 사실주의가 인간을 사회적 관계의 총체로 보고 형상화한 것과 달리 사람을 중심으로 세계에 대한 견해를 세우고 사람을 중심으로 세계에 대하는 관점과 입장을 새롭게 밝힌 주체의 세계관을 바탕으로 한 것이 주체사실주의이다. 다시 말해서 주체사실주의는 주체의 세계관에 기초한 창작 방법에 해당된다는 것이 이북의 주장이다.

주체문학에서는 사상감정과 내면세계를 가진 생동하고 살아있는 인간을 형상화할 것을 요구한다. 그렇다면 자주적이고 창조적인 삶을 개척해 나가는 주체형의 공산주의적 인간이란 어떤 인물인가?

주체형 인간이란 자주성, 창조성, 의식성을 가진 사회적 존재인데, 이런 주체형 인간은 「보람」의 김승호, 「왁새골의 주인들」의 장칠성, 「백두산바람」의 박시중 등에서 확인할 수 있다.

> 그는 빙그레 웃으며 주먹으로 내 잔등을 툭 쳤다.
>
> "여, 넌 생긴건 그렇지 않은데 잔근심이 많구나. 현실적으로 새는데가 없지? 그럼 됐지 뭘 그래, 자꾸 복잡하게 생각하면서… 그런건 다 반장이나 직장장이 생각할거야. 괜히 직장장이 있고 반장이 있는줄 알아? 우린 그저 하라는대로 하면돼…"
>
> (……) 성찬은 한심하다는듯 나를 보며 훈시를 하는것이였다. "로동자란 그저 시키는대로 하면 되는거야. 너두 참…"
>
> 시키는대로 한다구? 로보트가 아닌 사람이 어떻게 좋건 나쁘건 시키는대로만 하겠는가. 그럴수 없는게 또 그러지 말아야 하는게 인간이 아닐가.
>
> ―배경휘, 「보람」, 『조선문학』 599, 1997. 9, 56~61쪽.

배경휘의 작품은 성찬과 명철의 사고방식의 차이를 통해서, 사회주의 건설의 현장에서 '물질적 부의 창조자인 노동계급이 어떤 인물인가'를 제시한다. 키가 작고 몸이 똥똥한 성찬은 '노동자는 하라는 대로 하면 된다'는 타성에 젖은 사고방식을 갖고 있다. 이에 대해 노동 생활의 첫걸음을 걷고 있는 명철은 '시키는 대로 한다고? 로봇이 아닌 사람이 어떻게 좋건 나쁘건 시키는 대로만 하겠는가. 그럴 수 없는 게 또 그러지 말아야 하는 게 인간이 아닐까'라고 반문한다. 명철을 이끌고 있는 환갑에 가까운 김승호도, 반장이 '오늘 '고난의 행군' 정신으로 일하자는 데 당에서 하라면 백 가지, 천 가지라두 하는 게 옳지. 무슨 말이 그리 많습니까?'라는 말에, 준절한 음성으로 '함부루 당의 이름을 외우지 말게. 당에선 자네처럼 일하라는 게 아니야.' '일을 하려면 타산을 하고 방도를 찾아야지. 한 가질 해두 잘 해야 하구… 머리를 쓰지 않군 백 가질 하려다가 한 가지두 제대루 못해'라고 꾸짖는다. 이와 같은 명철과 승호의 생각을 통해서 이북 사회의 만연한 상명하달식 관료주의와 타성적 노동자의 노예근성을 비판하면서, 진짜 노동계급의 의미를 제시한다. 바로 진짜 노동계급은 당과 인민이 바라는 것을 위해, 자기 일터의 참다운 주인이 되기 위해 안타까워하고 머리를 쓰는 것, 자기 머리를 가지고 창조할 줄 아는 사람이다. 이런 노동계급이 바로 주체형 인물인 것이다.

> 나는 엄숙한 낯색으로 목청으로 높였다.
>
> "지금 이 어느때요. 예? 인민경제 모든 부문들에서 '고난의 행군'을 하는 이때에 글쎄 조건이 좀 불리하다고 구실만 대며 건들거려서야 되겠소. 안변청년발전소 건설자들이 발휘한 혁명적군인정신을 발휘해서 우린…"
>
> "우동무, 생각을 좀 바로 가지오—"
>
> 칠성의 눈에서는 여직 볼수 없었던 노기가 벙끗 내비끼였다.
>
> "조금만 머릴 쓰고 노력하면 얼마든지 좋은 조건을 마련할수 있는것두 못하고 주먹구구식으로 일하는 그게… 그게… 숱한 사람들을 고생시키면서… 가슴아픈 일이요."
>
> —리성식, 「왁새골의 주인들」, 『조선문학』 593, 1997. 3, 75쪽.

리성식은 '고난의 행군 시기의 진짜배기 주인은 누구인가'에 대한 하나의 대답을 제시한다. '노동자가 주인 구실을 한다는 것이 무엇인가?' 이 작품은 농업전문학교를 졸업하고 부분조장을 하고 있는 실농군(實農軍)인 우만동과 당 일꾼을 지낸 진출자(전출자)인 장칠성과의 미묘한 대립적 구도를 통해서 이런 물음에 답하고 있다. 동만은 한랭전선의 영향으로 10월 초에 우박이 내리기 때문에 닷새 안으로 벼를 모두 베어서 묶어야 한다고 하면서, 가을비가 오는 것을 무릅쓰고 분조원들에게 벼 베기를 강요한다. 이런 동만의 '무조건 해야 된다'는 주장에 대해 칠성은 '무조건 해야 된다는 것은 둘째 문제'라고 지적한다. 칠성은 조금만 머리를 쓰고 노력하면 얼마든지 좋은 조건을 마련할 수 있는 것도 하지 않고 주먹구구식으로 일하는 것을 비판한다. 동만처럼 비 내리는 조건에 맞게 고장난 수확기를 살려 쓸 생각은 조금도 하지 않고, 낫을 들고 자신뿐만 아니라 많은 분조원들을 찬비가 내리는 논에서 일을 하게 한 것은 고난의 행군 정신은 아니다. '무조건 해야 된다'식이 아니라 고쳐 쓸 수 있는 기계를 비 오는 조건에 맞게 개조해 사용하는 것이 바로 고난의 행군 정신인 것이다. 즉, 고난의 행군 정신이란 부족한 것은 찾아내고 없는 것은 만들어내는 '자력갱생'의 정신이다. 고난의 행군이라는 역경 속에서 칠성처럼 '언제나 창발적이고 헌신적인 인간들'이 바로 주인 구실을 하는 노동자이며 주체형 인간이다.

> 나는 그의 모습이 멀리 어둠속으로 사라진후에도 입원실 창가에 점도록 서서 생각하였습니다. 여전히 등에다 배낭을 지고 아바이는 또 어디로 저렇듯 총총히 가고있는것인가. 조금도 권세를 부리지 않고 스스로 앞장에 서서 투신하는 일군, 나같은 이런 청년도 허물없는 친구로, 따뜻한 혈육, 진정한 동지로 대해주는 저런 일군이 바로 우리 시대의 충신이 아닐가.
>
> ―백보흠, 「백두산바람」, 『조선문학』 612, 1998. 10, 63쪽.

백보흠의 「백두산바람」은 백두산 삭도(하늘 찻길) 건설 과정에서 당중앙위원회 일꾼이지만 무던한 농군과 같은 박시중을 통해서 젊은 연공 문공술의 각성과 깨달음을 축으로 한 성장 서사에 해당된다. 작가는 다음과 같은 문공술의 박시중에 대한 생각을 통해서 주체형 인간이란 누구인가를 제시한다. 맑고 깨끗하고 투명한 인물, 부지런하고 소박하고 궂은 일 마른 일을 가리지 않는 인물, 무던한 농군과 같은 말투로 정겹게 말하는 인물, 조금도 권세를 부리지 않고 스스로 앞장에 서서 투신하는 일꾼, 나 같은 청년도 허물없는 친구로, 따뜻한 혈육, 진정한 동지로 대해주는 일꾼, 곧 겸허한 당 일꾼. 노동현장에서 영웅성과 용감성을 발휘하여 당원이 되고 대학에 진학하려는 나(문공술)의 개인적 영웅주의를 깨우치게 하여 대중적 영웅주의를 가르치는 인물, 선량하고 평범하지만 인간을 중심으로 실천하는 박시중, 바로 이런 숨은 공로자가 주체형 인물이다. 그런데 김승호나 장칠성, 박시중과 같은 주체형 인물은 근대적 인간인가?

> 우리 문학은 수령의 문학이며 수령의 위업수행에 이바지하는것을 근본사명으로 하고있다. 우리 문학에 있어서 수령형상은 기본의 기본이며 수령형상을 주선으로 틀어쥐고 여기에 모든 화력을 집중하여야 한다.
>
> ―최길상, 「우리 식대로 창작하는것은 주체문학의 위력을 강화하는 근본담보」, 『조선문학』 603, 1998. 1, 44쪽.

주체사실주의나 사회주의적 사실주의의 긍정적 인물은 이상적 인물이 아니라 영웅적인 노동계급의 훌륭한 자질을 소유한 인간이어야 한다.[6] 특히 '사실주의(Realism)'의 인물은 구체적이고 생동감 있는 현실적인 정황 속에서 살아있는 인물로 형상화되어야 하는데, '구체적 보편성'을 지녀야 한다(『마르크스주의 리얼리즘 모델』, 72쪽). 그런데 주체사실주의에서 인물은 충신형 인물이다. 수령과 인민은 영도자와 전사의 관계를 넘어서 혈연적 유대를 가진 어버이와 자식의 관계로 형상화된다. 여기서 주체의 인간은 믿음과 사랑, 충성과 효성을 근본으로 하는 수령을 '하늘처럼 믿고 사는 성격적 핵'을 가진 충신형 주인공이다. 지도 체제의 목소리를 대변하는 최길상이 지적하듯, 이런 사실에서도 주체사실주의 문학이란 수령의 문학임을 반증한다.

---

6) 사회주의 리얼리즘의 긍정적 인물은 이상형의 주인공이 아니며 진부한 선인들의 총합도 아니며, 영웅적인 노동계급의 훌륭한 자질을 소유한 인간이다. "사상적 신념, 고도의 정치의식, 사회에 대한 의무의 이해, 혁명 전통들에 대한 신뢰; 노동과 민중의 자질에 대한 새로운 태도, 조직성과 책임감, 사회주의 애국심과 프롤레타리아 인터내셔널리즘; 고도의 사회, 정치적 적극성; 자발적으로 자신의 개인적 기쁨을 사회를 위해 희생할 각오와 집단주의, 그러한 행동에서 만족과 행복을 느끼는 성격 등등, 이러한 특성들이 새로운 인간형의 뛰어난 모습이다."(Shcherbina(외), 『소련 현대문학비평』, 이강은(역), 한겨레, 1986, 276쪽)

지도 체제에 대한 강력한 믿음의 반영이라고 하더라도, '인민'은 '주권을 가진 노동계급'이나 '참다운 주인'이라기보다 국가적 기획에 복종하는 신민(臣民)이다. 또한 주체형 인물은 내면이 빈곤(자의식 부족)한 이상적 주인공이다.

> 그 후로 몇 달 그녀를 더 만나면서 그녀와 나는 으레 돈까스나 비프스테이크로 저녁을 먹고, 맥주를 마시고, 그리고 요령부득인 상태가 되어 여관을 들어가 메마른 섹스에 열중했다. 그러니까 이런 식이었다. 돈까스, 맥주, 섹스. 비프스테이크, 맥주, 섹스. 돈까스, 맥주, 섹스…… 섹스에 미친 것이 아니라 웬일인지 무인도에 유배된 사람들처럼 다른 할 일을 찾지 못하고 있었던 것이다.
>
> ―윤대녕, 「은어낚시통신」, 『한국문학』 219, 1994. 1·2, 208쪽.

근대는 단독자로 존재하는 개인의 주체성을 긍정함으로써 이전 시대와 확연히 다른 시대로 명명된다. 근대는 자기 자신에 대한 의식, 즉 내면의 발견과 밀접한 관련을 갖는다. 근대적 인간은 이런 내면을 발견함으로써 정체성을 수립하고 주체성을 보존할 가능성을 부여받는다. 그런데 언어로 말미암아 사유를 하게 되고, 이 사유가 '저주의 몫'이기도 한 '자의식의 과잉(넘치는 에너지의 비생산적 소모)'을 낳는다.[7] 근대적 인간은 삶의 깊은 혼란 속에서 '돈가스, 맥주, 섹스. 비프스테이크, 맥주, 섹스. 돈가스, 맥주, 섹스…… 섹스에 미친 것이 아니라 웬일인지 무인도에 유배된 사람들처럼 다른 할 일을 찾지 못

7) 마르크스가 생산 개념을 중심으로 문명의 역사를 해석한 것이라면 바타이유는 소비 개념으로 문명의 역사를 설명한다. 바타이유는 소비를 두 가지로 구분한다. 하나는 재생산을 위한 소비, 즉 일정한 사회의 개인들이 생명을 보존하고 생산 활동을 지속시키는 데 필요한 최소한의 비용으로 표현되는 것이다. 이것은 생산 활동에 필요한 기본적 조건으로서의 소비이다. 또 다른 소비는 소비 그 자체를 목적으로 삼는 활동, 즉 궁극적인 생산 목적 또는 생식 목적과는 상관없는 사치, 장례, 전쟁, 종교 예식, 기념물, 도박, 공연, 예술 등에 바쳐지는 소비이다. 이런 소비들은 생산의 중간 수단으로 이용되는 소비와는 차별되기 때문에 '순수한 비생산적 소비'의 형태이다. 바타이유는 이런 소비를 '소모(dépense)'라고 지칭한다(G. Bataille, 『저주의 몫』, 조한경 역, 문학동네, 2000, 32쪽).

하고 있'는 '넘치는 에너지의 비생산적 소모'에 시달리는 존재이다. 이런 자의식 과잉의 형상이 바로 근대적 인간이다.

이에 반해 주체 혁명 위업을 위한, 뜨거운 심장을 가진 주체의 인물은 에너지의 비생산적 소모에 시달리는 근대적 인물은 아니다. 주체형 인간의 자주성, 창조성, 의식성의 고상함은 비루한 현실에서 겪는 빈곤과 질곡을 변호하는 데 이용된다. 이는 이북 사회가 겪고 있는 현재의 위기를 극복하기 위한 지배 이데올로기에 봉사한다는 의미이다. 주체형 인간은 위대하다. 이 명제는 생판 거짓말만은 아니다. 그러나 이 명제가 비참한 현실을 보상하는 대치물로써 기능한다면 어떻게 해야 할까. 진정 빛을 알기 위해서는 어둠의 중심에 서 보는 것이 필요하지 않을까?

참고문헌

1. 논문(평론·기타)

「4.15문학창작단 창립」, 『조선문학』 532, 1992. 2.
「≪작가의 이름을 밝히도록 하여야 하겠습니다≫」, 『조선문학』 688, 2005. 2.
「위인과 총서」, 『조선문학』 584, 1996. 6.
「작품의 대를 바로세워주시여」, 『조선문학』 535, 1992. 5.
「총서 ≪불멸의 력사≫의 첫 본보기 작품이 나오기까지」, 『조선문학』 706, 2006. 8.
「총서형식으로 하는것이 좋을것 같다하시며」, 『조선문학』 533, 1992. 3.
김려숙, 「인민대중과의 혼연일체속에서 위인형상을 부각하는것은 수령형상창조의 중요한 요구」, 『조선문학』 592, 1997. 2.
김려숙, 「조국광복의 대사변을 주동적으로 마련하신 위대한 수령님의 불멸의 형상」, 『조선문학』 646, 2001. 8.
김영근, 「생활의 바다속에서」, 『조선문학』 661, 2002. 11.
김의준, 「시대의 참된 교육자들의 형상을 훌륭히 창조하는데서 나서는 몇가지 문제」, 『조선문학』 599, 1997. 9.
김일성, 「우리 당의 주체사상과 공화국정부의 대내외정책의 몇가지 문제에 대하여－일본 ≪마이니찌신붕≫ 기자들이 제기한 질문에 대한 대답 1972년 9월 17일」, 『김일성저작집(27)』, 평양: 조선로동당출판사, 1984.
김정일, 「4·15문학창작단을 내올데 대하여－조선로당당 중앙위원회 선전선동부 책임일군들과 한 담화 1967년 6월 20일」, 『김정일선집(1)』, 평양: 조선로동당출판사, 1992.
김정일, 「영화예술론－1973년 4월 11일」, 『김정일선집(3)』, 평양: 조선로동당출판사, 1994.
김홍섭, 「로숙한 형상」, 『조선문학』 622, 1999. 8.
리성식, 「왁새골의 주인들」, 『조선문학』 593, 1997. 3.
배경휘, 「보람」, 『조선문학』 599, 1997. 9.

백보흠, 「백두산바람」, 『조선문학』 612, 1998. 10.
엄용찬, 「총서 ≪불멸의 력사≫중 장편소설들에서 형상의 집약화, 집중화」, 『문예론문집(4)』, 평양: 과학백과사전종합출판사, 1988.
오영재, 「그가 남긴 생의 여운-시인 최영화를 추억하여」, 『조선문학』, 664 2003. 2.
은종섭, 「주체사실주의문학창조의 불멸의 본보기」, 『조선문학』 592, 1997. 2.
장형준, 「주체사실주의는 우리 시대의 가장 옳바른 창작방법, 최고의 사실주의 창작방법이다」, 『조선문학』 547, 1993. 5.
조웅철, 「위인의 숭고한 동지애에 대한 깊이 있는 형상」, 『조선문학』 645, 2001. 7.
최길상, 「우리 식대로 창작하는것은 주체문학의 위력을 강화하는 근본담보」, 『조선문학』 603, 1998. 1.
최진이, 「작가와 조선작가동맹」, 『임진강』 9, 2010. 가을.
한웅빈, 「두번째 상봉」, 『조선문학』 623, 1999. 9.
현종호, 「문학예술작품의 종자에 관한 주체적문예리론」, 어문도서편집부, 『문예론문집(1)』, 평양: 사회과학출판사, 1976.

2. 단행본

『꽃파는 처녀』, 평양: 문예출판사, 1977.
『문학대사전(1~5)』, 평양: 사회과학출판사, 1999.
『창작의 벗』, 평양: 사로청출판사, 1974.
『피바다』, 평양: 문예출판사, 1973.
『한 자위단원의 운명』, 평양: 문예출판사, 1973.
4·15문학창작단, 『불멸의 력사-혁명의 려명』, 평양: 문예출판사, 1973.
4·15문학창작단, 『은하수』, 평양: 문예출판사, 1982.
김일성, 『조선 로동당 제4차 대회에서 한 중앙 위원회 사업 총화 보고』, 평양: 조선로동당출판사, 1961.
김정웅, 『종자와 작품창작』, 평양: 사회과학출판사, 1987.
김정웅·천재규, 『조선문학사(15)』, 평양: 사회과학출판사, 1998.
김정일, 『주체문학론』, 평양: 조선로동당출판사, 1992.
사회과학원 문학연구소, 『주체사상에 기초한 문예리론』, 평양: 사회과학출판사, 1975.

신우현, 『우리 시대의 북한철학』, 책세상, 2000.
유기환, 『노동소설, 혁명의 요람인가 예술의 무덤인가』, 책세상, 2003.
윤기덕, 『수령형상문학』, 평양: 문예출판사, 1991.
윤종성·현종호·리기주, 『주체의 문예관』, 평양: 문학예술종합출판사, 2000.
장희숙, 『주체문학의 재보』, 평양: 문학예술종합출판사, 1995.
조한혜정·이우영(편), 『탈분단 시대를 열며』, 삼인, 2000.
한중모·정성무, 『주체의 문예리론 연구』, 평양: 사회과학출판사, 1983.
황장엽, 『인간중심철학의 몇가지 문제』, 시대정신, 2001.
Bataille, G., 조한경(역), 『저주의 몫』, 문학동네, 2000.
Bisztray, G., 인간사 편집실(역), 『마르크스주의 리얼리즘 모델』, 인간사, 1985.
Shcherbina(외), 이강은(역), 『소련 현대문학비평』, 한겨레, 1986.
Lenin, V. I., 『문학에 관하여』, 평양: 조선로동당출판사, 1957.

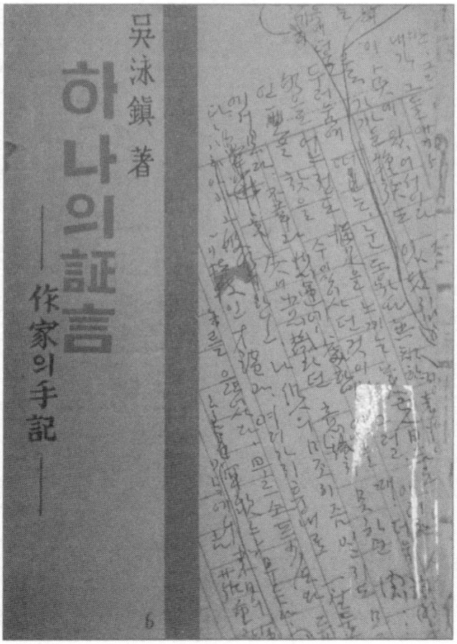

오영진, 『하나의 증언』, 국민사상지도원, 1952.

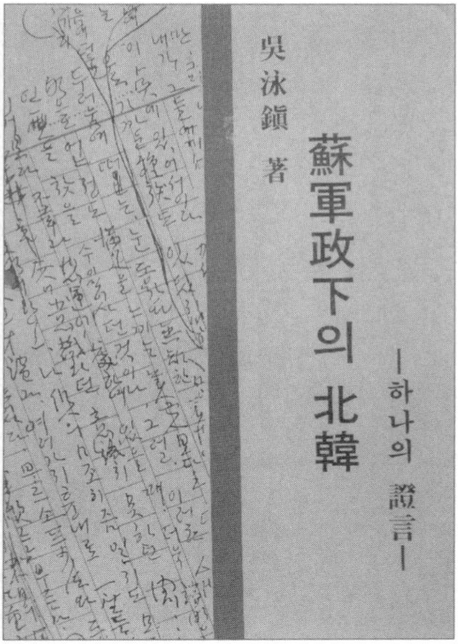

오영진, 『소군정하의 북한』, 국토통일원 조사연구실, 1983.

현수, 『적치육년의 북한문단』, 국민사상지도원, 1952.

박남수(현수), 『적치 6년의 북한문단』, 보고사, 1999.

조철, 『죽음의 세월』, 성봉각, 1964.(재판)

이철주, 『북의 예술인』, 계몽사, 1966.

국토통일원, 『북한문학』, 국토통일원 조사관리국, 1978.

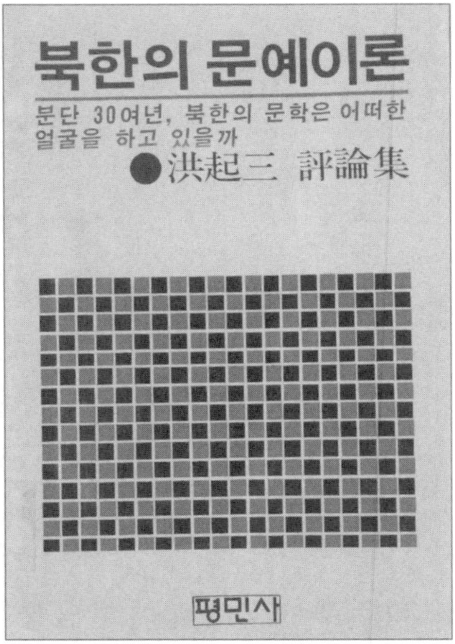

홍기삼, 『북한의 문예이론』, 평민사, 1981.

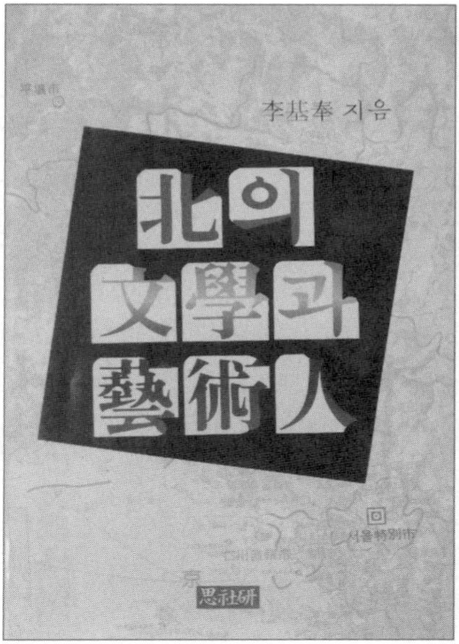

이기봉, 『북의 문학과 예술인』, 사사연, 1986.

정음사 편집부, 『잃어버린 산하』, 정음사, 1988.

권영민(편), 『북한의 문학』, 을유문화사, 1989.

한국비평문학회, 『혁명전통의 부산물』, 신원문화사, 1989.

국어국문학회, 『북한의 국어국문학연구』, 지식산업사, 1990.

김대행, 『북한의 시가문학』, 문학과비평사, 1990.

김윤식, 『한국 현대 현실주의 소설 연구』, 문학과지성사, 1990.

성기조, 『북한비평문학 40년』, 신원문화사, 1990.

민족문학사연구소,『북한의 우리문학사 인식』, 창작과비평사, 1991.

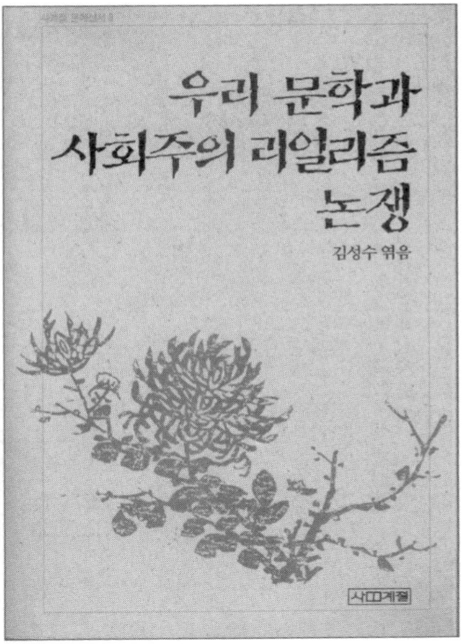

김성수(편),『우리 문학과 사회주의 리얼리즘 논쟁』, 사계절, 1992.

김성수(편),『북한『문학신문』기사목록(1956~1993)』, 한림대학교 아시아문화연구소, 1994.

김재용,『북한 문학의 역사적 이해』, 문학과지성사, 1994.

이명재(편), 『북한문학사전』, 국학자료원, 1995.

최동호(편), 『남북한 현대문학사』, 나남, 1995.

김윤식, 『북한문학사론』, 새미, 1996.

신형기, 『북한소설의 이해』, 실천문학사, 1996.

이명재(편), 『북한문학의 이념과 실체』, 국학자료원, 1998.

김종회(편), 『북한문학의 이해』, 청동거울, 1999.

박태상, 『북한문학의 현상』, 깊은샘, 1999.

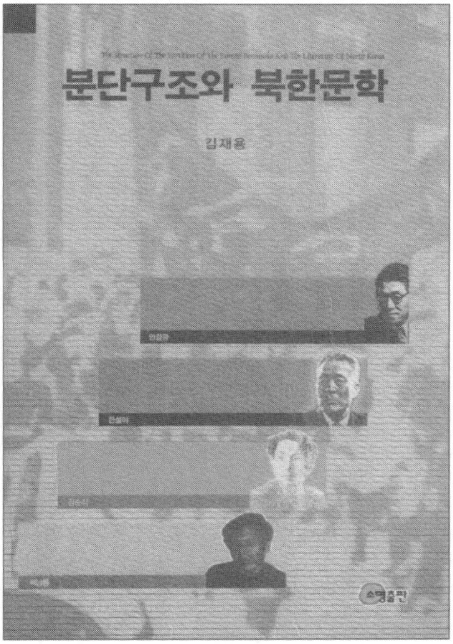

김재용, 『분단구조와 북한문학』, 소명출판, 2000.

신형기, 오성호, 『북한문학사』, 평민사, 2000.

김성수, 『통일의 문학 비평의 논리』, 책세상, 2001.

목원대학교 국어교육과, 『북한문학의 이해』, 국학자료원, 2002.

전영선, 『북한의 문학예술 운영체계와 문예 이론』, 역락, 2002.

동국대학교 한국문학연구소, 『북한의 문학과 문예이론』,
동국대학교출판부, 2003.

남원진, 『남북한의 비평 연구』, 역락, 2004.

김중하(편), 『북한문학 연구의 현황과 과제』, 국학자료원, 2005.

장사선, 『남북한 문학평론 비교 연구』, 월인, 2005.

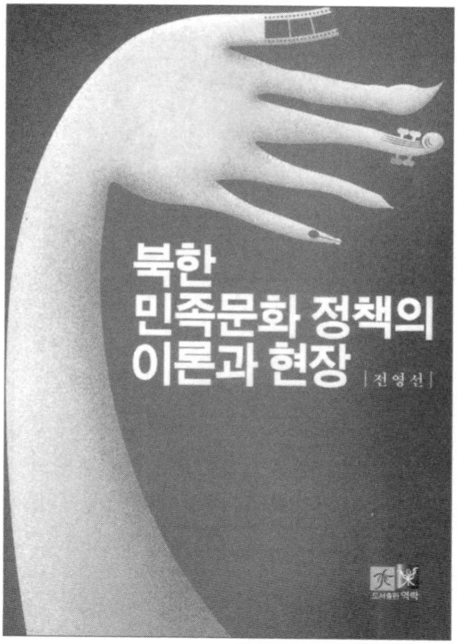

전영선, 『북한 민족문화 정책의 이론과 현장』, 역락, 2005.

김재용(편), 『살아 있는 신화, 황진이』, 대훈닷컴, 2006.

북한연구학회, 『북한의 언어와 문학』, 경인문화사, 2006.

신형기, 오성호, 이선미(편), 『북한문학』, 문학과지성사, 2007.

이명자, 『북한영화사』, 커뮤니케이션북스, 2007.

이재철, 『남북아동문학 연구』, 박이정, 2007.

한정미, 『북한의 문예정책과 구비문학의 활용』, 민속원, 2007.

김용직, 『북한문학사』, 일지사, 2008.

이화여자대학교 통일학연구원, 『북한 문학의 지형도』, 이화여자대학교출판부, 2008.

임옥규, 『북한역사소설의 재인식』, 역락, 2008.

강진호(외), 『북한의 문화정전, 총서 '불멸의 력사'를 읽는다』, 소명출판, 2009.

오성호, 『북한시의 사적 전개과정』, 도서출판 경진, 2010.

찾아보기

[인명]

강반석 210
강홍은 50
강효순 640
구상 50
권정웅 422, 640
김려숙 662
김병훈 417, 640
김북향 157
김사량 24
김순석 100
김영근 639, 662
김의준 662
김일성 31, 39, 41, 44, 47, 61, 63, 66, 67, 69, 71~73, 77, 79, 80, 82~88, 90~99, 101~103, 105, 107~112, 116, 123, 131, 171, 172, 175~178, 180~182, 184, 185, 189, 204, 206, 210, 348, 349, 367, 368, 372, 374, 636, 640, 647, 649, 662, 663
김정 414, 649
김정숙 351
김정웅 310, 638, 663
김정일 204, 207, 267~269, 295, 348, 360, 398, 405, 406, 424, 637, 638, 640, 647, 655, 662, 663
김조규 100
김창만 37
김책 349, 351
김철 157
김철주 210
김혁 358, 420
김형권 210
김화청 21
김홍섭 662
남궁만 37
류기홍 146, 149
리갑기 146, 157, 161
리기영 63, 84, 120
리기주 664
리동춘 157
리북명 84, 131, 135, 146, 366, 372, 445
리상현 164
리서향 157
리성식 657, 662
리수복 440
리종렬 416
리찬 331, 348, 349, 351, 353~355, 357,

358, 360, 362~364
리춘진 86
림화 77, 104
민병균 99, 100, 146, 150, 157
박령보 84
박산운 163
박웅걸 84, 101, 131, 140
박유학 426
박창옥 181
박팔양 157
방형찬 295
배경휘 656, 662
백보흠 649, 658, 663
백인준 157
변희근 101, 116, 117, 146
서창훈 49
석윤기 163, 415, 417, 422, 426
송상원 649
송영 63, 101, 131, 137
신고송 37
안룡만 141
안막 39
안함광 13, 61
엄용찬 663
오영재 634, 638, 663
유항림 19, 37, 116, 146
윤기덕 204, 411, 639, 664
윤두헌 101
윤세중 151
윤세평 128, 171, 386, 392
윤시철 640
윤절산 380
윤종성 664
은종섭 663
이기영 32
이동규 14
이북명 18
장형준 267, 663
장희숙 639, 664
전동우 157
정문향 142
정성무 664
조기천 84, 86, 99, 100
조벽암 146
조웅철 663
진재환 419
차광수 420
채경 420
천세봉 101, 389, 392, 414, 637~640, 642
천재규 638, 663
최길상 287, 433, 659, 663
최영화 157
최진이 646, 663
최창걸 420
최창학 419
최학수 416
한명천 84
한봉식 101
한설야 26, 63, 86, 89, 101, 119, 131, 144
한웅빈 480, 634, 663
한중모 664
현승걸 416
현종호 663, 664
홍건 101
홍순철 100, 101, 117
홍원덕 157
황건 84, 101, 131, 140, 141, 640
황민 640
황순원 51

[작품·글]

「1,211고지」 101
「10월의 환희」 298
「2월은 봄입니다」 298
「4·15문학창작단을 내올데 대하여」 638
「강성부흥아리랑」 304
「강원땅의 새 노래」 303, 441
「강화도」 101
「개」 37
「개벽」 32
「건설장의 밤 이야기」 157, 161, 162
「경쟁」 163, 164
「공개 비판서」 157
「공산주의 교양에 대하여」 189
「과도기」 63
「구제작업」 367
「국경의 밤」 361
「굽히지 않는 지팡이」 101
「그가 남긴 생의 여운」 638
「그가 사랑하는 노래」 101
「그대들을 보내고」 361
「그립던 곳에서」 146, 149
「그의 승리」 14, 15, 17, 18
「극장 레퍼토리와 그의 개선책에 관하여」 76
「기계같은 사나이」 361
「기념비」 150
「김일성장군 찬가」 350
「김일성장군의 노래」 352, 353, 356, 360, 363, 376
「나루가에서」 205
「남매」 86
「내 나라의 명산—칠보산」 441
「내 한생 안겨 사는 품」 306
「높이 들자 붉은기」 297, 436
「눈내리는 보성의 밤」 361
「눈석이」 205
「눈이 내린다」 298, 440
「달밤」 353
「당원들의 계급적 교양 사업을 일층 강화할 데 대하여」 123
「당의 숨결」 158
「대의원이 나서는 구내」 142
「대홍단 삼천리」 303
「더욱 굳게 뭉치리 장군님 두리에」 363
「동해 시초」 146, 150
「두번째 상봉」 634
「들꽃」 37
「력사의 숫눈길」 303
「로동일가」 84, 131, 135~137, 144, 369, 375
「로동당의 조직적 사상적 강화는 우리 승리의 기초」 103
「류산」 84, 131, 140, 143, 144
「맑은 아침」 205
「맹세」 146
「머리」 14, 17
「모자」 26, 27, 29
「모택동 주석에게 드리는 노래」 101
「문학예술부문에서 명작을 더 많이 창작하자」 306, 437
「문화와 예술은 인민을 위한 것으로 되여야 한다」 66, 131, 172, 177
「문화인들은 문화전선의 투사로 되여야 한다」 374
「민보의 생활표」 367
「민족과 운명」 277
「민주주의 조선 건설에 있어서의 청년들의 임무」 67

「반년」 21
「백두산」 84, 440
「백두산바람」 656, 658
「백리청춘로반우에서」 441
「병사는 모교로 돌아왔다」 324
「보람」 656
「복귀」 14, 17, 18
「복무의 길」 324
「복사꽃 필 때」 37
「북간도」 84
「북경의 밤」 37
「북조선에 있어서의 민주주의 민족 문화 건설에 관하여」 68, 73, 174
「불ㅅ길」 146
「불멸하라, 위대한 영생의 노래여」 298, 307
「불어라 동북풍」 46
「불타는 섬」 101
「비행사 길영조」 324
「빛나는 전망」 116, 117, 146, 147
「사랑에 속고 돈에 울고」 52
「사랑의 길」 205
「사랑의 품」 205
「사상 사업에서 교조주의와 형식주의를 퇴치하고 주체를 확립할 데 대하여」 181
「사상 의식 개혁을 위한 투쟁 전개에 관하여」 67
「사회주의 가수」 157
「산업 운수 부분에서의 제 결함들과 그를 시정하기 위한 당 국가 및 경제 기관들과 그 일꾼들의 당면 과업」 116
「삼등—세포, 지하리—평산!」 163
「삼천만의 화창」 363
「상급 전화수」 101
「상아 물부리」 151
「새날」 146
「새소식」 353
「생의 노래」 84
「생활의 바다속에서」 639
「성장」 205
「성황당」 284
「세 아이」 205
「소대 앞으로」 101
「소원」 289
「수령님은 영원히 우리와 함께 계시네」 297, 436
「승냥이」 101
「승리의 기치따라」 205
「승리의 길」 304
「씨름」 63
「아버지와 아들」 157, 160~162
「아침」 361
「안나」 86
「애국가」 384
「약속」 324
「어둠속에서 주은 스케취」 367
「어러리 벌」 100
「어머니」 117, 118, 440
「어머님의 당부」 289
「여자의 마음은 바람과 같이」 52
「영웅찬가」 441
「영원한 우리 수령 김일성동지」 289, 297, 436
「영화「거대한 생활」에 관하여」 76
「오전 3시」 367
「왁새골의 주인들」 656, 657
「용해공의 마음」 158
「우리 식대로 창작하는것은 주체문학의 위력을 강화하는 근본담보」 659
「우리 장군님 제일이야」 298

「우리 집은 군인가정」 303, 306
「우리는 맹세한다」 303
「우리는 잊지 않으리」 304
「우리의 길」 84, 86
「우리의 령도자」 298
「우리의 수도를 아름다웁게 하는건」 364
「우리의 태양 김일성원수」 205
「웨·무라젤리의 오페라 「위대한 친선」에 관하여」 76
「위대한 전환」 205
「위대한 힘」 157, 159
「일제 면회를 거절하라」 63
「잊을수 없어라 1998년이여」 298
「자매」 131, 137, 140, 143, 144
「작품의 대를 바로세워주시여」 639
「잡지 『별』과 『레닌그라드』에 관하여」 76
「장군님은 빨찌산의 아들」 298
「전기는 흐른다」 18
「전류는 흐른다」 373
「전선길에 해가 솟는다」 298
「전체 조선 인민들에게 호소한 방송 연설」 87
「정전 협정 체결에 제하여 전체 조선 인민에게 보내는 방송연설」 113
「제5부리가다」 146
「제비」 390
「제지공장촌」 63
「조국이여 청년들을 자랑하라」 289, 303
「조선의 별」 357
「조쏘 량국간의 경제적 및 문화적 협조에 과한 협정 체결 1주년에 제하여」 86
「직맹 반장」 116, 146, 148, 149
「질소비료공장」 135, 367
「차돌의 기차」 24
「찬 김일성장군」 363
「철령」 298, 324, 441
「철의 력사」 205
「첫눈」 101
「청산리 사람들」 182
「초진」 367
「축제의 날도 가까와」 141
「콕쓰」 146
「크나큰 심장」 205
「크나큰 어머니품」 205
「큰 심장」 205
「탄갱촌」 26, 29, 30, 32, 131, 135, 144
「탄광 사람들」 101
「탄맥」 84, 131, 140, 141, 144
「태양을 기다리는 사람들」 84
「태양을 우러러」 205
「편지」 324
「평양시간은 영원하리라」 298, 438
「푸른 하늘이」 51
「프로레타리아 국제주의 기치에 더욱 충직하자」 85
「피바다」 284
「하늘처럼 믿고 삽니다」 298
「항쟁의 려수」 84
「해방된 토지」 45, 46
「행복」 101
「혁명의 새 아침」 205
「혁명의 후계자」 205
「혁명적대작을 더 많이 창작하자」 647
「혁명적문학예술을 창작할데 대하여」 647
「호접(胡蝶)」 24, 25
「휘날리는 태극기」 19, 20
「흘러라 보통강, 력사의 한복판을」 353
「흰 눈 덮인 고향집」 298

[단행본·잡지·신문]

『1932년』 206, 210, 226, 229, 233, 238, 242, 243, 246, 253, 257, 258, 408, 422, 426, 427, 640
『50년 여름』 240, 262, 264, 409
『강계정신』 299, 302, 314
『강철의 길』 163
『계승자』 299
『고난의 행군』 206, 240, 241, 243, 246, 249, 253, 254, 258, 420, 422, 426, 427
『고향』 63
『관서시인집』 49, 51
『근거지의 봄』 206, 229, 234, 238, 248, 252~255, 258, 416, 422, 426, 427
『김정일선집』 638, 645, 647, 648
『꽃파는 처녀』 643
『당의 숨결』 157
『닻은 올랐다』 206, 229, 237, 243, 248, 254, 257, 414, 420, 422, 425, 427, 649
『대동강』 101, 119, 144
『대망』 361
『대지는 푸르다』 206, 229, 237, 248, 254, 256, 258, 422, 425
『대하는 흐른다』 386, 387, 392, 393, 395
『동트는 압록강』 206
『두만강』 120, 121
『두만강지구』 206, 233, 240, 253, 257, 417, 426, 427
『땅』 84
『력사』 101
『력사의 대하』 289, 299, 306, 321
『로동 찬가』 166, 168
『로동신문』 435
『로동청년』 435
『만경대』 206, 640
『망향』 361
『문예론문집(1)』 645
『문장독본』 49, 73
『문학신문』 388, 392
『문학의 지향』 105
『문학평론』 367
『배움의 천리길』 206, 640
『백금산』 289
『백두산기슭』 206, 212, 213, 216, 229~231, 234, 239, 242, 243, 246, 249, 252, 256, 258, 409, 416, 422, 426, 427
『번영의 길』 298
『별의 세계』 299
『봄우뢰』 206, 233, 238, 258, 415, 426, 427
『분향』 361
『불멸의 력사』 218, 234, 237, 252, 253, 256, 257, 261, 262, 289, 297, 298, 398, 405, 408, 409, 411~416, 418, 419, 421, 423~430, 438, 637, 639~641, 649
『불멸의 향도』 289, 299, 301, 302, 306, 314, 321
『붉은 산줄기』 289, 298
『비약의 나래』 299, 302
『빛나는 아침』 229, 233, 240, 262~264, 409
『서해전역』 299
『석개울의 새 봄』 386, 388~390
『수령님은 영원히 우리와 함께』 298
『수령형상문학』 639, 649
『승리』 409
『승리의 기록』 364
『시련 속에서』 151, 152, 154, 155, 156
『싸우는 마을 사람들』 101

『쓰딸린의 깃발』 100
『아들딸』 640
『압록강』 206, 229, 239, 250, 258, 416, 422, 426
『열망』 289, 314
『열병광장』 298
『영광을 그대들에게』 100, 101
『영광을 쓰딸린에게』 85
『영생』 289, 297, 438, 649
『영웅의 땅』 100
『영원한 친선』 85
『영원한 태양』 298
『영원히 함께 계셔요』 298
『영화예술론』 637, 647
『예원써클』 49, 73
『옳다』 363
『위대한 공훈』 85
『위대한 사랑』 239, 419, 426
『은하수』 206, 229, 233, 237, 243, 248, 258, 414, 415, 420, 422, 425, 427, 637, 639, 642
『응향』 49, 50, 73, 74, 77
『이 사람들 속에서』 100
『잊지 못할 겨울』 206, 240, 258, 419, 426
『전환』 164, 165, 166, 299
『조선문학』 386, 388
『조선문학사(15)』 638
『조선은 싸운다』 99, 100
『조선의 봄』 409
『조선의 힘』 409
『조선인민군』 435
『조선일보』 367
『주체문학론』 268, 636, 637, 645, 653, 655
『주체문학의 재보』 639, 648~650
『주체문학전서』 290
『주체사상에 기초한 문예리론』 636, 654
『준엄한 전구』 206, 229, 234, 240, 250, 253, 254, 257, 258, 409, 417, 421, 422, 426, 640
『준엄한 친구』 243, 246, 252
『청춘의 길』 163
『청춘의 일터』 166, 168
『총검을 들고』 299, 301, 302, 321
『총대』 321
『태양의 노래』 364
『태양의 아들』 640
『평양의 봉화』 289
『푸른 산악』 298
『피바다』 643
『하늘도 울고 땅도 운다』 297
『한 자위단원의 운명』 643
『혁명의 려명』 206, 226, 228, 233, 237, 240, 243, 246, 248, 257, 414, 420, 422, 425, 427, 637~640, 642
『혈로』 238, 426, 427
『화원』 364
『황혼』 63

엮은이 **남원진**

現 경원대학교 글로벌교양학부 연구교수
건국대학교 대학원 국어국문학과 문학박사
건국대학교, 홍익대학교 시간강사
건국대학교 인문과학연구소 박사후 과정 연구원
건국대학교 인문과학연구소 전임연구원
성신여자대학교 인문과학연구소 전임연구원
경원대학교 글로벌교양대학 연구교수

저서로 『한국 현대 작가 연구』, 『남북한의 비평 연구』, 『1950년대 비평의 이해(1, 2)』(편저), 『이북명 소설 선집』(편저), 『반공주의와 한국문학의 근대적 동학(1, 2)』(공저), 『총서 '불멸의 력사' 연구(1~3)』(공저) 등이 있으며, 논문으로는 「장용학의 근대적 반근대주의 담론 연구」, 「역사를 문학으로 번역하기 그리고 반공 내셔널리즘」, 「반공(反共)의 국민화, 반반공(反反共)의 회로」, 「'혁명적 대작'의 이상과 '총서'의 근대소설적 문법」, 「리찬의 「김일성장군의 노래」의 '개작'과 '발견'의 과정 연구」, 「해방기 소련에 대한 허구, 사실 그리고 역사화」 등이 있다.